W0333676

ullstein

Stolz tritt Marlene nach dem Medizinstudium ihr Praktikum in der Kinderklinik Weißensee an. Doch der Klinikalltag ist etwas völlig anderes als ein Studium. Schon bald bekommt Marlene allerdings mehr praktische Erfahrung, als ihr lieb ist: Die meisten Ärzte arbeiten noch in Lazaretten, sodass sie die kleinen Patienten allein behandeln muss, als in Berlin die Spanische Grippe ausbricht. Fortan kämpft sie nicht nur gegen die tückische Seuche, sondern auch um die Aufmerksamkeit ihrer großen Liebe Maximilian, der sich seit seiner Rückkehr aus dem Krieg immer mehr von ihr zurückzieht. Ihre Schwester Emma geht ganz in ihrer neuen Aufgabe als Ausbilderin der Elevinnen auf. Die Spanische Grippe fordert auch von ihr übermenschlichen Einsatz. Als Emmas Sohn ebenfalls erkrankt, bewahrt ihr hilfsbereiter Nachbar Kurt sie davor, die Hoffnung aufzugeben. Doch gerade als Emma bereit ist, Kurt in ihr Herz zu lassen, taucht der verschollene Kindsvater auf. Er verspricht ihr ein blühendes Leben in Ostpreußen. Emma ist hin- und hergerissen zwischen alter und neuer Liebe, ihrer Bestimmung als Kinderkrankenschwester und einem sicheren Leben für ihren Sohn auf dem Land.

ANTONIA BLUM lebte längere Zeit in Berlin, ohne den Weißen See dort je gesehen zu haben. Erst Jahre später, nachdem sie die Hauptstadt längst verlassen hatte, entdeckte sie durch einen Zufall die Ruine der einstigen Kinderklinik in Weißensee und kommt seitdem von dem Ort und seiner bewegten Geschichte nicht mehr los. Heute fährt Antonia Blum nicht nur zum Spazierengehen an den Weißen See, der dem Berliner Stadtteil seinen Namen gab. Sie ist überzeugt, dass dort ein Tor in die Vergangenheit existiert.

Von Antonia Blum ist bereits in unserem Hause erschienen:
Kinderklinik Weißensee – Zeit der Wunder

ANTONIA BLUM

KINDERKLINIK Weißensee

Jahre der Hoffnung

Roman

Ullstein

Besuchen Sie uns im Internet:
www.ullstein.de

Wir verpflichten uns zu Nachhaltigkeit

- Klimaneutrales Produkt
- Papiere aus nachhaltiger Waldwirtschaft und anderen kontrollierten Quellen
- ullstein.de/nachhaltigkeit

MIX
Papier
FSC FSC® C083411

Originalausgabe im Ullstein Taschenbuch
1. Auflage Oktober 2021
© Ullstein Buchverlage GmbH, Berlin 2021
Umschlaggestaltung: bürosüd° GmbH, München
Titelabbildung: Trevillion Images / © Kerstin Marinov (Mädchen);
www.buerosued.de (Landschaft);
Berliner Denkmalschutzbehörde, Straßenansicht von
der Gierstraße, um 1911 (Klinik)
Satz: LVD GmbH, Berlin
Gesetzt aus der Dolly
Druck und Bindearbeiten: CPI books GmbH, Leck
ISBN 978-3-548-06406-2

Prolog

3. August 1914

Die Berliner schienen wie im Rausch, wie auf Kokain, das nirgends im Deutschen Kaiserreich beliebter war als in der Hauptstadt. Jubel und fröhliche Lieder drangen bis in die Bibliothek der Königlichen Charité und an das hinterste Lesepult, an dem Marlene saß und über Büchern zu makroskopischer Anatomie brütete. Als Medizinstudentin kurz vor dem fünften Semester blieb ihr nur noch ein Jahr bis zum Physikum.

»Die Niere ist ein bohnenförmiges Organ im Retroperitonealraum ...«, las sie flüsternd. »Sie kommt als Paar vor und ist in Relation zu ihrem Gewicht das bestdurchblutete Organ und ...« Ihre Gedanken glitten zu jenem unvergesslichen Abend vor fünf Wochen, an dem Maximilian und sie auf dem Weißen See den Sonnenuntergang genossen hatten. Sie drehte ihren Verlobungsring am Ringfinger der linken Hand. »Ach, Max«, seufzte sie lauter als beabsichtigt.

Der Aufseher des Lesesaals schaute mahnend zu ihr, und der Student am Vordertisch wandte sich kopfschüttelnd um. »Diese Weiber!«

Marlene nahm sich vor, endlich ihre ganze Aufmerksamkeit auf die Niere zu richten, dann würden ihr wenigstens keine anstößigen Seufzer mehr entfahren. Seit zwei Tagen stahlen sich ihre Gedanken vermehrt fort und wollten partout nicht beim Lernstoff bleiben. Vorgestern hatte Deutschland Russland den Krieg erklärt und die Mobilmachung verkündet. Tausende junge Männer machten sich seitdem bereit, als Soldaten in den Krieg zu ziehen, aber vorher feierten sie ausgiebig. Es hieß, dass Kinderärzte wie Maximilian nicht im Krieg gebraucht würden. Für die Versorgung von Verwundeten waren vor allem Chirurgen und Internisten gefragt.

»Makroskopisch gliedert sich die Niere in Rinde und Mark ...«, las Marlene weiter und zwang sich über ihr Buch. Zwar wurde das folgende Kapitel über die Leber interessanter, aber sie schaffte es trotzdem nicht bis ans Ende. Eine Hand streichelte plötzlich ihre Schulter.

Überrascht sah sie auf. »Max, du hier?« Mit dem dunkelblauen Seidenanzug, der hellblau schimmernden Fliege und dem steifen Zylinder war er wie für ein Fest gekleidet.

»Komm, Lene!« Er zog sie vom Stuhl hoch. Einige Bibliotheksbesucher starrten sie unverhohlen an, andere schüttelten wieder nur ungläubig den Kopf, woran Marlene sich inzwischen fast gewöhnt hatte. Wenn sie sich in Vorlesungen zu Wort meldete, gab es immer noch Kommilitonen, die verächtlich schnaubten oder sie gar unterbrachen. »Aber die makroskopische Anatomie –«, wandte sie halbherzig ein.

Maximilian führte sie zwischen jene Bücherregale, die die zahlreichen Bände von *Virchows Archiv* beherbergten. Dort küsste er sie stürmisch. Leidenschaftlich erwiderte sie seinen Kuss und vergaß schnell, dass sie sich in einer Bibliothek befanden.

»Mein Herz ist bei dir zu Hause, Lene«, raunte er beim Luftholen und klang etwas verzweifelt.

Marlene hielt inne. »Hast du etwa einen …?« Sie brachte das Wort »Gestellungsbefehl« nicht über die Lippen, bedeutete es doch, dass ihr Verlobter Weißensee für eine Tätigkeit als Arzt im Krieg verlassen würde. Im zurückliegenden Jahr hatten sie fast jede lernfreie Minute miteinander verbracht.

Maximilian nickte zerknirscht, dann holte er den Gestellungsbefehl aus seiner Anzugjacke. »Er ist von höchster kaiserlicher Stelle unterzeichnet«, sagte er, worauf viele junge Herren bestimmt stolz wären. Aus seinem Mund klang es, als müsse er sich erst noch Begeisterung zusprechen. Der Jubel draußen schwoll an.

Maximilian entfaltete das Papier und las flüsternd daraus vor. Der Brief ordnete an, dass er noch am gleichen Abend abreisen sollte, um als Chefarzt auf einem Preußischen Lazarettzug zu dienen. Es sei eine Ehre, für das Vaterland kämpfen zu dürfen.

Mit jeder Zeile wuchs Marlenes Verzweiflung. Sie würden getrennt werden – vielleicht für Monate. Das war unvorstellbar. Ihr Blick sprang zum Fenster. Wie konnte man einen Krieg bejubeln, der unzählige Paare auseinanderriss? Seit Deutschland vor wenigen Stunden auch Frankreich den Krieg erklärt hatte, feierten die Berliner auf den Straßen und Plätzen ein nie da gewesenes Fest. Sie sangen, warfen ihre Hüte in die Luft und tanzten ausgelassen.

»Uns bleiben nur noch wenige Stunden zusammen, Lene.« Maximilian schaute von dem Brief auf. »Jede Minute ist nun kostbar.«

Wild entschlossen ging er zu ihrem Tisch, stellte die

Anatomiebücher zurück ins Regal und zog sie aus dem Lesesaal.

Hand in Hand verließen sie erst die Bibliothek und dann das Gelände der Kaiserlichen Charité. Es war nicht einfach, ein Automobiltaxi zu bekommen. Die Straßen waren mit Militärs und Jubelnden völlig überfüllt. Offiziere, deren Uniformen vor Behang glänzten, wurden wie Filmstars gefeiert. Aber Marlene hatte nur Augen für Maximilian in seinem dunkelblauen Seidenanzug und mit der hübschen Fliege vor dem Hals. Sie wollte ihn nicht hergeben, nicht für einen einzigen Tag.

Als sie endlich in einem Automobil saßen, wurde es trotzdem nicht ruhiger. »Deutschland, Deutschland über alles«, sang der Fahrer. Er hatte Mühe, sie durch die Massen zu steuern, die die Straßen belagerten. Sie kamen nur langsam voran.

An der Ortsgrenze von Berlin und Weißensee ging es nur noch schrittweise voran, sodass Maximilian der Geduldsfaden riss. Kurzerhand bezahlte er und zog Marlene auf seiner Seite mit aus dem Automobil heraus. »Zu Fuß sind wir schneller!«

»Wohin gehen wir denn?«, wollte Marlene wissen, bekam aber keine Antwort. Umgehend wurden sie eingesogen in die feiernde Menschenmasse an der Berliner Allee, vor der die Infanterie mit Blumen an den Helmen marschierte. Es gebe jetzt keine Parteien mehr, sondern nur noch Deutsche!, hallte es um sie herum wider. Extrablätter flatterten durch die Luft wie Vögel, Kapellen spielten beliebte Märsche. Trotz der bedrückenden Enge drängte Maximilian weiter.

Langsam begann der Jubel, Marlene in den Ohren zu

schmerzen. Ihr Herz schlug immer schneller. »Wo führst du mich hin?«, wollte sie nun endlich wissen. Vielleicht ins *Gesellschaftshaus* in der Parkstraße, wo sie so gerne zum Tanzen hingingen? Ihr letzter Tango vor dem Abschied?

Zärtlich zog Maximilian sie zu sich heran und küsste sie ins Haar. »Ich führe dich an einen ganz besonderen Ort«, flüsterte er, sie konnte seine Lippen an ihrem Ohr spüren. Dann ging er auch schon weiter. Bald bogen sie in die Wilhelmstraße ein, die vom Kirchturm von Sankt Josef überragt wurde. Er beschleunigte seinen Schritt noch einmal, sodass Marlene neben ihm zu laufen begann.

Vor Sankt Josef blieb er stehen, richtete seine Fliege und schob den Zylinder hinter den Haaransatz. Aus leuchtend grasgrünen Augen schaute er sie erwartungsvoll an. Er sah blendend aus ganz ohne Bart und mit dem weißblonden Haar, das er sich gepflegt aus dem Gesicht frisiert hatte. Es bildete einen hübschen Kontrast zu seiner schon sommerlich gebräunten Haut.

»Du sollst versorgt sein, egal, was passiert«, sagte er, öffnete die Kirchentür und führte Marlene in den überfüllten Raum. »Seit der Mobilmachung traut Pfarrer Ramlow im Minutentakt, und wir wollten doch sowieso heiraten.« Er hielt ihr seine linke Hand mit dem Verlobungsring hin.

Marlenes Gedanken blieben am *Egal, was passiert* hängen. Könnte er als Arzt im Krieg sterben? Sie schob sich ihre Brille die Nase hinauf und schaute sich unter den Menschen in der Kirche um. Niemand Bekanntes war da. »Und unsere Trauzeugen?«, fragte sie kleinlaut.

»Pfarrer Ramlow sagt, dass die Trauzeugen unsere Ehe auch nachträglich testieren können«, erklärte Maximilian.

Vorm Altar reihten sich die Heiratswilligen in Doppelreihe auf. Sie sahen aus wie ein Bataillon beim Appell. Marlene senkte den Blick.

»Lene, Liebes.« Maximilian hob ihr Kinn mit dem Zeigefinger an. »Vertrau mir, alles wird gut werden.«

Marlene behielt ihr seltsames Bauchgefühl für sich und wandte sich zum Kirchenportal um, das fortlaufend auf- und zuschlug. Ihr wurde kalt in dem alten Gemäuer.

»Oder liebst du mich nicht mehr?« Maximilians Gesicht verdunkelte sich augenblicklich.

»Doch, natürlich tue ich das, aber …« Ihr Blick glitt an ihrer einfachen Bluse und ihrem alten Rock hinab. Sie hatte immer in einem hübschen, modernen Kleid heiraten wollen. Nicht einmal ihre Brille hatte sie ordentlich mit Seifenwasser gereinigt.

Maximilian nahm sie fester bei der Hand und sagte feierlich: »Ich liebe dich, Marlene Lindow, und möchte den Rest meines Lebens mit dir verbringen. Bitte werde meine Frau.«

Marlene schaute von ihrem Rock auf. Seine Bemühung rührte sie. Immer wieder hatte er ihr bewiesen, wie viel er für sie empfand und wie sehr er sie schätzte. Er blieb standhaft im Konflikt mit seinen Eltern und würde erst versöhnungsbereit sein, wenn der Graf und die Gräfin von Weilert Marlene als die Frau an seiner Seite akzeptierten – was bis heute nicht der Fall war. Und als Marlene zuletzt die Prüfung in Histologie mit voller Punktzahl bestanden hatte, hatte er sie mit zwanzig roten Rosen vor dem Prüfungssaal empfangen und erklärt, dass jede Rose für eine korrekte Antwort stehe und er nie daran gezweifelt habe, weniger Rosen kaufen zu müssen.

Marlene versuchte, ihre Gedanken zu sortieren, aber es gelang ihr nicht. Die vielen fremden Menschen und die

Euphorie irritierten sie, alles fühlte sich unwirklich an. Ihr war eiskalt.

»Ich werde dir schreiben, sooft es geht«, versprach Maximilian und führte sie in die Doppelreihe der Wartenden. »Und du schreibst mir, wie du mit dem Studium vorankommst.« Das enorme Lernpensum war einer der Gründe, warum sie bisher noch nicht geheiratet hatten. Marlene hatte sich erst voll und ganz auf ihr Studium konzentrieren und danach dann das Fest mit freiem Kopf planen wollen. Außerdem wurden nur ledige Frauen zum Studium in Preußen zugelassen. Es hätte besonderer Fürsprecher und zusätzlicher Anträge und Diskussionen bedurft, um als Verheiratete Vorlesungen zu hören und Prüfungen ablegen zu dürfen.

In Gedanken sprach sie probeweise ihren neuen Namen aus. Marlene von Weilert. Es klang wie eine andere Person. Maximilians adlige Familienwurzeln reichten zwar bis ins Mittelalter zurück, aber er bestand darauf, nicht mit »Herr Graf« angeredet zu werden.

»Spätestens Weihnachten ist der Krieg vorbei. Dann sind wir beide wieder vereint und ziehen endlich zusammen«, versicherte er.

Marlene sehnte sich danach, endlich jeden Morgen neben ihm aufzuwachen, was bisher viel zu selten geschah. Wenige Wochen nach dem Antritt ihres Studiums war sie wegen der kurzen Wege zusammen mit zwei Kommilitoninnen in eine kleine Wohnung nahe der Medizinischen Fakultät gezogen.

»Endlich zusammen«, wiederholte Maximilian noch einmal, und trotzdem wollte bei Marlene keine rechte Freude aufkommen.

Um seinem Wunsch mehr Nachdruck zu verleihen, holte Maximilian zwei Ringe aus seiner Anzugtasche hervor, einen schmaleren und einen etwas breiteren aus Gold und mit kleinen Diamanten. Marlene fiel auf dem Ringkistchen das Schild von Juwelier Altenberger auf, der sein Geschäft Anfang des Jahres geschlossen hatte. Maximilian musste die Ringe schon vor einer ganzen Weile gekauft haben, obwohl sie erst seit einem halben Jahr verlobt waren.

Als sie an der Reihe waren und vor dem Pfarrer standen, schlugen die Kirchenglocken vier Uhr. Marlene begann zu zittern, und ihre Hände wurden feucht.

Sobald das Geläut verklungen war, erhob der Pfarrer seine Stimme. »In dieser entscheidenden Stunde Ihres Lebens sollen Sie wissen, dass Gott bei Ihnen ist. Er heiligt Ihre Liebe und vereint Sie zu einem untrennbaren Lebensbund.«

Marlene schloss die Augen und stellte sich vor, dass sie inmitten einer fröhlichen Hochzeitsgesellschaft stünden, dass wenigstens Emma in diesem Moment bei ihnen wäre. Sie versuchte, sich in einem Hochzeitskleid zu sehen und auf keinen Fall mit dem wilden, ungebundenen Lockenhaar. Sie trug ja nicht einmal einen Hut.

Der Pfarrer schaute auf die Namensliste auf dem Altar hinter sich, dann wandte er sich Maximilian zu. »Ich frage Sie, Herr Doktor Maximilian von Weilert. Sind Sie hierhergekommen, um nach reiflicher Überlegung und aus freiem Entschluss mit Ihrer Braut Marlene Lindow den Bund der Ehe zu schließen?«

»Ja!«, entgegnete Maximilian voller Überzeugung, sein Wort hallte im Kirchenhaus wider.

»Wollen Sie Ihre Frau lieben und achten und ihr die Treue halten alle Tage Ihres Lebens?«, fuhr der Pfarrer fort.

»Jeden Tag und jede Minute«, antwortete Maximilian in zärtlichem Ton an Marlene gewandt. Sanft drückte er ihre rechte Hand.

Marlene wischte ihre feuchte linke Hand mit dem Verlobungsring am Rock ab, sie zitterte von Kopf bis Fuß.

»Ich frage Sie, Marlene Lindow«, sprach der Pfarrer weiter, »sind Sie hierhergekommen, um nach reiflicher Überlegung und aus freiem Entschluss mit Ihrem Bräutigam Herrn Doktor Maximilian von Weilert den Bund der Ehe zu schließen?«

Ja, sie hatte sich einen Mann wie Maximilian immer gewünscht. Sie vertraute ihm grenzenlos, sie konnte ihm alles sagen, und noch nie hatte er sie im Stich gelassen. Er hatte sie stets dazu ermutigt, Kinderärztin zu werden. Nächtelang hatte er mit ihr für die Prüfungen gebüffelt.

»Fräulein Lindow?«, fragte der Pfarrer nach und deutete auf die Schlange hinter ihnen, die mittlerweile bis zum Portal reichte.

Marlene atmete tief durch und nickte, obwohl sie immer sicherer wurde, dass heute nicht der richtige Tag zum Heiraten war. Wenn sie heute Ja sagte, fiele ihr Hochzeitstag auf den Einmarsch deutscher Truppen in Belgien, um Frankreich vom Norden her zu besetzen. Ihre Liebe würde für immer mit dem Beginn des Krieges verbunden sein.

Marlene ließ Maximilians Hand los. Sie wollte ihn ja heiraten, aber im Beisein ihrer Lieben in aller Ruhe und nicht als Verwaltungsakt mit Namensliste.

»Lene, was ist los?«, fragte Maximilian nervös.

Marlene stand wie versteinert da. »Ich möchte nicht heiraten, nur damit ich versorgt bin.« Es zerriss ihr das heftig pochende Herz, dass Maximilians Augen nun feucht wurden. »Du hast selbst gesagt, dass du Weihnachten zurück bist«, verteidigte sie ihren Entschluss mit bebender Stimme. »Dann können wir in aller Ruhe einen Termin für die Hochzeit finden.«

»Was ist denn jetzt?«, drängte der Pfarrer. »Wollen Sie nun heiraten oder nicht?«

Maximilian schaute bittend zu Marlene, die aber schüttelte den Kopf. »Lene, ich liebe …«, wollte er wiederholen, aber die Stimme versagte ihm. Er wandte sich von ihr ab und wankte zum Ausgang.

Mit versteinerter Miene schaute Marlene ihm nach. Es fühlte sich an, als würde ihre Atmung aussetzen.

Erst als der Pfarrer sie lauter bat, für das nächste Brautpaar beiseitezutreten, kam sie aus ihrer Schockstarre wieder zu sich. »Warte, Max!«, rief sie, als er gerade durch das Portal nach draußen trat.

Marlene eilte ihm nach, aber als sie die Kirche verließ, sah sie, dass es auf der Straße noch voller geworden war. Zwischen geschwenkten Fahnen und fliegenden Hüten war Maximilian nicht mehr zu sehen, und Marlene wusste nicht einmal, von welchem Bahnhof aus er die Stadt heute Abend verlassen würde.

***

1

1. Juli 1918

Marlene schob ihr klappriges Fahrrad über den Hinterhof und durch den Tordurchgang des Vorderhauses. Ein warmer Sommerwind umwehte sie. Sie freute sich, wieder zurück im ruhigeren Weißensee zu sein, nachdem sie zwölf Semester Medizin an der Königlichen Friedrich-Wilhelms-Universität im lauten Berlin erfolgreich hinter sich gebracht hatte. Das Studium war hart und entbehrungsreich gewesen, nach Maximilians Einberufung vor allem einsam. Kurz erschien ihr sein kantiges, perfekt rasiertes Gesicht mit der markanten Nase. Sie erinnerte sich an seinen sehnsüchtigen Blick auf ihren Mund und daran, wie er den Duft ihrer Haare einsog. Sie fragte sich, wohin er in seinem Lazarettzug wohl gerade fahren mochte. Schon seit vier Jahren ratterte der D5 zwischen der Westfront und den Heimatlazaretten hin und her, nur Berlin streifte er nie. Sie seufzte leise. Sein letzter Heimaturlaub lag ein halbes Jahr zurück. Aber heute war kein Tag zum Traurigsein!

Marlene sog die frische Weißenseer Luft ein und bestieg ihr Rad. Als einzige Frau ihres Abschlussjahrgangs hatte sie eine Anstellung als Medizinalpraktikantin ergattert – nach langjähriger Ausbildung war dies der letzte große Schritt auf dem Weg zur Kinderärztin. Heute begann an der Kinderklinik Weißensee das zwölfmonatige Praktikum, das mit der sogenannten Bestallung endete, die sie zur vollen Ausübung der Heilkunde berechtigte.

Sie fuhr los und hatte gerade die ersten Meter in der Langhansstraße hinter sich gebracht, als jemand ihr nachrief: »Fräulein Doktor! Fräulein Doktor Lindow, bitte warten Sie!«

Marlene stoppte und wandte sich der Postbotin zu, an der die Uniform der Reichspost schlotterte.

»Noch bin ich keine fertige Ärztin«, entgegnete Marlene mit einem Lächeln.

Die Postbotin, die ihre Briefe mit Vorliebe persönlich übergab, kam zu Marlene gelaufen. Sie hatte eine schwere Ledertasche umgehängt, auf deren Klappe das Posthorn der Reichspost eingestanzt war. »Ihre Schwester hat mir verraten, dass Sie bald die beste Kinderärztin in ganz Weißensee sein werden«, sagte sie und zeigte mit dem Daumen in Richtung Hinterhaus, wo sich die kleine Dachgeschosswohnung mit der rot-grün gestreiften Tapete befand, die Marlenes jüngere Schwester Emma mit ihrem Sohn bewohnte. Vor einer Woche war Marlene dort und nicht bei ihrem Verlobten untergekommen, weil Maximilian seine Weißenseer Wohnung seit Ausbruch des Krieges an Doktor Proskauer untervermietet hatte. Während des Heimaturlaubs trat der HNO-Spezialist ihm das Besucherzimmer ab.

»Sie haben einen Brief für mich?«, fragte Marlene aufgeregt. Feldpost wurde kostenlos und in Großstädten bis zu elfmal am Tag ausgetragen.

Die Postbotin nickte und drückte ihr den Umschlag in die Hand, damit er vom Sommerwind nicht fortgetragen wurde. »Ich muss weiter, es ist gleich acht«, sagte die Frau noch. »Und grüßen Sie Ihre Schwester von mir.«

Marlene verstaute den Brief in ihrer Rocktasche. In ihrer ersten Pause würde sie ihn ganz in Ruhe lesen, jetzt musste sie sich ebenfalls ranhalten. »Ich grüße Emma, ja, danke«, versprach sie schon halb im Fahren und trat in die Pedale.

»Welche Verdachtsdiagnose haben Sie, Fräulein Lindow?«, sprach sie vorfreudig vor sich hin, während sie über die Berliner Allee radelte. Es war eine zu schöne Vorstellung, eines Tages von ärztlichen Kollegen nach ihrer Meinung gefragt zu werden. Beim Einbiegen in die Falkenberger Straße rammte sie ein rotes Automobil mit offenem Verdeck, dessen Fahrer erzürnt hupte.

Marlene beachtete ihn nicht weiter, sondern fuhr noch einmal schneller, sodass der Drahtesel unter ihr quietschte. Der Fahrtwind fuhr durch ihr kurzes, lockiges Haar, das Emma ihr erst gestern abgeschnitten hatte. Es bedeckte gerade so ihre Ohren und war zu einem Seitenscheitel frisiert, wie es in Berlin gerade Mode wurde.

Auf dem Gelände der Kinderklinik angekommen, schloss Marlene ihr Fahrrad am Klinikzaun an. Sie konnte den Mist aus dem klinikeigenen Kuhstall riechen, dessen gute Milch für die Genesung der kranken Kinder nicht hoch genug geschätzt werden konnte.

Marlene trat vor den Haupteingang und schaute an dem Gebäude hinauf. Sechs Jahre lag es zurück, dass sie unter den Augen der Kaiserin höchstpersönlich ihre Prüfung zur Kinderkrankenschwester bestanden hatte. Seitdem hatte sie die Klinik nicht wieder betreten. Von Emma wusste sie zwar, was hier vor sich gegangen war, aber keine der Angestellten hatte sie seither wiedergesehen. Dennoch fühlte es sich an, als käme sie heim. Das imposante, moderne Haus mit seinen großen Doppelfenstern und den turmartigen Anbauten hatte sich nicht verändert. In Berlin war die öffentliche Gesundheitsversorgung inzwischen fast zusammengebrochen, weil die medizinischen Kapazitäten vor allem fürs Militär verwendet wurden. Die jüngeren Ärzte arbeiteten im Kriegsgebiet, nur die älteren waren noch an der Heimatfront tätig.

Marlenes Blick blieb am Mansardengeschoss hängen, wo die Elevinnen untergebracht waren. Ihre Ausbildung war eine aufregende Zeit gewesen. Fast wirkte die Klinik auf sie, als wären ihr die letzten schwierigen Jahre erspart geblieben, weil sie immer noch so hübsch gepflegt aussah, als würde es hier an nichts fehlen.

Marlene straffte sich und betrat das Hauptgebäude. Heute begann ein neuer Lebensabschnitt für sie. Sie schätzte, dass ihr Puls fast bei hundert lag. Es war ein erhabenes Gefühl, bald ärztliche Verantwortung übernehmen zu dürfen. Sie war hungrig darauf, ihr theoretisches Wissen endlich anzuwenden. Bedächtigen Schrittes ging sie durch den hellen Korridor mit den zarten Blütenmalereien und hielt auf das Büro von Doktor Ritter zu, das sich linker Hand vom Eingang befand. Zwei Rotkreuzschwestern kamen ihr entgegen und beschauten sie verstohlen, beide kannte sie nicht. Viele Rotkreuzschwestern ihres Jahrgangs waren in Lazarette befohlen worden, Marie-Luise Fischer und Traudl, mit denen sie damals oft aneinandergeraten war, hatten wohl zuletzt Verwundete von der Ostfront versorgt. Clarissa, Emmas einstige Bettnachbarin mit den hübschen Sommersprossen, hatte ein Jahr nach dem Ende der Ausbildung einen Offizier geheiratet. Hoffentlich, dachte Marlene dann, hatte der Krieg sie nicht zur Witwe gemacht.

Doktor Ritter öffnete seine Bürotür. »Fräulein Lindow«, begrüßte er sie und deutete in den Raum hinter sich. Er war der Ärztliche Direktor der Klinik, viel gerühmter Mediziner und souveräner Arzt im Umgang mit seinen Patienten. Noch immer trug er dieselbe Brille mit den dicken Brillengläsern. Er rief über den Korridor: »Oberschwester Walburga, wo bleibt Oberarzt Buttermilch zur Begrüßung der neuen Kollegin? Und Konsiliarius Proskauer? Ich hatte beide zu acht Uhr einbestellt!« Bestimmt war er bis zum Speiseraum der Schwestern zu hören.

»Beide lassen sich entschuldigen«, hörte Marlene Oberschwester Walburga antworten, von der sie aus Emmas Erzählungen wusste, dass sie die Schwester von Oberarzt Buttermilch und bereits im jugendlichen Alter dem Vaterländischen Frauenverein vom Roten Kreuz beigetreten war.

Schade, dass die Kollegen zu beschäftigt sind, dachte Marlene, sie hatte sich schon ein paar Sätze für sie zurechtgelegt. Sie wollte ihre Freude darüber bekunden, mit solch erfahrenen Kinderärzten zusammenarbeiten zu dürfen. Ihren besonderen Dank wollte sie Doktor Ritter aussprechen, der sie als Medizinalpraktikantin ausgewählt hatte.

Marlene nahm am Besprechungstisch Platz. »Ich freue mich sehr, hier zu sein«, betonte sie, klang aber vor Aufregung weniger souverän, als ihr lieb war. Ihr Blick fiel auf die überlebensgroße Büste von Hippokrates, der alles im Raum zu verfolgen schien. Nach Abschluss ihres Praktikums wollte sie so bald wie möglich den hippokratischen Eid ablegen, ein Akt im Rahmen der Bestallung.

»Die Kommune Weißensee und der Bürgermeister haben alles dafür getan, dass die Kinderklinik nicht in ein Lazarett umgewandelt wird«, erklärte Doktor Ritter auf dem

Weg zum Schrank neben dem Schreibtisch. »Ein Schicksal, das vielen anderen Krankenhäusern nicht erspart blieb.« Er kam mit einem gefalteten Kleidungsstück zurück und überreichte es Marlene. Er war kein Mann großer Worte.

Marlene entfaltete das reinweiße Stück und strich ehrfürchtig darüber. Der feste Stoff war schwer wie Loden. »Mein erster Arztkittel«, sagte sie angetan. »Vielen Dank.«

»Vielleicht noch etwas breit. Die Schneiderei hat sich noch nicht auf Ärzt*innen* eingestellt«, bemerkte Doktor Ritter.

Marlene zog sich den Kittel über und knöpfte ihn vorne an der Leiste zu. Die Länge war perfekt, weil sie kaum kleiner als die meisten Männer war, aber von der Breite passte sie nun wirklich zweimal hinein. Sie überlegte, sich einen ebenfalls reinweißen Gürtel zu besorgen, mit dem sie den Kittel an der Hüfte enger schnüren könnte, um besser darin laufen zu können. Bei Notfällen wollte sie sofort zur Stelle sein.

Im Folgenden ging der Ärztliche Direktor die Ziele ihres Praktikums durch und die Entwicklungsschritte, die er in den kommenden zwölf Monaten von ihr erwartete. Bisher kannte sie alles nur als Theorie aus Dutzenden Lehrbüchern. Fortan würde sie die komplexe Organisation der Patientenversorgung in Zusammenarbeit mit ärztlichem und nichtärztlichem Personal ganz praktisch lernen, an Bereitschafts- und Sonntagsdiensten den diensthabenden Arzt begleiten und außerdem an Fallbesprechungen und arzneitherapeutischen Konferenzen teilnehmen. Die ersten Operationsassistenzen standen bereits im ersten Praktikumsmonat an. Am Ende des Gesprächs hatte Marlene noch einen ganzen Stapel an Formularen zu unterschreiben.

»Und nun zeige ich Ihnen Ihr Büro zwei Türen weiter.« Doktor Ritter erhob sich. »Die meisten Arztstellen konnten noch nicht wieder besetzt werden. Sie haben also ein ganzes Büro für sich alleine, Fräulein Lindow.«

Marlene ließ sich in einen Raum führen, der sie mit dem feinen Ledersofa, dem Bücherregal voller dicker Fachbücher und dem vornehmen Schreibtisch neben dem Fenster an Maximilians Büro erinnerte. Dort hatten sie und ihr Verlobter das erste Mal zusammen Walzer getanzt, es war der Beginn ihrer Liebe gewesen. Früher hatte Doktor Levy in diesem Büro gearbeitet.

»Für die tägliche Visite finden Sie sich bitte um halb neun oben auf der Krankenetage ein«, bat er. »Sie wissen noch, wo das ist?«

Marlene nickte vorfreudig auf ihre erste Visite als angehende Ärztin. Dieses Mal würde sie nicht die Handreichungen einer Lernschwester machen, sondern fachlich assistieren.

»Bis zur Visite können Sie schon einmal die Krankenakten studieren«, empfahl der Ärztliche Direktor noch und zeigte auf einen Aktenstapel auf ihrem Schreibtisch. »Und, Fräulein Lindow ...«, fügte er noch hinzu, als Marlene gerade schon nach der oben liegenden Krankenakte greifen wollte. »Schön, dass Sie zurück sind.« Er klang fast ein wenig gerührt.

»Danke für diese Chance.« Marlene lächelte ihn breit an. »Ich werde Sie nicht enttäuschen. Aber waren Sie an Ihrem ersten Tag als Praktikant auch so aufgeregt? Ich meine ja nur, weil Ärzte eine so große Verantwortung tragen«, kam es ihr unvermittelt über die Lippen. Wem, wenn nicht ihm gegenüber konnte sie ehrlich sein. Er hatte ihr schon im Vorgespräch angeboten, ihr Mentor zu sein.

Die Hand bereits auf der Klinke, hielt Doktor Ritter noch einmal inne. Erst nach einem längeren Zögern wandte er sich noch einmal um. »An meinem ersten Tag als Medizinalpraktikant war ich auch aufgeregt, ja, das ist wohl normal.« Er nickte ihr aufmunternd zu. Mit einem Blick auf ihren Verlobungsring sagte er: »Und denken Sie daran, Ihren Schmuck bei der Arbeit abzulegen, der ist bei Untersuchungen und Operationen nur hinderlich.« Dann verließ er das Büro.

Marlene betrachtete ihren Ring versunken und wartete, bis Doktor Ritters Schritte auf dem Korridor verklungen waren, bevor sie ihn in die Schublade legte. Erst danach fiel ihr der bunte Strauß Dahlien auf dem Fensterbrett auf. Sie zog eine Karte daraus hervor, auf der geschrieben stand:

Für Lene, alles Liebe und gutes Gelingen. In meinen Träumen bin ich bei dir.
Dein Emmalein

»Danke, Schwesterherz«, sagte Marlene bewegt. Emma hatte es sehr leidgetan, dass sie noch bis Mittwoch Nachtdienst hatte. Zu gerne hätte sie Marlene in der Kinderklinik willkommen geheißen.

Marlene setzte sich hinter den Schreibtisch, zog die zuoberst liegende Akte vom Stapel und schlug sie auf. Sie gehörte zu einer Patientin mit Skabies, im Volksmund auch Krätze oder Räude genannt.

Es klopfte, die Bürotür wurde geöffnet und eine Schwester stürmte herein. »Fräulein Lindow, Doktor Ritter bittet Sie, umgehend in das Untersuchungszimmer zu kommen. Es gibt einen Notfall!«

Marlene sprang sofort auf, stürmte über den Korridor und vorbei am Pförtnerzimmer.

»Fräulein Marlene!«, rief der Pförtner Willy Pinke von hinter seinem Tresen her. »Endlich sind Se wieda da!« Er senkte seine Stimme: »Der Jacki wird sich kugeln vor Freude, wenn er Se sieht.«

Marlene schenkte dem Pförtner im Vorbeieilen ein Lächeln. Willy Pinke war eine Institution an der Kinderklinik und ein Grund, warum sie sich einst so schnell willkommen gefühlt hatte. »Ich freue mich auch«, rief sie ihm noch zu.

Dann wollte sie das Untersuchungszimmer betreten, wurde aber von einer Frau gebremst, die die Oberschwester sein musste, so bestimmt, wie sie auftrat. »Lassen Sie mich durch!«, forderte Walburga Buttermilch und schritt an die Untersuchungsliege. Marlene folgte gemäßigten Schrittes.

Die Doktoren Ritter und Buttermilch waren über ein Mädchen auf der Untersuchungsliege gebeugt, zwei Rotkreuzschwestern standen ihnen gegenüber. Eine dritte Schwester war dabei, einen Herrn am Eingang des Untersuchungszimmers zu beruhigen.

»Was ist mit Frieda?«, drängte er zu wissen. In seinem engen Anzug und mit dem vornehmen Strohhut, den ein dunkelblaues Satinband zierte, kam er Marlene seltsam bekannt vor. Er trug Fassonschnitt und Menjoubärtchen, ein schmaler Schnauzer wie mit dem Stift gezogen. Sie hatte nie einen gepflegteren, modischeren Herrn gesehen, erst recht nicht in diesen Jahren des Mangels. Maximilian kleidete sich deutlich traditioneller.

»Wie schlimm hat sich meine Tochter bei dem Sturz verletzt?«, fragte er und schaute zwischen den Doktoren hin und her.

»Wir werden Frieda jetzt erst einmal genau untersuchen, danach wissen wir mehr«, erklärte Doktor Ritter in ruhigem Ton.

»Und jetzt verlassen Sie bitte das Untersuchungszimmer. Wir müssen uns konzentrieren!«, verlangte Oberarzt Buttermilch und bedeutete der Oberschwester, sich um das Ärgernis zu kümmern. Noch bevor er selbst sich wieder auf die Notfallpatientin konzentrierte, erblickte er Marlene.

Fast meinte sie, er bräuchte etwas, sie mit ihrer neuen kurzen Lockenfrisur zu erkennen. Früher war er stets mit erhobenem Haupt und maßgeschneidertem Arztkittel über die Korridore der Klinik stolziert. Nur zu gerne hatte er sich von den Elevinnen die Türen aufhalten lassen, wie Untertanen es für ihren König taten.

Marlene wollte Oberarzt Buttermilch gerade höflich zunicken, als der sich abrupt von ihr abwandte und wieder über die Patientin beugte. Im nächsten Augenblick hatte auch Marlene nur noch Augen für das etwa sechsjährige Mädchen, das offensichtlich Herz-Kreislauf-Probleme hatte. Es wirkte erschöpft, seine Augenlider flatterten, als drohte es, jeden Moment ohnmächtig zu werden. Im Hintergrund sprach die Oberschwester auf den Vater des Kindes ein und schob ihn schließlich vor die Tür.

»Die Herzfrequenz ist verlangsamt, der Blutdruck fällt ab«, kommentierte Doktor Ritter seine Untersuchung. »Was berichtet der Vater über den Unfallhergang?« Er schaute die Schwestern an.

»Beim Üben einer Radwende als Abgang vom Schwebebalken habe das Mädchen das Gleichgewicht verloren und sei mit Schwung auf den Rücken gestürzt«, berichtete eine der drei pflichtbewusst. »Frieda ist Mitglied im Weißenseer Turnverein«, fügte die andere noch an.

Ist das Schwester Vera?, durchfuhr es Marlene. Die Zigaretten rauchende Stationsschwester der HNO von früher? Marlene war unsicher, denn Vera zeigte keine Anzeichen von Wiedersehensfreude. Vielleicht war sie aber nur ganz auf den Notfall konzentriert.

»Ja, Turnen«, murmelte das Mädchen mit den blonden Zöpfen und lächelte schläfrig wie bei einem schönen Traum. »Wenn ich groß bin, will ich …«, sie atmete langsam, ihre Worte klangen wie mit Luft gefüllt, »… will ich Kreismeisterin der Unter-Zehnjährigen werden. Und mein Papa sagt, dass nach dem Krieg Balkenturnen vielleicht auch bei Olympia geturnt werden darf.«

Marlene erinnerte sich daran, dass die Olympischen Sommerspiele 1916 in Berlin hatten ausgetragen werden sollen, aber wegen des Krieges abgesagt wurden.

Doktor Ritter winkte Marlene an das Kopfende der Untersuchungsliege. »Wo hast du Schmerzen, Frieda?«

Die Frau, die Marlene für Stationsschwester Vera hielt, nahm kurz die Hand der kleinen Patientin und prüfte die Venen. Marlene fiel auf, dass Friedas Venen gut sichtbar waren, vermutlich auch mehr als normal mit Blut gefüllt. Ein Hinweis auf eine Gefäßerweiterung.

»Ich habe keine Schmerzen, nur schwindelig ist mir«, antwortete das Mädchen, das einen knielangen hellblauen Turnanzug trug mit Rüschen an den Armen und dem Wappen des Weißenseer Turnvereins auf der Brust. »Aber meine Beine kann ich nicht mehr bewegen.«

Die Doktoren warfen sich einen alarmierten Blick zu, der nichts Gutes verhieß. Im Folgenden beobachtete Marlene sehr genau, wie Oberarzt Buttermilch die Reflexe und Berührungsempfindlichkeiten prüfte. Im Gegensatz zu Doktor Ritter wirkte er nervös, als befürchte er, dass das Kind jeden Moment unter seinen Händen verstarb. Danach lagerten die Schwestern die Beine des Mädchens auf ein Kissen. Das war notwendig, damit sich ihr Kreislauf wieder stabilisieren konnte.

Nachdem Marlene eine Weile etwas hilflos herumgestanden hatte, entschied sie sich, den Hautkontakt zu übernehmen. Streicheln, das wusste sie noch aus ihrer Ausbildung zur Krankenschwester, beruhigte die kleinen Patienten. Frieda hatte warme Hände und rosige Fingerspitzen, weitere Hinweise auf eine Gefäßerweiterung, die sich in Herz-Kreislauf-Beschwerden äußerten.

»Wir müssen sie sofort röntgen und zeitnah ein blutdrucksteigerndes Mittel spritzen«, wies Doktor Ritter an. »Ich vermute, dass sie ein Wirbelsäulentrauma mit Verletzung des Rückenmarks erlitten hat und sich nun im Zustand eines Rückenmarksschocks befindet.«

Marlene zuckte zusammen. Das Rückenmark des kleinen Mädchens war verletzt? Bei einer Rückenmarksverletzung wurden die Nerven im Mark durchtrennt, was sämtliche Funktionen und Organe unterhalb des geschädigten Wirbelsegmentes lahmlegte und Lähmungen verursachte. Ob diese ganz oder nur teilweise erhalten blieben, war erst auszumachen, wenn der Rückenmarksschock nachließ. Das konnte Tage oder Wochen dauern. Die große Mehrheit der Betroffenen verstarb vor dem Ende des Schocks an multiplem Organversagen.

Oberarzt Buttermilch und Oberschwester Walburga platzierten das mobile Röntgengerät über der Patientin und drängten Marlene dafür zur Seite. Marlene sollte dem Mädchen Suprarenin intravenös spritzen. Plötzlich zitterten ihre

Hände vor Aufregung so sehr, dass die Oberschwester ihr die Spritze aus den Händen nahm und sie ihrem Bruder hinhielt.

Marlene versuchte, sich ganz auf die Patientin zu konzentrieren, und fragte diese mit möglichst ruhiger Stimme: »Was ist denn so schön am Balkenturnen?«, um Frieda von der Untersuchung und der Abwesenheit ihres Vaters abzulenken. Eine Ärztin durfte nicht zögern, nicht zittern oder Angst haben.

Frieda öffnete ihre Augen. »Meine Mama war auch Balkenturnerin, und wenn ich turne, dann schaut sie vom Himmel zu mir herab.«

Frieda hatte auch keine Mutter mehr? Marlene wurde die Kehle eng, und sie schaute kurz zur Tür, wo die aufgeregte Stimme von Friedas Vater zu hören war. »Und du kannst wirklich ohne Festhalten über den schmalen Balken laufen?«, fragte sie das Mädchen. Der Blitz des Röntgenapparats zischte durch den Raum.

Frieda drehte ihren Kopf zu Marlene und nickte mehrmals, das blutdrucksteigernde Medikament zeigte also Wirkung, und das Mädchen verstarb nicht direkt unter ihren Händen.

Marlene atmete erleichtert auf, als Oberarzt Buttermilch die Ergebnisse des Röntgens zusammenfasste: »Der BWK 7 ist nur an- und nicht gebrochen und auch nicht gesplittert. Er wächst von allein wieder zusammen. Das obere Halsmark ist ebenfalls nicht verletzt.«

Weil die Doktoren nicht von Knochensplittern oder anderen Fremdkörpern sprachen, die womöglich in das Rückenmark hineinstachen, folgerte Marlene, dass Frieda beim Sturz eine Prellung des Rückenmarks erlitten hatte.

Doktor Ritter formulierte es etwas komplizierter: »Wir haben es mit einer Kontusion des Rückenmarks im Bereich des BWK 7 zu tun.« Während des Studiums hatte Marlene einen einzigen Fall mit einer Rückenmarksprellung erlebt. Allerdings war damals nicht der BWK 7, der siebte Brustwirbelkörper, betroffen gewesen, sondern einer der Halswirbel. Professor Czerny, Leiter der Kinderklinik der Charité, hatte den kleinen Patienten nicht retten können. Der Junge war nach kurzer Zeit an den Folgen der Lähmung verstorben. Eine Prellung war weniger schlimm als eine Durchtrennung des Rückenmarks, bedeutete in vielen Fällen jedoch trotzdem den Tod.

»Wann kann ich meine Beine wieder bewegen?«, fragte Frieda und schaute Marlene aus rot geränderten Augen an. »Ich will die Radwende weiter üben.« Kraftlos zeigte sie auf das Vereinswappen des Weißenseer Turnvereins auf ihrer Brust.

Marlene schaute hilflos zu Doktor Ritter. Wie man Patienten fatale Diagnosen überbrachte, war ihr im Studium nicht beigebracht worden. Sie sehnte Emma an ihre Seite, die jetzt bestimmt wüsste, wie mit Frieda zu sprechen war.

Oberarzt Buttermilch überging die Frage der Patientin und wandte sich stattdessen an Schwester Vera Allenhausen. Deren Haut war vom Rauchen gelblich verfärbt und großporig – wie früher.

»Die Patientin muss unbedingt ruhig und stabil liegen und braucht eine Drainage für den Urin- und Kotabgang!«, wies Doktor Buttermilch an, er klang nach wie vor aufgeregt. »Außerdem benötigt sie eiweißreiche Ernährung wegen der Störung des Eiweißstoffwechsels – notfalls über eine Sonde verabreicht – und extra Vitamine A, B, C und E.«

»Tägliche Einläufe?«, versicherte sich Stationsschwester Vera.

Buttermilch nickte mehrmals auf die Frage nach den Einläufen. »Das Kind kommt in das Ruhezimmer auf der Chirurgie. Und legen Sie sie auf die weichste Matratze, die Sie finden können. Neben das Bett stellen Sie eine Glocke für den Notruf.« Der Oberarzt nickte auch seiner Schwester, der Oberschwester, zu, wohl, damit sie die Umsetzung der Maßnahmen überwachte.

»Wir können jetzt nur abwarten, Frieda«, erklärte Doktor Ritter, während Marlene der Patientin gedankenversunken die Wange streichelte. Die Behandlung einer Rückenmarksverletzung zielte nicht auf die Verbesserung des Zustandes ab, sondern lediglich auf ein Erträglich-Machen bis zum Eintritt des … Marlene vermied es, das T-Wort auch nur zu denken. Die kleine Turnerin durfte nicht sterben!

Nachdem Frieda auf das Ruhezimmer der Chirurgischen Station gebracht worden war, ging Marlene zurück in ihr Büro, um sich weiter in die Krankenakten zu vertiefen.

Sie las Seite für Seite, aber ihre Gedanken kehrten doch immer wieder zu der schwer verletzten Turnerin zurück. Vielleicht wegen der Verletzlichkeit von Kindern war die Pädiatrie wohl eine der herausforderndsten medizinischen Fachrichtungen. Unbewusst fuhr ihre Hand an der Stelle über den Arztkittel, wo sie in ihrer Rocktasche Maximilians jüngsten Brief aufbewahrte.

»Die Klinik braucht dich, Max, und ich brauche dich noch mehr«, flüsterte sie. Sie war sehr stolz auf ihn. Hier in Weißensee hatte er viele Kinder heilen können, und im Lazarettzug meisterte er tagein, tagaus den anspruchsvollen

Beruf des Kriegsarztes. Er war einer der begabtesten Ärzte, dessen war sie sich sicher, aber vor allem war er ein warmherziger, leidenschaftlicher Mensch, der sich für andere einsetzte.

Sie hielt es nicht länger aus, holte endlich den Brief hervor und setzte sich auf das vornehme Ledersofa, das jedem großbürgerlichen Salon zur Ehre gereicht hätte.

Im nächsten Moment klopfte es erneut. Sofort steckte Marlene ihre Privatangelegenheit in die Rocktasche zurück, erhob sich und strich sich den Arztkittel glatt. »Herein?«

Hanny Polsfuß betrat das Büro, gefolgt von zehn Elevinnen, eine ordentlich hinter der anderen. Nicht nur ihr strenges Regiment, sondern auch ihr Äußeres schien sich nicht im Geringsten verändert zu haben. Die zierliche Oberin trug ihr stahlgraues Haar unter der Rotkreuzhaube streng mit Mittelscheitel zurückgenommen. Ihr schwarzes Gewand verlieh ihr eine besondere Würde.

»Fräulein Lindow, ich dachte, dass ich unsere neuen Elevinnen auch mit Ihnen bekannt mache!«, sagte die Oberin.

»Natürlich, das ist sehr nett von Ihnen«, entgegnete Marlene höflich und war gleichzeitig davon überzeugt, dass die neuen Elevinnen es unter der strengen Rotkreuzoberin gewiss nicht leicht haben würden. Besonders war ihr in Erinnerung geblieben, wie schockiert Hanny Polsfuß gewesen war, als mitten in der Ausbildung herauskam, dass ihre Mitschwester Heidemarie schwanger war. Von einer Schande hatte sie gesprochen, dass eine Schwangere als Pflegekraft arbeitete – in einem Beruf also, der auch körperlich anstrengend war – und damit das Wohl des Ungeborenen jeden Tag aufs Neue gefährdete. Auch Emma hatte nach der Entdeckung ihrer Schwangerschaft das Gespräch mit der Oberin gesucht und die Klinik verlassen müssen.

Anstatt Marlene wie früher zu maßregeln oder ihre Frisur und den Sitz der Dienstbrosche zu prüfen, berichtete die Oberin den Schwesternschülerinnen von Marlenes medizinischem Werdegang. Aber die meisten Elevinnen schienen nicht so recht zu wissen, was sie von einer Frau als Ärztin halten sollten.

Marlene gab den jungen Damen für ihr Ausbildungsjahr noch einen Tipp mit, der ihr damals auch geholfen hatte: »Zögern Sie nie zu helfen, zu beruhigen oder einfach nur aufmerksam zu sein. Es sei denn, der verantwortliche Arzt oder eine ermächtigte Schwester weist Sie anders an.«

Nach einem bestätigenden Nicken führte Oberin Polsfuß die Elevinnen aus Marlenes Büro und kündigte an, den Rundgang im Kuhstall und in der Nahrungsbereitungsanstalt fortzusetzen. Auch dort arbeiteten inzwischen vor allem Frauen, weil jeder gesunde Mann im Krieg gebraucht wurde.

Den Rest ihres ersten Arbeitstages verbrachte Marlene an der Seite von Doktor Ritter, der sich die Zeit nahm, ihr die technische Ausstattung des Operationssaales zu erklären und ihr einen Überblick über die Patienten auf der Chirurgie zu geben. Dabei verhielt er sich distanzierter als noch am Morgen. Ob er wegen ihres Verhaltens vorhin beim Spritzen enttäuscht war? Jedenfalls fiel die Mittagspause, in der sie Maximilians Brief hatte lesen wollen, aus.

Als Marlene ihren Arztkittel bei Dienstende ablegte, fühlte er sich schwerer an als noch am Morgen. Sie vergaß nicht, sich ihren Verlobungsring wieder anzustecken, ohne ihn hatte ihr tagsüber etwas gefehlt. Sie verließ die Kinderklinik so spät am Abend, dass sich sogar der Pförtner schon in seine Stube zurückgezogen hatte. Sie würde ihren Antrittsbesuch bei Willy Pinke am Folgetag machen.

Anstatt zurück in die Langhansstraße zu radeln, fuhr Marlene zum Weißen See. Die Sonne war schon untergegangen, und das Wasser schimmerte schwarz-gelb im Licht des Mondes. Nur noch wenige Menschen waren unterwegs. Drüben am Schloss, wo Soldaten in einem Lazarett untergebracht waren, waren Stimmen und Gesang zu hören. Marlene lehnte ihr Fahrrad gegen eine Bank, hinter der ein Holunderbusch prächtig weiß blühte. Auf der gegenüberliegenden Seeseite stand das *Milchhäuschen*. Sie nahm Platz und holte Maximilians Brief zum zweiten Mal an diesem Tag hervor.

Viele Frauen bekamen über die Feldpost von Kameraden ihres Mannes oder über Vorgesetzte Todesnachrichten übermittelt. Maximilian war in seinem Preußischen Lazarettzug D5 eigentlich in Sicherheit, in guter Entfernung zur Front, so hoffte sie. Ihr Herz schlug schneller, als sie das Papier entfaltete. Sie roch daran, um das letzte bisschen Duft ihres Verlobten aufzusaugen, das noch in dem Brief steckte.

Während sie seine Zeilen las, meinte sie, seine Stimme zu hören:

Meine Lene,

keine Stunde vergeht, in der ich nicht an dich denke und unser nächstes Wiedersehen herbeisehne. Gerade sind wir vom Lazarett aus Châtillon losgefahren, der Zug ist voll belegt. Ich bin gesund, nur etwas müde. Bitte mache dir keine Sorgen um mich. Wenn dich meine Zeilen erreichen, hast du dein ersehntes Praktikum in Weißensee vielleicht schon angetreten. Ich bin überzeugt, dass du sie alle begeistern wirst – wie damals, als du als Elevin an die Klinik kamst. Ich fühle mich überglücklich, das frechste, charmanteste und klügste Mädchen aus ganz Preußen lieben zu dürfen.

Marlene schaute auf und auf den glitzernden See. Es erleichterte sie zu wissen, dass es Maximilian den Umständen entsprechend gut ging und dass er sie immer noch nicht vergessen hatte. Das Papier, sein Papier, schien in ihren Händen zu glühen, und sie meinte, seine Fingerspitzen an den ihren zu spüren. Begierig las sie weiter:

Letzte Nacht träumte ich, ich wäre im Gesellschaftshaus in der Parkstraße und wir würden Tango miteinander tanzen. Ich konnte deine Arme, ja deinen ganzen Körper spüren, jeden Muskel, jede Reaktion auf die kleinste meiner Bewegungen, wie bei unserem letzten gemeinsamen Tanz.
Als ich dann aufwachte, fühlte es sich an, als würde ich auf der anderen Seite des Erdballs leben.

Sie hatten nie wieder über den Tag des Kriegsausbruchs gesprochen, weder über ihre Absage vor dem Altar noch über seinen Aufbruch ohne Abschied. Nachdem sie damals vor der Kirche mehrmals laut nach ihm gerufen, aber keine Antwort bekommen hatte, hatte sie erfolglos Berlins Bahnhöfe nach ihm abgesucht. Viele schlaflose Nächte waren die Folge gewesen, bis sechs Wochen später ein erster Brief von ihm eintraf. Aber anstatt sie endgültig zurückzuweisen, hatte er ihr geschrieben, dass er sie vermisste. Vor Erleichterung war ihr beinahe das Herz aus der Brust gesprungen. Auch bei seinen Heimaturlauben redeten sie nie über diesen Tag und genossen stattdessen die körperliche Nähe. Mal beim Tangotanzen, mal auf dem Sofa, wo sie sich, eng aneinandergeschmiegt, am jeweils anderen festhielten. Die Zeit war zu kostbar für Dissonanzen, auch wenn sie spürte, dass ihr *Nein* in Sankt Josef etwas zwischen ihnen verändert hatte. Davor hatten sie nie gezögert, ihre Probleme miteinander zu besprechen, hatten nichts aufgeschoben. Aber die Zeit vor dem Krieg schien ihr heute wie aus einem anderen Leben. Wie die meisten Deutschen hatten sie geglaubt, dass der Krieg nur wenige Monate dauern würde. Inzwischen waren sie im vierten Kriegsjahr, das vierte Jahr, in dem sie Maximilian nur wenige Tage sah. Heute würde Marlene laut Ja rufen, wenn sie erneut mit ihm vor dem Altar stünde. Sie wäre ein Esel, ihn jemals wieder loszulassen. Sie wollte mit ihm zusammenwohnen, ihn lieben mit jeder Faser ihres Körpers, ihn nie wieder enttäuschen. Jeden Tag wissen, dass er lebte und es ihm gut ging.

Ich schicke dir ein Bild mit, das mich vor dem Lazarettzug zeigt. Mir geht es besser als den meisten hier.
Du bist meine Belohnung für alle Entbehrungen.
Bleib mir ergeben, bis wir uns wiedersehen.
Bitte grüß auch Emma und Theodor von mir.

Dein Max

Marlene schaute sich die Fotografie sehr genau an. Der Lazarettzug war deutlich an dem roten Kreuz auf weißem Untergrund zu erkennen, das außen an jedem Wagen prangte. Der D5, das wusste Marlene aus Maximilians vorherigen Briefen, war ein sehr moderner Lazarettzug, in dem während der Fahrt operiert werden konnte. Maximilian hatte sich im zweiten Kriegsjahr persönlich dafür eingesetzt, dass auch eine kleine Bibliothek, ein tragbares Harmonium für Gottesdienste und ein Grammofon angeschafft wurden.

Auf der Fotografie stand er neben Begleitoffizier Triemer, den Betriebseisenbahnern und umringt von Rotkreuzschwestern, wie Marlene durch seine handschriftliche Notiz auf der Rückseite erfuhr. Er sah etwas mager aus, und seine Augen wirkten klein und müde. Zuletzt hatte es im *Tageblatt* geheißen, dass die deutschen Truppen erschöpft seien und Urlaub unbedingt nötig hätten. Die Westfront war das bedeutendste, verlustreichste Schlachtfeld des Großen Krieges, hier hatten die längsten Kämpfe stattgefunden.

Marlene nahm sich vor, ihm im Antwortbrief eine besondere *Liebesgabe* beizulegen, vielleicht etwas selbst Gehäkeltes, woran er sich wärmen konnte, wenn es kalt wurde, und Fisch aus der Konserve, weil er so mager aussah. Fischkonserven hielten sich lange und waren gut zu versenden.

Marlene küsste die Fotografie und träumte von ihrer nächsten Begegnung, obwohl Maximilian ein baldiges Wiedersehen in seinem Brief mit keinem Wort erwähnt hatte. Was gäbe sie für einen einzigen Tag Heimaturlaub!

***

2

4. Juli 1918

Als Emma die Augen öffnete, dämmerte es gerade. An ihre rechte Seite geschmiegt lag Theodor, links neben ihr schlief Marlene. Unter dem Kopfkissen ihrer Schwester lugte ein Buch über Rückenmarksverletzungen hervor, über dem Marlene am Vorabend eingeschlafen sein musste. Emma lächelte beim Anblick ihrer kleinen Familie und fuhr Theodor sanft durch das flaumige Haar. Ihr Junge hatte im Frühjahr einen richtigen Wachstumsschub gemacht, was gut war, denn ab September sollte er die erste Klasse der Weißenseer Volksschule besuchen.

Sie schob sich aus dem Bett und verließ die Schlafstube auf Zehenspitzen. In der kleinen, schmalen Küche wusch sie sich über der Waschschüssel, während die erste Helligkeit des Tages durch das Fenster hereinfiel. Dann setzte sie Wasser für das Frühstück auf, ging zur Vorratskammer und holte die Schale mit Quark, für den sie zuletzt drei Stunden angestanden hatte. Sie kratzte den Rest Quark gründlich zusammen.

Theodor war ganz verrückt nach Milchprodukten. Vielleicht das Erbe seines Vaters, dachte sie und trat an das Küchenfenster, das einen einzigartigen Blick über die Dächer von Weißensee bot. Seit Monaten schon hatte Emma nicht mehr an Tomasz gedacht. Einst hatte sie sich in ihn verliebt, als sie als Elevin an der Kinderklinik angefangen und er als Melker im klinikeigenen Kuhstall gearbeitet hatte. Als sie herausfand, dass er fremdging, hatte sie sich von ihm getrennt. Erst Wochen danach hatte sie ihre Schwangerschaft bemerkt. Sie verstand nach wie vor nicht, warum Tomasz sich nicht für seinen rührend braven wie herzensguten Sohn interessierte. Mit keinem Wort hatte er auf ihren Brief reagiert, in dem sie ihm einst von ihrer Schwangerschaft und der Not geschrieben hatte, die sie als ledige Mutter erwarten würde. Wenigstens finanziell hätte Tomasz sie unterstützen können. Emmas Blick verfinsterte sich. Sie hatte hart dafür gekämpft, als junge Mutter in den Stürmen des Lebens nicht unterzugehen. Die Wohnung hatte sie nur deswegen bekommen, weil Maximilian für sie gebürgt hatte. Das Geld von Walter Schmittke war schnell aufgebraucht gewesen, sodass sie sich trotz diverser Reinigungsarbeiten mit dem schlafenden Säugling auf dem Rücken ein paarmal sogar bei der Armenspeisung hatte anstellen müssen. Im ersten Jahr hatte Emma sich noch einen Vater zu ihrem Kind gewünscht. Das Leben als unverheiratete, alleinerziehende Frau war nicht nur wegen der Geldnot schwierig gewesen. Mit Blicken und Worten geächtet, hatte sie sich zeitweise wie eine Aussätzige gefühlt. Erst die Zusatzausbildung zur staatlich anerkannten Kinderkrankenschwester hatte die Wende gebracht. Sie hatte mit der Ausbildung begonnen, nachdem sie Theodor abgestillt hatte. Die neue Herausforderung hatte ihr Selbstbewusstsein gestärkt, und die Anfeindungen waren immer öfter an ihr abgeprallt. Mit der erneuten Anstellung an der Kinderklinik hatte sie es geschafft. Ihr Lohn reichte gerade so, um mit Theodor über die Runden zu kommen.

Emma begann, Kaffeepulver aus Kartoffeln in zwei Tassen zu löffeln. Kartoffeln waren das Lebensmittel der Kriegsjahre, als Kaffee, als Brei oder als Brot aus den Schalen, das sehr schnell zu schimmeln begann. Seitdem die Engländer die Nordsee blockierten, kamen nicht mehr genug Nahrungs- und vor allem Düngemittel ins Land. Die Ernten fielen mickrig aus. Seit zwei Jahren hatten sie kein Weizenbrot mehr gegessen.

Wie jeden Morgen ging Emma in Gedanken ihren Tag durch. Ihr Dienst begann um halb sieben, spätestens um Viertel nach sechs musste sie das Haus verlassen. Um Theodor würde sich heute wieder Frau Scharinski kümmern, die Nachbarin im ersten Stock des Mietshauses. In der Langhansstraße war die Frau für alle Kinder einfach nur Oma Schari.

»Mami?« Theodor stand in der Tür und rieb sich die müden Augen. Das dunkelblonde seidenglatte Haar stand ihm zerzaust vom Kopf ab. »Ich habe Hunger«, sagte er verschlafen.

Ich auch, dachte sie. In mancher Nacht träumte sie von der guten Weißenseer Ochsenschwanzsuppe oder von Klappstullen mit Schweizer Käse und davon, selbst einmal wieder Quark zu essen.

Emma half ihrem Sohn auf den Stuhl am Küchentisch, weil er noch etwas desorientiert wirkte. Zum Frühstück gab es Haferbrei für alle, Kartoffelkaffee für die Erwachsenen, Milch und einen Löffel Quark für Theodor.

»Mami, wann kommt Onkel Max endlich heim?«, fragte Theodor kauend. Er kannte seinen Onkel von dessen Heimaturlauben.

»Das weiß ich nicht«, gestand Emma offen.

»Ich möchte wieder mit ihm zu den Affen«, sagte der Junge. Während des letzten Heimaturlaubs waren Marlene und Maximilian mit Theodor einen ganzen Nachmittag im Zoologischen Garten gewesen. Maximilian hatte trotz der Zeitknappheit darauf bestanden, weil er für den Neffen von Marlene trotz des Krieges kein Fremder sein wollte.

»Ich weiß gar nicht, ob der Zoo derzeit geöffnet hat«, entgegnete Emma, was Theodor unglücklich dreinschauen ließ.

Erst als der Junge seine Mahlzeit vertilgt hatte, erschien Marlene in der Küche. Sie bekam noch kein Wort heraus. Die Kante des Medizinbuchs hatte einen Abdruck auf ihrer linken Wange hinterlassen.

Emma hielt ihr eine Tasse mit Kaffee hin. »Guten Morgen, Schwesterherz.« Theodor sprang auf und umarmte Marlene, sodass die ihren Kaffee fast über ihr spitzenverziertes Nachthemd kippte. »Guten Morgen, Tante Lene. Passt du heute auf mich auf?« Herzerweichend, wie es nur kleine Kinder oder Hunde vermochten, schaute er an ihr herauf.

Emma konnte Marlene ansehen, dass die gar nicht wusste, wie ihr geschah. Sie trank erst einmal einen Schluck Kaffee und setzte sich.

»Bitte, bitte!«, drängelte Theodor und schaute zwischen den Schwestern hin und her.

»Das geht nicht, Lene muss arbeiten«, sagte Emma. »Aber Oma Schari freut sich schon auf dich.« Theo war gerne bei Frau Scharinski, aber die Ankunft seiner Tante aus Berlin hatte bei ihm für viel Aufregung gesorgt.

»Aber wenn du möchtest, machen wir am Sonntag einen Ausflug auf meinem Fahrrad«, schlug Marlene schon etwas wacher vor.

»Oh ja!« Theo hüpfte vorfreudig auf der Stelle.

Marlene ließ sich von seiner Fröhlichkeit anstecken. »Ich könnte dir zeigen, wie ich freihändig fahre, und du sitzt auf dem Gepäckträger. Na, wie wäre das?« Sie zog ihn auf ihren Schoß und knuddelte ihn.

»Lene!«, ging Emma dazwischen.

»Keine Angst!«, beruhigte Marlene. »Meine Technik beim Freihändigfahren ist absolut ausgefeilt, da wird bestimmt nichts passieren.« Sie zwinkerte ihrem Neffen zu.

»Wenn ich heute ganz lieb bei Oma Schari bin, dann sagst du bestimmt ja zum Fahrradfahren, Mami«, bettelte Theo weiter.

»Ich überlege es mir noch.« Emma zog ihren Sohn an der Hand von Marlenes Schoß und zu sich. »Und jetzt erst mal ab auf die Toilette und dann an die Waschschale.« Sie gab ihm einen zärtlichen Klaps auf den Po.

Theo hüpfte zur Toilette auf der Halbetage draußen im Hausflur, die sie sich mit den Nachbarn teilten.

»Wie läuft die Zusammenarbeit mit Doktor Ritter?«, erkundigte sich Emma, nachdem sie allein waren.

Marlene trug das dreckige Geschirr zur Spüle, während sie antwortete: »Er ist eine Koryphäe, wenn es um die praktische Pädiatrie geht. Ich kann unendlich viel von ihm lernen. Es sind so viele neue Eindrücke als angehende Ärztin.«

»Oft fragen sogar die Kinderärzte der Königlichen Charité Doktor Ritter um Rat«, bestätigte Emma. Sie musste es schließlich wissen, denn seit viereinhalb Jahren war sie täglich auf der Chirurgie an seiner Seite.

Sie ging in die Schlafstube, und Marlene folgte ihr. Dort zog sie sich das hellgraue knöchellange Kleid mit dem hübschen weißen Kragen an, darüber kam die reinweiße Schürze mit den Latzträgern. Vor zwei Jahren war Emma zur Stationsschwester der Chirurgie aufgestiegen, eine besondere Ehre, weil die anderen Stationsvorsteherinnen nicht als freie Krankenschwestern arbeiteten, sondern dem Vaterländischen Frauenverein vom Roten Kreuz angehörten. Als Freie trug sie alles wie die examinierten Rotkreuzschwestern. Nur fehlte ihr die Dienstbrosche, und ihre Haube war nicht mit der Rotkreuzborte verziert.

Marlene nickte. »Doktor Ritter erklärt mir alles geduldig. Und ich versuche, mir vieles aufzuschreiben, und lese es später mehrmals durch, um es mir fest einzuprägen. Allerdings wirkt er distanzierter als noch vor ein paar Tagen bei meiner Begrüßung.«

»Dass er sich Zeit für dich nimmt, ist doch sehr nett von ihm«, bemerkte Emma, während sie sich ihr Haar zu einem tadellosen Knoten am Hinterkopf band. »Das sind die besten Voraussetzungen für Weißensees erste Medizinalpraktikantin. Du wirst in die Geschichte eingehen, und in hundert Jahren lesen die Menschen über dich und deinen kühnen Weg.«

Marlene lächelte versonnen, und Emma ahnte, was ihre Schwester nun dachte. Sie hoffte darauf, dass Maximilians Mutter, die Gräfin von Weilert, sie – wenn sie erst bestallte Ärztin wäre – endlich als Schwiegertochter akzeptieren würde. Maximilians Vater, der als Offizier im Krieg an der Ostfront diente, galt als vermisst.

»Lene, würdest du dich heute Abend bitte beim Krautladen in der Roelkestraße anstellen?«, bat Emma, um ihre Schwester von den quälenden Gedanken abzubringen. »Kauf, was immer unsere Lebensmittelkarten hergeben.« Sie deutete zum Stubentisch, in dessen Schublade sie die Karten aufbewahrten. »Hoffentlich reicht das Geld.« Regelmäßig wurden die Preise erhöht, sodass man nicht sagen konnte, wie viel das Geld morgen wert war und was man sich im nächsten Vierteljahr noch würde leisten können.

»Ja, das mach ich, hoffentlich komme ich rechtzeitig genug raus.« Marlene ging gedankenversunken in die Küche zur Waschschüssel. Emma machte Theodor derweil für den Tag zurecht.

Kurz vor sechs verließ sie mit ihrem Sohn die Dachwohnung und stieg die Treppen zu Frau Scharinski hinab. Der Sohn der Nachbarin war kurz nach Kriegsbeginn an der Ostfront gefallen und im Folgejahr ihr Ehemann. Aus der gemeinsamen Zeit als Familie erzählte sie immer wieder Anekdoten, gerne auch mal im Hausflur. Mit Vorliebe aber saß Elwira Scharinski häkelnd in ihrem Lesesessel. Theodor behandelte sie besonders liebevoll, weil es ihr leidtat, dass der Junge ohne Vater aufwachsen musste. Emma bezahlte sie dafür, dass sie Theodor während ihrer Dienstzeiten beaufsichtigte.

Die Wohnungstür der Nachbarin stand offen, und das *Tageblatt* lag wie hingeworfen auf der Türschwelle.

»Ist sie entführt worden?«, fragte Theodor mit geweiteten Augen.

Emma rief nach Frau Scharinski, erhielt aber keine Antwort. Sie betrat die Wohnung, zu der neben einer schmalen Küche zwei Zimmer gehörten. Überall war die Leidenschaft der Frau fürs Häkeln zu sehen. Da lagen Häkeldecken, Sesselüberwürfe, Vorhängeschleifen und Berge gehäkelter Socken, wohin man nur schaute. Für jedes Paar Soldatensocken, das von einer deutschen Frau gestrickt wurde, hatte die Kaiserin eine Mark versprochen. Frau Scharinski besserte ihre Kriegswitwenrente nicht nur mit der Kinderbetreuung, sondern auch mit dem Verkauf diverser Häkelwaren etwas auf.

Erst im Schlafzimmer fand Emma die Nachbarin schwer atmend in ihrem Lesesessel vor. »Hier ist Emma Lindow, Frau Scharinski. Wo haben Sie denn Schmerzen?« Sie überprüfte den Puls und die Atmung der Frau, von der sie wusste, dass sie wegen ihrer Körperfülle erhöhten Blutdruck hatte.

»Mir wurde schwindelig, als ich nach der Zeitung griff«, keuchte Elwira Scharinski. Ihr gewaltiger Busen hob und senkte sich. »Ich habe es gerade noch von der Haustür zurück in den Sessel geschafft.«

Emma führte sie zum Bett hinüber. Sie klopfte das Kissen auf und legte Frau Scharinskis Füße hoch. »Haben Sie sonst irgendwelche Schmerzen, Enge in der Brust zum Beispiel?« Letzteres war ein Anzeichen für einen Herzinfarkt.

Die Nachbarin wollte sich schon wieder erheben, aber erneut wurde ihr schwindelig. »Nein, keine Enge in der Brust«, presste sie sichtlich unzufrieden mit sich selbst hervor.

»Sie müssen sich unbedingt ausruhen!«, verlangte Emma im Ton der Krankenschwester, die es wirklich ernst meinte.

»Aber ich wollte Theo endlich mal im Quartett schlagen«, gab Frau Scharinski gespielt empört zurück. Sie sprach von jenem Kartenspiel, das deutsche Fliegerasse aus dem Krieg zeigte. Emma hatte es einem Nachbarn für wenig Geld abgekauft. »Sie sollten auf jeden Fall noch etwas im Bett bleiben. Und wenn es Ihnen heute Abend nicht besser geht, bitte ich meine Schwester, Sie zu untersuchen.«

»Eine Ärztin im Haus wohnen zu haben, diese Ehre hatte ich noch nie«, sagte Frau Scharinski beeindruckt und zog sich eine ihrer Häkeltücher bis an die Schultern hinauf.

»Genauso wichtig wie eine Krankenschwester«, kam es da vom Flur.

Emma wandte sich um. Kurt Vogel, der Nachbar aus der Wohnung gegenüber, stand im Flur und lugte zu ihnen herüber. Er war ein stiller Mann um die dreißig, mit mausgrauer Schiebermütze und grauem Tweedsakko – ein Herr, den man leicht übersah. Von Frau Scharinski wusste Emma, dass Herr Vogel wegen eines angeborenen Herzfehlers nicht eingezogen worden war.

»Brauchen Sie Hilfe, Fräulein Lindow?«, wollte er wissen.

»Könnten Sie heute Mittag mal nach Frau Scharinski schauen?«, fragte Emma, weil sie wusste, dass er als Journalist die meiste Zeit von seiner Wohnung aus arbeitete. »Aber was mache ich nur mit Theo?«, dachte sie laut vor sich hin. Inzwischen war es schon Viertel sieben. Ihr Dienst begann in fünfzehn Minuten.

»Ich könnte ...«, bot der Nachbar vorsichtig an. Fast klang es, als befürchte er, sich ihr aufzudrängen.

Emma erhob sich vom Bett. »Sie? Den ganzen Tag mit Theo?«

»Oh ja!«, bekundete Theodor lautstark und flüsterte Emma ins Ohr: »Er ist besser beim Kartenspielen als Oma Schari.«

Emma zögerte dennoch. Zweimal schon war der Nachbar bei der Kinderbetreuung eingesprungen, allerdings nur für ein Stündchen. Theodor war jedes Mal mit einem Strahlen im Gesicht heimgekehrt.

»Ich tue es gerne«, sagte Kurt Vogel und schob seine Schiebermütze auf dem Kopf vor und zurück. »Heute steht nur Korrekturlesen an, da ist genügend Zeit zum Spielen.«

Emma wusste, dass er für den sozialdemokratischen *Vorwärts* schrieb. Und eigentlich hatte sie auch keine andere Wahl. »Also gut«, sagte sie schließlich, dann prüfte sie noch einmal den Puls von Frau Scharinski. Freudig folgte Theodor Herrn Vogel in dessen Wohnung.

*

Schwer atmend erklomm Emma die Wendeltreppe hinauf zur Krankenetage. Ihr Alltag wäre deutlich leichter, wenn sie verheiratet wäre, dachte sie. Ihr Mann könnte dann womöglich bei der Kinderbetreuung aushelfen. Wenn da nur nicht das Risiko der Liebe wäre, das sie nicht mehr bereit war einzugehen. Nie wieder wollte sie so verletzt werden wie damals von Tomasz. Und doch träumte sie immer wieder davon, sich neu zu verlieben, und wachte mit einem Lächeln auf. Sie musste verrückt sein.

Pünktlich um halb sieben betrat Emma die chirurgische Station. Wie jeden Tag begann sie ihren Dienst mit einem freundlichen Morgengruß an die Schwestern, gefolgt von einem Rundgang zu ihren Stationspfleglingen. Dabei ließ sie sich von der Nachtschwester berichten, welche Vorfälle es in den zurückliegenden Stunden gegeben hatte. Das Krankenzimmer der Chirurgie war wie auch die Krankenzimmer der anderen Stationen ein heller Raum, dessen große Fenster und eine Glastür auf die Veranda führten. Die Veranda wiederum verband sämtliche Krankenzimmer miteinander und wurde von großzügigen Sonnensegeln überspannt. Sie bot einen herrlichen Blick in den Klinikpark. Bei gutem Wetter wurden sogar die Säuglinge für eine Freiluftkur auf die Veranda geschoben.

Um sieben Uhr trafen die zwei Elevinnen ein, die Emma für die kommenden acht Wochen auf der Chirurgie zugeteilt waren. Sie standen bei der Tür und schauten sich im Krankenzimmer um, das derzeit sechs Kinder beherbergte. Oberin Polsfuß hatte die jungen Damen vergangene Woche bereits angekündigt, deswegen kannte Emma ihre Namen. »Guten Morgen, Schwester Erika, guten Morgen, Schwester Grete«, begrüßte sie die beiden.

»Guten Morgen, Schwester Emma«, sagte Schwester Erika ehrfürchtig und knickste. Schwester Grete nickte scheu.

»Ich möchte Sie auf der Chirurgie herzlich willkommen heißen.« Emmas Blick blieb an der Rotkreuzbrosche hängen, die Grete und Erika mittig zwischen den Kragenspitzen des Schwesternkleides trugen. Das Schmuckstück war Oberin Polsfuß heilig und wies sämtliche Elevinnen als Arbeitskräfte des Vaterländischen Frauenvereins vom Roten Kreuz aus. Die Brosche wurde auch von den examinierten Rotkreuzschwestern, der Oberschwester und der Oberin getragen.

»Hier auf der Chirurgie finden Sie Kinder mit verschiedensten Verletzungen, Knochenfrakturen, Nabelbrüchen, Fremdkörpern, Geschwülsten oder Missbildungen«, erklärte Emma und nickte Schwester Gerlinde, einer Examinierten, zu, die das Krankenzimmer verließ, um sich um das Frühstück für die Kinder zu kümmern. »Mit einem Eingriff, auch Operation genannt, versucht die Chirurgie, diese zu beheben oder zu heilen.« Emma führte die Elevinnen vor den Krankenbetten entlang, machte sie mit den Kindern bekannt und berichtete, warum diese eingeliefert worden waren. Am sechsten und letzten Bett blieb sie stehen. »Klaus liegt seit einer Woche bei uns, weil ihn draußen bei Glienicke auf dem Feld ein Fuchs gebissen hat.«

Schwester Erika sog scharf die Luft ein, als spürte sie den Schmerz des Patienten. Mitgefühl war wichtig für die Tätigkeit als Krankenschwester.

Emma wies auf den Verband des Jungen, der vom Ellenbogen bis knapp unter die Schulter reichte. »Klaus hat eine Bisswunde am linken Oberarm davongetragen, zum Glück war das Tier nicht tollwütig.«

»Ich wollte den Fuchs nur streicheln«, gestand der Fünfjährige. Im intakten rechten Arm hielt er den Stationsbären, der bei den Kindern sehr beliebt war. Ein weißer, kuscheliger Teddybär mit schwarzen Knopfaugen. Er hatte vor zwei Jahren die Stationspuppe Rosi ersetzt, als diese bei einem Notfall unter die Räder eines Krankenbettes geraten war.

»Man spricht von einer Wunde, wenn die Haut und die Schleimhäute in irgendeiner Form durchtrennt worden sind«, führte Emma aus. Unter Erikas interessiertem Blick legte sie die Wunde an Klaus' Oberarm frei. »Bei einer Bisswunde, die von einem Tier herrührt, ist die Haut nicht glatt und linienförmig, sondern unregelmäßig zerrissen.« Sie deutete auf Klaus' Wunde, die vor zwei Tagen der Tiefe wegen hatte genäht werden müssen. Die Haut um die Naht herum war noch blutunterlaufen.

Klaus hatte sein Gesicht abgewandt und presste den Teddy fest an sich, als Emma seine Wunde desinfizierte und eine entzündungshemmende Salbe auftrug. Die größte Gefahr bestand darin, dass Bakterien in die Wunde eindrangen, diese sich entzündete, eiterte und im schlimmsten Fall zum Tod führte.

»Bei der Morgenvisite gleich wird Doktor Ritter entscheiden, ob Klaus bald entlassen werden kann«, erklärte Emma weiter. »Aber wie es aussieht, verheilt die Wunde ordnungsgemäß«, sagte sie an den Patienten gewandt und wuschelte ihm durchs Haar, woraufhin der Junge sein Lächeln wiederfand. »Das hast du gut gemacht«, lobte sie. Vielen Kindern war es unangenehm, sich untersuchen zu lassen oder gar als Lehrobjekt zu dienen.

»Möchte mir eine von Ihnen helfen, zu Demonstrationszwecken einen neuen Verband anzulegen?«, fragte Emma die Elevinnen.

Erika schaute interessiert auf den verletzten Arm, aber zögerte. Grete reagierte nicht auf die Frage, sondern starrte nur ihre Schuhe an.

»Schwester Grete, seien Sie mir doch bitte behilflich«, bat Emma.

Grete schaute auf. Ihre kleinen, tief liegenden Augen blickten unstet im Raum umher. »Ich? ... Aber ich kann das nicht ...«

»Ich zeig es Ihnen«, sagte Emma leichthin.

Zögerlich trat Grete neben sie und verfolgte ihre Handgriffe. Als die Binde nur noch wenige Male um den Arm gewickelt werden musste, sollte Grete übernehmen.

»Können Sie kein Blut sehen?«, fragte Klaus die Elevin, was Erika kurz kichern ließ.

Grete ignorierte den Jungen und ihre Mitschwester und begann zu wickeln. Als sich das Leinen verdrehte, half Emma. Sie straffte das Ende und wickelte es akkurat fertig. »Sehen Sie, so ist es besser.« Abschließend lächelte sie die Elevin aufmunternd an.

»Für mich als Krankenschwester ist es das Schönste,

eines der Kinder hier lächeln zu sehen«, gestand Emma, reichte Klaus einen Becher mit Kamillentee und half ihm noch beim Trinken. »Durch die richtige Pflege können wir eine rasche Gesundung begünstigen und durch manche Reaktion im Notfall sogar Leben retten.«

Erikas Augen leuchteten auf. Grete hingegen murmelte etwas, das nicht zu verstehen war.

Emma zeigte als Nächstes, wie ein Krankenbett bezogen und mehrmals täglich geordnet wurde. Das gehörte zu den allerersten Tätigkeiten einer Lernschwester. Erika stellte sich geschickt an und strich jede noch so kleine Falte glatt.

Die auf die ersten morgendlichen Handgriffe und das Frühstück folgende Visite verlief etwas anders als gewöhnlich. Anstelle von Oberschwester Walburga war Oberin Polsfuß zugegen. Außerdem bemerkte Emma, dass Oberarzt Buttermilch Marlene am Krankenbett die Sicht auf den Patienten zu verstellen versuchte.

Nach der Visite bat Oberin Polsfuß Emma in ihr Dienstzimmer.

Emma nahm gegenüber der Vorsteherin am Schreibtisch Platz. Der Dienstraum war karg eingerichtet, hinter dem Schreibtisch hing die gerahmte Pflegeordnung der Kinderklinik. Als Emma einst als junge Mutter bei Hanny Polsfuß in der Kinderklinik vorstellig geworden war, war sie so aufgeregt gewesen, dass ihr Blick mehrmals nervös über die Pflegeordnung gesprungen war, um dem musternden Blick der Oberin auszuweichen. Sie hatte die erneute Anstellung so sehr gewollt. Ihre Zusatzausbildung als staatlich anerkannte Kinderkrankenschwester sowie die Zustimmung, ihre Probezeit auf ein Jahr zu verlängern, hatten die Oberin schließlich davon überzeugt, dass sie als Alleinstehende mit

Kind für die Schwesternstelle auf der Chirurgie doch geeignet sein könnte.

»Schwester Emma, leider gibt es schlechte Neuigkeiten«, eröffnete die Oberin.

War etwas mit Marlene?, schoss es Emma als Erstes durch den Kopf.

»Die Oberschwester hat sich gestern Abend beim Sturz von der Treppe im Mutterhaus schwere Brüche zugezogen, die sie mehrere Monate an das Bett fesseln werden«, erklärte die Oberin. »Eine sehr unglückliche Sache.«

»Das tut mir sehr leid«, beteuerte Emma und musste an Elwira Scharinski denken. Hoffentlich ging es ihr gut und Theodor bei Herrn Vogel auch. Der Nachbar wohnte erst seit fünf Monaten im Haus. Ob es nicht doch etwas unverschämt von ihr gewesen war, ihren Sohn gleich einen ganzen Tag bei ihm zu lassen?

»Die Oberschwester wird für Monate ausfallen«, sprach die Oberin besorgt weiter.

Emma nickte mechanisch. Die kühle Walburga Buttermilch war ihr bisher nicht sonderlich ans Herz gewachsen. In Walburgas Gegenwart traute sich keine der anderen Schwestern zu tuscheln, weil es hieß, dass sie ein besonders feines Gehör besitzen würde. Außerdem bevorzugte der Oberarzt seine Schwester des Öfteren, was Emma ungerecht fand.

»So schnell bekommen wir in diesen Zeiten keinen Ersatz«, unterbrach die Oberin Emmas Gedanken. »Würden Sie bis zu ihrer Rückkunft den praktischen Unterricht übernehmen?«

»Ich? Aber ich habe noch nie unterrichtet.«

»Sie sind von allen Stationsschwestern fachlich am besten dafür geeignet«, sagte Oberin Polsfuß und strich sich ihr schwarzes Gewand glatt, über dem ihre geliebte Kette mit dem silbernen Kreuz hing.

»Aber …«, wollte Emma einwenden, als die Oberin ihr auch schon vorschlug: »Für die Vorbereitung und die Durchführung des Unterrichts würde ich Ihnen pro Woche vier Stunden Stationsdienst erlassen.«

Dann war sie trotz allem um die gleiche Zeit wie bisher zurück bei Theo, rechnete Emma nach.

»Außerdem bekämen Sie pro Woche vier Mark mehr Lohn.«

Emma schaute auf. Mit vier Mark mehr pro Woche bräuchte sie donnerstags nach Arbeitsschluss Frau Weißenborn nicht mehr im Haushalt zu helfen. Mit diesen Arbeiten hatte sie sich bisher etwas dazuverdient, denn für Extrawünsche reichte ihr Schwesterngehalt nicht aus. Die Miete für ihre kleine Dachwohnung war zwar günstig, aber die Geldentwertung zog ihr immer mehr Geld aus der Tasche. Was sie heute beiseitelegte, war schon im nächsten Monat weniger wert. Theodors größter Wunsch war ein Schulranzen aus rotem Leder mit Stiftemappe, wie er im *Papier- und Spielwarengeschäft Hugo Schaarschmidt* auf der Berliner Allee verkauft wurde. Emma rechnete nach, ob sie in den Monaten, die ihr bis zu Theodors Geburtstag am zweiten November blieben, das Geld für den Ranzen zusammenbekäme, Geldentwertung inbegriffen.

»Schwester Emma, Sie sind die einzige staatlich anerkannte Kinderkrankenschwester unter den Examinierten, die einzige mit dieser Zusatzausbildung. Bitte lassen Sie mich nicht im Stich.«

Emma dachte an die sechs Monate zurück, in denen sie am Auguste-Victoria-Krankenhaus in Weißensee die staatliche Anerkennung als Krankenschwester erworben hatte. Die Zusatzausbildung hatte ihr Spaß gemacht, trotz der doppelten Belastung durch ihre Putzarbeiten. Der Lehrstoff wäre ihr wohl ohne die praktischen Demonstrationen deutlich schwerer gefallen.

»Und Sie meinen, die Oberschwester ist mit mir als Ausbilderin einverstanden?« Emma erschien das angespannte Gesicht von Walburga Buttermilch. Die Oberschwester war nur schwer zufriedenzustellen, um nicht zu sagen: Sie war eine Perfektionistin.

»Schwester Emma, wenn wir die Ausbildung unserer Elevinnen nicht sicherstellen können, wird das Haus womöglich doch noch in ein Lazarett umgewandelt!«, gab Hanny Polsfuß zu bedenken. »Gerade weil wir so gut ausbilden, wurde ja einst von der Umwandlung abgesehen.«

»Und wo kämen dann die kranken Kinder hin?«, fragte Emma entsetzt. »Soweit ich weiß, hat kaum ein Krankenhaus noch ärztliche Kapazitäten frei, um unsere Kinder mitzuversorgen.« Von Kinderkrankenhäusern oder Kinderstationen, denen ein derartiges Schicksal widerfahren war, hieß es, dass man die Pfleglinge zur Versorgung zurück nach Hause gegeben habe und nur überlebenswichtige Operationen noch durchgeführt würden.

Oberin Polsfuß zuckte mit den Schultern.

»Gut«, sagte Emma schließlich. »Ich will es versuchen.« Emma spürte schon jetzt die Last der Verantwortung. Schlechter Unterricht hatte großen Einfluss auf die Leistung der Schülerinnen.

***

3

15. Juli 1918

»Ick stell mir dat Wellenrauschen wie ’ne Beruhijungstherapie vor«, schwärmte Willy Pinke und ahmte das Geräusch des Meeres nach: »Schhhhh, schhhhhh.« Mit der flachen Hand fuhr er eine Wellenlinie vor seinen Augen nach. »Det is bestimmt romantisch, Fräulein Marlene.«

Sehnsüchtig glitt Marlenes Blick durch das Fenster nach draußen in die Baumkrone einer Eiche, deren Blätter im Sommerwind tanzten. Unvermittelt drehte sie an ihrem Verlobungsring.

»Meen Kriegsorakel weeß, dat it bald Frieden jeben wird«, sprach der Pförtner weiter, nachdem er ihrem Blick gefolgt war und sie eine Weile besorgt betrachtet hatte.

Auf den Stock gestützt, servierte er ihr und sich eine Kräuterlimonade.

»Ihr Kriegsorakel?« Marlene wandte sich wieder dem Pförtner zu. Es tat ihr gut, vor ihrer ersten Operationsassistenz noch ein paar entspannte Worte mit Willy Pinke zu wechseln.

»Nah, meen Jacki is det Orakel!«, entgegnete der und spähte zur Tür, die seine gute Stube vom Pförtnerraum trennte, um sich zu vergewissern, dass diese tatsächlich geschlossen war. Fast grenzte es an ein Wunder, dass der hellblaue Wellensittich in den sieben Jahren, in denen er schon in der Pförtnerwohnung lebte, noch nicht entdeckt worden war. Tiere waren in der Klinik verboten.

»Meen Jacki lag in der Politik noch nie falsch«, sagte Willy Pinke voller Überzeugung. »Den Wahlsieg der Sozialdemokraten damals vorm Kriech hat er och prognostiziert, stimmt's, Jacki?«

Jacki saß oben auf seinem Käfig und zwitscherte gut gelaunt vor sich hin.

Marlene trank von der Limonade und dachte, wie schön es wäre, wenn der Krieg endlich vorbei wäre und sie Maximilian noch dieses Jahr heiraten könnte. Sie fuhr sich mit der Hand über die Brusttasche ihres Arztkittels, in dem sie die Fotografie aus seinem letzten Brief bei sich trug. Sie hatte ihm ein dickes Paar Fausthandschuhe gehäkelt und eine Fischkonserve geschickt, die vermutlich letzte in ganz Weißensee, wie sie schrieb. Bei den Fäustlingen hatte Frau Scharinski sie angeleitet. Gemeinsam hatten sie gerade so ein Paar fertigbekommen, obwohl Frau Scharinski bald zu dem Schluss gekommen war, dass bei Marlenes Umgang mit Nadel und Faden Hopfen und Malz verloren sei. Die Nachbarin hatte trotzdem darauf bestanden, die etwas unförmigen Handschuhe an Maximilian zu versenden. Schließlich hatten sie beide viel Zeit und Nerven darin investiert. Marlene hatte viele Reihen auftrennen und neu häkeln müssen. Wieder und wieder. Mit der Hilfe beim Häkeln hatte Frau Scharinski sich dafür bedanken wollen, dass Marlene sie noch am Abend des Schwächeanfalls so behutsam untersucht hatte. Bis auf den belasteten Kreislauf, was in der warmen Jahreszeit nicht ungewöhnlich war, hatte Marlene nichts feststellen können, und Frau Scharinski hatte sich in den letzten elf Tagen gut erholt.

»Meenst du, wir solln et ihr zeijen?«, fragte Willy Pinke seinen Vogel laut flüsternd.

»Was zeigen?«, wollte Marlene wissen, die sich nun wieder ganz auf den Pförtner konzentrierte.

Jacki plusterte sich erst auf und schüttelte sich dann, was der Pförtner als Zustimmung interpretierte. Im nächsten Moment war er auch schon mit einem »Schhhh, schhhh« auf den Lippen im Hinterzimmer verschwunden.

Marlene war längst aufgefallen, dass Willy Pinke noch schlechter als früher zu Fuß war und den Gehstock kaum mehr aus der Hand gab. Sie würde ein Auge auf ihn haben müssen, beschloss sie und trank durstig von der Kräuterlimonade.

Als es im Hinterzimmer polterte, sprang sie sofort auf. »Brauchen Sie Hilfe, Herr Pinke?«

»Ick bin doch keen alter Mann!«, rief er, und schon im nächsten Moment kam er – eine Holzkiste wie ein Kellnertablett auf der Handfläche balancierend – in die Stube zurück. Mit der anderen Hand umklammerte er den Griff seines Gehstocks.

Marlene half ihm, die Kiste auf dem Sofatisch abzustellen. Jacki flog auf seine Schulter.

»Ick hatte Ihnen ja von de Ostsee und det Wellenrauschen vorjeschwärmt«, griff er sein anfängliches Gesprächsthema wieder auf. Während er die Holzkiste öffnete, leuchteten seine Augen wie bei Theodor, wenn er in Frau Scharinskis Bonbonglas greifen durfte.

»Die Ostsee muss wirklich schön sein.« Marlene kannte das Meer, das im Norden an das Deutsche Kaiserreich grenzte, von Postkarten und aus den Berichten von Kommilitonen, die vor dem Krieg in Orten wie Bansin und Ahlbeck die Sommerfrische verbracht hatten. »Lange Strände, an denen von morgens bis abends gebadet wird, und prächtige Villen gibt es dort, die aussehen wie Schlösser.«

Willy Pinke öffnete die Holzkiste und präsentierte ihr stolz das zuoberst aufliegende Bildnis. »Det is een janz moderner Jollenkreuzer. So eenen werde ick bauen!«

»Aber ist es hier nicht etwas zu eng für eine Bootsbaustelle? Außerdem erfordert der Bau eines Bootes viel Zeit, und Sie werden doch zuallererst am Pförtnertresen gebraucht.«

»Ach, Fräulein Marlene«, entgegnete er belustigt. »Ick will den Jollenkreuzer doch nur als Miniaturboot nachbauen. Damit mir de Zeit nich so lang wird, bis ick eenes Tages anne Ostsee reise und uffm echten Sejelboot fahre.«

»Natürlich, verstehe …«, druckste Marlene herum. Offenbar war sie vor Aufregung schon ganz verwirrt. Eine Operationsassistenz schon in der zweiten Praktikumswoche – das ging einerseits ganz schön schnell. Andererseits konnte sie es auch kaum erwarten, endlich praktisch zu arbeiten. Wenn ein lebender Mensch aus Fleisch und Blut vor einem lag, fühlte sich die ärztliche Verantwortung plötzlich so real an. Die Innenflächen ihrer Hände wurden feucht, fast glitt ihr das Limonadenglas aus den Händen. »Was meinen Sie mit *eines Tages?*«, fragte sie irritiert.

»Ick meine, wenn ick irgendwann Rentner werde, so nennt man das heute doch«, antwortete Willy Pinke und befühlte eine der Miniaturplanken in der Holzbox so zärtlich, als sei sie das heilige Kreuz.

»Wann wird das sein?«, wollte Marlene nur zu gerne wissen.

Aber Willy Pinke zuckte nur mit den Schultern und begann, die Einzelteile des Bausatzes auf dem Sofatisch auszubreiten. »Schaun Se mal hier, die Beschlagteile meenes Jollenkreuzers sind aus Messing jeätzt.«

Anscheinend wollte er nicht über das Ende seiner Pförtnertätigkeit sprechen. Marlene bohrte auch nicht weiter nach, obwohl sie sich die Weißenseer Kinderklinik ohne den kauzigen Pförtner nicht vorzustellen vermochte.

Seit der Eröffnung 1911 verrichtete Willy Pinke seine Arbeit ohne Murren oder Meckern an sieben Tagen die Woche. Er schloss morgens die Türen auf und abends wieder ab und hütete den Schlüsselbund wie seinen Augapfel. Tagsüber hielt er die Stellung am Pförtnertresen und erklärte den Eltern, wie das besondere Prozedere der Aufnahme ablief. Bevor die Kinder nämlich auf die Station kamen, wurden sie im Untersuchungszimmer, das sich direkt beim Eingang für die Patienten befand, auf Infektionskrankheiten untersucht, wobei Marlene gestern erst assistiert hatte. Infektiöse Kinder wurden getrennt im Isolierhaus untergebracht und gar nicht erst zu den anderen Kindern gelassen. Willy Pinke war auch der Erste, der aufsprang, wenn nachts die Notklingel geläutet wurde. Erst danach kam der Bereitschaftsarzt hinzu. Marlene würde den Pförtner sehr vermissen, aber insgeheim wusste sie, dass er sich längst mehr Ruhe verdient hatte.

Sie erhob sich und zog den neuen reinweißen Gürtel enger, den sie heute das erste Mal trug. »Herr Pinke, ich muss langsam auf Station.«

»Natürlich, Fräulein Marlene. Haben Se ’nen juten Tach.«

Sie trank ihre Limonade aus und verabschiedete sich,

aber nicht, ohne Jacki das hellblaue Bäuchlein zu streicheln. »Pass gut auf deinen Willy auf«, flüsterte sie dem Vogel noch zu.

Ihren Dienst begann Marlene mit einem Besuch bei Frieda Kunze. Zwar hatte das Mädchen den Sturz vom Schwebebalken überlebt, was ein großer Erfolg war, aber der Rückenmarksschock hielt weiter an. Nach wie vor war Friedas Körper von der Hüfte abwärts gelähmt. Ihre Blase und ihr Darm wurden künstlich geleert. Spätestens alle dreißig Minuten schaute eine Schwester nach ihrem Befinden und prüfte, ob die Glocke noch in Griffweite stand, denn die Arme konnte das Mädchen noch bewegen. Ihr Kreislauf war anhaltend stabil.

Frieda trug weiße Patientenkleidung und klammerte sich – als Marlene zu ihr trat – an ihren hellblauen Turnanzug mit den Puffärmeln. »Wann kann ich wieder Balken turnen?«, fragte sie wie beinahe jeden Morgen mit geweiteten Augen.

Marlene hatte noch nie ein Mädchen mit solch langen Wimpern und so großen, runden Augen gesehen; das blonde Haar trug Frieda zu zwei Zöpfen geflochten.

Marlene zögerte mit einer Antwort. Bevor der Rückenmarksschock nicht abgeklungen war, konnte man keine Aussagen darüber treffen, wie stark die Lähmung sein würde. Sie setzte sich an Friedas Bett. »Wir wissen noch nicht …«

»Stimmt's, bald wird es so weit sein?!«, unterbrach Frieda sie übereifrig. »Mein Papa sagt, ich muss nur Geduld haben.«

Balkenturnen stellte eine besonders hohe Belastung für den Stütz- und Bewegungsapparat dar und erforderte ein hohes Maß an Gleichgewichtsfähigkeit. Marlene war sich sicher, dass das alles keine Frage von Geduld war. Ein Großteil der Patienten mit dieser Diagnose verstarb in den ersten Tagen und Wochen nach dem Unfall, das wusste sie aus ihrem Fachbuch über Rückenmarksverletzungen. Diejenigen, die überlebten, blieben bis an das Ende ihres Lebens gelähmt. Aber diese medizinischen Details wollte sie dem Kind gegenüber nicht preisgeben. Außerdem standen ihr derart gewichtige Aussagen als Praktikantin nicht zu.

»Wissen Sie, warum wir Balkenturner den Ballenstand so oft üben?«, fragte Frieda munter, aber Marlene bemerkte doch, dass das Gespräch das Mädchen anstrengte.

»Den Ballenstand?« Sie schüttelte den Kopf, woraufhin die Sechsjährige wie eine Lehrerin erklärte: »Weil es so hübsch aussieht und weil das Drehen auf der kleinen Fläche des Fußballens dann leichter ist.«

Marlene musste schmunzeln, auch wenn Friedas Situation keinerlei Anlass dazu gab. »Schwester Emma könnte dir später etwas vorlesen, wenn du möchtest, oder mit dir malen«, schlug sie vor, um das Mädchen von seinen gelähmten Beinen abzulenken. Sie prüfte den Körper auf Druckstellen und richtete Friedas Krankenlager, was eigentlich Aufgabe der Schwestern war.

»Kann Schwester Emma mir von den Turnerfrauen vor dem Krieg vorlesen, als es Olympia noch gab?«, fragte Frieda. Sie sprach, als wäre es nur eine Frage der Zeit, bis sie wieder aus dem Bett springen könnte.

»Warum darf mein Papa eigentlich nicht bei mir schlafen?«, wollte Frieda nun wissen, nachdem Marlene sie im Bett umgelagert hatte.

»Weißt du, wenn ein Kind krank ist, braucht es viel Ruhe und immer eine Krankenschwester an seiner Seite, die es umsorgt, da stören Eltern nur. Hier in diesem Zimmer sind nur du, die Schwestern und Ärzte erlaubt.« Die Türen besaßen große Glaseinsätze, damit die Eltern ihre Kinder beobachten konnten.

»Was sind Sie eigentlich?«, fragte Frieda nun, ihr Reservoir an Fragen schien unerschöpflich. »Eine Schwester ohne Haube?«

»Ich bin eine Kinderärztin in Ausbildung«, sagte Marlene nicht ohne Stolz. »In einem Jahr darf ich selbstständig als Ärztin arbeiten. Und Doktor Ritter ist mein Lehrer.«

»Also werden Sie mich heilen?«, fragte Frieda mit leuchtenden Augen.

Marlene wollte nicht lügen. »Ich werde alles versuchen, damit es dir –« Sie kam ins Straucheln mit der Antwort. Von besser *gehen* konnte ja kaum die Rede sein.

»Liebes«, kam es in zärtlichem Ton von der Tür her. Hektor Kunze hielt seinen Strohhut vor die Brust gepresst und nickte Marlene respektvoll zu.

»Papa!« Frieda versuchte, sich im Bett aufzusetzen, aber es gelang ihr nicht. Ihr Oberkörper war zu schwer, als dass sie ihn mit den Armen stützen konnte.

Marlene erhob sich vom Krankenbett, als Herr Kunze den Raum betrat. Vorsichtig, als wäre sie aus Glas, schloss er seine Tochter in die Arme. Marlene wollte ihn gerade darauf hinweisen, dass das Betreten der Krankenzimmer durch Besucher aus hygienischen Gründen verboten war. Aber sie brachte es nicht über das Herz, dem Vater den Kontakt mit seiner schwer kranken Tochter zu verbieten. Herr Kunze war anzusehen, dass er über die Rückenmarksverletzung und deren Heilungsaussichten bereits aufgeklärt worden war. Sein aufmunterndes Lächeln erreichte seine Augen nicht.

Trotz seiner beeindruckend modischen Kleidung sah er doch vor allem tief besorgt aus.

Schwester Gerlinde, die nach der Einlieferung Friedas Einkleidung in Klinikwäsche und die üblichen Entlausungs- und Reinigungsvorgänge vorgenommen hatte, betrat das Zimmer und wies Herrn Kunze auf das Besuchsverbot hin. Nun wurde Marlene die eigene Nachgiebigkeit doch etwas unangenehm, besonders vor den Schwestern. Ihr war nicht entgangen, dass so manche Examinierte zu tuscheln begann, wenn sie sich näherte. Schwester Gerlinde, eine der frommsten unter den Rotkreuzschwestern, sprach immer wieder von *Sünde*, wenn Marlene zufällig in der Nähe war.

»Heute Nachmittag findet wieder die wöchentliche Erzählstunde statt, da bist du doch bestimmt dabei?«, fragte Marlene die kleine Patientin noch, nachdem Schwester Gerlinde deren Blutdruck gemessen hatte und wieder verschwunden war.

»Ganz bestimmt«, verkündete Frieda nun unter Anstrengung.

Marlene verabschiedete sich von dem Mädchen und versprach, später noch einmal vorbeizuschauen. Es tat ihr weh, Frieda so bewegungslos zu sehen.

Auf dem Korridor ging Herr Kunze ruhelos umher und knetete seinen Strohhut wie einen Brotteig.

»Vielleicht würde Ihnen etwas frische Luft im Klinikpark guttun«, schlug Marlene ihm vor. Der Park schloss sich an die Rückseite des Hauptgebäudes an und war mit seiner bunt blühenden Bepflanzung, den breiten Kieswegen und den hübschen Parkbänken für ein Krankenhaus außergewöhnlich schön. »Sie können gerade nichts für Frieda tun«, fügte sie noch hinzu, weil er zögerte. »Wenn Sie dem Klinikpersonal vertrauen, kann es seine Arbeit am besten verrichten.« Ein bisschen klang sie schon wie Doktor Ritter, fand sie und lächelte amüsiert in sich hinein. Jeder Tag des Praktikums brachte neue Eindrücke und neue Erfahrungen, keine Stunde wollte sie missen.

Hektor Kunze nickte zögerlich. Als Marlene sich zur Visite verabschiedete, deutete er so galant wie ein Gentleman eine Verbeugung an.

Die tägliche Visite führte Marlene, die Oberin und den Ärztlichen Direktor durch sämtliche Stationen der Kinderklinik. Marlenes Aufgabe war es, die Patienten bei den Untersuchungen zu halten oder dem Arzt das benötigte Untersuchungsbesteck zu reichen. Als die Visitengruppe die HNO verließ, wollte Marlene Schwester Vera ansprechen, aber die konnte ihr gar nicht schnell genug entkommen.

Nach der Visite und zurück in ihrem Büro, vertiefte Marlene sich zum wiederholten Mal in ihre Fachliteratur über Nabelbrüche, das Thema ihrer Operationsassistenz. Manche Abschnitte kannte sie schon auswendig. Mehrmals sprang sie auf, um zu prüfen, ob ihre erste Assistenz auch wirklich um zehn Uhr begann – das würde die erste Operation des Tages sein. Den Plan, der sämtliche Operationen mit Uhrzeit und Personal für die anstehende Woche auflistete, hatte sie sich auf das Pult neben ihren Schreibtisch gelegt.

Der vierjährige Helmut litt schon länger an Hernia umbilicalis, einem Nabelbruch. Eigentlich handelte es sich um einen risikoarmen Eingriff, bei dem nicht viel schiefgehen konnte, perfekt für eine erste Assistenz. Trotzdem war Marlene mulmig zumute. Doktor Ritters Anwesenheit würde sie hoffentlich beruhigen. Zuletzt schien er oft sehr beschäftigt, wenn sie ihn angesprochen hatte. Vielleicht war sie ihm zu eifrig und stellte zu viele Fragen?

Als sie dann schließlich steril, in Operationskittel gekleidet und mit Mundschutz und Haube den Operationssaal betrat, stockte sie. Anstelle von Doktor Ritter stand Oberarzt Buttermilch am Operationstisch und war gerade dabei, den kleinen Helmut zu narkotisieren. Das Operationsbesteck glänzte auf dem Beistelltisch: mehrere Skalpelle unterschiedlicher Größe und Klingen, Klemmen, Tupfer und Nahtmaterial sowie Schere und Pinzette. Warum begann der Oberarzt früher, als es im Operationsplan festgelegt war?

Marlene nickte den zwei Schwestern zu, gab sich einen Ruck und trat auf die andere Seite des Operationstisches gegenüber von Waldemar Buttermilch, der fast einen Kopf kleiner war als sie. Wie einst Julius Cäsar trug er seine Stirnlocken ins Gesicht frisiert, die Spitzen schauten sogar etwas unter seiner Operationshaube hervor.

Ohne sie weiter zu beachten, versicherte er sich der Wirkung der Vollnarkose, und die Schwestern breiteten die Operationstücher über dem Jungen aus. Einzig die Operationsstelle um den Nabel blieb ausgespart und wurde nun desinfiziert. »Haben Sie schon mal von einer Nabelhernie gehört, Fräulein Lindow?«, fragte Oberarzt Buttermilch und blieb dabei ganz auf den Patienten konzentriert.

»Die Nabelhernie ist eine angeborene Lücke in der Bauchwand am Nabel, die bei neun von zehn Neugeborenen verwächst«, trug Marlene wie aus dem Lehrbuch vor. »Bei Helmut ist dies nicht geschehen, und deswegen müssen wir operieren.«

Der Oberarzt schaute kurz auf. »Mehr wissen Sie nicht?«

Marlene kannte solche Situationen vom Studium und hatte gelernt, dass es wenig brachte, auf verbale Angriffe heftig und womöglich noch mit lauter Stimme zu reagieren. Deswegen führte sie möglichst ruhig weiter aus: »Durch die Bruchpforte haben sich bei Helmut Darmschlingen nach außen geschoben und eine große Beule, einen Bruchsack, gebildet. Bei der chirurgischen Operation heute soll die Bauchdecke geöffnet, der Darm zurückgeschoben und die Lücke zugenäht werden. Im Anschluss ...«

»Das genügt!«, unterbrach Oberarzt Buttermilch ihre Ausführungen, bat eine Schwester um das mittelgroße Skalpell und ließ sich die entsprechende Klinge daraufsetzen.

Marlene war nun so konzentriert, dass sie sich weiter über den Patienten beugte.

»Sie stehen im Licht«, bemerkte Buttermilch, während er leichthin den ersten Schnitt setzte. Vermutlich konnte er Operationen wie diese mit verbundenen Augen durchführen.

»Verzeihung«, entgegnete Marlene, kam mit ihrem Oberkörper etwas zurück und beobachtete gebannt, wie der Oberarzt durch den kleinen Hautschnitt am Nabelrand den Bruchsack aufsuchte. Sie vermied es, ihm in die Augen zu sehen.

Und das Gleiche tat er wohl auch. Die Schwestern, die eher auf Augenhöhe des Oberarztes waren, schaute er regelmäßig und ganz normal an, wenn er Instrumente verlangte oder darum bat, Blut abzutupfen – eine Aufgabe, die sie gerne übernommen hätte, um nicht nur zuzuschauen.

Abgesehen von den Weisungen für die Schwestern, verlief die Operation eine Zeit lang still und friedlich, bis der Oberarzt das Thema »Licht« wieder aufgriff. »Dachte ich mir schon, dass Frauen an der Universität nicht über die Lichtverhältnisse bei Operationen aufgeklärt werden«, sagte er wie nebenbei, während er den Inhalt des Bruchsackes – Darmschlingen und Fett – zurück in den Bauchraum schob. Dann entfernte er den Bruchsack.

Marlenes Puls schoss hoch. Am liebsten wollte sie ihn jetzt in ruhigem Ton darüber aufklären, dass sie genauso wie alle Männer ihres Jahrgangs mit Operationsbedingungen und -abläufen theoretisch vertraut war. Aber dann hätte er sie wohl hochkant aus dem Operationssaal geworfen. Waldemar Buttermilch war dafür bekannt, dass er keinen Widerspruch zuließ, am allerwenigsten von Frauen. Aber ganz klein beizugeben, das vermochte sie auch nicht. »Professor Czerny hat mich mit besten Beurteilungen aus dem Medizinstudium verabschiedet, ich gehörte zu den fünf Jahrgangsbesten der Fakultät«, ließ sie ihn wissen, ihr Herz hämmerte wie ein Trommelfeuer. Das Medizinstudium von Männern und Frauen unterschied sich inhaltlich nicht. Genauso wie jeder Student hatte Marlene sezieren, an einer Übungspuppe operieren und die Prüfungskommission von ihrer Eignung überzeugen müssen.

»Wenn Sie so klug sind, wie Sie behaupten, dann können Sie ja die Bauchmuskeln und die Faszien des Patienten wieder zusammennähen.« Auffordernd hielt der Oberarzt ihr die Nadel mit dem Faden hin. »Darum nämlich würde ich einen männlichen Medizinalpraktikanten nun bitten.«

Marlene hatte Mühe, äußerlich gefasst zu bleiben. Bestimmt sah er, wie ihre Augen feucht wurden. Aber vor allem ärgerte sie sich darüber, dass sie nicht selbstbewusst nach der Nadel griff und nach allen Regeln der Kunst zu nähen begann, obwohl sie das mehrfach im Studium geübt hatte – nicht nur an einer Puppe, sondern auch an toten Schweinefüßen. Aber das war etwas anderes als der Junge hier auf dem Operationstisch.

Von anderen Medizinalpraktikanten wusste sie, dass die Ärzte jeden Handgriff erst einmal vorführten. Aber Oberarzt Buttermilch machte keine Anstalten, ihr zu zeigen, mit welcher Technik er die Bauchmuskeln und die derbe Muskelhaut zusammenzunähen gedachte. Manche Ärzte nähten Stoß auf Stoß, andere wiederum legten die Muskelhaut übereinander, bevor sie diese doppelt vernähten.

»Wenn Sie mir sagen, welche Nahttechnik Sie wünschen«, sagte sie und griff nach der Nadel mit dem Faden, »dann übernehme ich gerne.« Eigentlich war sie viel zu aufgeregt, um nun ruhig und besonnen zu nähen. Unschlüssig schaute sie auf den narkotisierten Helmut, dem sie keinen Schaden zufügen wollte.

»Sie sehen also nicht selbst, welche Technik hier angemessen ist?« Oberarzt Buttermilch nahm ihr Nadel und Faden wieder weg und nähte Bauchfell und Muskelhaut Stoß auf Stoß und anschließend noch die Hautwunde mit einer einfachen Knopfnaht darüber.

In ihr brodelte es. Marlene erinnerte sich, dass Professor Czerny ihre Knüpftechniken – das anfängliche und abschließende Verknüpfen der Fäden – besonders gelobt hatte.

Als die Operation beendet war und eine der Schwestern die weitere Versorgung des Patienten übernahm, konnte Marlene den Operationssaal nicht schnell genug verlassen. Gerade durch die Tür, riss sie sich die Operationshaube vom Kopf. Dabei hörte sie Oberarzt Buttermilch noch zu den Schwestern sagen: »Die ersten Eltern haben sich bereits darüber beschwert, dass wir eine Frau als medizinische Fachkraft an die Patienten lassen.«

Marlene hielt inne. Eltern hatten sich kritisch über sie geäußert? Das war ihr sehr unangenehm. Sie ging zum Becken im Waschraum.

»Er ist manchmal etwas launisch«, sagte eine der Operationsschwestern im Vorbeigehen.

Marlene nickte mechanisch. Das war nur launisch? Wozu war Waldemar Buttermilch imstande, wenn er wirklich wütend war?

Früher hatte es ihr geholfen, zur Beruhigung einige Runden im Klinikpark zu gehen. Also versuchte sie es heute wieder und machte sogar einen Umweg um den Kuhstall, hinter dem die Kühe friedlich grasten. Der Milchkurinspektor eilte an ihr vorbei, während sie darüber nachdachte, wie sie besser auf Oberarzt Buttermilch hätte reagieren sollen, anstatt wie eine empfindliche Frau feuchte Augen zu bekommen. Bestimmt dachte er jetzt, dass sie für den Beruf der Ärztin zu zartbesaitet war. Zum Glück arbeitete Waldemar Buttermilch neben seiner Tätigkeit in der Kinderklinik auch noch im Lazarett, das notgedrungen im Weißenseer Schloss untergebracht worden war. Wenigstens während seiner Dienste dort und wenn er donnerstags den theoretischen Unterricht im Hörsaal abhielt, war eine Begegnung ausgeschlossen. Aber mindestens genauso sehr wie die unkollegiale Art des Oberarztes beschäftigten sie die Beschwerden der Eltern. Was könnte sie dagegen tun? Das Beste wäre, die Eltern von ihrer Eignung als Ärztin zu überzeugen, was nach zwei Wochen Praktikum allerdings schwer möglich war. Vielleicht wäre es ein Anfang, auf sie zuzugehen, mit ihnen ins Gespräch zu kommen?

»Ich hätte dem Oberarzt wenigstens zeigen sollen, wie gut ich knüpfen kann«, sagte sie sich und zog ihren Schritt an. Was Maximilian ihr wohl für den Umgang mit dem Oberarzt raten würde? Er besaß die besondere Gabe, mit den unterschiedlichsten Menschen auszukommen. Und auf jeden Fall war er geduldiger als sie.

Hektor Kunze erhob sich von der Bank vor den Rosenstöcken und lupfte seinen Hut. »Ah, Fräulein Lindow.« Wie bei allen Begegnungen zuvor trug er auch heute wieder einen modischen Anzug und dazu rahmengenähte Schuhe. Sein Menjoubärtchen war perfekt gelegt.

Marlene blieb stehen und hoffte, dass er noch nicht allzu lange dasaß und so ihren aufgeregten Gang durch den Park verfolgt hatte. Ob er zu den Eltern gehörte, die sich über sie beschwert hatten?

»Sie hatten recht. Der Klinikpark ist wirklich hübsch«, sagte er mit keineswegs abwertender Stimme. »Wenn ich aufgeregt bin, schaue ich mir *Die Reise zum Mond* an.«

»Sie meinen den Weltraumfilm?«, fragte sie irritiert. Bevor das Schloss am Weißen See zum Lazarett umfunktioniert worden war, hatte Marlene den Film dort auf einer großen Leinwand im Garten gesehen. Er basierte auf einem Roman von Jules Verne.

Plötzlich wusste sie, woher sie Herrn Kunze kannte: Er war schon öfters im *Tageblatt* abgebildet gewesen. Friedas Vater war der bekannte Weißenseer Filmregisseur, der schon mit so berühmten Schauspielern wie Albert Bassermann und seiner bildschönen Ehefrau Else gedreht hatte. Soweit Marlene das sagen konnte, gehörten Detektiv-, Sensations- und Abenteuerfilme zu seinem Repertoire.

»Ja. Mit der wunderbaren Bleuette Bernon als Göttin auf der Mondsichel«, antwortete Hektor Kunze. Kurz sprang sein Blick auf den Gürtel um Marlenes Arztkittel, der ihre schmale Taille betonte. »Wenn ich mich mit dem Film in den Weltraum begebe, bekomme ich Distanz zu meinen Sorgen. Das macht sie manchmal erträglicher.« Er bedeutete ihr, einige Schritte gemeinsam zu gehen.

»Nur werden zurzeit leider kaum noch Filme vorgeführt«, entgegnete Marlene, der die Idee ausgenommen gut gefiel, sich in Gedanken räumlich weit weg von Oberarzt Buttermilch zu begeben. Vorbei an Ringelblumen, Rosen und Malven begleitete sie Herrn Kunze durch den Park. »Wir tun unser Bestes für Ihre Tochter«, versprach sie, aber fand im nächsten Moment, dass es sich nicht ziemte, so großspurig daherzureden. Sie war nur eine Praktikantin, die bei ihrer ersten Operationsassistenz nicht gerade geglänzt hatte. »Ich werde auch weiterhin jeden Tag nach Ihrer Tochter schauen«, versprach sie.

»Ich habe Angst, dass sie doch noch stirbt«, gestand Herr Kunze, den Blick in die Ferne gerichtet. »Ich will nicht auch noch Frieda verlieren«, sagte er leise.

Es rührte Marlene, dass er ihr seine Angst offenbarte. Die geliebte Familie zu verlieren ist das Schlimmste, das einem Menschen passieren kann!, war sie überzeugt. Sie dachte an ihre Mutter, die in Lübars in der kleinen Kate gestorben war, als sie sechs und Emma vier Jahre alt gewesen waren.

»Frieda mag Sie«, sagte Herr Kunze mit einem Mal, »und mit Ihrem kleinen Wettlauf durch den Klinikpark haben Sie mich gerade an den sportlichen Willen meiner Tochter erinnert.«

Marlene schmunzelte, Frieda war wirklich einzigartig. »Der Wille Ihrer Tochter ist ungebrochen.«

Hektor Kunze blieb stehen. »Ich weiß nur nicht, wie ich

ihr erklären soll, dass sie ihre Beine nie mehr wird bewegen können.« Fassungslos schüttelte er den Kopf.

Marlene nickte der Schwester von der Augenstation nett zu, die ihnen entgegenkam und sie und Herrn Kunze neugierig beäugte.

Hektor Kunze schaute auf. »Ich bin froh, dass Sie und Ihre Schwester so gut auf sie aufpassen. Danke.«

Marlene kitzelte ein Lächeln in den Mundwinkeln. Er war der Erste, der sich bei ihr für ihre Mühen bedankte.

»Ich wünsche Ihnen noch einen schönen Tag, Fräulein Lindow.« Hektor Kunze deutete einen Kuss über ihrer Hand an, setzte sich seinen Strohhut wieder auf und ging davon.

Die kurze Begegnung mit ihm hatte gutgetan. Marlene schaute dem berühmten Regisseur nach, bis er den Park verlassen hatte. Dann machte sie sich daran, die Operation gedanklich Schritt für Schritt noch einmal durchzugehen, um bei der nächsten Assistenz besser dazustehen. Außerdem würde sie sich Fachbücher über Nahttechniken besorgen und diese durcharbeiten, bis sie selbst wusste, wann welche Naht die beste war.

***

4

20. Juli 1918

Genauso sehr, wie Maximilian den Frieden herbeisehnte, wünschte er sich, Marlene endlich wieder in die Arme zu schließen. Er strich über jene Stelle am Ringfinger seiner linken Hand, an der er an den wenigen arbeitsfreien Stunden seinen Verlobungsring trug. Vor seinem inneren Auge erschien sie ihm mit halb geöffnetem Mund, während sie seinen medizinischen Ausführungen lauschte. Ihr entzückendes Gesicht wurde von langen, wilden Locken gerahmt. Wann nur durfte er seinen Kopf endlich wieder darin vergraben? Wenn sie hier und jetzt erscheinen würde, würde er sie hochheben und sich vor Freude mit ihr im Kreis drehen. Eigentlich konnte er sich kaum mehr auf den Beinen halten.

Maximilian stand im Verbandswagen, wo die ersten Verwundeten aus der zweiten Marne-Schlacht versorgt und operiert wurden. Seine letzte Pause lag einen Tag zurück, die letzte durchgeschlafene Nacht Wochen, vielleicht Monate. Der Preußische Lazarettzug D5 hatte vor einer Stunde Metz verlassen.

Seitdem angeblich eine Million frische amerikanische Soldaten zum Krieg hinzustießen, wuchs die Bereitschaft der deutschen Kämpfer, sich widerstandslos in Kriegsgefangenschaft zu begeben oder sich mit Infektionskrankheiten wie der Grippe anzustecken, um von der Front abgezogen zu werden. Die Grippefälle verliefen heftiger als üblich, was Maximilian vor allem auf die Unterernährung und die schlechte psychische Verfassung der Soldaten zurückführte. Die Kriegsneurotiker machten einen immer größeren Anteil seiner Patienten aus. Der junge Erich in Wagen sieben hatte seinen Kameraden wegen Fahnenflucht standesrechtlich erschießen müssen, seitdem konnte er Arme und Beine nicht mehr bewegen. Der Optiker aus Wagen dreizehn verfiel in heftiges Zittern, sobald auch nur eine Trommel geschlagen wurde.

Seit vier Jahren behandelte Maximilian als Chefarzt des D5 nun schon die Folgen von Giftgaseinwirkungen, völlige Erschöpfungszustände, die Syphilis und Granatkontusionen. Die an der Front Verwundeten kamen zunächst an frontnahe Verbandplätze, wurden dann in nahe gelegenen Lazaretten erstversorgt und schließlich in Etappenlazarette ins Hinterland gebracht, in Städte mit Bahnhöfen wie Metz. Dort konnten sie entweder fronteinsatzfähig gemacht oder bei schweren Verletzungen für den Transport in Lazarettzüge nach Deutschland überstellt werden. Zuletzt war der D5 von Metz nach Aachen gefahren. Die heutige Reise ging nach Osnabrück. »Weg von der Front«, murmelten viele im Delirium, wenn sie meinten, man höre sie nicht. Laut wagte niemand, den Wunsch nach Frieden auszusprechen, weil es als Verrat am Vaterland galt.

Maximilian hatte keinen einzigen Frontabschnitt gesehen, und doch kannte er die Kampfplätze aus den Erzählungen seiner Patienten nur zu gut. In diesen Tagen trat die Welt in das fünfte Kriegsjahr ein. Und seit fünf Jahren hörte er den ewigen Pulsschlag des Lazarettzugs, der gleichbedeutend mit Krieg war: *dadamm, dadamm.* Er wollte endlich Frieden.

Maximilian überkam eine bleierne Müdigkeit. Er brauchte wenigstens ein oder zwei Stunden Schlaf und etwas Ruhe, damit er sich wieder konzentrieren konnte und keine Fehler am Patienten beging. Seit Wochen mangelte es seinem Zug an Krankenpflegern, weswegen sich die Leichtverwundeten gegenseitig Beistand leisten mussten. Die Krankenwagen waren zweiachsige Durchgangswagen vierter Klasse, die Krankenbetten federnd aufgehängt.

Er ging in den Apothekenwagen, meldete sich bei seinem Assistenzarzt für eine Pause ab und prüfte noch den Bestand an Narkotika für die anstehenden Operationen. Immer öfter kam der Medikamentennachschub unpünktlich, dann musste er ohne Narkose operieren.

Im Bibliothekswagen sackte er auf den Ledersessel, legte den Kopf in den Nacken und versuchte, sich daran zu erinnern, welcher Tag heute war. Es war früh am Morgen, so viel konnte er immerhin sagen. Der Begleitoffizier durchschritt den Wagen. Maximilian nickte ihm zwar zu, war aber zu erschöpft für eine Plauderei. Offizier Gerhard Triemer ging zur Plattensammlung neben dem Grammofon, das zwischen den Bücherregalen vor dem Fenster stand, und legte eine Schellackplatte vor Maximilian ab, bevor er zum Heizwagen weiterschritt. Gerhard wusste, dass Maximilian in diesem Zustand nur Schlaf und Schuberts h-Moll-Walzer Kraft gaben.

Maximilian lächelte müde. Gerhard war einer der wenigen, dem Maximilian seinen Wunsch nach Frieden anvertraut hatte. Mit jeder Ankunft neuer verstümmelter und verstörter Männer fiel es ihm schwerer, seine Sicht auf den Krieg für sich zu behalten.

Er kam aus dem Ledersessel hoch und legte die Platte auf. Er fand kaum noch Kraft, das Grammofon anzukurbeln und die passende Nadel in die Schalldose zu setzen. Doch als der langsame Walzer erklang, vergaß er die brutale Welt um sich herum. Er hielt sich am Gestänge fest wie früher die Fahrgäste auf dem Weg in die Sommerfrische und sah Marlenes liebevoll geschriebenen Briefe aus der Heimat vor Augen. *Sehnsucht*, *Vermissen* und *Liebe* waren Worte, die immer wieder darin auftauchten – sein einziger Trost in dieser Zeit. Nur zu gerne entfloh er dem Krieg gedanklich, indem er an den ersten Tanz mit Marlene in seinem Büro dachte oder an ihre atemberaubenden Beine, deren Innenschenkel er so gerne liebkoste. Auch in diesem Moment nahmen seine Beine ganz automatisch den Walzertakt auf. Bald hob er auch seine Arme und stellte sich vor, er würde Marlene über das Parkett im *Gesellschaftshaus* an der Weißenseer Parkstraße führen. Obwohl sie zuletzt vor allem Tango getanzt hatten, zog es ihn, je schlimmer die Sehnsucht nach ihr wurde, immer öfter zum altmodischen Walzer zurück. Er meinte, ihren Körper zu spüren, ihren Atem an seinem Hals und gab sich keine Mühe, diese Gedanken zurückzudrängen. In solchen Momenten war es ihm egal, ob die Oberste Heeresleitung dies nicht gerne sah. Regelmäßig rekapitulierte sie: *Wer an Angehörige denkt, ist klein und schwach, wer an das Vaterland denkt, ist mutig und stark.*

Maximilian stellte sich vor, dass andere Paare um ihn und Marlene herum tanzten, ein ganz normaler Tanzabend eben, in ruhigen Zeiten.

Doch schon im nächsten Moment kam sein Assistenzarzt in den Bibliothekswagen gestürmt. »Doktor von Weilert, kommen Sie schnell!«, verlangte der junge Mann. Bei seiner Einberufung hatte er gerade einmal sein Physikum bestanden. »Der Neurotiker aus Wagen siebzehn hat sich eine Waffe in den Mund gesteckt. Ihnen vertraut er, nur Sie können ihn vom Selbstmord abbringen!«

»Ich komme.« Maximilian stürmte voran, während Schuberts Walzer hinter ihm anschwoll. Auf dem Weg zu Wagen siebzehn dachte er, dass sein einziger Lichtblick Marlene war.

***

5

25. Juli 1918

Vor ihrem ersten Einsatz als Lehrerin hatte Emma sich lange den Kopf darüber zerbrochen, was genau sie den Elevinnen erklären sollte, wie schnell sie sprechen durfte und welchen ihrer Handgriffe sie besser mehrmals wiederholte.

In ihrer dritten praktischen Unterrichtseinheit sollten heute die *Maßnahmen der Krankenbeobachtung* behandelt werden. Die Elevinnen besaßen einen unterschiedlichen Kenntnisstand, was eine besondere Herausforderung für Emma darstellte. Sie wollte die noch unbedarfte Schwesternschülerin genauso vom Lehrstoff begeistern wie die im Umgang mit Kindern und der Pflege Erfahrene. Nach den ersten Unterrichtseinheiten war Emma lange noch nicht mit sich zufrieden gewesen. Immer wieder hatte sie vor Aufregung den roten Faden verloren und auf ihre Kärtchen mit jenen Inhalten schauen müssen, die prüfungsrelevant waren. Außerdem war sie überzeugt, zu leise gesprochen zu haben. Darauf wollte sie heute besonders achten.

Der praktische Unterricht fand auf der Allgemeinen Station statt, auf der Kinder mit Wachstums- oder Gedeihstörungen, mit Bauch- oder Kopf-, Gelenk- oder Muskelschmerzen lagen. Emma stand rechts vom Bett der zweijährigen Anna, die mit unklaren Lymphknotenschwellungen eingeliefert worden war. Die Elevinnen standen um das Bett herum.

»Zu der allerersten Maßnahme der Krankenbeobachtung gehört die Überwachung der Körpertemperatur«, begann sie gut hörbar und reichte der Patientin eine Puppe aus der Spielekiste zur Ablenkung. »Die Überwachung der Körpertemperatur hat gleich nach Antritt der Tagesschicht und am Nachmittag durch eine rektale Messung zu erfolgen.« Emma nahm den Fiebermesser aus dem Reagenzglas über dem Bett, in dem sich verdünnte Sublimatlösung befand, und schlug Annas Bettdecke auf. Während sie das Fieberthermometer einführte, erklärte sie genau, wie sie es anstellte. Der Druck war entscheidend. »Und wer kann uns sagen, was wir nach der Messung auf keinen Fall vergessen dürfen?« Erwartungsvoll schaute sie den Elevinnen nacheinander in die Augen.

»Die Ergebnisse in die Krankenakte einzutragen?«, fragte Sibylle, deren Hamburger Familie darauf bestanden hatte, dass ihre Tochter die Ausbildung zur Kinderkrankenschwester nur in der Kinderklinik Weißensee absolvierte.

»Sehr gut, Schwester«, lobte Emma und überreichte ihr die Akte sowie einen Stift, »das Eintragen darf nicht vergessen werden, das stimmt. Noch wichtiger ist es allerdings, das Thermometer nach der Messung zu reinigen.« Asepsis und Antisepsis wurden von jeher in der Kinderklinik großgeschrieben. »Nehmen Sie dafür Zellstoff, den Sie zuvor mit etwas Alkohol benetzt haben, und reinigen Sie es damit. Und dann stellen Sie das Thermometer wieder in das Reagenzglas mit der Desinfektionsflüssigkeit zurück.« Emma hielt Erika das Thermometer vor die Augen. Sie war bemüht, dass jede der zehn Schwesternschülerinnen mindestens einmal in jeder Unterrichtsstunde zu Wort kam oder sich in anderer Weise beteiligen konnte.

»Achtunddreißig Grad«, las Erika im zweiten Anlauf ab, nachdem sie das Thermometer zunächst verkehrt herum gehalten hatte. Sibylle hatte da schon den Stift angesetzt, um das Ergebnis in die Krankenakte einzutragen.

»Sehr gut, Schwester Erika«, lobte Emma und strich ihr bestärkend über den Arm. Es war eine Sache, eine Antwort zu wissen, sie dann auch noch vor der Gruppe vorzutragen erforderte gerade in den ersten Wochen der Ausbildung Mut und innere Stärke. Das wusste sie nur zu gut.

»Kommen wir nun zur Beobachtung des Pulses«, fuhr Emma fort. Sie zog der kleinen Anna das Hemdchen wieder über den Unterleib, deckte sie zu und streichelte ihr die Wange. »Die Pulsmessung nehmen wir nur bei Kindern jenseits des Säuglingsalters vor, weil bei den Allerkleinsten der Puls nur sehr schwer fühlbar ist und die Messung entsprechend ungenau ausfallen würde.« Sie nahm Annas Arm auf. »Ich zähle den Puls, indem ich Zeige-, Mittel- und Ringfinger leicht auf die Radialarterie an der Daumenseite des Handgelenks drücke.« Emma schaute auf. »Bitte treten Sie noch näher, damit Sie meine Handhaltung ganz genau sehen und sich fest einprägen können. Wer möchte die Sanduhr halten? Die Körner benötigen eine Viertelminute, um vollständig durchzurieseln.«

»So langsam?« Charlotte meldete sich. »Wenn das Automobil meines Vaters erst einmal Fahrt aufgenommen hat …« Die Elevin verstummte, als sie wohl merkte, dass es gerade der falsche Moment war, um über ihre Leidenschaft für Technik zu sprechen.

Emma übergab ihr die Uhr und nickte ihr zu als Zeichen, den Zeitmesser umzudrehen. Emma begann, laut hörbar die Pulsschläge der Patientin zu zählen. Nachdem der Sand in der Uhr durchgelaufen war, war sie bei zweiunddreißig Pulsschlägen angelangt. »Die Werte, die wir in die Krankenakte eintragen, sind stets auf eine Minute hochgerechnet. Wir nehmen die zweiunddreißig also mal vier«, erklärte Emma.

»Also einhundertachtundzwanzig Pulsschläge für Anna«, wusste Sibylle und war begeistert.

»Sehr wohl«, entgegnete Emma, froh darüber, dass die meisten ihrer Schülerinnen so gut mitmachten. Bestimmt ging ihnen die Krankenbeobachtung bald leicht von der Hand. »Der Normalpuls für Zweijährige liegt bei circa einhundertzwanzig pro Minute.«

Charlotte, Sibylle und Erika tauschten ein zufriedenes Lächeln aus.

»Schwester Grete hat heute noch gar nichts zum Unterricht beigetragen. Sie kann mir nun bei der Urinabnahme assistieren«, sagte Emma. Noch bevor sie den Satz zu Ende gesprochen hatte, wandte sich die genannte Elevin ab und trat vom Krankenbett zurück. Die anderen waren mit einem Mal mucksmäuschenstill.

»Eine gute Krankenschwester sollte sich weder vor Blut, Urin, Kot noch Erbrochenem ekeln. Von Eiter ganz abgesehen«, erklärte Emma der Runde. »Sie werden sich an den Umgang damit gewöhnen müssen.«

Grete stammte aus einer wohlhabenden Charlottenburger Familie, wo sich vermutlich Dienstmädchen um dreckige Arbeiten kümmerten. Aber darauf konnte Emma keine Rücksicht nehmen. Hier waren alle Elevinnen gleich. Jede würde in der Ausbildung mit Blut, Urin und auch Erbrochenem in Berührung kommen.

Emma hob ihre Hand, um Grete aufmunternd auf die Schulter zu klopfen. Ein vorsichtiger Körperkontakt baute Vertrauen auf und minderte Versagensängste. Das hatte sie in einem Lehrbuch über Pädagogik gelesen.

»Ich will diesen Unterricht hier nicht mitmachen, und Sie sind ja nicht mal eine richtige Lehrerin!«, entgegnete Grete.

Emma stand da wie versteinert, als Grete wie ein Reh auf der Flucht aus dem Krankenzimmer lief.

*

Am Abend verließ Emma die Klinik mit hängenden Schultern. Bei der Oberschwester hatte die Lehrtätigkeit immer so einfach ausgesehen. Was machte sie nur falsch? Sie war so tief in Gedanken über das jüngste Unterrichtsgeschehen versunken, dass sie beinahe am Eingang des Mietshauses in der Langhansstraße vorbeigegangen wäre. Im Hinterhof stieß sie mit dem Nachbarn zusammen. Kurt Vogel hatte gleich mehrere Zeitungen unter dem Arm getragen, die nun auf dem Boden lagen. Er war gerade aus dem Keller gekommen.

»Fräulein Lindow«, sagte er und klang verwirrt, als käme sie zum ersten Mal zu dieser Tageszeit nach Hause. Trotz der Sommerhitze, die inzwischen bis in die Nachtstunden anhielt, trug er wieder sein mausgraues Tweedsakko und die Schiebermütze.

»Entschuldigung«, sagte Emma noch in Gedanken. Nach Gretes Flucht hatte sie versucht, den Unterricht ordnungsgemäß fortzuführen, aber es war ihr nicht gelungen.

Sie war zu durcheinander gewesen, und auch die anderen Elevinnen hatten sich sichtlich unwohl gefühlt.

Emma hockte sich hin, um die Zeitungen aufzusammeln, und stieß dabei mit Kurts Kopf zusammen. »Es tut mir leid«, beeilte sie sich mitzuteilen und klaubte für ihn, der den Blick nicht von ihr nehmen konnte, das Material zusammen. Es waren Ausgaben des sozialdemokratischen *Vorwärts*, des *Tageblatt* und des *Daily Telegraph*. Sie kam hoch und reichte ihm die Zeitungen.

Kurt Vogel griff nur zögerlich zu. Vielleicht dachte er, sie könne wegen ihrer Arbeit in der Kinderklinik Keime oder Bakterien bei sich tragen?

»Einen schönen Abend noch«, sagte sie und eilte schon auf den Eingang des Hinterhauses zu, als der Nachbar doch noch Worte fand: »Theo war heute Nachmittag wieder bei mir«, sagte er und setzte sich seine Mütze auf, die ihm bei ihrem Zusammenstoß vom Kopf gefallen war. Sein Haar war kastanienbraun, die einzige Farbe an ihm.

»Geht es Frau Scharinski nicht gut?«, fragte Emma. Sie hatte ihre Hand schon auf die Türklinke gelegt, jetzt ließ sie sie noch einmal los.

»Doch, doch. Aber gegen vier Uhr erfuhr sie von einer Nachbarin, dass es Gurken im Laden in der Roelkestraße gab. Da wollte sie sich anstellen und bat mich im Tausch für eine Gurke darum, auf Theodor aufzupassen. Ihre Gemüsekarten wären sonst verfallen.«

»Ich werde trotzdem noch kurz nach ihr schauen, nur zur Sicherheit«, beschloss Emma und dachte, dass in diesen Zeiten sogar Gurken rar waren. »Können Sie Theo noch fünf Minuten bei sich behalten?«

»Klar.« Kurt Vogel lächelte. »Er ist eingeschlafen.«

»Danke«, murmelte sie, war in Gedanken aber schon bei der Nachbarin und lief nun die Treppe ins erste Obergeschoss hinauf.

Elwira Scharinski ließ sie herein und setzte sich in ihren Lesesessel. Während Emma ihren Puls und ihre Atmung prüfte, las die Nachbarin amüsiert in einem der romantischen Soldatenromane, die Ullstein als kleine Hefte herausgab. Heute war der Puls der Nachbarin nur leicht erhöht. Emma bat Frau Scharinski, viel zu trinken, steckte ihr heute nicht zum ersten Mal eine ihrer Lebensmittelmarken zu und verließ deren Wohnung wieder. Als Emma den Hausflur betrat, stand die Tür gegenüber offen. »Herr Vogel?«, fragte sie leise, um Theodor nicht zu wecken.

Kurt Vogel kam ihr mit dem schlafenden Jungen auf den Armen entgegen. »Er hat mich zum Quartett herausgefordert und vernichtend geschlagen«, flüsterte er und verzog gespielt zerknirscht das Gesicht. Dann trug er Theodor nach oben.

In der Dachwohnung angekommen, legte Emma ihren Schlüssel auf den Küchentisch und öffnete die Tür zur Stube. Marlene war auch heute noch nicht wieder aus der Klinik zurück. Seit ihrer ersten Operationsassistenz brütete sie jeden Abend bis spät in die Nacht im Büro über ihren Medizinbüchern.

Kurt legte Theodor sehr behutsam auf das Bett, was sie ihm so gar nicht zugetraut hätte. »Mit Kurti spielen«, murmelte der Junge, als Emma ihn mit einer leichten Decke zudeckte. Beim nächsten Atemzug drehte er sich auf die Seite und schlief weiter. Am liebsten hätte sie sich sofort danebengelegt und bis zum nächsten Dienst durchgeschlafen. Ob sie die Oberin fragen könnte, den praktischen Unterricht an eine andere Stationsschwester zu übertragen? Vielleicht war sie doch nicht die Richtige dafür, wenn ihr sogar die Elevinnen davonliefen.

»Sie sehen besorgt aus«, bemerkte der Nachbar.

Als Antwort deutete Emma mit dem Kinn zur Küche. Dort holte sie zwei Gläser aus dem Schrank. »Mein Unterricht heute ist nicht gut gelaufen.« Sie öffnete ihre einzige Flasche Bier, die sie eigentlich für ihren Geburtstag aufgehoben hatte. Bier oder gar Wein gab es so gut wie nicht mehr zu kaufen. Wenn neben Kartoffeln noch etwas in den Lebensmittelläden angeboten wurde, waren es Krähen, Eichhörnchen, Spechte und Wiedehopfe. Alles sündhaft teuer.

Kurt holte eine frische Gurke aus seinem Sakko, wagte aber nicht, sich hinzusetzen. »Sie unterrichten?«

Emma fand, dass er verwundert klang. »Sie meinen, dass es nicht zu mir passt?«

»Nein, nein«, beeilte er sich, sich zu korrigieren, und richtete sich nervös seine Schiebermütze. »Ich wusste nur nicht, dass das Unterrichten zum Aufgabenbereich einer Krankenschwester gehört.« Er war kaum zu hören, als er noch anfügte: »Bestimmt sind Sie eine ganz bezaubernde Lehrerin.«

Emma war unsicher, ob sie ihn gerade richtig verstanden hatte, und schaute fragend drein. Dann schnitt sie die Gurke in Streifen.

»Weil Sie so eine nette Art haben«, erklärte Kurt doch noch, »jeder hier im Haus und in der Nachbarschaft mag Sie.« Er errötete über seine Worte.

Emma goss sich und ihm Bier ein und nahm erst einen langen Schluck, bevor sie antwortete: »Dass ich nett bin, macht noch keine gute Lehrerin aus mir. Aber warum stehen

Sie denn immer noch herum, Herr Vogel? Bitte setzen Sie sich doch.«

Er nahm ihr gegenüber am Tisch Platz. »Ich heiße übrigens Kurt.«

»Ich bin Emma.« Sie nickte und prostete ihm zu. »Ich unterrichte Elevinnen in praktischer Pflege, und eine von ihnen kann so gar keinen Gefallen an der Arbeit finden«, berichtete sie und war selbst überrascht davon, dass sie so offen sprach und dem Nachbarn sogleich ihren Vornamen anbot.

»Bevor ich anfing, als Journalist zu arbeiten, war ich auch Lehrer. Aber bald schon gefiel der Schulleitung meine sozialdemokratische Einstellung nicht mehr«, erzählte Kurt und biss das Ende eines Gurkenstreifens ab.

»Das tut mir leid für Sie.« Emma horchte ins Nebenzimmer, ob Theodor vielleicht aufgewacht war, aber es blieb still. Dann nahm sie sich ebenfalls einen Gurkenstreifen. Er schmeckte himmlisch erfrischend.

Kurt schaute Emma eindringlich an. »Vielleicht wurde die schwierige Schülerin zur Ausbildung gezwungen. Wenn die Motivation zum Lernen nicht von einem selbst kommt und man es nur als lästige Verpflichtung empfindet, wird man missmutig. Und wer missmutig ist, verschließt sich vor den Lerninhalten.«

Emma war beeindruckt von seiner pädagogischen Analyse. »Sie meinen, ich müsste etwas finden, das die Elevin aus sich heraus motiviert?«

Kurt nickte. »Darf ich fragen, wie alt die Elevinnen an der Kinderklinik sind?«

»Keine ist jünger als siebzehn. Das besagte Mädchen ist achtzehn«, antwortete Emma und knabberte auch schon am nächsten Gurkenstreifen.

»Wofür interessieren sich Mädchen in diesem Alter?«, fragte er.

»Für junge Männer, Kleider und für heimliche Feiern, sogenannte *Schwesternsausen*, abends nach der Nachtrunde der Oberin«, antwortete Emma und fand, dass sie bei den Wörtern »junge Männer« so brüskiert wie eine spießige Gouvernante klang. Obwohl ihr das nicht gefiel, fühlte sie sich dafür verantwortlich, unschuldige Mädchen vor einer Enttäuschung zu bewahren, wie sie sie mit Tomasz erlebt hatte. Die Elevinnen lebten oft zum ersten Mal getrennt von den Eltern, ohne die vertraute sittliche Führung. Kurz blieben Emmas Gedanken bei Tomasz hängen, und sie fragte sich, wie es ihm wohl ergangen war. Sehr wahrscheinlich war er im Krieg. Ob er versehrt war oder gar nicht mehr lebte? Die Möglichkeit, dass er tot sein könnte, wollte sie lieber nicht in Betracht ziehen, auch wenn sie ihn längst überwunden hatte.

»Neben heimlichen Feiern sind die meisten Schwestern auch ganz verrückt nach kinematografischen Vorstellungen«, sprach sie weiter, weil sie überhaupt nicht länger an Tomasz denken wollte. Sie meinte, gesehen zu haben, dass Gretes Mitschriften weniger den Unterrichtsstoff als Titel von Filmen und deren Schauspielern beinhalteten.

»Ihre schwierige Elevin würde lieber in einem Lichtspielhaus sitzen, anstatt zu üben, wie eine Krankenschwester die Verordnungen des Arztes umzusetzen hat?«

Emma nickte und ärgerte sich zugleich, dass sie sich so hilflos im Umgang mit Grete Scheuer vorkam.

»Na dann!«, sagte er wissend lächelnd.

Emma fiel die kleine Narbe über seiner Oberlippe auf, die sich beim Lächeln in die Breite zog.

Im Folgenden erläuterte Kurt seinen Plan und was er mit »Na dann!« meinte. Sie tranken Bier und aßen Gurken und entschieden, dass sie sich fortan duzen wollten.

Es wurde ein netter, fröhlicher Abend zu zweit, an dessen Ende Emma überzeugt war, einen neuen guten Freund gefunden zu haben.

***

6

2. August 1918

Marlene war auf dem Weg zu Doktor Ritter. Weil sie den Operationsplan auswendig kannte und daher wusste, dass sein nächster Eingriff erst für den Nachmittag geplant war, standen ihre Chancen gut, ihn in seinem Büro anzutreffen. Das war zuletzt oft schwierig gewesen. Marlene hatte einige Fragen zu den Neueinlieferungen, die sie mit ihm besprechen wollte, außerdem benötigte sie die Krankenakte eines Patienten mit Lippen-Kiefer-Gaumen-Spalte, die sich nach Aussage von Stationsschwester Vera bei Doktor Ritter auf dem Schreibtisch befand. Sie benötigte die Akte zum Studium des darin enthaltenen Befundberichtes. Es war Teil ihres Praktikums, das Ausstellen von gesundheitlichen Attesten, Todesbescheinigungen, Gutachten und Befundberichten zu lernen. Ihre ersten Berichte sollte sie noch heute für die HNO schreiben. Der HNO-Spezialist Proskauer kam an drei Tagen die Woche an die Kinderklinik, operierte, prüfte Diagnosen und war grundsätzlich in beratender Funktion für die Hals-Nasen-Ohren-Krankheiten tätig, als Konsiliarius eben. Er würde Marlene beim Entwurf ihres ersten Befundberichtes anleiten.

Marlenes Stimmung war außerordentlich gut, weil Maximilian ihr geschrieben hatte, dass er am zehnten September für eine ganze Woche nach Weißensee kommen würde. Endlich! Sogar den Ärger darüber, dass Oberarzt Buttermilch ihr bei der Visite wieder die Sicht auf die Patienten verstellt hatte, hatte sie mit einem Lächeln hinuntergeschluckt. Seit der Aussicht auf ein baldiges Wiedersehen mit ihrem Verlobten hatte sie das Gefühl, dass ihr alles gelingen konnte. Und über Nahttechniken wusste sie inzwischen auch besser Bescheid.

Marlene grüßte die Stationsschwester der Isolierstation, die gerade mit zwei Patientenakten und der *Berliner Illustrierten Zeitung* an ihr vorbeieilte und sie interessiert zurückgrüßte. Marlene kannte Hertha Heinze noch aus ihrer Zeit als Elevin. Damals war Hertha eine gute Kinderkrankenschwester mit einer Vorliebe für Klatsch und Tratsch gewesen, was sich offenbar nicht verändert hatte.

Als Hertha am Ende des Korridors um die Ecke bog und auch sonst niemand zu sehen war, tanzte Marlene die Wiegeschrittfolge des Tangos, als befände sie sich bereits auf der Tanzfläche mit Maximilian. Ein wohliger Seufzer entfuhr ihr. In der Woche seines Heimaturlaubs würden sie ganz sicher tanzen gehen, vermutlich aber in Berlin in den *Tangokeller* und nicht ins *Gesellschaftshaus*. In Weißensee gab es immer noch zu viele böse Stimmen, die die Beziehung des adligen Arztes und des Mädchens aus dem Waisenhaus schlechthießen. Aber vor allem tuschelte man darüber, warum sich ein Maximilian von Weilert so lange von ihr hinhalten ließ.

Marlene war vor dem Büro des Ärztlichen Direktors angekommen und klopfte. »Doktor Ritter?«

Als niemand antwortete, klopfte sie ein zweites Mal. Ein Geräusch kam von drinnen, also trat sie ein. Aber Doktor Ritter war nicht anwesend, sein Fenster schlug vom Wind getrieben auf und zu.

Marlene schloss es, dann fiel ihr Blick auf den Schreibtisch mit dem Stapel Krankenakten, die gut an den rosa Pappmappen zu erkennen waren. Auf den Akten lagen Briefe. Zu fünfzehn Uhr war sie mit Konsiliarius Proskauer wegen ihres ersten Befundberichtes verabredet, viel Zeit zum Einlesen blieb ihr bis dahin nicht.

Marlene zog die Krankenakten unter den Briefen hervor und ging die Namen durch. Erst die unterste Akte gehörte zu Oswald Fennrich, dessen Eltern aus Magdeburg an die Kinderklinik gekommen waren, weil sie von den weithin gerühmten Operationsergebnissen von Doktor Proskauer bei Spaltschlüssen gelesen hatten.

Als Marlene die anderen Akten wieder unter die Briefe zurückschob, fiel ihr der in großen Buchstaben geschriebene Absender auf dem obersten Kuvert auf. Sie stockte. Der Brief stammte aus der Gemeinde Lübars.

»Lübars?«, entkam es ihr mit stechendem Herzen. Lübars war der Ort ihrer frühen Kindheit, ihr Ort mütterlicher Liebe in der kleinen Kate am Dorfrand. Bevor ihre Mutter gestorben war, waren Mama, Emma und sie zwar eine arme, aber glückliche Familie gewesen. Ihre Mutter hatte so viel für sie getan, vor allem aber Marlene und Emma über alles geliebt. Weil sie den Anblick der leeren Kate niemals ertragen hätte, war sie seit dem Tod ihrer Mutter nie wieder zurückgekehrt.

Sie horchte zur Tür. Als es länger auf dem Korridor still blieb, griff sie nach dem Kuvert aus Lübars. Es fühlte sich an wie eine Berührung mit ihrer Vergangenheit. Bauernhäuser mit reich verzierten Fassaden, Kartoffeläcker und die einfache Dorfkirche erschienen ihr vor dem inneren Auge. Fast spürte sie Mutters kalten Leib neben sich.

Marlene zögerte noch, aber der Umstand, dass das Kuvert bereits säuberlich geöffnet worden war, erleichterte ihr die Entscheidung, fremde Post zu lesen. Es würde nicht auffallen, wenn sie nur kurz auf den Brief aus ihrer alten Heimat schielte. Sie las:

Sehr geehrter Herr Doktor Ritter,

mit diesem Schreiben möchte ich Sie darüber informieren, dass sich die Kosten für die von Ihnen beauftragte Grabpflege insbesondere wegen der allgemeinen Geldentwertung erhöht haben.

Marlene hielt inne. Der Ärztliche Direktor hatte Verwandtschaft in Lübars, deren Grab er pflegte? Das hatte er noch nie erwähnt.

Mit dem Schreiben in den Händen trat sie an der Büste des Hippokrates vorbei ans Fenster, weil dort mehr Licht war.

Für das von Ihnen gepflegte Grab der am 3. Juli 1898 verstorbenen Elisabeth Lindow werden ab dem 1. Januar 1918 und jährlich im Voraus 234,22 Mark fällig.

Marlenes Hände hatten bei den Worten »Elisabeth Lindow« zu zittern begonnen.

Bitte informieren Sie uns, ob Sie unsere Grabpflege weiter in Anspruch nehmen möchten oder das Grab eingeebnet werden soll. In diesem Fall sind einmalig 77,38 Mark zu zahlen.

Auf Ihr Antwortschreiben wartet untertänigst,

Hagensiecker
Gemeindevorsteher Lübars

Marlene wurde gleichzeitig heiß und kalt. Ihre feuchten Fingerkuppen hinterließen Abdrücke auf dem Schreiben. Konnte das wirklich wahr sein? Doktor Ritter bezahlte die Grabpflege ihrer Mutter?

Um sich selbst zu beruhigen, atmete sie ein paarmal tief ein und aus, so wie sie es sonst Patienten ans Herz legte, die ängstlich oder verwirrt waren. Aber ihr Herz hämmerte weiter.

Sie musste Emma davon erzählen! Hastig schob sie das Schreiben zurück in das Kuvert, legte es wieder auf den Briefstapel obenauf und nahm die Akte von Oswald Fennrich an sich. Mit wehendem Haar stürmte sie aus dem Büro.

Sie traf Emma in der Wäschekammer an und platzte mit ihrer Entdeckung heraus, sobald sie die Tür hinter sich geschlossen hatte. Sie versuchte, sich an jeden Satz des Briefes zu erinnern. Mehrmals verhaspelte sie sich vor Aufregung.

»Warum nur pflegt er Mutters Grab?«, fragte Emma kopfschüttelnd, nachdem Marlene mit ihrem Bericht geendet hatte.

»Er muss eine besondere Beziehung zu ihr gehabt haben«, grübelte Marlene laut und fuhr gedankenversunken mit der Hand über den Stapel frisch gewaschener Bettlaken im Regal neben sich. Sie mochte Julius Ritter, trotz seiner reservierten Art.

»Lene, Doktor Ritter ist unser Vater!«, stieß Emma aus.

Wie vom Blitz getroffen, schaute Marlene auf. »Unser Vater?«

Emma nickte gleich mehrmals hintereinander. »Er sieht genauso schlecht wie du.« Sie tippte auf Marlenes Brille. »Außerdem hat er meine dunkelblonde Haarfarbe, und die Medizin liegt ihm genauso sehr am Herzen wie uns beiden auch.«

»Wir müssen Doktor Ritter danach fragen!«, forderte Marlene. Entschlossen schnürte sie den Gürtel um ihren Arztkittel enger. »Ohne die Antwort halte ich es keine Minute länger aus!«

»Doktor Ritter musste kurzfristig weg«, antwortete Emma, »zu einem eilig einberufenen Treffen der Ärztekammer wegen der vielen Grippetoten. Danach leitet er die Besprechung mit der Belegschaft im Speiseraum der Schwestern.«

Marlene konnte an nichts anderes mehr denken. »Dann wird es eben spät heute Abend! Nach der Besprechung fangen wir ihn ab!«

*

Mit »Es scheint eine Grippewelle ungekannten Ausmaßes auf uns zuzurollen, für die wir gewappnet sein müssen« läutete Doktor Ritter die Besprechung im Speiseraum der Schwestern ein. Sämtliches Personal der Kinderklinik, auch die Melkerinnen und Mitarbeiterinnen der Milchkuranstalt, waren zusammengekommen.

Marlene wollte die Grippe am liebsten überspringen und gleich mit Doktor Ritter sprechen. Es grenzte an ein Wunder, dass ihr erster Befundbericht am Nachmittag überhaupt zustande gekommen war. Sie war viel zu nervös, um klar zu denken.

»Auf dem Treffen der Ärztekammer wurde berichtet, dass jeder dritte Spanier dieses Jahr schon an einer heftigen Form des Grippevirus erkrankt sei«, fuhr Doktor Ritter fort, »der König und sein Kabinett eingeschlossen. Diese schwer verlaufende Grippe wurde in der Ärztekammer *Spanische Grippe* genannt, weil man vermutet, dass sie aus Spanien eingeschleppt worden ist.«

»Auch im Schloss bei den Soldaten häufen sich ungewohnt schwere Grippefälle«, wusste Oberarzt Buttermilch zu berichten. »Deswegen bittet man mich dort ständig um Überstunden! Ich kann mich doch nicht in zwei Hälften teilen!« Er tupfte sich mit einem Seidentuch Schweiß von der gepuderten Stirn.

Marlene hatte nur noch den Brief aus Lübars im Kopf. Während Doktor Ritter die Belegschaft über Vorsichtsmaßnahmen informierte und darum bat, sich auf Mehrarbeit einzustellen, musterte Marlene ihn peinlich genau. Er war ein hochgewachsener Mann – auch Marlene überragte die meisten Frauen. Er war kurzsichtig und nie ohne seine Brille anzutreffen, diese Tatsache hatte Emma schon erwähnt. Und außerdem – das fiel ihr erst jetzt auf – bildete sich zwischen seinen Augenbrauen eine Sorgenfalte, wo Marlene auch eine hatte.

Als das Personal nach dem Ende der Besprechung den Speiseraum verließ, stand Marlene immer noch wie angewurzelt da und hatte nur Augen für Julius Ritter. Deswegen war es Emma, die ihm nachlief, als er sich nun ebenfalls anschickte, an seine Arbeit zurückzukehren. »Lene, nun komm!«, rief sie vom Türrahmen aus zurück. Dann lief sie weiter.

Als Marlene zu Emma aufschloss, fragte Doktor Ritter gerade:

»Sie beide wollen mich also in einer vertraulichen Angelegenheit sprechen?« Unentschlossen rieb er sich das Kinn. »Heute wird es allerdings etwas eng, wie wäre es nächste Woche? Die Grippe verlangt gerade meine ganze Aufmerksamkeit.«

Ihm war anzuhören, wie wenig ihm ihre Bitte gelegen kam.

»Es ist sehr wichtig«, betonte Emma, und Marlene sah schon ihre Felle davonschwimmen, weswegen sie kurzerhand auf eine Notlüge zurückgriff: »Es geht um eine Patientin. Wir brauchen dringend Ihren Rat! Das lässt sich nicht aufschieben.«

Doktor Ritter zögerte erst, aber nickte schließlich doch. »Ich habe fünf Minuten für Sie, wenn Ihnen das genügt.«

Kurz darauf befanden sie sich im Büro des Ärztlichen Direktors, wo die Krankenakten und der Briefstapel noch am selben Platz lagen. Marlene starrte das oberste Kuvert an, als befände sich die Blaue Mauritius darauf.

Doktor Ritter ließ sich hinter seinem Schreibtisch nieder und bedeutete ihnen, sich an den Besprechungstisch zu setzen. »Um welche Patientin geht es denn?«

Marlene kam ohne Einleitung zum Kern der Sache. »Kannten Sie unsere Mutter?« Sie hatte keine Minute länger warten wollen und schaute nun gebannt auf seinen Mund. Auch Emma machte keine Anstalten, sich brav zu setzen.

Nachdenklich tippte Doktor Ritter seine Fingerkuppen aneinander. Feine Schweißperlen traten auf seine Stirn.

»Haben Sie sie geliebt?«, fragte Emma in zärtlichem Ton in die Stille hinein.

Es war ein berührender Gedanke, dass er ihre Mutter geliebt hatte, dachte Marlene, und dass zwei Kinder daraus erwachsen waren. Die Liebe zu ihrer Mutter verband sie und den Ärztlichen Direktor auf eine neue, überwältigende Weise.

Doktor Ritter schwieg, vermutlich aus Verlegenheit, dass er ihnen seine Vaterschaft so lange vorenthalten hatte. Marlene war sicher, seine Antwort zu kennen. »Warum haben Sie uns das nie gesagt?« Am liebsten würde sie nun um den Schreibtisch herumgehen, um ihm näher zu sein, vielleicht sogar nach seiner Hand greifen. Wie fühlte sich ein Vater überhaupt an? Nach dem Tod der Mutter hatten Emma und sie sich häufig einsam gefühlt.

»Ihre Mutter wäre sehr stolz auf Sie, wenn sie Sie heute sehen könnte«, antwortete Doktor Ritter und klang, als spräche er zu sich selbst. Er nahm seine Brille ab, beschaute sie von allen Seiten und setzte sie sich schließlich wieder auf. »Sie sprach damals von *ihrem Emmalein* und *ihrer Lene* zu mir«, sagte er versunken.

»Erzählen Sie uns von Mama und sich, von damals!«, bat Marlene und legte sich ihre Hände vor Rührung vor die Brust.

»Elisabeth Lindow war einmal meine Patientin«, sagte er, ohne Marlene oder Emma anzuschauen.

Und dann verliebten sie sich ineinander, sprach Marlene in Gedanken weiter. Aber Julius Ritter sagte stattdessen: »Die Diagnose eines Magen-Darm-Infektes war der größte Fehler meines Lebens.«

Marlene schaute irritiert zu Emma. Auch deren Gesicht verriet Verwirrung.

Doktor Ritter schob seinen Stuhl etwas zurück, als wolle er noch mehr Abstand zwischen sich und sie bringen.

»Ihr größter Fehler? Wie meinen Sie das?«, verlangte Marlene zu wissen und trat um den Schreibtisch herum vor ihn.

»Ich muss zum nächsten Patienten. Es tut mir leid.« Doktor Ritter erhob sich. »Das werden Sie sicher verstehen.«

»Wir verstehen gerade gar nichts!«, entfuhr es Emma.

»Was war mit Ihnen und unserer Mutter? Bitte seien Sie ehrlich zu uns! Bitte gehen Sie jetzt nicht!«, flehte Marlene und ergriff seine Hand. Sie war feucht und kalt, wie ihre eigene.

»Bitte!«, setzte Emma leise nach.

Julius Ritter schaute von Emma zu Marlene und wieder zurück zu Emma. Dann blickte er beschämt zu Boden und machte sich von Marlene frei. »Damals, als ich Ihre Mutter kennenlernte«, sagte er schließlich, »war ich Medizinalpraktikant an der Königlichen Charité. Ihre Mutter kam an einem verregneten Junimorgen im Jahr 1898 zu mir, als ich in der poliklinischen Sprechstunde mitarbeitete.«

Juni 1898? Da waren Emma und sie schon längst geboren. Er konnte also nicht ihr Vater sein. Trotzdem war sein Bericht für Marlene wichtig, denn nach dem Tod ihrer Mutter waren sie nie wieder jemandem begegnet, der Elisabeth Lindow gekannt hatte und etwas über sie hätte erzählen können. Verwandte hatten sie nicht.

»Juni 1898? Das war kurz, bevor Mama starb«, flüsterte Emma. Sie rieb sich die Schultern, als friere sie.

»Ihre Mutter klagte über eine Druckempfindlichkeit im Bauchbereich und hatte eine stark erhöhte Körpertemperatur. Ich diagnostizierte einen der üblichen Magen-Darm-Infekte und schickte sie mit Heilerde, die sie als Aufguss mit Wasser trinken sollte, zurück nach Lübars«, sagte Doktor Ritter. Er war kaum zu verstehen.

Eine schreckliche Vorahnung überkam Marlene. »Sie haben eine Blinddarmentzündung nicht ausgeschlossen?«, fragte sie den Ärztlichen Direktor der berühmtesten Kinderklinik Preußens. Sie wusste, dass es vermessen war, aber jeder Student lernte, dass bei starker Druckempfindlichkeit im Bauch und bei Fieber unbedingt und zuallererst ein Blinddarmdurchbruch ausgeschlossen werden musste. Dieser konnte zum Tod führen, wenn er nicht umgehend behandelt wurde.

Doktor Ritter schüttelte den Kopf, aber ohne aufzuschauen. »Leider nein. Das hatte ich nicht.«

Marlene wich von ihm zurück. »Wie konnte das passieren?«

Doktor Ritter war einer der besten Ärzte, den sie kannte, zu dem sie aufschaute. Maximilian hatte den Ärztlichen Direktor stets in den höchsten Tönen gelobt.

Doktor Ritter sank auf seinen Stuhl, als saugte ihm das Gespräch alle Kraft aus. »Ich hatte am Vorabend mit Kommilitonen zu viel getrunken, deswegen war ich unkonzentriert.«

»Unsere Mutter ist gestorben, weil Sie mit Alkohol im Blut an Patienten gelassen wurden?«, fragte Marlene fassungslos.

Doktor Ritter sank tiefer in seinen Stuhl, er wirkte nun gar nicht mehr wie der souveräne Ärztliche Direktor. »Der Armenarzt aus Lübars hatte auf dem Totenschein, von dem er mir als zuletzt behandelnder Arzt eine Abschrift schickte, eine schwere Infektion des Bauchfells vermutlich infolge eines Blinddarmdurchbruchs vermerkt, die zu einem tödlichen septischen Schock geführt hatte. So erfuhr ich davon«, sagte er. Dann wirkte es, als weine er stumm.

Marlene erinnerte sich noch sehr genau an die Sterbenacht ihrer Mutter, obwohl sie inzwischen zwanzig Jahre zurücklag. An diesem dritten Juli hatten sie Marlenes sechsten Geburtstag gefeiert mit Streuselkuchen, Kakao, Kerzen und Gesang, bis Mutter mit Bauchschmerzen aufs Bett gesackt war. Innerhalb weniger Stunden war sie gestorben. Auch als man Emma und sie ins Weddinger Waisenhaus gesteckt hatte, hatte sie noch lange darauf gehofft, dass ihre Mutter doch irgendwie wiederkommen und sie nach Hause holen würde. In die kleine, windschiefe Kate.

Marlene kam schlagartig aus ihrer Erstarrung zu sich. »Sie haben unsere Mutter auf dem Gewissen.«

»Es tut mir unendlich ...«

Marlene ließ ihn nicht ausreden. »Komm, Emma, wir müssen jetzt gehen.« Sie atmete so schnell und flach wie Elisabeth Lindow kurz vor ihrem Tod. Emma schloss sich ihr an, und sie verließen das Büro.

Vor der Tür wollte Emma Marlene in den Arm nehmen, aber die ließ es nicht zu. »Meine Entscheidung steht fest!«, verkündete Marlene.

Emma stockte. »Welche Entscheidung, Lene?«

»Mit Doktor Ritter kann ich nicht mehr zusammenarbeiten!«

***

7

4. August 1918

Ein spitzer Schrei erklang, gefolgt von Glasklirren. Waldemar eilte die Bettenreihe entlang bis zum Krankenbett des Offiziers von Quednow. Dort lagen gläserne Fiebermesser und Reagenzgläser zersprungen auf dem Boden. Eine junge, zierliche Schwester stand da wie vom Blitz getroffen, in der Hand das Tablett, auf dem die Fiebermesser zuvor lagen und an jene Patienten hätten ausgereicht werden sollen, bei denen die Körpertemperatur sublingual – im Mund – gemessen wurde.

»Wissen Sie eigentlich, wie knapp derzeit medizinische Hilfsmittel sind und wie lange es dauert, neue Fiebermesser zu bekommen?«, fragte er. Zwar wurden Lazarette noch vor den normalen Krankenhäusern mit Medikamenten und Instrumenten beliefert, aber schon längst waren die deutschen Produktionskapazitäten so weit gesunken, dass es selbst in kriegsrelevanten medizinischen Einrichtungen an allen Ecken und Enden fehlte.

»Es tut mir leid, Herr Doktor«, flüsterte die Hilfsschwester, die kaum älter als fünfzehn oder sechzehn sein musste und deren Schwesternschürze am Oberschenkel hochgeschoben war. »Aber der Offizier hat mich unsittlich …«

Waldemars Blick blieb an der Hand des Patienten hängen, die etwas aus dem Bett hing, sehr nahe bei der hübschen, schlanken Hilfsschwester. Der Offizier, dem die Folgen eines Schlaganfalls noch deutlich in seine taube Gesichtshälfte geschrieben standen, lächelte schief – nur mit der beweglichen Seite seines Gesichts.

»Sie ist die erste Woche hier«, erklärte die herbeigeeilte Rotkreuzschwester, der die Aufsicht über den großen Lazarettsaal im Weißenseer Schloss oblag. »Bitte seien Sie nachsichtig mit ihr, Oberarzt Doktor Buttermilch.«

»Nachsichtig, wenn es um die Behandlung unserer Frontkämpfer geht?« Waldemars Stimme war unschön in eine höhere Tonlage gewechselt, sodass er sich erst einmal räuspern musste, bevor er weitersprach: »Erst beseitigen Sie die Scherben, bevor sich noch jemand verletzt! Ich werde mir noch überlegen, ob ich der Hilfsschwester die Kosten neuer Fiebermesser vom Lohn abziehe. Gerade habe ich keinen Nerv dafür.« Und außerdem war es höchste Zeit zu gehen. Seine Mutter erwartete ihn Punkt fünfzehn Uhr daheim zum Kaffee. Die sonntägliche Kaffeerunde war eine unumstößliche Tradition im Hause Buttermilch. Selbst am Sonntag der Mobilmachung hatten sie bei Kaffee und Kuchen zusammengesessen, während der Grammofontrichter die Kaiserhymne *Heil dir im Siegerkranz* herausgeschmettert hatte.

Die junge Hilfsschwester flehte eindringlich: »Bitte nicht, Herr Oberarzt.« Dann ging sie vor ihm auf die Knie, um die Scherben mit blanken Fingern einzusammeln. Sie zitterte am ganzen Leib und schluchzte.

Mit ihrer ängstlichen Art erinnerte sie Waldemar an die älteste Tochter der Manegolds, denen die Weißenseer Likörfabrik gehörte. Fast hätte er das Fräulein Manegold geheiratet. »Wie gesagt, ich werde später darüber entscheiden.« Bevor Waldemar sich die Tür aus dem Krankensaal aufhalten ließ, streifte sein Blick noch einmal die Hilfsschwester. Auch äußerlich besaß sie eine gewisse Ähnlichkeit mit Fräulein Manegold.

»Herr Oberarzt Doktor Buttermilch, bitte kommen Sie schnell.« Eine ältere Rotkreuzschwester kam angelaufen. »Oberst von Waldhessen geht es nicht gut!«

Waldemar lief voran. Die ranghöheren Militärs waren in den kleineren Zimmern des Schlossbaus untergebracht. Sie mussten nicht in Sälen mit mehr als einhundert Betten genesen. Oberst von Waldhessen hatte bei einem Hinterhalt einen Kinnschuss erlitten.

Im ehemaligen Büro des Schlossverwalters angekommen, stellte sich schnell heraus, dass der Patient sein neues Schmerzmedikament nicht vertrug. Waldemar versprach, das vorherige irgendwo aufzutreiben. Vielleicht gab es noch ein paar Ampullen in den Medizinschränken der Kinderklinik? Außerdem verordnete er Tabletten, die die Übelkeit reduzierten.

Als Waldemar seinen Kittel auszog und sich das Gesicht und die Hände gründlich reinigte, war es zehn Minuten vor fünfzehn Uhr. Er lief zu seinem Opel 5/12, der in vorderster Reihe vor dem Schloss parkte und mit seiner roten Karosserie sofort ins Auge stach. Für den offenen Zweisitzer hatte er fünftausendzweihundert Mark bezahlt, Sonderausstattung eingerechnet.

Der Motor heulte auf, als er mit Schwung auf die Berliner Allee einbog. Kurz darauf fuhr er in die Einfahrt des mehrgeschossigen, stuckverzierten Hauses, in dem er seit seiner Geburt lebte.

Waldemar schloss die schwere Eingangstür auf, kämmte sich das Haar und richtete sich mit den Fingern seine pomadisierten Stirnlocken. Die Flurkacheln dienten ihm als Spiegel. Mit dem Seidentuch, in das seine Mutter seine Initialen hatte einsticken lassen, wischte er sich Pomadenreste von den Fingern und stieg die Treppen hinauf.

Die Wohnung der Buttermilchs befand sich im dritten Obergeschoss, der *Beletage* des Hauses. Von den zehn stattlichen Zimmern der Wohnung bewohnte Waldemar drei. Es gab fließendes Wasser und elektrischen Strom. Eine Köchin, ein Dienstmädchen und eine Pflegerin waren angestellt.

Unter dem Quietschen altehrwürdiger Dielen betrat Waldemar die Wohnung, legte sein Jackett ab und ging in den hell erleuchteten Salon, dessen Mittelpunkt der kunstvoll geschnitzte Tisch mit den gepolsterten Stühlen war. Er sog den Geruch von frisch gemahlenem echten Bohnenkaffee ein, den seine Mutter aus vertrauter Quelle bezog.

Adele Buttermilch empfing ihren Sohn mit den Worten: »Du bist drei Minuten zu spät, Junge!« Sie saß am Tisch, eine Hand bereits an der Kuchengabel. Sie wirkte stolz und schön mit der Rüschenbluse, dem zu einem Ballon frisierten Haar und dem schweren Schmuck. Einzig ihre hängenden Augenlider verrieten ihre Krankheit.

Waldemar ging zu ihr. Das Quietschen der Straßenbahn, die auf der Berliner Allee entlangfuhr, war selbst durch die geschlossenen Fenster zu hören. »Dem Oberst ging es plötzlich sehr schlecht«, erklärte er und griff nach ihrer Hand voll goldener Ringe, »du weißt doch, *der* Oberst von Waldhessen, der Umgang mit kaiserlichen Kreisen pflegt, der mich General von Hindenburg vorstellen will.«

Seine Mutter schob seine Hand von sich weg. »Ist ein fremder Oberst dir wichtiger als deine Mutter?«

Waldemar verehrte General von Hindenburg, seitdem dieser mit seinen Truppen in der Schlacht bei Tannenberg die zweite russische Armee vernichtend geschlagen hatte. Hindenburg war der deutsche Held der Ostfront, ein genialer Militärpolitiker, und gehörte zur Obersten Heeresleitung.

»Immer kommst du mit deinem Beruf, wenn du eine Ausrede brauchst«, entgegnete seine Mutter in einem Ton, als tadele sie das Personal. »Und jetzt nimm endlich an der Kaffeetafel Platz, Junge.« Sie wies auf seinen Stuhl, auf den er schon als Kind verwiesen worden war.

Waldemar folgte ihrer Anweisung. »Heute gibt es Pflaumenkuchen, schön«, lobte er, um die Stimmung etwas zu heben. Eigentlich mochte er Pflaumenkuchen nicht.

Das Dienstmädchen betrat den Salon und schenkte ihnen Kaffee ein. Dann aßen sie und sprachen über den Kriegsverlauf, über das Land und über ihre Krankheit, wie sie es jeden Sonntag beim Kaffee zu tun pflegten. An keinem anderen Tag in der Woche kam ihre Krankheit zwischen ihnen zur Sprache, obwohl sie tagtäglich das Frühstück gemeinsam einnahmen.

Adele Buttermilch litt an Myasthenia gravis, einer unheilbaren Nervenkrankheit, die ihre Skelettmuskulatur mit jeder Woche etwas mehr schwächte, daher die hängenden Augenlider. Irgendwann würden auch ihr Schluckreflex und die Atemmuskulatur betroffen sein. Seit einem Jahr benötigte sie täglich Hilfe im Alltag, seit einem Jahr hatte sie die Wohnung nicht mehr verlassen.

Die fortschreitende Krankheit seiner Mutter war ein Grund, warum es Waldemar mit seinen fünfundvierzig Jahren so schwerfiel, aus der elterlichen Wohnung auszuziehen. Sein Vater war an der Cholera gestorben, kurz nachdem Waldemar sein Studium an der Friedrich-Wilhelms-Universität in Berlin aufgenommen hatte. Seitdem lebte er mit seiner Mutter alleine hier. Obwohl die Wohnung riesig war, fühlte er eine merkwürdige Enge, wann immer er zu Hause war. Seine ältere Schwester Walburga, die immer noch schwer mit ihren Knochenbrüchen zu kämpfen hatte, war gleich mit achtzehn in das Weißenseer Mutterhaus der Rotkreuzschwestern übergesiedelt. Erst ab diesem Zeitpunkt war aus dem eingeschüchterten Mädchen eine echte Persönlichkeit geworden. Er schätze Walburga für ihre ausgezeichnete Arbeit als Oberschwester, und vielleicht bewunderte er sie sogar heimlich dafür, dass sie der *Beletage* längst entkommen war. Walburga hatte eigentlich standesgemäß heiraten sollen, anstatt bei den Rotkreuzschwestern zu arbeiten.

Für einen Augenblick dachte Waldemar wieder an das zurückgenommene Fräulein Manegold und seine Hochzeitsversuche. Mutter hatte das Fräulein nicht für geeignet befunden, seine Ehefrau zu werden – wie auch das halbe Dutzend anderer Frauen zuvor, die er ihr vorgestellt hatte. Dabei war das Fräulein hübsch, devot und zurückhaltend gewesen. Eine Frau, die wusste, wann sie in Anwesenheit eines Mannes zu schweigen hatte. Ganz anders als Marlene Lindow, die Stationsschwester Vera für ihn im Auge behielt.

»Waldemar, hörst du mir überhaupt noch zu?«, fragte seine Mutter.

»Natürlich«, bestätigte er. Was hatte sie gerade gesagt?

»Dann wirst du es sicherlich einrichten können, mir eine andere Pflegerin zu besorgen. Die kalten Hände von Fräulein Müller ertrage ich nicht länger.«

Wegen kalter Hände gleich eine neue Pflegerin? Waldemar wusste nicht, wo er die in Kriegszeiten hernehmen sollte. Schon das Fräulein Müller war nicht einfach zu bekommen gewesen.

Adele Buttermilch ließ nicht locker. »Habt ihr niemanden in der Kinderklinik, der geeignet sein könnte?«

Früher hatte Waldemar bei dem Wort »Kinderklinik« an sein vornehm getäfeltes Büro gedacht, an den ausgezeichneten Ruf, den die Klinik genoss, und an Kinder mit den schlimmsten Krankheiten, deren Heilung ihm gelang. Seit gewisser Zeit aber geriet er in Rage, wenn seine Gedanken um die Kinderklinik kreisten. Unter seinen Ärztefreunden hatte es sich längst herumgesprochen, dass die Medizinalpraktikantin im Waisenhaus aufgewachsen und noch dazu vorlaut war. Die Klinik wurde seit der Anstellung von Marlene Lindow besonders kritisch beäugt, was Waldemar gut nachvollziehen konnte. Frauen gehörten in die Pflege und nicht an den Operationstisch! Sie waren viel zu zartbesaitet, ihr ganzes Wesen auf Mutterschaft und Fürsorge ausgerichtet. Wenn er Kollegen über die Kinderklinik spötteln hörte, distanzierte er sich vom Ärztlichen Direktor. Allein Julius Ritter war diese rufschädigende Entscheidung zu verdanken. Waldemar verstand beim besten Willen nicht, warum Julius sich anfangs darauf eingelassen hatte. Zum Glück ging es zwischen ihm und Marlene Lindow wieder distanzierter zu. Julius sah also langsam wieder klarer. Es war auch zu peinlich gewesen – wie eine Jüngerin hatte sie an seinen Lippen gehangen, wenn Julius etwas erklärt hatte.

»Junge, versprich mir, dass du dich dieses Problems gleich morgen annehmen wirst!«, verlangte seine Mutter.

»Das werde ich«, entgegnete er prompt, in Gedanken noch bei Marlene Lindow. Frauen wie Marlene Lindow musste man im Auge behalten, obwohl es oft nur eine Frage der Zeit war, bis sie sich selbst ausbremsten und ihr Mitgefühl sie am Bett sterbender Kinder zusammenbrechen ließ.

Nachdem Waldemar sich das zweite Kuchenstück hinuntergezwungen hatte, wollte seine Mutter auf die Chaiselongue. Er stützte sie beim Gehen und klopfte ihr das Kissen auf. Nach wie vor weigerte sie sich, einen Krankenfahrstuhl zu benutzen, weil sie darin wie eine alte, kraftlose Frau aussehe.

»Ich muss …«, wollte er ansetzen, weil er bereits wieder in der Kinderklinik erwartet wurde. Er hatte Sonntagsdienst. Aber auch dieses Mal kam er nicht bis zum Ende.

»Du bleibst noch, bis ich eingeschlafen bin! Wenigstens du hast warme Hände«, sagte Adele Buttermilch mit dem immer gleichen unzufriedenen Unterton und ihrem Schlafzimmerblick.

Waldemar zog sich seinen Stuhl an die Chaiselongue und hielt seiner Mutter bis zum Einschlafen die Hand. Derweil stellte er sich schon mal vor, wie Marlene Lindow überfordert zusammenbrach. Heulen, das konnte sie sicher gut. Das hatte man bei ihrer ersten Operationsassistenz ja deutlich gesehen.

***

8

12. August 1918

Waren das Schwester Grete und der Laborant aus dem Bakteriologischen Laboratorium, die da im Park spazieren gingen? Er war einer der wenigen Männer, der nicht zum Krieg eingezogen worden war. Er war ohne linken Fuß und Unterschenkel geboren worden und trug von klein auf eine Prothese knieabwärts.

Emma schob die Gardine vorm Fenster des Mansardenzimmers beiseite. Grete lächelte, und bei jedem Schritt wippte ihr langer schwarzer Zopf auf ihrem Rücken hin und her. Ihr Begleiter machte große Gesten mit den Händen, was beide zu amüsieren schien. So gut gelaunt hatte Emma die Elevin noch nie gesehen, auch nicht an deren freien Nachmittagen. Nun pflückte er ihr auch noch eine rote Rose! Mit ihren achtzehn Jahren war das Mädchen viel zu jung für die Liebe, war Emma überzeugt.

Seitdem Oberin Polsfuß Grete gerügt hatte, stürmte diese zwar nicht mehr aus dem praktischen Unterricht, aber engagiert zeigte sie sich noch längst nicht. Und jetzt ließ sie sich auch noch von einem jungen Mann ablenken? Kamen nach der Rose etwa der Ausflug ins Kornfeld und die Nacht im Heu? Das war die Abfolge bei Emmas erster Liebe gewesen. Sie war unschlüssig, ob sie Grete Scheuer auf das Thema »Liebe« ansprechen sollte. Eigentlich stand es ihr nicht zu, sich in die Privatangelegenheiten der Schwesternschülerinnen einzumischen – zumindest nicht, solange die jungen Damen nicht gegen die Klinikregeln verstießen. Und dennoch brannte es ihr auf den Lippen. Besser, Grete konzentrierte sich ganz und gar auf ihre Ausbildung.

Emma beschloss, die Sache weiter zu beobachten und einzuschreiten, sobald es über gemeinsame Spaziergänge hinausging. Sie ließ die Gardine wieder sinken und schrieb sich schnell noch einen letzten Gedanken auf ihr Notizkärtchen für die nächste praktische Unterrichtsstunde, dann räumte sie den Schreibtisch auf. Seit sie unterrichtete, hatte die Oberin ihr zur Vorbereitung das ehemalige Schwesternzimmer mit der Nummer sechs zur Verfügung gestellt. Es hatte leer gestanden, seitdem jährlich nicht mehr zwölf, sondern nur noch zehn Elevinnen ausgebildet wurden.

Emma verließ das Zimmer im Mansardengeschoss und schaute auf ihrer Station noch einmal nach dem Rechten. Schwester Gerlinde las mit leidenschaftlicher Stimme aus der Bibel vor, was die Aufmerksamkeit der Kinder vollständig bannte. Ablenkung von Schmerz und Krankheit war wichtig für den Heilungsprozess.

Mitten in der Heilungsgeschichte eines schwer kranken Kindes aus dem Johannesevangelium bat Doktor Ritter Emma für ein Gespräch in den Korridor. Seit dem unschönen Disput in seinem Büro war sie dem Ärztlichen Direktor aus dem Weg gegangen. Bei der Visite auf der Chirurgie hatte sie sich noch mehr als sonst auf die Pfleglinge konzentriert.

»Ich wollte Ihnen noch einmal sagen, wie leid mir das

alles tut. Dazu bin ich neulich nicht richtig gekommen«, sagte er, nachdem er sich vergewissert hatte, dass sie auf dem Korridor alleine waren.

»Ich weiß«, gestand sie. Sein Bedauern war ihm deutlich anzusehen.

»Auch wenn es Ihnen schwerfällt, würde ich mir wünschen, dass mein Fehler von damals keinen Einfluss auf unsere Zusammenarbeit hat«, sagte Doktor Ritter.

»Ich arbeite nicht anders als früher«, entgegnete Emma, wohl wissend, dass beim Kampf um die Gesundheit von Weißensees Kindern Privates außen vor zu bleiben hatte. *Eine vorbildhafte Schwester gedachte stets ihrer hohen, schweren Aufgabe, aber niemals ihrer selbst.* Das hatte sie in ihrer Ausbildung gelernt.

Doktor Ritters Stimme klang weich, als er sagte: »Ich sprach auch von Ihrer Schwester.«

Obwohl Emma die Wahrheit über die Todesumstände ihrer Mutter schockiert hatte, empfand sie auch Mitleid mit ihm wegen der Last, die seit Jahren auf seiner Seele liegen musste. Marlene hingegen hatte nach wie vor keinerlei Verständnis und hielt seitdem jedes Gespräch mit dem Ärztlichen Direktor so kurz wie möglich. Sie verhielt sich distanziert, sachlich und kühl ihm gegenüber, als sei er nicht mehr ihr Mentor. In einem Anfall von Verzweiflung hatte sie Doktor Proskauer gebeten, zukünftig mehr an seiner Seite arbeiten zu dürfen. Sogar Operationsassistenzen für Oberarzt Buttermilch zog sie der Zusammenarbeit mit Doktor Ritter vor.

»Wenigstens konnte ich Marlene von einer vorschnellen Kündigung abhalten«, erklärte Emma und betrachtete Doktor Ritters bartloses Gesicht mit der dicken Brille länger. Sie meinte, dass sein dunkelblondes Haar in den letzten Wochen durch graue Strähnen heller geworden war.

»Es tut mir sehr leid«, versicherte er erneut. »Ich habe seitdem nie wieder einen Tropfen Alkohol angerührt.« Er stand mit hängenden Schultern da, eine Krankenakte in den schlaffen Händen.

Mit »Es wird Zeit brauchen« bat Emma ihn um Geduld und hoffte gleichzeitig auch, dass er wegen Marlenes kühlem Verhalten keine personellen Konsequenzen zog. Ganz sicher gab es eine Menge hoffnungsvoller Medizinstudenten, die Marlene mit Freuden ersetzen würden.

»Ich möchte gerne weiterhin der Mentor Ihrer Schwester sein, sie lehren und führen. Damals, als Ihre Mutter in die poliklinische Sprechstunde kam, war der zuständige Arzt nicht zur Stelle, obwohl er meine Diagnose hätte überprüfen müssen. Das soll keine Ausrede sein. Ich allein trage die Schuld. Aber anders als der bestallte Arzt damals möchte ich für Ihre Schwester zur Stelle sein. Ich bin überzeugt, dass sie eines Tages eine herausragende Ärztin sein wird.«

Davon war er tatsächlich überzeugt? Trotz aller Schwere, die seine Anwesenheit über Emma brachte, war sie von seinen Worten überwältigt. Sie lächelte sogar.

»Als Ihre Schwester mir am ersten Tag ihres Medizinalpraktikums ihre Ängste so offen und ehrlich gestand, fühlte ich mich schlecht, weil ich ihr gegenüber nicht genauso ehrlich war. Deswegen zog ich mich von ihr zurück.«

Emma nickte in Erinnerung an Marlenes Bericht über seinen Rückzug.

»Ich habe mich immer davor gescheut, Ihnen beiden die Wahrheit zu sagen«, schob er noch nach und starrte dabei die Krankenakte an. »Das war feige, ich weiß.«

Emma meinte zu erkennen, dass seine Augen feucht wurden. »Danke für die Wahrheit«, sagte sie.

»Danke, Schwester Emma, dass wenigstens Sie mit mir reden«, sagte er. »Und wenn ich etwas für Sie und Ihre Schwester tun kann, lassen Sie es mich bitte wissen.«

***

9

14. August 1918

Bis auf Marlene war zu dieser frühen Stunde noch niemand am Weißen See unterwegs. Seit Tagen fand sie wenig Schlaf und radelte vor Dienstbeginn verloren durch den Ort. Heute war ein ungewöhnlich kühler Morgen, eine Vorahnung auf den Herbst. Sie saß auf der Bank vor dem Holunderbusch.

Beim Blick auf die ruhige Wasseroberfläche erinnerte sie sich an die Zeit, als sie kurz nach der Eröffnung des Freibades mit Maximilian im See gebadet hatte. Sie hatten gelacht und sich unter Wasser geküsst, weil niemand der Badegäste sie dort sehen konnte. Am Abend desselben Tages hatte er sie bei Kerzenschein in das neue Restaurant des Schwimmbades eingeladen.

Maximilian wäre sicher enttäuscht, wenn sie das Praktikum hinschmeißen würde, aber mit Doktor Ritter konnte sie einfach nicht weitermachen wie bisher. Sie musste die Tränen zurückhalten, sobald sie ihn sah, was so gar nicht zu der souveränen Ärztin passte, die sie so gerne werden wollte. Sie konnte Waldemar Buttermilch schon rufen hören: *Der Arztberuf braucht zähe Männer, nicht weiche Frauen!*

Marlene holte die Fotografie, die Maximilian vor dem

D5 zeigte, aus ihrer Rocktasche und ließ die Strahlen der aufgehenden Sonne darübergleiten. Der Verlobungsring an ihrem Ringfinger glitzerte im Morgenlicht. Sie rief sich die Zeilen seines neuesten Briefes in Erinnerung.

Meine Lene,

deine hübsch gehäkelten Handschuhe haben mich erreicht, und ich kann es kaum erwarten, dass es kälter wird und ich sie tragen kann. Solange verwahre ich sie unter meinem Kopfkissen.

In den meisten Nächten schlafe ich nur sehr unruhig. Die Schicksale meiner Soldaten verfolgen mich bis in die Träume. Sie berichten mir davon, dass sie während der Kämpfe keinerlei Hass verspüren auf den Gegner oder Stolz, sondern ein Verlangen nach Mitleid, Güte und Versöhnung.

Letzte Nacht bist du mir im Traum erschienen, und ich wollte gar nicht wieder aufwachen. Kennst du diese Art von Träumen, in denen man nach dem Aufwachen länger nicht weiß, was Traum und was Realität ist? Ich träumte, du würdest mir sagen, dass wir zusammen als Ärzte arbeiten wollen in einer eigenen Praxis für Pädiatrie. Du hattest dich für mich entschieden, obwohl Professor Czerny dich an die Universität als seine Assistentin holen wollte – weil du dein Medizinalpraktikum mit Bravour gemeistert hast, weil die Klinikärzte voller Lob für dich waren.

Offizier Triemer hatte einen Onkel in Weißensee, dessen Wohnung er mir, nein uns nach dem Krieg als Praxisräume angeboten hat. Das ist kein Traum, aber so schön wie einer.

Bitte höre nicht auf, auf mich zu warten. Küss mich gleich, wenn wir uns wiedersehen. Ich male es mir in tausend Farben aus.

Dein Max

Marlene schloss ihre Augen und ließ Maximilians Stimme in sich nachklingen. *Küss mich gleich, wenn wir uns wiedersehen.* Sie musste immer wieder lächeln, wenn sie diesen Satz vor sich hin sprach. Sie konnte es kaum erwarten, Maximilian wieder in die Arme zu schließen und eines Tages sogar mit ihm zusammenzuarbeiten. Hoffentlich passierte ihm nicht noch etwas, hoffentlich kam er gesund heim.

Sie hatte ihren Kündigungsgedanken Emma gegenüber vorschnell ausgesprochen. Das wurde ihr immer klarer. Eigentlich konnte sie sich nicht vorstellen, die Klinik so schnell wieder zu verlassen. Sie hatte schon so viel gelernt, jedes Wort in therapeutischen Besprechungen aufgesogen und weitere Operationsassistenzen übernommen. Die ärztlichen Verrichtungen meisterte sie mit wachsender Sicherheit. Neben Maximilian, der ihre Kündigung bestimmt nicht gutheißen würde, waren es vor allem die kranken Kinder, die sie zum Bleiben motivierten. Die Kleinen wuchsen ihr immer wieder neu ans Herz. Der hinkende Otto zum Beispiel, der tapfer mit einem Leistenbruch kämpfte, die heimwehkranke fünfjährige Hannelore, die mit einer Pilzvergiftung eingeliefert worden war, oder Horst und Ilka, die rachitischen Geschwister. Und natürlich die mutige Frieda, deren Optimismus Marlene selbst gerne besessen hätte. Eigene Kinder zu haben, dachte sie im nächsten Moment, musste etwas ganz Wundervolles sein.

Marlene zog ein kleines Messer aus ihrer Fahrradtasche am Sattel und ritzte ein Herz in die grausilberne Lehne der Holzbank, in das der Buchstabe »M« kam. Bis zu ihrem Wiedersehen am zehnten September waren es noch siebenundzwanzig Tage.

Noch zweimal sprach sie Maximilians letzten Briefabsatz vor sich hin, dann radelte sie zur Kinderklinik.

*

Zu Marlenes Verdruss verlief die Visite heute in kleinerer Runde, denn Oberarzt Buttermilch und Oberin Polsfuß waren in das Lazarett im Schloss befohlen worden, um sich der schlagartig angestiegenen Grippekranken anzunehmen, die von der Front, aber auch aus Berlin nach Weißensee gekommen waren. Neben Emma war heute auch Schwester Gerlinde bei der Visite anwesend, die bei der Umlagerung der Patienten für die Untersuchungen half.

Marlene hielt Abstand zu Doktor Ritter, und als die Visitengruppe bei Frieda Kunze im Ruheraum der Chirurgie eintraf, heftete sie ihren Blick abwechselnd auf die kleine Patientin und auf Emma. Ihre Schwester berichtete über die Entwicklung des Kindes und interpretierte die Fieberkurve. Ein letztes Mal fuhr Doktor Ritter mit dem Schaft des Reflexhammers von der Ferse kommend Friedas Fußsohle seitlich am Rand hinauf. Zuvor hatte er den Achillessehnenreflex und den Patellarsehnenreflex der Beine getestet. Auch die Bauchhautreflexe, die er mit einem Holzspatel geprüft hatte, waren auf allen drei Etagen negativ gewesen, was für eine anhaltende Schädigung sprach. Abschließend fuhr er noch einmal mit den Fingern über ihr Schienbein. »Du spürst wirklich nichts?«

Frieda schüttelte den Kopf. Tränen hingen ihr in den langen Wimpern wie Tautropfen in einem Spinnennetz.

»Keine Bauchhautreflexe und die massive schlaffe Lähmung beider Beine hält an«, diktierte Doktor Ritter für die Krankenakte. Emma notierte alles, und Marlene sah ihrer Schwester an, dass die Mühe hatte, ihre Enttäuschung zu verbergen.

»Sowohl die Oberflächen- als auch die Tiefensensibilität sind im subläsionalen Bereich weiterhin aufgehoben«, erklärte Doktor Ritter weiter.

Marlene hatte gehofft, dass Frieda wenigstens ein Kribbeln verspüren würde. Der Rückenmarksschock hatte sich vermutlich gelöst, wofür die normalisierte Durchblutung der Beine und der stabile Blutdruck sprachen. Weil das Mädchen seine Beine aber nach wie vor nicht spürte, war davon auszugehen, dass die kleine Turnerin vom siebten Brustwirbelkörper ab gelähmt bleiben würde.

»Was ist eine schlaffe Lähmung?«, fragte Frieda und versuchte, ihre Tränen mit aller Macht zurückzuhalten. Es gelang ihr nicht. »Ich werde doch trotzdem wieder turnen können, stimmt's?« Sie schluchzte und schob ihre Tränen mit den Längsseiten ihrer Zeigefinger zurück an die Lidränder.

Doktor Ritter trat an das Kopfende des Bettes. »Leider nein. Du wirst deine Beine wahrscheinlich nie wieder bewegen können.«

Emma ließ die Krankenakte sinken. Schwester Gerlinde bekreuzigte sich und begann sogleich, ein Gebet zu murmeln.

»Das heißt aber nicht, dass du für immer im Bett liegen musst. Hier im Krankenhaus haben wir Stühle, die fahren können«, beeilte sich Marlene zu sagen. Sie konnten das

Mädchen mit dieser schlimmen Diagnose doch nicht ohne eine Aussicht auf Besserung ihrer Situation zurücklassen.

»Ich möchte nicht fahren, sondern laufen!« Frieda wandte ihren Kopf ab und presste sich ihren Turnanzug fest vor die Brust. Zum ersten Mal erlebte Marlene sie bockig. Emma streichelte ihr versöhnlich die Schulter, aber Frieda blieb abgewandt und weinte still.

»Schwester Emma wird dir später zeigen, wie so ein fahrbarer Stuhl aussieht«, sagte Doktor Ritter, deckte Frieda wieder zu und wandte sich zum Gehen.

Wenn es jemandem gelingt, Frieda vom Rollstuhl zu überzeugen, dann Emma, ging es Marlene durch den Kopf, während sie Doktor Ritter mit Sicherheitsabstand hinaus folgte und Emma noch auffordernd zunickte.

»Sie wollten mich doch heilen, Doktor Lindow!«, rief Frieda ihr wütend hinterher und warf ihren Turnanzug aus dem Krankenbett.

Marlene konnte nicht anders, als noch einmal ins Ruhezimmer zurückzugehen. Sie setzte sich an Friedas Bett. Emma und Schwester Gerlinde verließen das Zimmer. »Durch deinen Sturz vom Schwebebalken sind Nervenfasern für immer durchtrennt worden«, erklärte sie in eindringlichem Ton, obwohl sie nicht wusste, wohin sie diese Argumentation führen sollte. Vielleicht schaffte sie es, dass Frieda wenigstens nicht mehr wütend auf sie war. Sie hob den Turnanzug auf und legte ihn an das Fußende des Krankenbettes.

»Nervenfasern? Was ist das?«, fragte das Mädchen schniefend.

»Die kannst du dir wie lauter dünne Fäden vorstellen, die durch dein Rückenmark gehen.« Marlene deutete auf ihre Wirbelsäule. »Wenn du auf dem Schwebebalken ein Bein vor das andere setzt, sind deine Nervenfasern dafür verantwortlich, dass dein Gedanke *Ich möchte einen Fuß vor den anderen setzen* auch dazu führt, dass deine Beine die Bewegungen ausführen.«

Frieda schaute auf ihre reglosen Beine, die sich unter ihrer Bettdecke abzeichneten. »Bei mir geht das nicht, obwohl ich es denke«, sagte sie mit erstickter Stimme. Sie konzentrierte sich ganz auf ihre Beine, sie starrte darauf und drückte wie beim Toilettengang, sodass sie vor Anstrengung rot anlief. Tränen liefen ihre Wangen hinab.

Marlene nahm Frieda in den Arm und hielt sie ganz eng bei sich, als wäre sie ihre Tochter. Nach wie vor zögerte sie mit einer Aufmunterung oder gar hoffnungsvollen Worten. Friedas Rückenmark war geprellt, eine Heilung wenigstens nicht einhundertprozentig ausgeschlossen. Denn bei einer Prellung wurden im Gegensatz zu einer Rückenmarksdurchtrennung die Nerven- und die Gliazellen nicht zerstört. Die Gliazellen waren nicht nur ein Stützgerüst für die Nervenfasern, sondern auch daran beteiligt, die Informationen vom Gehirn zu den Gliedmaßen weiterzuleiten. Grund zur Hoffnung gab diese Tatsache aber kaum. Marlene schätzte, dass ihre Heilungsaussichten bei kaum mehr als einem winzigen Prozent lagen. Dennoch vermochte sie die folgenden Worte nun doch nicht mehr zurückzuhalten. »Bei Wirbeltieren«, sagte sie, während sie Frieda in ihren Armen wiegte, »ist eine Wiedervereinigung der Nervenenden bereits nachgewiesen.« Das hatte sie ebenso in ihrem Buch über Rückenmarksverletzungen gelesen wie die Tatsache, dass dieser Nachweis einem Wissenschaftler namens Caporaso bereits vor mehr als zwanzig Jahren gelungen war.

»Welches Tier war das?«, murmelte Frieda mit dem Mund an Marlenes Schulter.

»Ein Salamander.« Marlene hob ihre Hand, bewegte sie vorwärts und wackelte dabei mit den Fingern, um das krabbelnde Tier nachzuahmen. »Ein Salamander ist lang gestreckt, hat vier Beine und einen Schwanz.«

Frieda schaute auf, und ein Lächeln stahl sich auf ihr verweintes Gesicht. Sie löste sich von Marlene und versuchte, den krabbelnden Salamander mit der Hand nachzuahmen. »Er konnte am Ende wieder laufen?«, fragte sie. In ihren langen blonden Wimpern glitzerten noch Tränen, aber ihre Augen leuchteten hell auf, als Marlene nickte.

***

10

22. August 1918

»Ich möchte heute eine ungewöhnliche Einladung aussprechen«, verkündete Emma den Elevinnen am Ende des praktischen Unterrichts. Sie hatte die jungen Damen gebeten, ihr in den Korridor zu folgen, damit die Kinder auf der Allgemeinen zur Ruhe kommen konnten. »Alle Elevinnen, die die Zwischenprüfung bestehen, lade ich zur Premiere von *Die Nichte des Herzogs* ein!«

Sofort wusste Emma zehn Augenpaare auf sich versammelt. Sogar Grete, die eben bei der Körperreinigung des kleinen Heino nur danebengestanden und zugesehen hatte, schaute sie nun an und fragte hoffnungsfroh: »Gibt es wieder Filmvorführungen?«

»*Die Nichte des Herzogs* ist doch der neue Vitascope-Film mit Albert Paulig und Hanni Weisse, nicht wahr?«, wusste Schwester Sibylle sogleich. Am liebsten hätten sie wohl vor Freude losgekreischt.

Emma nickte. Die Verwechselungskomödie war bereits im letzten Jahr im berühmten Doppelatelier der Vitascope in Weißensee gedreht, aber dessen Vorführung kriegsbedingt immer wieder verschoben worden. Von Herrn Kunze, dem Regisseur des Filmes, wusste Emma sicher, dass die Premiere nun spätestens im Februar stattfinden sollte. Er hatte ihr zugesagt, Premierenkarten für sie und die Elevinnen zu reservieren – als Dankeschön für ihre Mühen mit seiner gelähmten Tochter.

»Die beiden Hauptdarsteller werden sogar selbst vor Ort sein«, setzte Emma noch einen obendrauf.

Schwester Erika stieß ihre Nachbarin an und flüsterte: »Hanni Weisse, hast du das gehört? Die Hanni Weisse!« Als betrete sie mit dem nächsten Schritt schon den Vorführraum, fuhr sie sich mit den Händen über ihre reinweiße Schwesternschürze, um die Falten zu glätten.

»Und Albert Paulig erst!«, schwärmte eine andere Elevin.

»So wie Hanni Weisse würde ich auch gerne aussehen«, raunte Charlotte ihrer Nachbarin zu und zupfte ihren Haarknoten zurecht.

»Was sollen wir nur anziehen?«, fragte Sibylle.

Emmas Blick streifte auch Grete, deren Augen kurz aufgeleuchtet hatten. Mit dem kleinen Wettbewerb hoffte sie, Grete dazu motivieren zu können, sich zukünftig mehr in den Unterricht einzubringen. Wenn Kurts Idee aufging, erwuchsen aus der intensiveren Beschäftigung und Unterrichtsteilname echtes Interesse und Freude an der Arbeit. Mehr Freude für Grete und noch mehr Leidenschaft auch bei den anderen Elevinnen. In Gedanken dankte sie Kurt für diesen pädagogischen Kunstgriff und musste lächeln. Als sie heute früh zur Kinderklinik aufgebrochen war, hatte sie schon das eifrige Tastenklappern der Schreibmaschine aus seiner Wohnung vernommen.

»Lasst uns Gruppen bilden«, schlug Sibylle vor. »Dann lernt es sich einfacher.«

»Ich bin dabei!«, rief Schwester Erika sogleich. Weitere Arme schossen zur Meldung in die Luft.

»Ich auch!«, meldete sich Charlotte und fragte Emma im Rausch der Begeisterung, ob ein moderner Vorführapparat für Rollfilme bei der Premiere zum Einsatz kommen würde, was die natürlich nicht wusste. Was sie sehr wohl bestätigen konnte, war die gute Idee, Lerngruppen zu bilden. »Bei Ihren Vorgängerinnen hat es sich auch als hilfreich erwiesen, nicht erst wenige Tage vor der Prüfung zu lernen, sondern kontinuierlich.«

Grete beobachtete die Organisation der Lerngruppen wie eine ferne Zuschauerin. Sie hatte sich nie Mühe gegeben dazuzugehören.

»Bitte seien Sie trotz aller Vorfreude pünktlich auf Station«, erinnerte Emma die jungen Frauen. Nach den Worten: »Noch ist die Zwischenprüfung nicht bestanden«, verabschiedete sie sich und ging in den Keller, wo die chirurgischen Hilfsmittel lagerten.

Emma dankte dem lieben Herrgott, dass wenigstens das Holz der Krankenfahrstühle noch nicht zu Pritschen für verwundete Soldaten umgearbeitet worden war. Sie wählte den passenden Stuhl für eine Sechsjährige aus. Die Bein- und Armlänge musste stimmen. Erst seit wenigen Tagen kam Frieda ganz ohne Drainagen für Kot und Urin aus, sodass sie nun weniger umständlich aus dem Bett gehoben werden konnte.

Aus der Erfahrung wusste Emma, dass die meisten gehbehinderten Kinder die fahrbaren Stühle nicht mochten, weil diese ihnen ihre Einschränkung überdeutlich vor Augen führten. Sie wappnete sich innerlich gegen Widerstand und Tränen. Eines der Dienstmädchen half ihr, den

Stuhl auf die Krankenetage zu hieven. Emma legte noch ein Kissen hinein, das ihr Herr Kunze für Friedas erste Fahrt übergeben hatte. Das Kissen hatte er mit einem Stoff in der Lieblingsfarbe seiner Tochter nähen lassen: Hellblau und mit Rüschen.

Die Probefahrt lief anders als erwartet. Emma wollte gerade ansetzen, Frieda zu demonstrieren, wie gerne der Stationsbär in dem Stuhl fuhr – das hatte in der Vergangenheit so manchen Pflegling mit dem hölzernen Gefährt versöhnt –, aber das war gar nicht nötig. Ohne Diskussion war Frieda bereit, den Krankenfahrstuhl auszuprobieren, und freute sich über das hellblaue Kissen.

Emma hob sie vorsichtig in den Stuhl und bettete noch eine Decke über ihre Oberschenkel. Den breiten Griff am Rücken der oberen Stuhlkante umfassend, schob sie Frieda aus dem Krankenzimmer. Sie tat es sehr vorsichtig, als säße eine Porzellanpuppe im Stuhl, die bei jeder Bewegung herausfallen könnte.

»Schwester Emma, können Sie auch schneller?«, fragte Frieda auf dem Korridor.

Unter den verwunderten Blicken von Schwester Gerlinde schob Emma etwas zügiger. Nie zuvor war ihr ein Kind wie Frieda begegnet oder überhaupt ein Mensch, der trotz aller Widrigkeiten so positiv in die Zukunft sah. Den seelischen Einbruch nach der Visite hatte sie überwunden.

»Darf ich mal selbst probieren?«, fragte Frieda und legte ihre Hände auf die großen Holzräder, die aussahen, als würden sie auch an eine Kutsche passen. Der Krankenfahrstuhl bewegte sich auf drei Rädern. Das deutlich kleinere saß hinten in der Mitte des Gefährts.

»Es ist zu schwer für dich«, vermutete Emma, »und du

machst dir nur deine Hände schmutzig.« Zum Selbstfahren war der Krankenfahrstuhl eigentlich nicht gedacht.

Mit zusammengebissenen Zähnen bekam Frieda die Räder zu beiden Seiten des Gefährts tatsächlich etwas bewegt. Einen ganzen Meter kam sie alleine voran.

»Sehr gut«, motivierte Emma nicht zu überschwänglich, weil sie unbedingt verhindern musste, dass Frieda sich überforderte. Es gab auch Fahrstühle für draußen, die mit einem Faltdach überspannt waren. Ein solches Modell überlegte sie schon mal beiseitezustellen.

Als am Ende des Korridors Herr Kunze auftauchte, umfasste Emma rasch wieder den Schiebegriff des Gefährts.

»Papa!«, rief Frieda aufgeregt.

Hektor Kunze ging vor seiner Tochter in die Hocke. »Frieda, schön, dich so eifrig im Krankenfahrstuhl zu sehen.« Er drückte sie sacht an sich.

»Ich kann bald ganz alleine über den langen Korridor rollen.« Frieda kämpfte sich aus der Umarmung ihres Vaters frei und legte ihre Hände schon wieder auf die Räder.

»Wichtig ist zuerst einmal, dass wir die Ausfahrten ruhig und langsam angehen«, sagte Emma an Tochter und Vater gleichermaßen gewandt. »Wollen Sie übernehmen, Herr Kunze?« Sie deutete auf den Schiebegriff des Krankenfahrstuhls.

»Gerne«, sagte er und senkte noch einmal die Stimme. »Wo ist eigentlich Ihre Schwester? Ich habe sie länger nicht mehr gesehen.«

»Wir haben gerade sehr viele Grippefälle, sodass der Oberarzt häufig im Schloss ist und Marlene hier in der Klinik allein mit Doktor Ritter die Kinder behandelt«, erklärte Emma.

»Ich hoffte, sie könnte ebenfalls Interesse an der Premiere von *Die Nichte des Herzogs* haben«, sagte Hektor Kunze.

»Vielleicht fragen Sie sie selbst?«, schlug Emma vor. »Über etwas Ablenkung freut sie sich bestimmt – wenn sie denn Zeit dafür findet.«

Er nickte höflich. »Ja, das werde ich tun. Sobald Fräulein Lindow nicht mehr so stark eingebunden ist.«

»Wann fahren wir endlich los, Papa?«, wollte Frieda nun wissen und klopfte mit ihren Händen auf die Räder.

Mit einem wehmütigen Lächeln schob er seine Tochter wie bei einer Spazierfahrt über den Korridor. Er schaute nach links und rechts und tat so, als nicke er anderen Spaziergängern zu, was Frieda sichtlich amüsierte.

Emma schaute Vater und Tochter noch eine Weile nach. Bevor sie Doktor Ritter einen halben Tag lang für ihren Vater gehalten hatte, hatte sie sich nie gefragt, wie es wäre, einen Vater zu haben. Herr Kunze schien seiner Tochter eine große Stütze zu sein. Einen Vater, ja, den könnten sie und Marlene gerade gut gebrauchen.

*

»Und weil du ein so braver Schüler warst, darfst du dir ein Bonbon nehmen«, verkündete Elwira Scharinski. Ihr Bonbonglas war berühmt bei den Kindern der Nachbarschaft. Emma stand nach Feierabend bei der Nachbarin und verfolgte, wie glücklich Theodor in das fast leere Bonbonglas griff. Er schloss dabei die Augen, ertastete fasziniert das raschelnde Bonbonpapier und entließ lustige Zischlaute durch seine Zahnlücken. Mit seinen zarten, symmetrischen Zügen und dem seidenglatten dunkelblonden Haar war er ihr junges Abbild. Marlene meinte sogar, dass Emma im Alter von sechs Jahren fast genauso ausgesehen hatte. Vielleicht nur noch magerer. Emma war froh, dass Theodor trotz der knappen Lebensmittel nicht zu den allerdünnsten Kindern im Viertel zählte.

»Vielen Dank für Ihren Einsatz heute«, sagte Emma und versprach noch mit schlechtem Gewissen: »Nächstes Jahr klappt es sicher mit Theodors Einschulung.«

Die Einschulung vieler Berliner Kinder war um ein Jahr verschoben worden, weil die meisten Lehrer immer noch im Krieg waren. Als Theodor erfahren hatte, dass er mit dem Lesen und Schreiben noch ein Jahr warten musste, hatte er angefangen zu weinen. Und erst als Emma ihm versichert hatte, dass sie schon vorher fleißig üben würden, hatte er sich wieder beruhigt.

»Und morgen schauen wir uns den Buchstaben ›O‹ an, Theo! ›O‹ wie Oma«, sagte die Nachbarin noch und erhielt begeisterte Zustimmung.

Emma verabschiedete sich bei Frau Scharinski, wurde aber erst aus der Wohnung gelassen, nachdem sie versichert hatte, Theodor am nächsten Morgen auch wirklich wieder vorbeizubringen. Sie wäre, so betonte Elwira Scharinski, fortan als Hauslehrerin für sie im Einsatz, Theodor bräuchte dann auch nicht mit zu Herrn Vogel, der doch so beschäftigt sei. Emma würde ihr vom zusätzlichen Lohn als Ausbilderin mehr für die Beaufsichtigung für Theodor bezahlen. Durch die steigende Geldentwertung wurde es immer schwieriger für die Rentnerin, über die Runden zu kommen. Der Verkauf von gehäkelten Schals und dicken Socken lief im Hochsommer besonders schlecht.

Zurück in der Dachwohnung, war es mucksmäuschenstill. Auf dem Küchentisch standen ein Krug Milch und eine Schale voller Kartoffeln, dazu ein Pfund Butter. Beim Anblick all der Einkäufe schätzte Emma, dass Marlene ihre freien Stunden heute in Lebensmittelschlangen verbracht hatte. »Lene?« Sie schaute in die Stube, wo alles ordentlich aufgeräumt war, aber ihre Schwester war nicht da.

»Beeeeh wie Butter«, rief Theodor beim Anblick der Lebensmittel auf dem Küchentisch.

Zuletzt war Marlene oft erst nach Mitternacht heimgekehrt, weil sie – wie sie sagte – die Stille und die Dunkelheit beim Spazierenfahren bräuchte, um Kraft für den nächsten Tag zu sammeln. Kraft, die sie benötigte, um weiter mit Doktor Ritter zusammenzuarbeiten und um die langen Tage bis zum Wiedersehen mit Maximilian irgendwie durchzustehen.

Im nächsten Moment klopfte es an der Tür.

Lene ist heute früher da!, dachte Emma und öffnete schwungvoll die Tür.

Kurt Vogel stand im Hausflur, mit Zwiebeln und einer Ecke Schinken in den Händen. »Guten Abend, Emma.«

»Kurti ist da«, johlte Theo und zog den Nachbarn an Emma vorbei in die Küche.

Verlegen rückte er seine Schiebermütze zurecht. »Ich meine … ich dachte, weil ich Schinken und Zwiebeln bekommen habe und deine Schwester in der Schlange vor mir Kartoffeln, könnten wir die Zutaten zusammenlegen. Das ergibt herzhafte Bratkartoffeln.«

Theo leckte sich die Lippen. »Bratkartoffeln, lecker!«

Emma hatte eigentlich den Abend mit Marlene verbringen und darüber sprechen wollen, wie sie den Streit mit Doktor Ritter lösen könnten. »Ich bin etwas kaputt«, gestand sie.

»Wie wäre es, wenn du dich ausruhst, und ich bereite die Bratkartoffeln zu?« Kurts Worten folgte ein schüchterner Blick.

Emma war nicht entgangen, dass er oft allein war. Nur weil er ihr inzwischen zum Freund geworden war und sie ihn deswegen nicht enttäuschen wollte, schickte sie ihn nicht fort.

Erschöpft vom Tag, sackte sie auf einen Küchenstuhl. Kurt legte sein graues Tweedsakko ab und krempelte die Ärmel hoch. Seine Unterarme waren muskulös und mit kastanienbraunen Härchen übersät, die rötlich im Küchenlicht schimmerten.

Während Theodor von seiner Unterrichtsstunde mit der Nachbarin berichtete und auch das Bonbon am Ende nicht ausließ, schaute Emma Kurt beim Zerteilen der Zutaten zu. Sie war überrascht, welchen Spaß es ihm machte, am Herd zu stehen. Er wirkte ausgelassen und pfiff vor sich hin. Wenn er meinte, Emma schaue weg, ließ er Theodor kleine Schinkenwürfel naschen.

Bald dufteten die Bratkartoffeln in der Pfanne. Vermutlich verbreitete sich ihr Geruch gerade im ganzen Hausflur, was Emma ein schlechtes Gewissen machte. In diesen Zeiten konnten sich die wenigsten Fleisch leisten, das sowieso immer knapp war. Sie schätzte, dass der Schinken bei dem anhaltenden Geldverfall ein halbes Vermögen gekostet haben musste.

Ihre Gedanken sprangen vom Schinken zu Kurt zurück, dessen Einsamkeit sie jetzt doch mehr beschäftigte. Ihr Nachbar war ein netter Mann und kinderlieb obendrein. Es konnte doch nicht allzu schwer sein, die passende Frau für ihn zu finden.

Kurt tat sich nur eine kleine Portion Bratkartoffeln auf, Emmas und Theodors Teller füllte er großzügiger und ließ auch noch etwas für Marlene in der Pfanne zurück. Emma wurde immer überzeugter, dass ihre Idee hervorragend war. Der gutmütige, hilfsbereite Kurt hatte eine Frau verdient, er konnte ja sogar kochen.

»Es schmeckt köstlich«, befand sie, auch wenn die Kartoffeln nicht in jener fettigen Butter angebraten waren, für die die Milchkuranstalt der Kinderklinik vor dem Krieg berühmt gewesen war. »Wenn du mir jetzt auch noch sagst, dass du backen kannst, Kurt, dann ...« Emma hatte ihren Satz kaum beendet, da nickte er auch schon und lächelte verschmitzt, sodass sich die kleine Narbe über seiner Oberlippe in die Breite zog.

»Meine Mutter war eine strenge Frau, ihre Liebe zeigte sie uns Kindern vor allem, indem sie uns mit Essen verwöhnte«, sagte er und sprach »verwöhnte« sehr vorsichtig aus. »Von ihr habe ich mir viele Rezepte abgeschaut.«

Emma entfuhr ein Seufzer. Das Gleiche hätte sie so gerne mit ihrer Mutter getan. Sie hatte nie wieder besseren Streuselkuchen als den ihrer Mutter gegessen. Mit extra viel Butter – auf Lübarsche Art. Hungrig verschlang sie ihre Bratkartoffeln.

»Wie geht es eigentlich deiner desinteressierten Schülerin?«, erkundigte sich Kurt, nachdem Theodor sich in die Stube zurückgezogen hatte. Er nahm seine Schiebermütze ab, sein verstrubbeltes kastanienbraunes Haar kam zum Vorschein.

Emma war überrascht, dass ihn ihr Problem noch interessierte. Es war drei Wochen her, dass sie darüber gesprochen hatten. »Ich habe ihr und den anderen Elevinnen heute den Besuch einer Filmpremiere in Aussicht gestellt. Ich hoffe nur, dass sie über diesen Umweg endlich Freude an der Pflege findet.« Ihre Sorgen wegen Gretes Liebschaft ließ sie unerwähnt.

»Wenn sich die junge Dame erst einmal intensiver mit den Lerninhalten auseinandersetzt, dann kommt das Interesse schon beim Tun«, sagte Kurt. »Ansonsten ist sie wohl einfach nicht für den Pflegeberuf geeignet. Auch diese Möglichkeit solltest du in Betracht ziehen.«

Emma aß ihre letzte Bratkartoffel, an der noch ein saftiger Zwiebelring hing. Einfach köstlich. Dabei dachte sie, wenn Kurt so kenntnisreich sprach und dabei seine Zurückhaltung ablegte, konnte sie ihn sich gut als Lehrer vorstellen. Sein Arm lag nur noch eine Handbreit von ihrem entfernt.

»In den ersten Schuljahren habe ich Mathematik nie gemocht«, erzählte er weiter. »Das lag aber nur daran, dass ich es nie verstanden habe. Erst als sich mein Lehrer die Zeit nahm, mir Nachhilfe zu erteilen, änderte sich das. Der Spaß an Gleichungen und Geometrie kam mit dem Verstehen. Meinem Lehrer gelang es, aus einem hoffnungslosen Fall einen guten Zweierkandidaten zu machen.«

»Du, ein hoffnungsloser Fall?«, fragte Emma amüsiert. »Das kann ich mir nicht vorstellen. Deine klugen Artikel im *Vorwärts* werden von so vielen Menschen gelesen.« Aus Neugier hatte sie sich auch mal eine Ausgabe der sozialdemokratischen Zeitung gekauft und seinen Artikel über soziale Gerechtigkeit regelrecht verschlungen, obwohl sie nicht viel von Politik verstand. Gerne würde sie mehr von ihm lesen.

Kurt errötete über ihr Kompliment und konnte seinen Blick nicht von ihr lösen.

Um ihre plötzliche Aufregung zu überspielen, trug

Emma die leeren Teller vom Tisch. »Es tut gut, einen Freund wie dich zu haben«, sagte sie, auch um sich selbst zu schützen. Ihr war das Risiko einfach zu groß, einen neuen Mann in ihr Leben zu lassen, obwohl ein möglicher Ehemann sie gesellschaftlich endlich vollständig rehabilitieren würde.

Bei Heidemarie damals hatte sie miterlebt, wie unglücklich Ehen machten, die aus gesellschaftlichen Gründen geschlossen wurden. Vor ein paar Jahren hatten Marlene und sie Heidemarie mal am Weißen See beim Sonntagsspaziergang getroffen. Ihre frühere Mitschwester hatte todunglücklich gewirkt und ihr Sohn ebenfalls. Heidemaries Ehemann hatte sie nur bei Floskeln zu Wort kommen lassen und ansonsten das Reden übernommen, als wäre Heidemarie unmündig und seit der Hochzeit keine selbstständig denkende Person mehr.

Im nächsten Moment kam Emma ein Einfall, welche Frau gut zu Kurt passen könnte. Die besagte Dame erkundigte sich immer wieder nach »dem netten Mann von der Zeitung«.

Emma war überzeugt davon, dass es viel ungefährlicher war, Amor zu spielen, als selbst das Subjekt der Liebe und womöglich männlicher Bevormundung zu sein.

***

11

28. August 1918

Maximilian operierte einen Soldaten, dessen Körper von Granatsplittern durchsiebt war. Müde verfolgte der Assistentsarzt neben ihm sein Geschick mit Pinzette und Skalpell. Nach den Granatsplittern kam der eitrige Wangenschuss, und nach dem Wangenschuss die Untersuchung des zitternden Klempners, der vor zwei Monaten für tauglich befunden und in den Krieg geschickt worden war, obwohl er auf einem Auge blind war. Maximilian prüfte die Reflexe des Mannes genau so, wie es das *Handbuch des deutschen Kriegsarztes* vorsah.

Vor drei Stunden hatten sie in Metz erneut zusätzliche Krankenwagen an seinen Zug angehängt. Immer mehr Grippekranke waren unter seinen Patienten, die an Lungenentzündungen starben. Das besorgte ihn ernsthaft. Anders als seine Kollegen vermied er es, die Krankheit »Spanische Grippe« zu nennen. Er vermutete nämlich, dass die Seuche sich über die Schlachtfelder von Westen nach Osten verbreitete. In einer französischen Zeitung hatte er gelesen, dass es jenseits des Atlantiks früher als in Spanien schon massig Infizierte gegeben haben sollte. In den Vereinigten Staaten von Amerika könnte die Krankheit ihren wahren Ursprung besitzen.

Maximilian diktierte der Rotkreuzschwester seine Diagnose und ließ den zitternden Klempner fortbringen, aber nicht ohne ihm Mut zuzusprechen. Er würde warme Bäder nehmen müssen, viel schlafen, um seine strapazierten Nerven zu beruhigen, und in Zukunft – sofern dies irgendwie möglich war – auf gehaltvolle Nahrung achten. Anders als die Sanitätsleitung des Heeres war Maximilian der Ansicht, dass zuckende, zitternde und schüttelnde Bewegungen reproduzierendes Kriegserleben war und kein Versuch, sich feige vor der Front zu drücken.

Nach dem Klempner bekam er eine Naht auf den Operationstisch, die im Rahmen der Erstversorgung im Frontlazarett nur flüchtig genäht worden und vor der Heilung wieder aufgerissen war. Maximilian entfernte die Fadenreste, reinigte die Wunde und nähte neu. Beim Verknüpfen der Fäden dachte er an Marlene. Niemand knüpfte so geschickt, schnell und elegant wie sie, obwohl sie mit Handarbeiten sonst nicht viel anfangen konnte. Er musste an das von ihr selbst gehäkelte Paar Fäustlinge denken, das sie ihrem Päckchen neben einer Fischbüchse und einem zärtlichen Brief beigelegt hatte. Bisher war es noch warm, aber er konnte es kaum erwarten, ihr Geschenk zu benutzen. Die Handschuhe besaßen eine ganz eigensinnige Form: Die Daumen waren unterschiedlich lang, und der linke Fäustling saß enger als der rechte. Aber gerade das ließ seine Liebe nur noch mehr wachsen: Für ihn überwand sie sogar ihre Abneigung gegen Handarbeiten. Für einen Moment erhellte ein Lächeln Maximilians Gesicht, und er stellte sich vor, wie Marlene am zehnten September auf ihn zukommen würde, die außergewöhnliche Medizinalpraktikantin, die sich von niemandem aufhalten ließ. Was würde sie ihm sagen, wo ihn zuerst berühren? Er liebte es, wenn sie seinen Kopf für einen Kuss fordernd in ihre Hände nahm, und es erregte ihn, wenn sie die Führung übernahm. Wenn sie ihm ihre Lust offenbarte, dann wurde sein Verlangen kompromisslos.

Der Zug bremste.

Maximilian schaute aus dem Fenster. Auf dem weißen Bahnhofsschild stand in fetten schwarzen Buchstaben »Karlsruhe« geschrieben. Das war kein planmäßiger Halt.

Er nähte fertig und gab der Schwester die üblichen Anweisungen zur weiteren Versorgung. Mit den Händen war er schon am Medikamentenschrank, um die Narkose für die nächste Operation vorzubereiten, als der Begleitoffizier den Verbandswagen betrat. »Generalleutnant von Eichendorff erwartet dich in der Bibliothek, Maximilian. Bitte komm umgehend!«, sagte Gerald Triemer.

Generalleutnant von Eichendorff? Der ranghohe Militär musste eben erst zugestiegen sein. Maximilian wies seinen Assistenten an, mit der Narkose auf ihn zu warten, dann zog er seine Operationskleidung aus, sodass seine Uniform sichtbar wurde.

Als er im Bibliothekswagen eintraf, saß Generalleutnant von Eichendorff, ein Cognacglas schwenkend, auf Maximilians Sessel und lächelte über eine der Schellackplatten. »Solche alten Kamellen hören Sie?«

Maximilian salutierte, dann nickte er lächelnd. Die Brust des Generalleutnants war ordensbehangen, und seine Uniform mit den Epauletten an den Schultern so tadellos, als hätte sie noch kein Schlachtfeld aus der Nähe gesehen.

Maximilian wagte zu hoffen, dass es gute Nachrichten gab, dass sein Bittschreiben an die Oberste Heeresleitung auf offene Ohren gestoßen war.

Jemand im Nebenwagen schrie unter Schmerzen, als der Generalleutnant in aller Ruhe zu sprechen begann: »Sie wissen, dass ich sehr große Stücke auf Sie halte, lieber von Weilert!«

»Ja«, bestätigte Maximilian. Der Generalleutnant war dafür verantwortlich, dass ihm die Chefarztposition im D5 anvertraut worden war. Viele andere hatten ihn für zu jung gehalten, eine solche Aufgabe auszufüllen – im größten aller Kriege.

»Sie haben mich bitter enttäuscht!« Von Eichendorff hielt Maximilian sein Bittschreiben hin. »Sind Sie denn von allen guten Geistern verlassen?«

Maximilian stand nun stramm wie ein Soldat beim Fahnenappell.

»Wie kommen Sie auf die Idee, dass ich diesen Brief tatsächlich an die Oberste Heeresleitung weiterleite?«, verlangte von Eichendorff zu wissen. »Was haben Sie sich nur dabei gedacht?«

Maximilian überlegte, was er jetzt noch sagen durfte oder ob es klüger wäre, den Mund zu halten. Aber für einen Rückzug brannte ihm das Thema viel zu sehr unter den Nägeln, schon seit Monaten. »Die wenigsten meiner Patienten sind kampffähig oder gar geheilt und werden trotzdem zurück in den Krieg geschickt«, sagte er. »Wenn das so weitergeht, wird eine ganze Generation von Männern zu körperlichen und geistigen Krüppeln – falls sie den Krieg denn überhaupt überleben.« Ähnlich direkt hatte er sein Bittschreiben formuliert, in dem er darum bat, den Kranken längere Rekonvaleszenzzeiten zuzugestehen.

Der Generalleutnant sprang auf. »Was erlauben Sie sich! Das ist Hochverrat am Kaiser und am Vaterland!«

Maximilian dachte nur, was das für ein Kaiser war, der sogar von Schwerverletzten Mut und Vaterlandsliebe einforderte, sich selbst aber keinen einzigen Tag in Gefahr begab.

»Wenn Sie diesen Krieg überleben wollen, schweigen Sie fortan! Das ist mein gut gemeinter Rat. Heute nehme ich Sie in Schutz, aber sollten Sie noch ein einziges Mal Kritik an einem Befehl äußern, kann ich keine Rücksicht mehr auf Sie nehmen.« Von Eichendorff senkte seine Stimme, sodass er fast väterlich klang: »Reißen Sie sich zusammen, von Weilert. Wenn Sie Ihre Familie wiedersehen wollen, verlieren Sie jetzt bloß nicht die Nerven.«

Maximilian dachte an seinen vermissten Vater und die Briefe seiner Mutter, in denen sie sich mit keinem Wort zu Marlene bekannte. Deswegen hatte er nie darauf geantwortet.

Da war nur Marlene, die er unbedingt wiedersehen wollte. Von seinem guten Freund Benjamin Levy, mit dem er früher an der Kinderklinik gearbeitet hatte, hatte er seit Kriegsbeginn nichts mehr gehört. Mit einem Mal kam er sich unbeschreiblich naiv vor, sich mit dem Wunsch nach mehr Schonung für seine Patienten an die Oberste Heeresleitung gewandt zu haben.

Von Eichendorff drehte sein Cognacglas in der Hand und schaute der braunen Flüssigkeit bei ihrer gemächlichen Bewegung zu. »Ganz ohne Sanktion kann ich Sie aber nicht davonkommen lassen.«

Maximilian war bereit, jede Gehaltseinbuße oder Sonderschichten in Kauf zu nehmen. Oder noch einmal drei zusätzliche Krankenwagen für den D5. *Dadamm, dadamm.*

»Wie hieß die Dame Ihres Herzens doch gleich?«, wollte der Generalleutnant wissen, dann trank er genüsslich einen Schluck.

»Marlene«, antwortete Maximilian knapp.

»Marlene. Ein netter Name. Und bestimmt auch eine nette, attraktive Frau, wie ich Sie kenne.« Er grinste anzüglich und mit feuchten Lippen. »Wenn Sie sich das nächste Mal an die Oberste Heeresleitung wenden wollen, dann denken Sie doch zuerst an Ihre Marlene. Ihr Heimaturlaub im September ist gestrichen!« Der Generalleutnant drückte Maximilian das leere Cognacglas vor die Brust. »Und nun wünsche ich Ihnen eine angenehme Weiterfahrt.« Er verließ den Bibliothekswagen und gab kurz darauf von draußen das Kommando zur Weiterfahrt.

Maximilian musste sich an der Stange vor dem Grammofon festhalten. »Lene, verzeih mir«, murmelte er, als der Zug anfuhr.

***

12

1. September 1918

Die letzte Operationsassistenz des Tages, die Entfernung einer Tonmurmel aus dem Nasenloch eines Dreijährigen, war gerade geschafft, als die beliebte Erzählstunde auch schon anstand. Doktor Ritter hatte Marlene erlaubt, daran teilzunehmen, und sie im nächsten Atemzug vertraulicher ansprechen wollen, aber da hatte sie ihm schon wieder den Rücken zugewandt.

Für die heutige Erzählstunde war ein besonderer Gast geladen. Marlene hoffte, dass die Kinder dessen Maskierung nicht allzu schnell durchschauen würden. Seine liebevolle Art zu sprechen war einzigartig,

Die Stationsschwestern brachten die Kinder im Krankenzimmer der Augenstation zusammen. Kinder anderer Stationen wurden in ihren Betten hereingefahren oder auf kleine Stühle gesetzt und mit Decken gewärmt, damit ihre schwachen Körper nicht auskühlten. Einzig die Pfleglinge der Infektionsstation unter Schwester Hertha durften wegen der Ansteckungsgefahr nicht teilnehmen.

Für die Erzählstunde, die längst auch zur Gesangs- und Spielstunde geworden war, stellte Marlene sich rechts ans Bett des kleinen Horst. Gleich daneben saß Frieda in ihrem

Krankenfahrstuhl. Sie winkte Marlene zur Begrüßung zu und imitierte mit wackelnden Fingern den kriechenden Gang eines Salamanders. Marlene lächelte und erwiderte ihre Geste.

Emma stand links am Bett von Ilka, die wie ihr Bruder Horst an Rachitis litt und die sich etwas für die heutige Erzählstunde hatte wünschen dürfen. Der geringe Kalkgehalt in den Knochen von rachitischen Kindern äußerte sich bei Ilka und Horst durch inzwischen papierdünne, verformte Scheitelbeine am Schädel und durch verbogene Brustwirbelsäulen. Sie saßen in ihren Betten wie alte Leute mit Buckel. Marlene konnte den heutigen Ehrengast vor der Tür schon ungeduldig mit sich selbst reden hören.

»Begrüßt nun zur heutigen Erzählstunde den Zauberer Wilfridelmus, den Großen!«, kündigte Emma an und nickte der Stationsschwester der Augenstation zu, damit die den Zauberer hereinließ.

Wilfridelmus trug einen schwarzen Zylinder und einen lila Umhang, auf dem Pailletten glitzerten. Das Kleidungsstück zog sofort die bewundernden Blicke der Kinder auf sich. Laute des Erstaunens erklangen.

»Ick bin der größte Zauberer von janz Weißensee«, verkündete Wilfridelmus, dem Marlene am Vorabend noch geholfen hatte, den Umhang zu nähen.

Hannelore, die viel weinte, weil sie ihre Eltern vermisste, zog sich ängstlich einen Zipfel ihrer Decke vors Gesicht, damit sie nicht gesehen wurde. Eine Schwester der Augenstation ging zu ihr und hockte sich neben sie.

»Ick kann sehen, ohne hinzukieken«, verkündete Willy Pinke und trat mit einem Teller, den er herumzeigte, zwischen die Betten von Horst und Ilka. »Hier habe ick drei

Münzen. Ick werde nich hinkieken, wenn Horst eene auswählt. Nimm se inne Hand, kiek se dir jenau an, und dann lege se wieda uff'n Teller zurück.« Der Teller war ein mit silberner Folie umwickelter Suppenteller aus der Milchküche, den Emma organisiert hatte.

Horst benötigte eine Weile, sich für eine der Münzen zu entscheiden. Schwester Sibylle trug den kleinen Otto an das Bett von Horst und setzte ihn darauf. »Die dort«, riet Otto und zeigte auf den einzigen Groschen unter den Münzen.

Horst folgte dem Rat, und Emma half dem bewegungseingeschränkten Jungen, die Münze aufzunehmen. Behutsam schmiegte sie seine Hände um das Geldstück, und als er lächelte, tat Marlene das Gleiche mit seiner Schwester Ilka. Die anderen Kinder verfolgten genau, was geschah.

Ilka befühlte die Münze und lächelte stolz über diese Ehre, vom Zauberer ausgesucht worden zu sein. Marlene half dem Mädchen, den Groschen wieder auf den Teller zurückzulegen.

»Du kannst jetzt wieder schauen, großer Wilfridelmus«, sagte Marlene, sodass die Kinder alle Augen auf ihn richteten.

Willy Pinke trat grübelnd an den Teller heran und befühlte eine jede Münze ausführlich. Ein paarmal schwenkte er seinen Zauberstab in der Luft über dem Teller. »Lirum, larum Besenstiel, zaubern is een Kinderspiel«, sagte er und zeigte auf die mittlere der drei Münzen. »Du hast dir den Groschen ausgesucht, richtig?« Der Groschen war die einzige Münze, die sich warm angefühlt hatte.

»Ja!«, rief Frieda erstaunt, die anderen Kinder klatschten begeistert in die Hände. Die Stationsschwester der Augenstation wiegte einen Säugling im Rhythmus des Applauses mit. Auch Marlene und Emma fielen in den Beifall mit ein.

Als dieser abebbte, zwitscherte es im Raum. Zwar klang es gedämpft, war aber doch deutlich zu hören.

»Ein Piepmatz?«, wunderte sich Hannelore. Vor Erstaunen ließ sie ihren Deckenzipfel los, hinter dem sie sich vor dem Zauberer versteckt hatte.

»Na, wat war denn ditte?«, fragte Willy Pinke in die Runde. Er nahm seinen Zylinder vom Kopf und hockte sich mit etwas Abstand vor Hannelore. »Du hast 'nen Vogel jehört?«, fragte er sie leiser als zuvor, woraufhin Hannelore vorsichtig nickte.

Willy Pinke legte ein weißes Tuch über seinen Zylinder und ließ seinen Zauberstab darüber kreisen. »Lirum, larum Besenstiel, zaubern is een Kinderspiel.«

Selbst Marlene hielt die Luft an, als unter dem Stofftuch, der Pförtner hatte es kaum zur Seite gezogen, Jacki aufflog.

Hannelore quiekte vor Freude.

»Wilfridelmus, du bist der Größte!«, verkündete Frieda, als Jacki auf ihrem Krankenfahrstuhl landete und stolz wie bei einer Parade über den Schiebegriff spazierte.

Marlene bedachte den Pförtner mit einem mahnenden Blick. Dass er Jacki mit zur Erzählstunde brachte, hatten sie nicht besprochen. Aber sie ließ ihn gewähren, die Kinder waren einfach zu begeistert.

Erst als alle Patienten sich von Jacki verabschiedet hatten, zauberte Willy Pinke seinen Gefährten wieder in den Zylinder zurück und zog sich nach mehrfachen Verbeugungen und begleitet vom Applaus der Kinder aus dem Zimmer zurück. Solche Momente führten Marlene vor Augen, warum sie Ärztin werden wollte. Es war eines der schönsten Gefühle, kranke Kinder fröhlich zu sehen.

Nach dem Ende der Erzählstunde half Marlene noch, die Pfleglinge wieder auf ihre Stationen zurückzubringen. Danach wollte sie in ihr Büro zurück, um sich mit ärztlichen Verschreibungen zu beschäftigen, deren Vornahme im nächsten Monat unter Aufsicht eines bestallten Arztes von ihr erwartet wurde.

Im Erdgeschoss angekommen, traute sie jedoch ihren Augen nicht und schob sich ihre Brille die Nase hinauf. Im Korridor wimmelte es vor kränkelnden Erwachsenen, obwohl sie sich in einer Kinderklinik befanden. Zwei Sanitäter trugen einen älteren Mann mit dunkelroten Flecken im Gesicht an ihr vorbei. Am Ende des Flures irgendwo in der wirren Menge blitzte der weiße Arztkittel von Oberarzt Buttermilch auf. Oberin Polsfuß stand neben ihm, von Kranken bedrängt. Fast drohte die zierliche, kleine Frau, erdrückt zu werden. Sollten die Oberin und der Oberarzt nicht im Schlosslazarett bei den Grippekranken sein?

Willy Pinke kam die Wendeltreppe herab und blieb neben Marlene stehen. »Marschieren de Amis gerade in Weißensee ein?«, fragte er geschockt, Zaubermantel und Zylinder unter dem Arm. Als ihm bewusst wurde, dass es sich um Kranke handelte, rief er zum Eingang: »Halt, ick darf Se nich einfach so rinlassen. Se müssen erst den Patienteninjang dort hinten nehmen. Dort untersuchen de Herren Doktoren Se erst uff Infektionskrankheiten.«

Als Oberarzt Buttermilch Marlene erblickte, kämpfte er sich zu ihr durch. »Wo waren Sie, Fräulein Lindow?«

»Bei der wöchentlichen Erzählstunde«, entgegnete Marlene. Sie war sich keiner Schuld bewusst, und trotzdem straffte sie sich und stellte sich unbewusst männlicher hin, die Beine etwas auseinander, die Schultern zurückgezogen.

»Haben Sie nichts Besseres zu tun, als mit Kindern Lieder zu singen, während die Grippe ganz Preußen lähmt? In Seuchenzeiten gib es weiß Gott Wichtigeres zu tun!«

In Seuchenzeiten? Bang schaute Marlene sich um.

»Schwester bleibt eben Schwester!«, sagte Oberarzt Buttermilch und rempelte im Vorbeigehen den Pförtner an, dem daraufhin der Zylinder aus den Händen fiel. Bevor Willy Pinke sich bücken konnte, trat eine vorbeieilende Schwester darauf.

»Jacki, nein!«, riefen Marlene und Willy Pinke wie im Chor.

Eine junge Frau presste sich hustend an ihnen vorbei. Ihr schmales Gesicht war von einem Schweißfilm überzogen, und oberhalb ihrer Wangenknochen prangten die gleichen Flecken wie im Gesicht des Mannes auf der Trage.

Fahrig griff Willy Pinke nach seinem Zylinder. »Jacki, meen Jacki«, murmelte er aufgelöst.

»Kommen Sie, ich bringe Sie in Ihre Stube zurück. Dort sind Sie in Sicherheit.« Marlene schob ihn mühsam durch die Menschenmenge. Einige Kranke standen an die Wände gelehnt, andere hockten kraftlos auf dem Boden und flehten um Versorgung. In Gedanken blätterte sie durch ihr Seuchenlehrbuch, das sie während des Studiums gelesen hatte. Die Grippe war eine gefährliche, hoch ansteckende Infektionskrankheit, die sich rasch ausbreitete. Die Erreger, die niemand kannte, befanden sich in der Atemluft oder dem Speichel von infizierten Personen und wurden vor allem beim Husten oder Niesen von einem Menschen auf den nächsten übertragen. Gesichtsschutz und Schutzhandschuhe waren deswegen unverzichtbar. Die Inkubationszeit reichte von wenigen Stunden bis zu drei Tagen, und wenn sie es tatsächlich mit der Spanischen Grippe zu tun hatten – wie damals von Doktor Ritter im Speiseraum der Schwestern vermutet –, griffen die Erreger auch die Lunge an, was lebensgefährlich war.

Marlene führte den zitternden Willy Pinke vorbei am Pförtnertresen und bis auf sein Sofa in der Stube. Auf dem Tisch stand die halb fertige Miniaturjolle, an der lediglich noch das Segel und einige Planken fehlten. Aber Willy Pinke hatte nur noch Augen für den Zylinder und holte Jacki daraus hervor. Marlene konnte im Hinausgehen auf die Schnelle nicht erkennen, ob der Wellensittich noch lebte.

Im Korridor wurde es noch einmal lauter und aufgeregter. Marlene schob sich zur Wäschekammer durch und griff sich einen Mundschutz sowie Schutzhandschuhe. Immer mehr Patienten betraten die Kinderklinik.

Sie half einer kraftlosen Frau, die einen Säugling wiegte, auf einen eilig herbeigebrachten Stuhl. »Er stirbt«, jammerte diese und zeigte auf den Mann neben sich. Dieser wies ebenfalls diese dunkelroten Flecken im Gesicht auf, von denen Marlene ziemlich sicher war, dass sie die Spanische Grippe bezeugten. Der Säugling schien ebenfalls befallen.

Um Anweisungen entgegenzunehmen, ging Marlene zu Doktor Ritter vor den Speiseraum der Schwesternschaft, der in eine Diskussion mit dem Oberarzt vertieft war.

»Aus ganz Weißensee und Berlin strömen die Menschen her, weil alle anderen Krankenhäuser schon voll belegt sind«, sagte Buttermilch hektisch. Er befahl zwei Schwestern, sämtliche Betten, in die ein Erwachsener auch nur irgendwie hineinpasste, aus dem Keller hochzuholen und im Flur aufzustellen.

»Eine Kinderklinik ist der denkbar schlechteste Ort, grippekranke Erwachsene aufzunehmen!«, entgegnete Doktor Ritter aufgebracht.

»Der Bürgermeister hat meinem Vorschlag bereits zugestimmt«, sagte Oberarzt Buttermilch. »Ich musste schnell entscheiden, Julius, versteh das bitte!«

»Oberin?«, rief Doktor Ritter und wandte sich Hanny Polsfuß zu. »Bitte stellen Sie sicher, dass niemand außer der Belegschaft die Etage mit den Kindern betritt. Es ist nicht auszuschließen, dass die Kranken in ihrer Ausweglosigkeit auch nach oben laufen.«

Marlene schaute zur Wendeltreppe, die hinauf zu den Stationen führte. Zwei Rotkreuzschwestern hatten Mühe, den Zugang nach oben zu verstellen, Stationsschwester Vera war eine von ihnen.

»Ich kümmere mich darum«, rief Oberin Polsfuß, während Marlene auf eine Kranke vor ihrem Büro zuhielt, auf die sie dann beruhigend einsprach. »Sie brauchen keine Angst zu haben, bei uns sind Sie in guten Händen.« Ein guter Arzt sollte in einer Notfallsituation zunächst einmal Ängste nehmen und beruhigen, egal, wie schlimm alles war. Egal, ob er selbst Angst hatte.

»Fräulein Lindow?« Doktor Ritter kam ihr nach. Keine Sekunde später schaute auch Oberarzt Buttermilch auf, obwohl er sich eben noch über einen Patienten gebeugt hatte.

»Sie übernehmen bitte das Isolierhaus«, sagte Doktor Ritter. »Der Oberarzt muss gleich wieder ins Schloss, und wann Konsiliarius Proskauer in der gegenwärtigen Situation wieder herkommen wird, ist noch völlig unklar.«

»Ist es die Spanische Grippe?«, fragte Marlene bang, legte aber im nächsten Moment auch schon wieder ihre kühle Miene für Doktor Ritter auf. Innerlich zitterte sie vor Angst.

»Vermutlich eine heftige zweite Welle davon. Die erste haben wir kaum als solche mitbekommen«, antwortete Doktor Ritter und fügte noch erklärend an: »Das Isolierhaus muss für die Grippekranken geöffnet werden, sonst werden wir der Seuche nicht Herr.«

»Aber alle Zimmer dort sind belegt«, wusste Marlene aus den Krankenakten. Zwei Scharlachfälle gab es dort, drei Geschwister mit Mumps, ein Säugling mit Diphtherie sowie einer mit Röteln, und natürlich auch vier Grippefälle. Die Kinder wurden nach Infektionskrankheiten getrennt in Zimmern untergebracht, so war es Vorschrift.

Doktor Ritter erklärte Marlene die Symptome der Spanischen Grippe. Vor allem die dunkelroten Flecken waren ein wichtiger Hinweis auf die gefährliche Infektionskrankheit. »Es ist unumgänglich, dass wir die Kinder nun doch wieder zusammenlegen, aber mit Trennwänden voreinander schützen. Nur so erhalten wir zusätzliche Räume für neue kranke Menschen. Bitte arrangieren Sie das, Fräulein Lindow! Und untersuchen Sie die Patienten darauf, ob sie auch wirklich die Spanische Grippe haben, und verteilen Sie sie auf die Zimmer. Alle Patienten ohne Grippesymptome schicken Sie mir ins Haupthaus hinüber, dort schaue ich dann weiter.«

Das alles sollte sie alleine machen? Ohne die Aufsicht eines bestallten Arztes? Marlene wusste kaum, wie ihr geschah. Sie schaute wohl wie ein erschrockenes Reh im Scheinwerferlicht.

Doktor Ritter klang nun, als rede er mit einem Kollegen: »Gegen leichtere Schmerzen und zur Senkung des Fiebers geben Sie Aspirin. Bei schlimmen Fällen einen Tropfen dieser Arsenzubereitung.« Er reichte ihr ein Fläschchen, das sie mit zitternden Fingern in der Tasche ihres Arztkittels verschwinden ließ. Arsen musste äußerst vorsichtig dosiert werden. »Gegen Kurzatmigkeit hilft Kampferöl«, sagte Doktor Ritter noch. »Mehr können wir gerade nicht tun. Ein Heilmittel existiert nicht.« Er senkte die Stimme. »Sie trauen sich doch zu, die Verantwortung für die Patienten im Isolierhaus zu übernehmen, richtig?«

Nervös sprang Marlenes Blick zu Oberarzt Buttermilch, der ihr Gespräch immer noch zu verfolgen schien. Auf keinen Fall wollte sie vor dem Oberarzt unsicher oder ängstlich wirken. »Ja«, bestätigte sie deswegen mit fester Stimme. Außerdem musste den vielen Kranken unbedingt geholfen werden.

Das Isolierhaus war wie die Krankenetage angelegt: Sämtliche Krankenzimmer schauten nach Südosten und wurden von einem breiten, die gesamte Hauslänge durchziehenden Korridor begrenzt. Den Korridor könnte sie als Warteraum umfunktionieren, war Marlenes erster Gedanke, als sie denselben betrat.

Schwester Hertha, die Stationsschwester der Isolierstation, empfing sie mit den Worten: »Die Seuchenkranken werden uns erdrücken! Es ist bereits Panik ausgebrochen, wie damals beim Untergang der Titanic!«

Ungläubig schaute Marlene hinter sich. Gut fünfzig Menschen waren ihr gefolgt. Nun standen sie mit leidvollen Gesichtern und zusammengesunken da, auch Männer in feldgrauer Uniform waren darunter. »Helfen Sie mir, die Kinder zu verlegen«, wies sie Schwester Hertha an, »dann kann ich mich danach um die Erwachsenen kümmern.« Es galt, die Krankenbetten zusammenzuschieben und die Pfleglinge mit gläsernen Wänden, die sich auf Rollen bewegen ließen, voneinander zu trennen.

»Ich habe Angst«, vertraute die Stationsschwester ihr durch ihren Mundschutz hindurch an, nachdem die Kinder in zwei Zimmern zusammengelegt waren und sich langsam beruhigten.

Marlene schaute auf. Im Gesicht von Hertha Heinze hatte sie noch nie eine Sorgenfalte gesehen. Hertha war stets diejenige, die andere zum Lächeln oder wenigstens auf leichtere Gedanken brachte – mittels amüsanter Anekdoten von den Reichen und Schönen aus der *Berliner Illustrierten Zeitung*.

»Ich habe auch Angst«, gestand Marlene, obwohl sie es normalerweise vermied, ihre Unsicherheit vor dem Pflegepersonal offen zu zeigen. Die meisten schauten sie ohnehin schief an.

»Sie auch?«, entgegnete Hertha erstaunt.

Marlene nickte knapp, aber wollte nun auch endlich anpacken. »Ich kümmere mich jetzt um die erwachsenen Patienten«, sagte sie deswegen, ohne länger über ihre Angst nachzudenken. »Würden Sie die Kinder überwachen und beruhigen? Wir dürfen jetzt nicht zögern.«

Hertha nickte ängstlich.

Als Marlene zurück im Korridor war, tauchte Stationsschwester Vera mit einer Elevin im Schlepptau auf. »Oberin Polsfuß schickt uns zur Unterstützung.« Sie klang wenig begeistert.

Vera Allenhausen war gerade Gold wert, auch wenn ihr Gesichtsausdruck Marlene verriet, dass sie lieber unter Doktor Ritter im Haupthaus gearbeitet hätte. Marlene nickte ihr und Schwester Sibylle zu, dann sagte sie: »Wir brauchen Stühle für die Wartenden und Betten für die Kranken! Und unbedingt sollten wir an alle hustenden Patienten und Angehörige Tücher verteilen.«

»Drüben sind die Kellerräume inzwischen leer geräumt, da gibt es nichts mehr zu holen«, entgegnete Vera und deutete mit dem Kinn in Richtung des Haupthauses. »Nur ein paar eingestaubte Säuglingsbetten sind noch übrig.«

Marlene dachte angestrengt nach. »Dann holen Sie Decken aus der Wäschekammer und breiten sie auf dem Boden im Korridor aus. Lassen Sie aber einen Gang zum Durchlaufen und zum Betreten der Krankenzimmer frei«, wies sie an und eilte in Krankenzimmer drei, in dem vor wenigen Minuten noch die Mumpsgeschwister isoliert gewesen waren. Drei Säuglingsbetten standen darin mit der üblichen Ausstattung wie Namenstafel, Salbentopf, Sauger, Fiebermesser, Puderdose und Badetuch. Alle drei wurden vom Schwesternschreibtisch flankiert, von dem aus Stationsschwester Hertha das Krankenzimmer normalerweise überwachte und ihre Dokumentationspflichten versah. Daneben ruhte der obligatorische Untersuchungstisch mit dem Lederkissen darauf.

»Und bitten Sie den Gärtner, die Parkbänke hereinzutragen«, rief Marlene Stationsschwester Vera noch hinterher, die sich aber nicht mehr umdrehte.

Mithilfe von Hertha schob Marlene die Säuglingsbetten beiseite. »Hier werde ich die Erwachsenen beschauen.« Es klang immer noch unwirklich, weil sie noch nie einen Patienten alleine untersucht hatte. Im nächsten Moment drängten schon die ersten Kranken in das Zimmer.

»Schwester Sibylle!« Marlene rief die Elevin zu sich. »Bitte assistieren Sie mir bei den Untersuchungen der Erwachsenen. Lassen Sie sich einen Stapel leere Krankenakten von Schwester Hertha geben, und dann legen wir los.« Vera gedachte sie die Erstversorgung der Patienten und die Koordination der Untersuchungsreihenfolge zu übertragen, auch wenn es der Frau ganz offensichtlich gegen den Strich ging, sich von Marlene etwas sagen zu lassen. Ob die Stationsschwester ihren Anweisungen überhaupt Folge leisten würde? Die Koordination von medizinischem Fachpersonal und die komplexe Organisation einer Station waren eigentlich erst im letzten Viertel von Marlenes Praktikum vorgesehen. Sie hatte bisher keinerlei Unterweisung dazu erhalten.

Marlene funktionierte sich den Schwesternschreibtisch als Instrumententisch um. Spatel, Fiebermesser, eine Sanduhr für die Messung des Blutdrucks, Desinfektionsflaschen und Zellstoff kamen darauf. Eine der Parkbänke würde als Untersuchungsliege genügen müssen. Auf dem Schwesternstuhl sollten jene Patienten während der Untersuchung sitzen, die nicht bettlägerig waren.

Marlene holte gerade tief Luft, weil ihr Puls bestimmt bei einhundertfünfzig war, als der erste Kranke auch schon auf dem Stuhl vor ihr Platz nahm: ein Mann Anfang vierzig mit hagerem Gesicht und Fußprothese. Er klagte über einen rauen Hals, über Kopf- und Gliederschmerzen und hustete quälend, weswegen sie ihm sofort eines der Hustentücher in die Hände drückte. »Bitte husten, niesen oder spucken Sie fortan nur noch in ein Tuch, das im Anschluss ausgekocht gehört.«

»Danke«, krächzte der Mann, dessen fleckige, dunkle Röte sich von den Wangenknochen über das ganze Gesicht ausbreitete und bereits bläulich schimmerte. »Und wann kommt der Doktor?« Mit halb offenem Mund, wo Parodontose gelbe Zahnhälse entblößte, schaute er zu ihr auf.

»Ich vertrete den Doktor, ich bin Ärztin im Praktikum«, erklärte Marlene, »und nun öffnen Sie bitte Ihren Mund, damit ich Ihren Rachenraum beschauen kann.« Sie versuchte, so sicher wie Doktor Ritter zu klingen. Beim Blick auf die Flecken in seinem Gesicht fügte sie noch an: »Es ist dringend!« Im Korridor drängelten sich immer mehr Menschen.

Marlene kam mit dem Spatel vor seinen Mund, aber der Mann presste seine Lippen fest aufeinander. Das fing ja gut an. Nervös trat sie von ihm zurück, damit er wenigstens den Mund wieder öffnete, um besser Luft zu bekommen. Vermutlich hatten sich die Grippeflecken bereits bis auf seine Gliedmaßen verteilt. Das sagte ihr deren nicht mehr nur dunkelrote, sondern violette Farbe. Am Ende würden sie sich blau und dann schwarz färben.

Der Mann hievte sich vom Untersuchungsstuhl hoch. »Eine Frau als Doktor? Nee, danke, dit tue ick mir nich an!«

Marlene konnte ihm nur nachschauen, wie er das Krankenzimmer in gebeugter Haltung verließ und seinen Satz auf dem Korridor wiederholte. Kurz entschlossen zerrte sie ihren Gürtel aus den Schlaufen ihres Arztkittels und warf ihn in die Zimmerecke. Vielleicht sah sie ohne die schmale Taille mehr wie jemand aus, dem man sein Leben anzuvertrauen wagte.

Als Nächstes war eine Frau an der Reihe, und die ließ sich bereitwilliger untersuchen. Sie berichtete von Schwindel und Schlaflosigkeit. Marlene maß deren Körpertemperatur, beschaute den Rachenraum und ließ die Elevin sämtliche Ergebnisse in einer Krankenakte festhalten. Sie hatte Mühe, vor Aufregung nicht zu zittern, aber irgendwie gelang es ihr doch. Die Flecken der Kranken waren eher rosa und nicht dunkelrot, was Marlene verunsicherte, ob sie es tatsächlich mit der Spanischen Grippe zu tun hatte.

»Was habe ich denn nun?«, wollte die Frau wissen, weil Marlene ungewöhnlich lange mit ihrer Diagnose zögerte, wo doch Hunderte Kranke darauf warteten, ebenfalls untersucht zu werden.

Bevor Marlene antworten konnte, schob sich Doktor Ritter in den provisorischen Untersuchungsraum zu ihr durch und beschaute die Frau auf dem Schwesternstuhl genau.

»Es besteht die Gefahr, die Spanische Grippe mit Typhus zu verwechseln«, sagte er an Marlene gewandt. »Typhus beginnt auch mit grippeähnlichen Symptomen, aber die Flecken sind eher rosa als dunkelrot, wie in diesem Fall hier.«

»Es besteht der Verdacht auf Typhus«, sagte Marlene der Frau, die daraufhin zu weinen begann. Eigentlich sollte die erste eigene Diagnose für eine Medizinalpraktikantin etwas Besonderes sein, bei Maximilian war es damals so gewesen. Er hatte Windpocken diagnostiziert. Aber für Marlene fühlte es sich einfach nur grausam an, jemandem eine Nachricht zu überbringen, die den Tod bedeuten konnte.

Noch in Gedanken beim Tod, erklärte sie dem Ehemann der Patientin die Seuchenhygiene, denn Typhus war ebenfalls ansteckend. Sie sagte auch, dass seine Frau sich im Labor für einen Bluttest auf Typhus melden solle, um die Verdachtsdiagnose zu überprüfen. Abschließend begleitete Marlene das Ehepaar noch in den Korridor, wo Schwester Vera übernahm.

Die weiteren Patientenbegegnungen verliefen wechselhaft. Immer wieder sträubten sich Patienten gegen die Untersuchung durch eine Frau. Als ein Kranker bereits in der Tür kehrtmachte, weil er sie am Instrumententisch sah, blieb sogar Schwester Veras Blick nachdenklich auf Marlene hängen.

Als es draußen längst dunkel war, hatte Marlene mehr als dreißig fortgeschrittene Grippefälle und ungefähr zwanzig im Anfangsstadium diagnostiziert. Ihre Arme fühlten sich bleischwer an, und ihre Füße brannten vom vielen Stehen. Sie verteilte noch mehr Hustentücher, schickte zwei Verdachtsfälle mit Isolationsanweisungen für die Angehörigen nach Hause und diagnostizierte einem siebzigjährigen Sänger vereiterte Mandeln, was Doktor Ritter auch bestätigte. Als Elevin Sibylle vor Erschöpfung den Stift nicht mehr halten konnte, gestand sie der jungen Frau endlich Schlaf zu.

Bis zum folgenden Morgen hatte Marlene alle Stadien der Spanischen Grippe im schnellen wie im langsamen Verlauf gesehen – mit immer noch neuen Symptomen. Zuletzt hatten Kranke berichtet, Gehör und Geschmackssinn zu verlieren und nur noch verschwommen sehen zu können. Die Eile, mit der die Spanische Grippe nach den Menschen griff, erschütterte sie tief.

An diesem Morgen füllte Marlene ihren ersten Totenschein aus, den Doktor Ritter nur noch unterschreiben musste. Kurz nach Sonnenaufgang war der Patient, der heftig aus Mund und Nase geblutet hatte, im Korridor des Isolierhauses zwischen all den Wartenden vor einer Parkbank zusammengebrochen.

Am Nachmittag wurde Marlene von Konsiliarius Proskauer abgelöst. Sie wollte sich nach zweiundzwanzig Stunden pausenloser Arbeit nur kurz in ihrem Büro ausruhen und neue Kräfte sammeln. Vielleicht eine oder maximal zwei Stunden schlafen und vielleicht eine Klappstulle essen, dann musste sie weiterarbeiten. In Gedanken sah sie sich schon auf das Ledersofa im Büro sinken.

Mit dem ersten Schritt in das Hauptgebäude hinein war Marlene, als betrete sie eine fremde Klinik. Der Korridor im Erdgeschoss war überfüllt mit liegend gelagerten Kranken, nur ein schmaler Mittelweg führte noch zwischen diesen hindurch. Am Ende, beim Patienteneingang, sah sie Willy Pinke auf seinen Stock gestützt stehen. Obwohl Marlene inzwischen erfahren hatte, dass Jacki den Unfall im Zylinder überlebt hatte, sah der Pförtner sehr unglücklich aus und stand mit nur halb offenen Augen da, völlig erschöpft. Überall im Korridor wuselten Rotkreuzschwestern, die Marlene bald den Blick auf Willy Pinke verstellten. So aufgescheucht stellte sie sich ein überfülltes Lazarett kurz nach einer Schlacht vor.

Marlene stockte, als sie schon aus der Ferne sah, dass die Tür ihres Büros offen stand. Sie verwahrte dort auch persönliche Sachen, Maximilians jüngster Brief lag in der Schreibtischschublade neben ihrem Verlobungsring. Die letzten Meter lief sie auf ihr Büro zu, obwohl sie nicht sagen konnte, woher sie die Kraft dafür noch nahm. Sie stoppte im Türrahmen wie vor einer Wand. Tragen, ein Kinderbett und Kranke auf Decken, wohin sie nur schaute. Sie zählte zwölf Patienten, wovon der älteste auf ihrem Ledersofa lag und schwitzend stöhnte, mit den typischen dunkelroten Flecken im Gesicht. Ihr Büro roch nach Kampferöl, Desinfektion und fauligem Stroh, dem Geruch der Seuche.

Marlene schob sich die Brille auf die Stirn, weil ihre Augen brannten. In diesem Moment schälten sich die Umrisse von Oberarzt Buttermilch aus der dunklen Zimmerecke mit dem Bücherregal. Seine strähnigen Stirnlocken lagen in Form, aber sein Arztkittel war mit Flecken besudelt. Was machte er hier, in ihrem Büro?

Der Oberarzt löste seinen Mundschutz, bevor er sagte: »Wir haben uns erlaubt, Ihr Büro in ein Krankenzimmer umzufunktionieren.« Er nahm eines ihrer Bücher aus dem Regal, ihr Fachbuch über Rückenmarksverletzungen, und blätterte darin.

»Ach ja«, entglitt es ihr vor Erschöpfung, was immer noch besser war als ein weiblicher Seufzer. Sie straffte sich, so gut es ging, und setzte sich die Brille wieder auf die Nase, sah aber trotzdem nicht mehr scharf.

»Die Angehörigen sagen uns, dass es bei Ihnen im Isolierhaus die meisten Toten gibt«, sagte Waldemar Buttermilch, während er das Buch zurück ins Regal stellte. »Und dass sie von einer Frau nicht untersucht werden wollen. Lieber sterben sie an der Seuche.« Er klang ruhig wie so oft, wenn er ihr Vorhaltungen machte.

Marlene hatte in den zurückliegenden Stunden alles gegeben. Sie hatte ermutigt, getröstet, diagnostiziert, die Hygieneregeln dutzendfach wiederholt, sich mit Blut und Hustensekret besudeln und von Patienten beleidigen lassen müssen. Sie war sprachlos über den Undank und das fehlende Solidaritätsgefühl des Oberarztes, das er nicht einmal in chaotischen Seuchenzeiten aufzubringen vermochte.

»Ich kann es Ihnen deutlich ansehen, dass der Beruf Sie überfordert«, sagte Waldemar Buttermilch noch, dann ging er davon und ließ Marlene im Türrahmen stehen.

Kurz darauf stand Emma neben ihr. »Lene, ich komme gerade von zu Hause. Für dich ist ein Telegramm eingetroffen.«

Marlenes Augen leuchteten auf. Sie griff danach.

»Auf der Chirurgie ist die Hölle los. Wir sehen uns später«, verabschiedete sich Emma auch schon wieder und lief auf ihre Station zurück.

Marlene fühlte sich plötzlich wieder hellwach. Das Schriftstück vor die Brust gepresst, betrat sie endlich ihr Büro und ging zwischen den Krankenbetten hindurch zum Fenster. Mit Herzklopfen zerrte sie den dünnen Zettel aus dem Umschlag.

ICH KANN AM 10. 9. NICHT ZU DIR KOMMEN. MAX.

Sie las es einmal, zweimal, und auch beim fünften Mal änderte sich der Inhalt nicht. Fassungslos starrte sie auf die Zeilen. Was war das nur für eine erbarmungslose Welt?

»Ist alles in Ordnung?«, fragte eine Patientin in dem Bett neben dem Fenster. »Sie sind plötzlich so blass.«

Aber Marlene reagierte nicht. Das Telegramm glitt ihr aus den Fingern und segelte zu Boden. Ihre Stirn fühlte sich heiß an und ihr Körper vollkommen kraftlos. Es dauerte nicht lange, bis sie vor dem Schreibtisch vor Erschöpfung auf die Knie sackte. Hier würde sie nie mehr hochkommen. Nicht ohne die Hilfe von Maximilian.

***

13

19. September 1918

Der Speiseraum der Schwestern war eingerichtet wie eine Stube, mit modernen Stühlen, einer Kommode und einem zweiten kleineren Tisch, auf dem stets die neueste Ausgabe der *Zeitschrift für Krankenpflege* lag. Emma verpasste keine Ausgabe, aber seit dem Ausbruch der Spanischen Grippe hatte sie es nicht einmal geschafft, den Leitartikel zu lesen.

Früher hatten die Oberin und die Oberschwester gemeinsam mit den Elevinnen gefrühstückt, seit Tagen saß Emma morgens alleine mit den Schwesternschülerinnen am langen Tisch. Seit die Spanische Grippe die Großstädte im Deutschen Kaiserreich fast zeitgleich heimgesucht hatte, war aus der Kinderklinik eine Seuchenklinik für Patienten jedweden Alters geworden. Weil der Andrang so groß war, hatte man inzwischen sogar zwei Kellerräume zu Krankenzimmern umfunktioniert. So manche Mahlzeit mit den Elevinnen wurde zuletzt vom Wehklagen der Grippepatienten begleitet, das vom Eingangsbereich der Klinik bis in den Speiseraum drang.

Seit sich auch immer mehr Ärzte mit der Spanischen Grippe ansteckten, musste sogar Doktor Ritter auf allerhöchsten Befehl hin an anderen Kliniken in Groß-Berlin aushelfen, Gleiches galt für die Doktoren Buttermilch und Proskauer. Die examinierten Schwestern der Kinderklinik hatte man dazu verpflichtet, die tägliche Dienstzeit um zwei Stunden zu verlängern, weil nach der Kinderpflege auch noch die Seuchenkranken versorgt werden mussten. Einzig die Melkerinnen im Kuhstall und die Angestellten der Nahrungsbereitungsanstalt gingen ihrer Arbeit ohne Überstunden nach.

Seit Emma abends erst nach einundzwanzig Uhr heimkehrte, verbrachte ihr Sohn nur den halben Tag bei Frau Scharinski; am späten Nachmittag und am Abend war er bei Kurt. Emma wollte Elwira Scharinski nicht zu viel aufbürden, auch wenn die Rentnerin eine Überlastung stets bestritt.

Einen kleinen Versuch, Kurt für seinen Einsatz zu danken, gedachte Emma schon am heutigen Abend zu unternehmen. Sie konnte ein Lächeln nicht verbergen und senkte ihren Kopf über ihre Teetasse, obwohl es in der Kinderklinik gerade wenig Grund zur Freude gab.

Emma schaute erst wieder auf, als Schwester Grete den Speiseraum betrat. Dieser Tage konnte sie die Elevin nicht einmal für ihr Zuspätkommen tadeln, denn der Korridor vor dem Speiseraum war vollgestellt mit Holzpritschen. Es war schwierig, überhaupt durchzukommen und nicht für eine helfende Tätigkeit eingespannt zu werden.

Emma richtete erst das Wort an die Runde, nachdem Grete Platz genommen hatte. »Ich möchte das Frühstück heute nutzen«, begann sie, »um mich bei Ihnen dafür zu bedanken, dass Sie die Kinderklinik während der vergangenen Wochen so tatkräftig unterstützt haben.« Sie schaute jeder Elevin länger in die Augen. Es war richtig gewesen, die Arbeitszeiten der Elevinnen nicht auch noch zu verlängern.

»Es war eine Herausforderung, auf der Isolierstation zu arbeiten, aber Ihre Schwester hat mir verantwortungsvolle Aufgaben übertragen«, meldete sich Schwester Sibylle.

Emma war froh, dass die Rädelsführerin der Schwesternschülerinnen diese positive Einstellung vertrat. Die meisten Elevinnen orientierten sich an Sibylle. »Das ist gut«, bestätigte Emma und war überzeugt davon, dass Marlene gerade auch gar keine andere Wahl hatte, als die Elevinnen in den Kampf gegen die Seuche mit einzubeziehen. Zuletzt hatte ihre Schwester allein die Verantwortung für aktuell achtunddreißig Kinder und noch einmal mehr als einhundertsechzig Erwachsene übernommen. Marlene schlief sehr wenig und schob nur kurze Pausen ein, für die ihr Emma ihr Schwesternzimmer in der Mansarde angeboten hatte. Emma konnte nicht sagen, woher Marlene die Kraft nahm und wie lange sie das noch durchhalten würde. Schon zweimal hatte sie Marlene entkräftet aufgelesen. Zuletzt neben dem Telegramm von Maximilian. Sie war kaum ansprechbar gewesen. Aber mehr, als sie in den Arm zu nehmen und immer wieder zu etwas mehr Ruhe zu zwingen, konnte Emma gerade nicht für sie tun. Ihr wurde ganz flau im Magen, wenn sie daran dachte, dass bei Marlene wegen anhaltender Erschöpfung sogar die Menstruation ausblieb.

»Ich durfte letzte Woche bei der Desinfektion des Röntgengeräts helfen«, sagte Charlotte und fragte in die Runde: »Wisst ihr, warum wir Röntgenstrahlen nicht sehen können, Lichtstrahlen aber schon?«

Die Elevinnen zuckten mit den Schultern. Nicht einmal Sibylle kannte die Antwort. Emma ließ Charlotte sprechen, weil ihre Begeisterung die Runde etwas von der Schwere und den Anstrengungen der letzten Tage ablenkte.

»Weil Röntgenstrahlen eine andere Wellenlänge besitzen, die unsere Augen nicht wahrnehmen können«, erklärte Charlotte stolz. »Habe ich in einem Physikbuch gelesen.«

»Und ich habe Schwester Gerlinde bei der Verlegung von Frieda Kunze aus dem Ruheraum der Chirurgie in das große Krankenzimmer unterstützt«, sagte Erika mit einem Lächeln und wischte nebenbei ein paar Krümel von der Tischdecke.

Emma lächelte mit. »Ich bin stolz darauf, wie Sie diese schwierige Zeit meistern. Und ich weiß auch, dass diese Ausnahmesituation vor der nahenden Zwischenprüfung eine besondere Belastung für Sie ist.« Seit Tagen versuchten die Oberin und der Ärztliche Direktor, weiteres Pflegepersonal zu bekommen – in Seuchenzeiten leider ein beinahe aussichtsloses Unterfangen. Seitdem am Morgen gleich mehrere Zeitungen mit dem Schlagwort »Waffenstillstand« aufgemacht hatten, keimte jedoch neue Hoffnung auf. Wenn Frieden geschlossen würde, kämen auch Krankenschwestern und Ärzte zurück nach Hause, und es stünden vielleicht bald wieder ausreichend medizinische Gerätschaften und Material zur Verfügung.

Bis auf Schwester Grete nickten die Elevinnen dankbar. Grete ließ abgelenkt ein silbernes Kettchen von einer Hand in die andere gleiten.

Emma wollte die junge Frau nicht vor versammelter Mannschaft wegen des Schmucks ermahnen, dessen Tragen während des Dienstes verboten war. Einzig die Dienstbroschen waren erlaubt. Sie würde Grete später kurz beiseitenehmen, entschied Emma und fragte sich, ob die Elevin den Schmuck von dem Laboranten geschenkt bekommen hatte.

Ohne dass sie es wollte, wanderten ihre Gedanken auf

den Heuboden des klinikeigenen Kuhstalls, und ihr wurde ganz mulmig zumute. Dort oben, kurz bevor sie intime Zärtlichkeiten zugelassen hatte, hatte Tomasz ihr einen Verlobungsring geschenkt. *Kotku*, dachte sie, oder hatte sie es gerade laut ausgesprochen? Das würde jedenfalls erklären, warum die Elevinnen sie plötzlich so irritiert anschauten. Verlegen richtete Emma ihre Schwesternhaube.

*

»Schläft Theo noch?«, fragte Kurt und breitete ein weißes Leinentuch auf dem Tisch in seiner Stube aus, von dem er eben seine Schreibmaschine und ein Notizheft geräumt hatte.

Vor wenigen Minuten war Emma bei ihm eingetroffen, um ihren Sohn abzuholen. Es war einundzwanzig Uhr dreißig, und sie war hungrig. »Er schläft tief und fest«, flüsterte sie und zog die Tür leise zu.

»Es war ein aufregender Tag für uns alle«, sagte Kurt und strahlte bis über beide Ohren, obwohl die traurigen Seuchennachrichten nicht abrissen.

Erst jetzt fiel Emma auf, dass ihr Nachbar heute weder sein graues Tweedsakko noch ein graues Hemd oder die Schiebermütze trug. Kurt strahlte in einem Oberhemd so gelb wie die Köpfe von Kamillen. Es wirkte wie ein verzweifelter Versuch, sich etwas modischer zu kleiden, anstatt immer nur in grauen Sachen herumzulaufen. Die auffällige Farbe war sicher Geschmackssache, sie passte eher zu Kleidern von Kleinkindern. Emma war trotzdem gerührt, dass er sich ausgerechnet ihr so zeigte.

Kurt hielt ihr die druckfrische Ausgabe des *Vorwärts* hin. »Gleich zwei positive Nachrichten von der Front«, sagte er.

»Das gab es lange nicht mehr, und ich durfte den Aufmacher für die Abendausgabe schreiben. Ich schenke sie dir.«

Sie griff nach dem *Vorwärts*, kurz berührten ihre Finger die seinen. Neugierig senkte sie ihren Kopf über das Titelblatt, das mit »Arbeiter, Soldaten und Mitbürger, dieses Jahr feiern wir Weihnachten zu Hause« überschrieben war. Während sie zu lesen begann, schob Kurt ihr einen Stuhl am Tisch zurecht. Es tat gut, mal nicht über die todbringende Spanische Grippe nachzudenken.

In seinem Leitartikel verarbeitete Kurt die tagesaktuelle Kapitulation Bulgariens, das im Großen Krieg auf der Seite von Deutschland und Österreich-Ungarn gekämpft hatte. Er hielt diesen Schritt für den Anfang einer den Frieden bringenden Kapitulationsserie. Ausführlicher ging er auf die ebenfalls tagesaktuelle Forderung der Obersten Heeresleitung nach Waffenstillstandsverhandlungen mit den Alliierten ein. Mit gekonnter Feder, auch spitz und amüsant, aber vor allem nachvollziehbar kommentierte er diese überraschende Forderung von General Ludendorff, der bisher als lautester Fürsprecher für neue Offensiven und für den Einzug weiterer Soldaten eingetreten war.

Emma bewunderte Kurt für seinen Schreibstil und sein Wissen. Ihr Blick glitt über seine eindrucksvollen Regale, die bis unter die Decke reichten und voll mit Büchern und Zeitungen waren. Ob er all das schon gelesen hatte?

»Ich gratuliere dir zu deinem Artikel, er liest sich so spannend und überzeugend«, sagte sie. Als sie wieder zu ihm aufsah, band er sich gerade eine Fliege um, die so rot war wie die Streifen auf ihrer Stubentapete. Es gefiel ihr, dass er sich fein machte. Das passte gut zu ihren Plänen für diesen Abend. Plänen wider seine Einsamkeit.

Kurt richtete sich die Fliege, bevor er sagte: »Ich würde diesen besonderen Tag gerne mit dir feiern. Hier bei mir.« Er ging zum Büfettschrank in der Küche und kam mit glänzendem Silberbesteck zurück.

»Bei dir?«, fragte sie verwirrt. Eigentlich fußte ihre Abendplanung darauf, dass sie in *ihrer* Küche saßen.

»Dein Arbeitstag an der Klinik war so lang, da wollte ich dir nicht noch das Kochen und den Abwasch zumuten«, sagte er und sah nun besorgt aus. Aber sogleich änderte sich sein Gesichtsausdruck auch schon wieder. »Ich konnte etwas Mayonnaise ergattern und habe mit Theos tatkräftiger Unterstützung Kartoffelsalat zubereitet. Es ist Gurkenkraut drin, weil Gurken gerade auch nicht zu haben sind. Theo meinte, dass seine Mami sehr gerne Kartoffelsalat isst.«

»Dann lass mich wenigstens die Getränke beisteuern«, sagte Emma und dachte still: Dann kann ich kurz hochgehen und oben Bescheid sagen.

»Gerne.« Kurt stellte drei Teller auf den Tisch und kommentierte den dritten mit: »Falls Theo aufwacht.« Dann ging er in die Küche, wohin ihm Emma bis auf die Türschwelle folgte.

»Theo wollte heute unbedingt, dass ich ihm zeige, wie man liest, damit er bald weiß, was ich so schreibe«, berichtete Kurt, während er den Kartoffelsalat noch einmal mit zwei Löffeln durchmischte.

Emma lehnte ihren Kopf gegen den Türrahmen und schaute Kurt beim Abschmecken zu. Er streute seine letzten Krümel Salz und zwei halb vertrocknete Blätter Petersilie über den Salat, der ihr wie ein Festessen erschien. Sie versank in Gedanken an Marlene. Hoffentlich wurde ihrer Schwester beim Arbeiten heute nicht wieder schwarz vor Augen. Heimlich bat sie den lieben Gott darum, dass sie keine fünfte Kriegsweihnacht würden feiern müssen.

Als sich Emmas Blick wieder klärte, stand Kurt plötzlich ganz nah vor ihr. Lediglich die Schüssel mit dem herrlich duftenden Kartoffelsalat war noch zwischen ihnen. Ihr schoss das Blut in die Wangen, sie war unfähig, sich zu bewegen.

Kurt stellte den Kartoffelsalat auf den Boden und kam noch einmal näher. Emma konnte seinen Atem auf ihrer Stirn spüren.

Kurt roch nach Mayonnaise und sein kamillengelbes Hemd nach Tinte. Etwas in Emma wollte ihn küssen. Endlich wieder geküsst werden, sich an jemandem festhalten. Kurt besaß kräftige Oberarme, die sie halten könnten. Nur ein einziges Mal würde sie sich so gerne wieder fallen lassen dürfen.

Emma wurde schwach, schloss die Augen und küsste ihn vorsichtig. Obwohl sich ihre Lippen nur sehr zaghaft berührten, spürte sie den Kuss mit jeder Faser ihres Körpers, es kribbelte bis in ihre Fingerspitzen. Aber schon im nächsten Moment erinnerte sie sich an ihre Abendplanung und beendete den Kuss abrupt. Kurt hielt seine Augen weiter geschlossen.

»Ich wollte doch das Bier holen«, sagte Emma, verwirrt von ihrem ungezügelten Wunsch nach Nähe, und trat an ihm vorbei. So kannte sie sich gar nicht!

»Ja, natürlich«, gab Kurt zurück und öffnete die Augen ganz langsam, wie nach einem schönen Traum. Er lehnte sich gegen den Türrahmen, wo Emma eben noch gestanden hatte.

Anstatt sofort ins Dachgeschoss zu laufen, hielt Emma im Hausflur inne. Sie atmete ein paarmal tief durch, aber die

Hitze in ihr ließ nicht nach. Vermutlich war ihr Gesicht puterrot. Mit den Gedanken noch bei Kurt, stieg sie ins Dachgeschoss hinauf.

»Da bist du ja endlich!«, begrüßte Dörte sie oben.

Es war das erste Mal, dass Emma die Postbotin ohne ihre Uniform und ohne die Ledertasche mit dem eingeprägten Posthorn sah. Dörte trug eine Leinenbluse mit Rüschen und hatte sich ihre Lippen in kräftigem Rot geschminkt.

»Ist es schon zehn?«, fragte Emma, noch durcheinander wegen ihres ersten Kusses seit Jahren. Sie hatten geplant, dass Dörte am späteren Abend zu ihr und Kurt in der Küche dazustieß und Emma sich dann bald zurückzog oder die beiden auf einen Spaziergang schickte.

»Es ist sogar schon halb elf. Und ich dachte, du kommst gar nicht mehr. Was ist passiert?«, fragte die Postbotin.

»Es gibt nur einen kleinen Ortswechsel«, erklärte Emma nach einigem Zögern. »Kurt hat Kartoffelsalat gemacht.« Sie wusste noch nicht, wie sie sich ihm gegenüber gleich verhalten sollte.

»Wir sind in seine Wohnung eingeladen?«, versicherte Dörte sich begeistert. Noch bevor Emma bejahen konnte, stieg die Postbotin die Treppen hinab.

Emma holte schnell noch das Bier aus ihrer Küche – ein Geschenk vom Vater eines entlassenen Patienten –, dann folgte sie Dörte eilig.

Kurts Wohnungstür war nur angelehnt. Weil Emma ihn nicht erschrecken wollte, rief sie in die Wohnung: »Kurt, schau mal, wer mir gerade über den Weg gelaufen ist.« Es fiel ihr schwer, ihm vorzuspielen, dass Dörtes Anwesenheit auf einem Zufall basierte. Im nächsten Moment war Dörte auch schon neugierig an Emma vorbei in die Wohnung getreten.

Kurt beachtete die breitschultrige Postbotin gar nicht, sondern hatte nur Augen für Emma. Er trat vor sie, und es sah ganz so aus, als wolle er dort weitermachen, wo sie eben aufgehört hatten. Seine rote Fliege saß schief vor dem gelben Hemdkragen, und Emma fand, dass Kurt in seiner gewagten Farbzusammenstellung heute besonders liebenswert aussah. Nun schien ihr der Abend mit Dörte keine so gute Idee mehr zu sein.

»Es ist so nett, dass Sie mich eingeladen haben«, bemerkte Dörte und schritt weiter in die Stube. »Was für ein schöner Raum. Solche Räume müsste man dem Reichspostamt mal für den nächsten Briefmarkensatz als Motiv vorschlagen.«

Kurt schaute sehr unglücklich, als sich nun auch noch Elwira Scharinski zu ihnen gesellen wollte. »Gibt es etwas zu feiern, liebe Nachbarn?«, fragte sie vom Hausflur aus. Sie hielt ein Glas mit Salzstangen in der Hand und eine fast leere Flasche Korn, die es nur auf dem Schwarzmarkt gab.

Emma zuckte voll schlechten Gewissens die Schultern, als Kurts ernüchterter Blick sie traf. Sie versuchte sich an einem aufmunternden Lächeln und wusste nicht mehr, was sie denken oder fühlen sollte.

***

14

3. November 1918

Marlene stieg die Treppe ins Mansardengeschoss hinauf. Ihr Ziel war das Dienstzimmer der Oberin. Hanny Polsfuß hatte sie darum gebeten, die neuen Medikamentenbestellungen zu unterschreiben, weil man nicht wusste, wann die Doktoren Ritter und Buttermilch wieder in die Klinik kämen. Beide waren kurz nacheinander zu Notfällen gerufen worden, deren Dauer nicht absehbar war. Die Spanische Grippe hatte sich inzwischen über ganz Europa ausgebreitet und schien sogar in Russland angekommen zu sein.

Marlene hatte bei Hunderten Patienten das Virus diagnostiziert, aber ob Maximilian sich angesteckt hatte, das konnte sie nicht sagen. Eine Ansteckung war nicht unwahrscheinlich, weil er als Arzt im Umgang mit Kranken dem Virus stets und ständig ausgeliefert war. Seit dem Telegramm vor zwei Monaten hatte sie nichts mehr von ihm gehört, was hoffentlich seiner vielen Arbeit zuzuschreiben war.

Die Spanische Grippe war auch dafür verantwortlich, dass die Post- und Verkehrsdienste in Groß-Berlin inzwischen zum Erliegen gekommen waren. Immer mehr Menschen isolierten sich aus Angst vor Ansteckung in ihren eigenen vier Wänden. Vor drei Wochen hatte man sämtliche Schulen, Amüsierbetriebe und mehrere Behörden geschlossen, Massenansammlungen waren grundsätzlich verboten. Öffentliche Kampagnen drängten auf den Gebrauch von Taschentüchern beim Niesen und auf regelmäßiges Händewaschen. Spucken in der Öffentlichkeit stand unter Strafe, und Menschen, die sich den Maßnahmen zur Bekämpfung der Seuche widersetzten, wurden als Drückeberger verunglimpft und auf eine Stufe mit Kriegsdienstverweigerern gestellt. Nicht einmal Theodors siebten Geburtstag hatten sie feiern dürfen.

Marlene fühlte sich leer und ausgelaugt vom Kampf gegen die Seuche. Gerade schien ihr die Wendeltreppe in die Mansarde wie ein Berg, der kaum zu erklimmen war. Die Ungewissheit über ihren Liebsten setzte ihr zusätzlich zu, sogar in ihren Träumen irrten ihre Gedanken ruhelos umher. Zuletzt wollte Stationsschwester Hertha gelesen haben, dass mehrere Lazarettzüge in den Vogesen festsäßen und viele Gefangene gemacht würden. In einem Zug sollte sich angeblich auch der verletzte Sohn des Kaisers befinden. Ob Maximilian in Gefangenschaft der Alliierten geraten war? Viele Informationen vom Schicksal deutscher Kriegsgefangener drangen nicht bis an die Heimatfront vor. Aber das brauchte es auch nicht, damit sie sich unterernährte Männer in dunklen Bergwerken vorstellen konnte, die jeden Tag kränker wurden, bis sie schließlich starben. Erschwerend kam hinzu, dass die Spanische Grippe ihr vor Augen geführt hatte, dass sie ihre Fähigkeiten als angehende Ärztin überschätzt hatte. Wenn sie heute auf ihren ersten Praktikumstag zurückblickte, fand sie ihren Eifer von einst unpassend, mehr Zurückhaltung wäre angemessener gewesen. Das tat weh und fühlte sich an, als hätte ihr Traum Risse bekommen. Helfen und Heilen bedeutete eben nicht, nur Kinder wieder gesund zu machen, die lachend die Klinik verließen. Es bedeutete auch, täglich auf den Tod gefasst zu sein und nicht immer nach vorgefertigten Plänen und Schemata agieren zu können, die sie so fleißig im Studium gepaukt hatte.

Es war schon dunkel draußen, als Marlene das Dienstzimmer der Oberin betrat. Sie grüßte leise, weil Hanny Polsfuß in einen Stapel Akten versunken war, und machte sich daran, die Bestellliste für die Medikamente Zeile für Zeile durchzugehen. Die Hälfte der Bestellungen war vermutlich nach wie vor nicht lieferbar. Marlene unterschrieb die Liste schließlich und wollte sich gerade wieder erheben, als die Oberin über den Tisch nach ihrem Handgelenk fasste.

»Ich mache mir Sorgen um Sie, Fräulein Lindow«, sagte Hanny Polsfuß. Ihr silbernes Brustkreuz schlug klappernd gegen die Tischkante.

»Mir geht es gut«, behauptete Marlene und machte keinen Versuch, sich aus dem Griff der Oberin zu befreien. Sie wollte jetzt nicht darüber reden, dass ihr Kopfschmerz nach jeder durchgearbeiteten Nacht weiter zunahm. Manchmal meinte sie, der Schädel würde ihr zerspringen.

»Eine Ärztin allein genügt nicht, um alle Patienten im Isolierhaus angemessen zu versorgen«, sagte die Oberin und verstärkte ihren Griff um Marlenes Handgelenk.

Unbewusst nickte Marlene.

»Sagen Sie der Klinikleitung, dass Sie ausgelaugt sind und längere Pausen brauchen!«, verlangte die Oberin.

Das hatte Emma ihr auch schon geraten. Aber Marlene wollte nicht als schwach gelten. Sicher würde ein männlicher Praktikant auch die Zähne zusammenbeißen, und vermutlich hätte er sogar mehr als nur die Spanische Grippe und eine Mandelentzündung selbstständig diagnostizieren können. »Würden Sie diese Empfehlung auch einem männlichen Medizinalpraktikanten geben, Oberin Polsfuß?«, fragte sie.

Hanny Polsfuß schaute sie eindringlich aus silbergrauen Augen an, dann ließ sie von Marlenes Handgelenk ab. »Einem männlichen Praktikanten hätte ich diese Empfehlung schon viel früher ans Herz gelegt.«

Marlene lief trotz aller Weigerung eine Träne die Wange hinab, vor Erschöpfung, aber auch vor Dankbarkeit, dass die Oberin nicht auch gegen sie arbeitete.

»Wenn Sie morgen umfallen, weil Sie sich zu Tode gearbeitet haben, ist niemandem geholfen«, beharrte die Oberin. »Wir brauchen Sie im Kampf gegen die Seuche, Fräulein Lindow, aber gesund und ausgeschlafen.«

Wankend kam Marlene hoch. Vielleicht täten ihr ein paar mehr Stunden Schlaf am Stück wirklich gut, am besten fern der Klinik, das wäre immerhin ein Anfang. Hier kreisten ihre Gedanken selbst im Halbschlaf noch um die Bettenbelegung und um Operationstermine, die wegen fehlender Ärzte und mangels Narkotika verschoben werden mussten. Sie bat Gott, ihre längere Pause vor Oberarzt Buttermilch zu verheimlichen. Der hatte sich zuletzt nämlich damit gebrüstet, in Seuchenzeiten mit vier Stunden Schlaf auszukommen.

»Ich werde mich nach Dienstschluss ausruhen«, versprach Marlene und fühlte sich wieder so klein wie einst als Elevin, wenn Oberin Polsfuß ihr eine Strafe auferlegt hatte.

»Ach ja, eine Sache wäre da noch«, sagte die Oberin und klang plötzlich ungewohnt zögerlich. »Wie soll ich es sagen … mir ist nicht entgangen, dass Sie und der Ärztliche Direktor Probleme miteinander haben.«

Marlene wurde die Kehle eng. Auch darüber wollte sie jetzt nicht reden.

»Ich wollte mich erst nicht einmischen, aber wie es mir scheint, brauchen Sie Hilfe.«

Marlene wandte sich ab und starrte das Fenster an.

»Ich rate Ihnen, wieder kollegialer mit Doktor Ritter zusammenzuarbeiten. Ehrlich gesagt finde ich Ihr Verhalten ihm gegenüber in Zeiten wie diesen unpassend.«

»Das ist es nicht!«, widersprach Marlene und wandte sich der Oberin wieder zu. Ihre Stimme kratzte vom stundenlangen Reden im Isolierhaus, sodass sie sich räuspern musste, bevor sie fragte: »Aber woher wollen Sie das überhaupt wissen?« Sie zögerte, weil die Oberin nicht einfach so daherreden würde. Aber vielleicht meinte Hanny Polsfuß etwas ganz anderes.

»Vor geraumer Zeit hat Doktor Ritter mir seine Fehldiagnose anvertraut«, sagte die Oberin. »Es tat mir sehr leid, dies zu hören.«

Mir auch, dachte Marlene und wollte weinen.

»Ihre Enttäuschung und Ihr Schock sind unbestritten, und beides steht Ihnen zu. Aber vielleicht versuchen Sie, sich auch einmal in die Lage von Doktor Ritter zu versetzen.«

»Soll ich etwa auch trinken und danach eine falsche Diagnose stellen?«, entgegnete Marlene harscher als beabsichtigt.

Die Oberin war unnachgiebig wie eh und je. »Darf ich Ihnen einen Rat geben?«

»Vielleicht ein anderes Mal?« Marlene fühlte sich viel zu erschöpft und müde. Mehr traurige Gedanken als die, die die

Seuche und die Ungewissheit über Maximilians Verbleib ohnehin mit sich brachten, ertrug sie heute nicht. Aber das schien die Oberin nicht zu interessieren.

»Sie sollten dem Ärztlichen Direktor verzeihen, nach allem, was er für Sie und Ihre Schwester getan hat«, riet sie. »Die Fähigkeit, verzeihen zu können, ist wichtig im Leben. Glauben Sie mir.«

»Was er für Emma und mich getan hat?«, wiederholte Marlene wie vor den Kopf gestoßen. »Sie meinen, dass ich hier mein Praktikum machen darf? Und, dass Emma zur Stationsschwester befördert wurde?«

Die Oberin schüttelte den Kopf. »Als Praktikantin wurden Sie ausgewählt, weil Sie von allen Bewerbern die besten Noten und Empfehlungsschreiben vorweisen konnten. Gleiches gilt für Ihre Schwester.«

Das hatte Marlene nicht gewusst! Sie, die beste Bewerberin?

»Ich meinte, dass Doktor Ritter Ihnen und Schwester Emma Ihren einzigartigen schulischen Werdegang ermöglichte und finanzierte. Er sorgte auch dafür, dass Sie als Schwestern im Waisenhaus nie getrennt wurden und schließlich hier in Weißensee Ihre Ausbildung zur Kinderkrankenschwester beginnen konnten. Das wussten Sie nicht? Ich meine … habe ich Ihnen … anstelle des Ärztlichen Direktors …« Die Oberin verstummte vor dem Ende des Satzes.

Marlene fühlte sich, als hätte man einen Eimer kaltes Wasser über ihr ausgeschüttet, und sie benötigte eine Weile, bis sie die Informationen für sich sortiert hatte. Ja, es stimmte, dass Emma und sie als einzige Mädchen aus dem Waisenhaus Gymnasialkurse besuchen und ihr Abitur hatten ablegen dürfen. Dass sie nie voneinander getrennt, nie unterschiedlichen Pflegeeltern zugeführt worden waren, hatte Marlene bisher der Tatsache zugeschrieben, dass niemand Interesse an ihnen gehabt hatte. Das alles sollte Doktor Ritter eingefädelt haben? »Ich kann das nicht glauben«, gab sie zurück.

»Bitte denken Sie darüber nach«, bat die Oberin. »Auch zum Wohl der Klinik.«

»Ich will vor meiner Pause noch einmal auf der Isolierstation nach dem Rechten sehen«, wechselte Marlene das Thema und verabschiedete sich bei der Oberin.

Wie immer umfing Marlene der Geruch von Chlorbleiche, als sie die Isolierstation betrat und sich Schutzkleidung anzog. Inzwischen hatte sich der beißende Gestank des Desinfektionsmittels so sehr über ihren Geruchssinn gelegt, dass sie nicht einmal den Duft des heißen Kräutertees gerochen hatte, den Emma ihr zuletzt während einer Pause vorbeigebracht hatte.

Erschöpft betrat sie das Krankenzimmer mit der Nummer fünf, in dem die jüngst aufgenommenen Patienten lagen. In den zurückliegenden sechsunddreißig Stunden hatte sie mehr als einhundertdreißig Menschen auf Symptome der Seuche untersucht. In zwei Stunden sollte Konsiliarius Proskauer sie ablösen.

Prüfend sprang ihr Blick von Bett zu Bett. Ein Großteil der Erkrankten ruhte still oder schlief, was selten war. Viele Stunden am Tag waren die Krankenzimmer auf der Isolierstation mit Stöhnen, Wimmern und Wehklagen erfüllt, und manch garstiges Wort galt auch ihr. Seitdem sie zeitweise die alleinige Verantwortung für die Kinderklinik trug, gab es Patienten, die mit dem Finger auf sie zeigten, als wäre sie eine Jahrmarktattraktion. Noch so eine Sache, die sie unterschätzt hatte. Im Studium war es ihr leichter gefallen, mit böswilligen Kommentaren umzugehen. Vermutlich lag das daran, dass sie an der Universität nicht das einzige Opfer solcher Attacken gewesen war. Oft hatten sich die Studentinnen gemeinsam gegen männliche Vorurteile gewehrt.

Als Marlene ein fleckiges Hustentuch auf dem Boden liegen sah, griff sie danach. Bevor sie es zu packen bekam, wurde ihr schwindelig. Sie ging in die Hocke, schloss die Augen und versuchte tief ein- und auszuatmen. Wenn sie nur ein paarmal ruhig Luft holte, dann würde es schon wieder gehen.

»Ist alles in Ordnung mit Ihnen?«

Marlene öffnete die Augen und erblickte Vera über sich. Wie auch das restliche Personal trug die einen Mundschutz, und ihre Hände steckten in Schutzhandschuhen.

Sofort straffte Marlene sich und kam einigermaßen sicher hoch. »Es geht schon wieder.« Gerade vor der Stationsschwester der HNO war ihr ihre Schwäche unangenehm.

»Versuchen Sie's doch mal mit frischer Luft.« Vera deutete mit dem Kopf zum Hinterausgang der Isolierstation. »Dort ist es ruhiger.« Dann nahm sie das befleckte Hustentuch vom Boden auf und ging davon.

»Danke«, sagte Marlene leise, obwohl Vera es vermutlich schon nicht mehr hörte. Sie folgte dem Rat.

Schon der erste Atemzug ging leichter. Bald knetete Marlene – auf einer der ehemaligen Milchkannen der Milchkuranstalt sitzend, die zu einem Kreis aufgestellt waren – ihre verspannten Nackenmuskeln mit den Händen.

Mit den Worten »Frische Luft bewirkt Wunder« kam

Vera hinzu, schob ihren Mundschutz runter und zündete sich eine Zigarette an. Sie lehnte sich an die Hauswand und blies Rauch in den Himmel. Die Sterne funkelten vor einem tiefen Schwarz. Wortlos harrten sie beieinander aus. Nur das Muhen der Kühe aus dem Kuhstall war zu hören.

Als es im Isolierhaus schepperte, sprang Marlene sofort von der Milchkanne auf und schob sich ihren Mundschutz wieder vors Gesicht.

»*Ich* kümmere mich darum«, sagte Vera und trat ihre Zigarette auf dem Boden aus. »Gehen Sie endlich mal nach Hause, und schlafen Sie sich aus, nachdem Sie hier immer für zwei arbeiten!«, sagte sie noch, dann lief sie ins Isolierhaus.

Marlene schaute Vera Allenhausen durch die Glastür nach. Hatte sie gerade richtig gehört?

Später konnte Marlene sich nicht mehr daran erinnern, wie sie nach Dienstschluss mit dem Fahrrad nach Hause geradelt und ins Bett gekommen war. Als sie ihre Augen wieder aufschlug, saßen jedenfalls Emma und Theodor neben ihr am Bettrand.

Marlene kam im Bett hoch und setzte sich ihre Brille auf. »Schickt die Klinik nach mir?«

»Nein«, beruhigte Emma, »ich habe dich nur lange nicht mehr so tief schlafen sehen.«

»Du schläfst ja in Rock und Bluse, Tante Lene«, stellte Theo fest und kicherte. »Ich darf nie in meinen Hosen schlafen.«

»Wie spät ist es denn?«, wollte Marlene wissen.

»Acht Uhr abends«, sagte Emma. »Du hast endlich mal richtig lange geschlafen und siehst gleich besser aus!«

»Ich muss sofort zurück in die Klinik!« Marlene wollte aufstehen, aber Emma drückte sie ins Bett zurück und erklärte: »Doktor Proskauer übernimmt die Nachtschicht, und Doktor Ritter wollte auch noch mal vorbeikommen.«

»Aber wenn die Patienten nicht gesunden …«, widersprach Marlene. »… wird Oberarzt Buttermilch mich verantwortlich machen. Und meine Patienten brauchen mich doch.«

»Hiergeblieben, Lene!«, sagte Emma in einem Ton, der keine Widerworte duldete. Sie griff nach Marlene, die gerade aus dem Bett steigen wollte. »Du hast Augenringe so groß wie Untertassen! Bevor die nicht verschwunden sind, lass ich dich nicht gehen!«

Emma zeigte Marlene den Stubenschlüssel, der von außen in der Stubentür steckte, und stellte sich wie eine Wache daneben. Unter Marlenes entsetztem Blick winkte sie Theodor zu sich.

»Aber Emma, du kannst mich doch nicht einschließen!«, begehrte Marlene auf.

»Lene, wenn du dich schon nicht um deine Gesundheit scherst, tue ich es wenigstens!«

Marlene seufzte und ließ die Schultern sinken.

»Und außerdem hast du die neueste Nachricht noch nicht gehört, die ich dir unbedingt erzählen wollte.«

»Hat sich Kurt endlich in Dörte verliebt?«, fragte Marlene mit bissigem Unterton. Von Emma wusste sie von der kleinen Kuppelei, die sich etwas komplizierter gestaltete und die Marlene für aberwitzig hielt. »Nun sag schon, was gibt es Neues?« Gleichzeitig fiel ihr das Gespräch mit Oberin Polsfuß ein, und sie überlegte, wann sie Emma die Neuigkeiten über Doktor Ritter mitteilen sollte.

»Es heißt, dass Österreich mit den Großmächten einen Waffenstillstand unterzeichnet hat«, berichtete Emma. »Dazu kommt, dass sich die deutschen Matrosen weigern, in eine letzte Seeschlacht gegen England zu ziehen. Sie lehnen sich gegen die Oberste Heeresleitung auf und fordern endlich Frieden!«

»Endlich Frieden«, wiederholte Marlene versunken.

»Kurt meint, dass das Ende des Krieges zum Greifen nah sei«, sagte Emma auf dem Weg in die Küche. Kurz darauf war sie mit einem Stapel Zeitungen zurück. »Das sind die sechs Tagesausgaben des *Vorwärts* allein vom heutigen Tag.« Obendrauf ruhte ein Brief.

»Post von Maximilian?«, hauchte Marlene und hatte nur noch Augen für den Brief. Sie hatte kaum mehr gewagt, auf eine Nachricht von ihm zu hoffen.

»Ein Absender ist nicht vermerkt«, sagte Emma, lächelte aber warm. Sie hatte es im Gefühl, dass der Brief von ihrem zukünftigen Schwager stammte.

Marlene nahm das Kuvert mit zitternden Händen vom Zeitungsstapel auf und öffnete es. »Max, Liebster«, flüsterte sie, als wären es schon seine Hände, die sie nach all der Zeit wieder berühren durfte.

Emma und Theodor zogen sich aus der Stube zurück, während Marlene das Wort »Frieden« murmelte. Hastig las sie:

Meine Lene,

ich weiß nicht, ob dich diese Zeilen überhaupt erreichen werden. Ich schreibe sie trotzdem und gebe sie einer vertrauten Quelle mit, die mir absolute Verschwiegenheit zugesichert hat. In Metz wurde ich von einem deutschen Generalleutnant aus dem D5 beordert und am hiesigen Krankenhaus verpflichtet, um dort zu unterstützen. Die Spanische Grippe hält die deutsche Armee fest im Griff, aber ich versorge auch verletzte Engländer und Franzosen. Ich selbst bin gesund.

Marlene atmete erleichtert aus, und eine Sekunde später wollte sie am liebsten vor Freude schreien.

Von meiner Arbeit will ich aber nicht viel reden. Ich schreibe dir, weil ich bald nach Hause kommen werde. Ich weiß es ganz sicher, und dieses Mal könnte mich nicht einmal ein Befehl vom Kaiser höchstpersönlich davon abhalten, dich endlich wieder in die Arme zu schließen. In den nächsten Tagen wird ein Waffenstillstand an der Westfront unterzeichnet werden, Deutschland kapituliert. Bitte behalte diese geheime Information noch für dich.

Marlene sah auf. *Deutschland kapituliert.* Das klang unglaublich, denn bisher hatte ein Sieg als sicher gegolten. Maximilian setzte viel aufs Spiel, indem er sie in militärische Geheimnisse einweihte.

Ich schätze, dass die Lösung der Truppen vom Feind und die Zurückführung in die Heimat noch in diesem Monat beginnen werden, sodass ich schon im Dezember in Weißensee sein könnte.

Marlene presste sich den Brief vor die Brust. Durfte sie es wagen, alle Hoffnung und Freude auf ein baldiges Wiedersehen im Dezember zu setzen? Kurz blitzte die Sankt-Josef-

Kirche vor ihrem inneren Auge auf, und sie sah Maximilian und den Pfarrer erwartungsvoll am Altar stehen. »Ja, ich will«, sagte sie in feierlichem Ton und erhob sich, um im Stehen weiterzulesen.

Ich kann dich schon vor mir sehen: Noch stolzer, noch klüger und noch schöner bist du während meiner Abwesenheit geworden.

Ich hoffe, dass es deiner Schwester und ihrem Sohn gut geht. Richte dem Jungen aus, dass wir nach meiner Rückkehr mit ihm wieder den Zoologischen Garten besuchen.

Bitte, bitte küss mich gleich, wenn wir uns wiedersehen.

Dein Liebster

Marlene lief in die Küche und umarmte Emma und Theodor. »Max ist gesund und kommt noch im Dezember heim!« Er hatte keinen einzigen Namen im Brief genannt, so brisant war seine Nachricht.

»Juhu«, rief Theodor. »Endlich wieder Affen!«

»Ich finde Onkel Max genauso nett wie Kurti«, verkündete Theodor. »Ich weiß schon, dass Kurt sich mit Kaaaaaa schreibt.«

»Du magst Kurt wohl sehr?« Noch während der Junge begeistert nickte, sprang Marlenes Blick zu Emma, die sich schnell daranmachte, einen Apfel zu vierteln. Marlene konnte ihr ansehen, dass es ihrer Schwester unangenehm war.

»Ich werde jetzt noch eine Runde mit dem Fahrrad drehen, ansonsten platze ich vor Vorfreude«, sagte Marlene.

»Lene, du sollst dich doch ausruhen«, mahnte Emma und zeigte in Richtung Bett.

»Frische Luft zu atmen, das ist doch wie ausruhen!«, entgegnete Marlene. »Und später möchte ich mit dir noch mal vertraut reden, wegen Doktor Ritter.«

»Gut, einverstanden.« Emma stieß Marlene schwesterlich an. »Aber bitte überanstrenge dich nicht beim Radfahren. Du bist noch nicht wieder ganz bei Kräften.«

Marlene lächelte. »Ich gebe mir Mühe, Frau Bewachungsoffizier«, sagte sie und salutierte. Dann brachte sie ihr platt gelegenes Haar mit den Fingern wieder in Form und trug etwas Lippenstift auf, um von ihren Augenringen abzulenken. Theodor bekam noch einen dicken Gutenachtkuss, und Emma wurde noch einmal innig umarmt. »Mach dir keine Sorgen mehr um mich«, flüsterte Marlene ihr dabei zu. »Alles wird doch noch gut.«

Marlene eilte in den Hof hinab, schwang sich auf ihr Rad und fuhr los. Ihr war bewusst, dass Maximilians Nachricht vom Ende des Krieges gefährlich war, solange die Kapitulation nicht offiziell verkündet wurde. Sie wollte das Kriegsende trotzdem schon feiern. Und so radelte sie kreuz und quer durchs abendlich leere Weißensee. Wie immer trug sie ein Hustentuch, Schutzhandschuhe und Mundschutz in ihrer Rocktasche bei sich. In der Albertinenstraße nahm sie kühn ihre Arme vom Rad. Der Oktoberwind zerzauste ihr Haar und kühlte ihre Wangen. Es war ihr egal, ob jemand sie so aufgekratzt sah.

Als Nieselregen einsetzte, radelte sie noch einmal schneller. Sie roch Laub, Erde und den Qualm der Schornsteine, einmal keine Desinfektion. Bald meinte sie, wieder so klar denken zu können wie lange nicht mehr. Wenn der Krieg endlich vorbei war, würde es vielen Kindern wieder besser gehen. Ja, die Kinder hatte sie fast aus den Augen verloren vor lauter Seuchenbekämpfung. Für die Kleinsten der Gesellschaft wollte sie Ärztin werden. Kinder hatten in den Kriegsjahren an der Heimatfront besonders gelitten. Wegen knapper Lebensmittel waren bei vielen Wachstum und Körpergewicht zurückgegangen oder stockten. Der Mangel an Seife und die engen Behausungen verursachten Hygieneprobleme. In ihrem letzten Jahr an der Universität waren viele elternlose, kranke Kinder bei Demonstrationen gezeigt worden, und auch so mancher männliche Student hatte sich bedrückt abwenden müssen.

Auf dem Cuxhavener Platz stoppte Marlene, um den Regen von ihrer Brille zu wischen, dann hielt sie auf die Gäblerstraße zu und fuhr weiter Richtung Rennbahn. Aus dem Niesel wurde Regen, von dem sie meinte, die Tropfen auf ihrem Gesicht und den Händen einzeln spüren zu können.

In der Roelkestraße quietschten plötzlich Reifen. Marlene bremste und kam im letzten Moment im regenverhangenen Scheinwerferlicht eines schwarzen Automobils zum Stehen. Zum Glück war es nicht der rote Opel vom Oberarzt.

»Wie können Sie ohne Licht fahren?«, erboste sich ein Herr im Trenchcoat und mit tief ins Gesicht gezogenem Hut. »Sind Sie lebensmüde?«, rief er und stürmte auf Marlene zu.

Marlene dachte, dass jene Menschen lebensmüde waren, die Kriege heraufbeschworen und Familien auseinanderrissen. Sie prüfte ihr Licht am Lenker und bemerkte, dass sie tatsächlich vergessen hatte, es einzuschalten.

»Haben Sie sich bei der scharfen Bremsung wehgetan?«, fragte sie den Mann im Trenchcoat mit entwaffnender Freundlichkeit und beschaute ihn mit dem aufmerksamen

Blick einer Ärztin. Er sah dem berühmtem Schauspieler Alfred Bassermann recht ähnlich. »Ihr Hals scheint nicht steif, also kein Schleudertrauma.« Sie wollte ihn gerade bitten, seinen Puls prüfen zu dürfen, und setzte sich dafür ihren Mundschutz auf, als eine zweite Tür am Automobil geöffnet wurde.

Marlene schaute hinüber, aber die Scheinwerfer blendeten sie, sodass sie die zweite Person nicht erkennen konnte.

»Mir geht es gut«, sagte der Herr im Trenchcoat. Regen tropfte von seinem Hut. »Aber bitte schalten Sie zukünftig das Licht an Ihrem Fahrrad ein.«

»Ja, das werde ich tun«, versprach Marlene, war aber mit dem nächsten Gedanken schon wieder bei der Medizin. »Starre Pupillen können auf Verletzungen im Bereich des Schädels hindeuten, was bei Schleudertraumata schon mal vorkommt«, erklärte sie und führte seinen Kopf ungefragt zum Licht der Scheinwerfer, während sich vom Automobil kommend Schritte näherten. »Aber Ihre Pupillen reagieren ganz normal auf Licht. Es scheint alles in Ordnung zu sein.«

Nach diesen etwas aufdringlichen Worten mahnte Marlene sich zu mehr Zurückhaltung. Die nächsten Monate wollte sie nicht mehr die übereifrige Praktikantin sein, sondern zu einer besonnenen Ärztin reifen.

Der zweite Mann trat zu ihnen und hielt seinen Regenschirm über Marlene. »Haben Sie sich verletzt, Fräulein Lindow?«

Er kannte ihren Namen? Marlene schaute überrascht auf. »Herr Kunze?«

Hektor Kunze lächelte charmant.

»Mir geht es gut, danke der Nachfrage«, entgegnete sie. »Und dem Herrn hier ist anscheinend auch nichts passiert.«

»Alfred, geh schon mal vor«, bat Hektor Kunze den

Mann im Trenchcoat, dann wandte er sich Marlene wieder zu. »Schön, Sie wiederzusehen, Fräulein Lindow.«

Marlene nahm ihren Mundschutz ab. »Schön zu sehen, dass die Grippe Sie verschont hat.« Sie schaltete ihr Licht am Fahrrad an und schwang sich wieder auf den Sattel.

»Bitten warten Sie noch einen Moment«, bat er und lief zum Automobil zurück, aber nicht, ohne ihr zuvor seinen Regenschirm überlassen zu haben.

Wieder bei Marlene, hielt er ihr einen Umschlag hin. »Ich würde Sie gerne zur Premiere meines neuen Films *Die Nichte des Herzogs* im Februar einladen.« Er stand im Regen, während sie den Schutz seines Schirmes genoss.

»Ich weiß gar nicht, ob solche Veranstaltungen so schnell wieder erlaubt sein werden«, wiegelte sie vorsichtig ab, aber natürlich war das nicht der eigentliche Grund ihrer Zurückhaltung. In Wahrheit war sie sich sicher, dass sie ihre arbeitsfreien Stunden im Februar an der Seite von Maximilian verbringen wollte.

»Ihre Schwester wird auch bei der Premiere sein.« Herr Kunze hielt ihr den Umschlag mit der Premierenkarte auffordernder hin. »Sie können die Karte ja erst einmal an sich nehmen, und wenn die Spanische Grippe es zulässt, freue ich mich auf Ihr Kommen.«

Marlene wollte nicht unhöflich sein, weil Friedas Vater von Anfang an sehr freundlich zu ihr gewesen war und sie mit Respekt behandelt hatte. Sie nahm die Karte an sich, ihre Gedanken glitten aber schon wieder zu Maximilian.

»Es wäre mir eine Ehre«, sagte er noch, als sie schon weiter zum Weißen See und zu *ihrer* Bank radelte.

***

15

5. November 1918

Nur die Schreibtischlampe erhellte das Büro, weil er den Ärztlichen Direktor beim Studium der Post regelrecht überfallen hatte. »Während ich zehn Patienten untersuche, schafft sie gerade mal zwei, ein klares Indiz für Überforderung«, ereiferte sich Waldemar Buttermilch.

Julius Ritter erhob sich zur Begrüßung und bedeutete Waldemar, sich neben ihn an den Besprechungstisch zu setzen. Es war zwei Stunden nach Mitternacht. Draußen war es stockfinster, und die Unruhe der Patienten hing noch in der Luft.

»Während wir mit vier Stunden Schlaf auskommen, war sie zuletzt einen ganzen Tag fort«, führte Waldemar weiter aus, ohne sich hinzusetzen. Wenn er saß, fühlte er sich klein. »Und jetzt, wo mich sogar der Bürgermeister auf deine Medizinalpraktikantin angesprochen hat, wird es Zeit, Nägel mit Köpfen zu machen, Julius!«

»Erstens ist Fräulein Lindow nicht *meine* Medizinalpraktikantin«, entgegnete Julius Ritter, »und zweitens ist der Umstand, dass sie weniger schnell als wir diagnostiziert, wohl der Tatsache geschuldet, dass sie ihr Studium gerade erst beendet hat.«

Mit »Zu Beginn meiner Laufbahn, direkt nach dem Studium, habe ich fünf Patienten geschafft« lenkte Waldemar ab. Herrgott noch mal, die Klinik war doch keine Auffangstation für mittellose Waisen! »Damals bei der Eröffnung waren wir uns einig, dass wir nur die besten Fachkräfte für die Klinik akzeptieren würden.«

»Und das haben wir«, versuchte Julius Ritter, ihn zu beruhigen.

Waldemar fiel es zunehmend schwer, seinen Unmut im Zaum zu halten. »Das sieht die Öffentlichkeit aber anders! Hier in Weißensee und auch in Berlin werden schon Witze über die verweiblichte Kinderklinik gerissen, und das in Seuchenzeiten!« Ein Grund, warum er seit geraumer Zeit mehr im Schloss als in der Kinderklinik arbeitete. Dort war das Umfeld angenehmer, und er hatte das uneingeschränkte Sagen. In diesem Zusammenhang fiel Waldemar ein, dass er der Gräfin von Weilert eine Aufstellung über die Verwendung ihrer Spendengelder für das Lazarett zukommen lassen wollte. Diese detaillierte Buchführung war einst mit dem noch immer vermissten Grafen vereinbart worden.

»Ich halte Fräulein Lindow für geeignet«, sagte Julius und klang erschreckend überzeugt von seiner Aussage. Aber Waldemar meinte, auch etwas Trauriges im Blick seines Gegenübers auszumachen, was er als Mitleid deutete. Mitleid war in dieser Sache absolut fehl am Platz und eines Ärztlichen Direktors unwürdig. »Geeignet für die Pflege, meinst du bestimmt«, entgegnete er spitz.

»Fräulein Lindow passt gut hierher. Die kleinen Patienten mögen sie mehr als uns alte Haudegen. Sie ist eine Bereicherung für die Kinderklinik.« Julius lächelte müde, fast zärtlich, was Waldemar nun endgültig an dessen geistiger Verfassung zweifeln ließ.

Souveränität, Entscheidungsfreude, Nägel mit Köpfen, das sollte einen Klinikchef auszeichnen. Alles Eigenschaften, die Waldemar sich selbst zuschrieb. Beim nächsten Zusammentreffen mit dem Bürgermeister würde er die Verweichlichung des Klinikchefs ganz nebenbei erwähnen. »Wenn die Kinder sie mögen, spricht das einmal mehr dafür, sie als Pflegerin anzustellen«, betonte er, war in Gedanken aber schon beim Gespräch mit dem Bürgermeister. »Ärzte muss man nicht mögen, das wissen wir beide.«

Wenigstens diese Aussage bestätigte Julius mit einem Nicken.

Und wo er seinen Freund nun schon so weit gebracht hatte, ihm zuzustimmen, setzte Waldemar sich vertrauensvoll neben ihn. Sein stärkstes Argument wollte er aus nächster Nähe vortragen. »Seit der Anstellung von Marlene Lindow fließen die Spendengelder spärlicher. Findest du das wirklich eine Bereicherung? Sogar der Bürgermeister sorgt sich um die Zukunft der Klinik!«

Julius horchte auf. »Das ist in der Tat ein Problem, wo uns die Spanische Grippe gerade ein Vermögen kostet.«

»Die Kommune kann weniger Geld für den Unterhalt der Klinik aufbringen. Die Zahl der klinikeigenen Kühe hat sich längst halbiert. Bald könnte es dem medizinischen Personal genauso ergehen. Wir sind auf Spendengelder angewiesen«, betonte Waldemar. »Oder willst du bald auf einen Teil deines Gehaltes verzichten?« Er selbst war mitnichten dazu bereit.

»Das würde ich ungern«, bestätigte Julius gedankenversunken.

»Wie wäre es, wenn du Fräulein Lindow mit der Kündigung gleichzeitig die Stelle einer Stationsschwester anbieten würdest – sobald die zweite Seuchenwelle überstanden ist? Meinetwegen auch mit fünfzig Mark pro Woche.« Fünfzig Mark war mehr, als die anderen Stationsschwestern bekamen. Und bis sie die Seuche besser im Griff hatten, durfte sie immerhin noch herumdoktern. Das war mehr als nur eine Begnadigung, fand Waldemar.

Julius erhob sich und trat grübelnd an seinen Schreibtisch zurück.

»Wir müssen handeln!«, mahnte Waldemar noch einmal eindringlich. »Das sind wir Weißensee und allen Angestellten der Klinik schuldig!« Nicht länger würde er zulassen, dass man sich über ihn lustig machte, weil er eine Frau als Medizinerin ausbilden musste. Womöglich käme es noch so weit, dass Frauen eines Tages die gleichen Rechte beanspruchten wie seinesgleichen oder ihn sogar herumkommandieren wollten. Nicht auszudenken! Zugegeben, er hatte Marlene Lindow unterschätzt, die war zäher und klüger, als es am Anfang den Anschein gehabt hatte. Von alleine verschwand das Problem mit ihr leider nicht.

»Ich werde es mir durch den Kopf gehen lassen«, entgegnete Julius Ritter. »Danke, Waldemar, dass du mir deine und die Bedenken des Bürgermeisters so offen mitgeteilt hast.«

***

16

9. November 1918

»Der Reichskanzler soll verkündet haben, dass der Kaiser beabsichtige, dem Thron zu entsagen!« Erwartungsvoll schaute Emma vom *Tageblatt* auf und ihre Schwester an. »Ein Land ohne Kaiser? Wie soll das gehen, Lene?« Sie hatte es nie anders kennengelernt.

Marlene beugte sich zu Emma über den Schreibtisch, wo die Tageszeitung über den Büchern zur Vorbereitung des praktischen Unterrichts ausgebreitet lag. »Bist du dir sicher?« Marlene war vor Antritt ihres nächtlichen Bereitschaftsdienstes zu Emma in das Mansardenzimmer gekommen, um die neuesten politischen Nachrichten zu erfahren.

»Von Zehntausenden, die vorm Berliner Schloss gegen den Kaiser und den Krieg demonstrieren, wird hier berichtet. Unglaublich!«, kommentierte Emma. Schon vor einer ganzen Weile war sie zu einer begeisterten Zeitungsleserin geworden, eigentlich seitdem Kurt ihr ihren ersten *Vorwärts* geschenkt hatte. Das war noch Wochen vor ihrem Kuss gewesen. »Das *Tageblatt* schreibt von einer Revolution, von der Ausrufung einer Republik als neue Staatsform und hält eine ganz neue Gesellschafts- und Wirtschaftsordnung für möglich. In den nächsten Tagen soll das Kriegsende per Vertrag besiegelt werden.«

»Vielleicht ist der Umsturz ein bisschen viel auf einmal, wo doch die Spanische Grippe noch immer nicht besiegt ist«, meinte Marlene. »Frieden und die Zusammenführung von Millionen zerrissener Familien würden mir fürs Erste genügen.« Sie seufzte. »Und das recht bald!«

»Vielleicht hast du recht«, gab Emma zurück und dachte dabei an die jüngste Neuigkeit, dass Doktor Ritter nach Mutters Tod schützend die Hand über Marlene und sie gehalten und sie protegiert hatte. Ein bisschen wie ein Vater, ein schönes Gefühl, ganz neu.

Nachdenklich trat Emma ans Fenster. So lange hatten Männer in ihrem Leben keine Rolle gespielt, und plötzlich waren gleich zwei da. Einer, der sie mit unsichtbarer Hand geführt hatte, und ein anderer ... eigentlich wollte Emma nicht so oft an Kurt denken, aber immer wieder schlich er sich in ihre Gedanken. Sie würde ihn gerne fragen, wie es sich überhaupt in einer Republik lebte und was das auch für ihren Sohn bedeutete. Kurt wusste so viel.

Emma lächelte zärtlich, und ihr Blick glitt vorbei am Fensterkreuz zum Isolierhaus, wo Stationsschwester Vera mit einer Zigarette am Hintereingang bei den umgedrehten Milchkannen stand. Zwar strömten seit Anfang des Monats weniger Infizierte in die Klinik, aber im Griff hatten sie die Seuche noch lange nicht. Zuletzt war die Stationsschwester der Augenstation erkrankt, die sich vermutlich im Haupthaus angesteckt hatte und nun auf der Isolierstation behandelt wurde. Sie war derart geschwächt, dass sie nicht einmal einen Becher mit Tee allein in den Händen halten konnte.

Marlene stellte sich neben Emma, und gemeinsam

schauten sie in den abendlichen Sternenhimmel. »Vielleicht ist der Umsturz eine Chance für uns Frauen. Die Zeit ist reif dafür, dass die alten verkrusteten Strukturen aufgebrochen werden«, dachte Marlene laut.

»Überreif, würde ich sagen!« Emma schaute Marlene von der Seite an und fand, dass ihre Schwester viel besser aussah, seitdem sie regelmäßig pausierte, mehr schlief und seitdem sie wusste, dass Maximilian bald heimkehren würde. Marlenes Haut war rosiger, ihre Augen leuchteten wieder, und sie wirkte gestärkt. Selbst Theodor war das aufgefallen. Gestern, nach einer Runde *Mensch-ärgere-Dich-nicht* mit seiner Tante, hatte er gefragt, ob sie einen Zaubertrank bekommen habe, weil sie immer die richtigen Zahlen würfele und nicht mehr so angestrengt gucke.

»Endlich Frieden. Du glaubst gar nicht, wie froh ich bin, dass der Krieg bald vorbei ist.« Marlene umarmte Emma. »Wenn Max doch nur schon zurück wäre!«

Frieden bedeutete für Emma zweierlei. Erstens würde ihre Schwester nun endlich wieder glücklich werden. Zweitens wäre Kurt dann außer Gefahr, weil die Demonstrationen gegen den Krieg vorüber wären. Als sozialdemokratischer Journalist befand er sich derzeit mittendrin. Emma hatte Angst, dass er von Kaisertreuen verprügelt werden könnte. Seit Tagen schlief er wenig, weil der *Vorwärts* inzwischen acht Tagesausgaben herausgab, an denen er einen gewichtigen redaktionellen Anteil hatte. Er schrieb von mittendrin im Geschehen, von hinter den Barrikaden mit der Schreibmaschine auf den Schenkeln.

Marlene löste sich aus der Umarmung. »Du sorgst dich um jemanden ganz Bestimmtes, nicht wahr?« Sie schmunzelte wissend.

Emma fühlte sich ertappt und zog die Gardine vors Fenster, sodass der sternenbeleuchtete Himmel dahinter verschwand. Sie hatte Marlene nichts von dem Kuss gesagt. Zu beschämt war sie gewesen, sich derart gehen zu lassen, wo sie doch das Risiko der Liebe nicht eingehen wollte.

»Überlass die Sorge um deinen netten Nachbarn ruhig der Postbotin«, spöttelte Marlene. »Die hast du doch für ihn ausgewählt.«

Zerknirscht wandte Emma ihrer Schwester den Rücken zu und erinnerte sich daran, wie begeistert Dörte ihr von ihrem jüngsten Treffen mit Kurt vorgeschwärmt hatte. Sie hatte ihm aus ihrer Briefmarkensammlung den Satz mit der Germania gezeigt, auf den sie besonders stolz war.

Die Tür wurde aufgerissen, und Schwester Gerlinde stürmte in das Mansardenzimmer. »Schwester Emma, Fräulein Lindow, Sie müssen sofort kommen!«

»Neuer Andrang?« Marlene schob die Gardine wieder beiseite und schaute zum Isolierhaus hinüber. Eigentlich sah es dort sehr friedlich aus.

»Frieda Kunze … ich glaube, Gott hat Erbarmen mit ihr!«, Schwester Gerlinde bekam kaum noch Luft und lief kreidebleich an. »Frieda sagt, dass sie … ach bitte, schauen Sie doch selbst!«

Emma tauschte einen fragenden Blick mit Marlene, dann folgten sie Schwester Gerlinde auf die Chirurgie.

Doktor Ritter traf zeitgleich mit ihnen auf der Station ein. Emma nickte ihm mit einem Lächeln zu, Marlene zuckten die Mundwinkel, was einer netten Geste schon recht nah kam. Einen ganzen Atemzug lang vermochte er den Blick nicht von Marlene zu nehmen, bevor er sich der Patientin zuwendete.

Obwohl für die Pfleglinge schon Nachtruhe war, brannte das Licht im Krankenzimmer Nummer fünf noch. Neben der Tochter von Hektor Kunze waren zwei Knochenbrüche und ein Mädchen mit tiefer Analatresie, einer angeborenen Fehlbildung des Darmes und des Afters, untergebracht.

»Doktor Lindow! Schwester Emma!«, rief Frieda begeistert, als sie die beiden sah. Sie lag in ihrem Bett, die Decke aufgeschlagen.

Emma wollte sie schon wieder zudecken, aber Frieda hinderte sie daran. »Schauen Sie doch erst mal!«

Emma rief nach der diensthabenden Elevin, damit die die anderen Pfleglinge im Zimmer beruhigen konnte.

»Sehen Sie meine Zehen?« Frieda reichte Emma den Stationsbären, dem sie ihren hellblauen Turnanzug angezogen hatte.

Emma nahm den Bären an sich und fixierte dann Friedas hübsche kleine Mädchenfüße mit den breiten Nägeln.

Marlene war es, die ihre Beobachtung als Erste laut aussprach: »Sie kann die Zehen ihres linken Fußes bewegen.«

Schwester Gerlinde bekreuzigte sich beim Anblick der Füße. Emma blieb die Spucke weg. Doktor Ritter nickte verblüfft.

»Ich bin ein Salamander!«, jauchzte Frieda.

Emma verstand nicht, was sie meinte, aber Marlene lächelte wissend. Wohl eine Sache zwischen den beiden.

»Es ist ein Wunder«, sagte Schwester Gerlinde hinter vorgehaltener Hand.

Emma konnte sich nicht zurückhalten und drückte die kleine Patientin vor Freude an sich.

»Sie brauchen doch meinetwegen nicht zu weinen«, sagte Frieda.

Schnell wischte Emma sich das Tränchen mit dem Handrücken fort, dann notierte sie den unglaublichen Erfolg in der Krankenakte.

Als die kleine Patientin zuletzt den Transfersitz ganz ohne Probleme gemeistert hatte, hatte Emma schon heimlich auf mehr gehofft, obwohl ihre Erfahrung und die der Ärzte dagegensprachen. Der Transfersitz diente dazu, vom Liegen in die Sitzposition zu gelangen, wobei Schwung im Oberkörper und viel Armkraft notwendig waren. Frieda hatte täglich geübt, egal, wie oft sie zur Ruhe ermahnt worden war. Ihr starker Wille hatte ganz entscheidend zum Heilungserfolg beigetragen.

Emma wusste aber auch, dass sie trotz des Fortschritts erneut nicht übermütig werden durfte. Es könnte sein, dass das auch schon alles war, was Frieda jemals wieder würde bewegen können. »Jetzt ist aber endlich Schlafenszeit«, sagte sie zur Beruhigung, schüttelte Frieda das Kissen auf und deckte sie wieder zu. Auch bei den anderen Pfleglingen im Zimmer schaute sie noch einmal nach dem Rechten. Clara legte sie die Puppe ins Bett zurück.

»Kann Schwester Gerlinde mir noch eine Einschlafgeschichte vorlesen?«, fragte Frieda.

Eigentlich war es den Pfleglingen verboten, zur Schlafenszeit zu sprechen, geschweige denn vorgelesen zu bekommen. Aber heute war Emma ganz gerührt von Friedas unglaublichem Fortschritt, sodass sie zustimmte. »Eine einzige Geschichte und sehr, sehr leise«, sagte sie, dann folgte sie Marlene und Doktor Ritter aus dem Zimmer.

Emma brachte noch dreckige Bettlaken in die Wäschekammer, dann begab auch sie sich ins Erdgeschoss, um nach den Grippekranken zu sehen. Sie leerte ein paar Nachttöpfe von Patienten auf Notpritschen, aber ansonsten gab es nicht viel zu tun. Eine angenehme Ruhe so kurz vor dem Ende ihres Dienstes hatte sich über das Gebäude gelegt. Schon lange war es nicht mehr so leise in der Klinik gewesen. Sie ging zwischen den Betten im Korridor entlang, um zu sehen, ob ein Patient noch etwas benötigte. Einer Frau, deren Fieber seit dem Morgen sank, träufelte sie Kampferöl gegen Kurzatmigkeit auf die Zunge.

Als sie auf der Höhe des Bakteriologischen Laboratoriums angekommen war, hörte sie Stimmen. Die Tür zum Laboratorium war nur angelehnt. »Meinst du, es ist richtig so?«, vernahm sie Gretes Stimme.

Emma spähte durch den Türschlitz. Vor dem Tisch mit den Mikroskopen entdeckte sie den jungen Laboranten mit hochgeschobenem Hemdärmel. Grete war dabei, ihren Zeige-, Mittel- und Ringfinger auf seine Radialarterie zu legen. An ihrem Handgelenk funkelte die silberne Kette, die sie eigentlich nur außerhalb der Dienstzeiten tragen durfte.

»Ich denke, genauso sieht es bei Stationsschwester Emma auch immer aus«, sagte Grete etwas unsicher.

Emma wollte die Handhaltung der Elevin am liebsten noch etwas korrigieren, sodass deren Fingerkuppen exakt auf der Seite des Unterarmes lagen, die zum Daumen zeigte, hielt sich aber zurück.

»Du machst das bestimmt richtig«, lobte der Laborant und begann nun, Gretes Hand zu streicheln, in der sie die Sanduhr hielt. »Wollen wir nicht lieber …« Er grinste verwegen.

Nimm die Hände weg!, verlangte Emma empört, wenngleich nur in Gedanken. Sie führte ihr Gesicht noch näher an den Türspalt.

Anstatt sich auf die Streicheleien einzulassen, drückte Grete dem jungen Mann die Sanduhr in die Hand. »Erst mal muss ich das Messen des Pulses üben. Auf jeden Fall möchte ich bei der Filmpremiere dabei sein! Schließlich spielen Albert Paulig und Hanni Weisse die Hauptrollen.«

Emma atmete erleichtert aus. Kurts kleiner Trick hatte also funktioniert.

»Ich weiß gar nicht, was du an diesem Albert Paulig findest.« Der Laborant winkte mit der Sanduhr in der Hand ab. »Schauspieler sind sowieso nur Angeber. Laboranten hingegen …« Bevor er jedoch ins Schwärmen über sich und seinesgleichen geraten konnte, fiel Grete ihm ins Wort. »Albert Paulig ist *der* Filmstar!«, schwärmte sie und drehte seine Hand mit der Sanduhr um, der Start für die Pulsmessung. »Eins, zwei …«, begann sie zu zählen.

Emma fiel auf, wie verliebt der junge Mann Gretes Tun verfolgte und dass sein Blick an ihrem langen schwarzen Zopf hinabglitt, als streichele er darüber. »Obwohl … wenn ich es mir recht überlege, diese Hanni Weisse ist auch nicht zu verachten.« Während er das sagte, ließ er Grete nicht aus den Augen, die war allerdings ganz auf das korrekte Zählen des Pulsschlages bedacht.

Beim Pulsmessen ist höchste Konzentration gefragt!, hörte Emma sich in Gedanken lehren.

»Wenn ich es mir genau überlege, ist Hanni Weisse ein ganz schön heißer Feger«, redete der Laborant weiter, den Blick immer noch auf seine Angebetete gerichtet, die ganz im Pulszählen aufging.

»Fünfundzwanzig«, sagte Grete, als die Sanduhr durchgelaufen war.

Fünfundzwanzig Pulsschläge in einer Viertelminute –

das entsprach einem Minutenpuls von einhundert. Der Ruhepuls eines Erwachsenen bewegte sich zwischen siebzig und achtzig. Damit wäre die Aufregung des Laboranten auch klinisch bestätigt, dachte Emma.

»Wenn ich mich richtig erinnere, muss man den gezählten Pulsschlag verdoppeln, dann hat man den richtigen Wert«, sagte Grete. »Und das bedeutet, dass dein Puls viel zu langsam schlägt. Bist du herzkrank?«

Der junge Mann zog Grete zärtlich an ihrem Zopf zu sich heran und schaute ihr in die kleinen, tief liegenden Augen. »Wenn du damit verliebt meinst, ja.«

»Man muss den Wert vervierfachen«, korrigierte Emma und merkte erst, dass sie ihren Gedanken laut ausgesprochen hatte, als Grete erschrocken von dem jungen Mann abrückte.

Der Laborant sprang auf und zog die Tür weit auf. Als Grete Emma entdeckte, ließ sie die Sanduhr schnell hinter ihrem Rücken verschwinden.

Emma trat in den Korridor zurück. »Ich war gerade im Vorbeigehen«, erklärte sie verlegen. Am Ende des Korridors hustete ein Patient. »Ich hörte Ihre Stimmen und wollte nur helfen. Sie müssen den gemessenen Puls mit vier multiplizieren«, fügte sie kleinlaut hinzu. »Ansonsten …« Aber sie kam nicht mehr dazu, ihren Satz zu beenden, weil der Laborant Grete an der Hand nahm und an Emma vorbei den Raum verließ. »Komm, im Park sind wir ungestörter«, sagte er gerade so laut, dass Emma ihn noch hören konnte. »In unserer dienstfreien Zeit brauchen wir keine Hilfe.«

Emma schalt sich für ihre Einmischung, aber Schwester Grete beim Üben pflegerischer Maßnahmen zu sehen hatte sie alles um sich herum vergessen lassen. »Die Nachtruhe für Elevinnen beginnt um einundzwanzig Uhr dreißig«, rief sie ihnen noch nach. Minutengenau zu dieser Uhrzeit brach die Oberin zu ihrem allabendlichen Rundgang durch die Schwesternetage auf. Für Unordnung oder gar Zuspätkommen wurden harte Strafen ausgesprochen, die Emma Grete gerne ersparen wollte.

An diesem Abend trat Emma den Heimweg in Gedanken bei Grete Scheuer und deren junger Liebe an. Hoffentlich ging die Sache gut aus.

Je näher sie der Berliner Allee kam, umso lauter wurde es. Die Hauptverkehrsstraße von Weißensee war voller Menschen, von denen kaum jemand die Seuchenhygiene beachtete. Sie setzte sich sofort ihren Mundschutz auf. »Es lebe das Neue!«, riefen einige, andere schimpften die Revolution einen Verrat am Vaterland.

Emma dachte an die neue Wirtschafts- und Gesellschaftsordnung, von der das *Tageblatt* geschrieben hatte, und konnte sich noch nichts Konkretes darunter vorstellen. Sie wurde von Feiernden in deren Runde gezogen. »Auf das Neue!«

Emma entschuldigte sich und musste doch etwas deutlicher werden, damit sie loskam. Als sie auf dem Antonsplatz Feiernde auf dem Reiterstandbild von Kaiser Wilhelm I. sitzen sah, zog sie ihren Schritt noch einmal an und atmete erst wieder ruhiger, als sie im Hinterhof mit Blick hinauf zu ihrer Wohnung stand.

Bevor sie Theodor von Frau Scharinski abholte, trat sie vor Kurts Tür. Das Klappern seiner Schreibmaschine war gut zu hören. Woran er wohl gerade schrieb? Sie wollte nur kurz fragen, ob er wohlauf war. Obwohl sie es nicht wollte, vermisste sie ihn.

Emma hatte schon ihre Hand gehoben, um anzuklopfen, als Gelächter aus der Wohnung von Frau Scharinski gegenüber zu ihr drang. Die Nachbarin lachte laut und lange. Was Theodor wohl wieder angestellt hatte?

Elwira Scharinski öffnete ihre Tür mit vor Lachen geröteten Wangen. Sie musste Emmas Schritte gehört haben. »Emma, endlich sind Sie da! Wir dachten schon, Sie kommen heute gar nicht mehr nach Hause.« Sie richtete sich ihr Häkeltuch über den Schultern.

»Was hat Theo denn angestellt, das Sie derart amüsiert?«, fragte Emma.

»Theo?« Frau Scharinski schüttelte den Kopf. »Aber nein. Ihr Sohn ist schon vor einer Stunde eingeschlafen, so erschöpft war er vom Fußballspiel. Aber kommen Sie. Sie werden sich freuen.« Die Nachbarin nahm Emma bei der Hand und führte sie in ihre Stube.

Emma geriet ins Wanken, als sie den Mann mit dem Blumenstrauß auf dem Sofa erblickte. Zwei Dutzend rote Rosen trug er bei sich.

»*Kotku*«, begrüßte er sie und hielt ihr die Blumen hin. Neben ihm stand sein Akkordeon. »Schön, dich wiederzusehen.«

Emma war unfähig, nach den hingehaltenen Rosen zu greifen. »Tomasz?«, murmelte sie. Er sah zwar magerer aus als in ihrer Erinnerung, aber ansonsten hatte er sich in den zurückliegenden sechs Jahren nicht verändert. Er besaß denselben munteren Gesichtsausdruck und dieselben großen Hände, mit denen er früher die Kühe im klinikeigenen Kuhstall gemolken hatte.

»Ja, ich bin es wirklich«, antwortete er zärtlich.

Frau Scharinski führte Emma vor das Sofa und drückte sie sanft darauf nieder.

»Was machst du hier?«, fragte Emma, und als sie sich das nächste Mal umschaute, war Elwira Scharinski eilfertig mit einer Vase für die Blumen zurück. Sie stellte sie auf den Tisch, steckte die Rosen hinein und band noch ein gehäkeltes Band mit einer Schleife darum. »Die sind wunderschön«, befand sie und blieb im Raum stehen wie vor einer Leinwand, auf der ein Film gerade auf seinen Höhepunkt zulief.

»Ich bin zurück, weil ich meinen Sohn kennenlernen will«, sagte Tomasz und deutete zum Schlafzimmer. »Beim Schlafen sieht er aus wie ein kleiner Engel.«

Emma versteifte sich. Zurück? Was bedeutete das? Theodor hatte sie im Alter von fünf Jahren mal nach seinem Vater gefragt. Dieses eine Mal. Und sie hatte ihm erklärt, dass er gestorben sei, was er für sie ja auch war. Das war sicherlich einfacher für ihn zu verkraften gewesen als die Tatsache, dass sein Vater nichts von ihm wissen wollte.

Frau Scharinski bemühte sich um Auflockerung. »Wussten Sie, wie viele Franzosen es braucht, um eine Kuh zu melken?«, fragte sie Emma. »Herr Nowak hat es mir gerade verraten.«

Emma schaute nur Tomasz an. Er war es wirklich.

»Sechs Franzosen braucht es!«, antwortete die Nachbarin amüsiert. »Zwei halten die Euter, und vier heben die Kuh rauf und runter.« Sie lachte schallend. »Herr Nowak, ich freue mich so sehr, dass Sie hier sind und ich endlich Theodors Vater kennenlernen darf!«

Kurz lächelte Tomasz der Nachbarin zu, dann konzentrierte er sich wieder auf Emma. »Ich weiß, dass mein Besuch etwas überraschend kommt, aber ich konnte einfach nicht länger warten. Ich wollte zu dir und unserem Sohn. Theodor ist ein schöner Name.«

»Warum hast du dich nie mehr bei mir gemeldet?«, war das Erste, was Emma herausbekam. Noch Monate, nachdem er sang- und klanglos aus Weißensee verschwunden war und sie ihm den Brief mit Bitte um Unterstützung geschrieben hatte, hatte sie gehofft, dass er wieder vor ihr stehen und nach ihrem Kind fragen würde. Nicht als potenzieller Ehemann, aber als Unterstützer. Bei der Geburt von Theodor war sie als unverheiratete Mutter nur mitleidig belächelt worden.

»Ich wusste ja nicht, dass ich Vater geworden war. Und als ich es von Jacub in Liebstadt erfuhr, brach der Krieg aus, und ich …«

Emma erinnerte sich noch an Jacub, Tomasz' Kollegen im Kuhstall, mit dem er sich auch ein Zimmer geteilt hatte. Jacub hatte Anfang 1914 Weißensee verlassen, um in seine Heimatstadt Liebstadt zurückzukehren. Tomasz hatte den ostpreußischen Ort auf Polnisch Miłakowo genannt.

»Hast du meinen Brief nicht bekommen?«, fragte sie. »Ich hatte dir doch von der Schwangerschaft geschrieben, noch bevor Theo auf die Welt kam.« Die Adresse hatte Jacub ihr besorgt.

Tomasz schüttelte den Kopf und kniete vor dem Sofa vor Emma nieder. »Seit meinem Weggang gab es keinen Tag, an dem ich nicht an dich gedacht habe, *kotku*. Kein Tag, an dem ich nicht für dein Wohlergehen gebetet habe.«

»Ist das schön«, schluchzte Frau Scharinski. »Ein Liebespaar, das der Krieg getrennt hielt, findet nun wieder zusammen. Das ist wie bei Ihrer Schwester.«

»Es ist ganz anders als bei Marlene!«, stellte Emma sofort klar. Tomasz hatte sie betrogen, was er der Nachbarin anscheinend verschwiegen hatte. Maximilian würde nie fremdgehen.

Emma erhob sich, bevor Tomasz ihr noch näher kommen konnte. »Ich bringe Theo jetzt nach oben«, sagte sie.

Tomasz erhob sich mit ihr. »Ich helfe dir.«

Emma weckte ihren Sohn vorsichtig.

Theodor rieb sich die Augen mit den Fäusten, als er aus dem Schlaf zu sich kam.

»Komm, wir gehen in unser Bett«, sagte Emma.

Theodor richtete sich auf. »Wer sind Sie?«, fragte er in Richtung seines Vaters, der hinter Emma stand.

»Ich bin dein ...«, wollte Tomasz gerade antworten, als Emma ihm zuvorkam. »Ein Bekannter von früher«, sagte sie und half Theodor aus dem Bett.

»Ich habe noch keine Bleibe hier in Weißensee«, sagte Tomasz. »Könnte ich vielleicht bei dir schlafen, Emma?«

»In unserem Bett liegt schon Tante Lene mit«, sagte Theodor verschlafen, aber nicht ohne Stolz, während Emma ihn an der Hand vor sich her aus der Schlafstube führte. »Tante Lene ist Ärztin und kann freihändig Fahrrad fahren«, erzählte Theodor weiter.

»Freihändig fahren kann ich auch«, erwiderte Tomasz offensichtlich angetan.

Theodor wandte sich seinem Vater zu. »Wirklich?«

Bevor der antworten konnte, übernahm Emma das Gespräch schnell wieder. »Nein, du kannst nicht bei uns schlafen«, sagte sie, obwohl sie ein schlechtes Gewissen hatte. Draußen war es wegen der Revolutionsunruhen gefährlich.

»Emma, *czekaj*!« Tomasz kam ihr nach. »Emma, warte!«

Die polnischen Worte aus seinem Mund taten ihr weh, weil sie sie daran erinnerten, wie sehr sie gelitten hatte, als sie ihn mit einer anderen Frau im Bett erwischt hatte. Bis vor wenigen Minuten war Emma überzeugt gewesen, darüber hinweg zu sein.

»Theo, Liebling. Geh du schon mal hoch, und putz dir die Zähne.« Sie reichte ihrem Sohn den Wohnungsschlüssel. »Ich komme gleich nach.«

»Komm, Theo, ich bringe dich hoch«, bot Frau Scharinski an und nahm den Jungen bei der Hand. Aber bevor sie ihre Wohnung verließ, wandte sie sich noch einmal zurück. »Herr Nowak, wenn Sie wollen, können Sie bei mir übernachten. Hier, auf dem Sofa.«

»Das ist sehr nett von Ihnen«, beeilte sich Tomasz zu erwidern und lächelte bemüht.

Emmas Puls schoss hoch. Ihn wieder so nahe bei sich zu haben war keine gute Idee.

»Ich weiß, dass es falsch war, einfach abzuhauen, aber ich war jung und dumm«, gestand Tomasz, nachdem Frau Scharinski und Theodor die Wohnung verlassen hatten.

»Und heute bist du …?«, entgegnete Emma aufgewühlt.

»Vater«, sagte er ruhig. »Und das ändert alles.«

Emma hielt inne. Dass er ausgerechnet jetzt auftauchen musste.

»Ich würde Theo gerne wiedersehen«, bat Tomasz mit Augen voller Sehnsucht.

Nach einem Moment der Stille antwortete Emma: »Ich denke darüber nach.«

***

17

10. Dezember 1918

Heute ist der wichtigste Tag in meinem Leben, war Marlene überzeugt. Heute kehrte Maximilian zurück. Seitdem sie vor mehr als vier Jahren Berlins Bahnhöfe in der Hoffnung abgesucht hatte, um ihn doch noch zu verabschieden, sehnte sie den Tag seiner endgültigen Heimkehr herbei. Durstig trank sie im Pförtnerhäuschen die grüne Kräuterlimonade und legte ihre Beine übereinander, erst das linke über das rechte und dann wieder umgekehrt. Wenn es doch nur schon Mittag wäre!

»Und was ist nun Ihr neuer Trick, Herr Pinke?«, fragte sie etwas zu ungeduldig. Für die morgige Erzählstunde hatten sich gleich mehrere Pfleglinge den Zauberer Wilfridelmus gewünscht.

»Lirum, larum Besenstiel, zaubern is een Kinderspiel«, sagte Willy Pinke und fuhr mit seinem Zauberstab über ein Seil auf dem Stubentisch. Jacki saß auf seiner Schulter und verfolgte, was er tat. Bei dem Unfall mit dem Zylinder hatte der Vogel sich den rechten Flügel gebrochen. Trotz einer liebevoll angelegten Schiene waren die Knochen anscheinend nicht richtig zusammengewachsen. Jacki konnte nicht mehr fliegen.

Für die Probe seines neuesten Zaubertricks hatte der Pförtner sich seinen lilafarbenen Umhang umgelegt. Das Kleidungsstück hatte bei der Erstürmung der Klinik durch die Grippekranken stark gelitten. In langen Abendstunden hatte er Paillette für Paillette wieder angenäht und Risse ausgebessert, fast war er dadurch zum Nähkünstler geworden.

»Wer von euch, liebe Kinder«, fragte er nun, »kann mit beeden Enden des Seils in den Händen einen Knoten machen, aber ohne die Enden loszulassen?«

Marlene nahm einen weiteren Schluck von der Kräuterlimonade, der besten von ganz Weißensee. »Wie geht der Zaubertrick nun?«, drängte sie zu wissen.

Der Pförtner ließ sich nicht drängeln. »Keener weiß es?« Gemächlich schaute er sich in seiner Stube um, als wäre Marlene nicht sein einziger Gast zu dieser frühen Uhrzeit. Kurz blieb Willy Pinkes Blick an der unfertigen Jolle auf dem Boden neben der Schlafstubentür hängen. »Dann zeige ick euch mal, wie dat jeht«, verkündete er.

Marlenes Gedanken sprangen nur ein paar Stunden in die Zukunft zum Einmarsch der Truppen am Brandenburger Tor, bei dem auch die Mannschaften aus den Lazarettzügen dabei sein sollten. Vor einer Woche hatten sämtliche Berliner Zeitungen den genauen Ablauf der Rückkunft abgedruckt. Alles war detailliert geplant: der Einmarsch, die Reden und Feiern auf den großen Plätzen und in allen möglichen Berliner Lokalitäten.

Marlene stellte sich schon vor, wie Maximilian sie in der Masse entdeckte und seine Arme nach ihr ausstreckte. In ihrer Fantasie trug er keine Uniform, sondern den blauen Anzug vom Tag seiner Einberufung und die glänzende hellblaue Fliege. *Küss mich gleich, wenn wir uns wiedersehen.* Um dreizehn Uhr würde es so weit sein. Mehr als sechs Stunden waren es noch, wovon sich die erste gerade wie ein ganzes Jahr anfühlte.

»Fräulein Marlene! Se kieken ja jarnich, wat ick hier zaubere!«, ermahnte Willy Pinke.

»Doch, doch«, versicherte Marlene und zwang ihre Konzentration auf den Pförtner zurück. »Wie geht denn nun der Knoten, ohne die Enden des Seils loszulassen?«

Willy Pinke verschränkte seine Arme derart, dass seine rechte Hand auf seinen linken Oberarm kam. Die linke Hand führte er unter dem rechten Oberarm durch, und dann griff er nach den Seilenden. »Indem ick jetze meene Arme aus der Verschränkung ziehe, verknotet sich der Strick«, kommentierte er sein Tun. »Sehen Se?« Stolz hielt er Marlene das verknotete Seil hin.

Marlene applaudierte begeistert. »Das hat sehr gut geklappt. Das ist auf jeden Fall vorführreif.« Sie erhob sich zappelig, noch fünf Stunden und vierzig Minuten. »Die Kinder werden wieder begeistert sein.« Sie streichelte Jacki das weiche Bäuchlein. Der Vogel hielt ganz still und genoss die Zuwendung.

»Dat war sehr nett, dass Se een paar Minuten für den alten Pinke übrighatten. Ick drück meene Daumen, dass heute allet jut läuft. Ick freu mir uff den Doktor von Weilert. Sie beede zusammen werden den Alten schon zeijen, wie die Zukunft von der Kinderklinik aussehen kann. Passen Se aber een bisschen mit dem Oberarzt uff. Ick globe, der führt wat im Schilde, die alte Jiftnudel. *Nachtijall, ick hör dir trapsen*, sach ick da nur.«

»Wie kommen Sie darauf?«, fragte Marlene noch leichthin.

»Ick lausche ja nie, aber ...«, begann der Pförtner. »Neulich hab ick ihn bei meenem Rundjang in seinem Büro telefonieren jehört. Bin nur stehen jeblieben, weil Ihr Name fiel und der Oberarzt janz uffjeregt war. Muss een Gespräch mit dem Bürgermeester jewesen sein.«

»Was habe ich denn mit Herrn Woelck zu tun?«, wollte Marlene wissen.

»Sie sind een Ärjernis für den Buttermilch, und dat wollte er dem Bürgermeister sagen. Er behauptete, dat Frauen nur als Pflegepersonal an die Klinik jehören«, sagte Willy Pinke mit einem Kopfschütteln. »Und dat sich der Doktor Ritter weijere, Ihnen den Vertrach zu kündigen.«

»Mir kündigen?« Das sieht dem Oberarzt ähnlich!, dachte Marlene und war gleichzeitig froh, dass er nur noch selten in der Klinik war und immer öfter im Schloss. Zum Glück zog Doktor Ritter es vor, den Empfehlungen des Oberarztes nicht zu folgen.

Aber auf keinen Fall wollte sie sich diesen besonderen Tag mit Gedanken an Waldemar Buttermilch vermiesen. Und sobald Maximilian an der Klinik zurück sein würde, hatte sie ja auch Verstärkung. Es war vorgesehen, dass er seine Arbeit mit Beginn des neuen Jahres wieder aufnahm. Er und sie würden dann tatsächlich als Kollegen zusammenarbeiten.

Marlene war so sehr in Gedanken an ihre gemeinsame Zukunft in Weißensee versunken, dass sie den Pförtner bald nur noch aus der Ferne wahrnahm und hörte, wie der Rollladen im Pförtnerraum hochratterte. Sie kam erst wieder aus ihrer Träumerei zu sich, als sie Doktor Ritters Stimme vernahm. »Ist Fräulein Lindow zufällig bei Ihnen?«

Der Ärztliche Direktor bat sie um ein vertrauliches Gespräch und ging dafür in sein Büro voran.

Vermutlich wollte er den weiteren Kampf gegen die Spanische Grippe besprechen. Seit Anfang des Monats war die zweite Welle der Seuche zwar abgeebbt, sodass keine Kranken mehr in ihrem Büro, auf den Korridoren und im Keller liegen mussten. Aber die Infektionsstationen waren nach wie vor überbelegt, hier in der Kinderklinik wie in allen anderen Krankenhäusern und Lazaretten in und um Berlin auch. Zum Glück war auch die Stationsschwester der Augenstation inzwischen wieder genesen.

»Oberarzt Buttermilch ist nach wie vor stark im Schloss eingebunden«, verkündete der Ärztliche Direktor in seinem Büro.

Das war Marlene keineswegs entgangen, aber eigentlich wollte sie heute nichts mit dem Oberarzt zu tun haben, nicht mal in Gedanken. Seitdem Doktor Buttermilch nur noch selten anwesend war, hatte sie bei den Visiten endlich uneingeschränkte Sicht auf die Patienten. Außerdem arbeitete es sich leichter, wenn sie nicht das Gefühl hatte, sich bei Fallsitzungen oder Therapiebesprechungen beeilen zu müssen, weil der Oberarzt ungeduldig wurde.

»Ich wäre Ihnen also sehr verbunden, wenn Sie anstelle von Kollege Buttermilch den theoretischen Unterricht für die Schwesternschülerinnen abhalten würden«, fuhr Doktor Ritter fort. »In der besonders schwierigen Seuchenzeit haben Sie bewiesen, dass Sie Verantwortung übernehmen und selbstständig zum Wohle der Patienten arbeiten können. Betrachten Sie die Übernahme des theoretischen Unterrichts als vorzeitigen Ritterschlag.«

Es war Marlene, die als Erstes über die Ehre und Doktor Ritters so ernst vorgetragenes Wortspiel lächelte. Sie versank in einer Erinnerung, die ihr Leben verändert hatte: Als Elevin war der Unterricht im Hörsaal der Kinderklinik ihr Höhepunkt jeder Dienstwoche gewesen. Und das lag keineswegs nur daran, dass Maximilian der Dozent gewesen war. Für Marlene umgab den Hörsaal ein besonderer Zauber, weil dort schon einige der berühmtesten Kinderärzte vorgetragen hatten. Anders als die Hörsäle an der Universität war jener der Kinderklinik beinahe intim. Hier hatte sie ihr erstes Gespräch mit Maximilian geführt. Kaum mehr als sechzig Zuhörer fanden im Hörsaal Platz.

»Ich würde den Unterricht sehr gerne übernehmen«, entgegnete sie beinahe schüchtern. Mit dieser Ehre hätte sie nie gerechnet. »Weiß der Oberarzt Bescheid?«, fragte sie noch. Sie wollte verhindern, dass er sie womöglich vor den Schülerinnen bloßstellte, weil er sich übervorteilt fühlte.

Doktor Ritter nickte. »Allerdings hat er darauf bestanden, dass Stationsschwester Vera die Elevinnen weiterhin beim Unterricht beaufsichtigt.«

»Kein Problem.« Marlene erinnerte sich, dass auch zu ihren Ausbildungszeiten die Oberschwester bei den Vorlesungen anwesend gewesen war. Sie hatte vor allem auf die Beteiligung der Elevinnen im Unterricht geachtet und war Maximilian bei mancher Sache wie eine Assistentin zur Hand gegangen.

Doktor Ritter übergab Marlene den Lehrplan für die nächsten Wochen. »Sie müssten allerdings gleich heute Vormittag loslegen.«

Gedanklich überflog Marlene ihren Zeitplan für diesen besonderen Tag, an dem sie sich den Nachmittag freigenommen hatte. Der Unterricht wurde von neun bis zwölf Uhr abgehalten. Danach würde sie sofort nach Berlin aufbrechen müssen. Seit Anfang Dezember fuhren wieder mehr Straßenbahnen, weil sich wieder mehr Menschen in ihre Berufe zurücktrauten.

»Das bekomme ich hin«, versprach sie und spürte, wie ihre Aufregung noch einmal wuchs.

*

Marlene zog die Vorhänge vor den Fenstern des Hörsaalgebäudes zu und schaltete den Lichtbildapparat auf dem Dozententisch an. Sie schaute die Bankreihen hinauf und wieder hinab. Am theoretischen Unterricht nahmen nicht nur die Elevinnen aus der Kinderklinik teil, sondern Schwesternschülerinnen von Kinderpflegestätten aus ganz Groß-Berlin. Der theoretische Unterricht war normalerweise gut besucht, weil er andernorts beim Ausbruch des Krieges eingestellt worden war. Heute waren gerade einmal dreißig junge Damen anwesend, nur die Hälfte der Sitzplätze war belegt. Stationsschwester Vera saß in der ersten Reihe.

Marlene vermutete, dass sich viele Frauen und Mütter den gesamten Tag freigenommen hatten, um ihre Geliebten, Ehemänner, Brüder und Väter am Brandenburger Tor in Empfang zu nehmen.

»Wann kommt Doktor Buttermilch?«, fragte eine Schwester, die Marlene nicht kannte, in das Surren des Lichtbildapparats hinein. Getuschel setzte ein.

»Der Oberarzt ist für die nächsten Wochen vor allem im Lazarett im Schloss im Einsatz«, erklärte Marlene. »Solange werde ich den theoretischen Unterricht stellvertretend für ihn abhalten.« Es klang immer noch unwirklich, dass sie es so weit gebracht hatte. Das war mehr, als es die Anforderungsliste für Medizinalpraktikanten vorsah.

Marlene schob ihre Brille die Nase hinauf und hoffte, dass es bei diesem einen Einwand bleiben würde. »Wir werden heute über die *Erkrankungen älterer Kinder* reden, die für die pflegerischen und diätischen Aufgaben der Kinderkrankenschwester von besonderer Bedeutung sind. Welche Beispiele fallen Ihnen dafür ein?«, fragte sie in die Runde.

Niemand meldete sich. Zwei Schwestern von der Charité steckten die Köpfe zusammen und begannen, hinter vorgehaltenen Händen zu tuscheln.

Marlene war überzeugt, dass die allgemeine Ratlosigkeit nicht daran lag, dass ihre Frage zu schwer war. In der Kinderklinik hatten sie von jeder der sieben Krankheitsgruppen, auf die sie hinauswollte, schon Fälle behandelt. Sogar eine Vergiftung, deren Ursache eine defekte Gasheizung gewesen war.

»Zuerst sind die rheumatischen Erkrankungen zu nennen«, trug sie erst einmal selbst vor. »Dazu gehören Gelenkrheumatismus, außerdem Endokarditis und die Chorea-Krankheit.« Mit feuchten Händen schob sie ein Glasbild in den Lichtbildapparat, der von Charlotte in der zweiten Reihe genauestens beäugt wurde.

Der technische Apparat warf die Fotografie eines an Chorea erkrankten achtjährigen Kindes an die Wand, dessen Gliedmaßen eine abnorme Haltung aufwiesen. »Die Chorea-Krankheit äußert sich bei Kindern durch Wesensänderungen und Muskelschlaffheit.« Kurz streifte Marlenes Blick die Stationsschwester, sie lächelte sie an, aber Vera erwiderte ihr Lächeln nicht.

Sie fuhr mit ihren Erklärungen zur Chorea-Krankheit und den besonderen Pflegemaßnahmen fort, und auch dabei verhielten sich die Schwesternschülerinnen verstockt. Ob das bei Oberarzt Buttermilch anders gelaufen war? Vielleicht brauchten die Schülerinnen mehr Zeit, sich an sie zu gewöhnen – auch als Lehrerin? Und dennoch zögerte Marlene, den Unterricht in dieser Weise fortzuführen. Es würde bedeuten, dass sie der von den Schwestern unausgesprochenen Verunsicherung – oder sollte sie es altmodische Verstocktheit nennen? – keine Beachtung schenkte. Seit der Kaiser abgedankt hatte und damit alles möglich schien, sollten die Schülerinnen wenigstens ein einziges Mal mit frischem Gedankengut in Berührung kommen, dachte sie im Rausch dieses besonderen Tages.

»Möchten Sie heute vielleicht lieber über die Rolle der Frau sprechen?«, fragte Marlene frech. »Interpretiere ich Ihr Verhalten dahingehend richtig?«

Mit dieser Frage zog sie alle Aufmerksamkeit auf sich. Sogar zwei Schwestern vom Auguste-Victoria-Krankenhaus, die sich gerade mit ihrem Lehrbuch auf dem Arm erhoben hatten, um den Hörsaal viel zu früh zu verlassen, nahmen wieder Platz.

Begleitet von Schwester Veras irritiertem Blick, zog Marlene die Vorhänge im Hörsaal wieder auf, schaltete den Lichtbildapparat aus und schrieb mit großen Buchstaben an die Tafel:

Die Rolle der Frau

»Die Rolle der Frau ist im Wandel«, begann sie. »Vor nicht ganz zwei Wochen ist das Reichswahlgesetz in Kraft getreten. Es erlaubt Frauen, im kommenden Januar bei der Wahl der Nationalversammlung mit abzustimmen.« Sie warf den Elevinnen einen kühnen Blick zu. »Der Wandel des Rollenbildes liegt auch darin begründet, dass immer mehr Frauen es wagen, ihre besonderen Fähigkeiten zu nutzen. Und damit meine ich nicht ihre Begabung für die Führung des Haushalts oder für die Kinderziehung.«

»Was sollen das sonst für Fähigkeiten sein?«, rief eine Schwester aus der obersten Reihe.

»Das könnte politisches Verständnis sein, das es gilt, bei der Wahl im Januar einzusetzen. Und haben Sie schon einmal etwas von Empathie gehört?«, fragte sie zurück und musste sofort an Emma denken, die sie für die empathischste Frau auf Erden hielt. Seitdem Tomasz wieder aufgetaucht war, war ihre Schwester viel zu nett zu ihm. Marlene hingegen mied ihn, so gut es ging. Zum Glück war er Langschläfer, sodass sie sich morgens schon mal nicht über den Weg liefen.

»Empathie ist die besondere Fähigkeit, mit Kindern, mit Schwachen, Sterbenden oder Gebärenden umzugehen«, antwortete Schwester Sibylle und rückte etwas von der Charité-Schwester neben sich weg, die Marlene besonders argwöhnisch betrachtete.

Marlene nickte dankbar über diese erste Meldung heute. »Empathie ist ein Geschenk der Natur, womit Frauen besonders großzügig belohnt wurden«, ergänzte sie, während sie drei Namen untereinander an die Tafel schrieb. Hinter jeden setzte sie ein Ausrufungszeichen.

Hildegard von Bingen!
Dorothea Erxleben!
Florence Nightingale!

»Dies sind Frauen aus den zurückliegenden Jahrhunderten, die eine besondere Rolle in der Medizin und in der Krankenpflege spielten. Alle drei nutzten das Geschenk der Empathie und ihre Klugheit dafür, die Gesellschaft besser zu machen und viele Menschen gut zu pflegen und zu heilen. In Schriften und Büchern offenbarten sie der Welt ihre weibliche Sicht auf die Dinge, was lange zuvor keine Frau gewagt hatte.«

Schwester Erika meldete sich vorsichtig, sie war kaum zu verstehen. »War Hildegard von Bingen nicht die erste deutsche Ärztin?«

»Sehr gut, ja.« Marlene nickte begeistert. »Hildegard von Bingen beriet den Kaiser, aber heilte in ihrem Kloster auf dem Rupertsberg auch mittellose Kranke.«

Die meisten jungen Damen lauschten nun gespannt, sogar Schwester Grete verfolgte Marlenes Ausführungen aufmerksam.

»Und Dorothea Erxleben aus dem achtzehnten Jahrhundert ist die erste promovierte deutsche Ärztin«, fuhr Marlene fort. »Schon zu Lebzeiten machte sie vielen Frauen Mut, sich nicht von Männern einschüchtern zu lassen, sondern den eigenen Begabungen und Interessen zu folgen. Und Florence Nightingale kennen Sie sicher alle.«

»Sie wurde ›Dame mit der Lampe‹ genannt«, wusste eine der Elevinnen vom Auguste-Victoria-Krankenhaus.

»Sehr richtig. Anfangs war Miss Nightingale für ihre mitfühlenden nächtlichen Runden im Lazarett von Skutari am Bosporus während des Krimkriegs bekannt, die sie mit einer Lampe antrat, um nach den Verletzten zu sehen. Im Laufe ihres Lebens gründete sie die erste weltliche Krankenpflegeschule, schrieb Pflegebücher und war in Briefkontakt mit wichtigen Persönlichkeiten. Ein Leben lang setzte sie sich für Kranke und Arme ein. Mit ihren Grundsätzen beeinflusste sie auch den Begründer der Rotkreuz-Bewegung, Jean

Henry Dunant.« Marlene bekam aus dem Augenwinkel mit, dass Schwester Grete vor Erstaunen die Kinnlade herunterklappte. Jemand anderes flüsterte: »Das alles hat eine Frau gemacht?«

»Sehr wohl«, betonte Marlene. Sie zögerte, die nächste Frage wirklich zu stellen, aber tat es dann doch, weil sie sich heute so stark fühlte wie lange nicht mehr. »Wenn Sie frei entscheiden könnten, ohne die Wünsche und Vorschriften Ihrer Eltern zu beachten und unabhängig davon, welche Aufgabe Frauen üblicherweise übernehmen, was würden Sie gerne tun?«

Marlene hätte erwartet, dass das Getuschel nun weiter anschwellen und die Schwesterschülerinnen ihre Berufswünsche die Sitzreihen herabrufen würden, aber nichts dergleichen geschah. Niemand wagte eine Wortmeldung. Die meisten Damen hatten ihren Blick auf den Tisch vor sich geheftet, versunken in Gedanken, aber auch irritiert. Sogar Stationsschwester Vera hielt ganz still.

Marlene trat an die Bankreihen heran. »Schwester Charlotte, wagen Sie es, uns Ihre Träume zu verraten?« Sie sprach behutsam, als berühre sie eine Verletzte.

Schwester Charlotte wrang die Hände über ihrem Schoß. »Ich weiß nicht …«, druckste sie, ohne aufzuschauen, herum, was Marlene wunderte. Vor Emma sprach die junge Frau frei von der Leber weg über ihre Begeisterung für technische Themen.

Marlene spürte, dass die Schwesternschülerinnen sich nicht trauten, dass sie sich womöglich sogar für ihre Wünsche schämten. Schließlich war Marlene für sie eine fremde Frau, eine, die sehr kritisch gesehen wurde, und vor allem war sie keine Freundin. Um die Distanz zwischen ihnen zu verringern, sprach sie von ihren eigenen Träumen. »Mein Wunsch ist es, als Ärztin arbeiten zu dürfen, ohne schief angeschaut zu werden«, sagte sie leise, so als spreche sie in vertrauter Runde.

Die Schwestern in der dritten Bankreihe, die vorhin den Unterricht schon vorzeitig verlassen wollten, senkten betreten den Blick.

Die nächsten Sätze sprach Marlene schon etwas lauter. »Ich träume davon, dass Frauen, egal, in welchem Beruf, gleich behandelt werden.« Mit Maximilian an der Kinderklinik würde vieles besser werden, was die Rolle der Frau anging, war sie überzeugt. Noch vier Stunden trennten sie voneinander.

»Vielleicht würde ich dann Autofahrerin werden«, flüsterte Schwester Charlotte. »Ja, das wäre mein Traum: einmal selbst ein Automobil zu steuern.«

»Das klingt wie ein ganz wunderbarer Traum«, bestätigte Marlene. »Arbeiten Sie daran, Schwester Charlotte, dann kann er wahr werden.«

Marlene wandte sich jener Elevin zu, die immer etwas abseits von den anderen saß. »Und Sie, Grete? Was würden Sie gerne tun?«

Grete fasste sich an ihre silberne Armkette und dachte lange nach. Es war ganz still im Hörsaal, als sie mit zaghafter Stimme verriet: »Wenn ich ganz alleine entscheiden könnte, was ich tue, würde ich Schauspielerin werden. So wie Hanni Weisse.«

»Das könnte ich mir auch vorstellen«, pflichtete Schwester Erika bei. »Dann dürfte ich nämlich Alfred Paulig küssen!«

Gelächter brach aus, und auch Marlene konnte ein Lachen nicht zurückhalten. Bei diesem kleinen Exkurs wollte sie es dann auch belassen. Es bestand sonst die Gefahr, dass sich Eltern erneut über sie beschwerten.

Als Marlene wieder zum eigentlichen Unterrichtsstoff zurückkehrte, konnte sie mit den Schwesternschülerinnen nun angeregter über die *Erkrankungen älterer Kinder* sprechen.

*

Nach dem Unterricht zurück in ihrem Büro, zog sich Marlene ihr Wollkleid an, das die Knie gerade so bedeckte. Darunter kamen halb durchsichtige Strümpfe, die sie an Haltern befestigte. Ein wenig gewagt waren diese schon, aber Maximilian kehrte schließlich nur einmal heim. Über das Wollkleid zog sie ihren schwarzen Mantel und den neuen kirschroten Glockenhut, der sich eng an ihren Kopf schmiegte. Feierlich schob sie sich ihren Verlobungsring auf den linken Ringfinger. Während der Arbeit war das Tragen von Schmuck verboten.

Als Marlene zurechtgemacht das Klinikgebäude verließ, meinte sie, Dutzende Augenpaare auf sich zu spüren. Sie ging beschwingt und erwartungsvoll zum Kliniktor, als wäre sie auf eine Bühne gerufen worden. Der Laborant hielt ihr das Tor auf und schaute ihr beeindruckt nach. Sie ging zur Berliner Allee, wo die Straßenbahn Richtung Berlin-Zentrum fuhr.

Obwohl die Bahn überfüllt war, herrschte eine andächtige Stille unter den Fahrgästen. Während des Krieges war Berlin zur Hauptstadt der Frauen und Kinder geworden, die sich nun vereint auf den Weg zur Vervollständigung ihrer Familien machten.

Wie die meisten Fahrgäste stieg Marlene am Bahnhof Friedrichstraße aus. Obwohl es auf der Friedrichstraße eng war, kam es nicht zu Drängeleien oder Geschrei, ein besonderer Frieden herrschte. In den vergangenen Wochen waren Kämpfe, Streiks und Straßenschlachten an der Tagesordnung gewesen, heute nicht. Überall waren Fähnchenverkäufer unterwegs. Sie hatten nicht nur Reichs- und preußische Fahnen, sondern auch Bilder des Kaiserpaares im Angebot, obwohl sich Wilhelm II. bereits im Exil in den Niederlanden befand.

Im Spiegel eines Schaufensters prüfte Marlene noch einmal den Sitz ihres Glockenhuts und zupfte an ihren Locken herum. Bestimmt suchte Maximilian in der Menge nach einer langhaarigen Frau. Über den Pariser Platz verteilten sich Feldküchen mit rauchenden Schornsteinen, es roch nach Suppengemüse und Kohl. Marlene meinte, ihren eigenen Herzschlag zu hören, der vor Aufregung klang wie ein galoppierendes Pferd. Sie wischte sich ihre schwitzigen Hände am Mantel ab.

Als die ersten Garderegimenter unter dem Brandenburger Tor hindurchmarschierten, war sie tief ergriffen. Die Offiziere und Mannschaften waren mit kleinen Sträußen aus Tannenzweigen geschmückt, und schwarz-weiß-rote Schleifen prangten an ihren Uniformen neben den eisernen Kreuzen. Die Heimkehrer kamen zu Fuß, zu Pferd und zu Wagen.

Marlene versuchte, sich jedes Gesicht wenigstens kurz anzuschauen, damit sie Maximilian auf keinen Fall verpasste. Es könnte immerhin sein, dass die Lazarettärzte bei den Garderegimentern mitgingen. Ihr war es nie gelegener gekommen, dass sie so groß war und die meisten Frauen überragte. Aber bald wurde ihr klar, dass es aufgrund der

Fülle an Heimkehrern unmöglich war, jeden Einzelnen anzuschauen. Sie stand in einer der mittleren Reihen vor der Französischen Botschaft und hatte einen guten Blick auf die Straße. Während ihre Augen suchend von Gesicht zu Gesicht huschten, dachte sie an jenen unrühmlichen Tag zurück, an dem sie Maximilian vor dem Altar enttäuscht hatte. Ihre Entschuldigung dafür stand noch aus. Während seiner Heimaturlaube hatten sie das Thema stets verdrängt.

Von einer Frau neben sich erfuhr Marlene, welche ranghohen Politiker und Militärs den Einmarsch mit verfolgten. Der Bürgermeister war anwesend, und Friedrich Ebert, der Volksbeauftragte der SPD, sollte am späteren Nachmittag eine Begrüßungsrede halten. Seit dem Ausbruch der Revolution und der Abdankung des Kaisers hatte ein Rat aus Volksbeauftragten die Regierungsgeschäfte vorübergehend übernommen.

Aber das alles wollte Marlene jetzt nicht hören. Sie sehnte sich danach, die alte Vertrautheit zwischen Maximilian und sich wieder zu spüren. Eine Vertrautheit, die kein Brief und kein kurzer Heimaturlaub hatten herstellen können. Aber noch mehr wollte sie endlich Gewissheit darüber haben, dass er wirklich unversehrt war.

Nach den Garderegimentern kamen die Jäger zu Pferd und die Kürassiere. Ein Offizier, der die Standarte der vierten Kürassiere trug, hielt unweit von Marlene an und erklärte den umstehenden Frauen in aller Kürze die Fahnenbänder, die ruhmreiche Schlachten an der Westfront bezeugten. Auf dem Wagen hinter dem Offizier thronten Männer neben Geschützen. Gemeinsam wirkten sie wie Denkmäler. Manche Berittene hoben Kinder vor sich auf die Sättel, deren Gelächter als Einziges neben der zurückhaltenden Militärmusik erklang. Marlene konnte den Wunsch nach Ruhe und Ordnung spüren.

Ein feiner Herr trat in ihr Sichtfeld. »Fräulein Lindow, schön, Sie wiederzusehen«, sagte er, aber Marlene hatte nur Augen für die einmarschierenden Kämpfer. »Professor Czerny«, entgegnete sie deswegen mit einiger Verzögerung. Sie sah ihn nur flüchtig an und trat etwas beiseite, damit er ihr das Sichtfeld nicht länger verstellte. An jedem anderen Tag hätte sie den Direktor der Kinderklinik der Charité, aus deren Namen das »Königliche« inzwischen offiziell entfernt worden war, überschwänglich begrüßt. Sie bewunderte Professor Czerny. Seine Gedanken über den *Arzt als Erzieher des Kindes* hatten ihr Interesse an der Medizin einst entfacht. Zudem war er ihr ein exzellenter Lehrer im Studium gewesen. Obwohl Professor Czerny ein viel beschäftigter Mann war, hatte er stets ein offenes Ohr für seine Studenten und Studentinnen gehabt. Für ihn war das Geschlecht kein Kriterium, das über die Eignung zum Beruf des Arztes entschied. Bereits während des Studiums hatte er sie als wissenschaftliche Hilfskraft an seinen Lehrstuhl geholt. Durch dieses Zubrot hatte sie ihr kleines Zimmer in Berlin bezahlen und auch Emma immer mal etwas zustecken können.

»Wie läuft denn Ihr Medizinalpraktikum in Weißensee?«, fragte der Professor.

»Gut«, sagte Marlene kurz angebunden. Auf keinen Fall wollte sie ihm gestehen, dass sie die Arbeit als Frau in einem Beruf, in dem normalerweise nur Männer tätig waren, unterschätzt hatte. »Ich darf seit heute sogar den theoretischen Unterricht abhalten«, berichtete sie und schaute nervös zwischen dem Professor und den Einmarschierenden hin und her.

»Sehr gut, sehr gut. Die Herren an der Kinderklinik nutzen Ihr Potenzial also.« Professor Czerny lächelte besonnen. »Darf ich davon ausgehen, dass Sie sich bei mir melden werden, sobald Sie Ihr Praktikum beendet haben, Fräulein Lindow? Versprechen Sie mir das?«

»Ja, natürlich«, bestätigte Marlene gerade, als sie Maximilians breite Statur und seine vornehme Haltung hoch zu Ross zu erkennen glaubte. Nach einer einsilbigen Verabschiedung ließ sie Professor Czerny stehen und schob sich unter fortwährenden Entschuldigungen nach vorne durch.

»Max?«, rief sie aus der zweiten Reihe, wo eben noch eine ältere Frau ihrem Sohn um den Hals gefallen war und nun still mit ihm davonging. Ihr Herz schlug ihr bis zum Hals, als der berittene Mann sich ihr zuwandte. Sein Blick war so durchdringend, so distanzlos, dass sie eine Gänsehaut davon bekam. Aber es war nicht Maximilian. Ein zweiter Berittener sprach ihn mit Generalleutnant von Eichendorff an.

Marlene konnte spüren, dass dieser Generalleutnant sie immer noch anschaute, als sie schon wieder die nächsten Gesichter nach Maximilians vertrautem Lächeln absuchte.

Von der zweiten Reihe aus konnte Marlene die Kämpfer viel genauer betrachten. Was sie von weiter hinten nicht erkannt hatte, sah sie nun überdeutlich. Die Heimkehrer wirkten ausgezehrt, müde und traurig, sosehr sie auch um Fröhlichkeit bemüht waren. Berührt senkte Marlene den Blick. Sie hatte nicht die geringste Vorstellung davon, was diese Männer durchgemacht hatten. Aus Maximilians Briefen wusste sie lediglich, dass die Patienten in seinem Lazarettzug oft Albträume hatten.

Als sie wieder aufschaute, stand ein Pferd mit einem hochgewachsenen, breitschultrigen Reiter vor ihr. »Lene«, sagte er und streckte seinen Arm nach ihr aus. Obwohl er mit dem Vollbart und dem längeren Haar deutlich älter aussah, erkannte sie ihn sofort wieder.

»Max«, formten ihre Lippen, aber kein Ton verließ ihren Mund. Er trug seine Offiziersuniform mit einer schwarz-weiß-roten Schleife neben zwei Orden. Sie beschaute ihn genauer: sein Gesicht, das so mager noch kantiger wirkte, seine noch markantere Nase und die grasgrünsten Augen der Welt. Das alles wurde von längerem weißblonden Haar gerahmt. Er lächelte bis zu den Augen hinauf. Wenn er erst einmal ein paar Nächte durchgeschlafen und sich rasiert hatte, sah er bestimmt wieder gesünder aus. Es hieß, die Heimkehrer seien über Jüterbog nach Berlin zurückmarschiert, ein langer Weg.

Die Frau vor ihr trat etwas beiseite, damit Marlene hindurchkam. Maximilian zog sie vor sich auf seinen schwarzen Wallach, sodass sie mit beiden Beinen links des Tieres saß und sich an ihn schmiegen konnte. Es war ihr egal, ob sie in dieser vertrauten Pose von Tausenden Menschen gesehen wurden.

Sie nahm Maximilians Kopf zwischen ihre Hände und küsste ihn, noch bevor sie seinen Namen hörbar aussprach. *Küss mich gleich, wenn wir* … er erwiderte ihre Zärtlichkeit im Schutze ihres Huts. Seine Küsse waren die gleichen wie vor dem Krieg, warm und so leidenschaftlich, dass ihre Brille sofort beschlug. Sie lächelten, während sich ihre Lippen immer wieder suchten. Es fühlte sich noch unwirklich an, dass sich ihr größter Wunsch nun erfüllte. So glücklich hatte sie sich seit Jahren nicht mehr gefühlt. Maximilian führte seinen Wallach in die Parade zurück.

»Ist das deine Marlene?«, rief ihm ein Mann zu, den Marlene schon auf einem Foto gesehen hatte. Er musste Begleitoffizier Gerald Triemer sein, mit dem Maximilian Freundschaft geschlossen hatte.

»Das ist sie!«, rief Maximilian und konnte nicht aufhören, den Satz zu wiederholen. »Das ist sie, das ist sie.« Kinderlachen untermalte seine Worte. Während sie auf seinem Pferd die von Linden gesäumte Berliner Paradestraße entlangritten, drehte sich Marlene noch mehrfach zu ihm um und küsste ihn.

Vor dem Schloss an der Spree hob Maximilian sie vom Pferd und übergab sein Tier an einen der Pferdeknechte, die dort bereits warteten. Er nahm Marlene bei der Hand und führte sie in eine Seitenstraße am Zeughaus, wo es leerer war. »Nur raus aus der Menge«, sagte er.

Als die Militärmusik kaum noch zu hören war, hielt er am Straßenrand an. Wortlos beschaute er Marlene, berührte ihre Haarspitzen, die unter dem Glockenhut hervorschauten, und lächelte sehnsüchtig, wenn auch etwas müde. »Du bist noch hübscher, als ich dich in Erinnerung habe.«

Marlene spürte, dass sie errötete wie ein junges Mädchen, das sich gerade zum ersten Mal verliebte.

Er nahm ihren Kopf zwischen seine Hände und küsste sie innig. Sie konnte den warmen Verlobungsring an seinem Ringfinger an ihrem Ohr spüren.

»Aber, aber«, unterbrach jemand ihre Zärtlichkeiten. »Dafür haben Sie doch später noch genügend Zeit.«

Maximilian ließ sich trotz der Ermahnung Zeit, seine Lippen ganz sanft und langsam von den ihren zu lösen. Erst dann schaute er den hohen Militär auf dem Ross an.

Marlene hatte das Pferd gar nicht herankommen hören. Sie erkannte den Mann sofort wieder und versuchte, höflich zu lächeln, obwohl ihr seine Nähe und sein Blick unangenehm waren. Dieser glitt von ihrem Hut, über ihren Mantel und ihre halb durchsichtigen Strümpfe bis zu ihren Schuhspitzen hinab. Seine Lippen glänzten feucht.

»Sie kommen doch beide nachher zur Offiziersfeier ins Adlon-Hotel«, sagte der Mann und saß so stramm und kraftvoll auf seinem Pferd, als hätte der Krieg ihm nichts anhaben können. Seine Brust glänzte vor Orden und Abzeichen.

»Sehr wohl, Generalleutnant von Eichendorff«, sagte Maximilian im Stakkato eines Befehlsempfängers, ohne von Marlene abzurücken.

»Dann sehen wir uns später.« Der Generalleutnant wendete sein Pferd und ließ es majestätisch aufsteigen, dann ritt er davon.

»Mein Freund Gerald wird auch bei der Feier sein«, sagte Maximilian wieder ganz bei Marlene. »Du wirst ihn mögen.«

Marlene nickte und hatte wieder nur noch Augen für Maximilian. »Ich habe deinen Lieblingskuchen gebacken. Er wartet in deiner Wohnung auf uns«, sagte sie. Sie buk nicht gerne, weil es sie an ihre Mutter erinnerte und an das letzte gemeinsame Stück Streuselkuchen.

»Kuchen habe ich lange nicht mehr gegessen. Er wird bestimmt gut schmecken«, sagte Maximilian, während er sie an der Spree entlang in Richtung Norden führte. Er wusste ganz sicher, dass sie nicht gerne buk und der Apfelkuchen sie Überwindung gekostet hatte.

»Wie geht es dir hier und heute, zurück in der Heimat?«, fragte Marlene, den Blick erwartungsvoll auf sein Gesicht gerichtet.

»Lass uns heute nur über schöne Dinge sprechen«, bat Maximilian nach einigem Überlegen, was Marlene nachdenklich nicken ließ. So hatten sie es auch in all seinen Heimaturlauben gehalten.

Arm in Arm bogen sie in die Georgenstraße ein, die sie zurück zur Friedrichstraße führte. Von dort war es zum Adlon am Pariser Platz nicht mehr weit. »Wenn ich es mir recht überlege«, sagte Maximilian, nachdem sie eine Weile versunken nebeneinander hergegangen waren, »würde ich deinen Apfelkuchen lieber früher als später probieren. Sind Walnüsse darin?«

Sie nickte. »Eine Handvoll Walnüsse und Gala-Äpfel aus dem Krautladen in der Roelkestraße, nur Zimt war nicht aufzutreiben.« Für die Kriegsersatzschlagsahne hatte sie zwei Stunden bei Regen angestanden.

Er lächelte verwegen. »Vergessen wir die Offiziersfeier und gehen direkt nach Hause?«

Marlene hätte am liebsten Ja gerufen. »Aber was wird der Generalleutnant dazu sagen?«, fragte sie stattdessen, weil sie nicht wollte, dass Maximilian wegen Befehlsverweigerung in Schwierigkeiten geriet. Nicht am letzten Diensttag.

Kurz kräuselte er seine Stirn, dann sagte er wieder fröhlicher: »Von Eichendorff wird vermutlich gar nicht merken, dass wir fehlen. Sobald er ein paar Cognacs intus hat, wird er vergesslich.« Maximilian winkte ein Automobiltaxi heran.

Marlene würde überall mit ihm hingehen, Hauptsache, sie musste ihn nie mehr loslassen.

*

Maximilians Wohnung befand sich im Französischen Viertel von Weißensee, einer guten Wohngegend südlich der Berliner Allee, wo zerbrochene Fensterscheiben nicht mit Pappe geflickt wurden. Die Fassade des Hauses wirkte wie mit Zuckerguss verziert. Vor wenigen Tagen war Doktor Proskauer ausgezogen und hatte eine neue Bleibe gleich um die Ecke gefunden.

»Ich habe mir lange ausgemalt, wie es sein würde, wieder hier zu wohnen«, sagte Maximilian, als er über die Schwelle seiner Wohnung trat. Bedächtig tat er Schritt um Schritt, als wandle er auf Glas.

Sie legten ab und gingen über den breiten langen Flur wie auf einem Empfang. Für Marlene fühlte es sich so an, als müsste sie sich erst wieder an die Atmosphäre dieses Ortes gewöhnen. Während seiner Heimaturlaube hatten sie quasi als Gäste nur für wenige Tage ein einziges Zimmer hier bewohnt. Das war etwas ganz anderes gewesen. Auch Marlene beschaute die Wohnung nun, als wäre sie zum ersten Mal hier. Die Räume waren vier Meter hoch, und die Einrichtung mutete großbürgerlich, aber nicht adelig an.

Maximilian horchte in alle Richtungen. »Es ist wunderbar still hier«, sagte er. Er schob die schweren Flügeltüren des Arbeitszimmers auf.

Die großen Fenster ließen so viel Licht in den Raum, dass an sonnigen Tagen keine zusätzliche Lampe notwendig war, erinnerte Marlene sich. Sie würde sofort hier einziehen, wenn er sie darum bitten würde, sosehr sie die Nähe zu Emma auch genoss. Bei Antritt ihres Studiums hatte Maximilian es ihr angeboten, aber dann hätte sie jeden Tag viel zu lange zur Medizinischen Fakultät fahren müssen.

Marlene trat vor eines der Bücherregale im Arbeitszimmer und deutete auf einen Stapel Fachmagazine. »Die habe ich dir gestern schon mit hergebracht. Die jüngsten Ausgaben vom *Ärzteblatt*.«

»Und wie ich dich kenne, hast du sie bestimmt alle schon genauestens studiert«, gab er zurück.

Marlene zuckte mit den Schultern. »Ich muss doch wissen, woran geforscht wird.«

Maximilian ging vor dem Fenster entlang, das den Blick auf den Jüdischen Friedhof freigab. Sein Blick blieb am Gräberfeld hängen. Als Marlene neben ihn trat, wandte er sich ihr abrupt zu.

»Wollen wir mal nach dem Apfelkuchen schauen?«, fragte sie.

Maximilian nickte und folgte Marlene ins Esszimmer. Dort hatte sie schon am Vorabend ein Tuch aus schwerem, grünlich schimmerndem Stoff auf der Tafel ausgebreitet. Außerdem warteten Stoffservietten, Porzellantassen und ein silberner Kerzenständer auf ihren Einsatz.

Als Marlene das Tortenmesser aufnahm und begann, den Apfelkuchen in Stücke zu schneiden, schmiegte Maximilian sich von hinten an sie. Er legte seine Hände um die ihren, sodass sie einige Schnitte zusammen taten, sein Barthaar und seine Lippen berührten ihren Hals. Es kribbelte in ihr, als würde Sekt anstatt Blut durch ihre Adern fließen.

Als gerade einmal ein Viertel des Kuchens geschnitten war, führte sie Maximilian auf seinen Stuhl, drückte ihn sanft nieder und nahm seine Hände von ihren Hüften, um sie brav zu beiden Seiten seines Kuchentellers zu platzieren. Danach eilte sie in die Küche, um sich um die Ersatzschlagsahne zu kümmern und Kartoffelkaffee zu kochen. Aber lange hielt sie es nicht ohne ihn aus, sodass die Sahne noch nicht ganz steif war, als sie sie in die vornehme Porzellanschüssel goss.

Als sie dann endlich mit Kaffee und Sahne zurück im Esszimmer war, hatte Maximilian seine steife Uniformjacke ausgezogen und schaute sich um. »Zu Hause«, sagte er leise und schüttelte ungläubig den Kopf. Es wirkte, als habe er nicht mehr daran geglaubt, eines Tages heimzukehren. Seine Hand strich über das gute Tafeltuch.

Marlene nahm ihm gegenüber Platz und zündete die Kerzen an. »Der Kuchen war etwas lange im Ofen«, entschuldigte sie sich mit Blick auf den dunklen Rand. Der Kuchen war ihr nur ein bisschen weniger peinlich als das Paar selbst gehäkelte Fausthandschuhe, das sie ihm in den Lazarettzug geschickt hatte. Hoffentlich sprach er sie nicht auf ihre verbesserungsbedürftigen Häkelkünste an, nicht heute.

»Ich finde«, widersprach er schmunzelnd, »wenn der Kuchen etwas dunkler ist, passt die helle Sahne viel besser dazu. Das ergibt einen hübschen Kontrast.« Mit einem Lächeln tat Maximilian ihnen Kuchen auf und goss Schlagsahne obendrauf.

Marlene schob ihm verliebt lächelnd ihre Hand entgegen. Er legte seine darauf, sodass ihre wie in einer Höhle geborgen lag. Einhändig ließ es sich ganz ausgezeichnet Kuchen essen, fand sie. Und der Apfelkuchen schmeckte gar nicht mal so schlecht.

»Wirst du mit deinen Kollegen vom D5 in Kontakt bleiben? Woher kamen sie eigentlich?«, wollte sie dann wissen, aber Maximilian wich aus: »Was gibt es Neues in der Kinderklinik?«, fragte er noch kauend zurück.

Marlene hielt kurz inne, weil sie nicht so schnell mit einer Frage nach der Klinik gerechnet hatte. Er klang bemüht unbekümmert, als wäre er nur für ein paar Wochen weg gewesen.

Ihm zuliebe begann Marlene, ausführlich zu berichten. Sie erzählte von ihrer ersten Vorlesung, von den Anstrengungen mit der Spanischen Grippe und beschrieb ihm auch die zufällige Begegnung mit Professor Czerny am Brandenburger Tor.

»Ich vermute, dass er dich gerne als Assistenzärztin einstellen würde, sobald du deine Bestallung hast.« Maximilian streichelte jeden Zentimeter ihres Gesichts mit zärtlichen Blicken, während er sprach. »Gut möglich, dass Julius Ritter dich auch an der Klinik halten will.«

»Ich möchte mit dir zusammenarbeiten«, entgegnete Marlene in vehementem Ton.

Er nahm ihre Hand auf, hauchte einen zärtlichen Kuss darauf und lugte etwas müde, aber nicht weniger verliebt als sie über ihren Handrücken zu ihr. »Du erinnerst dich an die leer stehenden Räume hier in Weißensee, von denen ich dir schrieb?«

»Sicher«, entgegnete sie und wünschte, er würde ihren Unterarm weiter hinauf küssen. Sie spürte, dass ein Sturm in ihr aufstieg.

»Lass sie uns bei Gelegenheit anschauen«, schlug er vor. Er erhob sich von der Tafel, kam zu ihr um den Tisch herum und nahm sie bei der Hand. »Darf ich bitten, gnädige Frau?«

Marlene nickte und ließ sich von ihm – nein, nicht in das Schlafzimmer –, sondern in das Gesellschaftszimmer führen. Abgesehen von dem Grammofon befanden sich darin ein Dutzend gepolsterte Stühle und ein riesiger Wandspiegel. Hier hatte Maximilian vor dem Krieg Tangotanzabende, sogenannte *Milongas,* veranstaltet, zu denen Marlene auch Freunde von der Universität eingeladen hatte. Es waren rauschende Nächte gewesen.

»Darf ich das Stück wählen?«, fragte sie und griff nach jener Schellackplatte, die sie ebenfalls gestern hier deponiert hatte. Es sollte eine Überraschung sein.

Er nickte und nahm auch dann nicht den Blick von ihr, als sie *Mi Noche Triste* auflegte, eine neue Grammofonnadel einsteckte und das Gerät ankurbelte. Die Tangomusik, zu der sie früher getanzt hatten, war ausschließlich instrumental gewesen. Erst jüngst waren vokale Tangolieder wie *Mi Noche Triste* aufgekommen – mit herzzerreißenden Texten.

Die ersten Takte mit den typischen Gitarrenklängen erfüllten den Raum, dann setzte der Sänger mit hoher Stimme ein: »Percanta que me amuraste.«

Marlene und Maximilian bewegten sich in eleganten Schritten nebeneinander her. Er führte sie mehr mit dem Brustkorb als mit den Armen. Von Herz zu Herz, sagte man in Argentinien. Der Sänger klang entschlossen und schmerzgetragen zugleich.

Sie setzten ihre Schritte, drehten sich und stoppten, und es fühlte sich an, als hätten sie erst gestern miteinander getanzt. Ihre Körper waren im ständigen Dialog miteinander. Er führte behutsam, sie folgte willig. Er schien die kleinste Regung ihres Körpers oder Unsicherheit bei einer Drehung zu spüren und darauf zu reagieren. Bei keiner einzigen Figur verloren sie sich, gerieten aus der Achse oder kamen aus dem Takt. In seinen Armen fühlte sie sich so sicher wie die Perle in einer Muschel.

Als der Sänger bei »Ya no hay en el bulin« angekommen war, schritt Marlene mit ihren Füßen die Form der Zahl Acht ab und bewegte sich fließend dazu – eine Figur, die *Ocho* genannt wurde, von der sie wusste, dass Maximilian ganz verrückt danach war.

Unter seiner Führung tanzte sie mehrere Achten hintereinander, während er immer mehr in ihren Anblick versank und darüber sogar seine Tanzschritte vergaß. Dann war sie ganz nahe bei ihm, sodass sich nicht nur ihre Oberkörper berührten, sondern auch ihre Beine und ihre Becken. Das sah keine Tangofigur vor. Maximilian küsste Marlene erst am Hals, dann am Kinn und auf den Mund und presste seinen Unterleib gegen ihren. Ihr wurde ganz warm. Ob es heute DAZU kommen würde?

Maximilian und sie hatten schon oft Zärtlichkeiten ausgetauscht und ihre Körper erkundet, aber sie waren nie bis zum Äußersten gegangen. Eigentlich wollten sie bis zur Hochzeitsnacht warten.

Maximilian zog sein Hemd und Unterhemd aus. Sein breiter Körper war sehniger geworden, fand Marlene. Ihr fiel eine Narbe quer über seiner rechten Schulter auf, die beim letzten Heimaturlaub noch nicht da gewesen war. Was er wohl bei dem Anblick ihres dünnen Körpers mit den langen Beinen dachte? In diesem Moment verspürte sie keinerlei Scham, nur Verlangen. Ihre Beine hatte sie erst mögen gelernt, seitdem sie sich so wunderbar mit ihnen bewegen konnte.

Schritt für Schritt tanzten Maximilian und Marlene zum Schlafzimmer, in dem sie schließlich entkleidet ankamen.

Draußen ging die Sonne unter, als Maximilian die Vorhänge vor die großen Fenster zog. Marlene summte die Melodie von *Mi Noche Triste* vor sich hin.

Er führte sie in das Bett und kam über sie. Sie spürte, wie seine Hände ihre Knie und die Oberschenkel berührten bis dorthin, wo eben noch ihre Strumpfbänder gewesen waren. Es kribbelte in ihr, und sie meinte, gleich den Verstand zu verlieren, wenn sie seinen heißen Atem nur eine Minute länger auf der Haut spüren würde.

»Wagen wir es doch schon?«, flüsterte er.

Sie beantwortete seine Frage mit einem Kuss, bei dem nun sie die Führung übernahm. Wie eben noch beim Tanzen verschmolzen sie nun durch Liebkosungen zu einer einzigen Einheit.

***

18

18. Januar 1919

Zu ihrem fünfundzwanzigsten Geburtstag am Heiligen Abend hatte Emma zwei Wünsche formuliert. Der erste lautete Frieden. Doch obwohl der Große Krieg offiziell beendet worden war und man den Friedensvertrag im französischen Versailles verhandelte, war ihr dieser Wunsch nicht erfüllt worden. Das für die Deutschen unrühmliche Ende des Krieges hatte letztlich dazu geführt, dass man sich nun untereinander anfeindete. Einstige Kameraden von der Front standen sich – nunmehr gruppiert in revolutionäre Linke und radikale Rechte – in Straßenschlachten als Gegner gegenüber. Die Angst vor einem kommunistischen Umsturz, wie er in Russland geschehen war, war groß. Auf dem täglichen Weg zur Arbeit wurde Emma Zeugin von hasserfüllten Pöbeleien und Kämpfen auf der Berliner Allee.

Von vielen politischen Entwicklungen in Berlin erfuhr sie aus dem *Vorwärts*, den sie umso eifriger studierte, je seltener sie Kurt sah. Er war kaum noch zu Hause, und das fröhliche Tastenklappern in seiner Wohnung war verstummt. Wenn sie aber seine Artikel las, dann fühlte es sich an, als säße er neben ihr und unterhielt sich mit ihr. Und dies brachte Emmas Gedanken auf ihren zweiten unerfüllten

Wunsch. Gerne hätte sie Kurt am ersten Weihnachtsfeiertag zu sich eingeladen oder gar ihren Geburtstag mit ihm zusammen gefeiert. Aber Kurt war über die Feiertage zu Bekannten nach Rathenow gereist. Frau Scharinski vermutete, dass die Postbotin ihn dorthin begleitet hatte.

Wenigstens Theodors jüngster Wunsch war in Erfüllung gegangen, denn seit gestern Abend schneite es. Inzwischen türmte sich die weiße Pracht einen halben Meter hoch auf den Gehwegen.

»Es ist schön, dass du mir meinen Wunsch doch nicht abgeschlagen hast«, sagte Tomasz auf dem Weg zum Rodelberg, während Schneeflocken zwischen ihm und Emma umherstoben.

Es war Samstagnachmittag, und neben Emma, Tomasz und Theodor strebten viele Weißenseeer in Richtung Rodelberg. Seitdem die Grippezahlen stark sanken, waren die Kinder kaum noch zu bremsen. Wohl wollten sie ein Vierteljahr Spaß und Spiel nachholen. Es tat gut, so viele fröhliche Gesichter zu sehen.

»Ich hätte am liebsten schon Weihnachten und Silvester mit euch gefeiert«, gestand Tomasz. Kurz nach seiner Ankunft in Weißensee hatte er auf einem Gehöft am Ortsrand Arbeit gefunden. Von dem Lohn, den er für seine Arbeit auf dem Feld und im Stall erhielt, gab er Frau Scharinski etwas zur Miete dazu, weil er weiter auf ihrer Couch schlafen durfte. Er war auch geschickt darin, die Häkelarbeiten der Nachbarin an seine Arbeitskollegen zu verkaufen. So kam noch zusätzliches Geld in Frau Scharinskis magere Witwenkasse. Sie weigerte sich, mehr Geld für die Betreuung von Theodor anzunehmen.

Emma war zu dem Entschluss gekommen, dass ihr Sohn ein Recht darauf hatte, Zeit mit seinem Vater zu verbringen. Sogar Marlene hatte dem zugestimmt, obwohl sie Tomasz für das, was er Emma angetan hatte, nicht mochte.

»Zusammen Weihnachten? Das wäre mir doch etwas zu schnell gegangen«, stellte Emma klar, ohne Theodor vor sich aus den Augen zu lassen. Der Junge zog einen Holzschlitten, das Weihnachtsgeschenk seines Vaters, stolz hinter sich her. Er schien über Nacht wieder gut zu Kräften gekommen zu sein, nachdem er am Vortag über Kopfweh geklagt hatte. Theodor trug zwei dicke Wollpullover unter der Jacke und einen von Frau Scharinski gehäkelten Schal mit dazu passenden Fausthandschuhen in Senfgelb. Die gleiche Mütze, nur etwas größer, hatte die Nachbarin Emma aufgesetzt und kein »Nein« bei der Übergabe am Heiligen Abend geduldet.

»Du hättest ihm nicht ein solch großes Geschenk machen sollen«, sprach Emma weiter. Sie selbst hatte Theodor ein Übungsbuch zum Lesen und eine Handvoll Bonbons aus Rübensirup unter den Weihnachtsbaum gelegt. Maximilian und Marlene hatten an Neujahr mit ihm für das Übungsbuch ein bunt bemaltes Lesezeichen gebastelt.

»Ich habe Theo den Schlitten geschenkt, weil ich möchte, dass er ein glücklicher Junge wird, *kotku*«, rechtfertigte sich Tomasz.

Emma schaute ihn an. »Theo *ist* ein glücklicher Junge«, sagte sie in entschiedenem Ton. »Und bitte nenne mich nicht mehr *kotku.*« *Kotku* war polnisch und bedeutete »kleines Kätzchen«, ein oft verwendetes Kosewort für eine Liebste.

Tomasz fragte vorsichtig: »Und du, bist du denn glücklich?« Schneeflocken glitzerten auf seiner Pelzmütze mit den Ohrenklappen, die ihn wie einen russischen Offizier aussehen ließ.

Emma schaute wieder nach vorn zu ihrem Sohn. »Theo, jetzt rechts abbiegen«, rief sie im Bemühen, Tomasz' Frage auszuweichen. Theodor überlegte nur kurz, dann bog er korrekt ab.

»Er kennt schon rechts und links. Ein kluger Junge«, lobte Tomasz.

»Vor allem ist er wissbegierig«, fügte Emma an. »Er kann es kaum erwarten, sein erstes Buch zu lesen.« Manchmal nahm er sich eines von Marlenes Fachbüchern aus dem Regal und tat so, als würde er ihnen daraus vorlesen.

Als der Rodelberg in Sicht kam, war Theodor kaum noch zu halten. »Mami, darf ich schon vorlaufen?«

Emma schloss zu ihm auf und stülpte ihm die Pudelmütze weit über die Ohren. »Aber sei vorsichtig!« Dann rannte Theodor los und zog stolz den Schlitten durch den knirschenden Schnee hinter sich her.

»Danke, dass du einen guten Jungen aus ihm gemacht hast«, sagte Tomasz. »Ich bin stolz auf ihn und darauf, dass er mir ähnlich ist.« Er griff neben sich in den Schnee, formte einen Ball und warf ihn zum Erstaunen der umstehenden Kinder weit über deren Köpfe hinweg in die Ferne. »*Znowu się zakochałam*«, rief er überschwänglich, was Emma nicht übersetzen konnte.

»Das Haar und die Gesichtszüge hat er eher von mir!«, erwiderte sie kämpferisch.

»Sein offenes, fröhliches Wesen, das hat er ganz bestimmt von mir«, sagte Tomasz und lächelte breit wie einst bei ihrem Kennenlernen im Kuhstall.

Emmas Blick verfinsterte sich. Zu Beginn war es besonders schwierig gewesen, als unverheiratete junge Mutter über die Runden zu kommen. Da hätte sie sein offenes, fröhliches Wesen und zwei zupackende Hände wirklich gebrauchen können.

»Du hast jedes Recht, sauer auf mich zu sein.« Tomasz stoppte und hielt Emma am Arm fest. »Aber verdient nicht jeder eine zweite Chance?«

Emma entzog ihm ihren Arm und ging nun zügig zum Fuß des Rodelberges. Als Theodor ihr zuwinkte, schob sie die aufwühlenden Gedanken an nächtliche Putzaufträge mit dem schlafenden Säugling auf dem Rücken, an die Schande, sich bei der Armenspeisung anzustellen, wieder beiseite. Jetzt, da Tomasz wieder da war, fühlte es sich an, als hätte sie die allerschlimmsten Jahre erst letzten Monat hinter sich gebracht.

Sie schaute zum Rodelberg hinauf. Im Sommer war der Hügel nur eine von Gras überwachsene Abraumhalde. Aber im Winter, wenn Schnee lag, herrschte Hochbetrieb. Kindlicher Jubel und Geschrei umhüllten den Hügel wie das Summen von Bienen einen Bienenstock. Emma erkannte einige von Theodors Spielkameraden wieder, die so eifrig rodelten, als gäbe es kein Morgen. Viele von ihnen rutschten auf Lederstücken in einer Geschwindigkeit hinab, dass ihr allein vom Hinschauen schwindelig wurde.

Begeistert präsentierte Theodor den neuen Schlitten seinen Freunden. Als er mit gleich drei Spielkameraden dicht an dicht auf dem Schlitten saß und den Rodelberg hinabsauste, blieb Emma fast das Herz stehen. Nach jedem Schneefall wurden Kinder mit gebrochenen Gliedmaßen in die Kinderklinik eingeliefert.

»Ich überlege, für eine Weile in Berlin zu bleiben«, eröffnete Tomasz, der längst wieder zu ihr aufgeschlossen hatte.

Emma konnte spüren, dass er sie erwartungsvoll von der Seite anschaute, während sie Theodor im Blick behielt. Irritiert zog sie sich die Mütze vom Kopf. Was wollte er so lange in Weißensee? Jahrelang war er fort gewesen.

Mit den Worten »Meine ist wärmer!« setzte Tomasz ihr seine Pelzmütze auf. Sich selbst stülpte er die senfgelbe Häkelmütze von Frau Scharinski schief über und grinste breit.

Emma musste sich ein Lachen verkneifen, und im nächsten Moment sauste Theodor auch schon in einem Affenzahn den Hügel hinab. Er konnte einem Schneemann nicht mehr ausweichen und fuhr direkt hinein. Emma wollte zu ihm laufen und nachsehen, ob er unter den Schneemassen unverletzt war, aber Tomasz hielt sie an der Hand zurück. »Ihm geht es gut. Lass ihn ruhig mal ein bisschen wild sein.«

»Wild sein?«, murmelte sie vor sich hin und spürte Tomasz' große Hand um ihre, weil er keine Handschuhe trug. Früher hatte er sie oft festgehalten, wenn sie Angst hatte, sein Fahrrad mit ihr auf dem Gepäckträger zu den Kornfeldern bei Weißensee gelenkt und sie beim Küssen gestreichelt.

Theodor riss sie aus ihrer Erinnerung. Lachend kam er unter dem Schneeberg hervor und winkte begeistert.

»Du musst besser lenken. Und zieh dir deine Mütze über die Ohren«, rief sie, aber Theodor hörte da schon nicht mehr hin und erklomm erneut den Rodelberg.

Tomasz folgte seinem Sohn. Im Schneetreiben beobachtete Emma, wie er sich, oben angekommen, hinter den Jungen auf den Schlitten setzte und ihm zeigte, wie man das hölzerne Gefährt durch die Verlagerung des Körpergewichts lenkte. Für die gemeinsame Fahrt ruckte er sich schnell noch die senfgelbe Häkelmütze zurecht, als trüge er einen feinen steifen Zylinder, und winkte Emma zu. Früher hatte er sie mit solch lustigen Gesten herzlich zum Lachen gebracht.

Die Fahrt begann. In einer Schlängellinie lenkte er den Schlitten den Rodelberg hinab und geschickt um jedes Hindernis herum. Exakt einen Meter vor ihr kam der Schlitten zum Stehen.

»Ich weiß jetzt, wie man lenkt«, rief Theodor begeistert und bog seinen Oberkörper zur Demonstration erst nach rechts und dann nach links. Dann streckte er die Zunge nach Schneeflocken aus.

Tomasz kam vom Schlitten hoch und trat ganz dicht an Emma heran. »Bist du jetzt weniger in Sorge, dass dem Jungen etwas passiert?«, fragte er in vertrautem Ton.

Emma war sich nicht sicher, ob er an seine Frage doch wieder ein kaum hörbares *Kotku* angehängt hatte.

»Etwas weniger, ja«, gestand sie. Dem nächsten Schneemann würde er hoffentlich ausweichen können.

Bedeutungsschwer schaute Tomasz zwischen Emma und dem Schlitten hin und her. »Wie wäre es …«

»Oh ja, Mami!« Theodor hüpfte begeistert auf und ab.

»Ach, nein!« Emma wedelte abwehrend mit den Händen. »Das ist nichts für mich.« Auf kalten Füßen trat sie ein paar Schritte von ihnen weg und dachte dabei, dass sich Tomasz und Theodor ähnlicher sahen, als sie bisher gedacht hatte.

Tomasz streckte seine Hände nach ihr aus. »Du brauchst keine Angst zu haben.«

Aber Emma schüttelte den Kopf. Der Rodelberg war zwar nur ein Hügel, kaum halb so hoch wie ihr Wohnhaus, aber ein Schlitten mit gewachsten Kufen konnte auf der langen Rodelbahn mächtig Fahrt aufnehmen.

»Bitte, Mami«, bat Theodor mit vor Kälte roten Wangen. Er griff nach Emmas Hand.

Nur ihm zuliebe ließ sie sich den Rodelberg hinaufführen. Sie nahm hinter Theodor und vor Tomasz Platz, und die Spielkameraden gaben ihnen Schwung. Während der eisige Wind um die Pelzmütze auf ihrem Kopf pfiff, schmiegte Emma sich an ihren Sohn, der ganz auf das Lenken konzentriert war. An ihrem Rücken bemerkte sie Tomasz, der sich genauso vorsichtig gegen sie lehnte, wie er sie vorhin *kotku* genannt hatte.

Der Schlitten glitt sanft aus. Tomasz half ihr hoch und lobte ihr Geschick als Beisitzerin.

Während Theodor noch etliche Rodelfahrten mit seinen Spielkameraden unternahm, hatte Tomasz fortan nur noch Augen für Emma. »Du bist noch schöner als früher«, bemerkte er.

Emma lächelte, obwohl sie es nicht wollte.

»Und dein Lächeln ist noch immer das schönste von ganz Weißensee.«

Emma heftete ihren Blick wieder auf Theodor. Langsam kam das Kind doch an die Grenzen seiner Kräfte. Es sah verschwitzt und erschöpft aus, und Oskar aus dem Nachbarhaus musste nun helfen, den neuen Schlitten den Rodelberg hochzuziehen.

»Wie oft hast du in den letzten Jahren an mich gedacht?«, wollte Tomasz wissen.

»Wir sollten langsam wieder ins Warme«, wich Emma aus.

»Bitte beantworte mir meine Frage: Hast du in den letzten Jahren mal an mich gedacht?« Hoffnungsvoll schaute er sie aus blauen Augen an, Theodors Augen.

Emma fiel auf, dass Vater und Sohn die gleichen, kaum sichtbaren hellen Wimpern besaßen.

»Und?«, setzte Tomasz nach.

»Manchmal, wenn Theodor hingebungsvoll Quark löffelt oder wenn er fröhlich singt, dann denke ich an dich«, gestand Emma und winkte Theodor zu sich. »Aber dass du damals nicht auf meinen Brief reagiert hast, hat mich sehr verletzt.«

»Ich sagte dir doch bereits, dass ich keinen Brief von dir erhalten habe!«, entgegnete Tomasz entrüstet. »Ehrlich! Ich wäre doch sonst schon viel früher nach Weißensee gekommen. Erst durch Jacub habe ich von unserem Sohn erfahren, und da brach der Krieg aus, und das Land stand kopf.« Er senkte seine Stimme. »Als Fahnenflüchtiger musste ich mich lange verstecken, an eine Reise nach Berlin war nicht zu denken.« Er brach ab, weil Theodor sich ihnen näherte.

Unschlüssig fixierte Emma den Vater ihres Jungen. Tomasz war ein Kriegsdienstverweigerer? Sie wusste nicht, ob sie ihn deswegen für feige oder besonders mutig halten sollte. Wenn sie sich den heimgekehrten Maximilian anschaute, dann wünschte sie niemandem, einen Krieg miterlebt zu haben. Selbst wenn Maximilian Marlene verliebt anschaute, war auch immer etwas Trauriges in seinem Blick, das vor dem Krieg nicht da gewesen war.

»Mami, mir ist kalt«, sagte Theodor. »Und mein Kopf tut wieder weh.«

Emma nickte Tomasz zur Verabschiedung zu, dann setzte sie Theodor auf den Schlitten. »Wir halten unsere Füße gleich an den Herd, ja?«

»Wann darf ich euch wiedersehen?«, fragte Tomasz.

»Ich weiß noch nicht«, sagte Emma, während sie nach dem Zugseil am Schlitten griff.

»Ich werde Geduld haben«, rief Tomasz ihr hinterher, als Emma den Schlitten schon in Richtung Langhansstraße zurückzog.

Zurück im Hinterhof des Mietshauses, klopfte Emma sich den Schnee von den Sachen, bat Theodor, kurz zu warten, und brachte den Schlitten in den Keller, wo sie ihn in einem kleinen Raum verwahrte. Das Licht ging wieder mal nicht. Noch in Gedanken bei dem Gespräch mit Tomasz, stieg sie mit Theodor an der Hand zu ihrer Wohnung hinauf.

Im ersten Stock trat Kurt gerade aus seiner Wohnung. Emma schickte ihren erschöpften Sohn schon nach oben, dann sagte sie etwas aufgeregt: »Ich hatte noch gar keine Möglichkeit, dir ein gesundes neues Jahr zu wünschen.« Ihr fiel auf, dass sein graues Tweedsakko am Kragen eingerissen war. Ob es mit den Krawallen im Verlagshaus des *Vorwärts* zusammenhing, von denen in allen Zeitungen berichtet worden war?

Kurt lächelte, aber seine Miene wurde ernster, als sein Blick an der Pelzmütze auf Emmas Kopf hängen blieb. »Ich bin gerade sehr beschäftigt.« Er wies auf den Stapel Zeitungen unter seinem Arm.

Unwillkürlich nahm Emma sich Tomasz' Mütze vom Kopf, sie wollte das Gespräch noch nicht beenden. »Ich wünsche dir für das neue Jahr, dass du viele interessante Artikel schreiben wirst.« Sie flüsterte nur mehr: »Ich lese sie so gerne.«

Er nickte knapp.

»Mami, mir ist kalt«, rief Theodor von oben. »So kalt wie ein Eiszapfen.«

»Geht es ihm gut?« Kurt blickte nach oben, dann schob er sich seine Schiebermütze tiefer in die Stirn.

»Ja«, sagte sie und spähte über seine Schulter vorsichtig in die Wohnung, ob Dörte womöglich anwesend war, aber es war still hinter ihm. »Wir waren lange rodeln. Auch mir ist ein bisschen kalt.« Sie wusste nicht, warum sie den letzten Satz überhaupt sagte. Vielleicht, weil sie von ihm gewärmt werden wollte?

»Ich muss jetzt los«, sagte Kurt und trat an Emma vorbei. Kurz berührten sich ihre Schultern, was beide für einen Moment innehalten ließ. Dann ging Kurt nach unten.

»Bis bald«, sagte Emma verträumt, dann stieg sie mit einem Stechen im Herzen ins Dachgeschoss hinauf.

Theodor saß entkräftet auf der obersten Stufe. »Meine Beine tun auch weh.«

Als Emma ihm aufhalf, öffnete Marlene gerade die Wohnungstür. Einen Schritt hinter ihr stand Maximilian. Beide waren mondän zurechtgemacht, Marlene mit dunkel geschminkten Augen, Lidstrich und einem gewagten Kleid. Maximilian in Anzug und mit langem, gestriegeltem Haar. Sein Vollbart ließ ihn Jahre älter wirken und verdeckte viel zu viel von seinem Gesicht, fand Emma. Er gab sich Mühe, nicht matt zu wirken, indem er fröhlich fragte: »Na, Theo, wie war es auf dem Rodelberg?« Seit sie alle zusammen Weihnachten verbracht hatten, war Theodor ganz verrückt nach Maximilian. Vielleicht lag es daran, dass ihm bisher ein väterliches Vorbild fehlte.

»Tante Lene, Onkel Max!« Theodor freute sich sichtlich, die beiden zu sehen. »Ich habe auf dem Rodelberg lenken gelernt«, berichtete er stolz, aber auch erschöpft.

»Das zeigst du mir bald mal, ja?«, sagte Marlene begeistert. »Bleibt es bei unserem Besuch im Zoo übermorgen?«, versicherte sich Maximilian. So hatten sie es an Weihnachten abgesprochen.

Theodor nickte matt. »Übermorgen, zu den Affen. Ja.«

»Max und ich wollen tanzen gehen«, erklärte Marlene an Emma gewandt.

»Am Abend vor der Wahl, wo es draußen noch mal richtig gefährlich werden kann? Gewalt und Proteste werden erwartet«, erinnerte Emma und schob sich mit Theodor an ihnen vorbei in die Wohnung. Wenn Marlene nicht von Maximilian oder der Medizin sprach, sprach sie vom neuen Wahlrecht, bei dem endlich auch Frauen ihre Stimme für die neue Nationalversammlung abgeben durften.

Maximilian kam Emma nach und legte Theodor – wohl in einem ärztlichen Impuls – die Hand auf die Stirn. »Er hat erhöhte Temperatur.«

Emmas Puls schoss hoch, viel schneller noch als vorhin auf dem Schlitten. Vereint brachten sie Theodor ins Bett und zogen ihm die dicken Wintersachen aus. Eine böse Vorahnung überkam sie.

Marlene beugte sich über den Jungen. »Tut dir der Kopf weh?«, wollte sie wissen.

»Und schmerzen dir Arme und Beine, wenn du dich bewegst?«, erkundigte sich Maximilian.

Theodor nickte unter Stöhnen, was ihm Schweiß ins Gesicht trieb. Maximilian weitete die Untersuchung aus. Als Ergebnis stellte er fest, dass Theodors Zunge stark belegt und sein Hals gerötet war. Der Junge stöhnte vor Unwohlsein.

»Grippeähnliche Symptome«, flüsterte Emma bang. Das waren die ersten Anzeichen der Spanischen Grippe, deren zweite Welle eigentlich als überstanden galt.

»Ich bringe ihn sofort in die Klinik!«, entschied Maximilian und begann, den Jungen wieder anzuziehen. »Emma, du solltest derweil seine Freunde und alle, zu denen er in den letzten Tagen Kontakt hatte, in die Seuchenhygiene einweisen, befragst sie zu Symptomen, und wenn notwendig isolierst du sie.«

Marlene drückte Emma einen Mundschutz vor die Brust. »Hoffentlich hast du dich noch nicht angesteckt!«

***

19

19. Januar 1919

Marlene träumte, dass Maximilian ihre Brüste liebkoste und die Innenseiten ihrer Oberschenkel streichelte. Als sie ihm »Lieb mich wieder und wieder« zuflüsterte, lösten sich ihre Traumbilder wie Nebel im Sonnenlicht auf. Die Augen noch geschlossen, schob sie ihre Hand unter der Bettdecke zu Maximilian hinüber, um ihn an sich zu ziehen. Es gab nichts Schöneres, als neben ihm aufzuwachen, Haut an Haut mit ihm dazuliegen. Aber ihre Hand griff ins Leere. Das Kribbeln zwischen ihren Schenkeln ebbte ab.

Marlene schaute sich im Schlafzimmer um. Morgenlicht fiel durch die halb geöffneten Vorhänge. »Max?«

Als keine Antwort aus dem Flur kam, erhob sie sich aus dem Bett und setzte sich ihre Brille vom Nachtschrank auf. Barfuß und nur in ihr dünnes Nachthemd gekleidet, ging sie zum Arbeitszimmer.

Leise schob sie die schweren Flügeltüren auf. Und da stand er mit hängenden Schultern am Fenster und schaute versunken in die Ferne. Das tat er nicht zum ersten Mal seit seiner Rückkehr. Seine Uniform hatte er längst in die hinterste Ecke des Kleiderschranks verbannt.

Mit einem zärtlichen »Guten Morgen« auf den Lippen

betrat sie das Arbeitszimmer. Auf Zehenspitzen umrundete sie den Schreibtisch im kolonialen Stil und schmiegte sich von hinten an ihn. Die Gewissheit, dass er nun für immer aus dem Krieg zurück war, löste ein unbeschreibliches Gefühl von Sicherheit und Geborgenheit in ihr aus. Sie konnte sich nicht vorstellen, jemals genug von ihm zu haben, jemals gelangweilt oder lustlos zu sein, wenn er in ihrer Nähe war.

Erst durch ihre Berührung schien Maximilian sie zu bemerken. Seine eben noch angespannten Züge wurden weicher, und er wandte sich ihr zu. »Na, ausgeschlafen?«

Als Antwort nickte Marlene und gähnte. Gestern Abend war es spät geworden, weil sie Theodor ins Isolierhaus der Kinderklinik gebracht und dort mit Emma an seinem Bett gewacht hatten. Maximilian war besorgt um den Jungen, als wäre er sein Ziehkind. In der Nacht war Theodors Körpertemperatur treppenartig angestiegen, auch seine Mattigkeit hatte weiter zugenommen. Gegen das steigende Fieber hatte Maximilian Aspirin in Wasser aufgelöst und es dem Jungen in den Mund geträufelt. Erst gegen zwei Uhr waren sie in seine Wohnung zurückgekehrt.

»Ich muss gleich in die Klinik und nach Theodor schauen«, sagte Maximilian. »Dann kannst du an deinem freien Tag erst einmal wählen gehen. Ich erledige das in meiner Mittagspause.«

Marlene nickte. »Danke.« Mit ihm als Arzt an der Kinderklinik hatte sie keinen Zweifel, dass es Theodor bald besser gehen würde. Nach dem Besuch des Wahllokals wollte sie selbst nach ihrem Neffen sehen.

Stürmisch küsste sie Maximilian auf den Mund. Sie war so froh darüber, dass er den Krieg überstanden hatte, und drängte sich ihm in ihrem Nachthemd entgegen. Sein Vollbart kratzte etwas. Insgeheim hatte sie gehofft, dass er sich bald glatt rasieren und die Haare wieder schneiden lassen würde.

Erst erwiderte Maximilian ihre Zärtlichkeit und gab sich ihren Liebkosungen hin. Er umfasste ihre Pobacken, die sich deutlich unter ihrem Nachthemd abzeichneten. Aber urplötzlich machte er sich frei von ihr, sein Blick verfinsterte sich und glitt hinaus zum Friedhof.

»Bilder aus dem Krieg?«, fragte Marlene mit noch heißen Lippen und öffnete den obersten Knopf seines Hemdes.

Er nickte knapp, trat an den Schreibtisch und begann, in irgendwelchen Unterlagen zu kramen.

»Ich bin sehr stolz auf dich« sagte sie zum Trost. Er hatte so vielen Soldaten das Leben gerettet und war obendrein auch noch gesund zurückgekehrt. Das grenzte beinahe an ein Wunder, wenn man bedachte, dass von den vierzehn Millionen eingezogenen Männern des Landes mehr als sechs Millionen gestorben oder verletzt heimgekehrt waren. Hunderte galten als vermisst, auch Rotkreuzschwestern waren darunter.

»Du schläfst kaum«, wagte sie vorsichtig anzubringen, weil sie sich langsam Sorgen machte. »Und du isst viel zu wenig.« Sie hatte geglaubt, dass er nach ein paar Tagen mit viel Schlaf und etwas Fleisch auf dem Teller wieder der alte Maximilian sein würde, der spritzige Mann, der er vor dem Krieg gewesen war. Aber stattdessen wirkte er mit jedem Tag müder und abgekämpfter. Einzig in ihren Nächten voller Lust kam seine alte Leidenschaft und Kraft noch hervor. Dann liebte er sie bis zur Erschöpfung. Einmal hatte er sogar geweint dabei.

Maximilian ließ seine Unterlagen ruhen und sah auf. »Das wird schon wieder, Lene.« Es klang, als ob er damit auch ihre Beziehung meinte, die sich anders anfühlte als früher. Seit seiner Rückkehr war das Wort »Hochzeit« kein einziges Mal in ihren Gesprächen gefallen, dabei war Marlene längst bereit dafür. Vollzogen hatten sie die Ehe schließlich schon.

Maximilian holte sie an der Hüfte zu sich zurück. »Du wolltest mir noch mehr über deine Patienten in der Kinderklinik erzählen und darüber, was du im Praktikum gelernt hast«, lenkte er das Gesprächsthema um. »Und wie läuft es mit Kollege Buttermilch? Wie ich hörte, hat sein jüngster Artikel über Rippenfellentzündungen im Kleinkindalter landesweit Bewunderung hervorgerufen.«

Marlene hatte den Artikel verschlungen, er war tatsächlich beeindruckend gewesen. »Ich bemühe mich, mir nichts zuschulden kommen zu lassen«, entgegnete sie, »und was die Rippenfellentzündungen angeht, die Doktor Buttermilch für …«, aber da verlor sich Maximilians Blick schon wieder fern der Wohnung, und er schwieg.

»Möchtest du über den Krieg reden?«, fragte sie und folgte seinem Blick nach draußen.

Maximilian schien kurz zu überlegen, dann schaute er auf seine Uhr. »Ich werde zu neun Uhr in der Klinik erwartet. Vielleicht reden wir ein andermal darüber.« Er lächelte etwas gequält.

Marlene spürte, wie ihr das Herz enger wurde. Das hatte er zuletzt auch schon geantwortet, als sie ihn darum gebeten hatte, ihr von seiner Arbeit im Lazarettzug zu berichten.

Seitdem er zurück war, erlebte sie eine Berg-und-Tal-Fahrt ihrer Gefühle. So schnell wie möglich wollte sie die vielen Tage ohne ihn nachholen, keine freie Stunde mehr ohne ihn sein. Aber sein Verlangen schien sich verändert zu haben. Seit seiner Rückkehr an die Kinderklinik, seit dem zweiten Januar, hatte er schon viel zu viele Überstunden angesammelt und kaum noch Zeit für Privates gefunden.

»Gut, dann beim nächsten Mal«, bestätigte sie etwas hilflos. Früher hatten sie sich ihre innigsten Geheimnisse verraten und ihre Ängste miteinander besprochen. Maximilian war die einzige Person, die wusste, dass sie unter dem kleinen Zeh kitzelig war, dass sie sich oft kühner gab, als sie war, und immer noch jeden Tag an ihre tote Mutter dachte.

Bevor er das Arbeitszimmer verließ, hielt er noch einmal inne. »Lene?«

Sie hob den Kopf wieder und schob sich ihre Brille die Nase hinauf.

»Ich liebe dich«, sagte er, dann ging er davon.

»Ich liebe dich auch«, flüsterte sie zurück.

Kurz darauf wurde die Haustür zugezogen.

Vielleicht brauchte es einfach mehr Zeit, bis er sich ihr wieder öffnete, grübelte Marlene auf dem Weg ins Bad. Sie dachte, dass sie sich noch nie so ratlos gefühlt hatte. Gedankenversunken wusch sie sich und putzte sich die Zähne. Dabei versuchte sie, sich vorzustellen, wie es im Krieg für ihn gewesen sein mochte, aber es gelang ihr nicht, es tat ihr nur mehr weh. Deswegen lenkte sie ihre Gedanken auf die bevorstehende Wahl zur Nationalversammlung. Es war ein schönes Gefühl, dass Frauen endlich wählen und gewählt werden durften, zum ersten Mal im Deutschen Reich. Mit ihrem Kreuz auf der Kandidatenliste wollte sie verhindern, dass es erneut eine Monarchie geben würde, aber eine Herrschaft der Arbeiterklasse wünschte sie ebenso wenig. Sie und auch Maximilian befürworteten eine demokratische Staatsform, in der die Interessen aller vertreten wurden.

»Maximilian und ich«, sprach sie beim Ankleiden vor sich hin. Während sie sich die Schuhe anzog, klingelte es an der Wohnungstür. »Moment«, rief sie leichthin. Vermutlich war es der Postbote.

Sie öffnete die Tür, ohne hinzuschauen, trat vor die Garderobe, um sich schnell noch ihr widerspenstiges Haar zu bürsten, und griff nach ihrem Hut. »Legen Sie das *Ärzteblatt* bitte auf den Konsolentisch«, bat sie, während sie den Sitz ihres kirschroten Glockenhuts im Spiegel hinter der Tür prüfte.

»Ich wünsche meinen Sohn zu sprechen«, kam es von der Türschwelle in einem Ton, der Marlene bekannt vorkam, obwohl sie ihn Jahre nicht mehr gehört hatte. Sie erstarrte augenblicklich. Am liebsten hätte sie die Tür wieder geschlossen, aber so viel Unhöflichkeit brachte sie nicht einmal für die unangenehmste Frau von ganz Weißensee auf. Sie drehte sich um. Völlig unverhohlen starrte Maximilians Mutter sie an.

Die Gräfin von Weilert trug einen edlen Pelzmantel, unter dem ein malachitgrünes Tageskleid hervorschaute. Ihr Hut beschattete ihr Gesicht mit der zarten Nase und den großen, weit auseinanderstehenden grasgrünen Augen. Sie trug Handschuhe aus Seide.

Marlene brachte lediglich ein steifes »Guten Morgen« heraus. Seit Maximilian sich bei der Abschlussprüfung der Elevinnen vor mehr als sechs Jahren von seinen Eltern losgesagt hatte, herrschte Funkstille zwischen ihnen. Nur aus dem *Tageblatt* wusste sie, dass der Graf an der Ostfront als Erster Offizier direkt unter General von Hindenburg gedient hatte und immer noch als vermisst galt.

»Ich wünsche, meinen Sohn zu sprechen«, wiederholte

die Gräfin. Ihre Falten um Augen und Mund vermochte keine Schminke abzudecken.

»Er ist nicht da«, sagte Marlene mit bemüht fester Stimme. Ihr waberte schwerer Rosenduft entgegen. »Sein Dienst beginnt um neun Uhr. Er ist bereits auf dem Weg in die Klinik.«

Die Gräfin betrat die Wohnung, als existiere Marlene gar nicht. »Max, bist du da?«, rief sie den langen Flur bis zum Esszimmer hinab.

Als niemand antwortete, stolzierte sie unbeeindruckt über den Flur und schaute in die abgehenden Räume. »Ich weiß, dass Sie Maximilian von mir fernhalten wollen, Fräulein Lindow«, sagte sie. »Sie verhindern ein Wiedersehen zwischen mir und meinem einzigen Sohn, weil Sie befürchten, Maximilian würde sich dann endlich auf die familiären Pflichten besinnen und standesgemäß heiraten.«

Marlene verschlug es kurzzeitig die Sprache.

»Nicht einen einzigen meiner Briefe hat er beantwortet«, sagte die Gräfin weiter und machte am Ende des Flures so heftig kehrt, dass ihre Absätze vermutlich eine Kerbe im Parkettboden hinterließen. »Ich weiß erst seit wenigen Tagen, dass er den Krieg überhaupt unverletzt überstanden hat.«

Seit ihrer Examensverleihung als Kinderkrankenschwester, wo Marlene der Gräfin zuletzt begegnet war, hatte Maximilian nie wieder über seine Eltern geredet. Marlene wusste nichts von den Versuchen seiner Mutter, wieder Kontakt mit ihm aufzunehmen.

Sie holte tief Luft, bevor sie fragte: »Haben Sie schon einmal daran gedacht, dass Maximilian von sich aus keinen Kontakt mit Ihnen wünscht? Ganz ohne mein Zutun?«

Die Gräfin schluckte, straffte sich aber gleich wieder und legte ihre festgezurrte Miene auf.

»Wenn ich Ihnen einen Rat geben darf …«, begann Marlene, kam aber nicht bis zum Ende.

»Dürfen Sie nicht!« Die Gräfin rauschte an Marlene vorbei und verließ die Wohnung.

Marlene redete trotzdem weiter, während ihr das Herz bis zum Hals schlug: »Geben Sie ihm Zeit …«

»Was wissen Sie schon?«, war das Letzte, was die Gräfin sagte, bevor sie nicht mehr zu hören war.

Marlene schloss die Tür wieder, lehnte sich von innen dagegen und musste ein paarmal tief ein- und ausatmen.

*

Als Marlene vor dem Weißenseer Wahllokal eintraf, hatte sich dort bereits eine lange Schlange gebildet. Sogar kranke und greise Frauen wollten es sich nicht nehmen lassen, heute zum ersten Mal selbst zur Urne zu schreiten. Unvermittelt musste Marlene an Hildegard von Bingen, Dorothea Erxleben und Florence Nightingale denken, die von dieser Errungenschaft vermutlich nie zu träumen gewagt hatten. Die Wahl läutete ein neues Zeitalter ein.

Zwar hatten viele Frauen, die während des Krieges in Männerberufen gearbeitet hatten, ihre Arbeitsplätze inzwischen wieder für die Heimkehrer geräumt, doch in ihren Köpfen schien sich etwas verändert zu haben. Das sah Marlene allein daran, wie selbstbewusst sie das Wahllokal betraten. Im vergangenen Jahr hatte sie nur Erschöpfung unter den Frauen gespürt. Während der letzten Wochen war diese von neuer Hoffnung verdrängt worden. Standen nach den mehr als vier Jahren Krieg nun vier hoffnungsvolle Jahre an?

Marlenes Gedanken sprangen zu Dorothea von Weilert, die vermutlich wenig vom Frauenwahlrecht hielt, so traditionell wie sich die von Weilerts mit ihren Verbindungen zum Königshaus immer gegeben hatten. Die weltmännische Eleganz, die dialektfreie Art zu sprechen und ihre arrangierte Schönheit konnten jedoch nicht über die Sorgen der Gräfin hinwegtäuschen. Der Krieg verwundete alle, auch die Wohlhabenden. Trotz aller Abneigung, die sie Maximilians Mutter gegenüber empfand, verspürte sie nun auch Mitleid mit jener Frau, die nicht nur ihren Mann, sondern auch ihren Sohn für immer zu verlieren drohte. Marlene wusste nur zu gut, wie schrecklich es sich anfühlte, plötzlich keine Familie mehr zu haben. Wie groß war wohl die Wahrscheinlichkeit, dass eine vermisste Person nach so langer Zeit noch lebend auftauchte? Verschwindend gering. Sollte sie Maximilian auf seinen vermissten Vater ansprechen, ihn gar schon trösten?

Es dauerte Stunden, bis sie endlich an der Reihe war, den Wahlbrief entgegenzunehmen und hinter einem Vorhang ihr Kreuz auf der Kandidatenliste zu machen. Als sie ihren Wahlumschlag schließlich in die Urne steckte, spürte sie neue Kraft in sich aufsteigen. Sie war fest entschlossen, nicht länger auf eine göttliche Fügung zu warten. Wenn sie Maximilian auf behutsamere Weise als bisher dazu brachte, mit ihr über seine Erlebnisse im D5 zu reden, würde ihn das bestimmt erleichtern. Dann wäre alles bald wieder wie früher, aber vor allem ginge es Maximilian dann endlich besser. Ja, das war ein guter Plan.

***

20

20. Januar 1919

Der letzte Ort, an dem Emma gerade sein wollte, war der Hörsaal. Sie wurde doch im Isolierhaus gebraucht, um Theodor die verschwitzten Hände zu halten! Sein Fieber war auf über vierzig Grad gestiegen. Seit gestern Abend quälte ihn zudem noch schlimmes Bauchweh, obwohl er von seiner Krankendiät, die aus Milch und Haferschleim bestand, kaum etwas aß.

»Schwester Emma, bitte teilen Sie nun die Prüfungsfragen aus!«, forderte Oberin Polsfuß, der die Oberaufsicht über die Zwischenprüfung oblag. Anweisungsgemäß hatten die Elevinnen mit Abstand voneinander Platz genommen und warteten nun gespannt auf die Prüfungsfragen.

Emma räusperte sich. »Natürlich«, sagte sie, bekam den Kloß im Hals aber nicht hinuntergeschluckt. Eher erstickte sie daran. Ähnlich beklommen hatte sie am Vortag im Wahllokal ihre Stimme für die Mehrheitssozialisten abgegeben. Die MSPD vertrat die Interessen der Arbeiter und versprach mehr soziale Gerechtigkeit.

Sie verteilte die Prüfungsfragen, die sie selbst vorbereitet hatte. Lange hatte sie sich auf die Zwischenprüfung gefreut. Endlich würden die jungen Damen beweisen können, dass sie als Kinderkrankenschwestern für die Fortführung der Ausbildung geeignet waren. Aber das alles besaß keinen Wert mehr für sie, wenn Theodor starb.

Emma brachte nicht mal ein ermutigendes Lächeln zustande und versank mit jedem Schritt die Hörsaaltreppe hinauf tiefer in Grübeleien darüber, was sie noch für ihren Sohn tun könnte. Morgens ging sie vor Dienstantritt zu ihm, und abends schlief sie an seinem Krankenbett ein, aber es ging ihm einfach nicht besser.

»Toi, toi, toi«, sagte sie mehr zu Theodor als zu Schwester Grete, bei der sie nun angekommen war. Grete saß als Einzige in der hintersten Bankreihe und nahm den Fragenzettel mit unschlüssigem Gesichtsausdruck entgegen.

Als Emma wieder zurück am Dozententisch war, verkündete die Oberin auch schon: »Die Prüfungszeit beginnt jetzt! Und wehe, ich erwische jemanden beim Schummeln.« Beim vorherigen Jahrgang, für den sie die Zwischenprüfung neu eingeführt hatten, hatte es einen Betrugsversuch gegeben, der unrühmlich ausgegangen war.

Die Elevinnen nahmen ihre Stifte auf. Sibylle quiekte vor Freude über die Prüfungsfragen auf, aber bevor sie ermahnt werden konnte, war sie auch schon hoch konzentriert in ihre Schreibarbeit versunken. Grete hingegen zog den Prüfungsbogen so zögerlich zu sich heran, als müsse dieser erst noch desinfiziert werden.

Während Oberin Polsfuß wie ein Offizier vor der vordersten Bankreihe entlangschritt, verlor sich Emmas Blick in Richtung des Isolierhauses. Vielleicht sollte sie in Sankt Josef für Theodor beten? Gott um Hilfe bitten, das hatte sie schon lange nicht mehr getan. Theodor war der wichtigste Mensch in ihrem Leben. Für ihn würde sie alles tun.

Emma war es unangenehm, dass sie ausgerechnet heute nicht in der Lage war, ihre Verzweiflung zu verbergen. Auf den Tag der Zwischenprüfung hatte sie wochenlang hingearbeitet. Obendrein stand noch die Entlassung eines ganz besonderen Kindes an. Ob es sie aufmuntern würde, in Gedanken ein heiteres Lied zu singen? So wie Frau Scharinski heute Morgen, als Akkordeonmusik in ihrer Wohnung erklungen war? *Muss i' denn, muss i' denn zum Städtele hinaus*, hatte die Nachbarin geträllert. Früher war das Emmas Lieblingslied gewesen. Nicht mal in Gedanken bekam sie einen Ton gesungen.

Oberin Polsfuß trat zu Emma, ohne die Prüflinge lange aus den Augen zu lassen. »Wollen Sie ein Glas Wasser?«

»Nein, danke, es geht schon«, log Emma und straffte sich. Als Beweis ging sie die Seitentreppe neben den Bankreihen hinauf und beschaute jede Elevin eindringlich, was Oberin Polsfuß zufrieden nicken ließ. Emma sah nun, wie versunken und fleißig die Mädchen schrieben. Bei kaum einer schien der Wissensfluss vorzeitig zu versiegen. Einzig Grete legte den Stift immer wieder beiseite und dachte mit hochrotem Kopf nach.

Nach exakt einer Stunde verkündete die Oberin: »Die Prüfungszeit ist abgelaufen!«

Emma machte sich daran, die Antwortblätter einzusammeln. Dabei sah sie, dass die meisten Elevinnen mehrere Seiten Papier vollgeschrieben hatten. Für einen Moment kam Freude in ihr auf.

Emma brachte den Papierstapel in ihr Vorbereitungszimmer in die Mansarde zurück. Sie würde sie korrigieren, wenn sie wieder klarer denken konnte.

Kurz entschlossen nahm sie das kleine Kirchenbuch

ihrer Mutter aus der Schreibtischschublade. Es war der einzige Gegenstand, der ihr von Elisabeth Lindow geblieben war. Ziellos blätterte sie durch das kostbare Stück mit dem ledernen Einband. Beim Brief des Jakobus hielt sie inne, presste ihre Hände zum Gebet aneinander und sprach: »Bekennt also einander eure Sünden und betet füreinander, dass ihr gesund werdet. Des Gerechten Gebet vermag viel, wenn es ernstlich ist.«

*

Als Emma für die geplante Entlassung auf der Chirurgie eintraf, standen die Schwestern und Ärzte bereits im Korridor um Frieda Kunze versammelt. Die kleine Patientin trug über einer dicken Wollstrumpfhose ein knielanges hellblaues Kleid mit lochbesticktem Kragen und dunklen Holzknöpfen. Das feste blonde Haar hatte ihr Schwester Gerlinde zu solch straffen Zöpfen gebunden, dass sie wie die Schülerin einer katholischen Ordensschule aussah. Ob Theodor seinen Schulbeginn noch erleben durfte?

»Schwester Emma, da sind Sie ja!«, rief Frieda und hob zur Demonstration ihr linkes Bein ein wenig an. Anfang November hatte sie mit den Zehen gewackelt. Eine Woche später hatte es in ihren Knien gekribbelt, und seit wenigen Tagen konnte sie ihr linkes Bein aus eigener Kraft bewegen. Sollte es weiter bergauf gehen, vermochte sie am Ende gar noch für einen Moment auf ihren Beinen zu stehen. Dennoch wird sie ein Leben lang auf den Krankenfahrstuhl und helfende Hände angewiesen sein, dachte Emma bewegt. Aber allein die Tatsache, dass Frieda die Rückenmarksprellung überhaupt überlebt hatte, war schon unglaublich und hatte sich in Weißensee längst herumgesprochen. Emma fragte sich, wie viele Wunder der liebe Gott an einem Ort zuließ.

Sie begrüßte Herrn Kunze, dann hockte sie sich neben die Patientin. »Du wirst uns fehlen«, sagte sie und wünschte sich, sie besäße jene Kraft, die Frieda in den letzten Monaten für ihre Heilung aufgebracht hatte.

Das Mädchen beugte sich aus dem Krankenfahrstuhl heraus und umarmte Emma. »Ich werde Sie auch vermissen.«

Emma wischte sich eine Träne fort. Abschiede waren nicht ihr Ding. Sie löste sich aus der Umarmung und erhob sich.

Als Nächstes verabschiedeten sich Doktor Ritter und Marlene von der kleinen Patientin. »Auf Wiedersehen, Doktor Lindow«, erwiderte Frieda freudig. Nicht zum ersten Mal nannte sie Marlene so, das war Emma schon mehrfach aufgefallen, dabei hatte Marlene ihre Doktorarbeit noch nicht einmal begonnen.

»Danke, dass Sie mich gesund gemacht haben«, sagte Frieda an Marlene gewandt. »Wenn ich wieder auf dem Schwebebalken stehen kann, schickt mein Papa Ihnen eine Fotografie davon. Ja, darf er das?« Herr Kunze schaute Marlene mindestens genauso hoffnungsvoll an wie seine Tochter. Emma erinnerte dieser Blick an Kurt.

Mit den Fingern imitierte Frieda nun ein krabbelndes Tier und konnte ein amüsiertes Kichern nicht verbergen. Als Antwort bewegte Marlene ihre Finger gleichermaßen und schenkte Frieda ein Lächeln. »Das Foto würde ich gerne sehen.«

»Aber du musst uns versprechen, dass du deine Beine nicht zu stark belastest«, verlangte Doktor Ritter, wobei sein mahnender Blick nun von Frieda zu deren Vater wanderte.

»Etwas Muskeltraining ist erlaubt, aber nicht täglich und nicht, bis sie schwitzt.«

Während Hektor Kunze nickte, verlangte Frieda nach dem Stationsbären, um sich auch von ihm ordnungsgemäß zu verabschieden. Ein letztes Mal wiegte sie den Bären in ihren Armen. Dann schob Schwester Gerlinde sie zur Wendeltreppe, wo sich Doktor Ritter schon bereitstellte, um den Krankenfahrstuhl die Treppe hinabzutragen.

»Auf ein baldiges Wiedersehen, Fräulein Lindow«, hörte Emma Friedas Vater zu Marlene sagen. »Vielleicht kommen Sie ja doch zur Filmpremiere.«

»Vielleicht«, entgegnete Marlene nur.

Die Einladung war eine nette Geste, ein Dankeschön für die ärztlichen Mühen ihrer Schwester, dachte Emma und winkte Frieda hinterher, die nun von ihrem Vater auf den Arm genommen und zur Wendeltreppe getragen wurde.

»Warte, Papa! Bitte warte!«, rief Frieda plötzlich und drängte ihren Vater umzukehren. Sie ließ sich zu Emma zurücktragen.

»Es gibt einen Zauberspruch, mit dem man alles Mögliche herzaubern kann«, sagte Frieda. »Dann müssen Sie nicht mehr so traurig schauen, Schwester Emma.«

Emma lächelte – berührt über die Fürsorge des kleinen Mädchens. »Der Zauberspruch, den eigentlich nur Kinder aufsagen dürfen, lautet …« Frieda beugte sich an Emmas Ohr und flüsterte: »Lirum, larum Besenstiel, zaubern is een Kinderspiel.«

»Den werde ich mir merken«, verabschiedete Emma sich unter Tränen.

Herr Kunze nickte ihnen noch einmal zu, dann ging er mit Frieda auf den Armen davon. Sobald sich auch die

Schwestern und Elevinnen in die Krankenzimmer zurückgezogen hatten, lehnte Emma ihren Kopf traurig gegen Marlenes Schulter.

Marlene legte ihren Arm um sie. »Ich habe heute um halb zwölf Mittagspause, da schaue ich wieder nach Theo«, versprach sie, aber das tröstete Emma wenig, und sie ging davon.

Bis sie die Chirurgie für ihre Mittagspause endlich verlassen durfte, arbeitete Emma ähnlich ungeschickt wie eine Lernschwester am ersten Tag. Zur Sicherheit übertrug sie die Medikamentengabe an Schwester Gerlinde. Besser, sie faltete Windeln, reinigte Sauger und richtete hier und da ein Kinderbett.

Sie war gerade in der Wäschekammer beschäftigt, als Maximilian angelaufen kam. »Emma, komm schnell! Es geht um Theo!«

Emma stürzte mit Maximilian zum Isolierhaus.

In dem Zimmer, in dem Theodor mit drei anderen Grippefällen gelegen hatte, fehlte sein Bett. Emma wollte aufschreien, als Doktor Ritter zu ihr trat. »Bitte kommen Sie hier entlang.«

Sie spürte, wie ihr der Schweiß zwischen den Brüsten hinablief und ihr Herz so laut schlug, dass sie nicht verstand, was Doktor Ritter und Maximilian im Gehen noch alles zu ihr sagten. Ihre Tränen nässten den Mundschutz und die Schutzhandschuhe, die sie sich am Eingang zur Station angelegt hatte.

Theodor lag zwei Zimmer weiter. Emma lief sofort zu ihm und schmiegte sich an seinen von Krankheit gezeichneten Körper. Er war kaum wiederzuerkennen, so mager, grau und schlaff sah er aus. Ein anderes Kind.

Maximilian fasste Emma bei der Schulter und bedeutete ihr, Theodor nicht so verkrampft festzuhalten. »Es sieht ganz so aus, als sei er doch nicht an der Spanischen Grippe erkrankt«, sagte er in bedeutungsschwerem Ton.

Emma wusste nicht, ob sie schockiert sein oder erleichtert aufatmen sollte. Ihr war schrecklich heiß hinter dem Mundschutz.

Doktor Ritter schlug die Decke über Theodor auf. »Sein Magen ist leicht aufgetrieben.« Als er darauf drückte, gab der Junge ein seltsam gepresstes Gurren von sich, das sie so ähnlich schon mal bei anderen Kranken gehört hatte. »Seine Milz und seine Leber vergrößern sich«, erklärte Doktor Ritter weiter.

Jetzt erinnerte Emma sich auch, wo im Isolierhaus sie dieses Gurren schon mal gehört hatte.

»Es sieht ganz so aus, als ob Ihr Sohn an Typhus abdominalis leidet. Eine Krankheit, deren Symptome in den ersten Tagen mit denen der Spanischen Grippe nahezu identisch sind. Fieber, Kopf- und Gliederschmerzen, Mattigkeit. Es tut mir sehr leid.«

Emma wusste, dass die Sterberate bei Typhus höher war als bei der Spanischen Grippe. Sie hatte keine Worte mehr.

»Typhus ist eine Infektionskrankheit, die von Typhusbazillen hervorgerufen und ausschließlich von Mensch zu Mensch oder über kontaminiertes Wasser, Milch oder gemeinsam genutzte Gegenstände übertragen wird. Unterleibstyphus führt zu pathologisch-anatomischen Veränderungen im Darm. Daher seine Bauchschmerzen.« Nach diesen Worten deckte Maximilian Theodor wieder zu und streichelte ihm über die Wange. Theodor murmelte daraufhin etwas von Affen, dann keuchte er mit seinen rissigen

Lippen: »Mami, hilf mir«, und streckte die schlaffen Hände nach ihr aus. Maximilian nickte Emma aufmunternd zu. In diesem Moment wirkte er so stark für seine Patienten. Sie war sehr froh, dass er und niemand anders ihr Schwager war.

Kaum merklich drückte Emma die Hände ihres Sohnes. Er war so schwach, dass sie meinte, seine Knochen zu zerbrechen, sofern sie ganz normal zugriff. Sie musste einen neuerlichen Tränenschwall zurückhalten.

»Eine Blutuntersuchung hat unsere Vermutung bestätigt, deswegen haben wir ihn auch sofort von den anderen Grippefällen isoliert«, erklärte Maximilian und wies die Stationsschwester an, dies in der Krankenakte zu notieren.

Emma hatte schon Typhuskinder gepflegt. Daher kannte sie auch das seltsame Gurren und wusste, dass der Vernichtung der ausgeschiedenen Krankheitserreger und der laufenden Desinfektion größte Aufmerksamkeit zu schenken war. Aber das alles zog sie nicht so sehr herunter wie die böse Vorahnung, die wie ein kalter schwarzer Schatten über sie kam: Theodor war so krank, weil sie als Mutter versagt hatte. Unterernährte Kinder waren für die Ansteckung mit Typhus nämlich besonders empfänglich. Sie hätte mehr Essen, rotes Fleisch und nicht immer nur Kartoffeln auftreiben müssen.

»Theo«, bat Maximilian und trat auf die andere Seite des Bettes. »Zeigst du uns mal deine Zunge?«

Theodor reagierte nicht. Zweimal musste Maximilian die Frage wiederholen. Bei manchen Patienten führte Typhus zu Schwerhörigkeit.

Emma verfolgte hinter einem Tränenschleier, wie schwer es ihrem Sohn fiel, überhaupt den Mund zu öffnen. Vor ihrem inneren Auge sah sie ihn leichthin Quarkschalen auslecken und einem Freund im Spiel auch mal frech die Zunge herausstecken. Würde er dies je wieder tun?

Theodors Zunge war grau-gelb belegt, mit rötlichen Rändern und roter Spitze, was die Diagnose »Typhus« noch einmal bestätigte.

»Der Krankheitsverlauf von Typhus dauert länger als bei der Spanischen Grippe«, sagte Doktor Ritter. »Der Patient wird delirieren, eventuell das Bewusstsein verlieren, scheidet gelblichen Durchfall aus, und rosa Flecken, Roseolen, werden seinen Oberkörper bedecken. Sie sollten darauf gefasst sein, dass Theodor weiter abmagert, Schwester Emma.«

Emma nickte stumm, weil sie nicht wusste, was sie sonst tun oder sagen konnte.

»Wir tun alles, damit Theodor wieder gesund wird«, versprach Maximilian. »Sein Fieber versuchen wir mit lauwarmen Bädern und kalten Wickeln zu senken. Die bisherigen diätischen Maßnahmen behalten wir bei, um seinen Magen und den Darm weiter zu schonen.« Er klang, als könnte Theodor tatsächlich wieder gesund werden, als würde es Maximilian gelingen, ihn doch zu heilen. Emma verstand, wie unersetzlich seine Art im Lazarettzug gewesen sein musste.

»Sie können sich für den Rest des Tages freinehmen, Schwester Emma«, sagte Doktor Ritter, »um noch bei Ihrem Sohn zu bleiben. Und schlafen Sie ein paar Stunden. Die nächste Zeit wird anstrengend.«

Als die Doktoren das Krankenzimmer verlassen hatten, kam Schwester Hertha zu Emma: »Die Cousine von Hanni Weisse hatte auch mal Typhus«, begann sie von einem Artikel aus der *Berliner Illustrierten Zeitung* zu berichten, »und die Heilung hat eine Weile gedauert, aber heute läuft sie wieder quietschfidel durch Weißensee. Das wird bei deinem Theodor bestimmt auch so kommen.«

Emma kannte andererseits auch Menschen, darunter zwei Kinder, die an Typhus gestorben waren. »Danke für die Aufmunterung«, entgegnete sie trotzdem.

Hertha fuhr ihr kurz über die Schulter, dann verließ sie das Krankenzimmer.

Nun saß Emma allein am Bett ihres Sohnes und hielt weiter vorsichtig seine Hand. Sie erzählte ihm seine Lieblingsgeschichte, die er so gerne vor dem Einschlafen hörte, auch wenn vielleicht kein Wort davon zu ihm durchdrang. Dann sang sie Lieder in der Hoffnung, die friedliche Musik würde den giftigen Bazillus aus seinem Körper vertreiben.

Irgendwann dämmerte sie weg und wachte erst wieder von einem raschelnden Geräusch auf. Weil es im Krankenzimmer dunkel war, sah sie nur die Umrisse eines Mannes, der sich einen Hocker an die andere Seite des Krankenbettes zog.

»Tomasz?«, fragte sie und beobachtete verschlafen, wie der Mann Theodors Hand behutsam in die seine legte und flüsterte: »Wenn du wieder gesund bist, lesen wir zusammen dein erstes Buch.«

***

21

2. Februar 1919

Waldemar hielt auf das Ankleidezimmer zu, während er sich noch Reste von Schlagsahne aus den Mundwinkeln tupfte. Zum heutigen Sonntagskaffee hatte es Stachelbeerkuchen gegeben, der noch saurer schmeckte als Pflaumenkuchen. Er hatte trotzdem ein zweites Stück gegessen, denn wer kaute, musste nicht reden. Gerade als er die Türklinke zum Ankleidezimmer hinabdrückte, ließ ihn die Stimme seiner Mutter herumfahren.

»Waldemar, hast du sichergestellt, dass die oberen Herren bei der Kommune deine Arbeit für das Lazarett auch nach dessen Auflösung nicht vergessen?«, fragte Adele Buttermilch von der Salontür aus, die sich am anderen Ende des Flures befand. Trotz der hängenden Lider hatten ihre Augen nichts von ihrer Wachheit eingebüßt. An ihren Fingern blitzten teure Ringe im Flurlicht der *Beletage* auf. »Dein Vater wäre schon längst dafür geehrt worden. Ernst wusste immer, wie er das Beste aus allem herausholt.«

Eine Straßenbahn fuhr quietschend über die Berliner Allee. Sie klang ähnlich ermutigend wie die Stimme seiner Mutter, dachte Waldemar und entgegnete: »Vater hat immer das Beste aus allem herausgeholt, nur nicht aus seiner Gesundheit!« Er warf seinem Vater auf dem Ölgemälde im Flur einen wenig liebevollen Blick zu. Das Bild zeigte Ernst Buttermilch im Arztkittel, mit Stethoskop um den Hals und den Blick pathetisch in die Ferne gerichtet. Ernst Buttermilch war einer der berühmtesten Ärzte Preußens gewesen, eine Koryphäe für Innere Medizin mit Geduld für jeden Patienten, nur nicht für seinen Sohn. Wenigstens eine andere medizinische Fachrichtung hatte Waldemar gewählt, um seinem Vater ein einziges Mal zu widersprechen. Ernst Buttermilch hatte die Kinderheilkunde stets gering geschätzt.

Waldemar ertrug den Anblick seines Vaters nicht länger, besser, er sorgte dafür, dass seine Mutter zurück in den Salon ging. Er rief nach der Pflegerin, damit die sich um Adele kümmerte. Seit das Lazarett schrittweise aufgelöst wurde, waren wieder mehr Pflegekräfte verfügbar. Er hatte eine Hilfsschwester als Pflegerin angestellt.

»Was für respektlose Blicke hast du denn deinem Vater eben zugeworfen?«, empörte sich seine Mutter.

»Wovon sprichst du?«, fragte er, begleitet von einem ahnungslosen Schulterzucken, nachdem seine Mutter die Pflegerin mit folgenden Worten fortschickte: »Ich brauche Ihre Hilfe nicht. Und schließen Sie alle Türen. Es zieht!«

Unter diesem eisigen Ton nahm sogar Waldemar noch einmal Haltung an. Die Krankheit machte seine Mutter aggressiv.

»Dein seliger Vater hat es immer gut mit dir gemeint.«

Ernst Buttermilch hat es immer gut gemeint? Waldemar war fünf gewesen, als sein Vater die ersten Züchtigungen ganz nach preußischer Manier an ihm vorgenommen hatte. Ihn selbst hätten solche Maßnahmen als Kind erst auf den rechten Weg geführt, hatte sein Vater stets behauptet, wenn er den kleinen bibbernden Waldemar in die Wanne, voll mit eiskaltem Wasser, gedrückt hatte.

Adele Buttermilch klang versöhnlicher, als sie sagte: »Als seine Familie sind wir verpflichtet, sein Andenken stets in Ehren zu halten.«

»Ja, Mutter. Ich halte unsere Familie in Ehren«, pflichtete Waldemar ihr bei, damit sie Ruhe gab. Er wollte sich endlich ankleiden. »Möchtest du, dass ich dich noch in dein Zimmer begleite?« Er könnte sie vor das große Fenster bringen, von dem aus sie stundenlang nach draußen blickte.

Daraufhin schaute seine Mutter ihn länger an, aber ohne etwas zu sagen.

»Geht es dir gut?«, fragte er irritiert. Er war sich nicht sicher, ob Adele nicht doch seine Gedanken lesen konnte. Dann wüsste sie nämlich, dass er nach dem Kaffee nicht in die Klinik fuhr, sondern eine Frau treffen würde. Seine Mutter würde verlangen, den Namen und den familiären Hintergrund der Frau zu erfahren.

»Es geht mir gut, aber in mein Zimmer möchte ich jetzt nicht«, antwortete sie, obwohl ihre Krankheit unübersehbar fortschritt. Sie bewegte sich einfach nicht von der Salontür fort.

»Komm, ich begleite dich hinüber auf die Chaiselongue«, schlug Waldemar vor, damit sie ihn endlich in Ruhe ließ. Es gab Tage, da schlich er sich regelrecht in sein Zimmer, damit sie seine Anwesenheit nicht bemerkte.

Seine Mutter stimmte schließlich zu. Stolz wie eine Königin setzte sie ein Bein vors andere. Sie konnte nur noch kleine, langsame Schritte tun. Als sie endlich auf der Chaiselongue saß, breitete Waldemar eine Decke über ihren Beinen aus.

»Bitte lies mir etwas vor, Junge.« Sie deutete zum Regal, in dem sich Bücherrücken mit goldenen Lettern zu einem Kunstwerk zusammenfügten. »Etwas Erbauliches wird meinen angespannten Nerven guttun.« Als würde sie spüren, dass er es heute eiliger hatte als gewöhnlich.

Waldemar zog ein Buch mit einem leuchtend roten Rücken aus dem Regal, stellte es aber schnell wieder zurück. Aus dem *Ehezuchtbüchlein* würde er ihr jetzt bestimmt nicht vorlesen. Er suchte etwas Unverfängliches und griff nach Schillers Gedichten, holte sich einen der Polsterstühle neben die Chaiselongue und begann zu lesen.

Nach der *Glocke* schloss seine Mutter endlich die müden Lider, lauschte aber noch aufmerksam. Erst bei der zweiten Strophe des *Handschuhs* atmete sie so regelmäßig, wie es nur Schlafende vermochten.

Waldemar stellte das Buch ins Regal zurück und verließ den Salon auf leisen Sohlen. Im Flur informierte er das Dienstmädchen noch darüber, dass er zum Abendessen nicht da sein würde, dann zog er sich endlich ins Ankleidezimmer zurück. Wohl aus Gründen der Schicklichkeit hatte seine Mutter ihn in diesem Raum noch nie gestört. Nach wie vor beneidete er seine Schwester für ihre Unterkunft fern der Buttermilch'schen *Beletage*. In Situationen wie diesen, wenn Adele ihn wieder einmal nicht in Ruhe ließ und nur an ihm herumkrittelte, dann sehnte er sich in eine eigene Wohnung und in ein Leben, in dem seine Mutter bereits unter der Erde war. Aber jetzt wollte er sich ganz auf den erfreulichen Termin konzentrieren.

Über das weiße Hemd mit dem Stehkragen und über die silbergewirkte Abendweste zog er seinen besten Anzug, den schwarzen mit den Nadelstreifen, und band sich seine Festkrawatte in den kaiserlichen Farben um. Wie er selbst stand auch seine Verabredung unverändert auf der Seite der Kaiserlichen, obwohl die Sozialdemokraten die Wahl gewonnen hatten. Waldemar war sich ziemlich sicher, dass die Demokratie nur eine vorübergehende Erscheinung war. Es führte doch nur ins Chaos, wenn jeder Dahergelaufene in der Politik mitreden durfte. Nicht mehr lange, und der Kaiser würde aus dem Exil zurückkehren. Waldemar und seine politischen Freunde unterstützten entsprechende Bemühungen ebenso wie die Abschaffung des neuen Frauenwahlrechts. Unvermittelt musste er an Marlene Lindow denken, die, seitdem Maximilian von Weilert wieder an der Kinderklinik arbeitete, zunehmend sicherer auftrat. Lange schaute er sich das nicht mehr mit an. Gut, dass Walburga als Oberschwester zurück war und mit ihm gemeinsam für mehr Ordnung und Anstand sorgen würde.

Waldemar rieb sich Pomade auf die Fingerspitzen, um seine Stirnlocken zu richten. Wie immer war er etwas aufgeregt, wenn er in adligen Kreisen verkehrte. Sein Großvater war ein einfacher Büchsenmacher gewesen, und sein Vater hatte sich das Medizinstudium vom Munde abgespart.

Mit zeremonieller Geste setzte Waldemar sich die steife Melone auf und beschaute sich im Spiegel. Ein stattlicher Herr mit kaum nennenswertem Wohlstandsbauch schaute ihm entgegen. Er war äußerst zufrieden mit seinem Äußeren. Als er sich an einem Lächeln versuchte, klopfte es an der Tür.

»Die gnädige Frau verlangt nach Ihnen, Herr Oberarzt Buttermilch«, informierte die Pflegerin mit zarter Stimme.

Waldemar trat in den Flur. »Bitte bringen Sie mir meinen Mantel, und dann sagen Sie meiner Mutter, dass ich schon fort bin.« Waldemar ließ sich den Mantel anlegen und verließ die Wohnung.

Mit jedem Meter, den er sich von der *Beletage* entfernte, atmete er leichter. Unten vor dem Haus stieg er in seinen Opel 5/12 und fuhr heftig an. Zum Glück lag kein Schnee mehr.

Vor dem *Berliner Hof* angekommen, parkte er sein Automobil auf dem Antonsplatz, direkt neben dem Kaiser Wilhelm-I.-Denkmal, wo es vom Restaurant aus gut zu sehen war. Der *Berliner Hof* war ein Hotel mit viel gelobtem Restaurant, in dem Lebensmittelknappheiten keine Rolle spielten.

Ihm wurde die Tür geöffnet und der schwere dunkelrote Stoff des Windfangs aufgehalten. Waldemar nannte seinen Namen und gab dann Melone und Mantel ab, bevor er über einen spiegelglatten Marmorboden zum Tisch am Fenster geführt wurde. Gedämpftes Besteckklappern war zu hören. Die Glaslüster an den Decken glitzerten dezenter als die Klunker seiner Mutter.

Eine Viertelstunde nach der verabredeten Zeit betrat Dorothea von Weilert den Gastraum. Sie schwebte auf dem glatten Marmorboden elegant zu ihm an den Tisch heran und erwähnte ihr Zuspätkommen mit keinem Wort. Gleich eine ganze Reihe von Kellnern, ein Koch und der Besitzer folgten ihr und begrüßten sie, bevor Waldemar es tun konnte.

Als er an der Reihe war, deutete er einen Kuss über ihrer Hand an, die durch den Seidenhandschuh hindurch nach Rosen roch. »Ich war sehr erfreut über Ihre Einladung, Gräfin«, sagte er und stieß dann beinahe mit dem Oberkellner zusammen, der der Gräfin ebenso eilfertig wie er selbst den Stuhl zurechtrücken wollte.

Dorothea von Weilert nahm Platz. »Ich dachte, dass es angenehmer wäre, die Verwendung der noch verbliebenen finanziellen Mittel des Lazaretts nicht in den zugigen Fluren des Schlosses zu besprechen.«

»Eine hervorragende Idee«, bestätigte Waldemar. Der größte Spendenbetrag bei der Errichtung des Lazaretts war von der Gräfin gekommen. Es sah ganz so aus, als spielte die Kriegskrankenpflege seit dem Verschwinden ihres Mannes eine besondere Rolle für sie. Vermutlich tröstete es sie, anderen Männern helfen zu können, den Krieg zu überleben. Über die Verwendung ihrer Gelder hier im Lazarett Weißensee wollte auch sie informiert werden, so war es vertraglich für alle Spender geregelt.

Der Kellner überreichte ihnen die Menükarten und empfahl die Entenbrust in Orangensoße, dazu einen Château Margaux. Aber Waldemar und die Gräfin waren sich einig, dass sie von den Franzosen nichts trinken wollten. Stattdessen wählten sie einen Riesling aus dem Rheingau als Begleitung zur Vorspeise.

Während sie ein Pfifferlingssüppchen löffelten, berichtete er von der Verwendung der Gelder und wie er den verbliebenen Betrag auszugeben gedachte. Zum Beispiel für eine Erinnerungstafel, die die Namen der Spender und der im Schlosslazarett behandelnden Ärzte auflistete.

Die Gräfin hörte ihm aufmerksam zu. Sie stellte Fragen zum Lazarett und wie viele Männer schon geheilt werden konnten. Nicht ein einziges Mal unterbrach sie ihn. Das ermutigte ihn, ihr – abseits der Agenda – von seiner letzten genialen Operation zu erzählen. Für die Amputation eines Unterschenkels hatte er weniger als eine Minute benötigt.

»Solch fähige Männer wie Sie«, merkte Dorothea von

Weilert daraufhin an, »bräuchte unsere Politik dringender denn je.«

Der freundliche Klang ihrer Stimme und ihr zurückgenommenes Lächeln beruhigten Waldemar. Sie war eine Frau mit Anstand, weswegen er vermutete, dass sie nicht wählen gegangen war.

»Es ist nett, dass Sie dies anregen, an die Politik habe ich auch schon gedacht«, antwortete er, dann ließ er sich ein Stück Kalbsfleisch auf der Zunge zergehen.

Es dauerte keine Hauptspeise lang, dass sie sich über die Mittelverwendung einig wurden. Draußen war es inzwischen stockfinster. Als Waldemar von seinem leeren Teller aufschaute, lag der Blick der Gräfin ungewohnt lange auf ihm. Sie hatte ihr Dessert, einen Mandelpudding, kaum angerührt. »Um noch einmal auf Ihre besonderen Fähigkeiten zurückzukommen, Herr Doktor Buttermilch«, sagte sie.

Er fühlte sich plötzlich nicht mehr imstande, den Blick von ihr zu nehmen. »Sagen Sie Waldemar zu mir«, bat er und nahm sein Glas voll gutem deutschen Wein, um ihr zuzuprosten.

Sie erwiderte seine einladende Geste mit einem Lächeln.

Er trank durstig.

Bevor die Gräfin an ihrem Glas nippte, sagte sie: »Darauf, dass Ihren weisen Worten in Zukunft mehr Gehör geschenkt werden wird.« Dann trank auch sie.

Eigentlich mochte Waldemar das Wort »weise« nicht, weil seine Mutter ihren Vater oft als »weise« lobte, aber wenn Dorothea von Weilert es sagte, klang es ganz anders.

»Wie werden Sie der politischen Sache dienen, wenn das Schlosslazarett Ende März offiziell geschlossen wird?«, fragte Dorothea von Weilert und umfasste den Kelch ihres Weinglases, bevor sie erneut daran nippte.

Waldemar gefielen ihre langen, grazilen Finger, und er benötigte einige Sekunden, um seinen Blick von ihnen zu nehmen. Etwas abgelenkt legte er ihr sein Engagement im *Bund der Aufrechten* dar, eine Organisation, der vor allem hohenzollerntreue Monarchisten angehörten. Ziele der *Aufrechten* beinhalteten den Sturz der Republik und die Auflösung der Demokratie.

»Sehr gut«, sagte sie und schaute nach draußen auf den Antonsplatz.

Er hoffte, dass sie im Schein der Straßenbeleuchtung die perfekt gewienerte Karosserie seines Opels sehen konnte.

Waldemar nutzte den Moment ihrer Ablenkung, sie genauer zu betrachten. Sie besaß Eleganz, hatte Stil und Anstand. Er erinnerte sich daran, wie sie bei öffentlichen Auftritten eine Zierde an der Seite ihres Mannes gewesen war.

»Und Ihre Aufgaben in der Kinderklinik?«, fragte Dorothea und schaute wieder zu ihm zurück. »Sie arbeiten dort schon seit sehr vielen Jahren als Oberarzt, nicht wahr?«

Die Wahrheit war, dass er zuletzt viel öfter im Schlosslazarett geackert hatte, weil er den Niedergang der Klinik nicht mit ansehen wollte. Seine Tätigkeiten dort als Oberarzt hatte er auf wenige Stunden pro Tag reduziert. Lange hielt er es nicht mehr aus, Julius Ritter in die Augen zu schauen, ohne ihm zu sagen, dass er nicht mehr der beste Mann auf dem Posten des Klinikleiters war. Waldemar nahm seinem Freund übel, dass er Marlene Lindow nicht entlassen hatte.

»Erlauben Sie mir eine Anmerkung«, bat Dorothea, und Waldemar hoffte, dass sie sich ihm etwas entgegenbeugen würde, damit er noch mehr von ihrem Parfüm riechen konnte. »Ich glaube, Sie wären ein fabelhafter Ärztlicher Direktor«, sagte sie und lehnte sich auf ihrem Stuhl etwas zurück. Leider.

Waldemar nickte gleich mehrmals und sog sehnsüchtig ihren fernen Rosenduft ein. Das Problem war nur, dass der Bürgermeister nicht so leicht davon zu überzeugen war, Julius Ritter wegzuloben.

»Wenn Sie erlauben, würde ich mich gerne für Sie einsetzen«, bot die Gräfin an.

Waldemar dachte erst, dass er es nicht nötig hätte, dass eine Frau ihm half, aber Dorothea von Weilert war keine normale Frau. Sie war eine Gräfin, deren Mann Kontakte in die einflussreichsten Kreise besessen hatte. Kontakte, die sie vermutlich weiter pflegte. Er hatte Mühe, seine aufkommende Freude zu verbergen. »Woran denken Sie konkret?«, wollte er wissen.

»Mein Mann war gut befreundet mit dem Bürgermeister von Weißensee. Besonders, seitdem Anton als vermisst gilt, hat Herr Woelck immer ein offenes Ohr für mich. Ich könnte ihn bitten, Sie zum Ärztlichen Direktor zu machen, und dem Ganzen mit finanzieller Unterstützung für die Kommune eine gewisse Dringlichkeit verleihen.«

Waldemar hatte Weißensees Bürgermeister bisher nicht als bestechlich erlebt, aber er wusste auch nicht alles von dem Mann. Er lächelte zufrieden, denn es sah ganz danach aus, dass er eine herausragende neue Vertraute gewonnen hatte. Auf die Informationen von Stationsschwester Vera pfiff er schon länger. Der Frau war nicht mehr zu trauen, hatte sie ihm doch von keinen besonderen Vorkommnissen während des theoretischen Unterrichts von Marlene Lindow berichtet. Waldemar hatte einmal gelauscht und den theoretischen Unterricht als viel zu locker empfunden. Und wie die Lindow die Rolle der Frau immer wieder betonte, das war eine Frechheit und völlig übertrieben.

Dorothea von Weilert lehnte sich vor. »Einen Gefallen müssten Sie mir als neuer Ärztlicher Direktor allerdings tun«, sagte sie.

»Natürlich«, versicherte Waldemar. Er lockerte seinen Stehkragen, weil ihm inzwischen schrecklich heiß war. »Um welchen Gefallen handelt es sich?« Er versuchte, ihre Finger nicht erneut anzustarren, sosehr es ihn auch danach verlangte.

»Entlassen Sie das Fräulein Lindow, sobald Sie Ärztlicher Direktor sind«, sagte die Gräfin und lächelte sanft, wie Waldemar fand.

»Es wäre mir ein Vergnügen, Dorothea«, bestätigte er und hielt ihr sein Weinglas entgegen. Schon lange hatte er sich nicht mehr so wertgeschätzt gefühlt.

***

22

15. Februar 1919

»Sind Sie bereit für Ihre erste eigene Operation unter Anleitung?«, fragte Maximilian hinter seinem Mundschutz.

Marlene atmete tief durch. »Jawohl, Herr Doktor.« Sie hatten sich darauf geeinigt, sich in Anwesenheit von Kollegen und Schwestern zu siezen. Es war professioneller, Privates und Berufliches voneinander zu trennen. Nur so würde es weiterhin möglich sein, dass sie zusammen im Operationssaal standen und gemeinsam Krankenakten studierten, ohne dass jemand Anstoß an ihrer Zusammenarbeit nahm.

Trotzdem fiel es Marlene nicht leicht, sich an diesen distanzierten Ton zu gewöhnen. Sie senkte den Blick auf den Patienten. Der einjährige Hans-Otto lag narkotisiert auf dem Operationstisch und war bis zum Hals mit Tüchern bedeckt, nur seine Leistengegend war freigelegt. Er sollte wegen eines Wasserbruchs operiert werden.

»Das Skalpell bitte, Schwester Gerlinde«, bat Marlene und erschauderte unter ihren Worten. Selbst zu operieren, mit eigenen Händen Linderung verschaffen zu dürfen – mit diesem Wunsch hatte sie ihr Medizinstudium einst begonnen.

Die Operation eines Wasserbruchs war ein risikoarmer Eingriff, und etwas Gefährlicheres stand Marlene als Medizinalpraktikantin auch nicht zu. Bereits zweimal hatte sie bei identischer Diagnose assistiert. Aber selbst ein Skalpell zu führen, selbst die Verantwortung für einen Patienten zu übernehmen war eine ganz andere Sache und weit entfernt vom Assistieren.

»Wie werden Sie vorgehen?«, fragte Maximilian, den Blick auf den Patienten geheftet. In einem ähnlichen Ton hatte er zuletzt ihr Angebot ausgeschlagen, mit ihr über seine Erlebnisse im Krieg zu reden. Diese schienen ihn mit jedem Tag mehr zu bedrücken. Sie wollte so gerne für ihn da sein, aber dafür musste er sich ihr anvertrauen. Womöglich half ihm der heutige Abend, zu seiner alten Offenheit zurückzufinden. Heute Abend würden sie endlich einmal wieder zu einer *Milonga* gehen und ihre erste – hoffentlich gelungene – Operation feiern. Eines der besten Tangoorchester gastierte diese Woche im *Tangokeller* in Berlin-Mitte.

»Ich werde den Wasserbruch durch einen Schnitt an der Leiste operieren, von dem aus ich den betroffenen Hoden und seine Hodenhülle freilege«, erklärte Marlene und bemühte sich, alles Private endlich beiseitezuschieben.

Als Wasserbruch wurde die pathologische Ansammlung von Flüssigkeit in der Hodenhülle im Hodensack bezeichnet, die zu einer schmerzhaften Schwellung führte. Ein Wasserbruch sollte spätestens im Alter von einem Jahr operiert werden, weil dann nicht mehr von einer natürlichen Rückbildung des Bauchfellspalts, durch den die Flüssigkeit in die Hodenhülle gelangte, ausgegangen werden konnte. Hans-Ottos Operation diente auch der Versicherung, dass die Hodenschwellung nicht von einem Tumor herrührte.

Marlene setzte den Leistenschnitt und spürte, wie ihr der Schweiß auf die Stirn trat. Sie bewegte den linken Hoden des Patienten, während sie ihn rundherum inspizierte. Dann erklärte sie Maximilian und den Schwestern: »Ich kann keine Veränderung feststellen, die auf einen Tumor hindeutet.« Oberarzt Buttermilch war der Spezialist für Tumorkinder an der Kinderklinik. Ihm würde bei einer Krebsdiagnose die Weiterbehandlung obliegen.

»Dann bringen Sie den Hoden nun zurück in seine eigentliche Position«, wies Maximilian an, ohne vom Operationstisch aufzuschauen.

Marlene erledigte auch dies fehlerfrei, dann tupfte sie das austretende Blut fort. »Nun raffe ich die Hülle, die Tunica testis, und vernähe die noch vorhandene Lücke zum Bauchraum, damit nicht erneut Flüssigkeit übertreten kann«, beschrieb sie die geplanten Handgriffe, während eine der Schwestern schon eine Auswahl an Nadeln und Fäden bereitlegte.

»Worauf achten Sie besonders?«, drängte Maximilian aber noch zu wissen, bevor sie den passenden Faden auswählte.

Beinahe verlor sie sich in seinen grasgrünen Augen. »Sie meinen, ich muss darauf achten, dass die Tunica testis eng am Hoden liegt, bevor ich zu nähen beginne?« Hinter ihrem Mundschutz lächelte sie liebevoll. Dieses Mal fügte sie kein hochherrschaftliches »Herr Doktor« an.

»Richtig.« Maximilian nickte knapp. »Dann nähen Sie nun Ihre schönste Naht, Fräulein Lindow.«

Marlene setzte jeden Stich mit Bedacht und knotete hoch konzentriert. Sie spürte Schweißtropfen ihren Rücken hinablaufen. Mit den letzten Stichen vernähte sie die kleine Hautwunde an der Leiste. Abschließend verband sie die frische Wunde noch. Damit war ihre erste Operation unter Anleitung geschafft!

Erleichtert atmete sie auf. Die Behebung eines Wasserbruchs galt als einfacher Eingriff, aber trotzdem hatte sie für das gelungene Ergebnis alle Konzentration und Fingerfertigkeit aufbringen müssen, die sie besaß. Nur eine falsche Bewegung, ein Schnitt zu lang oder ein wirrer Moment beim Nähen, und der Patient nahm Schaden. Gerade schien es ihr beinahe unvorstellbar, als Ärztin nie einen Fehler zu begehen. Kurz kam ihr Doktor Ritters Geständnis in den Sinn.

Sie bedankte sich bei den Schwestern für deren Unterstützung, dann verließ sie den Operationssaal und ging in den Vorraum zum Waschbecken, wo sich Maximilian bereits die Hände säuberte. Sie legte ihre Operationsschürze, Handschuhe und den Mundschutz ab.

»Ich glaube, es ist ganz gut gelaufen«, sagte sie und nahm das Stück Seife auf.

»Gute Arbeit, Fräulein Lindow«, bestätigte er, was Marlene stolz lächeln ließ.

»Freust du dich auch auf heute Abend?«, wollte sie nun wissen, weil sie alleine waren. Sie sagte es ganz leise. Vielleicht zu leise, denn Maximilian antwortete nicht und schrubbte weiter seine Unterarme. Und als der kleine Patient im nächsten Moment an ihnen vorbeigeschoben wurde, trat Maximilian sogleich zu Schwester Gerlinde. »Ich bringe Hans-Otto mit auf Station«, sagte er, was die Schwester verwundert aufschauen ließ. »Aber dafür bin ich doch da.«

»Es sieht so aus, als ob Hans-Otto schon aus der Narkose aufwacht«, erklärte Maximilian. Er befühlte die Stirn des Jungen und schob dann das Bett los. Schwester Gerlinde konnte nur verwirrt mit den Schultern zucken.

Marlene schaute Maximilian nach, bis er mit dem Bett um die Ecke gebogen war. Ihr letzter Kuss war zehn Tage her. Das letzte Mal, dass sie nebeneinander eingeschlafen waren, lag fünf Tage zurück. Er arbeitete die Nächte durch, übernahm zusätzliche Bereitschaftsdienste, vergrub sich in Krankenakten und jüngst erschienener Fachliteratur.

Marlene hoffte, dass sie heute Abend beim Tanzen endlich wieder zu ihm durchdringen konnte.

*

Eigentlich war das Kleid viel zu dünn für einen Februarabend, aber es war das schönste, das sie besaß. Marlene spreizte den himmelblauen Stoff an den Hüften etwas auseinander und trat ans Fenster, durch das das Licht einer Straßenlaterne ins Büro fiel. Sie hatte das Kleid aus leichter Baumwolle geschneidert, mit gebrauchter Spitze an den Ärmeln und am Saum und Schmuckknöpfen auf dem Vorderteil. Ein breiter Gürtel schmiegte sich um ihre Taille.

Am Morgen hatte sie das Kleid und die Tangoschuhe mit ins Büro gebracht, wohl wissend, dass sie es nach Dienstschluss nicht noch einmal nach Hause schaffen würde. Seit einigen Tagen nahmen die Fallzahlen der Grippekranken wieder zu. Man sprach schon von einer *dritten Welle*, die auf Groß-Berlin zurollte, dementsprechend voll war die Sprechstunde. Vor allem Säuglinge schienen dieses Mal betroffen zu sein. Viele Nachmittagsstunden hatte Marlene zuletzt damit zugebracht, verunsicherte Eltern zu beruhigen und sie in seuchenhygienische Maßnahmen einzuweisen.

In Gedanken wieder beim Abend mit Maximilian, summte sie einige Töne ihres Lieblingstangoliedes *Mi Noche Triste*. Es klang zwar sehnsüchtig, aber auch etwas merkwürdig, weil sie kein Spanisch sprach und nur nach Hören sang. »Percanta que me amuraste.«

»Wie schön du aussiehst«, sagte Emma, die auf dem Weg zum Isolierhaus in Marlenes Büro haltgemacht hatte. »So schön wie unsere Mama«, fügte sie noch an, aber ohne ein Lächeln.

Beinahe erschrocken schaute Marlene an sich hinab. Darin sollte sie ihrer Mutter ähnlich sehen? Elisabeth Lindow war die schönste Frau gewesen, die Marlene je gesehen hatte, die Frau mit der weichsten Stimme und dem liebevollsten Blick, die kein Kleid gebraucht hatte, um sich aufzuhübschen.

Als Marlene vom Kleid aufschaute, fielen ihr noch tiefere Sorgenfalten auf Emmas Stirn auf. Sie ließ sich auf das Sofa plumpsen, ihre Schwesternhaube saß schief auf ihrem Kopf.

Marlene wusste, dass sich Theodors Zustand nicht verbessert hatte. Sein Fieber betrug weiterhin über vierzig Grad, und er wirkte wie benebelt, ein Symptom, das der Krankheit seinen Namen gab. Das griechische Wort »Typhos« bedeutete Nebel. Ein bisschen hatte Marlene ein schlechtes Gewissen, in dieser schweren Zeit tanzen zu gehen, anstatt ihrer Schwester beizustehen und an Theodors Krankenbett zu wachen.

»Soll ich den Abend nicht doch absagen?«, fragte sie und setzte sich neben ihre Schwester auf das Ledersofa.

Emma schüttelte sofort den Kopf. »Geh nur tanzen, wer weiß, wann Maximilian und du das nächste Mal dazu kommt.«

»Bist du dir ganz sicher?«, ließ Marlene nicht locker.

Emma nickte. »Du kannst heute Abend ohnehin nichts für Theo tun. Aber danke, dass du für mich da bist.«

Marlene nahm Emma in den Arm. »Wir dürfen die Hoffnung nicht aufgeben«, flüsterte sie und dachte bei diesen Worten auch an ihren Verlobten.

»Es gibt Menschen, die behaupten, Hoffnung sei nur etwas für Törichte«, entgegnete Emma und machte sich aus der Umarmung los.

»Zu diesen Menschen gehören wir ganz sicher nicht!«, stellte Marlene klar und richtete Emma die Schwesternhaube, sodass sie wieder korrekt saß.

Marlene wusste gerade kaum mehr für sie zu tun, außer ihr den Haushalt abzunehmen, ihr Mut zuzusprechen und sie von etwas Schlaf zu überzeugen. Genauso hatte Emma es einst für sie getan. Mit hängenden Schultern verließ Emma das Büro wieder.

Marlene schickte ein Genesungsgebet für Theodor zum Himmel. Dann holte sie ihren Verlobungsring und den kleinen Beutel, in dem sie ihr einziges Paar Ohrringe aufbewahrte, aus der Schreibtischschublade hervor. Es waren pfauenfedergrüne Perlenohrringe mit weißgoldenen Steckern. Eines der wenigen Geschenke, die sie von Maximilian angenommen hatte. Er hatte ihr die Schmuckstücke mit den Worten geschenkt: »Für die Frau, die mir den Kopf verdreht hat. Bei dir ist mein Herz zu Hause.«

Marlene legte sich die Ohrringe an und rieb sich Wachs ins Haar, das ihre Locken betonte und glänzen ließ. Mit jedem Handgriff gewann die Vorfreude auf den Abend etwas mehr die Oberhand über die Traurigkeit, die die Familie Lindow seit Theodors Erkrankung erfasst hatte.

Sie reinigte ihre Brille und beschloss, auf eine neue zu sparen. Ihre alte Brille lief an den Bügeln schon grün an, und die Gläser wiesen viele Kratzer auf. Sie setzte sich die Brille auf und betrachtete sich in der Fensterscheibe. Ob Maximilian sich auch vor ihr zurückzog, weil er sie nicht mehr so mochte wie vor dem Krieg? Weil er ihr doch noch übel nahm, dass sie ihn in Sankt Josef nicht auf der Stelle geheiratet hatte? Um Theodor kümmerte er sich jedenfalls aufopferungsvoll.

Es wurde Zeit, sich nach draußen zu begeben. Zu zwanzig Uhr war das Automobiltaxi bestellt, das sie nach Berlin bringen sollte. Marlene trug schnell noch Lippenstift in der Farbe von Himbeeren und bronzenen Lidschatten auf und tuschte ihre Wimpern, wie es in Berlin jetzt Mode war. Sie legte sich ihren Mantel um und schloss das Büro ab.

Die ersten Tanzschritte vollführte sie schon auf dem Flur und sang sehnsüchtig vor sich hin: »*Mi noche triste alumbrar.*« Sie stellte sich vor, wie Maximilian ihre Taille beim Tanzen umfassen würde. Allein schon bei der Vorstellung seiner Berührung erschauderte sie. Das Automobiltaxi müsste jeden Moment am Kliniktor eintreffen, dort war sie mit Maximilian verabredet.

Marlene verließ das Klinikgebäude, aber nicht, ohne sich noch einmal umzudrehen. Ihr Blick blieb am allerersten erleuchteten Fenster des Hauses hängen, links unten im Erdgeschoss, wo der Pförtner wohnte. Willy Pinke stand auf seinen Stock gestützt und schaute aus dem Fenster, aber ohne sie zu bemerken.

Sie musste sich beeilen, wenn sie Maximilian nicht warten lassen wollte. Als sie am Kliniktor ankam, stand das Automobiltaxi mit laufendem Motor da. *Küss mich gleich, wenn wir uns wiedersehen*, erinnerte sie sich und lächelte.

Sie nickte dem Fahrer zur Begrüßung zu und wollte die Tür des Fahrgastraumes gerade öffnen, als sie schon durch die Fensterscheibe sah, dass Maximilian noch fehlte. »War Herr von Weilert schon da?«, fragte sie den Fahrer.

»Wer?«, nörgelte der. »Ick dachte, es jeht ma endlich los. Der Motor läuft, det kostet alles Jeld!«

»Bitte warten Sie kurz, wir sind gleich bei Ihnen. Mein Verlobter kommt sofort.« Marlene eilte in die Klinik zurück und rauschte in Maximilians Büro.

Er fuhr zusammen, als sie im Tangokleid und außer Atem vor ihm stand. Er saß im Arztkittel am Schreibtisch und war hinter einem Stapel aus Papieren verschwunden. »Lene?« Er klang verwundert.

»Das Automobiltaxi wartet«, drängte sie. »Es ist acht Uhr.«

»Schon so spät?« Er erhob sich und trat widerstrebend um den Schreibtisch herum vor sie. »Aber ich bin noch mittendrin in meinen Experimenten über die Eigenschaften von Typhusbazillen«, erklärte er und hielt ihr eines der Experimentierprotokolle hin.

»Komm, ich helfe dir beim Zurechtmachen«, bot sie an. Am liebsten sah sie ihn in seinem blauen Anzug mit der hellblauen Fliege. »Berti und Josephine erwarten uns pünktlich im *Tangokeller.*« Beide waren Studienfreunde von Marlene, die früher auch auf den Tanzabenden in Maximilians Wohnung gewesen waren. Josephine war eine der Kommilitoninnen, mit der sie sich während des Studiums die winzige Wohnung unweit der Medizinischen Fakultät geteilt hatte.

»Tanzen?«, wiederholte Maximilian und wirkte, als erfahre er erst jetzt von ihrer Abendplanung.

Marlene nickte gleich mehrmals. »Ich freue mich schon seit Tagen darauf!«

»Ich konnte gerade beobachten, dass Typhusbazillen, die bei siebenunddreißig Grad gezüchtet wurden«, begann er den Satz begeistert, wurde dann aber immer leiser, als er Marlenes versteinerte Miene bemerkte, »ihre Fähigkeit zur

Eigenbewegung vorübergehend verlieren können.« Er trat von ihr weg.

Marlene hatte Mühe, ihre Enttäuschung zurückzuhalten. Von draußen drang das Hupkonzert des Fahrers durch das angelehnte Fenster.

»Können wir das nicht verschieben, Lene?«, fragte Maximilian und streifte ihren Blick aus matten grasgrünen Augen wie ein Verwundeter. »Nur ein paar Tage?«

Dein Herz ist bei mir zu Hause, dachte Marlene verzweifelt und senkte den Blick auf ihre hochhackigen Tanzschuhe mit den Riemchen.

»In einer halben Stunde beginnt der Auftauvorgang einer zweiten Typhuskultur. Es sieht ganz so aus, als ob die Bazillen selbst mehrfaches Gefrieren und Auftauen ...« Er brach ab, weil sie unter Tränen aufschaute.

»Wir brauchen mehr Zeit für uns, damit es wieder so wie früher wird. Verspürst du dieses Bedürfnis nicht auch?« Sie sehnte sich danach, dass er sie endlich wieder in den Arm nahm. Aber er trat nur steif hinter seinen Schreibtisch zurück und starrte seine Forschungspapiere an. Die Zeit nach seiner Rückkehr und ihre Zusammenarbeit an der Kinderklinik hatte sie sich ganz anders vorgestellt. Einmal hatte sie sogar davon geträumt, wie sie gemeinsam ein Heilmittel gegen die Masern, eine der schlimmsten Kinderkrankheiten, entdecken würden.

»Ich brauche mehr Zeit für mich«, sagte er nach längerer Pause, während der sogar der Taxifahrer Ruhe gegeben hatte. Oder war er bereits losgefahren?

Marlene meinte, ihr Herzschlag setze aus. Mehr Zeit für sich selbst anstatt miteinander? Die Schminke brannte in ihren Augen. Wie ein Film lief die Erinnerung an den Sonntag der Mobilmachung und an ihre Verweigerung des Ehegelübdes vor ihrem inneren Auge ab. Sie bekam kaum mehr Luft. Maximilian liebte sie nicht mehr.

»Verzeih mir, Lene«, sagte er emotionslos und beugte sich wieder über seine Papiere.

***

23

20. Februar 1919

Emma lag in der Dachgeschosswohnung im Bett und hörte eine Männerstimme ein Lied summen. War es wieder Kurt, wie neulich Nacht, im Krankenhaus an Theodors Bett? Auf einem Hocker sitzend, hatte er ihrem Sohn versprochen, mit ihm zusammen sein erstes Buch zu lesen, sobald Theodors Fieber sank und er wieder besser hören konnte.

»Kurt?«, flüsterte sie mit geschlossenen Augen, als träume sie noch. Verschlafen richtete sie sich auf. Ihre Augen fühlten sich geschwollen an, und in ihrem Kopf hämmerte es. Letzte Nacht war es spät geworden, weil Walburga Buttermilch nach ihrer Genesung eine minutiöse Übergabe der Unterrichtsunterlagen verlangt hatte. Sie war früher als angekündigt zurückgekehrt und schien beim Gehen noch nicht komplett schmerzfrei zu sein. Fortan würde Walburga wieder die praktischen Übungsstunden abhalten. In dieser schwierigen Zeit kam Emma weniger Verantwortung nicht ungelegen.

Sie öffnete die Augen, aber statt Kurt sah sie Tomasz an ihrem Bett sitzen. »Was machst du denn hier?«

»Ich möchte für dich da sein.« Er saß neben ihrem Bett mit einem Serviertablett auf dem Schoß und trug einen gehäkelten Schal um den Hals. Die letzte Kohlenlieferung ließ seit Tagen auf sich warten.

»Wie kommst du eigentlich hier herein?«, fragte Emma und setzte sich auf die Bettkante, die Decke um sich geschlungen. Es war sechs Uhr in der Früh.

Tomasz stellte das Tablett, auf dem sich ein Glas Milch und ein Marmeladenbrot befanden, neben sie. »Frau Scharinski war so nett, mir ihren Notschlüssel für deine Wohnung zu leihen, damit ich mich um dich kümmern kann.«

Emma schob das Tablett von sich weg, dann erhob sie sich. Bis auf die Haube trug sie noch ihre Schwesternkleidung. Wegen der stundenlangen Übergabe war sie vergangene Nacht erst sehr spät zu Theodor ins Isolierhaus gekommen und kurz darauf völlig erschöpft an seinem Bett eingeschlafen. Sie wusste nicht mal mehr, wie sie nach Hause gelangt war. Hatte Kurt sie etwa hergebracht? Auch gestern Abend hatte er Theodor wieder im Isolierhaus besucht.

Emma griff nach ihrer Schwesternhaube auf dem Tisch. »Ich muss sofort in die Klinik.«

»Iss wenigstens eine halbe Schnitte!«, verlangte Tomasz. Er schnitt das Marmeladenbrot in zwei gleich große Teile und hielt ihr eine Hälfte davon hin. Aber Emma eilte in die Küche.

»Du magerst immer weiter ab. Und deine Augenringe erst! Das kann nicht gesund sein.« Tomasz folgte ihr in die Küche, wo sie sich das Gesicht wusch und ihre Haare zu einem flüchtigen Knoten zusammenband. Er stellte das Tablett auf dem Küchentisch ab. »Ich mache mir ernste Sorgen um dich.«

Um Theo solltest du dich sorgen!, dachte Emma, schließlich war sein Leben in Gefahr. Seit zwei Tagen war auch Blut in seinem Stuhl, vermutlich aus dem Darm. Und eigentlich hatte sie sich auch um die liebeskranke Marlene kümmern wollen, die seit einem Streit mit Maximilian nun wieder jeden Abend bei ihr schlief. Wo war ihre Schwester eigentlich? Sie hätte im Bett neben ihr liegen sollen, aber vermutlich war sie auf dem Ledersofa im Büro weggenickt.

Emma musste sich an der Waschschüssel festhalten, weil ihr ganz schummrig wurde. Tomasz war sofort bei ihr und führte sie an den Küchentisch. »Wie wäre es, wenn ich mich heute Abend nach Dienstschluss ein bisschen um dich kümmere?«

»Heute nach Dienstschluss? Das geht nicht«, widersprach Emma. »Heute Abend ist die Filmpremiere von *Die Nichte des Herzogs*, zu der ich die Elevinnen als Belohnung für die bestandene Zwischenprüfung eingeladen habe.« Eigentlich hätte sie sich freuen sollen, dass alle Schwesternschülerinnen die Prüfung bestanden hatten, auch Grete. Emma legte ihren Kopf auf die abgestützten Arme, er fühlte sich unendlich schwer an.

»Willst du heute Abend nicht lieber zu Hause bleiben und dich ausruhen?«, fragte Tomasz. »Ich könnte vom *Milchhäuschen* frische Buttermilch und Quark besorgen. Ich hatte früher immer einen guten Draht zum Wirt des Cafés.«

Emma kam ins Grübeln. Noch vor wenigen Tagen hatte sie überlegt, was für ein Kleid sie sich nähen könnte, damit sie aus der Masse der feinen Premierengäste wenigstens nicht negativ herausstach. Es hieß, dass mehr als fünfhundert Filmbegeisterte geladen waren. Aber jetzt schien es ihr ausgeschlossen, sich zu amüsieren, während ihr Sohn mit dem Tod rang.

»Weil sich in einem Kinosaal ein Pferd vor eine Kuh

setzt, tippt die Kuh es an und sagt: ›Würden Sie Ihre Ohren bitte anlegen? Sonst sehe ich nix.‹«

»Tomasz, bitte nicht jetzt«, bat Emma, weil es in ihrem Kopf erneut hämmerte wie in einem Bergwerk. »Gerade ist mir nicht nach lustig sein.«

»Dreht sich das Pferd um«, sprach Tomasz unbeirrt weiter, »tippt sich an die Stirn und sagt: ›So ein Quatsch, eine Kuh im Kino.‹«

Emma musste trotzdem lächeln.

»Siehst du, du hast es nicht verlernt«, scherzte er. »Das schönste Lächeln von ganz Weißensee.«

Emma seufzte über seine unerschütterliche gute Laune, kurz verschwand der Druck in ihrem Kopf. »Ich werde Marlene bitten, mit den Elevinnen zur Filmpremiere zu gehen«, beschloss sie. »Sonst sterbe ich vor Sorge während des Films.«

Tomasz lächelte angetan. »In Liebstadt hättest du keine Sorgen mehr«, erwähnte er wie nebenbei.

»In Liebstadt?«, fragte Emma verwundert.

»Daheim auf unserem Hof. Meine Eltern warten nur darauf, dass ich zurückkomme und den Hof übernehme, jetzt, wo der Krieg vorüber ist.«

Weil er vom Leben auf dem Land sprach, dachte Emma an ihre früheste Kindheit in Lübars. Auf dem Land aufzuwachsen war das Beste, was einem Kind passieren konnte. Ob die kleine Kate noch stand? Wenn Marlene und sie mal nach Lübars fahren würden, könnten sie endlich mit der Vergangenheit Frieden schließen.

»Dieser Ort hier ist schuld am Zustand unseres Kindes«, Tomasz wurde ernster, »und seit fast fünf Wochen ist keine Besserung in Sicht.«

Emma wusste, dass er recht hatte. Sehr wahrscheinlich

hatte sich Theodor das Bakterium Salmonella, das Auslöser seiner Typhuserkrankung war, hier im Viertel zugezogen, obwohl der Keimträger bisher nicht ermittelt werden konnte. Aber das Viertel war nur ein Grund. Das wenige Essen – ihr Versagen – der andere. Vielleicht starb ihr Sohn am Ende daran.

»In Liebstadt könnten wir uns vom Fleisch der Tiere auf dem Hof ernähren, und der Boden hinterm Stall ist fruchtbar wie nirgends sonst. Stell dir das nur vor, *kotku*.«

Gut vorstellen konnte sich Emma zuallererst, dass Tomasz nach einer kurzen Phase des Glücks bald Ausschau nach anderen Frauen halten würde.

»Wir hätten immer genug Essen auf dem Tisch!«, trug Tomasz leidenschaftlich vor.

Emma schaute auf. »Immer genug Essen?«, wiederholte sie angetan. Ihr kleiner Junge würde dann nie mehr hungern müssen?

»Ganz sicher«, schwor Tomasz, »und Theo würde auf Apfelwiesen spielen statt in einem düsteren Hinterhof.«

In ihrer Vorstellung sah Emma Theodor über Wiesen hüpfen, auf den größten aller Bäume klettern und einen roten Apfel von ganz oben pflücken. Er könnte frische Kuhmilch direkt aus dem Melkeimer trinken. Aber schon im nächsten Moment schob sich das Bild ihres kranken Jungen vor die Fantasie vom Landleben. »Ich muss jetzt los, ins Isolierhaus«, brach Emma das Gespräch ab und wechselte ihre Schwesternschürze.

Tomasz kam ihr nach. Er sprach erst wieder, als Emma den Schlüssel an sich nahm und die Wohnung verlassen wollte: »Mein Angebot mit dem Hof in Liebstadt steht«, sagte er – dieses Mal mit Nachdruck.

*

Als Emma im Isolierhaus eintraf, kam ihr Marlene bereits am Eingang entgegengelaufen: »Theo spricht nicht auf die Medikamente an, mit denen wir seine Darmblutungen stoppen wollten.«

Emma lief kreidebleich an. »Es gibt Komplikationen?«

»Damit er nicht verblutet, versuchen Doktor Ritter und Maximilian«, Marlene korrigierte sich, »und Doktor von Weilert nun, die Blutung operativ zu stillen.«

Emma ließ sich von ihrer Schwester aus dem Isolierhaus führen, aber auf halbem Weg zum Haupthaus sackte sie zusammen. »Wird er … wird er …?«

Marlene setzte sie auf die nächstbeste Parkbank. »Du musst dich beruhigen. Wenn du schlappmachst, ist Theo nicht geholfen. Er braucht dich nach der Operation.«

Emma atmete schnell und flach wie ein hechelnder Hund. Marlenes Worte klangen hart.

»Atme tief ein und aus«, riet Marlene. »Der Verlauf der Operation ist ganz entscheidend. Erst muss die Blutungsquelle lokalisiert und dann gestillt werden.«

Emma schnappte nach Luft: »Ich will zu ihm, bitte!«

Marlene half ihr von der Bank hoch, und sie gingen ins Haupthaus.

Vor dem Operationssaal setzte sie Emma auf einen Stuhl neben der Tür. »Welche Risiken birgt die Operation?«, wollte Emma endlich wissen. Sie wünschte sich eine starke Schulter herbei, eine wie Kurts, an die sie sich jetzt anlehnen könnte, starke Hände, die sie hielten.

Marlene steckte ihr umständlich ein paar widerspenstige Haarsträhnen in den Knoten unter der Schwesternhaube, als zögere sie damit eine Antwort hinaus. Emma bemerkte Grete, die im Korridor vor der Hautstation Verbandszeug sortierte und dabei immer wieder zu ihnen herüberschielte. Es war ihr unangenehm, dass die Elevin sie in dieser aufgelösten Verfassung sah.

»Was kann bei der Operation passieren? Nun sag es mir endlich!«, forderte sie eindringlich und schaute nun wieder ihre Schwester an.

»Wenn es nicht gut läuft, muss ein größerer Darmabschnitt entfernt werden«, antwortete Marlene schließlich. Die nächsten Worte verstand Emma kaum, weil ihr wieder schummrig wurde und sie sich am Stuhl festhalten musste. Alles, was bei ihr ankam, war: »Im schlimmsten Fall kann der natürliche Darmausgang dabei nicht erhalten werden und –«

»Kann es sein, dass Theo heute stirbt?«, unterbrach Emma sie harscher als beabsichtigt.

Als Marlene betroffen zu Boden schaute, wusste Emma Bescheid. »Lene, was soll ich nur tun? Wenn Theo stirbt, hat mein Leben keinen Sinn mehr!«

»Das Leben hat immer einen Sinn«, antwortete Marlene und hob den Blick wieder. »Auch wenn man das in einer Krise nicht zu erkennen vermag. Aber das ist ein anderes Thema. Zuallererst müssen wir daran glauben, dass Theodor wieder gesund wird! Er ist ein so starker Junge. Alle Lindows sind doch stark!«

Emma presste ihre Hände zum Gebet und schloss die Augen. »Lieber Gott«, flehte sie, »bitte lass Theo nicht sterben.«

»Lass Theo nicht sterben«, wiederholte Marlene neben ihr und stimmte in das Gebet mit ein.

Emma hatte ihre Schwester das letzte Mal mit gefalteten Händen gesehen, als sie noch Kinder gewesen waren und im Weddinger Waisenhaus gelebt hatten.

»Schwester Emma, Sie werden auf der Chirurgie gebraucht!«

Emma öffnete die Augen und erblickte Oberschwester Walburga vor sich. »Die Visite beginnt jeden Moment, und Sie sitzen hier untätig herum?«

Es war mucksmäuschenstill im Flur geworden, niemand wagte ein Wort zu sagen, ja nicht einmal zu flüstern – außer Marlene: »Heute werden Sie ausnahmsweise auf Schwester Emma bei der Visite verzichten müssen, Oberschwester«, entgegnete sie, bevor Emma ein Wort herausbrachte. Den selbstsicheren Ton ihrer Schwester kannte Emma noch von früher, wenn Marlene immer gewusst hatte, was zu tun war.

»Ich denke nicht, dass *Sie* das zu entscheiden haben, Fräulein Lindow«, entgegnete die Oberschwester, »Schwester Emma ist zwar nur eine freie Schwester, aber ich erwarte dasselbe Durchhaltevermögen wie von meinen Rotkreuzschwestern auch.«

Marlene baute sich vor der Oberschwester auf wie ein Mann, ein Eindruck, den ihr breiter Arztkittel noch verstärkte. »Schwester Emma wird jetzt trotzdem bei ihrem Sohn bleiben, der gerade notoperiert wird«, sagte sie in knurrendem Ton, der sogar Emma einschüchterte.

Die Oberschwester war sichtlich irritiert. »Ich werde die Oberin von Ihrer beider Verhalten in Kenntnis setzen. Das sei Ihnen schon einmal versichert!« Kopfschüttelnd ging sie davon.

Walburga Buttermilch war noch nicht ganz aus ihrem Sichtfeld verschwunden, als Emma mit ihrem Gebet fortfuhr. Sie versprach dem lieben Gott, zukünftig alles für Theodors Gesundheit zu tun, wenn er ihn nur nicht sterben ließ. Ihre Stimme überschlug sich beinahe, als sie sagte: »Ich verspreche dir auch, dass ich fortan wieder regelmäßig in die Kirche gehen werde. Ja, ganz bestimmt«, betonte sie. In Lübars hatten sie jeden Sonntag den Gottesdienst besucht, im Waisenhaus nur noch einmal monatlich, und seitdem sie in Weißensee lebte, hatte sie nur hin und wieder mal ein Gebet vor sich hin gemurmelt.

Als Emma ihre Hände wieder voneinander löste und die Augen öffnete, wusste sie nicht, ob sie die Worte eben nur leise vor sich hin geflüstert hatte oder ob ihr Versprechen laut über den Korridor der Krankenetage gehallt war. Grete stand immer noch in Sichtweite, stocksteif und mit einem Haufen loser Mullbinden zu ihren Füßen.

Im nächsten Moment trat Maximilian aus dem Operationssaal. Er war unrasiert, und sein blondes Kopfhaar bedeckte schon seine Ohren. Aus seinem Blick sprachen Betroffenheit und Mitgefühl.

Marlene blieb wie festgenagelt neben dem Stuhl vor der Wand stehen. Emma sprang auf. »Wie geht es Theodor?«

Maximilians Blick lag flüchtig auf Marlene, bevor er sich Emma zuwandte. Er fuhr ihr beruhigend mit der Hand über die Schulter: »Wir konnten die Blutung stoppen, ohne einen Darmabschnitt entfernen zu müssen, Emma.«

»Theodor wird also weiterleben?«, fragte sie mit noch feuchten Augen.

»Die Darmblutung hat er erst mal überlebt«, antwortete Maximilian.

Einem kaum erkennbaren Lächeln entnahm Emma seine Erleichterung über den Ausgang der Operation. Maximilian wich einen Schritt zurück, als Marlene nun doch näher trat.

»Danke von Herzen«, beteuerte Emma. »Und danke, lieber Gott.«

»Wie sich der Typhus weiterentwickelt, bleibt abzuwarten«, erklärte Maximilian noch. »Wir werden Theodor in den nächsten Tagen in einem Einzelzimmer sehr genau beobachten müssen.« Er tätschelte ihr noch einmal ermutigend die Schulter, dann ging er in den Operationssaal zurück.

Emma wandte sich wieder Marlene zu. »Bitte geh du für mich heute Abend mit den Elevinnen zur Filmpremiere.« Sie drückte ihr verweintes Gesicht gegen Marlenes Schulter. »Ich möchte unbedingt bei Theo bleiben.«

»Natürlich«, sagte Marlene, »bleib du bei deinem Sohn.«

Als Theodor narkotisiert von Schwester Hertha an ihnen vorbeigeschoben wurde, gingen Emma und Marlene neben ihm her. Emma lächelte ihren Jungen aufmunternd an, obwohl er wie leblos dalag. Marlene hatte seine rechte Hand ergriffen und streichelte sie sanft im Gehen.

In diesem Moment bekam Emma mit, wie Schwester Hertha anwies:

»Schwester Grete, folgen Sie mir und dem Patienten Lindow in sein Einzelzimmer auf der Isolierstation.«

»Ich?«, fragte Grete verdutzt. »Aber …«

»Das Krankenbett muss noch hergerichtet werden«, unterbrach Hertha den Protest. »Und vergessen Sie Ihre Schutzkleidung nicht.«

Emma sah noch, wie Schwester Grete der Anweisung nur zögerlich folgte, dann versuchte sie, sich vorzustellen, wie es wäre, auf einem Bauernhof zu leben.

*

»Bitte bleiben Sie unbedingt zusammen, Schwestern!«, rief Oberin Polsfuß, was im Trubel des Geschehens jedoch unterging. Die Kinokapelle spielte sich ein, und die vielen Besucher unterhielten sich angeregt auf dem Weg zu ihren Plätzen.

Hanny Polsfuß hatte sich in letzter Minute entschlossen, am Filmabend teilzunehmen. Sie wollte sich höchstpersönlich von der sittlichen Reinheit des Filmes überzeugen. Nur eine einzige schändliche Szene, und sie würde die Elevinnen aus der Vorführung scheuchen. Das hatte sie Marlene bitterernst versichert. Zuletzt hatte es unter den Elevinnen kaum ein anderes Thema als den Kinoabend gegeben, sogar beim theoretischen Unterricht war unentwegt darüber getuschelt worden.

Marlene verstaute gerade noch die abgerissenen Premierenkarten, während die Elevinnen schon das prächtige, hell erleuchtete Filmatelier für sich eroberten. Die Premiere von *Die Nichte des Herzogs* fand weder in einem Lichtspielhaus noch in einem Varieté statt, sondern in den Fabrikationsräumen der Vitascope in Weißensees Franz-Josef-Straße. Das Herzstück der Vitascope bildeten zwei riesige Glashallen. Die Vorführung fand in der hinteren Halle statt, die in Richtung Rennbahn wies. Vor einer großen Wand war eine Bühne aufgebaut, neben der die Musiker der Kinokapelle saßen. Am anderen Ende des Ateliers stand der Kinematograf, den Charlotte als Erste entdeckte und gleich näher begutachten wollte. Elevin Erika strich sich beim Anblick der riesigen Lampen, die an einem metallenen Gestänge hingen, gleich mehrfach die feine Bluse glatt.

Marlene schätzte, dass es mehr als zweihundert Sessel waren, die in Reihen und der Spanischen Grippe wegen mit gutem Abstand voneinander aufgestellt waren. Dahinter befanden sich noch jede Menge Stehplätze. Die Lichtspielvorstellungen, in denen sie während ihres Studiums gewesen war, hatten in viel kleineren Räumen, mit nur einem einzigen Musiker, stattgefunden. Dabei war der Vorführapparat so altmodisch gewesen, dass sein Rattern das Klavierspiel oft übertönt hatte.

Marlene erinnerte sich, dass ihr Herr Kunze einmal gesagt hatte, dass er durch das Anschauen von Filmen Distanz zu seinen Sorgen bekäme. Es lag erst fünf Tage zurück, dass Maximilian sie um Abstand gebeten hatte. Fünf Tage, in denen sie mit krampfendem Herzen darauf gewartet hatte, dass er doch wieder auf sie zukommen, sich bei ihr entschuldigen und sie wieder in die Arme nehmen würde. Sein Wunsch nach mehr Zeit für sich fühlte sich immer noch surreal an. Das konnte es doch nicht gewesen sein. Trotzdem hatte sie sich nicht getraut, ihren Verlobungsring nach dem Dienst aus der Schublade ihres Schreibtisches zu nehmen. Jetzt fehlte er ihr doch.

»Hier wurden schon so berühmte Filme wie *Der Hund von Baskerville* und *Die Brillanten der Herzogin* gedreht«, schwärmte eine Dame hinter Marlene. Sie trug einen gewagten Hut und Ohrringe, lang wie Pinzetten. Die Elevinnen bestaunten sie wie ein Kunstwerk und kicherten hinter vorgehaltenen Händen.

Marlene fragte sich, ob sie in diesem Alter auch so aufgeregt gewesen war. Vermutlich noch schlimmer, musste sie sich eingestehen, denn damals hatte sie Maximilian kennengelernt. Sie versteifte sich bei dem Gedanken und wandte den Blick zum anderen Ende des Saals, wo Hektor Kunze vor der ersten Sitzreihe stand.

Als er Marlene erblickte, entschuldigte er sich bei seinen Gesprächspartnern und hielt sogleich auf sie zu.

»Kann mich jemand mal kneifen?« Sibylle hielt Erika feixend ihren Arm hin und zeigte mit dem anderen auf eine Dame, ungefähr in Marlenes Alter, keine dreißig. Ihr freches kurzes Haar reichte ihr kaum bis über die Ohren, und ihr silbern schimmerndes Kleid betonte ihre weiblichen Formen auf skandalöse Weise. Umringt von Bewunderern hatte sie bis eben noch kleine Fotografien unterschrieben und verteilt. Nun hielt sie inne und beobachtete, was Hektor Kunze tat.

»Hanni Weisse, wie sie leibt und lebt«, hauchte Sibylle beeindruckt.

»Und daneben, das ist Albert Paulig. Den habe ich mir aber deutlich jünger vorgestellt. Der sieht ja aus wie mein Vater!« Schwester Erika klang wie ein Waschweib, obwohl sie viel zu fein fürs Klatschen angezogen war. Alle Elevinnen hatten sich derart in Schale geworfen, dass Marlene sich in ihrer Bluse und dem einfachen Rock ganz schäbig vorkam. Warum aber sollte sie sich noch Mühe mit der Mode machen? Außer Maximilian gab es keinen Mann, für den sie hübsch oder begehrenswert sein wollte.

Hektor Kunze empfing sie mit einem charmanten Lächeln. »Fräulein Lindow, wie schön, dass Sie gekommen sind.« Er sah glänzend aus, das musste Marlene sich eingestehen. Auch die Elevinnen schauten ihn fasziniert an. Er trug einen seiner modisch engen Anzüge und ein bunt gepunktetes Hemd. Galant verbeugte er sich vor ihr, ganz der Künstler.

»Meine Schwester schickt mich als Vertretung«, entschuldigte Marlene Emmas Fehlen. »Wie geht es Frieda?«

Er hielt kurz inne, als suche er in Marlenes Gesichtsausdruck nach dem Grund von Emmas Fernbleiben. Dann antwortete er: »Frieda erholt sich weiter gut, nur bei ihren Muskelübungen ist sie übereifrig.«

»Sie darf sich auf keinen Fall überanstrengen!«, warnte Marlene nun ganz im Ton der Ärztin, der war unverfänglicher. Außerdem hatte sie inzwischen auch verstanden, dass in einer Kinderklinik nicht nur Kinder versorgt werden mussten, sondern auch deren Eltern. Beide bedurften eines besonderen Umgangs und beruhigender, aufklärerischer und anweisender Gespräche. Auf gewisse Weise wurden die Eltern im Krankenhaus ebenfalls verarztet.

»Als ein Vater, der seiner Tochter kaum einen Wunsch abschlagen kann, ist es nicht so einfach, Frieda zu mäßigen. Sie kennen ihren Willen ja.« Hektor Kunze lächelte versunken. »Darf ich Sie und die Schwesternschülerinnen zu Ihren Plätzen geleiten?«

»Natürlich«, sagte Marlene und bedeutete den Elevinnen, ihr zu folgen. Oberin Polsfuß trottete etwas verloren hinterher.

Sie nahmen auf den weichen Sesseln Platz, die jedem feinen Salon Ehre gemacht hätten. Auf ihnen lagen Schilder mit der Aufschrift »Reserviert für die Kinderklinik Weißensee«. Die Elevinnen waren begeistert von den Plätzen in der zweiten Reihe, denn schräg vor ihnen saßen Leute aus dem Filmteam sowie Hanni Weisse und Albert Paulig. Den letzten freien Platz zwischen seinen Hauptdarstellern in der ersten Reihe nahm Hektor Kunze ein. Kurz streifte der Blick von Hanni Weisse Marlene.

Die Oberin schien weniger begeistert von ihren Ehrenplätzen in der zweiten Reihe. »Sitzen wir nicht zu nah an der lauten Musik?« Sie stach in ihrer Oberinnenkleidung genauso heraus wie Marlene mit ihrem wenig schmuckvollen Äußeren. Oberin Polsfuß weigerte sich, ihre Haube abzusetzen, aber wenigstens zog sie sich diese tiefer über die Ohren, damit die Premierengäste hinter ihr auch etwas sehen konnten.

Als das Licht erlosch, füllte ein Raunen den Saal. Mehrere Sekunden war es komplett dunkel. Weder Mond noch Sterne waren durch das gläserne Dach am Abendhimmel zu sehen. *Die Nichte des Herzogs* begann mit einem Crescendo der Trompeten. Der Dirigent und seine Filmkapelle orientierten sich am Notenband, das an den unteren Rand des Films einkopiert wurde und von links nach rechts über die Wand wanderte. Auf die ersten Takte folgte der Auftritt der jungen Herzogennichte Ena, gespielt von Hanni Weisse. Ihr Erscheinen auf der Leinwand wurde frenetisch beklatscht. Ena wollte unbedingt auf einen Hofball, um den von ihr bewunderten Leutnant von Prenken zu sehen. In dem Hotel, in dem sie mit ihrem herzoglichen Onkel, gespielt von Albert Paulig, dafür unterkam, geschahen im Laufe des Films nun allerlei Verwechselungen. Die Bilder verbreiteten große Heiterkeit im Publikum. Sogar die Oberin lachte mehrmals unvermittelt auf, aber verstummte sofort wieder, als sie Marlenes verwunderten Blick auf sich bemerkte.

Obwohl Marlene das Mienen- und Gebärdenspiel der Schauspieler sehr beeindruckend fand und die Musik der Kinokapelle mochte, schweiften ihre Gedanken immer wieder weg von der verliebten Ena. Anstatt die Zwischentitel, die die Szenen voneinander trennten, mitzulesen, betrachtete sie den schwarzen Abendhimmel durch das Glasdach der Halle.

Als der Film zu Ende war und das Saallicht wieder angeschaltet wurde, saß Marlene immer noch gedankenverloren in ihrem Sessel, den Kopf auf die hohe Rückenlehne gelegt. Trotz Maximilians Rückzug träumte sie davon, wie sie sich an ihn schmiegte und er sich bei ihr für sein seltsames Verhalten entschuldigte. Sie kam erst wieder in die einsame Realität zurück, als die Elevinnen neben ihr begeistert aufsprangen. Auch Oberin Polsfuß erhob sich und klatschte Beifall für das Ensemble samt Regisseur, das sich nun auf die Bühne begab. Zum Klatschen kam Jubel. Rote Rosen flogen auf die Bühne. Unter nicht enden wollendem Applaus verbeugten sich Hauptdarsteller und Regisseur mehrfach. Dabei ruhte Hektors fragender Blick auf Marlene, was vielleicht daran lag, dass sie sich gerade steif erhob und eher desorientiert als begeistert wirkte.

Als ihr ihre Unhöflichkeit bewusst wurde, fiel sie pflichtschuldig in den Applaus mit ein. Die Elevinnen übertönten sie deutlich. Nur Schwester Grete hielt sich zurück, was Marlene doch etwas verwunderte. Grete war eigentlich die Filmbegeistertste unter den Schwesternschülerinnen und kannte so viele Filme samt Besetzung wie Marlene Krankheiten samt Symptomen. Aber in diesem finalen Premierenmoment wirkte Grete in Gedanken weit weg. Probleme mit dem Laboranten, ihrem Liebsten, oder ging sie ihre ungeschickten Handgriffe auf der Isolierstation bei Theodor durch? Sie war beauftragt worden, stündlich sein Fieber zu messen, was sie wohl überfordert hatte.

Als der Applaus abebbte, schob Marlene sich durch die Sesselreihe nach außen zum Gang. »Ich will noch einmal nach meinem Neffen schauen«, entschuldigte sie sich bei der Oberin, die noch immer applaudierte. »Begleiten Sie die

Elevinnen zurück zur Klinik?«, versicherte Marlene sich, was die Oberin mit einem kurzen Nicken bejahte, ohne den gebannten Blick von der Bühne zu nehmen.

Draußen auf dem Ateliergelände schwang Marlene sich gerade auf ihr Fahrrad, als Hektor Kunze ihr nachlief. »Fräulein Lindow, ich wollte Sie gerne zur Premierenfeier bei mir zu Hause einladen. Das gesamte Ensemble wird da sein.«

Marlene bemühte sich um ein Lächeln. »Es war ein netter Abend.« Eigentlich meinte sie, ein nett gemeinter Versuch, sie auf andere Gedanken zu bringen. »Aber jetzt muss ich in die Klinik zurück.«

»Ich verstehe«, sagte er, und aus irgendeinem Grund ahnte Marlene, dass er sie wirklich verstand.

»Vielleicht besuchen Sie Frieda dann ein anderes Mal?«, fragte er.

Albert Paulig kam aus dem gläsernen Atelier, das so hell erleuchtet war wie ein monumentales Kunstwerk. »Hektor, kommst du?«, rief er zu ihnen herüber. »Sie jubeln immer noch. Du musst dich noch mal zeigen.«

»Frieda redet noch oft von Ihnen und Ihrer Schwester«, sagte Hektor Kunze, während er dem Schauspieler zunickte, der daraufhin wieder in der Glashalle verschwand. »Sie schwärmt regelrecht von Schwester Emma und Doktor Lindow.« Er schmunzelte bei diesen Worten. »Frieda würde sich freuen, wenn Sie sie besuchen kämen. Vielleicht können *Sie* ja ein ernstes Wort mit ihr reden, was ihre Übungen angeht.«

»Ja«, sagte Marlene, »das werde ich gerne tun.«

»Ich würde mich natürlich auch freuen«, sagte Hektor Kunze noch, dann ging er davon.

Marlene schob ihr Fahrrad bis zum Tor des Ateliergeländes, dann stieg sie auf und radelte los. Während der kalte

Wind sie umwehte, dachte sie an das glückliche Ende des Filmes. Zwei Paare hatten sich gefunden, das immerhin hatte sie bei aller Ablenkung doch mitbekommen. In der Realität war die Liebe komplizierter.

Bei der Kinderklinik angekommen, stellte Marlene ihr Fahrrad ab und ging schnurstracks ins Isolierhaus. Dort desinfizierte sie ihre Hände und legte sich einen Mundschutz an. Stationsschwester Hertha saß an einem Tisch im Flur. Ebenfalls mit Mundschutz ausgestattet, war sie bis eben in ihre Dokumentationspflichten vertieft gewesen. Zur Begrüßung schaute sie nun auf und nickte Marlene nett zu.

Als Marlene vor Theodors Einzelzimmer ankam, saß Maximilian an Theodors Bett und hielt dessen Hand. Halb schlafend, halb wach schaute der kranke Junge wirr umher. Emma war vermutlich drüben im Mansardenzimmer und ruhte sich kurz aus.

Leise, um die besondere Atmosphäre nicht zu zerstören, trat Marlene näher. Maximilian war dabei, ihm vom neuen Affennachwuchs im Zoologischen Garten zu berichten. Der Zoodirektor habe das Affenmädchen Juanita getauft. »Ist das nicht ein schöner Name?« Der Junge reagierte nicht darauf, aber Maximilian gab nicht so schnell auf. »Wusstest du, dass Affenkinder auch Kinderkrankheiten bekommen können?«, fragte er in einem neuerlichen Versuch, dem Kranken das Gefühl zu geben, dass jemand bei ihm war.

Fasziniert verfolgte Marlene, mit welch weicher, beruhigender Stimme ihr Verlobter sprach, wie zärtlich. Ganz sicher wäre er ein liebevoller und aufopferungsvoller Vater. Versunken betrachtete sie ihn von schräg hinten, während er erläuterte, wie viel Milch ein so kleiner Affe täglich brauchte, um groß und stark zu werden. Unbestritten liebte sie Maximilian, aber ob er noch genauso empfand, das konnte sie nicht beurteilen.

Marlene konnte nicht sagen, wie viel Zeit vergangen war, als Maximilian sich von Theodors Krankenbett erhob.

»Marlene?«, fragte er mit erschrockenem Gesichtsausdruck, als er sie erblickte.

Wo war nur sein zärtliches »Lene« geblieben? Marlene schlug das Herz bis zum Hals: vor Schmerz, vor Sehnsucht und vor Traurigkeit. »Geht es Theo schon besser?«, fragte sie leise.

»Wir können noch nicht aufatmen«, antwortete Maximilian im sterilen Ton des Arztes. Von seiner zärtlichen Erzählstimme war nichts mehr übrig für sie.

»Und wie geht es dir?«, wagte sie zu fragen.

»Es geht schon«, sagte er und hatte es nun eilig. Mit einem »Ich muss los« verabschiedete er sich bei ihr und verließ Theodors Krankenzimmer.

Sie fühlte sich wie fortgestoßen. »Bis morgen«, sagte sie mehr zu sich selbst, während Maximilian schon an Stationsschwester Hertha vorbeiging. Am liebsten wollte sie ihm nachlaufen und ihn wachrütteln. Ihn daran erinnern, was sie verband: ihr Humor, ihre Liebe zur Medizin und …

»Juanita«, holte Theodors krächzende Stimme Marlene in das Krankenzimmer zurück. Auf dem Stuhl am Krankenbett konnte sie Maximilians herbes Parfüm noch riechen.

Sie blieb eine Stunde bei Theodor und streichelte ihm sanft über die Stelle auf der Decke, unter der sich sein schmerzender Bauch befand.

Da Marlene wenig über den Nachwuchs im Zoologischen Garten wusste, erfand sie eine Geschichte über einen mutigen Affen, der krank war, aber ganz stark blieb und dadurch wieder gesund wurde. Sie hätte heulen können.

Als sie lange nach Mitternacht die Kinderklinik verließ, ging sie einen Umweg über den Weißen See. In ihrer Wunschvorstellung sah sie sich und Maximilian eng aneinandergeschmiegt in einem Boot sitzen. Ihre Erinnerung an bessere Zeiten war wie ein Film, dessen Vorführapparat sich nicht abschalten ließ. Aber immer öfter wurde er von dem Schmerz überlagert, den sein Verhalten ihr zufügte. Es wurde mit jedem Tag schlimmer.

Doch plötzlich musste sie ihre Brille die Nase hochschieben. Waren das Rauchwolken über dem Weißen See?

***

24

7. März 1919

Maximilian fuhr schweißgebadet hoch, sein Herz hämmerte wie ein Granatenfeuer. Angsterfüllt führte er seinen Blick auf die leere Betthälfte neben sich, als richtete dort jemand einen Gewehrlauf auf ihn. Seit Marlene nicht mehr bei ihm war, schlief er noch schlechter. Erst gegen Mitternacht hatte er sich hingelegt, und peng, da waren die bösen Bilder wieder in seiner Erinnerung zurück. Auch jetzt noch, halb wach, halb schlafend, noch lange vor Tagesanbruch, sah er sie: die Verstümmelten, die geistigen Invaliden und Männer mit Gliedmaßen, so zertrümmert, dass kein Arzt die Knochen jemals wieder würde zusammensetzen können.

Wie auf Befehl sprang er aus dem Bett, erstürmte sein Arbeitszimmer und schaltete die Schreibtischlampe an. Fahrig zerrte er sich Fachliteratur heran und nahm auf dem Stuhl am Schreibtisch Platz. Obenauf lag ein Abdruck der Antrittsrede des neuen Reichspräsidenten der ebenfalls neuen *Weimarer Republik*. Maximilian hatte die Verheißungen von Friedrich Ebert schon mehrfach gelesen, hielt sie jedoch für unbedeutend, weil die alten Kriegstreiber nicht abgestraft wurden. Ebert hofierte Leute wie Generalleutnant von Eichendorff, dem ein hoher Posten im neuen Regierungsgefüge übertragen worden war, obwohl er bis zuletzt Menschen verheizt hatte.

Maximilian zog sich eine Ausgabe des *Ärzteblatts* aus dem Stapel hervor. Seine Augen wanderten über die Zeilen, Seite um Seite, aber er bekam nichts mit von dem, was er las. Er meinte, das Blut des Gefreiten Paul Kunstmann auf seinen Lippen zu schmecken. Paul hatte sich vor seinen Augen im D5 mit einem Schuss in den Kopf das Leben genommen. Zwar hatte der junge Mann zuvor einen Giftgasanschlag überlebt, aber die quälenden Bilder seiner erstickenden Kameraden nicht mehr aus dem Kopf bekommen.

Maximilian sprang vom Schreibtisch ans Fenster und schaute hinaus in die Dunkelheit. Die Straßenschlachten zwischen Rechten und Linken hatten es inzwischen bis in das feine Französische Viertel geschafft. Reste von Rollen aus Zeitungspapier, hinter denen sich die Kämpfer tagsüber voreinander verschanzten, hatten sich an einem Laternenmast verfangen.

Er verließ sein Arbeitszimmer wieder, aber nur, um ziellos durch die unbeleuchtete Wohnung zu irren. Er ging in die Küche, um einen Beruhigungstee zu trinken. Nach wenigen Schlucken kippte er ihn jedoch weg, weil er bitter schmeckte. Kurz darauf war er wieder im Arbeitszimmer. Er mahnte sich zu mehr Selbstkontrolle. Er hatte kein Recht, am Krieg zu verzweifeln, er war ja schließlich von der Front verschont geblieben! Er war nicht dabei gewesen, als in Verdun mehr als vierzigtausend Brüder, Väter oder Ehemänner starben, als am Fluss Somme eineinhalb Millionen Granaten eine ganze Woche lang auf deutsche Stellungen niederregneten. Er hatte nur eine leise Ahnung davon, wie es sich anfühlte, wochenlang in eisigem Schlamm im Schützengraben auszuharren, ganz zu schweigen von der Vorstellung, den Kameraden in Fetzen von Stacheldrahtverhauen an der Frontlinie hängen zu sehen. Er hatte den Krieg nur durch die Berichte seiner Patienten erlebt, und vor allem hatte er ihn überlebt. Eigentlich sollte er vor Glück jauchzen, vor Freude über sein Überleben tanzen. Er hatte gehofft, den Krieg vergessen zu können, wenn er nur in sein altes Leben zurückkehrte, wenn Marlene nur bei ihm wäre und sie gemeinsam die Freuden des Lebens genössen, sich liebten, lehrten und bereicherten.

Maximilian zog seine Tageskleidung, den Mantel und das Paar mit den unterschiedlich großen Fäustlingen an, das Marlene ihm in den D5 geschickt hatte. Ihre Liebesgaben waren das Einzige, was ihm von ihr geblieben war.

Anders als in den Nächten zuvor ging er nicht direkt zur Kinderklinik, sondern machte einen Umweg und steuerte die Wilhelmstraße an. Es war eine nasskalte Nacht.

Weit und breit war niemand zu sehen, der Platz um die Sankt-Josef-Kirche war von Pfützen übersät. Er schaute am Kirchturm hinauf, dessen Spitze hinter Nebel verschwand. Es war lange her, dass er hier gewesen war – zuletzt hatte er an diesem besonderen Ort wild entschlossen heiraten wollen.

Die Kirchenglocken schlugen drei, als Maximilian das dunkle Gotteshaus betrat. Schon am Eingang stieg ihm der Geruch von Weihrauch in die Nase. Er ging zum Altar vor, auf dem eine dickbäuchige Kerze brannte.

Auf den Altarstufen sank er auf die Knie und barg den Kopf in den Fäustlingen. In seiner Erinnerung sah er Marlene neben sich stehen und zögern, während er sein Jawort herausgeschmettert hatte. Lange hatte er es sich nicht eingestehen wollen, aber in diesem Moment verstand er, dass ihre Abweisung damals zwar nicht seine Liebe, aber das unerschütterliche Vertrauen in sie angekratzt hatte.

»Maximilian, was machst du denn um diese Stunde hier?«

Er kam von den Stufen hoch und wandte sich um. »Mutter?« Er spähte zur Nische mit den Opferlichtern im Querhaus und dann wieder zu ihr. Sie war ungewöhnlich schlicht gekleidet: Ein dunkler, eher schmuckloser Mantel umschlang ihren Körper. Den Hut trug sie tief ins Gesicht gezogen.

Maximilian verspürte den Reflex, sich abzuwenden, weil sie sich sowieso wieder nur streiten würden, aber bei ihren Worten: »Es ist schön, dich wiederzusehen«, hielt er inne. Das waren ungewohnte Töne.

»Du bist gesund aus dem Krieg zurück, das freut mich sehr«, sagte sie und kam ihm langsam entgegen. Eine Tränenspur verlief durch den Puder auf ihrer Wange. Sie wirkte um Jahre gealtert, jetzt, wo er genauer hinschaute.

»Du arbeitest wieder an der Kinderklinik?«, fragte sie. Sie betrachtete ihn ebenfalls aufmerksam. Ihr Blick blieb an den ungewöhnlichen wollenen Fausthandschuhen hängen. Als er noch ein kleiner Junge gewesen war, hatte sie ihn oft gemustert und dabei keine Nachlässigkeit oder eine wilde Haarsträhne durchgehen lassen.

»Ich bin dabei, den Typhus zu erforschen«, stammelte er und hoffte, dass sie nicht auf Marlene zu sprechen kommen würde. Ganz sicher wäre seine Mutter froh zu hören, wie schlecht sich die Dinge mit seiner Verlobten entwickelt hatten. Aber er liebte Marlene trotz allem, was passiert war, und wollte nichts Schlechtes über sie hören. Ohne den Krieg hätte ihre Beziehung ihre Absage vorm Altar sicherlich überstanden. Er schaute zu den Opferlichtern und dachte an seinen Vater und dann sofort wieder an den Krieg. Es war unvorstellbar, was der Mensch dem Menschen antat.

»Du siehst sehr müde aus«, bemerkte seine Mutter. Sie verharrte immer noch zwei Armlängen von ihm entfernt, ungefähr an jener Stelle, an der Marlene damals gestanden hatte.

Maximilian nickte. »Gibt es Neuigkeiten von Vaters Verbleib?«, fragte er mit belegter Stimme. Eigentlich war er todmüde.

Die Gräfin bekam ihre Antwort erst nicht heraus und musste sich räuspern. »Nein … nein … er ist noch immer …«

»Das tut mir leid.« Zum ersten Mal seit Langem vermisste Maximilian seinen Vater. Vielleicht hätte der seine Ausweglosigkeit verstanden. »Ich muss jetzt weiter«, sagte er schnell. Er fühlte sich unwohl dabei, dass seine Mutter ihn länger in diesem Zustand sah. Er nickte ihr zum Abschied kurz zu, dann ging er zum Portal. Ihr trauriges »Bis bald« wurde größtenteils vom Knarzen der Kirchentür verschluckt.

Er ging weiter zum Weißen See, wo vor einigen Tagen das Schloss samt Lazarett abgebrannt war. Es hieß, dass die Soldaten ihre verlausten Strohsäcke verbrennen wollten, was dann aber außer Kontrolle geraten sei. Nach diesem verdammten Krieg war einfach nichts mehr, wie es sich gehörte! Maximilian fühlte sich, als säße er in einem Zug ins düstere Nirgendwo. Seine Mutter so offensichtlich traurig zu sehen und die Tatsache, dass sein Vater nach wie vor vermisst war – das belastete ihn zusätzlich, auch wenn sie zerstritten waren.

Unschlüssig ging er ein paar Schritte am Ufer des Sees hin und her, dann setzte er sich auf die nächstbeste Bank. Sie stand vor einem Holunderstrauch, der erste Knospen zeigte, und gewährte Ausblick auf das *Milchhäuschen*. In das Holz der Lehne war der Buchstabe »M«, umrahmt von einem Herz, eingeritzt. »M wie Marlene«, murmelte er vor sich hin und fuhr mit der linken Hand im Fäustling darüber. Er sehnte sich danach, sich von ihr trösten zu lassen. Sich ihr aber in seiner ganzen Schwäche, mit seinen tiefsten Gefühlen zu offenbaren, das würde er niemals wagen. Das hatte er schon einmal vorm Altar getan und war enttäuscht worden. Hinzu kam, dass sie so stark war, zu stark für jemanden wie ihn. Anders als er selbst stand sie mit beiden Beinen fest im Leben, hatte Hunderten von Grippekranken das Leben gerettet und war bei den kranken Kindern kaum zu bremsen, nicht einmal von Oberarzt Buttermilch. Sie wagte es sogar, die beste Partie aus ganz Weißensee am Altar auf später zu vertrösten. Er hingegen fühlte sich so schwach wie nach einer wochenlangen Schlacht, klein und verletzlich. Sie würde ihn ohnehin nicht verstehen. Wie könnte sie auch, sie hatte nichts dergleichen durchgemacht. Außerdem wollte er ihr seine Schreckensbilder ersparen. Nie könnte er sich verzeihen, sie da mit hineinzuziehen. Das Allerbeste wäre es für Marlene, sie würde sich einen neuen Mann suchen, der ihr noch das Gute im Leben zu zeigen vermochte. Er selbst war dazu längst nicht mehr imstande, obwohl er sie immer noch liebte.

***

25

9. März 1919

Emma beendete ihre Nachtschicht pünktlich und lief sofort zur Isolierstation hinüber. Dort kam ihr Maximilian schon im Flur entgegen, was sie nervös machte. Hatte es erneut einen Rückschlag gegeben?

»Wir können bald wieder zu den Affen gehen«, sagte Maximilian noch im Gehen.

Emma verstand nicht. »Zu den Affen?«

»Theo und ich!«, erklärte er und kam zum Stehen. »Wir können bald wieder in den Zoo gehen.«

»Er ist über den Berg?«, wollte Emma wissen, und noch bevor Maximilian antworten konnte, fiel sie ihm schon um den Hals.

So schnell schien er gar nicht zu wissen, wie ihm geschah, weswegen Emma ihn auch gleich wieder losließ. Er erwiderte ihre Geste der Dankbarkeit mit einem vertrauten Lächeln, das sie nur von früher, von vor dem Krieg, kannte.

»Die gefährlichen Darmblutungen haben nicht erneut eingesetzt«, sagte er. »Theodors Zunge ist nur noch wenig belegt und an den Rändern und der Spitze nicht mehr gerötet. Ein Zeichen, dass sich die Typhusbazillen aus seinem kleinen Körper zurückziehen.«

»Und sein Fieber steigt auch nicht mehr?« Emma wollte es kaum glauben.

»Es sinkt seit letzter Nacht stetig.« Maximilian schüttelte den Kopf. »Von nun an bekommt er neben Milch und Haferschleim auch ein Ei zur Stärkung.«

»Darf ich zu ihm?« Sie wollte nun nicht länger warten.

Maximilian wies auf die vorletzte Tür am Ende des Ganges. »Natürlich, Emma.«

Als sie das Krankenzimmer betrat, erblickte sie Grete an Theodors Bett und hielt inne. Ohne Berührungsängste oder Zögern legte die Elevin dem kranken Jungen Wadenwickel an. Sie lächelte sogar bei der Arbeit, ihre sonst blasse Haut schimmerte rosig. War das wirklich Grete Scheuer?

Stationsschwester Hertha stellte sich mit einer Patientenakte unter dem Arm neben Emma und sagte: »Sie ist wie ausgewechselt.«

Emma nickte angetan und trat zu Grete. »Vielen Dank, dass sie dazu beitragen, dass es Theodor jeden Tag ein bisschen besser geht.« Endlich hatten die Wickel und Bäder Erfolg gezeigt! Emma jubelte innerlich, und Gretes Augen leuchteten auf.

»Die Ärzte haben gesagt, dass ich wieder ganz gesund werde«, schaltete sich Theodor mit kratzender Stimme ein.

»Schwester Grete, Sie haben sich eine Pause verdient«, sagte Stationsschwester Hertha.

Konzentriert und ohne aufzuschauen, legte Grete den Wadenwickel in Ruhe fertig an. Erst dann stand sie auf.

»Mami, warum weinst du denn?«, fragte Theodor, als Hertha die Tür hinter sich und der Elevin zugezogen hatte. Mühevoll setzte er sich im Bett auf. »Warum bist du so traurig?«

Emma blinzelte ihre Tränen weg und setzte sich neben ihren Sohn aufs Bett. »Ich weine vor Freude über deine Genesung«, sagte sie in normaler Lautstärke, weil er nicht mehr schwerhörig war. Sie legte ihm die Decke um die Schultern, dann drückte sie ihn behutsam an sich. »Ich bin so froh!«

»Mami, darf ich dann bald wieder draußen spielen?«, fragte Theodor und rieb sich den kratzenden Hals.

»Vorher musst du aber noch ein Weilchen zu Kräften kommen.« Es rührte Emma, wie ihr Sohn sich mit seinen zarten, noch kraftlosen Armen an ihr festhielt.

»Ich weiß ja«, sagte Theodor, »und bis es so weit ist, übe ich weiter Lesen.«

Einmal mehr bewunderte Emma, wie vernünftig ihr Sohn schon war. Damit erinnerte er sie an Marlene in jungen Jahren. Ihre Schwester hatte früh die Verantwortung für sie beide übernehmen müssen.

In diesem Moment lugte Kurt schüchtern zur Zimmertür herein. »Darf ich eintreten?« Sein linkes Auge war geschwollen und erstrahlte in Blau- und Lilatönen. Oberhalb seines Mundschutzes klafften blutige Schrammen auf seinen Wangenknochen.

Theodor rief mit kratziger Stimme: »Kurti ist wieder da!«

Erschrocken trat Emma vor ihren Nachbarn. »Was ist denn mit dir passiert?«

»Nichts Schlimmes«, wiegelte Kurt ab und stellte seine Ledertasche am Fuß des Krankenbettes ab.

Emma schaute sich die Verletzung genauer an. Die Schrammen zogen sich über seine gesamte linke Wange, schienen aber halb so wild. Sie müssten nur mal gründlich gereinigt werden. Sie bog seinen Kopf zu sich herab, ganz

Krankenschwester, damit sie die Einblutung am Auge genau betrachten konnte. »Hast du es schon gekühlt?«

»Nein. Nach dem Ende der Straßenschlacht in Berlin bin ich sofort hergekommen.« Kurt schaute zum Krankenbett, ohne sich aus Emmas Händen zu lösen. »Ich hatte doch versprochen, dass wir gemeinsam die erste Seite der Fibel lesen, wenn Theos Fieber sinkt und er wieder besser hört.«

»Oh ja, Lesen«, freute sich der Junge.

»Und, wie hat sich das Fieber entwickelt?«, wollte Kurt ganz ungeduldig wissen. Fast war es, als schmiege er seine Wange gegen Emmas Hand.

»Ja, das Fieber sinkt seit letzter Nacht«, sagte Emma überglücklich, und auch Kurt strahlte daraufhin. »Bitte nicht erschrecken, wenn ich gleich sanften Druck auf dein Augenlid ausübe«, warnte sie noch, »damit weniger Blut und Lymphflüssigkeit in das umliegende Gewebe fließt.«

Er schloss beide Augen wie für einen Kuss.

Emma schob seine graue Mütze etwas zurück, damit genug Licht auf seine Verletzung fallen konnte. Vorsichtig bettete sie ein Hygienetuch auf sein verletztes Auge und pochte sanft mit der Kuppe ihres Zeigefingers erst auf sein Oberlid, dann auf sein Unterlid und dann auf die Haut des Tränensacks.

Theodor griff derweil nach Kurts Tasche, zog die Fibel heraus und blätterte etwas erschöpft darin herum.

Emma hielt im Klopfen inne und nahm das Tuch von Kurts Auge. »Ich bin wirklich erleichtert, dass es ihm besser geht«, sagte sie mit einem Seitenblick auf ihren Sohn. Am liebsten wollte sie die ganze Welt umarmen. Ihr Herz schlug plötzlich schneller, und hinter ihrem Mundschutz wurde es verdammt warm, sodass sie ihn etwas hinabschob. Auf Zehenspitzen stehend, näherte sie ihr Gesicht dem von Kurt, der seine Augen schon verträumt geschlossen hatte.

Einen Zentimeter vor seinen Lippen rief Emma sich zur Ordnung. Wie konnte sie Dörte hintergehen und obendrein Kurt noch falsche Hoffnungen machen? Seit Kurzem hatte sie neue Pläne für die Zukunft. Pläne, in denen der Nachbar keine Rolle mehr spielte.

»Lesen wir jetzt?«, fragte Theodor.

Den irritierten Blick noch auf Emma gerichtet, antwortete Kurt: »Na, dann setze dich mal so ordentlich hin wie ein braver Erstklässler.«

Theodor verschränkte daraufhin die Arme vor seiner Brust und versuchte, so gut es ging, aufrecht zu sitzen.

Kurt ging zu ihm.

Pläne, in denen Kurt keine Rolle mehr spielt, hallten die Gedanken in Emma nach. Sie lösten Unbehagen und einen noch schnelleren Herzschlag in ihr aus, aber das war bei Veränderungen nun mal so. »Ich schaue vor Beginn meiner Nachtschicht wieder vorbei, mein Schatz«, sagte sie zu ihrem Sohn. An Kurt gewandt, gab sie sich nun wieder distanzierter, um ihn nicht noch mehr zu verwirren. Ihre Annäherung hatte sie allein dem Überschwang ihrer Glücksgefühle wegen Theodors Heilung zu verdanken. »Ich sage Stationsschwester Hertha noch Bescheid, dass sie dir etwas Arnikasalbe mitgibt und Reinigungslösung für die Schrammen.«

Kurt nickte und war offensichtlich darum bemüht, sich auf Theodor zu konzentrieren. Trotzdem spürte Emma, dass sein Blick wieder auf sie kam, als sie das Zimmer verließ.

Draußen im Flur atmete sie mehrmals tief durch, aber ihr Herz wollte nicht langsamer schlagen. Sie zwang sich, an ihren Sohn zu denken, der ein besseres Leben verdient hatte. Seine Bedürfnisse standen an allererster Stelle in ihrer neuen Lebensplanung.

Bevor Emma sich zu Hause für die nächste Nachtschicht ausruhte, ging sie noch zur Oberin. Das Gespräch mit Hanny Polsfuß war entscheidend für ihre Zukunftspläne.

Als sie nach einem Klopfen das Dienstzimmer betrat, sah sie die Vorsteherin der Schwesternschaft hastig eine Fotografie unter einen Aktenstapel schieben. Emma nahm auf dem Hocker am Schreibtisch gegenüber der Oberin Platz.

»Was führt Sie zu mir, Schwester Emma? Geht es um die neuen Beschwerden von Oberschwester Walburga?«

Emma wusste nichts von neuen Beschwerden.

»Die Oberschwester hat sich darüber beklagt, dass sie den praktischen Unterricht nicht mehr wie früher durchführen kann, weil die Elevinnen immerzu störende Fragen stellen würden. Eine jede verlange, zu Wort kommen und bei den Demonstrationen mithelfen zu dürfen.«

Emma dachte kurz an die kleine Narbe unter Kurts Nase, die ihr eben wieder aufgefallen war, und sie fragte sich, wo an seinem Körper er sonst noch Narben besaß.

»Oberschwester Walburga hat die Unterrichtsstunde letzte Woche empört abgebrochen, weil eine der Schwesternschülerinnen eine Frage zur neuen Rolle der Frau stellte – jetzt, wo Frauen auch wählen dürfen. Walburga Buttermilchs Meinung nach gehört dieses Thema nicht in die ordentliche Ausbildung einer Kinderkrankenschwester.«

»Ich habe die Damen ermuntert, sich aktiv am Unterricht zu beteiligen, das ist richtig«, beschied Emma und wusste, dass die Emanzipationsgedanken in Marlenes theoretischem Unterricht aufgeworfen worden waren. »Später am

Krankenbett dürfen die Elevinnen auch nicht zurückhaltend sein, wenn es ums Zupacken geht. Oder was meinen Sie?«

»Ich meine, dass die Elevinnen der Kinderklinik Weißensee auf jeden Fall zu Disziplin und Respekt gegenüber ihren Vorgesetzten erzogen werden müssen«, entgegnete die Oberin. »Wenn hier Sodom und Gomorrha herrschen, ist uns mit Zupacken am Krankenbett wenig geholfen.«

Emma biss sich auf die Lippen. Sie war eben nur eine Aushilfslehrerin gewesen.

»Nichtdestotrotz möchte ich wache und tatkräftige Krankenschwestern ausbilden«, fuhr die Oberin nach einer Pause fort. »Und deswegen ermahne ich Sie, Schwester Emma, Disziplin und Respekt großzuschreiben. Damit sollte der Klage der Oberschwester aber auch schon Genüge getan sein.«

»Natürlich«, pflichtete Emma bei und freute sich, dass sie als Lehrerin nicht alles falsch gemacht hatte.

»Weswegen sind Sie hier, wenn nicht wegen der erneuten Beschwerde?«, fragte die Oberin, ging aber im nächsten Moment zur Tür, weil es auf dem Flur laut wurde. Während sie Ruhe anordnete, fiel Emmas Blick auf die Fotografie der jungen Frau, die zur Hälfte unter dem Aktenberg auf dem Schreibtisch hervorlugte. Emma musste schmunzeln, als sie las, was auf der unteren Hälfte des Porträts geschrieben stand: Für Hanny, von Hanni Weisse.

»Ich wollte fragen, welche Kündigungsfrist einer Schwester zusteht, weil die Arbeitsverträge keine Angaben darüber enthalten«, offenbarte Emma der Oberin ihr Anliegen, als diese wieder zurück am Schreibtisch war.

Hanny Polsfuß betrachtete Emma nachdenklich, bevor sie einen Aktenordner herbeiholte, der mit *Personalbestim-*

mungen beschriftet war. Sie blätterte zum passenden Kapitel und fuhr mit ihrem dürren Zeigefinger die Zeilen hinab. »In Notfällen kann Personal innerhalb weniger Tage freigestellt werden«, las sie vor. »In allen anderen Fällen braucht es genügend Zeit, einen Nachfolger zu finden. Mindestens zwei Monate …« Die Oberin schaute von den *Personalbestimmungen* auf. »Um welche Schwester handelt es sich denn?«

»Die Schwester möchte noch nicht genannt werden«, antwortete Emma bemüht sachlich.

»Sagen Sie der Schwester aber bitte, dass eine Kündigung gut überlegt sein sollte.«

»Ich richte es ihr aus«, bestätigte Emma, erhob sich und wandte sich zum Gehen. Nicht, dass sie sich doch noch verriet. Sie war eine lausige Lügnerin.

»Manches lernt man erst zu schätzen, wenn man es nicht mehr hat«, gab die Oberin ihr noch mit auf den Weg.

»Ja, gewiss«, sagte Emma leichthin und verabschiedete sich bis zum Beginn ihrer Nachtschicht.

Auf dem Weg nach Hause stahl sich Kurt in ihre Gedanken, und sie konnte nichts dagegen tun, dass sie ihn zumindest in ihrer Vorstellung leidenschaftlich küsste.

***

26

16. März 1919

Willy Pinke stand vor dem Vogelkäfig und schniefte. »Der jute Jacki, kann immer noch nich fliejen. Dit wird wohl nüscht mehr.« Mit zittriger Hand deutete er auf den Vogel, der im Käfig auf seiner Stange hockte. In der Ecke des Käfigs stand ein Likörglas voll mit Hirsekörnern, denen er sogar Haferkerne untergemischt hatte – eigentlich ein Festessen für einen Wellensittich.

»Doch, doch. Das wird schon wieder, Herr Pinke«, versuchte Marlene zu trösten und hakte sich am linken Arm des Pförtners ein.

Emma kam an seine rechte Seite, wo er den Krückstock hielt. Gemeinsam führten die Schwestern ihn zum Sofa.

»Wenn man älter wird, heilen Verletzungen nicht mehr so schnell«, wusste Emma. »Das ist ganz normal, auch bei Tieren.« Sie trug einen Rucksack mit Verpflegung auf dem Rücken, den ihr Tomasz geborgt hatte.

»Jacki hat das stolze Alter von fünfzehn Jahren erreicht«, fügte Marlene an. »Das hat er Ihrer guten Pflege zu verdanken.«

»Seitdem er in meenem Zylinder fast jestorben wäre, mach ick mir Vorwürfe. Ick hätte besser uffpassen sollen.«

Der Pförtner holte ein kariertes Taschentuch aus der Hosentasche und schnäuzte laut hinein.

Der Vogel ist sein Ein und Alles, wusste Marlene. Er war für den Pförtner wie Familie. Nie hatte Willy Pinke Verwandte erwähnt.

»Wie wäre es mit einer Kräuterlimonade zur Aufmunterung?«, schlug Marlene vor.

»Wenn Se meinen.« Willy Pinke seufzte verloren.

Auf dem Weg in die Küche fiel Marlene auf, dass der Bau des Jollenkreuzers nicht weiter vorangegangen war. Anfangs war der Pförtner so begeistert von dem Miniaturboot gewesen.

Sie goss neben der Kräuterlimonade auch noch einen Likör für ihn ein, den genehmigte er sich an Wochenenden gerne mal. Mit beiden Getränken war sie bald zurück am Sofatisch.

Willy Pinke stopfte sein Taschentuch in die Hose zurück. »Aber wat machen Se beede eigentlich noch hier? Se wollten doch janz früh losfahren, damit Se im Hellen zurück sind.«

Marlene zögerte. Sie wäre am liebsten ganz hiergeblieben, aber Emma hatte einfach nicht klein beigegeben und damit gedroht, im Notfall alleine zu fahren. Wenigstens lenkte der Sonntag fern der Klinik sie von ihrem Liebeskummer ab. Der hatte noch kein bisschen nachgelassen. Sie hoffte immer noch, dass Maximilian jede Minute mit versöhnlichen Worten in ihrem Büro auftauchte. Sie trug ihren Verlobungsring zwar nicht mehr am Finger, aber in ihrer Rocktasche stets bei sich, sogar während ihrer Dienste. Mindestens genauso schlimm wie ihr Liebeskummer fühlte es sich an, dass ihr Verlobter jeden Tag ungesünder und unglücklicher aussah. Mittlerweile trug er einen solch langen Vollbart, dass sein Gesicht und sein Hals kaum mehr zu erkennen waren. Anstatt sich etwas zu schonen, bot er sich immer häufiger für Bereitschaftsdienste an. Erst jüngst war Marlene unfreiwillige Zeugin eines Streitgespräches zwischen Doktor Ritter und Maximilian geworden, in dem genau diese blinde Arbeitswut zur Sprache gekommen war. Wenn die Spanische Grippe nicht wieder gewütet hätte, hätte der Ärztliche Direktor ihm eine Zwangspause verordnet. Die dritte Welle der Lungengrippe hatte in Weißensee schon mehr als dreihundert Todesopfer gefordert, vor allem Säuglinge. Auch Marlene arbeitete inzwischen wieder deutlich mehr, als es ihr Dienstplan vorsah.

»Wir gehen erst«, übernahm Emma das Wort an den Pförtner, »wenn Sie Ihr Glas Limonade leer getrunken haben.« Sie schob die Kräuterlimonade am *Tageblatt* vorbei bis an die Kante des Sofatisches vor Willy Pinkes Bauch.

»Können wir sonst noch was für Sie tun, lieber Herr Pinke?«, vergewisserte sich Marlene.

Anstatt zur Limonade griff Willy Pinke direkt nach dem leuchtend grünen Likör und leerte das kleine Glas in einem Zug. Dann forderte er: »Nun fahren Se endlich los!«

Marlene reichte ihm noch das *Tageblatt* für etwas Kurzweil.

»Passen Se bloß uff bei der Reise in die Verjangenheit«, sagte er noch.

Die Schwestern nickten vereint.

»Meene Verjangenheit ist keene Reise wert«, sagte er mehr zu sich selbst.

Marlene sah, wie er, wohl in eine Erinnerung versunken, mit der Hand über sein hinkendes Bein strich. »Ich schaue heute Abend noch mal nach Ihnen«, versprach sie, dann folgte sie Emma aus der Pförtnerwohnung.

Kurz darauf schwangen sie sich auf ihre Fahrräder. Es war ein kühler, wolkenloser Tag, perfekt für einen Ausflug. Sie trugen dicke Schals und Mützen aus Frau Scharinskis Häkelfundus. Nur mit Mühe hatte Marlene die Nachbarin davon abhalten können, ihnen Tomasz zum Schutz mitzugeben. Zwar hatte sie seine lustigen Versuche begrüßt, Emma von ihren Sorgen abzulenken, aber Lübars war nur etwas für sie beide. Hoffentlich kam er ihnen nicht heimlich nach. Zutrauen würde sie es ihm.

Marlene radelte zögerlich zum Kliniktor, Emma überholte sie enthusiastisch. Eine Gruppe Besucher kam ihnen entgegen, hinter der Maximilian mit Büchern unter dem Arm vorbeihastete. Er schaute demonstrativ von Marlene weg, anstatt auf sie zuzustürmen. Heute wirkte sein Körper wie eine einzige gespannte Sehne. »Ach, Max. Was ist nur aus uns geworden?«, seufzte sie und spürte, wie sich ihr Herz verkrampfte. Sie entfernten sich immer weiter voneinander. Den Blick fest auf ihn geheftet, steuerte sie mittig auf einen Rosenstrauch zu. Erst im allerletzten Moment bekam sie doch noch die Kurve.

Die Fahrt nach Lübars sollte eineinhalb Stunden dauern. Von Weißensee aus waren es ungefähr fünfzehn Kilometer. Lübars lag nördlich von Berlin, am Tal des Tegeler Fließes. Emma besaß kein eigenes Fahrrad, weswegen Marlene gestern noch geholfen hatte, Kurts alten Drahtesel wieder auf Vordermann zu bringen. Emmas Beine reichten gerade so bis zu den Pedalen hinab, was ihrem Spaß am Fahren aber keinen Abbruch tat. Vermutlich lag ihre hervorragende Laune daran, dass Theodor am Montag entlassen werden sollte. Das Wochenende wollten die Ärzte für eine Reihe abschließender Untersuchungen nutzen. Gemeinsam mit Marlene würde sie am Abend wieder nach ihm sehen. Jedes Ei, das er aß, und jede vertilgte Scheibe Brot gaben Anlass zu Freude und Erleichterung.

Die Radfahrt führte sie erst durch Pankow und dann immer weiter nach Norden. Marlene musste sich mehrmals von Emma ermahnen lassen, doch schneller zu fahren. Immer wieder versank sie in Gedanken an Maximilian und grübelte, wie sie ihm helfen könnte. Er wirkte so verloren, beinahe entrückt.

Je länger sie radelten, desto grüner wurde es um sie herum. Lübars lag etwas abgelegen und eingebettet in eine Naturlandschaft, wie sie in Groß-Berlin sonst nirgends mehr zu finden war. Im Norden des Dorfes bildete das Fließtal eine natürliche Grenze. Mäandernd schob sich das Tegeler Fließ durch Wiesen und Moore. Von Süden waren Siedlungshäuser an das alte Dorf herangewachsen. Seltsamerweise erinnerte Marlene sich in diesem Moment an die Hochzeitsfeste, die in Lübars gefeiert worden waren. Bei Bauernhochzeiten hatten sie als Dorfkinder Blumen streuen dürfen. Marlene war immer eifrig dabei gewesen, und einmal hatte sie Emmas Körbchen gleich mit geleert. Geheiratet werden durfte in Lübars ausschließlich an Donnerstagen.

Als das Dorf mit den Siedlungshäusern deutlich zu erkennen war, stoppte Marlene abrupt, während Emma munter weiterfuhr. Die Enden ihres roten Schals flatterten im Wind.

Der Geruch der feuchten Wiesen sowie der Rauch aus den Meilern der dorfnahen Ziegelei an der Tongrube stiegen

Marlene in die Nase. Es war der Geruch ihrer Kindheit im Freien. »Sollten wir nicht doch umkehren?«, rief sie Emma hinterher. Unschlüssig wandte sie sich gen Berlin. Es war immer noch derselbe unbefestigte Pfad, den sie und Emma am Morgen nach ihrem sechsten Geburtstag auf dem Weg in die Hauptstadt genommen hatten. Damals hatte Marlene nicht gewusst, wie sie die weinende Emma beruhigen sollte, und sich vor Angst in die Hosen gemacht. Bis heute fühlte sie sich verantwortlich für ihre kleine Schwester. Zum ersten Mal fragte sich Marlene, wie ihr Leben wohl verlaufen wäre, hätten sie das Dorf nicht verlassen. Zuallererst hätten sie an der Beerdigung ihrer Mutter teilgenommen.

Als Marlene sich wieder Lübars zuwandte, winkte Emma ihr vom Dorfeingang aus zu. Also biss sie die Zähne zusammen, saß wieder auf und radelte los. Je schneller sie die Sache hinter sich brachte, desto früher würde sie zurück in Weißensee sein.

Am Dorftor schlossen sie ihre Fahrräder ab, aßen zur Stärkung eine Schrippe aus Tomasz' Rucksack und tranken Wasser aus der Feldflasche. »Bist du bereit?«, fragte Emma noch kauend.

Marlene hätte gerne noch zwei weitere Schrippen gegessen, nur damit sie nicht weitergehen musste.

Emma nahm sie bei der Hand und führte sie mitten auf die alte Dorfstraße. »Ist das schön«, staunte sie, während sie an kunstvollen, mit Stuck verzierten Fassaden vorbeigingen, die sich mit strohgedeckten Fachwerkhäusern abwechselten. »Ich wusste gar nicht, dass unser Heimatdorf so vornehm ist.«

»Die feinen Fassaden gehören den gut situierten Bauern, den mit den Sechshufenhöfen«, wusste Marlene und ging so zögerlich weiter, als lauere hinter jeder Toreinfahrt ein wildes Tier.

Ein Bauer und sein Knecht schoben einen Karren mit Mist an ihnen vorbei und starrten sie an, als seien sie die ersten Frauen, die sich seit Jahren hierher verirrt hatten.

Emma nickte den beiden freundlich zu und wollte schon nach der alten Kate fragen, aber Marlene hielt sie zurück. »Ich weiß, wie wir hinkommen.«

Wo der Lehmgraben die Dorfstraße kreuzte, stoppte Marlene und wies gen Norden. Dort schmiegte sich das Fließ eng an Lübars und wirkte mit den dahinterliegenden Moorwiesen wie gemalt. Das war noch vor dem *Dorfkrug*, aus dem ihre Mutter einmal den Arzt holen musste, als Marlene als Vierjährige Fieber bekam.

Marlene wurde immer mulmiger zumute, während Emma sich über jeden Obstbaum freute, der auf dem Trampelpfad zur Kate wuchs.

Etwas abseits der anderen Dorfhäuser erschien es dann vor ihnen, das kleine, windschiefe Häuschen, kaum mehr als ein Schuppen. Eine Weile standen sie wie versteinert da und betrachteten es versunken. Der Nachbarhof, dem die Kate noch vor ihrer Zeit als Gesindehäuschen gedient hatte, befand sich in etwa hundert Metern Entfernung.

»Es sieht noch genauso aus«, flüsterte Marlene. »Das tief gezogene marode Strohdach, die winzige Fensterluke und der gekalkte Lehmputz. Alles wie früher.«

Emma löste sich von Marlene und trat vor die Haustür, die getrieben vom Wind im Schloss klapperte.

»Nun gut ... wir haben das Haus jetzt gesehen«, sagte Marlene im Ton der Ärztin, die eine Medikation diktierte, »dann können wir jetzt wieder nach Weißensee zurückfahren.« Sie wollte sich gerade zur alten Dorfstraße hinwenden, als Emma im Inneren des Hauses verschwand.

»Wir sollten jetzt wirklich besser gehen, Emma!«, rief Marlene, ohne sich auch nur einen Zentimeter auf das Häuschen zuzubewegen.

Emma antwortete auch dann nicht, als Marlene wissen wollte: »Was machst du da drinnen?« Es war ganz still. Was, wenn ein tollwütiger Fuchs ihre Schwester gepackt hatte?

Auf wachsweichen Beinen ging Marlene nun doch in die Kate. Gleich am Eingang schob sie sich ihre Brille die Nase hinauf, wie für die Begutachtung einer eitrigen Wunde. Im Inneren des Häuschens roch es modrig nach feuchtem alten Holz. Die Bodendielen am Eingang verfaulten bereits, weil es hereingeregnet hatte.

Emma saß am runden Tisch neben der Kochstelle und hielt einen alten Filzpantoffel in der Hand. »Ist der von Mama?« Sie hatte ihre Handschuhe ausgezogen und streichelte den Pantoffel wie einen Schatz, weil sie die Antwort schon erahnte.

Marlene konnte kaum schlucken. »Mama bekam fünfzig Pfennig für ein Dutzend Paar.« Vorsichtig schaute sie sich um. Der Bauer, von dem Elisabeth Lindow damals die Kate und den winzigen Acker dahinter gepachtet hatte, verwendete sie inzwischen offenbar als Lager für seine Gerätschaften. Spaten, Ernterechen, Dreschflegel und eine Sense lehnten an der Wand hinter dem Tisch. Gleich bei der Tür stand ein kaputter Futtertrog. Bis auf das fehlende Bett waren die Möbel von damals aber noch da, allerdings in die Ecken geschoben. Der Kleiderschrank, der Esstisch, das Schaukelpferd, das sie so leidenschaftlich geritten hatte. Die Zeit hatte deutliche Spuren daran hinterlassen.

Marlene ging zur Wand mit der Fensterluke, vor der früher das Familienbett gestanden hatte, und versuchte, die Luke zu öffnen, aber es gelang ihr nicht. »Sie hakt immer noch«, sagte sie in nunmehr ungeduldigem Ton und zerrte regelrecht an der Luke. »Warum nur?«, fragte sie mit bebender Stimme.

»Weil die Luke sehr alt ist«, antwortete Emma, aber Marlene beachtete sie da schon nicht mehr. Eine Welle aus Verzweiflung erfasste sie. »Warum musste ausgerechnet unsere Mama so früh gehen?« Sie verspürte den Drang, gegen die Wand zu treten, aber dann wäre die Kate wohl in sich zusammengefallen. »Warum nur?«, rief sie. »Mama war noch so jung! Sie hätte ein viel längeres Leben verdient gehabt.«

»Auf das *Warum* gibt es keine Antwort«, sagte Emma in ruhigem Ton.

Marlene lehnte sich mit dem Rücken gegen die Wand und rutschte an ihr hinab. Sie starrte die morschen Bodendielen an, Faser für Faser, und ballte die Fäuste.

Emma erhob sich vom Tisch. »Lene, du kannst nicht zurückgehen und den Anfang ändern, aber du kannst neu anfangen und das Ende ändern.«

Aus feuchten Augen schaute Marlene auf.

»Ich wünsche mir«, sprach Emma weiter, »dass wir – wenn wir an unsere Mama denken – nicht die bösen Bilder ihrer Sterbenacht sehen, sondern die schönen Erinnerungen.«

Wenn Marlene an ihre Mutter dachte, sah sie Elisabeth im Bett liegen. Emma und sie hatten sich eine ganze Nacht lang am Körper ihrer Mutter festgehalten, ohne zu bemerken, dass Elisabeth Lindow bereits tot war. Wie könnte sie das jemals vergessen? Sie schlug mit der Faust auf den Boden, sodass der Staub auf den Dielen hochwirbelte und die Sense beinahe umfiel.

»Du hast bestimmt auch schöne Erinnerungen.« Emma setzte sich ebenfalls mit dem Rücken gegen die Wand neben Marlene. »Ganz im Gegensatz zu mir, weil ich viel zu klein war. Meine älteste Erinnerung reicht nur bis zu jenem Tag zurück, an dem Mutter starb.«

Was nützten ihr Erinnerungen, wenn sie diese nicht ertrug? Gerade als sich Marlene die Knie vor die Brust ziehen wollte, um ihren Kopf darauf abzulegen, bemerkte sie etwas Papiernes unter ihrer rechten Stiefelette. Sie hob das Fundstück auf und rieb es an ihrem Mantel sauber, denn es war fleckenbesudelt, und eine dicke Lage Staub hatte es bedeckt. Am Rand war es feucht. Sie hielt es dem Licht entgegen, das durch die Fensterluke hereinfiel.

Emma verschlug der Anblick der alten Fotografie beinahe die Sprache. »Ist das ...?« Sie deutete auf die Frau, die unbestritten der Mittelpunkt des Bildes war. Beeindruckend stolz saß diese im Stuhl des Fotografen. Ihr lockiges Haar trug sie über der Schulter gebunden und nicht streng gescheitelt und zu einem Knoten frisiert, wie es vor mehr als zwanzig Jahren bei Frauen aus dem ländlichen Raum noch üblich gewesen war.

Marlene lächelte unter Tränen. »Ja, das ist unsere Mama, Emma.« Versunken streichelte sie über das Gesicht ihrer Mutter. Auf deren Schoß saß ein Säugling, den sie mit dem rechten Arm umschloss. Den linken hatte sie um das zweijährige Mädchen zu ihrer Rechten gelegt, das eine Kartoffel in der Hand hielt und etwas verschwommen abgebildet war. Es trug ein Kleidchen aus Sackleinen, mit einem geschnitzten Holzknopf mittig über der Brust und einer Schleife im Haar.

»Das kleine Bündel bist du, Emmalein«, sagte Marlene berührt. »Mama schaut dich sehr lieb an.« Sie war gerührt, Emma als so winziges Wesen zu sehen. Ihre Schwester war kaum älter als die Patienten, die Marlene inzwischen selbstständig medizinisch betreute.

Emma lächelte. »Du schaust heute manchmal noch genauso wie auf dem Bild. So neugierig, frech und gleichzeitig auch klar.«

Frech? Marlene wollte schon Einspruch erheben, aber eigentlich wusste sie, dass ihre Schwester recht hatte. Sie schätzte, dass die Fotoapparatur ihre Aufmerksamkeit während der Belichtungszeit erregt hatte und sie deshalb nicht hatte still sitzen können. Die Unschärfe resultierte also aus ihrer Neugier.

»Erinnerst du dich noch an diesen Moment?«, wollte Emma wissen.

Marlene schüttelte den Kopf und wendete die Fotografie. *10. Juli 1894* stand auf der Rückseite geschrieben. »Dafür war ich zu klein. Aber warte kurz.« Sie drehte die Fotografie wieder auf die Vorderseite. »Ich glaube, ich erinnere mich zumindest noch an einen Bericht unserer Mama über eine besondere Begebenheit.« Sie drückte sich das Bild vor die Brust, als würden Erinnerungen daraus in sie hineinfließen. »Sie erzählte, dass ich einmal eine riesengroße Kartoffel auf dem Acker fand, auf die ich so stolz war, dass ich sie tagelang mit mir herumtrug. Ich nannte sie Toffel, weil ich Kartoffel noch nicht aussprechen konnte. Mama wollte Toffel lieber kochen und mir eine Puppe dafür geben, aber ich bestand auf der Unversehrtheit des Riesengemüses.«

Emma nahm die Fotografie an sich und schaute noch einmal genauer hin. »Toffel ist wirklich riesig!«, staunte sie in bewunderndem Ton, als rede sie mit einem Kind. Dann prustete sie los, und Marlene fiel in ihr Lachen mit ein.

»Ich möchte, dass *du* unsere einzige Familienfotografie behältst«, sagte Marlene, nachdem sie sich wieder beruhigt hatten.

Emma legte ihren Kopf an die Schulter ihrer Schwester. »Danke.«

»Was Theodor wohl sagen würde, wenn du ihm seine Großmama zeigen würdest?«, fragte Marlene nach einer Weile.

Emma buffte ihre Schwester zärtlich in die Seite. »Ich glaube, er hätte vor allem Augen für Toffel.«

»Und wer im Juli geboren ist, tritt ein, tritt ein, tritt ein«, begann Marlene, leise zu singen. Mit diesem Lied hatte die Feier ihres sechsten Geburtstags einst begonnen. »Der macht vor uns einen tiefen Knicks, recht fein, recht fein, recht fein.« Sie klang wie ihre Mutter damals.

Emma stimmte summend mit ein.

Sie saßen eng beieinander mit den Rücken an der Wand und sangen und summten das Lied noch eine Weile vor sich hin.

Plötzlich sprang die Tür auf. »Was tun Sie hier?«, verlangte ein alter Mann zu wissen und richtete eine rostige Heugabel auf sie. Er fletschte die Zähne und knurrte wie ein bissiger Hofhund.

Marlene rappelte sich zuerst auf. Emma schob noch schnell die Fotografie in ihre Manteltasche.

Der alte Mann schaute sich erst Marlene und dann Emma genauer an. Langsam ließ er die Heugabel sinken und entspannte auch seinen Mund wieder. »Sind Sie …«, stotterte er und blinzelte mehrmals. »Sind Sie etwa die Lindow-Töchter?«

Emma nickte zögerlich, Marlene war damit beschäftigt, ihre Erinnerungen nach dem Gesicht des Mannes zu durchforsten.

»Sie sehen aus wie in dem Zeitungsartikel mit der Kaiserin«, behauptete der alte Mann und rieb sich die rote Knollennase.

Marlene war verwirrt. »Wir, mit der Kaiserin?«

Emma verstand schneller. »Sie meinen den Bericht im *Tageblatt* über den ersten Abschlussjahrgang der Kinderklinik Weißensee im Jahr 1912?«

Der alte Mann lehnte seine Heugabel an die Wand. »Eigentlich komme ich selten dazu, Zeitung zu lesen. Und seit auch meine Else unter der Erde ist und die Jungs gleich im ersten Kriegsjahr fielen, hocke ich manchmal doch überm Blättchen.«

»Das tut mir leid«, sagte Marlene aufrichtig und dachte wieder an Maximilian, wie so oft, wenn das Wort »Krieg« fiel.

»Wer ist Emma von Ihnen?«, fragte der alte Mann.

Emma hob die Hand wie eine brave Schülerin.

»Sie wurden damals als beste Elevin des Jahrgangs ausgezeichnet«, erinnerte er sich. »Sie waren tagelang Dorfgespräch. Schade, dass Elisabeth das nicht mehr erleben durfte.«

Marlene senkte den Blick und scharrte mit ihren Stiefeletten auf dem Boden. Ja, schade.

»Kannten Sie unsere Mutter gut?«, fragte Emma.

»Wir waren gute Nachbarn.« Der Mann wies in Richtung des Hofes, zu dem die Kate gehörte. »Meine Else hat Elisabeth sonntags immer zum Kirchgang abgeholt.«

»Dann sind Sie Bauer Munck!«, erinnerte Marlene sich endlich und dachte, dass es sich schön anfühlte, den Namen ihrer Mutter aus dem Mund eines früheren Bekannten zu hören. Ihre Mutter hatte stets gut über die Nachbarsfamilie gesprochen. Immer wieder hatte Friedrich Munck Reparaturen an der Kate für sie vorgenommen.

»Gerade ist es etwas schwierig, weil zwei meiner Kühe kalben, aber wenn Sie im Sommer auf einen Besuch vorbeikommen wollen …« Bauer Munck lächelte und sah nun gar nicht mehr bedrohlich aus.

»Gerne«, antwortete Emma.

»Wir werden wiederkommen«, bestätigte Marlene, um nicht unhöflich zu sein. Im nächsten Moment hoffte sie, dass ihr ein Besuch eines Tages unbefangener möglich sein würde.

Der alte Bauer konnte den Blick nicht von ihnen nehmen. »Das Grab von Elisabeth ist übrigens vorbildlich gepflegt«, sagte er noch und deutete in Richtung des Friedhofs, dann packte er seine Heugabel und verabschiedete sich von ihnen.

»Komm, es wird auch Zeit für uns«, sagte Emma.

Marlene atmete tief durch. Sie wusste, wofür, ohne dass ihre Schwester es aussprechen musste.

*

Der Friedhof von Lübars befand sich neben der Kirche auf dem Dorfanger, den hübsche Gasleuchten säumten. Emma machte sich als Erste daran, das Grab ihrer Mutter zu suchen. Marlene schaute sich derweil verloren die schmucklose Dorfkirche an, in der sie in einer der hinteren Reihen den sonntäglichen Gottesdienst verfolgt hatten. Eiskalt war es oft gewesen, sodass sie sich fest an ihre Mutter geschmiegt hatten.

Emma wurde bald fündig und rief Marlene zu sich. »Ein wunderschönes Grab!« Sie zeigte auf eine Schale mit Schneeglöckchen, die mit Efeu zu einem Gesteck arrangiert waren.

Marlene nickte und versank ganz in den Anblick des teuren Grabsteines. Er war aus Sandstein und mit kupfernen Lettern bestückt. Der Stein hob sich nicht von den besseren Gräbern ab, so als wäre Elisabeth die Tochter eines wohlhabenden Bauern gewesen.

»Lass uns beten«, sagte Marlene und faltete ihre Hände. Emma tat es ihr gleich. Im Gebet redete Marlene in Gedanken mit ihrer Mutter, was sie nie zuvor getan hatte. Sie erzählte ihr, was sich in ihrem Leben seit ihrem Fortgang aus Lübars bis zum heutigen Tag zugetragen hatte. Einzig Maximilian erwähnte sie nicht, damit ihre Mutter sich keine Sorgen um sie machte. Sie schwärmte von ihrer Arbeit an der Kinderklinik und davon, dass sich immer mehr Eltern an eine Frau als Ärztin zu gewöhnen schienen und ihr zuhörten, wenn sie Diagnosen stellte und Therapieempfehlungen aussprach.

Während sie ihr Gedankengespräch führte, lächelte sie und sog den frischen Geruch der Fließtalwiesen ein. Sie öffnete ihre Augen erst wieder, als sich Schritte näherten. Sie wandte sich um und hielt die Luft an. Doktor Ritter? Konnte das Zufall sein, ausgerechnet er hier? Sie warf Emma einen fragenden Blick zu, die ausweichend auf den Boden schaute.

Sprachlos verfolgte Marlene, wie Doktor Ritter ihnen zur Begrüßung zunickte, sich neben sie vor das Grab stellte und dann die Augen zum Gebet schloss. Sie hatte ihn noch nie ohne Arztkittel gesehen. Heute trug er einen grauen Mantel und einen Zylinder. Seine feinen Lederschuhe waren vom Dreck des Bodens verschmutzt. Während er betete, zitterten seine Finger leicht.

Nach seinem »Amen« öffnete er die Augen wieder und schaute auf den Grabstein. »Ich habe Elisabeth Lindow einmal mehr für meinen Fehler von einst um Verzeihung gebeten und möchte dies hiermit auch noch einmal bei Ihnen beiden tun.«

Wohl weil Marlene länger nichts sagte, fühlte sich Emma genötigt zu reagieren. »Es ist ein hübsches Grab. Danke für Ihre Mühen.« Aber das war nicht die Antwort auf seine Bitte.

Marlene hatte ihren Blick längst wieder auf den Grabstein gerichtet. Erneut wurden ihre Augen feucht, und als sie kurz zu Doktor Ritter hinschaute, bemerkte sie, dass unter seiner Brille ebenfalls Tränen hervorliefen. Ihr war inzwischen klar, dass auch Ärzten Fehler passieren konnten, gerade in den ersten Jahren nach dem Studium. Besonders tragisch war es, wenn Menschen deswegen starben. Sollte ihr – Gott mochte dies verhindern – einmal ein Fehler passieren, wäre sie froh, wenn man ihr verzeihen würde.

»Danke«, sagte sie leise und dachte an all die Dinge, die Doktor Ritter in den zurückliegenden Jahren für sie und Emma getan hatte. Er hatte ihnen das Abitur und die Ausbildung an der Kinderklinik ermöglicht und in Lübars bis heute die Grabpflege bezahlt. Vermutlich hatte er auch die Kosten für die Beerdigung ihrer Mutter übernommen.

»Ich würde gerne auch weiterhin Ihre Wege verfolgen«, sagte Doktor Ritter.

»Wenn Lene nach Beendigung des Medizinalpraktikums eine Anstellung an der Klinik erhält, sollte das nicht schwer sein«, sagte Emma.

»Das hoffe ich doch.« Doktor Ritter nahm seine Brille ab, jetzt sah er ganz anders aus. Wie der Privatmensch Julius mit grauen Augenringen unter dem vornehmen Zylinder.

»Der Bürgermeister hat mir eine gute Stelle im neuen Gesundheitsamt angeboten, von wo aus ich die Kinderklinik auf jeden Fall im Auge behalten werde.«

»Sie verlassen die Klinik?«, schoss es aus Marlene heraus.

Doktor Ritter nickte. »Bitte lassen Sie uns noch gemeinsam ein Gebet für Ihre Mutter sprechen«, bat er, ohne weiter auf seine berufliche Veränderung einzugehen.

Emma senkte den Kopf und murmelte ihre Worte an Gott, aber Marlene konnte sich auf kein Gebet der Welt mehr konzentrieren. Die Gedanken wirbelten wild in ihrem Kopf umher. Es gab nur wenige Herren, die für die Position des neuen Ärztlichen Direktors an der Kinderklinik infrage kamen. Und wenn sie an die letzte heftige Diskussion zwischen Doktor Ritter und Maximilian dachte, bezweifelte sie, dass Maximilian neuer Klinikchef werden würde.

***

27

2. April 1919

»Warten Sie!«, rief die Postbotin und kam Emma hinterhergelaufen.

Auf dem Weg zur Nachtschicht hatte Emma gerade den Antonsplatz überquert, es war schon dunkel. »Geht es schnell?«, fragte sie, obwohl sie sogar etwas zu früh dran war. Seit sie Kurt fast zum zweiten Mal geküsst hatte, ging sie Dörte aus dem Weg.

Die Postbotin kam schwer atmend vor ihr an. »Es geht um eine dringende Angelegenheit, und ich weiß nicht, wem ich mich sonst anvertrauen soll.«

Emma stoppte im Licht, das durch die großen Fenster des *Berliner Hofs* nach draußen fiel.

»Es geht um Kurt«, raunte die Postbotin ihr hinter vorgehaltener Hand zu.

Emma machte einen Schritt von ihr weg, aber Dörte schloss die Lücke zwischen ihnen gleich wieder. »Ich dachte, weil du doch mit Kurt befreundet bist, wüsstest du, was ich tun kann, damit er …« Sie schaute sich nach allen Seiten um wie eine Diebin.

»Damit er …?«, fragte Emma vorsichtig und hoffte, sie würde nun nicht erröten.

»Damit er mich endlich küsst!«, rückte Dörte mit der Sprache heraus. »Er ist so zurückhaltend.«

»Vielleicht ist er doch nicht der Richtige für dich?«, rutschte es Emma heraus. Ihre Wangen wurden heiß.

»Das glaube ich nicht«, widersprach Dörte energisch. »Auch Frau Scharinski ist überzeugt davon, dass Kurt und ich füreinander bestimmt sind.«

Emma bemühte sich, nicht zu interessiert zu klingen. »Woraus schließt Frau Scharinski das denn?«

»Sie sagt, sie hat bei Kurt und mir ein gutes Gefühl. Das gleiche, das sie schon bei anderen glücklichen Paaren hatte, die sie zusammengebracht hat.«

Emma kam nicht umhin zu fragen: »Wie oft habt ihr euch denn schon getroffen?« Das wollte sie nur zu gerne wissen.

»Schon drei Mal! Und jedes Mal habe ich ihm einen anderen berühmten Briefmarkensatz aus meiner Sammlung gezeigt.«

Dreimal ist viel, fand Emma. »Und über die Feiertage?«, fragte sie und mahnte sich gleich darauf, endlich ihren Mund zu halten. Sie fragte sich noch um Kopf und Kragen!

»An Weihnachten war ich allein«, gestand Dörte und befingerte etwas beschämt das eingestanzte Posthorn auf ihrer Ledertasche. »Kurt ist oft beschäftigt und hat wenig Zeit für Privates, musst du wissen.«

Emma nickte zerknirscht. Sie könnte jetzt von den wilden politischen Zeiten reden, die gerade Kurts ganze Aufmerksamkeit forderten. Ob diese aber wirklich der Grund für seine Zurückhaltung waren, wusste sie nicht. Sie wollte Dörte gerne noch etwas Aufmunterndes sagen, denn schließlich hatte sie sie mit Kurt erst bekannt gemacht. »Du bist die netteste Postbotin, die ich kenne. Und die schnellste obendrein. Alles wird sich schon fügen«, sagte sie.

Einmal mehr wurde Emma bewusst, dass die Liebe nur Probleme bereitete. Sie würde sich ganz bestimmt weiter davon fernhalten. Besser, sie ließ den *Vorwärts* fortan unbeachtet auf ihrem Abtreter liegen. Seit geraumer Zeit legte Kurt ihr regelmäßig die Morgenausgabe vor die Tür. Bisher hatte sie die Zeitung eifrig gelesen, auch wenn sie nach ihren Diensten todmüde war. Aber damit war jetzt Schluss! »Jetzt muss ich zum Nachtdienst.« Emma wandte sich zum Weitergehen.

»Eine Sache wäre da noch«, sagte Dörte. »Ich habe einen Brief für deine Schwester, den ich schon den ganzen Tag mit mir herumtrage. Ich habe auch schon geklingelt, aber du hast nicht geöffnet.«

Emma hatte in Vorbereitung auf die Nachtschicht geschlafen und die Klingel deswegen abgestellt.

Dörte kramte in ihrer Posttasche.

»Ich wollte ihn nicht in den Briefkasten werfen, sondern ihn unbedingt persönlich übergeben.«

»Aber warum?«, fragte Emma verwundert.

Endlich bekam Dörte den Umschlag in ihrer Tasche zu fassen und hielt ihn Emma hin. »Es fühlte sich an, als sei etwas Wertvolles darin, vielleicht ein Schmuckstück aus echtem Gold. Was für ein Verlust wäre das, wenn das verschwinden würde, nicht wahr?«

»Ein Schmuckstück?« Emma nahm den Brief an sich und befühlte das Kuvert, auf dessen Vorderseite Marlenes Name und ihre Adresse geschrieben standen. Ein Absender war nicht vermerkt. Ihr kam eine böse Vorahnung.

»Jetzt muss ich auch weiter. Vielen Dank für deine Zeit«, sagte Dörte noch und ging davon.

Nachdenklich steckte Emma den Umschlag ein und ging davon.

In der Kinderklinik steuerte sie als Erstes Marlenes Büro an. Danach wollte sie zum Bakteriologischen Laboratorium, um die neuesten Untersuchungsergebnisse über Theodors Stuhl zu erfahren. Ihr Sohn war zwar entlassen worden, galt im bakteriologischen Sinne allerdings erst dann als gesund, wenn die Typhusbazillen mehrere Monate hintereinander verschwunden blieben.

Emma klopfte mehrmals an Marlenes Bürotür, aber niemand antwortete. Die Tür war verschlossen.

Eine Schwester, die an ihr vorbeieilte, rief ihr zu: »Fräulein Lindow wurde zu einem Notfall gerufen.«

Emmas Blick glitt grüblerisch von der Schwester auf das Kuvert in ihrer Hand. Wenn sie es durch die Tür schob, würde Marlene es finden, sobald sie zurück war. Aber eigentlich war es keine gute Idee, ihre Schwester beim Öffnen des Briefes allein zu lassen. Emma ahnte, was sich darin befand, und es machte sie wütend.

Emma steckte den Brief doch wieder ein und ging zum Bakteriologischen Laboratorium. Dort übergab der Laborant ihr den Befund, damit sie ihn in der Krankenakte verwahren konnte. Bis nach Ablauf der Mehrmonatsfrist musste sie Theodors Stuhl gesondert entsorgen – mit Schutzhandschuhen und Mundschutz.

»Danke für die Unterlagen«, sagte Emma noch, aber der Laborant beachtete sie kaum. Über sein Mikroskop gebeugt, antwortete er eher flapsig: »Ich habe Ihnen zu danken.«

»Mir?«

»Dafür, dass Sie Grete endlich davon überzeugt haben, sich voll und ganz auf ihre Ausbildung zu konzentrieren. Für mich hat sie jetzt keine Zeit mehr.«

Emma war nun doch verwundert. Zwar hatte sie überlegt, mit Grete Scheuer über die Nachteile einer viel zu frühen Liebe zu sprechen, aber getan hatte sie es doch nie. Es wäre ihr wie eine Einmischung in private Angelegenheiten erschienen. Im nächsten Moment wurde ihr auch schon die Tür vor der Nase zugeschlagen.

Wieder einmal die Liebe!, dachte Emma und sah sich in ihrer Entscheidung, sich nie mehr darauf einzulassen, erneut bestätigt.

Sie brachte Theodors Befund zur Verwaltung, wo die Akten bereits entlassener Kinder aufbewahrt wurden, dann stand auch schon die Übergabe mit der Schwester vom Tagesdienst an. Weil viele Pflegerinnen derzeit Überstunden machten, war der Dienstplan voller als in seuchenfreien Zeiten, sodass Emma in dieser Woche für den Nachtdienst im Isolierhaus und nicht im Haupthaus eingeteilt war.

Mit Mundschutz und Handschuhen ausgestattet, ließ sie sich von Stationsschwester Hertha die Neuaufnahmen zeigen und berichten, was sich tagsüber auf Station zugetragen hatte. Sechs an Spanischer Grippe erkrankte Säuglinge und Kleinkinder waren neu aufgenommen worden. Bisher reichte der Platz noch aus. Grete war bei der Übergabe an ihrer Seite und hatte sich auch gleich nach dem jüngsten Bazillen-Befund von Theodor erkundigt.

Die Nachtschicht wurde sehr unruhig. In allen Krankenzimmern jammerten die Kinder oder schrien. Im Unterschied zu jungen Erwachsenen, unter denen die Sterblichkeit während der zweiten Welle besonders hoch gewesen war, führte die Spanische Grippe bei Säuglingen langsamer zum Tod. Oft sah es so aus, als würden die Pfleglinge wieder genesen, oft kam bei den Eltern schon Hoffnung auf, und dann starben die Kinder doch! Die dunkelroten Flecken auf ihren kleinen, glatten Gesichtern sahen schrecklich aus. Wie konnte Gott es zulassen, dass solch zerbrechliche, unschuldige Wesen schon gegen eine Seuche kämpfen mussten?

Gegen zwei Uhr kam es zu einem Notfall. Die drei Monate alte Irene blutete plötzlich aus Mund und Nase. Emma schickte Grete, den diensthabenden Bereitschaftsarzt zu holen, damit er die Blutung stoppte und Schlimmeres verhinderte.

Als Oberarzt Buttermilch im Isolierhaus eintraf, verlangte er von Grete, dass sie ihm die Türen aufhalten und ihm die Schutzkleidung reichen solle. Emma bedachte er zur Begrüßung mit einem flüchtigen Nicken. Sie hoffte in diesem Moment, dass Doktor Ritter es sich doch noch einmal anders überlegen oder wenigstens Maximilian neuer Ärztlicher Direktor werden würde. So viel und so eifrig wie Letzterer arbeitete, wie verständnisvoll und höflich er mit den Schwestern und Elevinnen umging, wäre er vermutlich der bessere Mann für diese Aufgabe. Ob Marlene dies befürwortete, wagte Emma jedoch zu bezweifeln. Maximilians Anblick zerriss ihrer Schwester seit Wochen das Herz. Das hatte Marlene ihr zuletzt gestanden, als sie die ganze Nacht hindurch in der Küche der kleinen Dachgeschosswohnung zusammengesessen und geredet hatten. Emma hatte ihr zur Beruhigung einen Melissentee gekocht, aber natürlich hatte der nicht geholfen. Heute würden Melissentee und lange Gespräche noch weniger genügen. Emma war sich sicher, dass die Handschrift auf dem Umschlag für Marlene ganz eindeutig Maximilians war und das Schmuckstück darin ein Ring.

Zum Glück konnte Oberarzt Buttermilch die Blutung des Säuglings rasch stillen. Noch zweimal musste Grete ihn in dieser Nachtschicht auf Emmas Geheiß hin ins Isolierhaus holen. Emma hatte ihre liebe Not damit, die anderen Kinder, die die Unruhe selbstverständlich spürten, zu beruhigen. Sie war froh, dass Grete in dieser Nacht an ihrer Seite war.

Die Elevin, die die Zwischenprüfung mit der geringsten Punktzahl bestanden hatte, kümmerte sich schon seit Tagen überraschend selbstständig um die Typhuspatienten. Seit Theodors Ansteckung waren regelmäßig neue Fälle mit ähnlichem Verlauf eingeliefert worden.

Anfänglich hatte Grete nur widerwillig auf der Isolierstation gearbeitet. Irgendwann jedoch hatte sie sogar darum gebeten, nur noch auf der Isolierstation eingesetzt zu werden. Das hatte Emma sehr gewundert, weil diese Station am unbeliebtesten bei den Elevinnen war. Nicht einmal die Eifrigsten unter ihnen kamen gerne her. In drei der zehn Krankenzimmer lagen wieder erwachsene Patienten mit Spanischer Grippe, die mitversorgt werden mussten – das gefiel den jungen Damen nicht. Sie wollten sich vor allem um Kinder kümmern.

Am Ende der Nachtschicht war Emma so geschafft wie lange nicht mehr nach der Arbeit. Ihre Übergabe an die Tagesschwester endete im Typhuszimmer, wo Grete sich nicht von einem neunjährigen Jungen zu lösen vermochte, dessen Gesicht von Roseolen überwuchert war. Sie streichelte ihm die Hand und sprach mit ihm, obwohl er sich im Delirium befand und sie nicht zu bemerken schien.

»Schwester Grete, gönnen Sie sich jetzt eine Pause. Hinter uns liegt ein anstrengender Dienst«, sagte Emma hinter ihrem Mundschutz. Sie dachte an die Begegnung mit dem Laboranten vor Dienstantritt und daran, dass sie Grete tatsächlich eine Weile nicht mehr an dessen Seite durch den Klinikpark hatte spazieren gehen sehen.

»Ich komme gleich«, versprach Grete, aber als Emma die Elevin auch dann noch am Bett des Jungen vorfand, nachdem sie selbst bei der Bereitstellung neuer Säuglingsbetten geholfen hatte, wurde sie nachdenklicher.

Unverändert hielt Grete die Hand des Typhuspatienten und schaute ihn versunken an. Ihre Haut war rosig, und sie wirkte so frisch, als könne ihr keine Nachtschicht etwas anhaben. Ihre kleinen, tief liegenden Augen strahlten heute etwas besonders Kraftvolles aus.

»Theo redet noch gerne davon, wie Sie ihm das Lager gerichtet, ihm beim Essen geholfen und seinen Puls gemessen haben«, sagte Emma und trat neben Grete. »Er war sehr froh darüber, dass Sie sich so viel Zeit für ihn genommen haben.«

»Theo hat überlebt, obwohl ich ihn mitgepflegt habe«, sagte Grete, während sie dazu überging, dem Patienten mit einem Waschlappen Schweiß von der Stirn zu tupfen.

»Nicht *obwohl*«, korrigierte Emma, »sondern *weil* Sie ihn mitgepflegt haben.«

Grete schaute auf. Einen Moment war es ganz still im Raum, sogar die Pfleglinge schienen die Luft anzuhalten. »Heiner war erst sechs, als er an Typhus erkrankte«, brachte sie hervor.

»Heiner?«, fragte Emma nach, weil sie sich an keinen Patienten mit diesem Namen erinnerte.

Gretes Augen füllten sich mit Tränen. »Heiner war mein kleiner Bruder.«

Emma verstand langsam. Gretes Bruder war genauso alt gewesen wie Theo, als er erkrankte.

»Meine Mutter und ich pflegten ihn, aber ich war so ungeschickt dabei, dass Heiner starb«, sprach Grete leise mit feuchten Augen weiter, den Blick auf den schlafenden Jungen vor sich gerichtet.

»Sie waren keine ausgebildete Krankenschwester, und obendrein können auch wir Schwestern nicht jeden Patienten retten«, versuchte Emma, die Last der Schuld von den Schultern ihrer Schülerin zu nehmen. Kein Wunder, dachte sie dann, dass Grete sich zu Beginn ihrer Ausbildung nichts zugetraut hat. Sie hatte Angst gehabt, dass es den Patienten wegen ihr nur noch schlechter ging. »Ich finde, Sie machen Ihre Sache auf der Isolierstation sehr gut«, sagte Emma.

Grete lächelte vorsichtig. »Dabei wollte ich seit damals kranken Kindern nie wieder so nah kommen. Meine Eltern blieben jahrelang traurig deswegen. Ihr Unglück lag wie ein Schatten über meinem Leben.«

»Und warum dann die Ausbildung zur Kinderkrankenschwester?«, wollte Emma wissen. Ihr Seitenblick auf die anderen Typhuspatienten verriet ihr, dass diese noch schliefen und alles seine Ordnung hatte.

»Es war der Wunsch meines Vaters«, entgegnete Grete.

Für einen winzigen Moment war Emma dankbar, keinen Vater gehabt zu haben, der ihr den Beruf vorschrieb.

»Es ist ein so schönes Gefühl«, gestand Grete mit Blick auf den Jungen vor sich, »dass ich nicht alles falsch mache und den Kindern hier sogar helfen kann.« Unvermittelt strich sie über die Dienstbrosche an ihrem Schwesternkleid.

Emma legte ihr die Hand auf die Schulter. »Und ich wette, Heiner sieht Ihnen vom Himmel aus zu und ist mächtig stolz auf seine große Schwester.«

Grete ließ die Hand des Typhusjungen los und wandte sich Emma zu. »Danke, dass Sie mich nicht aufgegeben haben.« Sie stand vom Stuhl vor dem Bett auf.

»Und die Schauspielerei? Ich dachte, Sie wollten lieber berühmt werden und Filme drehen?«, fragte Emma.

»Die Filmpremiere und alles darum herum haben mich nicht berührt«, gab Grete zu, »und außerdem ist Hanni Weisse ganz schön eingebildet.«

Emma lächelte. »Können Sie ein Geheimnis für sich behalten, Schwester?«

Grete nickte zaghaft, woraufhin Emma hinter vorgehaltener Hand flüsterte: »Oberin Polsfuß scheint ein heimlicher Fan von Hanni Weisse geworden zu sein, und das, obwohl sie bis vor Kurzem niemals einen Fuß vor eine Leinwand gesetzt hätte.«

Grete kicherte, wie es junge Damen hin und wieder tun sollten. »Mir gefällt Florence Nightingale viel besser«, sagte sie. »So wie sie würde ich gerne werden.«

»Ihre Chancen dafür stehen gut«, sagte Emma. »Aber auch Frau Nightingale machte regelmäßige Pausen.«

Grete schaute noch einmal nach allen fünf Typhuskindern im Zimmer und richtete deren Bettdecken, während Emma schon nach draußen ging.

Emma stoppte noch einmal im Haupthaus, holte dort Jacke und Tasche und verließ kurz darauf die Klinik in Richtung Langhansstraße. Die Sonne war schon aufgegangen.

Es war sieben Uhr dreißig, als sie die Treppen zur Dachgeschosswohnung hinaufstieg.

Vor der Wohnungstür angekommen, suchte sie nach dem Brief für Marlene in ihrer Tasche und atmete noch einmal tief durch.

Da trat Marlene auch schon aus der Tür. »Morgen, Emmalein!«, sagte sie und betrachtete ihre verstockt wirkende Schwester besonders aufmerksam. Große Schwestern erkannten sofort, wenn etwas im Busch war.

»Guten Morgen, Lene«, erwiderte Emma zerknirscht und kaum hörbar. »Ich habe einen Brief für dich.«

»Leg ihn auf den Tisch in der Küche. Ich muss jetzt zur Klinik. Aber ist wirklich alles in Ordnung mit dir?«, vergewisserte sich Marlene. »Ist Theodors neuer Befund wider Erwarten positiv?«

»Nein, mit mir und Theo ist alles in Ordnung.«

»Da bin ich sehr froh«, sagte Marlene und trat an Emma vorbei zur Treppe.

»Der Brief ist von Max«, sagte Emma und schaute über ihre Schulter zu Marlene, ohne sich ganz umzudrehen. Sie fischte den Brief aus ihrer Tasche, obwohl sie ihn Marlene lieber erspart hätte.

Marlene war sofort zurück bei ihr. »Max hat mir geschrieben?«, fragte sie verwundert. »Ein Versöhnungsangebot?« Sie riss ihr den Brief förmlich aus der Hand und den Umschlag auf.

Emma verfolgte, wie Marlenes Gesicht sich versteinerte, als sie den Verlobungsring entdeckte. Marlenes Hand glitt zu ihrer Rocktasche und verharrte über einer kaum sichtbaren Wölbung. Bis zuletzt hatte sie die Hoffnung auf eine Versöhnung nicht aufgegeben, für Emma galt das Gleiche.

Mit bebender Stimme las Marlene vor:

Für meinen Ring habe ich keine Verwendung mehr.
Ich betrachte unsere Verlobung damit als aufgelöst.
Bitte verzeih.

Maximilian

Wenn es nicht einmal bei dem Traumpaar Maximilian und Marlene funktionierte, hatte die Liebe bei ihr doch erst recht keine Chance, war Emma überzeugt. »Vielleicht ist es besser, wenn auch du der Liebe entsagst. Sie macht nur Probleme«, riet Emma. Sie war wütend auf Maximilian, weil er sich feige mit einem Brief von ihrer Schwester getrennt hatte, anstatt ihr dabei in die Augen zu schauen. Noch im Hausflur nahm sie die stocksteife Marlene tröstend in ihre Arme. Alle Farbe war aus dem Gesicht ihrer Schwester gewichen.

Nach einer Weile löste sich Marlene von Emma und meinte: »Das ist keine schlechte Idee, die Liebe zu ignorieren.« Sie wischte sich Tränen von den Wangen. »Vielleicht sollte ich es wie Max halten und mich in Arbeit vergraben.« Sie ging die Treppe wie ein Häufchen Elend hinab.

Emma hätte ihre Schwester in diesem Zustand am liebsten in der Wohnung behalten, um auf sie aufzupassen. Eine unglückliche Liebe machte genauso krank wie eine Seuche.

***

28

10. April 1919

Marlene stand vor dem kleinen Spiegel in der Küche und begutachtete ihre Frisur. Ihr Haar hatte sie auf einer Seite mit einer Spange zurückgesteckt, es reichte ihr schon wieder bis knapp über die Schultern. Sie gefiel sich nicht, weil ihre Fröhlichkeit nur aufgesetzt war.

»Ist das nicht etwas gewagt?«, bemerkte Emma vom Küchentisch aus, eine dampfende Tasse Melissentee vor sich. Sie meinte mit »gewagt« das himmelblaue Kleid mit dem breiten Gürtel und der Baumwollspitze, das Marlene trug. Zuletzt hatte sie es für den Abend mit Maximilian im *Tangokeller* angelegt.

»Es ist genau das Richtige für einen netten Abend, der mich die Liebe vergessen macht!«, gab Marlene entschieden zurück, was ihr doch schwerfiel. In ihrem tiefsten Inneren wollte sie Maximilian gar nicht vergessen. Im Gegenteil. Aber ihr Verstand verlangte es. Er sagte ihr, dass es richtig gewesen war, ihre Verlobungsringe tief in ihre Schreibtischschublade im Büro zu verbannen und die Einladung von Hektor Kunze anzunehmen. Wenn sie an ihren alten Rock und die blasse Bluse dachte, die sie bei seiner Filmpremiere getragen hatte, bekam sie ein schlechtes Gewissen. Sie hatte etwas gutzumachen bei dem Regisseur, es würde sie ablenken.

»Nicht, dass sich Herr Kunze noch Hoffnungen macht«, gab Emma zu bedenken, dann nippte sie wieder an ihrer Teetasse.

»Das glaube ich nicht, er hat Tausende Bewunderinnen in der Filmbranche. Und wer würde schon Hanni Weisse zurückweisen«, entgegnete Marlene und holte tief Luft, bevor sie noch anfügte: »Ich möchte einfach mal wieder ein paar vergnügliche Stunden erleben.« Es kostete sie einige Mühen, so unbeschwert zu klingen.

»Pass gut auf dich auf heute Abend. Vom *Clärchens* hab ich schon wilde Geschichten gehört«, gab Emma ihr noch mit auf den Weg und setzte Marlene ihren kirschroten Glockenhut auf.

Marlene umarmte ihre Schwester. »Das verspreche ich dir.«

*

Zwar hatte Marlene schon viel über den verspiegelten Saal im Obergeschoss jenes Ballhauses gehört, das im Volksmund nur *Clärchens* genannt wurde, aber keine Beschreibung reichte an die Wirklichkeit heran. Zum Glück war sie dieses Mal dem Anlass entsprechend gekleidet. Eben hatte Hektor Kunze ihre Mäntel und Hüte an der Garderobe im Erdgeschoss abgegeben.

In hochhackigen Tangosandalen schritt Marlene voran. »Der Spiegelsaal ist noch schöner, als ich ihn mir vorgestellt habe«, sprach sie mehr zu sich selbst als zu ihrem galanten Begleiter. Der gebohnerte Parkettboden war perfekt fürs Tanzen mit Maximilian. Es hieß, dass hier schon Persönlichkeiten wie der Zeichner Heinrich Zille und der Mediziner und Schriftsteller Alfred Döblin diniert hätten. Von Letzterem wusste sie, dass er mit einer ehemaligen Medizinstudentin verheiratet war.

Sie konnte sich kaum sattsehen an den prunkvoll gerahmten Wandspiegeln, die bis an die Stuckdecke reichten.

Trotz der Lautstärke, die vom Restaurant im Erdgeschoss zu ihnen heraufdrang, fühlte sie sich hier oben wie auf einem anderen Planeten. Vielleicht lag es daran, dass sie sich in Hektors Nähe doch überraschend sicher fühlte. Er war die erste Person überhaupt gewesen, die sich bei ihr für ihre medizinischen Mühen bedankt und sie stets mit Respekt behandelt hatte. Beinahe wie selbstverständlich waren sie auf der Autofahrt hierher zum Du übergegangen. Wie es aussah, war das in der Filmbranche gang und gäbe.

»Das Licht hier ist einzigartig«, staunte Marlene weiter. Es schien sich zwischen drinnen und draußen zu einem Zwielicht zu vermischen.

»Ein einzigartiger Saal für eine einzigartige Frau«, sagte Hektor und rückte ihr den Stuhl zurecht. »Clara war so nett, mir den Spiegelsaal für den ganzen Abend zu reservieren. Gehen wir es also langsam an.«

Sie war ziemlich beeindruckt davon, dass Hektor die stadtbekannte Clara Bühler kannte, die das Ballhaus zusammen mit ihrem Mann führte. Stationsschwester Hertha wäre begeistert von diesem prominenten Ort. Marlene nahm am einzigen Tisch im Saal Platz, der mittig wie eine Insel dastand. Er war eingedeckt mit einem reinweißen Tuch, Stoffservietten und Silberbesteck. Edel, aber schnörkellos.

Nach der Premiere von *Die Nichte des Herzogs* waren Fotografien von Hektor und seinen Schauspielern in vielen

Tageszeitungen und Illustrierten aufgetaucht. Die meisten Kritiker hatte das Lustspiel köstlich amüsiert und Hektor noch bekannter gemacht. Wie auf der Fotografie im doppelseitigen Porträt der *Berliner Illustrierten Zeitung* sah er heute blendend aus, mit dem schmalen Menjoubärtchen, den gepflegten Haaren und dem eng sitzenden Anzug.

»Ich freue mich sehr, dass du meiner Einladung gefolgt bist, Marlene«, sagte er und nahm ihr gegenüber Platz. »Und Frieda wird bestimmt noch tagelang von deiner ungewöhnlichen Gutenachtgeschichte reden. Ein Rotkäppchen, das den bösen Wolf zähmt, bevor das Tier jemanden auffressen kann, das ist ganz wunderbar. Vielleicht sollte ich diese Version verfilmen?« Er lächelte zärtlich.

Bevor sie nach Berlin gefahren waren, hatte Marlene noch nach Frieda geschaut. In der großen Wohnung hatte Hektor seiner Tochter ein Zimmer eigens für ihre Muskelübungen eingerichtet. Übereifrig hatte das Mädchen ihr demonstriert, wie es die Muskulatur in den Zehen stärkte. Und natürlich hatte Marlene Frieda zur Mäßigung ermahnen müssen. Aber es war schön, sie so munter zu sehen. In dieser Verfassung würde ihr der endgültige Abschied vom Balkenturnen leichter fallen.

Marlene erwiderte Hektors Lächeln überraschend mühelos. »Ich habe noch mehr Märchen für Emma umgedichtet, weil sie sich als kleines Mädchen so schnell gruselte und dann nicht mehr einschlafen konnte.«

»Welche denn noch?«, fragte Hektor sichtlich amüsiert.

»Hänsel und Gretel habe ich mit der Hexe zusammen eine Lebkuchenmanufaktur eröffnen lassen, in der sich alle Kinder umsonst satt essen dürfen. Davon haben wir und die anderen Kinder im Weddinger Waisenhaus oft geträumt: einmal Süßigkeiten mampfen, bis der Bauch wehtut.«

Hektor lachte. »Deine *Hänsel-und-Gretel*-Version würde meiner Tochter bestimmt auch gefallen. Frieda liebt es zu naschen.« Er sagte nichts zu ihrer Erwähnung des Waisenhauses, das gefiel ihr.

»Deine Tochter liebt das Leben!«, antwortete Marlene. Obwohl sie sich dagegen sträubte, dachte sie nun doch wieder an Maximilian, auf den das glatte Gegenteil zutraf. Ihr hoffnungsloser Blick verlor sich im Zwielicht des Spiegelsaals.

Erst als sie Hektor wieder anschaute, sprach er weiter: »Ja, du hast sicher recht mit deiner Einschätzung. Frieda liebt das Leben genau wie Fredericke einst. Friedas Mutter war preußische Meisterin im Balkenturnen.«

Hektors verstorbene Frau hieß demnach Fredericke, wusste Marlene nun und bedauerte zutiefst, dass Frieda ihre Mutter so früh verloren hatte. Den beiden war noch weniger Zeit miteinander geblieben, als sie mit ihrer eigenen Mutter gehabt hatte. Immerhin hatte Lübars für Marlene inzwischen seinen Schrecken verloren. Kurz flackerte ein Bild vor ihrem inneren Auge auf, auf dem sie ihrer Mutter einen Blumenkranz aus Gänseblümchen überreichte, über den sich Elisabeth sehr freute.

Der Kellner riss sie aus ihren Gedanken. »Die Getränke für die Herrschaften!« Er hatte Gläser dabei und schenkte ihnen den Wein ein, den sie sich unten bei ihrer Ankunft ausgesucht hatten. Zum Essen entschieden sie sich für eine klare Gemüsebrühe vorweg und für das einzige Fleischgericht auf der Menükarte.

Erst als der Kellner den Spiegelsaal verlassen hatte, nahm Hektor das Gespräch wieder auf. »Äußerlich hingegen sahen sich Frieda und ihre Mutter kaum ähnlich. Fredericke hatte so dunkles, lockiges Haar wie du.« Er gestand ihr auch, dass er seine verstorbene Frau immer noch vermisste und oft an sie dachte.

Marlene räusperte sich etwas verlegen, aber gleichzeitig fühlte es sich tröstlich an, sich derart vertraut mit ihm zu unterhalten. Sie erinnerte sich an ihre erste Begegnung, als sie noch Fremde füreinander gewesen waren. Schon damals hatte Hektor ihr verraten, wie er Distanz zwischen sich und seine Sorgen brachte.

Obwohl sie ihre Gemüsebrühe schweigend löffelten, hatte Marlene nicht das Gefühl, dass die Stille zwischen ihnen unangenehm war. Sie genoss das Ambiente des besonderen Raumes und verspürte heute zum ersten Mal seit der Auflösung ihrer Verlobung wieder etwas Appetit.

Hektor wollte gerade nach ihrer Hand greifen, als der Kellner die Hauptspeisen auf einem Wagen hereinfuhr. Sie bekamen goldbraune Schnitzel mit Petersilienkartoffeln und in Butter gebratene Semmelbrösel serviert, von denen ein längst vergessener Duft aufstieg. Außerdem wurden sie auf den Nachtisch auf dem Rollwagen hingewiesen, den die Hausherrin ihnen spendierte und herzliche Grüße ausrichten ließ. Dabei handelte es sich um Erdbeercreme mit Vanillesoße.

Sie stießen ihre Weingläser so zart aneinander wie bei einer ersten Berührung. Noch bevor er sein Schnitzel anschnitt, gestand Hektor: »Seit wir uns das erste Mal im Klinikpark unterhalten haben, wusste ich, dass du eine ganz besondere Frau bist.«

Marlene hielt mit dem schweren Besteck in der Hand inne. Sollte Emma doch recht damit behalten, dass Hektor sich Hoffnungen machte? Sie meinte, dass im Zwielicht des

Ballsaales Maximilians Abbild im Spiegel hinter dem Regisseur erschien.

»Bitte verstehe mich nicht falsch!«, beeilte Hektor sich zu versichern. »Ich würde dich niemals bedrängen.« Er prostete ihr zu. »Es tut gut, dass ich mich dir anvertrauen darf.«

Marlene sehnte sich danach, sich zu offenbaren, anstatt sich zu verschließen. Sie trank einen Schluck Wein, und irgendwann schaute sie einfach nicht mehr zu dem Spiegel, in dem sie eben das Antlitz ihres früheren Verlobten erblickt hatte.

Als Hektor und sie das Ballhaus gegen Mitternacht verließen und mit dem Automobil zurück nach Weißensee fuhren, schaute Marlene auf einen amüsanten Abend zurück, der ihr gutgetan hatte. Sie vereinbarten ein weiteres Treffen in sechs Wochen, weil Hektor in nächster Zeit unterwegs sein würde, um zusätzliche Gelder für seine nächsten Filme zu akquirieren.

Auf den letzten Metern vor seiner Wohnung lud er Marlene ein, ihn einmal im Filmatelier zu besuchen und bei den Dreharbeiten seines nächsten Werkes zuzuschauen. Ende Mai sollte es losgehen. Als er ihr dann die Autotür öffnete und Marlene sich aus dem Automobil erhob, sprangen plötzlich mehrere Männer mit Fotoapparaten vor sie. Blitze zischten. Sofort zog Marlene sich ihren kirschroten Hut tiefer ins Gesicht.

»Herr Kunze, ist das die neue Frau an Ihrer Seite?«, fragte ein Journalist. Ein anderer wollte wissen: »Stimmt es, dass Hanni Weisse wieder in Ihrem neuen Film mitspielen wird?«

»Für Informationen zur Besetzung meines Films müssen Sie sich noch etwas gedulden«, antwortete Hektor und nahm Marlene am Arm. »Ich wünsche Ihnen noch eine gute Nacht. Bleiben Sie gesund.«

Die Journalisten entfernten sich nur langsam, und Hektor führte Marlene in den Eingangshof seines Wohnhauses, wo sie ihr Fahrrad geparkt hatte, und schloss das Tor hinter ihnen. »Möchtest du oben noch einen Cognac mit mir trinken?«, fragte er. »Auf den Schreck hin?«

Marlene schüttelte den Kopf. »Es war ein sehr netter Abend, vielen Dank dafür. Aber jetzt möchte ich nach Hause.« Außerdem wollte sie mit dem Genuss von Alkoholika sehr vorsichtig sein. Als angehende Ärztin trug sie eine besondere Verantwortung.

»Natürlich«, sagte Hektor und schaute noch mal vor das Tor. »Die Journalisten gehen in Richtung Rennbahn.«

»Gut.« Marlene saß auf ihrem Fahrrad auf. »Ich muss in die entgegengesetzte Richtung.« Sie verstand sich selbst nicht, aber sie hauchte Hektor einen Abschiedskuss auf die Wange. Dann zog sie das Tor zu und fuhr auf dem Fahrrad davon.

***

29

30. April 1919

Für die heutige festliche Zusammenkunft hatte Waldemar kaum Mühen gescheut. Vom *Milchhäuschen* hatte er Schrippen belegen und an die Kinderklinik liefern lassen. Silvestergirlanden hingen vor den Schränken, und dicke Buttermilch stand zum Prosten in Sektgläsern bereit, weil sie nach der Mittagspause weiterarbeiten mussten. Der Bürgermeister, Pressevertreter und die Führungsriege der Kinderklinik hatten sich in seinem Büro versammelt: die Oberin, die Oberschwester mit ihren Stationsschwestern, sämtliche Ärzte, der neue Chefmelker und die Leitung der Milchkuranstalt samt Milchkurinspektor. Außerdem hatte er Marlene Lindow dazugebeten.

Der Oberarzt und Doktor Ritter standen neben dem Bürgermeister vor dem wuchtigen Schreibtisch, auf dem Waldemar die von ihm verfassten Fachbücher über Pädiatrie aufgereiht hatte, damit sie später auf der Pressefotografie gut zu sehen waren. Gleich drei Fotografen, darunter einer, der für das *Ärzteblatt* arbeitete, waren seiner Einladung gefolgt. Zum Glück hatte Waldemar heute ausreichend Puder aufgelegt.

Punkt dreizehn Uhr richtete der Bürgermeister einleitende Worte an die Versammelten. »Die Kinderklinik hat harte Zeiten durchlebt«, sagte Carl Woelck und schaute dabei gewichtig in die Linsen der Fotoapparate. »Es waren Monate, die Sie alle, wie Sie hier versammelt sind, viel Kraft gekostet haben.« Er wandte sich Doktor Ritter zu. »Lieber Julius, ich möchte dir heute ganz offiziell für deine Anstrengungen während der zurückliegenden acht Dienstjahre im Kampf gegen die Kindersterblichkeit danken. Du hast diese Anstalt zu dem gemacht, was sie heute ist: eine Klinik, deren Ruf weit über die Grenzen des Deutschen Kaiserreichs ...«, der Bürgermeister musste sich korrigieren, »ich meine natürlich, weit über die Grenzen unserer *deutschen Republik* hinausreicht.«

Applaus brandete auf. Unter den Klatschenden waren auch Maximilian von Weilert und Marlene Lindow, die jeweils am anderen Ende des Büros weit voneinander entfernt standen. Die Stationsschwestern Vera und Hertha nickten sich zu. Emma Lindow wirkte betrübt, stellte Waldemar fest, aber sie und die anderen würden sich schnell mit der Personalie anfreunden müssen.

»Nun ist es an der Zeit, lieber Julius, dass du dich neuen Herausforderungen widmest und das Zepter weitergibst«, fuhr der Bürgermeister fort, was Julius Ritter mit einem melancholischen Gesichtsausdruck nickend bestätigte.

Sein Freund, dachte Waldemar amüsiert, wurde auf seine alten Tage noch rührselig wie eine Frau.

»Verehrte Mitarbeiter der Kinderklinik, als Bürgermeister und damit stellvertretend für die Kommune Weißensee freue ich mich, Ihnen heute Doktor Ritters würdigen Nachfolger zu präsentieren. Und weil viele Kliniken so kurz nach dem Großen Krieg Probleme haben, ihre ärztlichen Stellen überhaupt zu besetzen, bin ich besonders stolz, dass wir eine so hochkarätige Fachkraft für diese verantwortungsvolle Position gewinnen konnten. Applaudieren Sie für Ihren neuen Ärztlichen Direktor, der die Kinderklinik ab dem morgigen Tag zu neuen Höhen führen wird: Herr Doktor Waldemar Buttermilch.«

Oberschwester Walburga begann zu klatschen, die anderen Mitarbeiter fielen nur zögerlich in ihren Applaus mit ein. Waldemar verbeugte sich lange, dann fasste er sich mit den Händen an den Kragen seines Arztkittels und lächelte in die Kameras. Blitze schossen auf. Zuversichtlich nickte er der Oberin zu, dann Maximilian von Weilert und den anderen Ärzten. Stationsschwester Vera schielte schon zum Büfett. Marlene Lindow gab sich Mühe, ihre Enttäuschung zu verbergen.

Bevor Waldemar das Schrippenbüfett eröffnete, wollte er noch ein paar Worte an seine Mannschaft richten. Als mittlerweile führender Kopf beim *Bund der Aufrechten* war er geübt darin, Zukunftsvisionen zu vermitteln. »Es ist mir eine Ehre, dieses hohe Amt von einem so großen Mediziner wie Doktor Ritter zu übernehmen«, behauptete er. Die Wahrheit war aber eher, dass er seinen Freund zuletzt für verwirrt gehalten hatte. Eigentlich fühlte sich Waldemar schon länger als der Herr im Haus. Schließlich war er es gewesen, der beim zweiten Ausbruch der Spanischen Grippe sofort Maßnahmen ergriffen hatte, der stets den Überblick behielt und sich in einflussreichen Kreisen bewegte, um neue Spendengelder einzuwerben. Julius hingegen hatte sich zuletzt immer mehr zurückgezogen, worunter auch der Kliniketat gelitten hatte.

»Ich möchte die Kinderklinik wirtschaftlicher machen«, führte Waldemar aus, »die wichtigen von weniger wichtigeren Tätigkeiten unterscheiden und die vorhandenen Ressourcen besser nutzen.«

Julius Ritter legte die Stirn in Falten. Emma und Marlene Lindow tauschten einen unsicheren Blick. Walburga hatte bei dem Wort »wirtschaftlicher« aufgehorcht. Nicht ganz zu Unrecht, wie Waldemar fand. Auch wenn er ihre Arbeit schätzte, konnte man ihr, besonders seit ihrer Rückkehr nach den Knochenbrüchen, beim Arbeiten fast die Schuhe besohlen.

»Außerdem gedenke ich, mich weiter dafür einzusetzen, dass die Kriegsheimkehrer ihre früheren Arbeitsplätze schnellstmöglich zurückerhalten.« Auf sein Drängen hin war bereits der neue Chefmelker eingestellt und seine Vorgängerin entlassen worden, die sich nun wieder um ihre Kinder und den Haushalt kümmern konnte. Gleiches plante er für sämtliche Arbeitsplätze in der klinikeigenen Milchkuranstalt.

Waldemar wandte sich dem Bürgermeister zu, der seine Aussagen mit einem Lächeln quittierte. Mit »Außerdem verspreche ich Ihnen, dass wir unter meiner Leitung die Spanische Grippe alsbald bezwingen werden!« schloss er seine Antrittsrede.

Obwohl von Stationsschwester Hertha bekannt war, dass sie die Spanische Grippe wie kaum eine andere Seuche fürchtete, klatschte selbst sie keinen Beifall.

Um die entstandene Stille im Raum zu überbrücken, gab Waldemar den Küchenmädchen das Zeichen, die Gläser mit der Buttermilch zu verteilen, um auf ihn und die nun wieder aussichtsreiche Zukunft der Kinderklinik anzustoßen.

Mit dem erhobenen Sektkelch in der Hand schwor er seine Mitarbeiter auf eine erfolgreiche Zusammenarbeit in jener Klinik ein, der er zu Weltruhm verhelfen wollte. Es war nur eine Frage der Zeit, bis man im Ausland die Weißenseer Kinderklinik in einem Atemzug mit deutscher Ingenieurskunst nannte.

»Nun lade ich Sie alle ein, mit mir das Büfett zu plündern«, verkündete er freudestrahlend. Er gewährte dem Bürgermeister den Vortritt an den kalten Platten, sogar Essiggürkchen und gefüllte Eier gab es.

Waldemar bedauerte, dass Dorothea von Weilert hier und jetzt nicht anwesend war. Sicher ergab sich bald eine Möglichkeit, mit ihr auf diesen Teilerfolg anzustoßen. Und zwar an einem Ort, an dem sie ungestört waren. Seit nunmehr zwei Jahren galt der Graf von Weilert als vermisst. Langsam wurde es Zeit, ihn für tot erklären zu lassen.

Maximilian von Weilert unterbrach Waldemars Gedanken. »Ich gratuliere Ihnen, Kollege Buttermilch«, sagte er aufrichtig und nickte mit der wohlerzogenen Fassung eines Verlierers im Kampf um den Direktorenposten.

»Ich freue mich auf die weitere Zusammenarbeit«, erwiderte Waldemar ehrlich. Er hielt Dorotheas Sohn für einen begabten Kinderarzt. Wenn sie alleine waren, würde er ihm – vielleicht mit väterlicher Stimme – ans Herz legen, sich doch den Bart und das Haar wieder einmal frisieren zu lassen. Die Ärzte, die unter Waldemars Führung arbeiteten, hatten tadellos gepflegt zu erscheinen. Kriegshelden wie Maximilian erst recht, denn sie waren Vorbilder für die nächste Generation an Kämpfern für die deutsche Ehre. Als eine der ersten Amtshandlungen gedachte Waldemar, Maximilian den theoretischen Unterricht zu übertragen. Die Vermittlung von aufrührerischen, emanzipatorischen Inhalten durch das Fräulein Medizinalpraktikantin würde er keinen Tag länger dulden.

Waldemar nahm sich eine Leberwurstschrippe vom Büfett, die hübsch mit Perlzwiebeln belegt war. Da bemerkte er aus dem Augenwinkel, dass Marlene Lindow sich von seiner Feier davonstehlen wollte. Anstandshalber hätte sie wenigstens an einem Glas Buttermilch nippen können. »Fräulein Lindow!« Er kam ihr in den Korridor nach. Die Stationsschwestern schauten sich neugierig nach ihnen um.

Waldemar blieb mit gutem Abstand vor Marlene Lindow stehen, damit er nicht zu ihr aufschauen musste. »Ich dachte, ich bin so freundlich und sage Ihnen rechtzeitig Bescheid«, sagte er und betrachtete hungrig sein Leberwurstbrötchen.

»Rechtzeitig Bescheid wofür?«, fragte sie. Irritiert blickte sie an ihm vorbei in sein Büro zu Julius Ritter am Schrippenbüfett.

»Für die Sonderprüfung, die von höchster Stelle für das Ende Ihres Medizinalpraktikums anberaumt wurde«, erklärte er ihr leichthin, als sei es nichts Besonderes.

Marlene Lindow versuchte, sich ihre plötzliche Verstörung nicht anmerken zu lassen. Aber ihr Schweigen sprach Bände, und Waldemar genoss es. Wenn es doch nur einmal auch seiner Mutter die Sprache verschlagen würde. Was würde er dafür geben!

Genüsslich führte er weiter aus: »Es wurde entschieden, Sie vor der Entgegennahme Ihrer Bestallungsurkunde einer ausführlichen Sonderprüfung zu unterziehen. Weil es doch immer wieder Beschwerden über Sie gegeben hat.« Zwar waren schon seit einiger Zeit keine neuen hinzugekommen, aber das war auch nicht nötig gewesen, um das Kreismedizinalamt von einer Sonderprüfung zu überzeugen. »Vier von der Kinderklinik unabhängige Prüfer werden Sie am achtundzwanzigsten Juni einen halben Tag lang prüfen.« Er kannte die Doktoren und Medizinalräte der Sonderprüfungskommission. Die vier Herren einte der Gedanke, dass Frauen am Operationstisch nichts zu suchen hatten. Dorothea hatte er bereits über diese elegante Lösung des Problems informiert, das sie beide gleichermaßen umtrieb. Die angedachte Kündigung, ihr ursprünglicher Plan, war wegen der ungewöhnlich langen Kündigungsfrist vor Ablauf des Praktikums nicht durchsetzbar gewesen. Waldemar war sich ziemlich sicher, dass die lange Frist von sechs Monaten nachträglich von Julius Ritter im Vertrag ergänzt worden war.

Marlene Lindow brauchte eine Weile, um sich zu fangen. Ob sie gleich feuchte Augen bekam? Er sah, dass ihre Lippen schon zitterten, als sie antwortete: »Dann lasse ich mich eben prüfen. Und nun entschuldigen Sie mich. Die Patienten auf der Allgemeinen erwarten mich.« Sie straffte sich und ging davon. Waldemar schüttelte den Kopf über so viel Gehabe von einer Frau. Der Arztkittel war einfach zu groß für sie.

»Marlene?« Vera Allenhausen lief Marlene Lindow nach, die nun am Bakteriologischen Laboratorium anhielt.

Waldemar fing die HNO-Schwester ab. »Mit Ihnen muss ich auch noch reden.«

Vera Allenhausen schaute zwar beunruhigt, aber in ihrem Blick sah Waldemar auch etwas, das früher nicht da gewesen war: ein gewisser Stolz. Umso wichtiger war ihm folgende Entscheidung: »Sie sind die längste Zeit Stationsschwester der HNO gewesen. Ab morgen übernimmt Schwester Gerlinde Ihren Posten.«

»Schwester Gerlinde von der Chirurgie?«, fragte Vera. »Nichts gegen Gerlinde, aber sie hat kaum Erfahrung mit HNO-Patienten.«

Waldemar biss herzhaft in seine Schrippe, kaute und ließ sich Zeit mit einer Erklärung. »In der neuen Kinderklinik ist Flexibilität gefragt, Schwester. In Notfällen ist es wichtig, dass jede Stationsschwester die anderen Stationen ebenso gut kennt. Außerdem scheint Ihnen der Dienst als einfache Schwester besser zu bekommen.« Er funkelte sie vielsagend an. Gewiss wusste sie seine Entscheidung korrekt zu interpretieren.

Vera Allenhausen schaute zerknirscht zu Marlene Lindow, die gerade eine Akte aus dem Laboratorium gereicht bekam und damit auf der Wendeltreppe nach oben verschwand. Er hoffte, dass Schwester Vera es nun anständig bereute, sich auf die Seite der Medizinalpraktikantin geschlagen zu haben. Er ließ sie stehen und ging zur Feiergesellschaft in sein Büro zurück. Und es gab ja auch viel zu feiern – nicht nur beruflich. Er hatte sich nie besser gefühlt. Heute nach Dienstschluss würde er in die Große Seestraße fahren, wo er in einer der Obergeschosswohnungen mit den großen Fenstern ein Schild mit der Aufschrift »ZU VERKAUFEN« entdeckt hatte. Es war endlich an der Zeit, zu Hause auszuziehen und für eine andere Frau in seinem Leben Platz zu machen.

***

30

5. Mai 1919

An den vergangenen Tagen hatte Emma nach Dienstschluss einen Umweg über den Weißen See gemacht, um sich an den Krokussen und Narzissen zu erfreuen und die Frühlingsluft zu genießen. Aber heute ging sie, ohne nach links und rechts zu schauen, im Stechschritt direkt von der Kinderklinik nach Hause. Immer wieder schüttelte sie den Kopf. War es tatsächlich wahr, dass Direktor Buttermilch zwei Monate vor der Prüfung die Arbeitszeit der Elevinnen heraufsetzte und die Zeit für die praktischen Übungen halbierte? Je näher die Abschlussprüfung rückte, umso wichtiger war doch die Auseinandersetzung mit dem Prüfungsstoff!

In den fünf Tagen, die Waldemar Buttermilch nun schon seines Amtes als Ärztlicher Direktor waltete, war Emmas Spaß an der Arbeit kontinuierlich gesunken. Man mochte ihr diese forschen Gedanken verzeihen, aber es war einfach nur kurzsichtig gedacht, an der Ausbildung der Elevinnen zu sparen! Wenn es nach Emma ginge, dann würde sie die Übungsstunden sogar verdoppeln und auch Konsultationsstunden anbieten, zu denen die Schwesternschülerinnen Fragen stellen konnten. Aber davon waren sie gerade weit entfernt. Wenn sie an die Sonderprüfung für Marlene dachte, wurde ihr gleich ganz übel.

Elwira Scharinski, die seit einigen Monaten das blühende Leben war, kam ihr im Hausflur entgegen. Das Tastenklappern aus Kurts Wohnung erklang im Hintergrund der Flurgeräusche. Der Wind pfiff durch das Treppenhaus.

Lange schon hatte die Nachbarin nicht mehr über Kreislaufbeschwerden geklagt. Die Gesellschaft von Tomasz schien ihr gutzutun. »Aber, aber, Emma, Sie sehen gar nicht glücklich aus«, sagte Frau Scharinski.

Emma seufzte laut. »Ich möchte den heutigen Tag am liebsten ganz vergessen.«

Frau Scharinski presste sich die Hände mitfühlend vor ihren ausladenden Busen. »Schon wieder?«

Emma nickte niedergeschlagen. Wenn Doktor Buttermilch das Tempo bei der Umgestaltung der Klinik so beibehielt, wusste sie nicht, ob sie am Monatsende überhaupt noch Freude bei der Arbeit empfinden würde. Am liebsten hätte sie Doktor Buttermilch ihre Schwesternhaube heute ins gepuderte Gesicht geschleudert.

»Ich glaube, liebe Emma, ich habe die richtige Medizin dafür, diesen Tag doch noch zu etwas Besonderem zu machen«, verkündete die Nachbarin und zog Emma, ohne dass die sich wehren konnte, in ihre Stube. »Wissen Sie, was gegen Ärger hilft?«

Emma schüttelte den Kopf und ließ sich zu einer schlimmen Vorahnung hinreißen: »Doktor Buttermilch nimmt der Kinderklinik die Seele.«

»Gegen zu viel Aufregung hilft nur gutes Essen in netter Gesellschaft«, verkündete Frau Scharinski. »Es sollte wenigstens eine Stunde am Tag geben, an der man sich nicht sorgt, sondern einfach nur genießt. Und das werden Sie jetzt auch tun.«

Bevor Emma widersprechen konnte, bekam sie ihren Mantel abgenommen und wurde auf einen Stuhl am Stubentisch gedrückt. Auf dem Tisch standen ein Strauß und vier Teller bereit. »Theo?«, fragte sie in Richtung Küche. Es roch nach Gebratenem.

Aber nicht ihr Sohn, sondern Tomasz kam mit einem Pfannenwender in der Hand ins Zimmer gelaufen. Er trug Frau Scharinskis Kochschürze und eine weiße Kochhaube, die Emma an seine frühere Arbeitskleidung als Melker erinnerte. »*Kotku*, schön, dich zu sehen«, sagte er. »Theo und ich dachten, dass wir heute mal für dich kochen.« Im nächsten Moment lugte Theodor auch schon hinter seinem Vater hervor. Mit der Kinderkochmütze und Mehl auf Wangen und Nasenspitze sah er wie eine kleinere Ausgabe von Tomasz aus.

»Ist das nicht eine fabelhafte Idee, Emma?«, versicherte sich Frau Scharinski.

Emma hatte nur Augen für ihren niedlichen Sohn. »Was habt ihr denn für mich gekocht, mein Schatz?«

»Ein polnisches Nationalgericht«, antwortete Tomasz und zog seinen Sohn liebevoll vor sich. »Sag deiner Mama, wie das Essen auf Polnisch heißt.«

Emma streckte die Arme nach ihrem Sohn aus, der daraufhin zu ihr kam und sich an sie schmiegte. »*Pierogi*, Mama, wir haben *Pierogi* gekocht.«

»Das klingt aber sehr lecker«, sagte Emma, obwohl sie keine Ahnung hatte, ob *Pierogi* ein Braten oder eine Suppe war.

»Theo und ich haben den Teig dafür gemeinsam geknetet, nicht wahr, kleiner Mann?« Tomasz folgte seinem Sohn und wuschelte ihm durchs seidenglatte Haar.

»Na, dann schlage ich vor«, sagte Emma, »dass wir die *Pierogi* gleich essen. Ich habe nämlich ganz schön Hunger.« Eigentlich hatte der Ärztliche Direktor ihr jeden Appetit verdorben, aber weil sich die beiden solche Mühe gegeben hatten, wollte Emma keine Spielverderberin sein.

Tomasz verschwand mit Theodor in der Küche, während Frau Scharinski Geschirr und Besteck auf dem Tisch wie für ein Festessen arrangierte. »Er ist ein guter Vater«, murmelte sie vor sich hin, aber doch so laut, dass Emma es auf jeden Fall hören konnte.

Auch wenn sie keinen Mann an ihrer Seite brauchte, dachte Emma versunken, hatte Theodor doch ein Recht darauf, Zeit mit seinem Vater zu verbringen und ihn kennenzulernen. Dieses Gefühl, von einem männlichen Vorbild durchs Leben begleitet zu werden, durfte sie Theodor nicht einfach wieder nehmen. Auch wenn es damit einherging, dass sie ihrem Sohn gestehen musste, dass sein Vater gar nicht gestorben war. Die kurze Vorstellung damals, Doktor Ritter könnte ihr Vater sein, hatte ein ungekanntes Gefühl von Vollständigkeit in ihr ausgelöst. Nun musste Emma doch wieder an die Klinik und an Doktor Ritter denken. Er hatte wenig glücklich gewirkt, als er die Kinderklinik für den hohen Posten beim Gesundheitsamt verlassen hatte.

In Emmas Gedanken hinein verabschiedete sich Frau Scharinski: »Ich werde mich jetzt zurückziehen und wünsche Ihnen einen entspannten Abend in Familie.« Sie winkte Emma zu und verschwand aus ihrer Stube. Wahrscheinlich ging sie zur Nachbarin im zweiten Stock, die beiden ratschten gerne miteinander.

Wenige Minuten später standen die *Pierogi* dampfend auf dem Tisch, und Emma, Tomasz und Theodor saßen mit dem Besteck in den Händen drum herum wie um eine Feuerstelle.

»*Pierogi* werden auf Deutsch *Piroggen* genannt«, erläuterte Theodor stolz, und Tomasz erklärte, dass die Teigtaschen im Gegensatz zu schwäbischen Maultaschen nicht mit Fleisch, sondern mit Kartoffelbrei und Quark gefüllt seien, gekocht und dann angebraten würden. »Zu Hause, in Liebstadt, nehmen wir *Twaróg*. Das ist Quark, der aus ganz frischer Rohmilch gemacht wird.«

Nachdem Emma den ersten Bissen gegessen hatte, wollte Tomasz auch gleich wissen, wie es ihr schmeckte. Und auch Theodor schaute sie mit vor Erwartung geweiteten Augen an.

»Wirklich gut«, musste Emma gestehen, und ihre Wut über Waldemar Buttermilch verrauchte etwas. »Es ist sehr nett, dass ihr euch solche Mühe gemacht habt.«

Tomasz' und Theodors Augen leuchteten gleichermaßen. »Vielleicht möchte Theodor später einmal Koch werden? Wir hatten viel Spaß zusammen vor der Pfanne und beim Kneten des Teiges. Drei Stunden haben wir gebraucht.«

Drei Stunden? Kein Wunder, dass ihrem Sohn langsam die Augen zufielen, dachte Emma. Theodor schaffte nur eine einzige Pirogge, dann bat er darum, ins Bett gehen zu dürfen.

Emma wollte gerade anbieten, ihn hochzubringen, als Tomasz fragte: »Aber du bleibst doch noch etwas? Es wäre schade um die vielen *Pierogi*, die noch nicht vertilgt sind.«

Emma gab Theodor noch einen Kuss mit auf den Weg, dann verließ der Junge die Stube.

Sobald die Wohnungstür ins Schloss gefallen war, nahm Tomasz kein Blatt mehr vor den Mund. »Meine Eltern fragten mich in ihrem jüngsten Brief, wann wir endlich kommen. Sie wollen ein Fest für uns ausrichten. Du erinnerst dich doch an mein Angebot mit Liebstadt?«

Unvermittelt wanderte Emmas Blick in Richtung von Kurts Wohnung. »Ja ... natürlich ... aber ...« Bisher war sie ganz auf Theodors Genesung konzentriert gewesen. »Ich habe noch nicht die Zeit gefunden, um in Ruhe über dein Angebot nachzudenken.«

Tomasz lief in die Küche und kam mit einem Briefumschlag zurück. »Es gibt Neuigkeiten vom Hof meiner Eltern. Hier, schau mal.« Er holte drei Fotografien aus dem Umschlag und reichte sie Emma. Die griff zögerlich zu.

»Auf dem ersten Bild siehst du die Kälber, die letzten Monat geboren wurden. Ich dachte, es würde Theodor gefallen, wenn er sie aufwachsen sehen könnte.«

Emma lächelte berührt. Das war ein schöner Gedanke, aber das bedeutete auch, dass sie Weißensee verlassen müssten.

»Die zweite Fotografie zeigt unseren ganzen Hof, der inzwischen wieder besser läuft«, sagte Tomasz. »Er wird unser Auskommen sichern.«

Emma nickte und beschaute das Bild nun genauer. Die Aufnahme war an einem Sommertag gemacht worden, mit Sonne und Schäfchenwolken am Himmel. Neben dem Wohnhaus gehörten auch Stallungen und eine großzügige Gartenanlage zum Hof, aber am besten gefielen ihr die Apfelbäume, die das Grundstück säumten.

»Und hier siehst du meine Eltern, Theodors Großeltern«, sagte Tomasz und schaute Emma hoffnungsvoll an.

Die Großeltern mütterlicherseits konnte ihr Sohn nicht mehr kennenlernen, umso bewegender war die Vorstellung, dass er Anna und Stanislav, wie es auf dem Foto geschrieben stand, treffen würde. Emma drehte die Fotos in ihren Händen. Die Annahme seines Angebots wäre *die* Möglichkeit, ihr Versprechen an Gott einzulösen.

»*Znowu się zakochałam*«, sprach Tomasz mit sehnsüchtiger Stimme, was er damals beim Rodeln schon einmal zu ihr gesagt hatte. »Ich habe mich wieder verliebt«, übersetzte er dieses Mal für sie. Er zog sich sein Akkordeon auf den Schoß und spielte eine verträumte Melodie.

Emma schob die Liebe gedanklich beiseite, aber versuchte doch, sich ein Leben in Liebstadt vorzustellen. Mit Apfelbäumen, Kälbern und sauberer Luft, in der Seuchenkeime keine Chance hatten. Es war hinlänglich bekannt, dass die Typhusmorbidität auf dem Land geringer war als in der Stadt. Und bestimmt galt dies auch für die Spanische Grippe und all die anderen schrecklichen Seuchen, die Berlin und Weißensee zukünftig noch heimsuchen würden.

»Wir kommen mit«, sagte Emma kurz entschlossen. Für ein besseres Leben musste sie Tomasz nicht lieben. Um Theodor ein schönes und vor allem gesundes Leben zu bieten, genügte es, dass sie Tomasz mochte und respektierte. Dann tat es auch nicht weh, sollte er doch wieder anderen Frauen nachschauen.

Tomasz strahlte über das ganze Gesicht. »Das freut mich sehr.«

»Gleich morgen werde ich Oberin Polsfuß bitten, mich nach den Abschlussprüfungen der Elevinnen aus dem Dienst an der Kinderklinik zu entlassen«, sagte Emma schnell, damit sie ihre Entscheidung nicht gleich wieder zurücknahm. Wenn sie an die weitere Zusammenarbeit mit Doktor Buttermilch dachte, fiel es ihr leichter fortzugehen. Nur für die Elevinnen musste sie sich noch etwas einfallen lassen, damit diese eine Chance bei den Prüfungen hatten.

»Mein Traum geht in Erfüllung«, schwärmte Tomasz, stellte sein Akkordeon beiseite und aß mit übergroßem Appetit weiter.

Auch Emma fühlte sich besser, weil wieder mehr Hoffnung für die Zukunft aufkeimte. Sie schaffte sechs *Pierogi*, aber dann ging nichts mehr.

Tomasz küsste sie zum Abschied auf die Wange. »Ich freue mich auf unsere gemeinsame Zukunft, *kotku*.«

Sie lächelte etwas angestrengt wegen des vollen Bauches, dann verließ sie die Wohnung von Frau Scharinski.

Vor der Tür ihrer Dachgeschosswohnung stapelten sich die Ausgaben des *Vorwärts*, den sie nicht mehr las. Zum wiederholten Mal überlegte sie, den Stapel wenigstens wegzuräumen, aber eigentlich wollte sie, dass Kurt sah, dass sie weniger Kontakt wünschte.

Leise schloss Emma die Wohnungstür auf. Es war ganz still in der Wohnung. Sie zog sich um, putzte sich die Zähne und kroch zu Theodor unter die Bettdecke. Marlene war noch nicht da, vermutlich büffelte sie in der Klinik noch für die Sonderprüfung.

Emma schmiegte sich an ihren Sohn und er sich an sie. Wie sie so dalagen und ihr Blick über die rot-grün gestreifte Tapete wanderte, sagte Theodor nach einer Weile: »Ich kann nicht einschlafen, Mami« und drehte sich zu ihr herum.

»Ich auch nicht«, gestand Emma und streichelte ihm die Wange.

»Muss ich Tomasz lieb haben?«, fragte er.

»Wie meinst du das?«

»Na ... seinen Papa muss man doch lieb haben, oder etwa nicht?«

Wie elektrisiert setzte sich Emma im Bett auf. »Woher weißt du, dass Tomasz ...?«

»Oma Schari hat das gesagt«, antwortete Theodor. »Ist er wirklich mein Papa? Er sieht gar nicht gestorben aus.«

»Entschuldige diese Notlüge, mein Schatz, aber ich wollte dir nur traurige Gedanken ersparen«, beeilte sich Emma zu sagen. »Und ja, Tomasz ist dein Papa.« In einem ersten Impuls wollte sie der Nachbarin die Einmischung übel nehmen, aber eigentlich war sie auch froh, dass es jetzt heraus war. Sie hätte es Theodor sowieso nicht mehr lange verheimlichen können.

Sie legte sich wieder neben ihn und nahm ihn in den Arm. »Weißt du, du kannst selbst bestimmen, wen du lieb hast und wen nicht. Hör einfach darauf, was dein Herz dir sagt.«

»Mein Herz kann sprechen?«, fragte Theodor erstaunt.

»Na klar. Du musst nur ganz genau hinhören«, antwortete Emma. »Magst du Tomasz denn?«

»Er ist nett«, sagte Theodor.

»Ja, das ist er«, bestätigte Emma vorsichtig. Seine fröhliche, aufmunternde Art hatte sie davon abgehalten, sich den ganzen Abend über den neuen Ärztlichen Direktor zu ärgern. »Vielleicht probieren wir, uns gemeinsam vorzustellen, wie es wäre, wenn wir ihn bald öfter sehen würden.«

»Er sagt, ich könnte einen Hund haben, wenn wir uns öfters sehen würden«, sagte Theodor müde. Ihm fielen die Augen wieder zu.

Emma lächelte. Auf einem Bauernhof war viel Platz.

»Das, finde ich, ist eine gute Idee. Weißt du denn schon, wie du ihn nennen willst?«

Aber darauf erhielt sie keine Antwort mehr, weil Theodor an sie geschmiegt eingeschlafen war.

Bevor Emma in den Schlaf fand, dachte sie noch lange darüber nach, wie sie ihre Entscheidung für Liebstadt ihrer Schwester beibringen könnte. Eines wusste sie ganz sicher: Ihr Fortgang würde Marlene tief treffen.

***

31

12. Mai 1919

Wenigstens heute Abend wollte Marlene mal nicht an die Grundmuster der Untersuchung von Patienten denken, an die fachgerechte Erstellung von medizinischen Dokumenten oder an den neuen Ärztlichen Direktor. Und es gelang ihr überraschend gut. Zur Abwechslung ging sie heute mal zu Fuß zur Vitascope, wohin Hektor Kunze sie gleich nach der Rückkehr von seinen Reisen eingeladen hatte.

Auf dem Rundgang durch das Atelier bat er sie um ihre Meinung zu dem Stoff, den er als Nächstes zu verfilmen gedachte: *Das geheime Amulett*. Danach unterhielten sie sich in seinen privaten Räumen über Gott, die Welt und ihre alltäglichen Sorgen. Marlene vertraute ihm ihre Angst vor der Sonderprüfung an und sprach über den traurigen Fortgang von Doktor Ritter. Gemeinsam mit Oberin Polsfuß hatten Emma und sie ihn am Abend des dreißigsten April verabschiedet. Im Gegenzug sprach Hektor über seine Angst vor Kreativblockaden.

Als er sie wieder in der Langhansstraße absetzte, war weit und breit kein Journalist zu sehen, was Marlene sehr erleichterte. Zum Glück hatte niemand sie auf dem Bild als neue Frau an Hektors Seite erkannt, mit dem das *Tageblatt* nach ihrem ersten gemeinsamen Abend aufgemacht hatte. Den auffallenden Glockenhut von jenem Abend trug sie seitdem nicht mehr.

Zum Abschied ließ Marlene es zu, dass Hektor und sie sich kurz umarmten. »Darf ich dich vor deiner Prüfung noch einmal wiedersehen?«, fragte er.

Er strahlte übers ganze Gesicht, als Marlene zusagte und ihm erneut einen Kuss auf die Wange hauchte, der ihn erröten ließ.

Mit einem Lächeln verließ sie sein Automobil. Er fuhr erst wieder los, nachdem sie im Mietshaus verschwunden war. Marlene wurde bewusst, dass sie heute Abend nicht eine Minute lang an Maximilian gedacht hatte. Sie hatte die Hoffnung, dass sie jemals wieder zueinanderfinden würden, aufgegeben. Er schaute sie ja nicht mal mehr an, wenn sie sich begegneten. Marlene wollte, dass der Schmerz endlich nachließ. Hektor war das genaue Gegenteil von Maximilian, er konnte den Blick nicht von ihr lassen und weihte sie in seine geheimsten Gedanken ein. Wenn sie mit ihm zusammen war, fühlte sie sich lebendig.

Marlene durchquerte gerade den Hinterhof, als sie ein schmerzvolles Stöhnen aus einer dunklen Ecke vernahm. Sofort lief sie dorthin. Anhand seines grauen Tweedsakkos und der Schiebermütze, die blutbesudelt neben ihm lagen, erkannte sie den Verletzten sofort. »Kurt, können Sie mich hören?«

Er stöhnte nur auf.

»Hier ist Marlene Lindow. Ich werde Ihnen helfen. Haben Sie keine Angst.« Als Erstes prüfte sie seinen Puls, dann seine Atmung. Beides war regelmäßig, wenn auch deutlich gesenkt. Es sah ganz danach aus, als wäre er verprügelt worden. Marlene hatte mitbekommen, dass Kurt wegen seines gefährlichen Berufs immer mal wieder zwischen die Fronten geriet oder als Sozialdemokrat selbst Zielscheibe für Andersdenkende wurde, aber so schlimm hatte er noch nie ausgesehen.

Damit Kurt nicht wegdämmerte, beschrieb sie ihm, was sie tat. Behutsam neigte sie seinen Kopf, um sein blutverschmiertes Gesicht genauer zu beschauen. Sie drückte ihr Taschentuch behutsam gegen seine blutende Nase. Außerdem waren seine Lippen aufgeplatzt.

Marlene schaute sich um, aber der Angreifer war längst über alle Berge. »Ich möchte Ihre Wunden bei genügend Licht genauer inspizieren. Können wir in Ihre Wohnung gehen?« Ins Dachgeschoss, wo sich ihr Verbandszeug befand, würde er es in diesem Zustand nicht mehr schaffen. Sie brauchte Mull und Nasentamponaden.

Unter Stöhnen brachte Kurt ein »Ja« heraus.

»Ich werde Ihnen jetzt helfen aufzustehen«, kündigte Marlene an, damit er sich nicht erschrak.

Es dauerte eine Weile, bis sie ihn auf die Beine bekam. Mühsam setzte er einen Fuß vor den anderen.

Vor seiner Wohnungstür angekommen, deutete Kurt auf sein Sakko in Marlenes Händen, in dem sich der Schlüssel befand. Sie schloss die Tür auf, schaltete das elektrische Licht an und setzte Kurt auf den Stuhl am Küchentisch.

Im Büfettschrank in der Küche fand sie gleich zwei Verbandskästen. Vermutlich gehörte die doppelte Menge an Verbandszeug zur Standardausstattung eines Journalisten in der stürmischen Weimarer Republik, dachte sie bitter. Dann untersuchte sie sein Gesicht genauer. Dafür berührte sie seine Nase an verschiedenen Stellen, was ihn nicht zu schmerzen schien. Auch fehlten die typischen Anzeichen für Nasenbeinbrüche: Schwellungen rund um das Nasenbein, ein verschobenes Nasengerüst oder dessen abnorme Beweglichkeit.

»Es sieht nicht nach einer Nasenbeinfraktur aus«, befand sie und schob ihm die Tamponaden zum Stillen der Blutung vorsichtig in die Nasenlöcher.

»Es geht schon wieder«, sagte Kurt nach einer Weile. »Ich war nicht mal ohnmächtig.«

»Sie sollten morgen trotzdem noch mal zum Arzt gehen und Ihre Nase detaillierter begutachten lassen.« Besser als mit den Nasen von Erwachsenen kannte Marlene sich mit Kindernasen aus, deren Anatomie etwas anders war. Die Knochen von Kindernasen waren kürzer, besaßen einen größeren knorpeligen Anteil, und durch das viele umgebende Weichteilgewebe war die Kindernase besser als die Erwachsenennase vor Gewalteinwirkungen geschützt.

»Danke, Fräulein Lindow«, sagte Kurt mit nasaler Stimme.

»Ich verstehe nicht«, entgegnete Marlene, »dass die Menschen nach dem Krieg immer noch weiter prügeln. Über unterschiedliche politische Ansichten kann man doch friedlich miteinander diskutieren!«

Kurt presste sich Zellstoff auf die Unterlippe.

»Haben Sie Ihren Widersacher erkannt?«, fragte Marlene. »Dann könnten Sie Anzeige gegen ihn erstatten.«

Langsam versiegte seine Lippenblutung. »Wenn Sie wüssten, wie viele Anzeigen ich schon gestellt habe, aber keine hat etwas gebracht. Vielleicht lege ich mich jetzt lieber hin«, sagte Kurt. »Ich will nicht länger darüber nachdenken, sonst gebe ich den sozialdemokratischen Kampf doch noch auf.« Er erhob sich schwermütig.

»Natürlich.« Marlene gefiel, wie beharrlich er für seine Vorstellung einer besseren Zukunft eintrat. »Schade, dass Sie und Emma nicht …«, entfuhr es ihr, aber schon im nächsten Moment schalt sie sich. Vor längerer Zeit hatte sie Emma versprochen, sich nicht in deren Liebesangelegenheiten einzumischen, und bisher hatte das auch gut funktioniert. Nur bei dem netten Kurt fiel es Marlene besonders schwer. Emma musste Tomaten auf den Augen haben, diesen gutmütigen wie klugen Mann mit einer anderen zu verkuppeln, anstatt selbst zuzugreifen. Marlene mochte die Postbotin – aber nicht als Kurts bessere Hälfte.

Kurt lächelte mit blutbefleckten Lippen. »Es ist nett, dass Sie das sagen. Aber da sind Sie wohl die Einzige, die das bedauert.«

Marlene hoffte insgeheim, dass Kurt Emma noch nicht aufgegeben hatte und die nächsten Monate dafür nutzen würde, um sie für sich zu gewinnen.

»Ich habe auch Angst vor der Liebe, da geht es mir wie Emma«, gestand Kurt nach längerem Schweigen und nahm nun doch wieder am Küchentisch Platz.

»Sich auf die Liebe einzulassen macht verletzlich«, sagte Marlene und versank in Gedanken. »Liebe kann sehr wehtun«, flüsterte sie. Aber sie wollte sie dennoch nicht aus ihrem Leben verbannen, und Emma durfte es auch nicht!

»Wie wäre es mit einer Limonade?«, fragte Kurt und deutete mit dem verschrammten Kinn zum Küchenschrank. »Mit Zitronengeschmack?«

»Wenn Sie sitzen bleiben und sich schonen, trinke ich gerne eine Limonade mit Ihnen«, sagte Marlene nun wieder im Ton der Ärztin und kümmerte sich sogleich um die Getränke.

Mit den Worten »Auf die Bewältigung der Angst vor der Liebe« prostete sie Kurt zu und fragte sich, warum sie nicht schon längst einmal so nett beisammengesessen hatten. Vielleicht lag es daran, sinnierte Marlene, dass sie in ihrer Vergangenheit nur Zeit für Maximilian und die Arbeit gehabt hatte. Es wäre schön, auch mal wieder mit einer Freundin auszugehen und über Themen zu philosophieren, die Männer nichts angingen. Ob Vera Allenhausen darauf Lust hätte? Allerdings erschien die ihr zuletzt wieder abweisender.

Kurt lächelte vorsichtig. »Ängste zu überwinden, das ist eine Herkulesaufgabe.«

»Da haben Sie ganz sicher recht«, erwiderte Marlene und spürte, wie sich eine unkontrollierte Träne ihre Wange hinabwagte. Vielleicht lag es daran, dass nicht nur Hektor, sondern auch der schüchterne Kurt es wagten, offen mit ihr zu reden. Nur Maximilian nicht.

So wie Kurt sie nun anschaute, schien er zu ahnen, um wen ihre Gedanken gerade kreisten. Als Hausbewohner wusste er sicher über sie und den Grafensohn Bescheid. Elwira Scharinski wurde ja nicht müde, ihre Augen und Ohren offen zu halten.

»Für einen meiner letzten Artikel habe ich versucht, mit Kriegsteilnehmern über ihre Ängste zu sprechen«, sagte Kurt. »Männer, die Verstörendes erlebten: Granatenhagel, Verschüttungen, wochenlanges Ausharren in Schützengräben.«

Marlene schluckte fest. Da war es auf dem Tisch, das Thema.

»Mein Artikel handelte davon, dass Männer, die der Krieg seelisch krank gemacht hat, bei der Beantragung auf Kriegsrente deutlich geringer entschädigt werden als körperlich Verletzte. Ich finde es sehr unsozial, diese Menschen zu benachteiligen.«

»Sie meinen mit *seelisch krank* jene Männer, die körperlich gesund sind, aber urplötzlich zittern oder sich schütteln, wenn sie an die grausamen Erlebnisse an der Front denken?«, fragte Marlene zurück.

»Die und jene, die keinerlei körperliche Anzeichen zeigen«, erklärte Kurt. »Bei manchem kommt die seelische Verletzung erst zum Vorschein, wenn er Distanz zwischen sich und den Krieg gebracht hat, und dann auf eine leise Weise. Und trotzdem ist er nicht weniger geschädigt als der Zitterer oder der Schüttler.«

Genau wie Maximilian, dachte Lene. Bei seiner Rückkehr schien es ihm ganz gut zu gehen. Hungrig hatte er ihren Apfelkuchen verschlungen, sie hatten miteinander gelacht und sich geliebt. Aber mit jedem weiteren Tag hatte er sich immer mehr von ihr zurückgezogen. Ihr war längst bewusst, dass er seelisch verletzt war, aber dass es ihn genauso hart getroffen haben sollte wie die Frontkämpfer, hatte sie bisher nie in Betracht gezogen. »Diesen Artikel würde ich gerne lesen«, sagte sie.

Kurt nickte. Die Tamponaden in seinen Nasenlöchern waren mittlerweile blutgetränkt. »Können Sie sich vorstellen, miterleben zu müssen, wie Ihr Kamerad von einer Granate zerfetzt wird? Wie Giftgasnebel Sie betäubt oder, dass Sie jeden Tag völlig zerfetzte Körper wieder zusammensetzen müssen? Körper, denen man die Grausamkeit des Krieges ansieht?«

Marlene schüttelte den Kopf. So leidenschaftlich hatte sie Kurt noch nie reden hören. Bisher kannte sie ihn nur von kurzen Begegnungen im Hausflur, bei denen man sich einen guten Tag und guten Weg wünschte. Und Emma wechselte sofort das Thema, wenn Marlene auf ihn zu sprechen kam. »Die Bilder wird man wahrscheinlich nie wieder los«, vermutete sie. So wie sie das Bild ihrer sterbenden Mutter. Sie waren zwar kein Paar mehr, aber Marlene würde Maximilian immer noch gerne helfen, seine Kriegserlebnisse zu verarbeiten, um wieder das Schöne im Leben sehen zu können. Er durfte nicht vor die Hunde gehen, auch wenn er sie nicht mehr liebte.

»Kurt, Sie sagten eben doch, dass Sie ›versuchten‹, mit den ehemaligen Soldaten über den Krieg zu sprechen. Warum fällt es den Männern so schwer, über ihre Erlebnisse zu reden?«, wollte Marlene nun genauer wissen.

Kurt trank nachdenklich einen Schluck Limonade, während sie ihn auffordernd anschaute.

»Es fällt ihnen schwer, sich jemandem zu offenbaren, der selbst keine Bilder des Schreckens im Kopf mit sich herumträgt«, sagte er schließlich. »Menschen, die solch eine schlimme Sache wie den Krieg nicht selbst durchgemacht haben, sind in diesem Fall einfach keine guten Ratgeber. Sie machen es eher noch schlimmer.«

Nachdenklich lehnte Marlene sich auf dem Küchenstuhl zurück. Sie hatte nie jemand anderen als sich selbst im Kopf gehabt, wenn es um Hilfe für Maximilian gegangen war. Aber wie es aussah, hatte sie viel zu engstirnig gedacht. Das musste sie erst einmal verdauen.

»Hilfreich sind vermutlich Gespräche mit jemandem, der eine ähnliche seelische Verletzung schon bewältigt hat«, erklärte Kurt, »der weiß, wie man aus dem Tief wieder herauskommt.«

»Danke für Ihre Offenheit, Kurt«, sagte Marlene. Noch in Gedanken bei seiner Empfehlung, trank sie den Rest der Zitronenlimonade aus.

»Ich haben Ihnen zu danken – für Ihren Rettungseinsatz«, entgegnete er.

Marlene wechselte ihm noch einmal die Tamponaden, dann verabschiedete sie sich. »Soll ich Emma eine gute Nacht von Ihnen ausrichten?«, fragte sie mit einem verschwörerischen Lächeln.

Kurt fuhr sich mit dem Zeigefinger über die blutverkrusteten Lippen, bevor er sagte: »Nein, besser erst einmal nicht.«

Es klingelte an der Haustür.

Kurt fuhr zusammen. Es war schon dreiundzwanzig Uhr.

»Kurt, bist du da? Hier ist Dörte«, drang es zu ihnen, gefolgt von einem ungeduldigen Klopfen.

Kurt schaute Marlene mit verzweifeltem Ausdruck an. »Ich weiß nicht, was ich noch machen soll, damit sie versteht, dass wir nicht zusammenpassen. Ich will nicht unhöflich sein.«

»Reden Sie Klartext mit ihr«, riet Marlene. »Sie hat die Wahrheit verdient. Zögern Sie es nicht unendlich lange heraus.«

Kurt sah sehr unglücklich aus, als er zur Tür ging. Bevor er öffnete, holte er ganz tief Luft.

Marlene trat an ihm vorbei über die Türschwelle. »Gute Nacht, Ihnen beiden«, sagte sie nur und ging ins Dachgeschoss hinauf. Das Letzte, was sie hörte, waren Kurts Worte: »Was ich Ihnen schon länger sagen wollte, Dörte …« Dann wurde die Wohnungstür geschlossen.

***

32

24. Mai 1919

Aus zwei Tassen auf dem Fensterbrett in der Stube dampfte Kartoffelkaffee. Die Morgensonne beschien Emma, die im Nachthemd davorstand und die Hände wrang. »Lene, hast du kurz Zeit?« Sie wandte sich ihrer Schwester zu.

Marlene war dabei, sich für den Bereitschaftsdienst zurechtzumachen. »Gerade ist es ungünstig«, antwortete sie und knöpfte ihre Bluse zu. »Ich bin spät dran. Die Klinik wartet.«

»Spät dran? Es ist gerade erst sechs«, bemerkte Emma. »Wenigstens am Wochenende kannst du es doch etwas entspannter angehen lassen.«

»Die Akten türmen sich auf meinem Schreibtisch, und Doktor Buttermilch erwartet deren zügige Bearbeitung«, erklärte Marlene. »Drei neue Patienten sind gestern dazugekommen, für die noch nicht einmal eine Patientenakte angelegt wurde. Außerdem möchte ich keinen Bereitschaftsdienst auf die leichte Schulter nehmen.«

Fassungslos schüttelte Emma den Kopf. Doktor Buttermilch erwartete von Schwestern wie von Ärzten, dass einer die Arbeit von zweien erledigte.

Marlene zuckte die Schultern. »Aber was soll ich machen?« Sie stürzte ihren Kaffee hinunter.

Emma nippte nur an ihrer Tasse. Sie fand, dass ihre Schwester älter aussah als noch zu Beginn des Praktikums. Und vermutlich waren die vergangenen Wochen unter dem neuen Klinikdirektor für ihre tiefer gefurchte Sorgenfalte zwischen den Augenbrauen verantwortlich. Bei diesem Arbeitspensum blieb wenig Zeit für die Vorbereitung der Sonderprüfung. »Du brauchst mehr Schlaf, warst gestern Abend auch erst nach neun Uhr zu Hause«, gab sie zu bedenken.

»Ich weiß«, entgegnete Marlene und griff sich ihr Lehrbuch über *Atemwegsinfektionen bei Säuglingen*, über dem sie vergangene Nacht eingeschlafen war. »Es sind ja nur noch fünf Wochen, dann ist das Praktikum durchgestanden. Dann bin ich frei. Als bestallte Ärztin könnte ich mich an einer anderen Klinik vorstellen, in Berlin zum Beispiel. Aber wohnen würde ich gerne nah bei dir, hier in Weißensee. Wenn doch nur die Sonderprüfung nicht wäre.«

Emma klammerte sich an ihre Kaffeetasse und suchte nach den passenden Worten, Marlene endlich in ihre Zukunftspläne einzuweihen. »Deswegen wollte ich mit dir reden«, stammelte sie.

»Du brauchst es nicht auszusprechen. Ich weiß schon, was dich seit Tagen beschäftigt. Dir wird es hier oben unter dem Dach allmählich zu eng mit mir«, sagte Marlene, während sie nach ihrem dünnen Mantel griff, die Wohnungstür öffnete und einen *Vorwärts* vom Stapel neben dem Abtreter nahm. »Ich werde mich gleich am ersten Juli nach einer Wohnung hier in der Nähe umschauen, versprochen. Hektor meinte, dass er mir dabei helfen könnte, weil doch unverheirateten Frauen keine Wohnung vermietet wird. Und wenn ich das Praktikum egal wie überstanden habe, möchte ich endlich wieder mehr Zeit mit dir und Theo verbringen.« Sie drückte der sprachlosen Emma die Zeitung vor die Brust.

»Nein … ähm …«, bekam die nur heraus und setzte ihre Kaffeetasse schnell wieder an die Lippen, bevor sie noch mehr herumstotterte und vollkommen wirres Zeug redete. Aber eigentlich war sie doch nur feige.

»Wo Theo heute Vormittag mit Tomasz unterwegs ist, kannst du ja deine Gedanken mal etwas schweifen lassen.« Marlene schaute bedeutungsschwer auf den *Vorwärts*, den Emma mit der freien Hand umfasste wie einen Pflegling auf dem Weg zur Sonnenveranda. »Ich muss jetzt wirklich los. Genieß du deinen Sonntag!«, sagte Marlene noch, dann war sie auch schon im Hausflur verschwunden.

Emma seufzte tief. Schon seit Tagen versuchte sie, ihrer Schwester von Liebstadt zu erzählen. Auf keinen Fall wollte sie, dass Marlene es von Elwira Scharinski erfuhr. Zwar hatte sie die Nachbarin diesbezüglich um Zurückhaltung gebeten, aber ganz auf die Verschwiegenheit von Oma Schari zu vertrauen, das wagte sie dann doch nicht.

Emma ließ sich in der Küche auf einen Stuhl sinken. Ihre Kaffeetasse war noch fast voll. Es war ungewohnt, dass sie morgens alleine war. Die letzte Nacht hatte Theodor das erste Mal unten bei seinem Vater geschlafen – die Couch bot Platz für zwei. Für den Vormittag hatte Tomasz sich freigenommen und eine Radtour geplant, ab Mittag wollte Emma dann unbedingt Zeit mit ihrem Sohn verbringen. Sie konnte nicht sagen, an welchem Sonntag sie zuletzt keine Pläne oder Verpflichtungen gehabt hatte.

Ihre Gedanken wanderten doch wieder zur Kinderklinik, in der die Elevinnen seit zwei Wochen auch sonntags ranmussten. Heute war Oberin Polsfuß wieder an der Reihe, jene zusätzlichen Übungen durchzuführen, die sie ohne Wissen des Ärztlichen Direktors abhielten. Die Oberin tat so, als ginge sie wie für einen Kontrollgang durch die Mansardenzimmer der Elevinnen. Aber anstatt Ordnung und Sauberkeit zu überprüfen, beantwortete sie Fragen oder erklärte Pflegetätigkeiten. Vergangene Woche war dies Emmas Aufgabe gewesen, und sie hatte das Wissen der Elevinnen über die Pipettenfütterung und das Einträufeln von Augentropfen gefestigt. Hoffentlich bekamen sie alle Inhalte bis zur Prüfung in fünf Wochen noch einmal geübt. Weder Emma noch die Oberin oder die Elevinnen nannten es offiziell Konsultationsstunden. Sie bewahrten Stillschweigen darüber, damit weder der Ärztliche Direktor noch die Oberschwester auf den Plan gerufen wurden. An Sonntagen war dies einfacher zu verheimlichen, weil weniger Personal vor Ort war. Zuletzt hatte sich Walburga Buttermilch zwar über die Anweisung ihres Bruders, weniger Zeit am Bett der Pfleglinge zu verbringen, geärgert, aber Blut war einfach dicker als Wasser.

Zwei Stationsschwestern, die dem Vaterländischen Frauenverein vom Roten Kreuz angehörten, hatten die Oberin schon um Versetzung an einen friedlicheren Arbeitsort ersucht. Das war geschehen, kurz nachdem Emma Hanny Polsfuß über ihre Kündigung informiert hatte. Sie war überrascht gewesen, dass die Oberin diesen Schritt erwartet hatte. Wenigstens sank die Zahl derjenigen, die an Spanischer Grippe erkrankten, stetig, was Emma den Fortgang zwar nicht erleichterte, aber nicht zusätzlich erschwerte. Sonst hieß es noch, sie würde das sinkende Schiff verlassen.

In diesem Moment fiel ihr ein, was sie an ihrem freien Tag unternehmen könnte. Wenn es ihr schon nicht gelungen war, Marlene in ihre Pläne einzuweihen, wollte sie ihr Vorhaben auf einem anderen Weg voranbringen. Sie kramte die kleine Holzkiste, in der sie ihr Erspartes aufbewahrte, aus dem Wäscheschrank hervor. Zuoberst lag die Familienfotografie, die sie in Lübars gefunden hatten. Zärtlich strich sie darüber, dann machte sie sich ans Zählen des Geldes. Am Ende hielt sie dreiundfünfzig Mark und einundvierzig Pfennig in der Hand. Ob das genügte?

Emma verstaute das Ersparte in einem Jutesäckchen, weil ihre Geldbörse, die sie beim wöchentlichen Einkauf im Krautladen benutzte, nicht so viele Münzen fassen konnte. Dann wusch sie sich, zog ihr Sonntagskleid an und verließ die Wohnung.

Im Viertel war am Wochenende und um diese Zeit noch nicht viel los, nur die Straßenbahn ratterte schon weithin hörbar über die Berliner Allee. Es war nicht mehr so kühl wie in den Morgenstunden der vergangenen Tage. Das Jahr hielt auf den Sommer zu. Mein letzter Sommer hier, dachte Emma bewegt. Nie mehr ins Freibad am Weißen See, nie mehr Kräuterlimonade bei Willy Pinke in der Pförtnerstube trinken. Andererseits waren es von Liebstadt bis an die Ostsee nur sechzig Kilometer, und südlich von Liebstadt breitete sich die Allensteiner Seenplatte als Naturparadies aus.

Der Bahnhof Weißensee hatte sich früher näher an Weißensee als an Berlin befunden, was ihm zu seinem Namen verholfen hatte. Emma entschied sich, zu Fuß zum Bahnhof zu gehen, um das Fahrgeld zu sparen. Vielleicht waren es genau die zwei Groschen, die ihr am Ende fehlten. Mit jedem Schritt konnte sie das Geld in ihrem Jutesäckchen klingeln hören. Nie zuvor war sie mit ihrem gesamten Vermögen in der Tasche unterwegs gewesen.

Wegen seines riesigen Gasometers stach ihr der Bahnhof

schon von Weitem ins Auge. Während sie weiterlief, überlegte Emma hin und her, welcher der beste Abreisetag sein könnte. Sie kam zu dem Entschluss, dass sie nach den Abschlussprüfungen der Elevinnen keine Stunde länger warten wollte.

Emma betrat die Wartehalle, wo sich auch der Fahrkartenschalter befand. Im Bahnhof ging es geschäftig zu. Menschen mit Koffern und Reisetruhen drängten aneinander vorbei, auf Rollwagen wurde Gepäck an die Gleise gebracht. Irgendwo schrie ein Kind nach seiner Mutter, und die Bahnhofsbeamten mit ihren zweireihigen Beamtenröcken gaben Auskünfte und Anweisungen.

Emma reihte sich in die Schlange vor dem Fahrkartenschalter ein. Zum Glück würden sie in Liebstadt ein ruhigeres Leben führen. Wenn sie sich anstrengte, konnte sie trotz des Quietschens von rangierenden Zügen in ihrer Vorstellung Vögel zwitschern hören. Tomasz hatte ihr zuletzt von Störchen berichtet, die sich in Liebstadt alljährlich niederließen. Immer wieder prüfte sie, ob sie ihr Geld noch bei sich trug.

Als sie am Schalter an der Reihe war, fragte der Beamte sie: »Fahrkarte oder Frachtbrief?« Auf seiner Uniform der Preußischen Staatseisenbahnen prangte das Eiserne Verdienstkreuz aus dem Großen Krieg. Anstelle des kleinen Fingers befand sich nur noch ein Stummel an seiner rechten Hand.

»Ich möchte mich erkundigen, was eine Fahrkarte von Berlin nach Liebstadt in Ostpreußen kostet. Für einen Erwachsenen und ein Kind am achtundzwanzigsten Juni in der zweiten Klasse«, trug sie vor und schaute schnell von seiner Hand weg. »Und wenn Sie mir auch gleich die Abfahrtszeit der Ringbahn sagen könnten, damit wir rechtzeitig am Bahnhof in Berlin ankommen, das wäre sehr nett.«

Der Bahnbeamte hob eine Augenbraue. »Sind Sie sich da ganz sicher, junge Frau?«

Emma verstand seine Frage nicht. »Ja«, antwortete sie und schaute sich peinlich berührt zu den Wartenden hinter sich um. Bezweifelte der Mann etwa, dass eine Frau alleine mit einem Kind nach Ostpreußen reisen konnte? »Wie viel kosten die Fahrkarten denn nun?«

Der Bahnbeamte blätterte in einem dicken Verzeichnis und schaute mehrmals dabei zu ihr auf. Dann sagte er: »Wenn Sie die Karten noch im Mai kaufen, kosten sie vierundvierzig Mark und einen Groschen. Umstieg wäre in Danzig. Die passende Ringbahn fährt um dreizehn Uhr fünfzig von diesem Bahnhof. Im Juni steigen die Preise für alle Fahrten wieder, dann wird's abermals teurer.«

Emma war froh, dass bei diesem Preis noch etwas Geld übrig blieb, vielleicht für einen neuen Reiseanzug für Theodor, der ihn wie einen kleinen Matrosen aussehen ließ. »Ich kaufe die Fahrkarten jetzt sofort«, entschied sie, holte das Jutesäckchen aus ihrer Rocktasche und zählte den Reisepreis ab. Die Leute hinter ihr wurden schon unruhig.

Der Beamte trat vor den offenen Fahrkartenschrank, in dem die nach Strecken sortierten Fahrkarten hingen und wie ein bunter Flickenteppich aussahen. Für jede Teilstrecke entnahm er eine separate Karte und schob sie Emma mit den Worten: »Wenn Sie meinen«, unter der Glasscheibe hindurch in die Griffmulde. Die kartonierten Personenfahrscheine waren kaum größer als Kinderpflaster. Auf der Karte für den letzten Streckenabschnitt war in schwarzer Schrift auf grünlichem Untergrund *Liebstadt* gedruckt. Emma nahm die Fahrscheine an sich.

»Wenn ich Ihnen trotzdem einen Rat geben darf.« Der

Beamte kam dafür ganz nahe an das kleine, metallene Fenster am Fahrkartenschalter. Sie konnte die Jahreszahlen des Krieges auf seinem Eisernen Kreuz lesen. »Passen Sie in Liebstadt gut auf sich auf, junge Frau. Sobald der Schandfrieden unterschrieben ist, wird Liebstadt von Flüchtlingen aus Westpreußen überrannt werden.«

Emma hielt inne. Seitdem sie den *Vorwärts* nicht mehr las, war sie politisch peinlich uninformiert. Liebstadt lag im westlichen Ostpreußen, nahe an der Grenze zu Westpreußen, das wenigstens wusste sie. Im Januar, als sie den *Vorwärts* noch regelrecht verschlungen hatte, war in Versailles vereinbart worden, dass das deutsche Westpreußen an Polen abgetreten werden sollte. Vermutlich stimmte die Schlussfolgerung des Bahnbeamten. Wer dann nicht polnisch werden wollte, würde bald in deutsche Gebiete wie Ostpreußen umsiedeln.

»Danke«, sagte sie und trat vom Schalter weg. Es würde schon alles gut werden. Tomasz' Erzählungen nach waren seine Eltern umsichtige Bauersleute. Emma könnte sie bei der Versorgung von Flüchtlingen unterstützen. Bestimmt gab es auch kranke Kinder zu pflegen.

Sie ging zu den Gleisen und schaute noch zu, wie eine Ringbahn aus dem Bahnhof fuhr. In einem der Waggons erkannte Emma zwei der jüngst entlassenen Melkerinnen aus dem klinikeigenen Kuhstall wieder, aber die beiden Frauen sahen sie nicht. Aktuell arbeitete keine einzige Frau mehr im Kuhstall, sondern ausschließlich Kriegsheimkehrer. Es würde sie nicht wundern, wenn auch Vera Allenhausen, die seit Tagen als einfache Schwester auf der HNO tätig war, in einem der nächsten Bahnen säße. Vorgestern hatte Emma sie abends im Büro von Doktor Buttermilch verschwinden sehen.

»Es wird alles gut werden«, sprach Emma vor sich hin und spürte die Hoffnung auf eine bessere Zukunft für Theodor ihren Körper fluten. Dabei wurde ihr bewusst, dass sie eben einen Großteil ihres Ersparten in diese neue Zukunft investiert hatte. Jetzt gab es kein Zurück mehr.

***

33

2. Juni 1919

Maximilian saß am Schreibtisch über einen Stapel Laborberichte gebeugt, konnte sich aber keine Minute lang konzentrieren. Trotz des Friedensvertrags von Versailles herrschte für ihn noch lange kein Frieden. In seiner Erinnerung war der Krieg in vollem Gang, die Bilder verschwanden einfach nicht: Soeben hatte sich der Neurotiker aus Wagen siebzehn eine Waffe in den Mund gesteckt, und Maximilian war herbeigeholt worden, um Schlimmeres zu verhindern. Ihm vertraue der Mann, nur er könne ihn vom Selbstmord abbringen.

Maximilian schlug sich mit der flachen Hand gegen die Stirn. Wie nur wurde er diese verdammten Bilder endlich los? Seine Erinnerungen stahlen sich nicht mehr nur nachts in seine Träume, er sah sie inzwischen auch tagsüber vor seinem inneren Auge. Deswegen war er so schreckhaft geworden wie ein Kind und sich selbst ein Rätsel. Kalter Schweiß brannte ihm in den Augen. Im Hintergrund spielte das Grammofon Tangolieder.

Das Kino in seinem Kopf lief unerbittlich weiter. »In welchem Wagen liegt der Neurotiker?«, fragte er in Gedanken. Und wo war sein neuer Assistent abgeblieben? Generalleutnant von Eichendorff hatte ihm diesen äußerst fahnentreuen Mann vermutlich als Warnung in den D5 geschickt, damit Maximilian nicht erneut Entscheidungen der Obersten Heeresleitung infrage stellte. In seiner Erinnerung fielen zwei Schüsse, die ihn in seinem Stuhl am Schreibtisch auch zweimal zusammenzucken ließen. Es war die Erinnerung an die zwei Schüsse des Selbstmörders, die seine Narbe an der linken Schulter schmerzhaft ziehen ließ. Sie stammte von einer Auseinandersetzung mit einem Offizier, der nur halbwegs genesene Männer wieder an die Front hatte schicken wollen. Und dies zu einem Zeitpunkt, als der Frieden schon greifbar nah gewesen war.

Maximilian zwang sich, sich auf die Realität zu konzentrieren, und starrte die Laborberichte an, die er so ungeduldig erwartet hatte. Er sprang auf und berührte die Möbel, fixierte das Fenster und die Tür. Hier war die Realität, hier lebte er.

Er stürmte aus seinem Büro. Es war eine Stunde vor Mitternacht und der Korridor unbeleuchtet. Er brauchte frische Luft. Der Boden unter seinen Füßen schien sich zu bewegen. Er spürte seine Glieder vibrieren, wie in einem Zug: *dadamm, dadamm.*

Auf halber Höhe des Korridors sackte er auf der untersten Stufe der Wendeltreppe zusammen. Sein Atem ging heftig. Wenigstens hatte er heute Nacht keinen Bereitschaftsdienst und musste sortiert und gelassen erscheinen. Sein Blick glitt zur Tür schräg gegenüber der Wendeltreppe, wo sich Marlenes Büro befand. Unvermittelt fasste er an seinen Finger, an dem bis vor Kurzem noch sein Verlobungsring gesteckt hatte. Er wusste von Kollege Proskauer, dass Marlene ihre gestrige *Operation unter Anleitung* mit Bravour absolviert hatte. Ihr ging es viel besser ohne ihn, davon war er überzeugt. Und dennoch hatte er laut schreien wollen, als er sie neulich im *Tageblatt* an der Seite des Regisseurs Hektor Kunze abgelichtet gesehen hatte. Er hatte sie sofort erkannt, auch wegen des Glockenhuts. Verzweifelt fuhr er sich durch das schulterlange Haar und tupfte sich den Schweiß auf Stirn und Schläfen mit einem Taschentuch ab. Dann vergrub er sein Gesicht im Stoff des Tuches.

Nach einer Weile wurde das Korridorlicht angeschaltet. »Nanu, ick habe doch eben schnelle Schritte jehört!«

Maximilian schaute auf und sah Willy Pinke, der hinkend auf ihn zukam. Er wünschte, er könnte sich jetzt in Luft auflösen.

»Juten Abend, Herr Doktor«, sagte Willy Pinke, als er vor ihm angekommen war.

Maximilian steckte das Taschentuch zurück in den Arztkittel und ordnete sein zerzaustes Haar.

Willy Pinke setzte sich mit etwas Abstand neben ihn auf die unterste Treppenstufe und legte seinen Gehstock neben sein steifes Bein. »Schön hier«, bemerkte er und schaute sich um, als schippere er in einem Boot über die Ostsee mit Blick auf den endlosen Horizont. »Ick wollte schon immer mal kieken, ob man det Schild mit der Uffschrift PATIENTENEINGANG von hier aus noch lesen kann.« Er wies ans Ende des Korridors, wo er hergekommen war.

»Und?«, fragte Maximilian, weil der Pförtner erst einmal schwieg. »Können Sie es lesen?«

Willy Pinke presste die Augen zu Schlitzen. »Wenn ick ma richtig dolle anstrenge, dann jeht's vielleicht.«

»Vielleicht besorgen Sie sich mal eine Brille«, sagte Maximilian, weil er die Buchstaben der fernen Beschilderung klar und deutlich lesen konnte. »Und jetzt muss ich auch wieder«, wollte er gerade ansetzen, als der Pförtner von ihm wissen wollte: »Können Se mir da jemanden empfehlen, der 'nem alten Mann 'nen juten Preis macht?«

Maximilian kam die kleine Brillenwerkstatt in den Sinn, um die er vor dem Krieg ein halbes Dutzend Mal herumgeschlichen war, weil Marlene damals von einer neuen Brille geträumt hatte. »Optiker Meier am Hamburger Platz«, sagte er. »Der schleift gute Linsen – auch für den kleinen Geldbeutel.«

»Wer? Und vom Hamburger Platz hab ick ja noch nie jehört. Würden Se mir det vorn in meiner Stube uffschreiben, Herr Doktor? Det wäre sehr nett von Ihnen. Ick werde immer verjesslicher.« Ohne die Antwort abzuwarten, stand der Pförtner auf und ging auf den Stock gestützt voran. Maximilian folgte ihm zögerlich.

In der Stube zurück, suchte Willy Pinke Zettel und Stift zusammen. Sein Wellensittich hockte mit geschlossenen Augen auf der Stange im Käfig. »Wo soll dieser Hamburger Platz denn sein?«, sprach er vor sich hin.

Während Maximilian die Adresse und den Namen des Optikers aufschrieb, ging Willy Pinke in seine Küche und kam alsbald mit Getränken zurück. »Ein paar Kräuter für 'ne ruhige Nacht«, sagte er und stellte sich einen seiner geliebten Kräuterliköre von Manegolds hin.

Maximilian bekam eine Kräuterlimonade serviert, wie früher, als er noch Assistenzarzt gewesen war. Es war auch Marlenes Lieblingsgetränk. Aber eigentlich war ihm mehr danach, sich in seinem Büro zu verkriechen.

Wortlos prosteten sie sich zu. Schon nach dem ersten Schluck lehnte der Pförtner sich zufrieden in seinem Sessel zurück. Sein Blick wanderte an die Wand hinter dem Sofa, wo der alte Reichskanzler hing. »Können Se sich noch an den alten Herrn erinnern?«, fragte er und deutete mit dem Likörglas in der Hand zur Wand.

Maximilian nickte. »Ich war vierzehn, als Bismarck starb.« Das war im Jahr 1898 gewesen.

»Als *ick* vierzehn war, ging ick in den Krieg.« Willy Pinke klang nun ernst und gar nicht mehr wie der gut gelaunte Spaßvogel vom Pförtnertresen.

»Sie auch?«, fragte Maximilian verdutzt.

»Sie holten mich als Fanfarenjungen«, sprach der Pförtner weiter. »Weil ick in de Neuköllner Schalmeienkapelle der beste Bläser war. Wir waren zwanzig Schalmeien und fünf Fanfaren.«

Maximilian versuchte, sich vorzustellen, wie es für einen vierzehnjährigen Jungen gewesen sein musste, damals im Deutsch-Französischen Krieg. Er selbst war in diesem Alter sorglos über die Familiengüter geritten und hatte sich von einem Diener an- und auskleiden lassen.

»Meene Uffgabe war es, det Angriffssignal für die Fußsoldaten der Preußischen Armee zu blasen«, erzählte Willy Pinke weiter. »Also blies ick mit aller Kraft meener Lungen uff den Schlachtfeldern ins Instrument. Durch meen Signal wussten die Kameraden, wann se dem Beschuss der Franzosen entjegenstürmen sollten.«

Mit verstörtem Blick betrachtete Maximilian das Porträt mit dem Altkanzler. Verdammter Kriegstreiber!, durchfuhr es ihn, wie auch Hindenburg, Ludendorff und der Kaiser höchstpersönlich es waren und keinen Respekt vor dem Leben anderer hatten.

»Damals hatten die preußischen Fußsoldaten Jewehre, die nur halb so weit schossen wie die von de Franzosen«, sprach Willy Pinke gedankenversunken weiter. »Meene Kameraden mussten also erst in den jegnerischen Kugelhagel rinnlofen, bevor sie zurückschießen konnten.«

Wohl weil Maximilian betroffen schwieg, fragte Willy Pinke: »Bestimmt wollen Se jetzt wissen, wo denn die Artillerie mit den besseren Waffen blieb?«

Maximilian schaute nun wieder den Pförtner an. Er spürte, wie ihm Schweißperlen auf die Stirn traten. Knapp nickte er, obwohl das Gegenteil der Fall war.

»Die Artillerie wurde damals immer erst injesetzt, nachdem die Fußsoldaten mit Hunderten Toten 'ne Schneise hinein in die jegnerischen Stellungen jeschlagen hatten. Ick sah kaum eenen meener Kameraden jemals wieder.« Eine Träne lief ihm über das faltige Gesicht und verfing sich in seinem Backenbart.

Maximilian stand auf, weil er schon mehr als genug gehört hatte, aber der Pförtner redete versunken weiter.

»Immer wieda und wieda musste ick zum Angreifen blasen, obwohl ick wusste, dass ick damit meene Kameraden in den Tod schicke. Sie starben, weil ick jeblasen hatte.«

»Das war nicht Ihre Schuld!«, widersprach Maximilian und ballte seine Hände zu Fäusten. Sein Herzschlag hämmerte nun wieder wie ein ratternder Zug im Eiltempo.

»Irjendwann bekam ick keenen Ton mehr aus dem Instrument, und meen Bein wurde von eenem uff'n anderen Tag steif.« Willy Pinke trank noch einen Kräuterlikör, bevor er sagte: »Noch lange nach dem Krieg, als det Deutsche Reich schon jegründet war, hatte ick Albträume.«

Maximilian nickte unvermittelt.

»Damals dachte ick, dat es keenen Ausweg aus diesem janzen Schlamassel jibt. Bis ick jemanden traf, dem es jenauso ergangen war wie mir. Mit ihm konnte ick über die Bilder in meene Rübe reden, alle vorherigen Jesprächsanjebote hatte ick immer abjelehnt.«

»Hat das Reden geholfen?«, wollte Maximilian so zaghaft wissen, als erfrage er ein streng gehütetes Geheimnis.

»Der Kamerad aus'm Krieg wusste jenau, wie es sich anfühlt, schreckliche Bilder in de Rübe zu haben. Ick hatte keene Scheu, offen vor ihm zu reden, selbst Heulen war mir nich peinlich. Ick ahnte, dass er mich nie für schwach halten würde, und mit der Zeit wurden dann auch meene Albträume wenjer.«

»Hat es Sie keine Überwindung gekostet, einem Fremden Ihre Ängste zu gestehen?«

»Oh doch. Uff jeden Fall!«, entgegnete Willy Pinke und pochte mit dem geleerten Likörglas auf den Sofatisch, »aber wenn man die Ängste in sich rinnfrisst, dann werden die nich weniger. Dit is wie mit 'nem Hemd, dat man nich jerne trägt und bloß in den Schrank stopft, damit man es nich länger sehen muss.«

Maximilian war irritiert. »Wie ein ungeliebtes Hemd?« Er holte sich ein Likörglas aus der Anrichte und goss sich nun ebenfalls einen Kräuterlikör ein. Seine Hände schwitzten.

»Wenn man det Teil eenfach in seinen Schrank stopft, dann kommt det einem jedes Mal entjegen, sobald man die Schranktür öffnet«, erklärte der Pförtner. »Macht man sich zu Beginn aber die Mühe, det Teil sorchfältig zu falten und uff 'nen Stapel zu legen, kann och janz unten sein, lässt es eenen für lange Zeit in Ruhe und bleibt uff dem Platz, den man ihm zujewiesen hat.«

»Und irgendwann waren alle Schreckensbilder verschwunden?«, fragte Maximilian. Dann kippte er den leuchtend grünen Kräuterlikör mit einem Schluck hinunter.

Willy Pinke schüttelte den Kopf. »Durch die vielen Jespräche verstand ick zweierlei. Erstens kann man Erinnerungen nich löschen. Und zweitens folgen uff grausame Lebensabschnitte auch immer wieda bessere. Und der jute Bismarck«, er wies zur Wand, »erinnert mich daran, wie jut ick's hier in Weißensee hatte. Nur wird es langsam Zeit kürzerzutreten.«

»*Hatte* und *kürzertreten*, wovon reden Sie?« Maximilian war insgeheim froh über den Themenwechsel.

»Mit dem ollen Buttermilch da oben uff'm Chefsessel, det is mir nüscht. Bin janz durchnander von det Jehetze. Ick globe, det is dem Jacki och zu ville«, erklärte der Pförtner.

»Sie wollen wirklich in Rente gehen?«, fragte Maximilian wenig begeistert, auch wenn er dem Pförtner die ersehnte Ruhe gönnte.

»Zum Jahresletzten verlassen der Jacki und ick die Klinik«, sagte Willy Pinke mit belegter Stimme. »Aber für Sie, Herr Doktor, bin ick och als Rentner noch da«, bot er an, »wenn Se verstehen, wat ick meene.« Aus feuchten Augen schaute er zu Maximilian auf.

»Ich habe es also in der Hand«, sprach Maximilian leise vor sich hin. Es klang noch unwirklich. »Danke, Herr Pinke.«

***

34

16. Juni 1919

Das Schlagwort, unter dem Doktor Buttermilchs Amtszeit in die Annalen eingehen würde, lautete ganz sicher WIRTSCHAFTLICHKEIT, dachte Marlene verbittert, richtete Hektors jüngsten roten Rosenstrauß auf ihrem Schreibtisch und machte sich auf den Weg zur montäglichen Visite. Aus Gründen der Wirtschaftlichkeit nahm der Ärztliche Direktor selbst nur noch an den Montagsvisiten teil, also heute. Alle anderen Termine überließ er seinem neuen Oberarzt Doktor von Weilert und den Konsiliarii. Buttermilch war einzig daran gelegen, die Genesung voranzutreiben und dies mit so geringem Zeit- und Fachkräfteeinsatz, wie es gerade noch vertretbar war.

Sie bedauerte, dass Willy Pinke wegen Doktor Buttermilch vorzeitig in Rente gehen wollte. Heute Morgen hatte der Pförtner sie in seine Zukunftspläne fern der Kinderklinik eingeweiht und ihr auch zu verstehen gegeben, dass er – worum sie ihn vorab gebeten hatte – mit Maximilian wegen seiner Ängste gesprochen hatte. Mehr wollte er dazu aber nicht sagen, weil das Gespräch vertraulich gewesen war.

Marlene wusste also nicht, ob es geholfen hatte. Allmählich wurde es allerdings wieder Zeit, dass mehr gute Nachrichten ihr Leben erhellten. Die Treffen mit Hektor und Friedas Staunen über Hänsels und Gretels Lebkuchenmanufaktur waren zuletzt die einzigen schönen Momente gewesen.

Marlene war die Erste der Visitengruppe, die sich kurz vor halb neun vor der HNO treffen sollte. Sie wollte sich gerade noch einmal die Hände waschen, als aus dem Krankenzimmer ein Schrei ertönte. Sofort lief sie in den Raum und fand Elevin Sibylle zwischen den Krankenbetten kniend auf dem Boden vor. Deren Augen waren vor Schreck geweitet, und die Schwesternhaube saß schief auf ihrem Kopf. Neben ihr hielt Stationsschwester Gerlinde den einjährigen Pflegling Rudolf schief auf dem Arm. Der Säugling war erst am Vortag aufgenommen worden.

Marlene stürmte zu dem Kind. »Was ist passiert?«

Als Antwort schluchzte Sibylle nur noch lauter und drückte sich die Hände vors Gesicht. So aufgelöst hatte Marlene die fleißige Elevin noch nie erlebt.

»Sie hat den Jungen auf dem Weg aus dem Bad beinahe fallen lassen. Ich konnte ihn im letzten Moment halten«, erklärte Gerlinde und bekreuzigte sich. Im Hintergrund sah Marlene Vera Allenhausen eines der anderen weinenden Kinder beruhigen.

»Ich bin eine schlechte Krankenschwester«, weinte Sibylle.

Marlene beschaute den Säugling genauer, er schien vor Schreck nicht mal einen Laut herauszubekommen.

»Maria, breit den Mantel aus, mach uns Schirm und Schild daraus …«, sang Gerlinde.

Marlene war, als wolle die Stationsschwester damit auch sich selbst beruhigen. Seit ihrer Versetzung auf die HNO trat Gerlinde unsicherer auf als früher auf der Chirurgie. Wenn sie meinte, niemand sehe sie, las sie heimlich im Pflegelehrbuch jene HNO-spezifischen Handgriffe und Operationsassistenzen nach, die Vera aus dem Effeff beherrschte.

Nur allmählich, nachdem Gerlinde den kleinen Rudolf gewiegt hatte, setzte sein befreiendes Weinen ein. »Sibylles Konzentrationsfähigkeit reicht nicht mal mehr fürs Ordnen eines Krankenbetts«, klagte Gerlinde, als Rudolf sich wieder beruhigt hatte.

»Sibylle auch?«, entgegnete Marlene betroffen. Auch die anderen Elevinnen zeigten Erschöpfungserscheinungen, seit sie zwölf Stunden am Tag arbeiteten, Nachtschichten mit verkürzter Erholungszeit leisteten und außerdem auch noch für die Prüfung lernen mussten. Marlene selbst kam mit dem Lernen längst nicht mehr hinterher.

»Meinen Sie, ich sollte diesen Vorfall dem Ärztlichen Direktor melden?«, fragte Gerlinde mit unsicherem Blick zur Tür. Nervös befingerte sie ihre Dienstbrosche. »Doktor Buttermilch bat mich darum, ihm sämtliche Unzulänglichkeiten auf meiner Station zu melden.«

»Da alles noch mal gut gegangen ist, wird es nicht notwendig sein, gleich den Ärztlichen Direktor zu informieren«, sagte Marlene und half der Elevin von den Knien hoch. Sie vermutete, dass weitere Schwestern den gleichen Auftrag wie Gerlinde erhalten hatten.

»Meinen Sie wirklich, Fräulein Lindow?«, versicherte sich die Stationsschwester. »Ich möchte der Anweisung des Ärztlichen Direktors auf keinen Fall zuwiderhandeln.«

»Das geht in Ordnung. Ich übernehme die volle Verantwortung dafür. Machen Sie sich keine Sorgen«, bestätigte Marlene kühn. Es konnte doch nicht angehen, dass sich die Schwestern vor Angst, nur den kleinsten Fehler zu begehen, bald gar nichts mehr zutrauten. Dahin nämlich führte es, wenn man jedes Missgeschick gleich bis nach ganz oben melden musste.

Als die Tür geöffnet wurde, zuckte Marlene trotz ihres eben noch selbstbewussten Auftretens zusammen.

Maximilian betrat das Krankenzimmer. »Kann ich helfen?«, fragte er, wobei sein Blick ungewöhnlicherweise kurz an Marlene hängen blieb. Seit wenigen Tagen erst war er Oberarzt.

Waldemar Buttermilch folgte kurz darauf. »Was ist hier los, Fräulein Lindow?«, wollte er wissen. »Warum stehen Sie um dieses Kind versammelt wie die Hexen beim Sabbat?«

Marlene suchte nach einer Erklärung, die Sibylle nicht in Schwierigkeiten bringen würde, aber etwas Besseres als: »Der Junge bekam plötzlich keine Luft mehr«, fiel ihr auf die Schnelle nicht ein. Sie deutete auf den kleinen Rudolf, dessen Gesicht vom Weinen noch ganz rot war, ähnlich rot wie beim Beginn einer Atemnot.

Maximilian betrachtete den Jungen eingehender.

»Wie kann das denn sein?« Doktor Buttermilch schaute erst Marlene und dann Stationsschwester Gerlinde irritiert an. »Patient Schröder leidet an einer Mittelohrentzündung!«

Schwester Vera trat aus dem Hintergrund dazu. Sie wirkte nach wie vor angespannt. So distanziert, wie sie sich seit ihrer Herabstufung Marlene gegenüber verhielt, wurde Marlene nun doch etwas mulmig zumute. Wenn herauskäme, was Sibylle eben passiert war, würde der Ärztliche Direktor die Elevin bestrafen, wenn nicht gar fortschicken. Angedroht hatte er solche Maßnahmen bereits.

Vera begab sich zu Maximilian und neben den kleinen Rudolf und streichelte dem Pflegling das Köpfchen. Fast alle Augen waren auf sie gerichtet, einzig Maximilian schaute

Marlene an. Schließlich hielt Vera auf ihrer ausgestreckten Handfläche einen Nuckel hin. »Den drohte der Junge gerade zu verschlucken«, sagte sie, ohne eine Miene zu verziehen.

Marlene atmete erleichtert auf und ging zu Regina, der der Nuckel eigentlich gehörte. Sie streichelte das wimmernde Mädchen und ließ es an ihrem kleinen Finger saugen. Kurz darauf verstummte Regina.

»Dann können wir jetzt endlich mit der Visite beginnen?«, fragte Doktor Buttermilch und öffnete die Stationstür wieder.

Daraufhin führte Oberschwester Walburga die Elternschaft herein. Seit Kurzem durften die Eltern bei den Montagsvisiten anwesend sein, was früher aus Gründen der Hygiene verboten gewesen war. Mit dieser neuen Regelung wollte der Ärztliche Direktor vermeiden, zusätzliche Gespräche über die gesundheitliche Entwicklung der Zöglinge führen zu müssen.

Marlene fiel auf, dass sich einige der Kinder aus Angst vor den fremden Erwachsenen unter ihre Decke verkrochen. Sie hoffte, die Eltern würden nicht allzu irritiert davon sein, wie mechanisch der Ärztliche Direktor die Visite neuerdings abzuhalten pflegte und in welchem Tempo. In den zurückliegenden elf Monaten hatte sie gelernt, dass kleine Patienten viel Zeit brauchten, mehr noch als erwachsene Kranke. Besonders Säuglinge und Kleinkinder beanspruchten das Personal länger, weil man ihnen im Gegensatz zu älteren Kindern die Notwendigkeit des ärztlichen Handelns nicht einfach erklären konnte. Es brauchte Zeit, ihr Vertrauen zu gewinnen, um dann am Ende für eine Untersuchung in Mund oder Ohren schauen zu dürfen. Marlene gewann dieses Vertrauen, indem sie mit den Kindern redete und ein Spielzeug wie den allseits beliebten Stationsbären als Vermittler einsetzte.

Vera und Marlene traten an das Fußende des Bettes bei der Tür. Sibylle verließ den Raum mit verquollenem Gesicht. Dass es mit den Eltern und deren Geschenken eng im Krankenzimmer werden würde, hatte die Oberschwester vorausgesehen, weswegen vorab an alle Elevinnen die Order ergangen war, dass sie zwischen halb neun und halb zehn Sauger auswaschen oder Windeln falten sollten, damit sie nicht im Weg standen. Marlene sah darin eine vertane Chance auf eine prüfungsvorbereitende Lehreinheit am Krankenbett.

Während der Ärztliche Direktor sich von Maximilian die Entwicklung des jeweiligen Patienten vortragen ließ und er den Eltern kurz und knapp den weiteren Therapieverlauf erklärte, überlegte Marlene, wann der beste Zeitpunkt wäre, den Ärztlichen Direktor endlich um mehr Rücksichtnahme den Elevinnen gegenüber zu bitten. Wenigstens in den beiden Wochen vor der Prüfung brauchten sie Zeit zum Lernen. Oberin Polsfuß war mit einer ähnlichen Bitte schon gescheitert, aber Marlene hatte ein entscheidendes Argument in petto, das Doktor Buttermilch einfach überzeugen musste – so voreingenommen er ihr gegenüber auch war. Sie beschloss, ihn direkt nach der Visite abzupassen.

Bevor Doktor Buttermilch die HNO verließ, verkündete er den Eltern stolz: »Ich darf Ihnen mitteilen, dass wir die Spanische Grippe nun endlich im Griff haben. Die dritte Welle kann als bezwungen gelten.« Die Eltern nickten und klatschten begeistert Beifall, wie in einem Theater. Die Eltern durften noch schnell ihre Geschenke abgeben, dann mussten sie das Krankenzimmer auch schon wieder verlassen.

Nach der HNO wurde die Visite auf der Allgemeinen und dann auf der Chirurgie fortgesetzt. Auf jeder Station wurde eine neue Elterngruppe eingelassen, was zu erneuter

Aufregung und verwirrten Kindern führte, die eigentlich Ruhe brauchten.

Als die Gruppe schließlich vor dem Isolierhaus angekommen war, der letzten Station der Visite, beschrieb Doktor Buttermilch seinen Beitrag im Kampf gegen die schlimmste Seuche des zwanzigsten Jahrhunderts wie ein Kriegsheld seinen Sieg. Wieder brandete Beifall auf, und ganz sicher nicht zufällig, war Marlene überzeugt, kam ihnen auf dem Rückweg vom Isolierhaus ein Fotograf vom *Tageblatt* entgegen, der auch schon bei Buttermilchs Amtseinführung zugegen gewesen war. »Unsere Leser würden sich über ein Foto des Weißenseer Seuchenhelden sehr freuen«, sagte der Mann.

Daraufhin geriet der Weißenseer Seuchenheld erst recht ins Schwärmen. Er berichtete von seinen Behandlungserfolgen, die Marlene »gesunde Kinder« nannte, er hingegen »medizinische Resultate«. Letztendlich positionierte er sich im Park und wies den Fotografen an, die Kinderklinik im Hintergrund mit aufs Bild zu nehmen. Erst nachdem seine Stirnlöckchen korrekt lagen, durfte der Auslöser betätigt werden.

Marlene und Maximilian warteten derweil wie Zaungäste am Bildrand. In Gedanken legte sie sich schon die Worte zurecht, die sie gleich an den Ärztlichen Direktor zu richten gedachte.

Maximilian räusperte sich und wollte gerade ansetzen zu sprechen, als Waldemar Buttermilch sich von dem Fotografen verabschiedete, Abzüge für den Korridor im Erdgeschoss bestellte und sich dann auf den Weg zurück in das Hauptgebäude machte.

Marlene lief ihm hinterher. »Herr Doktor Buttermilch, darf ich Sie kurz sprechen? Es ist sehr wichtig.«

Nach einem kurzen Zögern wandte er sich zu ihr um. »Ihnen ist sicher nicht entgangen, wie wenig Zeit ich habe.«

»Es geht um den guten Ruf der Klinik!«, sagte Marlene und wagte es zumindest in Gedanken, die eben verschwendete Zeit mit dem Fotografen als Gegenbeweis für seine Zeitknappheit anzubringen.

Doktor Buttermilch verschränkte die Arme vor der Brust. »Nun? Was gibt es, Fräulein Lindow?«

»Im Moment sieht es so aus«, begann Marlene, »als würden einige Elevinnen die Abschlussprüfung nicht bestehen können.« Dieser Ausgang wäre eine Katastrophe für die Kinderklinik und für jede betroffene Schwesternschülerin. Es kostete Marlene die Kraft einer Löwin, bei dieser Aussage gefasst zu bleiben. Sie hatte am eigenen Leib erfahren, wie es sich anfühlte, eine Prüfungsversagerin zu sein. Damals nach ihrer Prüfung war ihr Name in der Aufzählung der erfolgreichen Absolventinnen erst ganz am Ende nach einer längeren Pause genannt worden. Für einen Moment, der sich wie eine Ewigkeit angefühlt hatte, hatte sie geglaubt, dass alles umsonst gewesen wäre.

»Da müssen sich Ihre Elevinnen wohl ein bisschen mehr anstrengen!«, entgegnete Doktor Buttermilch und wollte sich schon abwenden, als Marlene auf seinen wunden Punkt zielte, seinen Ruf. »Was würde die Presse wohl über Sie schreiben, wenn der Ausbildungsjahrgang unter Ihrer Leitung komplett versagte?« Unbewusst imitierte sie seine männliche Geste, indem sie die Arme vor der Brust verschränkte.

»Wie reden Sie denn mit mir?!«, erboste er sich. Einige der Eltern schauten nach ihnen. »Drohen Sie mir etwa?«

»Ich denke vor allem an die Elevinnen«, entgegnete

Marlene und sehnte einmal mehr Julius Ritter zurück auf den Direktorenposten. »Die jungen Damen sollen eine faire Chance bekommen, die Prüfung zu bestehen.«

»Bisher war es vielleicht so, dass die Elevinnen durch die Prüfung hofiert wurden. Aber damit ist Schluss. Die Elevinnen, die in meiner Klinik die Abschlussprüfung bestehen, sind die besten und härtesten von allen, und der Rest hat es nicht verdient, weiter hier zu arbeiten. Wir sind doch hier nicht in einem Mädchenpensionat! Die Herren Journalisten würden genau das schreiben und damit den Ruf der Kinderklinik als hochkarätige Ausbildungsstätte fett unterstreichen.«

Marlene war schockiert. »Eine Krankenschwester zeichnet vor allem Härte aus, meinen Sie?«, wiederholte sie ungläubig und trat einen Schritt von ihm fort. Das Gegenteil sollte der Fall sein!

»Indem Sie meine Kompetenz infrage stellen, haben Sie sich gerade das letzte bisschen Mitgefühl verspielt, das ich für Sie in der Sonderprüfung erübrigt hätte, Fräulein Lindow. Und nun lassen Sie mich endlich meine Arbeit verrichten. Ich habe das Leben deutscher Kinder zu retten!« Nach diesen Worten stolzierte Weißensees Seuchenheld davon.

*

Nach Dienstschluss erstellte Marlene in ihrem Büro umgehend eine Liste mit Krankenhäusern, bei denen sie sich um eine Anstellung als bestallte Ärztin bewerben konnte – sofern sie denn die Sonderprüfung bestehen sollte.

Sie hatte sich etwas umgehört. Sonderprüfungen waren eher unüblich, um nicht zu sagen: Bei Groß-Berlins Medizinalpraktikanten hatte es noch nie eine solche gegeben. Wer sich beim Praktikum nichts zuschulden kommen ließ, durfte die Bestallungsurkunde nach der Ablegung des hippokratischen Eides entgegennehmen. Das war die Regel. Eine Sonderprüfung war ein Schandfleck in ihrem Lebenslauf, mit dem es ihr peinlich war, sich überhaupt bei Professor Czerny an der Kinderklinik der Charité vorzustellen. Dabei hatte Doktor Proskauer ihr kürzlich zwei Pfleglinge anvertraut, die sie unter Aufsicht selbstständig medizinisch betreuen durfte. Er hielt sie schon für sehr weit.

Marlene fühlte sich, als würde ihr jeden Moment der Kopf platzen. Sie streifte ihren Arztkittel ab und schaltete das Licht aus. Dann legte sie *Mi Noche Triste* auf und sank aufs Ledersofa. Nur dieses eine Lied, dann würde sie pauken. »*Percanta que me amuraste*«, sang sie mit und versank in Gedanken darüber, dass 1919 das Jahr der Wandlungen war. Maximilian war Vergangenheit, und die Kinderklinik war auch nicht mehr wiederzuerkennen. Und sie selbst? Sie fühlte sich inzwischen so schwer beladen, dass ihre Beine keinen Tanzschritt mehr hinbekamen.

Sie stand vom Sofa auf, hob ihre Arme an und stellte sich vor, jemand würde sie führen. Doch ihr Körper verweigerte ihr jede leichte, fließende Bewegung. Sie sehnte sich danach, Brust an Brust zu tanzen. Von Herz zu Herz, wie man im Herkunftsland des *Tango Argentino* sagte. Sie versuchte sich an einem *Ocho*, aber stolperte darüber nur ans Fenster und riss beinahe noch Hektors Rosenstrauß vom Tisch.

Marlene schob die Gardine etwas beiseite und schaute nach draußen, während die letzten Takte des Liedes verklangen. Der Abendhimmel über der Kinderklinik verfärbte sich blutrot. Ihr Blick glitt zum Kliniktor, und sie erinnerte sich, wie sie vor acht Jahren das Gelände zum ersten Mal betreten hatte. Sie war von der Schönheit und der Modernität des Gebäudes begeistert und bald darauf wie berauscht von der Vision gewesen, helfen und heilen zu lernen. Eine Vision, die Waldemar Buttermilch im Begriff war zu zerstören.

Erst als sich im Korridor Schritte näherten, schaltete sie das Licht im Büro wieder an.

Emma lugte zur Tür herein. »Hast du kurz Zeit für mich?«

Marlene bat sie herein. »Für dich immer, Schwesterherz.«

Emma reichte ihr eine dampfende Tasse. »Ist Melissentee.«

»Danke, Emmalein.« Marlene lächelte kurz. »Wenn ich dich nicht hätte.«

Sie machten es sich auf dem Ledersofa gemütlich.

»Ich habe von deinem Gespräch mit dem Ärztlichen Direktor im Park gehört«, sagte Emma. »Hertha hat alles vom Fenster der Isolierstation aus mitbekommen. Es tut mir leid, dass es so schlecht gelaufen ist. Mein Daumendrücken hat also nicht geholfen.«

Marlene trank einen Schluck Tee, dann lehnte sie den Kopf an Emmas Schulter. »Dann wissen jetzt wohl alle über die Sonderprüfung Bescheid. Gerade wünsche ich mich ganz weit weg von Waldemar Buttermilch!« Sie spürte, wie Emmas Körper sich bei diesen Worten versteifte. Marlene richtete sich wieder auf und schaute ihre Schwester an. Emma hatte ihre Hände im Schoß gefaltet, sie zitterten leicht.

»Was ist los?«, wollte Marlene wissen.

Emma zog sich ihre Schwesternhaube vom Kopf, um sie mit der freien Hand zu kneten, bekam aber kein Wort heraus.

»Du weißt doch, dass du mir alles sagen kannst. Hast du

Kurt heimlich wieder fast geküsst?«, fragte Marlene und buffte sie liebevoll an.

Emma lächelte sehnsüchtig, dann straffte sie sich aber wieder. »Weißt du noch, als Theodor wegen einer Darmblutung zu sterben drohte?«

»Max konnte ihn in einer Notoperation retten«, erinnerte Marlene sich. Zu diesem Zeitpunkt waren Maximilian und sie gerade einmal wenige Tage auf Distanz gewesen. Da hatte sie noch geglaubt, sie würden wieder zueinanderfinden.

»Damals schwor ich Gott, meinem Sohn ein besseres Leben zu bieten, wenn er ihn nur nicht sterben ließe«, sprach Emma weiter.

»Willst du etwa nach Lübars ziehen?«, fragte Marlene, weil es ihrer Schwester dort so gut gefallen hatte.

Die schüttelte den Kopf, den Blick auf ihre Schuhspitzen gerichtet. »Ich gehe mit Tomasz nach Liebstadt.«

»Nach Liebstadt?« Marlene sprang vom Ledersofa auf, wobei sie Tee verschüttete.

»Tomasz' Eltern, Theodors Großeltern, besitzen dort einen hübschen Hof, den er übernehmen könnte«, erklärte Emma. »Das bedeutet für Theo viel frische Luft und nie mehr Hunger.«

»Nach Ostpreußen sind es doch bestimmt viele Stunden mit dem Zug«, wandte Marlene ein.

»Sechs Stunden und zweiundfünfzig Minuten, mit Umstieg in Danzig«, antwortete Emma leise.

»Wir würden uns kaum noch sehen«, hauchte Marlene ungläubig. »Bist du dir ganz sicher damit?«

Emma versuchte sich an einem Lächeln. »Ich habe die Fahrscheine für Theo und mich schon gekauft.«

Marlene klappte die Kinnlade herunter. Das durfte nicht wahr sein, nach allem, was in letzter Zeit geschehen war. Erst die Lösung der Verlobung, dann hatte Willy Pinke ihnen seinen geplanten Dienstaustritt gebeichtet, und jetzt ging auch noch Emma fort? »Liebst du Tomasz denn?«, verlangte sie zu wissen.

»Er ist Theos leiblicher Vater, und seine Eltern sind Theodors Großeltern«, sagte Emma. »Umgeben von Familie wird Theo sich in Liebstadt bestimmt wohlfühlen. Außerdem darf er Kälber mit der Flasche großziehen, und er wird einen Hund haben.«

Marlene kniete vor dem Sofa nieder und legte ihren Kopf in Emmas Schoß. »Alleine bin ich hier verloren.« Sie spürte Emmas Hand auf ihrem Haar, die es streichelte. Sie hatte auch Hektor, aber seltsamerweise fühlte sie sich gerade wieder alleine, und es wurde mit jedem Tag schlimmer.

»Die Bahnfahrkarten sind für den achtundzwanzigsten Juni gekauft«, flüsterte Emma. »Ich kann und will meine Entscheidung nicht rückgängig machen. Es tut mir leid, Lene.«

Marlene hob den Kopf an. »Und wer fährt dann freihändig mit Theo Fahrrad? Oder spielt Mensch-ärgere-Dich-nicht mit ihm?« Sie musste Tränen zurückhalten.

»Tomasz wird das tun«, sagte Emma sanft. »Ich möchte, dass Theo endlich wieder glücklich ist und nie mehr von einer Seuche befallen wird. Verstehst du das wenigstens ein bisschen?«

Marlene nickte traurig, während sich am unteren Rand ihrer Brillengläser Tränen sammelten.

***

35

20. Juni 1919

Maximilian saß an seinem Schreibtisch und blätterte durch die Krankenakten der Kinder, die heute operiert worden waren. Als Erstes war die Gaumenspalte des kleinen Oskar an der Reihe gewesen. Die Operation war komplikationslos verlaufen. Nach nur fünfzig Minuten in Vollnarkose hatte der Junge zurück auf sein Zimmer gebracht werden können. Marlene hatte den Eingriff souverän vorgenommen und nicht ein einziges Mal korrigiert werden müssen.

Er schaute von den Krankenakten auf, weil er weiche, rhythmische Schritte auf dem Korridor vernahm. Nur einen Wimpernschlag später erschien ihm Marlenes Bild vor Augen und wie sie beim *Ocho* elegant ihre Hüften bewegte. Ob er sich – nach allem, was er ihr angetan hatte – ihr trotzdem wieder annähern durfte? Er war unschlüssig, obwohl Willy Pinke ihn bei ihrem jüngsten abendlichen Treffen ermutigt hatte, »de Kiemen endlich auseinanderzukriejen – wat dat Fräulein Marlene anjeht«.

Wenn es um die Verarbeitung von seelischen Verletzungen ging, war der Pförtner deutlich sensibler. Willy Pinke hatte ihm zuletzt gestanden, dass Marlene ihn ursprünglich darum gebeten hatte, ihm von den eigenen Kriegserlebnissen zu erzählen, aber er schon im ersten Gespräch selbst den Wunsch verspürt hatte, Maximilian zu helfen.

Maximilian erhob sich, weil es an der Tür klopfte und er hoffte, dass es Marlene war. Schnell versteckte er das Paar Fäustlinge, das er vor dem Studium der Krankenakten versunken befühlt hatte. Eine nun freundliche Begrüßung wäre ein vorsichtiger Anfang, jenseits des sachlichen Austausches über Fachliches. Oder die Rückkehr zum vertrauten Du? Das würde sie vielleicht gar nicht wollen.

Mit pochendem Herzen öffnete er die Tür und war im nächsten Moment enttäuscht. »Mutter?«

Sie stand elegant in Schwarz gekleidet da, den Hut mit der breiten Krempe tief ins Gesicht gezogen. Er konnte ihre Augen kaum sehen.

»Entschuldige, wenn ich dich bei der Arbeit störe«, sagte sie. Ihre Mundwinkel hingen nach unten, ihr Kinnbuckel trat deutlich hervor.

Nach einigem Zögern trat Maximilian einen Schritt beiseite und deutete hinter sich zum Ledersofa. »Tritt doch bitte ein.« Eine augenscheinlich gebrochene Frau ließ man nicht im Korridor stehen.

Seine Mutter tat drei wackelige Schritte in den Raum, dann griff sie in ihre schwarze Handtasche und zog einen Brief daraus hervor. »Der kam gestern Nachmittag mit der Post.«

Maximilian erkannte die gebrochene Siegelmarke der Obersten Heeresleitung auf der Rückseite sofort. Sie war so weiß und rot wie Blut im Schnee. Er entfaltete das Schreiben und las in bestem Beamtendeutsch, wie sein Vater gestorben war.

Es hieß, dass Anton Graf von Weilert aus unerklärlichen

Gründen nachts alleine unterwegs gewesen, von einer Brücke gestürzt und ertrunken sei. Sein Leichnam war am Ufer des ukrainischen Flusses Pruth angespült worden und hatte dort in unbewohnter Wildnis lange unentdeckt gelegen. Bis zu jenem Zeitpunkt vor sechs Wochen, als ein Wanderer die Überreste gefunden und die Erkennungsmarke weitergegeben hatte. Der Brief war von General von Hindenburg persönlich unterschrieben.

Maximilian ertrug es nicht, den Namen des Kriegstreibers länger zu betrachten. Er schaute zu seiner Mutter auf und reichte ihr den Brief zurück. »Mein Beileid.« Die Nachricht machte ihn traurig, aber trotzdem dachte er auch, dass es gut war, diese Unsicherheit über die Rückkehr seines Vaters los zu sein. An von Hindenburg wollte er keine Minute länger denken. Besser, er schaute nach vorne.

»Ich habe mich für die schnelle Überführung der Überreste eingesetzt«, erklärte Dorothea von Weilert mit gebrochener Stimme.

»Wann wird die Beerdigung sein?«, fragte Maximilian.

»Ich denke, in vier Wochen«, antwortete sie. Entgegen ihrer sonstigen Art gelang es ihr nicht, ein Schluchzen zu verbergen. So zerbrechlich hatte er sie noch nicht erlebt.

Kurz war Maximilian versucht, seine Mutter tröstend in den Arm zu nehmen. »Gib mir Bescheid, wenn ich dich bei der Vorbereitung der Beerdigung unterstützen kann«, bot er statt seiner Nähe an. Ein angemessenes Begräbnis war er seinem Vater auf jeden Fall schuldig.

Seine Mutter nahm ihren Hut ab und befingerte dessen Krempe, dann nickte sie. Im Folgenden herrschte eine betroffene Stille zwischen ihnen. Die Gräfin beschaute dabei Maximilians Gesicht, als sehe sie ihn zum letzten Mal. »Du siehst besser aus als noch neulich in der Kirche«, stellte sie fest.

Wieder klopfte es. Maximilian lenkte seinen Blick von den tiefen Falten auf der Stirn seiner Mutter zur Tür. »Ja, bitte?« Ihm entging nicht, dass seine Mutter ihn nicht aus den Augen ließ. Sie setzte sich ihren schwarzen ausladenden Hut wieder auf.

Maximilians Herz begann, schneller zu schlagen, als Marlene das Büro betrat. »Krieg de Kiemen auseinander!«, hatte Willy Pinke ihm geraten. Wenigstens eine nette Begrüßung bekommst du doch hin, drängte er sich in Gedanken. Vielleicht lag es an der Anwesenheit seiner Mutter, dass er sich so schwertat und sich steif wie eine Steinskulptur fühlte.

»Ich bringe den Operationsbericht von Erna Bigalke«, trug Marlene sachlich vor, nachdem sie der Gräfin reserviert zugenickt hatte. Mit ausgestrecktem Arm hielt sie Maximilian die entsprechende Akte hin. »Sie wollten doch informiert werden, wenn das Mädchen aus der Narkose aufgewacht ist, Doktor von Weilert.« Nach diesen Worten wandte sie sich wieder zum Gehen.

»Und Ernas Werte?«, versuchte er, sie aufzuhalten. »Ihr Blutdruck? Ihre Temperatur?« Nur ein kurzer Moment noch in ihrer Gegenwart.

»Die stehen allesamt in der Akte«, sagte Marlene irritiert, »sind aber wieder normal.«

Maximilian räusperte sich. »Ach ja. Stimmt.«

Marlene nickte etwas verwundert, dann verließ sie das Büro wieder.

Beinahe vergaß Maximilian die Anwesenheit seiner Mutter, als er Marlene nachschaute. Sogar, als ihre weichen

Schritte schon im Korridor verhallt waren, starrte er immer noch seine Bürotür an.

»Max, Junge«, drang die Stimme seiner Mutter wie aus der Ferne zu ihm, »ist alles in Ordnung? Geht es dir gut?«

Maximilian löste sich aus seiner Versunkenheit. »Mit Marlene in meiner Nähe geht es mir immer besser.«

***

36

22. Juni 1919

Das war ein Bereitschaftsdienst! Leise schloss Marlene die Tür der Allgemeinen Station und lehnte sich, weil auf dem Korridor gerade niemand zu sehen war, erschöpft an die Wand. Es war bald dreiundzwanzig Uhr. Bereits vier Mal war sie seit Dienstbeginn zu Notfällen in die Krankensaaletage gerufen worden. Außerdem hatte eine alleinstehende Mutter mit Drillingen, die alle drei unter akuter Verstopfung litten, am Patienteneingang um Aufnahme gebeten.

Jetzt wollte Marlene sich wenigstens für ein paar Minuten ausruhen, bevor sie erneut nach den Neuaufnahmen schaute. In Gedanken bei den organischen Ursachen für Verstopfung, stieg sie die Wendeltreppe ins Erdgeschoss hinab. Sie bekam den Umstand nicht aus dem Kopf, dass die drei achtjährigen Jungen genau seit jenem Tag Bauchschmerzen und Schmerzen beim Stuhlgang verspürten, an dem sich ihre Eltern getrennt hatten. Marlene überlegte gerade, dass psychische Probleme vermutlich auch zu Verstopfungen führen könnten und dass psychische Krankheitsauslöser vielleicht ein gutes Thema für ihre Doktorarbeit wären. Das Thema war bisher kaum untersucht. Im nächsten Moment hörte sie am Aufgang zur Wendeltreppe im Erdgeschoss einen Schrei, gefolgt von einem Scheppern.

Sie eilte die letzten Stufen hinab und bog um die Ecke, wo sie Oberschwester Walburga samt einem Tablett und verstreuter Medikamente auf dem Boden liegen sah.

Marlene wollte ihr aufhelfen, aber Walburga schob die fremden Hände von sich weg. »Es geht schon wieder!« Obwohl Walburga sich Mühe gab, konnte sie ihre Verwirrung nicht verbergen. Ihr Blick sprang nervös im Korridor umher, und am liebsten wollte sie wohl Halt an einer Wand suchen.

»Soll ich Sie untersuchen?«, bot Marlene an und befühlte so schnell, dass Walburga sich nicht erneut sträuben konnte, deren Puls am Handgelenk. Der war verständlicherweise erhöht. »Sie wirken etwas durcheinander.« Marlene fiel ein umgeworfener Stuhl unweit des Unfallortes auf. Walburga musste ihn übersehen haben und darüber gestolpert sein.

»Es geht schon wieder«, sagte die Oberschwester, der der Vorfall sichtlich unangenehm schien. Sie entzog Marlene ihren Arm und straffte sich.

»Mit Ihrem Vorleiden hätte das böse ausgehen können«, sagte Marlene noch. »Nach den Brüchen im vergangenen Jahr wäre es besser, Sie würden Ihre Knochen etwas mehr schonen.« Sie griff nach der Schwesternhaube auf dem Boden und gab sie der Oberschwester mit einem versöhnlichen Lächeln zurück.

Die schien ganz irritiert von so viel entwaffnender Höflichkeit. »Ich denke nicht, dass ich hier gerade abkömmlich bin!«, antwortete sie und seufzte. Beim Anblick der Rotkreuzborte auf ihrer Haube schüttelte sie sogar verzweifelt den Kopf. »Diese schreckliche Hektik hier im Krankenhaus! Wie soll man da noch gute Arbeit leisten?« Erst jetzt schien sie die immer noch verstreuten Medikamente zu ihren Füßen zu bemerken. Etwas wackelig ging sie für das Aufsammeln in die Hocke. Marlene half ihr dabei.

Als Walburga mit dem Tablett in den Händen wieder hochkam, nickte sie Marlene zu, dann ging sie etwas schief zur Wendeltreppe. Marlene glaubte, dass die Oberschwester dabei so etwas sagte wie: »Das darf so nicht weitergehen! Diese Eile bricht uns allen noch das Genick.«

Damit hatte sie vollkommen recht, dachte Marlene und nahm sich vor, zur Sicherheit nach einem kurzen Nickerchen nicht nur nach den Drillingen, sondern auch nach der Oberschwester zu schauen.

In ihrem Büro erlebte sie eine Überraschung. Hektor stand mit einem riesigen Rosenstrauß vor ihr, er musste schon eine Weile auf sie gewartet haben. Seine helle Leinenhose war ganz knittrig vom Sitzen auf dem Ledersofa.

Wegen des hektischen Alltags an der Klinik und der Prüfungsvorbereitungen hatten sie sich schon eine Weile nicht mehr gesehen. Marlene hatte seine Vorschläge für Treffen immer wieder ablehnen müssen. Und wenn sie ehrlich war, hatte etwas in ihr sich gegen ein Wiedersehen gesträubt. Jetzt war es ihr unangenehm, dass er ihr zur Begrüßung einen zarten Kuss auf die Wange hauchte.

»Ist etwas mit Frieda passiert?«, wollte Marlene wissen und setzte sich hinter ihren Schreibtisch. Bei ihrem letzten Zusammensein hatte er erzählt, dass er für seine Tochter Griffe an die Räder des Krankenfahrstuhls hatte montieren lassen, damit sie eigenständig fahren konnte. Außerdem hatten sie sich darauf geeinigt, das Gefährt fortan »Rollstuhl« anstatt »Krankenfahrstuhl« zu nennen. Das klang weniger nach einer Behinderung, mehr nach Schwung.

»Mit Frieda ist alles in Ordnung«, antwortete er und fügte sehnsüchtig an: »Ich wollte dich endlich wiedersehen und konnte einfach nicht mehr länger warten.« Hektor hielt noch immer den riesigen Rosenstrauß in den Händen. Die Blumen waren mit einer Schleife aus weißem Satin zusammengebunden.

Sie zögerte, ihm die Rosen abzunehmen. »Es ist gerade so viel los hier«, sagte sie, so leid ihr die abweisende Haltung ihm gegenüber auch tat. Sie begriff, dass jetzt der beste Moment war, ihrem dumpfen Gefühl Raum zu geben.

»Entschuldige meine Störung«, sagte Hektor und begann, verlegen mit dem Fuß auf dem Boden zu scharren, »ich möchte auch nicht lange bleiben.« Sie ahnte, dass er spürte, was ihn nun erwartete. Er hielt noch immer die Rosen in der Hand.

Sie rieb sich die Hände, unsicher, wie sie anfangen sollte. »Hektor, du bist ein wundervoller Mann. Klug, vielseitig, zuvorkommend.«

»Und du bist eine wundervolle Frau«, erwiderte er sofort.

Sie musste jetzt vollkommen ehrlich sein, die Karten offen auf den Tisch legen, das war sie ihm schuldig. Sie hatten besondere, berührende und aufmunternde Gespräche geführt und viele nette Stunden miteinander verbracht. Sie kannten Schwächen und Ängste des anderen wie enge Freunde. Hektor wusste schon länger von ihrer früheren Verlobung mit Maximilian, was ihn anfänglich überrascht hatte, weil sie im Dienst oder auf der Kinopremiere keinen Verlobungsring getragen hatte.

»Hektor, ich habe die Zeit mit dir sehr genossen. Aber meine Gefühle für dich haben sich seit dem Abend in *Clär-*

chens Ballhaus nicht weiterentwickelt. Ich habe mich nicht in dich verliebt und möchte dir deswegen keine falschen Hoffnungen machen. Mein Herz ist noch immer nicht frei.«

Er rieb sich kurz über die Augen, dann richtete er seinen Blick zum Fenster. Draußen war es längst dunkel. »Ich habe es geahnt, nachdem ich dich in den letzten Wochen nicht mehr sehen durfte. Aber gehofft hatte ich, dass es vielleicht doch nur am Arbeitsstress liegt.«

Marlene sah, wie schwer Hektor schluckte. Langsam blickte er auf sie zurück. »Vielleicht warten wir, bis deine Sonderprüfung geschafft ist, und versuchen es dann noch einmal entspannter? Vielleicht liegt es nur an …« Er brach ab, weil Marlene betrübt den Kopf schüttelte.

Sie trat um den Schreibtisch herum zu ihm. »Danke für die vielen schönen Stunden. Die werde ich nie vergessen.«

Sie konnte sehen, dass er mit sich rang, sie zu küssen und nach ihren Händen zu greifen, jetzt, wo sie endlich wieder so nah vor ihm stand. Aber er hielt sich zurück.

Sie wollte ihn trösten, wusste aber nicht, wie. »Ich, ich …«, druckste sie hilflos.

Er lächelte sie wehmütig mit Tränen in den Augen an, dann verließ er mit den Rosen in der Hand ihr Büro.

***

37

28. Juni 1919, 6.30 Uhr

In seinem dunkelblauen Matrosenanzug mit der knielangen Hose und dem Oberteil mit dem weißen eckigen Rückenkragen sah Theodor herzallerliebst aus. »Komm, mein Schatz, wir müssen los«, sagte Emma und steckte noch schnell ihre Schwesternhaube mit Klemmen fest.

Aber Theodor bewegte sich keinen Deut vom Küchenfenster weg und starrte den hellblauen Himmel über Weißensee an. Gerade hatten sie ein letztes Mal in ihrer kleinen Küche gefrühstückt. Emma hatte ihm eine Schüssel Quark spendieren können, weil sich die Lebensmittelversorgung der Bevölkerung etwas verbessert hatte, wenngleich die Preise weiter stiegen. Am Ende jedoch hatte sie den Großteil des Quarks selbst essen müssen.

Dieses verstockte Verhalten war neu an ihrem Sohn. Am Vorabend hatte er sich unter seiner Bettdecke verkrochen und weder »Gute Nacht« noch sonst irgendetwas Nettes gesagt. Nicht mal bei der Namensfindung für Rollo, den Welpen von der Rasse Polnische Bracke, der in Liebstadt auf ihn wartete, hatte sie ihm ein Lächeln entlocken können.

Emma setzte ihm die zum Matrosenanzug gehörende Tellermütze auf, aber auch als sie bereits nach den gepackten

Koffern griff, bewegte er sich nicht vom Küchenfenster weg. Sie stellte die Koffer wieder ab und ging in die Hocke. »Heute müssen wir beide ganz tapfer sein«, sagte sie und drehte ihn zu sich.

Lautlos drückte er sein Gesicht an ihre Schulter, sodass seine Tellermütze verrutschte.

»Mir fällt es auch schwer, aus Weißensee fortzugehen. Aber in Liebstadt findest du ganz sicher neue Freunde.« Sie hielt ihn an den Schultern von sich weg und richtete ihm die Mütze. »Und an Weihnachten kommen wir zu Besuch wieder her und gehen mit deinen Freunden und Tante Lene rodeln. Das ist fest versprochen. Tante Lene passt bis dahin auf deinen Schlitten auf, ja?« Emma versuchte, aufmunternd zu lächeln, aber ihre Mundwinkel fühlten sich heute irgendwie steif an.

Theodor schaute sie an, als würde sie eine fremde Sprache sprechen.

»Und kann ich dann mit Onkel Max auch noch mal Juanita besuchen?«, wollte er wissen. Trotz der Trennung war Maximilian mit Theodor im Zoologischen Garten gewesen und hatte ihm das Affenmädchen gezeigt. Dieser Besuch hatte Theodor darüber hinweggeholfen, dass seine Tante Lene und sein Onkel Max »nicht mehr gemeinsam mit ihm spielen würden«, wie Emma die Trennung kindgerecht formuliert hatte.

Sie küsste Theodor auf die Wange, dann schob sie ihn vor sich her aus der Wohnung. Auf der Türschwelle blickte sie noch einmal zurück in die kleine Dachwohnung mit der rot-grün gestreiften Tapete, in der sie sich von Anfang an wohlgefühlt hatte. Marlene würde noch so lange hier wohnen bleiben, bis sie wusste, wie es bei ihr weiterging. Noch vor Sonnenaufgang hatte die sich auf den Weg in die Klinik gemacht. Der gestrige Abschied von Theodor war tränenreich ausgefallen.

Emma zog die Tür hinter sich zu und nahm ihren Sohn an die Hand. Der Stapel der *Vorwärts*-Ausgaben neben dem Abtreter reichte ihr inzwischen bis zur Hüfte. Sie biss die Zähne zusammen und stieg die Treppe hinab.

Frau Scharinski empfing sie gerührt und wünschte ihr einmal mehr alles Gute für ihre Zukunft in Ostpreußen. Sie drückte Theodor ihr letztes Bonbon in die Hand. »Und damit Sie da oben nicht frieren«, sagte sie zu Emma, »habe ich noch etwas für Sie.« Sie übergab zwei übergroße quietschbunte Fingerhandschuhe, die Emma an den Christbaumschmuck vom vergangenen Weihnachtsfest erinnerten. »Sie sind extra dick, weil ich sie mit doppeltem Faden gehäkelt habe«, erklärte Frau Scharinski freudig.

Emma verstaute die Geschenke im Koffer, noch kündigte sich erst einmal der Sommer an. »Danke, wir werden in Liebstadt gerne an Sie denken, Frau Scharinski.«

Sie übergab ihren Sohn und dessen Koffer an Tomasz. Es war verabredet, dass sie sich um dreizehn Uhr dreißig am Bahnhof Weißensee trafen. Vorher wohnte sie noch der Abschlussprüfung der Elevinnen bei. »Tschüss, mein Schatz! Wir sehen uns später am Bahnhof«, sagte sie noch an Theodor gewandt.

»Bis später, *kotku*«, antwortete Tomasz an Theodors Stelle und drückte Emmas Hand.

Emma prüfte noch einmal, ob sie die Fahrkarten auch wirklich bei sich hatte, was bei all der Aufregung der letzten Tage doch beinahe einem Wunder gleichkam. Ihren Koffer fest in der Hand, stieg sie, etwaiges Tastenklappern von

Kurts Schreibmaschine ignorierend, die Stufen des Mietshauses weiter hinab.

Während sie den Hinterhof durchquerte, war sie mit den Gedanken bei der anstehenden Prüfung der Elevinnen. Bis gestern Abend hatten Oberin Polsfuß und Schwester Vera mit den Elevinnen gebüffelt, aber die Konzentrationsschwierigkeiten der jungen Damen waren nicht wegzudiskutieren. Sie waren vergesslicher geworden und antworteten überhastet, als seien sie auf der Flucht – genauso, wie sie unter den neuen Anweisungen des Ärztlichen Direktors pflegen sollten.

Emma trat hinaus in die Langhansstraße. Eigentlich sah alles nach einem unbeschwerten Sommertag aus. Eine angenehme Morgenkühle lag noch in der Luft, die in nur wenigen Stunden zu einer drückenden Hitze werden könnte. Hundertfach war sie den Weg über die Berliner Allee und dann südöstlich weiter zur Kinderklinik gegangen. Aber nie zuvor hatte sie sich dabei an einen Koffer geklammert.

Als sie durch das Kliniktor trat, lag eine bedächtige Stille auf dem Gelände. Am liebsten würde sie zum Abschied einen Spaziergang durch den Park unternehmen, die Blumen und Bäume ein letztes Mal betrachten und in Erinnerung behalten, wie sich das Hauptgebäude und die Milchkuranstalt vor dem blauen Sommerhimmel abzeichneten. Aber Emma entschied sich dagegen, nicht, dass sie noch den Beginn der Prüfungen verpasste. Sie brachte ihren Koffer in das Mansardenzimmer, in dem sie früher den praktischen Unterricht vorbereitet hatte, und setzte sich dort aufs Bett. Ihr blieben noch zwanzig Minuten bis zum Prüfungsbeginn. Um acht Uhr ging es los.

Die Prüfungskommission bestand aus fünf Personen, zu denen vom Klinikpersonal Maximilian von Weilert, Oberin Polsfuß sowie Oberschwester Walburga und sie selbst gehörten. Der Vorsitz der Kommission wurde stets an eine klinikfremde Pflegefachkraft mit langjähriger Erfahrung vergeben, um die unabhängige Einschätzung der Prüfungsleistungen zu gewährleisten. Dieses Jahr war die Entscheidung auf Oberschwester Katharina Zimmerer gefallen, die vom Auguste-Victoria-Krankenhaus kam. Als Beisitzerin oblag es Emma, das Protokoll zu führen. Prüfungsfragen zu stellen stand ihr nicht zu.

Als Emma es im Mansardenzimmer nicht mehr aushielt, machte sie sich auf den Weg ins Erdgeschoss, nur um nicht still sitzen zu müssen. Durch die offen stehende Eingangstür sah sie zufällig, wie Direktor Buttermilch mit einer Gruppe vornehm gekleideter Herren vom Park aus zur Klinik hinüberschaute. Mal zeigten sie auf das Erdgeschoss und mal auf das Dach und blätterten in großformatigen Unterlagen. Wie Ärzte sahen die Gäste nicht aus. Stationsschwester Hertha war das Gerücht zu Ohren gekommen, dass die Zimmer im Mansardengeschoss, in dem die Oberin und die Schwestern wohnten, zusätzlichen Krankenzimmern weichen sollten. Der Ärztliche Direktor wollte die Bettenzahl erhöhen. Emma versuchte, nicht länger darüber nachzudenken, was Doktor Buttermilch dem Klinikum noch alles bescheren würde.

Als sie an Marlenes Tür vorbeiging, wünschte sie ihrer Schwester in Gedanken noch einmal alles Gute für die Sonderprüfung. Gestern Abend hatten sie gemeinsam für ein gutes Ende des heutigen Tages gebetet und sich lange bei den Händen gehalten. Emma wusste auch von Marlenes letztem Gespräch mit Hektor Kunze, dessen Ausgang sie für unvermeidlich hielt. Aber jetzt wollte sie ihre Schwester nicht stören, die die Stunden vor der Prüfung nutzte, um die wichtigsten Themen noch einmal im Kopf durchzugehen. Sie hatten vereinbart, sich später in ihrem Büro zu treffen, um sich ein letztes Mal zu verabschieden.

Etwas verloren schaute Emma noch kurz auf der Chirurgie nach dem Rechten, obwohl sie heute keinen Dienst mehr hatte. Ein letztes Mal richtete sie ein Krankenbett, strich über die Decke eines Patienten und reichte dem kleinen Mädchen mit dem Leistenbruch den Stationsbären, der aus dem Bett gefallen war.

Dann wurde es langsam Zeit, in Richtung Hörsaal zu gehen. Sie holte noch die Formulare fürs Protokoll aus dem Verwaltungszimmer und die Kiste mit den Prüfungsutensilien aus dem Keller. Zu Letzterem gehörten Verbandszeug, Säuglingsattrappen und allerlei medizinische Gerätschaften.

Emma traf als Erste im Hörsaal ein. Die Sonne fiel durch die großen Fenster auf die Bankreihen, ein trügerisch friedlicher Anblick. Sie legte die Prüfungsutensilien auf dem Dozententisch aus und wischte die Tafel sauber, auf der noch der Titel der letzten theoretischen Übungsstunde geschrieben stand: *Die elektrischen Hilfsapparate des Arztes.* Maximilian hatte seit einigen Wochen den Unterricht von Marlene übernommen.

Als Emma gerade die Tafel gereinigt hatte, betrat die Prüfungskommission den Hörsaal. Maximilian führte Oberschwester Katharina Zimmerer in eine der mittleren Sitzreihen und nahm links neben ihr Platz. Oberin Polsfuß und Oberschwester Walburga setzten sich rechts von der Prüfungsvorsitzenden, sodass Emma noch der Sitz neben Maximilian blieb. Seltsamerweise fühlte sie sich ihm immer noch verbunden und empfand keinen Groll mehr gegen ihn, obwohl er Marlene sehr verletzt hatte. Er hatte nie böse Absichten gehabt, im Gegenteil. Sie vermutete sogar, dass er ihre Schwester immer noch liebte.

»Sibylle Jansen bitte zur Prüfung!«, rief Emma in Richtung des Vorbereitungsraumes, in dem sich die Elevinnen längst eingefunden hatten.

Oberschwester Katharina Zimmerer hatte auf Einzelprüfungen bestanden, und Maximilian hatte darauf gedrungen, den Lazarettkoffer und dessen Instrumente nicht mehr zum Gegenstand der Prüfung zu machen. Er war davon überzeugt, dass es nie wieder Krieg geben durfte. Dieses Jahr lief einiges anders, was Emma nicht unbedingt zuversichtlicher auf die kommenden vier Prüfungsstunden blicken ließ. Zum ersten Mal gab es keine Prüfungsfeier, weil der Ärztliche Direktor das Geld dafür anderweitig auszugeben gedachte.

Sibylle betrat den Hörsaal mit wachsweichen Beinen, das war ihrem wackeligen Gang deutlich anzusehen. Oberschwester Katharina Zimmerer begrüßte die Elevin höflich und bat sie, im Folgenden laut und deutlich zu sprechen. Emmas Aufgabe als Protokollantin war es nun, die Ahndung von Betrugsversuchen zu verlesen.

Dem Oberarzt oblag es, die erste Prüfungsfrage zu stellen. »Schwester Sibylle, erklären Sie uns doch bitte, welche Maßnahmen eine Kinderkrankenschwester zur Krankenbeobachtung vorzunehmen hat«, bat Maximilian.

Das war eine einfache Frage zum Start, über die Emma sehr froh war, aber Sibylle zögerte mit ihrer Antwort. Seit dem Zwischenfall auf der HNO schien sie den Mut verloren zu haben, ihre hängenden Schultern sprachen Bände. Gestern Abend, als sie noch einmal das Einführen eines Stuhlzäpfchens in den Mastdarm geübt hatten, war sie in Tränen ausgebrochen. Kein gutes Zeichen, weil Emma die Elevin Jansen für eine der fähigsten dieses Jahrgangs hielt.

Erst als Emma der jungen Dame mehrmals hintereinander aufmunternd zunickte, begann Sibylle, langsam auszuführen: »Zunächst hat eine Krankenschwester die Körpertemperatur des Kranken zu beobachten, genauso wie den Puls und die Atmung ...«

Emmas Gedanken schlichen sich zum Mietshaus in der Langhansstraße. Vielleicht hätte sie sich doch von Kurt verabschieden und ihm wenigstens alles Gute für die Zukunft wünschen sollen?

Als sie aus ihren Gedanken wieder zu sich kam, war Sibylle gerade dabei, das Sammeln von Urin zu erläutern. Ihre Antwort wurde durch Oberschwester Katharina Zimmerer mit einem zufriedenen Nicken belohnt, die sich ihrerseits nun nach Rezepten für Flaschennahrungen und über die verschiedenen Anwendungsformen von Arzneimitteln erkundigte. Sibylle musste angestrengt nachdenken, auch bei der Folgefrage von Walburga Buttermilch, deren Sturz sich herumgesprochen hatte.

Katharina Zimmerer oblag die letzte Prüfungsfrage. Emma schoss der Puls hoch, als die sich nach den besonderen pflegerischen Maßnahmen bei epileptischen Krämpfen erkundigte. Ebendiese Lehreinheit war der Streichung praktischer Unterrichtsstunden zum Opfer gefallen und nur theoretisch behandelt worden. Sibylle starrte die fremde Oberschwester erschrocken an. Dann schaute sie verzweifelt zu Emma und Oberin Polsfuß und wollte schon mit fahrigen Händen ihre Dienstbrosche vom Schwesternkleid lösen, als sie innehielt.

»Schwester Sibylle«, sagte Katharina Zimmerer, »es

gibt keinen Grund zur Eile.« Auch Oberin Polsfuß sprach noch beruhigend auf Sibylle ein.

»Bei jeglichen Krämpfen«, begann die Elevin schließlich, woraufhin Emma lächelnd vom Protokoll aufschaute, »müssen die Bettwände gepolstert sein. Die Krankenschwester sollte Taschenlampe, Nervenhammer und eine Uhr am Bett bereithalten und den Arzt und eine zweite Schwester hinzurufen.«

Emmas Lächeln wurde immer breiter – das erste echte heute, während Schwester Sibylle aufzählte, welche Beobachtungen die Krankenschwester während des Anfalls zu notieren hatte. Die Aufzählung gelang ihr vollständig und fehlerfrei, sodass Katharina Zimmerer nach einer kurzen Rücksprache mit Maximilian mit Freuden verkündete: »Ich gratuliere Ihnen zur bestandenen Prüfung. Sie dürfen sich fortan examinierte Krankenschwester nennen, Fräulein Jansen!«

Sibylle lächelte erschöpft, dann stürmte sie auf nach wie vor wackeligen Beinen aus dem Hörsaal nach draußen, wo sie von ihren Eltern erwartet wurde.

Die nächsten Prüfungen verliefen geradliniger, aber nicht unbedingt genauso überzeugend. Schwester Erika war derart aufgeregt und unter Strom, dass sie kaum einen Laut herausbekam. Es stellte sich heraus, dass sie vor Überarbeitung fieberte. Oberschwester Katharina Zimmerer gestand ihr zu, die Prüfung in zwei Wochen an der Charité zu wiederholen. Dann brachte Emma die junge Dame hinüber in die Mansarde und half ihr ins Bett.

Schwester Charlotte wusste zwar sämtliche Antworten, aber kam darüber schnell vom Thema ab und verlor sich in technischen Beschreibungen diverser ärztlicher Gerätschaften. Unter Walburga Buttermilchs kritischem Blick trug sie vor, wie hilfreich es für Notfälle wäre, wenn sich eine Klinik ein Automobil zulegen würde. Ein *Rettungsautomobil* für kranke Kinder, wie sie es nannte. Emma fand das eine gute Idee.

Als Grete Scheuer vor die Prüfungskommission trat, belief sich die Gesamtbilanz auf fünf gut bestandene Prüfungen, eine verschobene, und drei Elevinnen, die mit Ach und Krach durchgekommen waren. Emma bedeutete der letzten Elevin, dass deren Schwesternhaube schief saß. Schnell rückte Grete sich ihre Haube zurecht. Sie hatte viel für sich allein gelernt, weswegen Emma nicht beurteilen konnte, wie gut sie vorbereitet war. In Gedanken sprach sie ein Gebet dafür, dass die anfangs so schwierige Schülerin an diesem wichtigen Tag nicht den Kopf verlor. Emma verlas die Ahndung von Betrugsversuchen.

Katharina Zimmerer blätterte länger in ihren Unterlagen, bevor sie das Wort ergriff: »Über die Elevin befindet sich in meinen Unterlagen der Vermerk, dass sie einst aus dem praktischen Unterricht fortlief«, ließ sie die Prüfungsgruppe wissen, bevor Maximilian die erste Frage stellen konnte.

Emma sah aus ihrem Augenwinkel Oberschwester Walburga nicken.

»Mangelt es der Elevin Grete Scheuer am notwendigen Respekt ihren Vorgesetzten gegenüber?«, wollte Katharina Zimmerer nun wissen.

»Nein, das tut es nicht!«, merkte Emma an, obwohl ihr eine Wortmeldung nicht zustand. Es war ungerecht, Grete vorzuverurteilen.

»Meine Damen«, meldete sich nun Maximilian zu Wort, »wir sind hier doch nicht zusammengekommen, um die Vergangenheit zu besprechen, sondern um den *aktuellen* Wissensstand der Weißenseer Elevinnen zu bewerten.«

Grete trat aufgeregt von einem Bein aufs andere.

»Also, Schwester Grete, können Sie uns sagen, was Sie über das Erbrechen von Säuglingen wissen?«, fragte Maximilian.

Emma merkte, wie sie vor Aufregung ihre Hände verkrampfte.

»Ja, das kann ich, Doktor von Weilert. Besonders im Säuglingsalter kommt Erbrechen sehr häufig vor«, sagte Grete erst einmal.

Emma nickte ihr auffordernd zu. Und weiter! Die Arten des Erbrechens hatte Vera mit den Elevinnen erst gestern Abend wiederholt. Wäre Grete doch nur anwesend gewesen!

»Es gibt das einfache Spucken, auch ›Speien‹ genannt«, sprach Grete nun weiter, »bei dem lediglich kleine Mengen herausgebracht werden. Nur sehr selten ist das Gedeihen des Säuglings dadurch in Gefahr. Oft steigt die Gewichtskurve normal weiter an. Anders sieht es beim atonischen und beim spastischen Erbrechen aus.« Sie nahm eine der Übungspuppen vom Dozententisch und führte an ihr vor, wie sie den Pflegling beim spastischen Erbrechen halten würde, und bewies dabei lehrbuchreife Pflegekenntnisse.

Katharina Zimmerer ließ sich von Grete auch die verschiedenen Verbandsmaterialien erklären, dann kam sie zu den Infektionskrankheiten. »Wählen Sie eine Infektionskrankheit aus, und erläutern Sie uns Symptome, Krankheitsverlauf und Pflegemaßnahmen.«

»Eine Infektionskrankheit?« Grete zögerte. Es sah ganz so aus, als kämen die bösen Erinnerungen vom Tod ihres Bruders zurück.

Emma hoffte, dass die Elevin im nächsten Moment nicht aus dem Hörsaal laufen würde. Ganz offensichtlich rang sie mit sich.

»Wie wäre es mit der Spanischen Grippe?«, bot Katharina Zimmerer an, was sicherlich gut gemeint war, denn mit dieser Infektionskrankheit hatten sie mehr als genug Pflegeerfahrungen sammeln können.

»Darf ich über Typhus sprechen?«, fragte Grete leise, anstatt höflich auf den Vorschlag einzugehen.

»Über jede Infektionskrankheit, die Sie wünschen«, bestätigte Katharina Zimmerer.

Grete wiederholte nur: »Typhus«, dann verstummte sie. Ihr Blick folgte den Sonnenstrahlen durch die Hörsaalfenster nach draußen und bis hinauf in den Himmel. Dabei begann sie zu sprechen und führte ihren Blick nur allmählich wieder zurück in den Hörsaal. »Wenn man ein Krankenzimmer mit einem an Typhus erkrankten Menschen betritt, ist dieser Anblick anfangs unerwartet und anders als bei anderen Schwerkranken, denen man die Last ihrer Krankheit sofort anmerkt.«

Die versammelte Prüfungskommission horchte bei diesem ungewöhnlichen Einstieg auf, sogar Oberschwester Walburga lehnte sich neugierig vor.

»Der Typhuskranke liegt beinahe friedlich wie im Schlaf des Schneewittchens da. Aber eine gute Krankenschwester weiß, dass sie sich davon nicht täuschen lassen darf.« Im Folgenden beschrieb Grete die Typhussymptome so klar und fassbar, als läge ein Patient direkt vor ihr. Sie wies auch auf die anfängliche Verwechselungsgefahr mit der Spanischen Grippe hin und erläuterte detailreich, was sie über die Infektionskrankheit im Typhuszimmer gelernt hatte. »Jemand, der sich mit Typhus angesteckt hat, muss nicht immer sterben, auch das weiß ich jetzt.« Es wurde ein eindrucksvoller Bericht, den Grete mit dem Hinweis darauf schloss, dass es Typhuspatienten guttue, wenn jemand ihnen Mut zusprach und ganz vorsichtige Berührungen wagte. Selbst wenn sie delirieren oder schlecht hören würden.

Emma musste an ihren Sohn im Matrosenanzug denken, den sie extra für die Ankunft bei seinen neuen Großeltern erstanden hatte. Wenn sie erst einmal im Zug säßen, würde Theodor bestimmt wieder lächeln. Eine Zugreise war schließlich ein Abenteuer.

»Ich möchte Krankenschwester werden, um dabei zu helfen, dass noch mehr Kinder Seuchen wie Typhus oder die Spanische Grippe überleben«, trug Grete abschließend vor.

Dann war es still im Hörsaal. Die Elevin hatte den mit Abstand leidenschaftlichsten Vortrag des Vormittags gehalten.

»Das lief jetzt doch etwas anders, als ich es erwartet habe«, gestand Katharina Zimmerer nach einem Räuspern. »Herzlichen Glückwunsch zur bestandenen Prüfung, Schwester Grete! Wir halten im Protokoll fest, dass Sie eine besondere Belobigung für Ihre Prüfungsleistung erhalten.«

Vor Rührung traten Emma Tränen in die Augen. Sie wünschte Grete in eine Klinik, die die Pflege hochschätzte, anstatt immer nur zur Eile anzutreiben, eine Klinik, in der Grete ihrer Berufung ungehindert nachgehen konnte. Mit besonders schönen Buchstaben notierte sie die Belobigung im Protokoll.

»Dann sind wir für heute mit den Prüfungen fertig!«, stellte Katharina Zimmerer fest. Sie erhob sich und ließ sich von Maximilian aus dem Raum führen.

Emma notierte noch die Uhrzeit auf dem Protokoll und prüfte, ob alle Angaben vollständig waren.

»Das wäre geschafft«, seufzte die Oberin erschöpft, nachdem die anderen den Raum bereits verlassen hatten.

Emma nickte und schaute sich verloren im Hörsaal um, der ihr einst so riesig erschienen war. Auf dem Weg zum Ausgang ließ sie ihre Hand über die Sitzreihen gleiten.

»Alles Gute für Sie«, sagte Oberin Polsfuß mit erstickter Stimme.

Maximilian stand in der Tür, und statt vieler Abschiedsworte nahm er Emma kurz in seine Arme und wünschte ihr eine gute Reise. Falls sie mal Hilfe mit etwas bräuchte, sie könne auf ihn zählen.

Als Emma aus dem Hörsaal trat, standen die Elevinnen in kleinen Gruppen bei ihren Eltern. Aber anstatt aufgeregt von den Prüfungen zu berichten, lag eine bedrückte Stimmung in der Luft. Ob es an der Ankunft der Sonderprüfer lag? Die müssten inzwischen längst eingetroffen sein.

Niemand beachtete Emma weiter. Wenigstens eine kleine Verabschiedung wäre doch nett gewesen, dachte sie und zog sich mit lähmender Schwere ihre Schwesternhaube vom Kopf. Die Elevinnen waren anscheinend zu erschöpft von den Geschehnissen der zurückliegenden Wochen und der Prüfung als Krönung des Ganzen.

Emma gab die Protokolle in der Verwaltung ab und ging zurück ins Mansardenzimmer. Dort zog sie sich ihren guten Rock und die weiße Festtagsbluse an.

Sie griff nach ihrem Koffer und ging nach unten. Zur Verabschiedung hatten Marlene und sie sich im Büro treffen wollen, aber ihre Schwester war nicht anwesend. Hatte man sie schon früher zur Sonderprüfung beordert? Es würde

Emma nicht wundern, wenn Doktor Buttermilch wieder Zeit sparen wollte. In diesem Moment wurde ihr bewusst, dass sie sich noch gar nicht von Willy Pinke verabschiedet hatte.

Sie lief zum Pförtnertresen, aber Willy Pinke war mit Oberschwester Walburga in ein Gespräch vertieft. »Nach dem Abwesenheitsbuch sollten Sie auch noch die Anmeldeformulare prüfen«, sagte er und breitete einen Papierwust vor der Oberschwester aus.

Sie winkte ihm zu, aber er schien sie nicht zu bemerken. Enttäuscht ging sie zum Hauptausgang. Dort zeigte die Uhr zwölf Uhr fünfzig an.

Mit brennendem Herzen trat sie ins Freie und hielt auf das Kliniktor zu. Aber schon nach wenigen Schritten wurde sie langsamer und stoppte schließlich ganz. Beim Anblick der Elevinnen, die sich dicht gedrängt nebeneinander am Kliniktor aufgereiht hatten, glitt ihr der Koffer aus der Hand. Neun Dienstbroschen funkelten im Sonnenlicht. Zwar noch erschöpft, aber auch stolz standen die Elevinnen in ihren hellgrauen Rotkreuzkleidern mit den reinweißen Latzschürzen und den hübschen Hauben da. Ihr Anblick rührte Emma. Am Ende der Reihe stand Marlene.

»Wir möchten Danke sagen, dass Sie uns zwölf Monate begleitet haben«, sprachen die Elevinnen im Chor.

Grete trat vor. »In schweren Stunden waren Sie immer für uns da, Schwester Emma.« Charlotte trat neben sie. »Danke für Ihr aufmunterndes Lächeln und für Ihre stets freundliche Art.«

»Und dass Sie uns nie aufgegeben haben«, übernahm Sibylle.

Und im Chor sprachen sie wieder zusammen: »Sie haben uns gezeigt, was es heißt, eine Krankenschwester aus Leidenschaft zu sein. Von Ihnen haben wir gelernt, dass man kranken Kindern und deren Eltern unter Wahrung ihrer Persönlichkeit, mit Taktgefühl und ohne Bevormundung begegnet.«

Emma liefen Tränen die Wangen hinab, als die Elevinnen nun auf sie zukamen und sie schließlich umringten. »Wir möchten noch viel mehr von Ihnen lernen«, sagten sie. »Bitte gehen Sie nicht.«

Emma meinte erst, nicht richtig zu hören, weil ihr das Blut so laut durch die Adern rauschte. Marlene stand hinter den Elevinnen und nickte bittend.

»Bitte gehen Sie nicht, Schwester Emma«, schallte es krächzend aus einem der Fenster der Mansardenzimmer, wo die fiebernde Erika von Ketterow im Nachthemd dastand.

»Wenn die Kinderklinik Weißensee noch eine Chance haben will, dann mit Ihnen«, sagten die Elevinnen wieder im Chor.

Oberin Polsfuß kam hinzu. »Helfen Sie uns, die Kinderklinik wieder zu jener Klinik mit Herz zu machen, die sie einmal war.«

»Klinik mit Herz«, wiederholte Emma sehnsüchtig.

»Keine leichte Aufgabe«, sprach Hanny Polsfuß weiter, »aber alleine schaffe ich das nicht. Ich brauche Sie hier, Schwester Emma.«

Emma schaute Oberin Polsfuß mit großen Augen an. Wie am ersten Tag trug die zierliche Frau ihr Haar unter der Rotkreuzhaube mittig gescheitelt und streng zurückgenommen. Auf ihrem schwarzen Gewand baumelte die Kette mit dem silbernen Kreuz.

»Wollen Sie Ihren Beruf, nein, Ihre Berufung wirklich für ein Leben auf dem Land aufgeben?« Die Oberin griff nach Emmas Händen. Bei den nächsten Worten strahlten ihre silbergrauen Augen etwas Warmes, fast Mütterliches aus: »Emma, als Sie damals an die Klinik kamen, wusste ich noch nicht, ob aus Ihnen eine gute Krankenschwester werden würde. Und nun sind Sie für mich eine der besten, denen ich je begegnet bin.« Mit einem sanften Lächeln fügte sie noch an: »Und ich hatte in meinem Leben schon viele Begegnungen. Das können Sie mir glauben.«

»Aber Theos Gesundheit ... in Liebstadt ...«, stammelte Emma.

»Und was ist mit deiner Gesundheit? Wie wird es dir in Liebstadt gehen?«, gab Marlene zu bedenken.

»Haben Sie bei Ihrer Entscheidung auch ein klein wenig an sich selbst gedacht?«, ergänzte die Oberin.

»Emmalein, nicht nur, dass du vermutlich deine Berufung aufgeben musst, weil es in Liebstadt keine Kinderklinik gibt. Du kehrst auch dem Mann, den du liebst, den Rücken.«

»Ich ... ich ...«, druckste Emma. Sie sah ihren unglücklichen Theodor vor sich.

»Die allerbeste Voraussetzung für Gesundheit ist«, sagte Grete, »dass ein Kind zufrieden und glücklich ist. Dazu gehören auch glückliche Eltern. Das Gegenteil kenne ich aus eigener Erfahrung.«

Das hatte Emma noch nie von dieser Seite betrachtet.

Marlene trat vor ihre Schwester und nahm deren Hand. »Theodor ist hier in Weißensee glücklich, und er spürt, dass auch du hier glücklich bist.«

»Sie gehören nach Weißensee, Schwester Emma!«, konstatierte Sibylle kühn, und die anderen Elevinnen nickten einhellig.

Emma wischte sich Tränen fort. Es war nur leider zu spät dafür, sie hatte ihr gesamtes Erspartes in die Fahrkarten investiert, und Tomasz' Eltern erwarteten sie sehnsüchtig. Sie hatten sogar ein Fest organisiert. »Ich muss langsam zum Bahnhof«, sagte sie, »Tomasz wartet auf mich.«

»Dann hat Herr Pinke Oberschwester Walburga umsonst abgelenkt?«, fragte Charlotte resigniert.

»Wir müssen ihre Entscheidung akzeptieren«, sagte Oberin Polsfuß den Elevinnen und wirkte wie zusammengesunken. Sie umfasste das Kreuz an ihrer Kette mit laschen Fingern. »Einen Versuch war es trotzdem wert.« Auch die Elevinnen ließen die Schultern nun hängen.

Emma nahm Marlene noch einmal in den Arm. »Wir sehen uns an Weihnachten wieder, Lene.«

»Ja, hoffentlich«, sagte Marlene, erwiderte die Umarmung nur kurz und holte dann ihr Fahrrad, damit Emma ihren Zug noch rechtzeitig erreichte.

Emma schnallte ihren Koffer auf dem Gepäckträger fest, stieg auf und fuhr los, ohne sich noch einmal umzudrehen. Sie trat in die Pedale wie bei einer Wettfahrt und provozierte Hupen und Bremsen auf der Berliner Allee.

Vor dem Weißenseer Bahnhof angekommen, eilte sie, das Fahrrad neben sich herschiebend, schwer atmend zum Bahnsteig. Die Ringbahn fuhr in diesem Moment ein. Tomasz stand, das Akkordeon am Riemen über der Schulter, mit dem stocksteifen Theodor schon bereit. Tomasz trug seinen besten Anzug, einen grauen alten – modisch gesehen ein Erbstück. Sie lief mit dem Fahrrad zu ihm und schnallte ihren Koffer ab. Die Ringbahn neben ihr kam unter einem ohrenbetäubenden Geräusch zum Stehen.

»Endlich bist du da. Komm, es wird höchste Zeit.« Tomasz griff nach ihrer Hand, um ihr beim Einsteigen zu helfen.

Noch außer Atem machte Emma sich von ihm los. »Es tut mir leid, Tomasz. Ich kann nicht mit dir fortgehen.« Das hatte sie während der Radfahrt zum Bahnhof verstanden, während ihr die Worte der Elevinnen, von Marlene und Oberin Polsfuß erneut durch den Kopf gegangen waren.

»Emma, du bist nur aufgeregt«, sagte er. Ein Reisender, der es eilig hatte, drängelte sich zwischen ihnen durch in die Bahn. »Bitte, komm jetzt«, sagte Tomasz ernster. »Oder willst du, dass Theo wieder krank wird?« Nach diesen Worten stellte er seinen Koffer und das Akkordeon im Waggon neben ihnen ab.

Emma zog Theodor zu sich. »Wir sind hier in Weißensee glücklicher«, sagte sie und war selbst überrascht von der Überzeugung, die sie in ihre Stimme legte. »Bitte richte deinen Eltern meine Entschuldigung für das Durcheinander aus.«

Tomasz schaute sie todtraurig an. »Theo ist auch mein Sohn. Ich möchte ihn aufwachsen sehen und dich an meiner Seite haben. *Kocham cie*, Emma. Ich liebe dich.«

»Aber ich liebe dich nicht. Nicht mehr. Und du kannst Theo so oft besuchen, wie du möchtest«, versprach Emma und drückte ihn zum Abschied. »Tomasz, *przepraszam*«, sagte sie eines der wenigen polnischen Wörter, die sie vor Langem von ihm gelernt hatte. Es bedeutete *Entschuldige*. Sie löste sich von ihm und trat von ihm und dem Zug weg.

»Für dich würde ich alles tun, Emma, vergiss das nicht«, sagte er in sehnsüchtigem Ton und stieg ein.

Die Trillerpfeife des Schaffners ertönte, und kurz darauf fuhr die Ringbahn aus dem Bahnhof.

Emma konnte sich vorstellen, eines Tages zumindest für einen Besuch nach Liebstadt zu fahren, damit Theodor seine Großeltern auf jeden Fall kennenlernte. Ja, so herum passte es besser.

Es war Zeit, dass sie endlich auch an sich dachte. Denn wie Grete es zuvor gesagt hatte, gehörten zu einem glücklichen Kind auch glückliche Eltern. Eine glückliche Mutter würde Theodor in Weißensee haben, denn Emma liebte nicht nur ihren Beruf, sondern auch ... sie hielt inne. In ihrer Vorstellung erklang das Geräusch klappernder Schreibmaschinentasten, und ein Lächeln eroberte ihr Gesicht.

Entschlossen band Emma ihren Koffer wieder auf dem Gepäckträger fest und setzte Theodor obendrauf. »Halt dich gut fest, mein Schatz!«

»Fahren wir jetzt zu Kurti?«, fragte Theodor, und zum ersten Mal seit Langem leuchteten seine Augen wieder.

Emma lächelte breit und trat in die Pedale. Während sie so fuhr, fühlte es sich an, als würde sie mit jedem Meter leichter werden, als schwebte sie.

***

38

28. Juni 1919, 13.40 Uhr

Vor fünfzehn Minuten war Marlene angewiesen worden, sich im Waschraum des Operationssaales einzufinden. Sie war in Gedanken bei Emma auf dem Weg nach Liebstadt, als Maximilian den Raum betrat. Er sah besser aus als zuletzt noch, obwohl er Haar und Bart nach wie vor lang trug. Der Schatten auf seinen Zügen schien etwas verblasst zu sein.

»Ich wollte dir noch viel Erfolg bei der Prüfung wünschen«, sagte er. Maximilians Blick fiel auf Marlenes zitternde Arme, und beinahe gleichzeitig wischten sie ihre von Schweiß feuchten Hände an ihren Arztkitteln ab. Er war auch aufgeregt?

»Danke«, sagte sie und versteckte ihre Arme hinter dem Rücken. Es war ihr unangenehm, dass er ihre Aufregung bemerkte, weil er doch immer ihre Kühnheit bewundert hatte.

»Ist die Prüfungskommission schon da?« Er zeigte im selben Moment zum Operationssaal, wie Marlene nickte und in dieselbe Richtung wies. Kurz berührten seine Finger die ihren.

»Sie lassen mich hier schon eine Weile schmoren«, antwortete sie. Eigentlich hätte die Sonderprüfung schon längst beginnen sollen.

»Wie fühlst du dich heute?«, fragte er.

Über die persönliche Frage verwundert, schaute Marlene auf. »Vermutlich werde ich in der Prüfung synkopal werden«, antwortete sie, darauf bedacht, Maximilian nicht zu nah zu kommen, ihn auf keinen Fall zu bedrängen.

»Du wirst ganz bestimmt nicht ohnmächtig werden«, sagte er und lächelte. »Dafür hast du schon zu viele andere Prüfungen bestanden.«

»Diese Prüfung hier wird anders als alle bisherigen«, vermutete Marlene. »Das sagt mir meine Intuition.« Sie war versucht, Maximilian auch nach seinem Befinden zu fragen, aber sie verbot es sich. An so manchem vergangenen Abend beim Verlassen der Klinik hatte sie ihn in der hell erleuchteten Pförtnerstube sitzen sehen. Kurts Hinweis war Gold wert gewesen! Und Willy Pinke erst recht! Schade, dachte sie im nächsten Moment in einem neuen Anflug von Traurigkeit, dass heute ihr letzter Tag an der Klinik war. Und Emmas Zug verließ gerade den Bahnhof.

Schwester Gerlinde öffnete die Tür des Operationssaales, und der Ärztliche Direktor trat an ihr vorbei vor Marlene. »Dann wollen wir doch das Fräulein Lindow mal auf Herz und Nieren prüfen«, sagte Doktor Buttermilch, bereits in Operationsmontur. »Sie dürfen jetzt eintreten.« Wiegenden Schrittes ging er in den Operationssaal zurück.

Mit unheilvollem Blick wandte Marlene sich noch einmal zu Maximilian um, der nun wieder in Gedanken versunken schien, dann folgte sie dem Ärztlichen Direktor mit kerzengeradem Gang.

Der Operationssaal war kaum wiederzuerkennen, so eng und klein wirkte er durch die Zweiteilung. Der vordere Teil war der Operationsbereich und durch eine mannshohe, gläserne Trennwand vom hinteren Bereich abgetrennt. Der hintere Teil, von dem auch der kleine Medikamentenraum abging, war den Sonderprüfern vorbehalten, die sich dort nebeneinander wie ein Empfangskomitee aufreihten. Es waren durchweg ältere Herren in steifen Anzügen, mit altmodischen Kaiserbärten und pomadisierten Seitenscheiteln, von denen Marlene keinen kannte. Ihr stachen die goldenen Abzeichen mit der heraldischen Krone des ehemaligen Kaiserreichs ins Auge, die im grellen Operationslicht an allen vier Revers glänzten. Sie meinte, sich daran zu erinnern, dass der *Bund der Aufrechten*, der sich zuletzt mit antisemitischen Äußerungen hervorgetan hatte, dieses Symbol verwendete. Auch der Ärztliche Direktor trug das Schmuckstück allmorgendlich an seinem Anzugsrevers, bevor er die Alltagsjacke gegen den Arztkittel tauschte.

»Das sind die Herren Doktoren Kleinert, Wetterling, von Anklam und Semlow«, erklärte der Ärztliche Direktor, »die die Sonderprüfungskommission bilden. Meine Wenigkeit gehört der Kommission natürlich nicht an, damit kein Zweifel daran aufkommt, dass die Prüfung unvoreingenommen verlaufen wird.«

Vor Aufregung brachte Marlene nur ein schüchternes »Guten Tag« hervor und schob sich die Brille die Nase hinauf. Sie nickte den vier Herren höflich zu, und diese lächelten gleichsam höflich zurück.

Doktor Kleinert presste sich seinen Zwicker auf die Nase und sagte: »Wir hoffen, dass Sie uns nicht enttäuschen werden, Fräulein Lindow.« Er zückte Klemmbrett, Papier und Stift.

Im nächsten Moment schob Stationsschwester Gerlinde auch schon eine Patientin im Krankenfahrstuhl in den Operationssaal. Ein vielleicht sechs- oder siebenjähriges Mädchen mit braunen Locken und olivfarbener Haut, das schluchzte und dem bereits Anstaltskleidung angelegt worden war. Marlene hörte sofort heraus, dass es Probleme beim Atmen hatte.

Schwester Gerlinde entfernte sich sogleich wieder.

»Fräulein Lindow, Ihre Aufgabe besteht nun darin, die Patientin Irma Effenberger zu untersuchen, zu behandeln und sofern notwendig einen Eingriff an ihr vorzunehmen«, verkündete Waldemar Buttermilch. »Mit dieser Prüfung stellen wir den ganz normalen Arbeitsalltag eines Arztes nach, wie er jedem bestallten Mediziner tausendfach bevorsteht.«

Marlene schluckte fest, ihre Kehle fühlte sich plötzlich wie zugeschnürt an. Eine Prüfung an einem lebenden Kind, obwohl sie noch keine bestallte Ärztin war? Sie hatte zuletzt zwar eigene Patienten betreut, aber doch stets so wohlwollende Doktoren wie Herrn Proskauer oder Maximilian an ihrer Seite gehabt. Die Prüfer hinter der Glasscheibe aber machten nicht den Eindruck, als gedachten sie einzugreifen. Sie trugen auch keinerlei Schutzkleidung, nicht einmal einen Mundschutz. Marlene zögerte.

»So, und nun walten Sie bitte Ihres medizinischen Amtes«, verlangte Doktor Buttermilch.

Wenn wenigstens Emma jetzt bei ihr wäre!, schoss es Marlene durch den Kopf. Mühevoll schluckte sie den Kloß hinunter, dann wandte sie sich der kleinen Patientin zu. Auf deren Schoß lugte eine Krankenakte aus einer hellgrünen Pappmappe. Also war sie keine neue Patientin der Kinderklinik, hier nämlich wurden rosa Pappmappen verwendet.

Marlene stellte sich vor, dass sich neben ihr und der Patientin als beaufsichtigender Arzt nur Maximilian im Raum befände. Sie begann die Untersuchung, wie es üblich war, mit dem Anamnesegespräch, das darauf abzielte, Vorerkrankungen und deren Behandlungen in Erfahrung zu bringen und aktuelle Beschwerden zu erfahren. »Ich bin Fräulein Lindow«, sagte sie und streichelte der eingeschüchterten Irma die Schulter. »Du brauchst keine Angst zu haben, ich kümmere mich jetzt um dich.« In zwölf Monaten Praktikumszeit hatte sie gelernt, wie wichtig es war, Vertrauen zu den Patienten aufzubauen, um ihre Kooperationsbereitschaft für die Behandlung zu fördern.

Mit tränenverhangenen Augen schaute Irma zu den steifen Herren hinter den Trennwänden hin und schniefte: »Ich will zu meiner Mama.«

Marlene verstellte ihr den Blick zur Prüfungskommission, sodass Irma nur sie sehen konnte. »Damit du wieder gesund wirst, werde ich dich jetzt untersuchen. Danach darfst du wieder zu deiner Mama«, erklärte sie leiser, um der öffentlichen Atmosphäre im Operationssaal etwas Privates zu geben und Irma Geborgenheit zu suggerieren. »Deine Mama freut sich bestimmt, wenn du jetzt ganz tapfer bist.«

Irma schaute sie aus geröteten Augen an. »Ich weiß nicht, wie man tapfer ist. Ich bin doch ein Mädchen.« Sie atmete schneller und fasste sich vor die Brust.

»Atme, so ruhig es geht.« Marlene ging vor dem Krankenfahrstuhl in die Hocke und machte es vor. Dann fragte sie: »Wollen wir zusammen versuchen, tapfer zu sein? Tapfer sein beginnt mit einem Lächeln.« Marlene lächelte die kleine Patientin voller Wärme an.

Irmas Mundwinkel zuckten schon für ein Lächeln, als die Stimme von Doktor von Anklam erklang: »Kommen Sie bitte auf den Punkt, Fräulein Lindow.« Doktor Kleinert notierte etwas auf dem Papier am Klemmbrett.

Marlene drückte Irma bestärkend die Hand, dann las sie die Krankenakte. Das Auffälligste darin war eine bakterielle Infektion, die der aktuellen Erkrankung vorausgegangen war.

»Irma, wo hast du Schmerzen, und wie sehr tut es dir weh?«, fragte sie. Das Mädchen beschrieb Atemnot und Schmerzen im Brustkorb. Sie nannte es piken und zeigte auf ihren Brustkorb.

Der Anamnese folgte die körperliche Untersuchung. Marlene half Irma, sich vor den Operationstisch zu stellen. Schon die äußere Beschau zeigte klar, dass die linke Brusthälfte weniger an den Atembewegungen beteiligt war. Für die Prüfungskommission formulierte Marlene diese Beobachtung fachgerecht so: »Nachschleppen der linken Seite, was auf eine einseitige Krankheit in Zusammenhang mit der Atmung hinweist.« Sie griff das Stethoskop vom Instrumententisch und setzte es unter dem Hemd des Mädchens erst auf dessen Brust und dann auf dessen Rücken. »Abgeschwächte Atemgeräusche«, kommentierte sie. Dann klopfte sie Irma ab. »Der gedämpfte Klopfschall legt eine Flüssigkeitsansammlung nahe. Wurden bereits Röntgenbilder erstellt?«, fragte sie, ohne aufzusehen. Sie vermied es, den Ärztlichen Direktor auch nur mit einem flüchtigen Seitenblick zu bedenken. Der würde sie viel zu sehr irritieren. Lieber lächelte sie Maximilian in Gedanken an. Ihre Finger hatten sich vorhin berührt.

Doktor Semlow reichte Marlene an der Glaswand vorbei einen Umschlag. Sie beschaute die Röntgenbilder aufmerksam und hatte schnell eine Verdachtsdiagnose. »Die vermehrte Flüssigkeitsansammlung, der Pleuraerguss, ist gut sichtbar.« Sie schaute von den Röntgenbildern zur Patientin und zur Prüfungskommission.

Es irritierte sie, dass die Prüfer nicht auf ihr Gesagtes reagierten, aber sie versuchte, es sich nicht anmerken zu lassen. Wie sie es einst von Maximilian gelernt hatte, schloss sie nun nacheinander Krankheiten mit ähnlichen Symptomen aus, sodass sie zu dem Schluss gelangte: »Irma hat eine Pleuritis, eine Rippenfellentzündung.«

»Das ist noch recht ungenau ausgedrückt, Fräulein Lindow«, bemerkte Doktor Wetterling mit einem gutmütigen Lächeln, das sie dazu ermunterte auszuführen: »Genauer gesagt leidet die Patientin an einer ›feuchten‹ Rippenfellentzündung, einer Pleuritis exsudativa, bei der sich zu viel Lungenflüssigkeit zwischen Lungen- und Rippenfell angesammelt hat, was Irmas Atemnot verursacht.« Betroffen senkte Marlene die Stimme, weil es ihr auch nach zwölf Monaten Medizinalpraktikum immer noch leidtat, schwere Krankheiten zu diagnostizieren. Sie streichelte der Patientin die Wange. »Die Heilungsaussichten sind umso schlechter, je später die Therapie begonnen wird. Bei Irma hier würde ich eine zeitnahe Thoraxdrainage empfehlen, bei der die vermehrte Flüssigkeit abgesaugt wird, damit sich ihr linker Lungenflügel wieder besser entfalten kann. Und natürlich muss die entnommene Flüssigkeit, das Exsudat, im Labor untersucht werden.«

Doktor Buttermilch schien nun doch beeindruckt von ihren Fähigkeiten, was Marlene daran erkannte, dass er für einen kurzen Moment mit großen Augen schaute.

Doktor Semlow meldete sich zu Wort: »Dann bitte, Fräulein Lindow. Schreiten Sie zur Tat. Punktieren Sie die

Pleurahöhle der Patientin. Das dürfte ein recht einfaches Unterfangen sein.«

Marlene hatte noch nie selbstständig eine Pleurapunktion durchgeführt, nur dabei assistiert, obwohl die Spanische Grippe ihnen viele Lungenkranke in die Klinik gebracht hatte. Eine vorangegangene Lungenentzündung war eine der Hauptursachen für eine Rippenfellentzündung. Beim Anblick der leidenden Irma geriet sie ins Straucheln.

»Sie zögern?«, fragte Doktor Kleinert, während sich Doktor Buttermilch schon gut gelaunt am Kopfende des Operationstisches positionierte. Herr Kleinert schaute nur kurz von seinem Klemmbrett auf. »Zögern – das sollte ein guter Arzt niemals tun. Es sei denn, er sinniert über die Diagnose oder die Therapieform nach.«

»Werden Sie eingreifen, wenn Sie sehen, dass der Patientin Schaden durch mein Handeln entstehen könnte?«, versicherte Marlene sich. Irma Effenberger durfte kein Versuchsobjekt sein! Bevor das Mädchen auch nur im Geringsten gefährdet schien, würde sie die Prüfung sofort abbrechen.

Auf Marlenes Frage hin tauschten die Herren Sonderprüfer bedeutungsvolle Blicke. »Das werden wir, Fräulein Lindow«, bestätigte Doktor Wetterling. »Also, welche Instrumente benötigen Sie für die Pleurapunktion?«

Marlene wurde flau im Magen, als sie begann aufzuzählen: »Alkohol, Äther, Jodtinktur, Tupfertrommel mit Fasszange …« Die Liste war lang und endete mit einem sterilen Reagenzglas, in dem sie die entnommene Flüssigkeit zur bakteriologischen Untersuchung geben würde.

Der Ärztliche Direktor rief nach Stationsschwester Gerlinde, die die genannten Materialien und Instrumente auf einem zweiten Instrumententisch hereinfuhr. Eine Pleurapunktion war eine Operation, bei der der Arzt in besonderem Maße auf die Mithilfe einer geschickten Krankenschwester angewiesen war.

Beim Gang zurück in den Waschraum dachte Marlene erneut an Emma. Auch als sie Haube und Mundschutz bereits aufgesetzt hatte und die Hände bis zum Ellenbogen wusch und desinfizierte, waren ihre Gedanken noch immer bei ihrer Schwester. Emma lief aus Angst vor der Liebe davon, dachte sie.

Kurz darauf stand sie in sterilem Kittel und mit Handschuhen vor dem Operationstisch. Jetzt musste sie sich unbedingt wieder konzentrieren! Zuerst pinselte sie die Einstichstelle mit Jodtinktur ein, dann spritzte sie der kleinen Patientin die lokale Betäubung.

Die Sonderprüfer beäugten ihr Vorgehen durch die Glasscheibe mit undurchdringlicher Miene.

»Ich werde jetzt in deinen Rücken piken, Irma«, sagte Marlene in vertraulichem Ton, »aber wegen der Betäubung wirst du es nicht merken. Du brauchst keine Angst zu haben.« Sie wollte ehrlich sein, aber nicht erschreckend. Sie atmete tief durch, dann nickte sie Stationsschwester Gerlinde zu. Die half der Patientin nun, beide Arme zu heben, und griff unter die Achsel der gesunden Seite des Brustkorbes, umfasste den erhobenen Oberarm an der anderen Seite des Körpers und zog ihn nach oben, damit sich das Schulterblatt hob und die Zwischenrippenräume besser zugänglich waren.

Irma gab sich Mühe, tapfer zu sein, und versuchte sich an einem Lächeln. »Es dauert nicht lange«, machte Marlene ihr Mut und streichelte dem Mädchen über das verschwitzte lockige Haar. Suchend schaute sie sich bei ihren nächsten Worten um: »Wir brauchen eine zweite Schwester, die verhindert, dass Irmas Brustkorb beim Einstich nach vorne ausweicht.«

Wieder tauschten die Herren Prüfer Blicke, und Doktor Kleinert notierte etwas. Schließlich übernahm Doktor Buttermilch die Aufgabe, Irmas Brustkorb mit den Händen zu fixieren. Jetzt war er Marlene so nahe, dass sie meinte, seinen Kaviar-Atem durch den Mundschutz hindurch riechen zu können.

Jetzt bloß nicht zittern!, ermahnte sie sich, als sie die Rekordspritze vom Instrumententisch nahm und die beachtliche Kanüle unter dem freigelegten Schulterblatt am Rücken des Mädchens ansetzte.

Irma biss zwar die Zähne zusammen, aber ein leises Wimmern vermochte sie doch nicht zu unterdrücken. »Sind Sie noch da, Fräulein Doktor?«, vergewisserte sie sich.

»Ich bin noch da. Das habe ich dir doch versprochen«, entgegnete Marlene.

Sie war erleichtert, als das Exsudat in die Spritze floss. Die Bestandteile der punktierten Flüssigkeit hingegen waren weniger erfreulich. »Wie es aussieht, ist Eiter im Exsudat, weswegen der Pleuraraum komplett entleert und ausgespült werden sollte. Wir haben es mit einem eitrigen Pleuraerguss zu tun.« Ohne zu zögern, griff sie nach der Rotandaspritze, saugte weitere Flüssigkeit ab und spülte abwechselnd mit Borwasser. Inzwischen waren zwei der Prüfer bis dicht an die Glasscheibe herangetreten.

Als sich keine Flüssigkeit mehr ansaugen ließ, zog Marlene die Rotanda aus dem Körper der Patientin und drückte sofort einen Tupfer auf die Einstichstelle, damit keine Luft in den Pleuraraum eindringen konnte. Außerdem bat sie die etwas ungläubig schauende Gerlinde, den Jodanstrich mit Alkohol abzuwaschen. Mit Blick auf den Messbecher stellte Marlene fest: »Vermutlich habe ich nicht alles herausbekommen.« Was daran lag, dass ein Teil der Flüssigkeit zu fest war, um durch eine Kanüle angesaugt zu werden.

Erschöpft, als wäre sie selbst gerade operiert worden, half Marlene noch, über die Einstichstelle einen großen Pflasterverband anzulegen. »Du warst sehr tapfer, Irma. Gute Besserung.«

Schwester Gerlinde legte die erschöpfte Patientin auf den Operationstisch, Marlene deckte sie noch zu, und dann wurde das Mädchen aus dem Saal geschoben. Die Wanduhr zeigte fünfzehn Uhr dreißig an.

Marlene spritzte das Exsudat aus der Rekord in das sterile Reagenzglas, beschriftete es und hielt es den Prüfern hin. »Die Ergebnisse der Laboruntersuchungen entscheiden nun, wie fortzufahren ist. Es sollte auf jeden Fall an die Einlage einer Thoraxdrainage gedacht werden, damit der Eiter dauerhaft abfließen kann«, sagte sie noch, dann atmete sie erst einmal tief durch.

»Ich verstehe. Sie schließen also einen chirurgischen Eingriff wie eine Rippenresektion aus? Das ist nicht gut«, stellte Doktor von Anklam fest. »Bei sehr dickflüssigem Exsudat ist dies aber lebensnotwendig!«

»Nein, das tue ich nicht!«, entgegnete Marlene und schaute ihn durch die Trennwand hindurch an. »Ich wollte gerade darauf zu sprechen kommen, wie vorzugehen ist, wenn eine Thoraxdrainage nicht genügt«, nahm Marlene das Gespräch wieder auf. »Dann nämlich müsste eine Rippe entfernt werden, um den Eiter besser –« Sie wurde harsch unterbrochen.

»Aber Sie sprachen doch gerade nur von der Einlage einer Thoraxdrainage«, meldete sich Doktor Semlow zu Wort. Die anderen Prüfer nickten zu seiner Behauptung. Doktor Kleinert schaute dafür sogar länger von seinem Klemmbrett auf.

Marlene spürte, wie sie rot anlief. Empört riss sie sich die Haube vom Kopf und zerrte die Bänder des Mundschutzes auf.

»Wissen Sie, Fräulein Lindow«, begann Doktor Kleinert, nahm seinen Zwicker ab und steckte ihn sich in die Westentasche, »solch ambitionierte Prüflinge wie Sie habe ich oft erlebt, seitdem Frauen Medizin studieren dürfen. Sie wollen mehr, als Sie zu leisten imstande sind, und am Ende wird es nur peinlich.«

Marlene wusste nicht, wie ihr geschah, und setzte zu einer neuerlichen Erwiderung an, aber kam auch dieses Mal nicht zu Wort.

»Sie zögern zum falschen Zeitpunkt«, begann Doktor Kleinert seine Aufzählung. »Sie drücken sich ungenau in Ihren Diagnosen aus. Sie reden so viel mit dem Patienten, wie es nicht mal eine anständige Krankenschwester tun sollte, und außerdem sind Ihre medizinischen Kenntnisse lückenhaft, wie Sie uns am Beispiel des dickflüssigen Eiters hinreichend vorgeführt haben.« Nach diesen Worten verstaute er seinen Stift und presste sich sein Klemmbrett vor die Brust, während Doktor Wetterling die Glaswand beiseiteschob. Wie ein eingespielter Trupp schritten die Sonderprüfer vor sie. »Ich befürchte, dass wir Sie durch die Prüfung fallen lassen müssen, so leid es uns auch tut.« Die vier Herren nickten vereint, dann gingen sie mit ihren glänzenden Kaiserkronen am Revers zur Tür des Operationssaales. Direktor Buttermilch band sich erst noch die Operationshaube ab, dann folgte er ihnen zufrieden.

Sie hatte das Mädchen doch gerade erfolgreich punktiert, wie kamen die Prüfer zu so einer Einschätzung?, dachte Marlene voller Verzweiflung. Oder sollte sie vor Aufregung doch komplett neben der Spur gewesen sein und ihren klaren Blick verloren haben? Sie begann, am ganzen Körper zu zittern. So also fühlt es sich an, wenn Träume wie Seifenblasen zerplatzen.

***

39

28. Juni 1919, 14.15 Uhr

Langsam, aber sicher wurde Emma noch verrückt. Kurt schien wie vom Erdboden verschluckt. Nachdem sie ihn nicht zu Hause angetroffen hatte, hatte sie halb Weißensee nach ihm abgesucht. Sie wollte nun keine Minute länger darauf warten, ihm ihre geänderte Meinung mitzuteilen, und natürlich erfahren, wie er darüber dachte. Ob er sie überhaupt noch wollte. Mit Theodor auf dem Gepäckträger war sie die Berliner Allee mehrmals hoch- und runtergeradelt und hatte auch in die Seitenstraßen gespäht.

Nun standen sie zum zweiten Mal vor seiner Tür, aber auch dieses Mal regte sich nichts in seiner Wohnung. Emma überlegte, welche politischen Veranstaltungen heute stattfanden, vielleicht hielt Kurt sich auf einer davon auf. Nachdenklich ging sie vor der Wohnungstür auf und ab. Ja, da gab es etwas! Heute sollte in Versailles der Friedensvertrag unterzeichnet werden, und bestimmt würde Kurt über die Reaktionen darauf für den *Vorwärts* berichten. »Vielleicht sammeln sich die Menschen vorm Amtsgericht in der Parkstraße?« Dort waren sie noch nicht gewesen.

»Mami«, sagte Theodor und zog an Emmas Rock, »lass

uns schnell verschwinden, bevor Oma Schari uns hier erwischt.«

Das waren weise Gedanken für einen Siebenjährigen! Die Nachbarin würde dann nämlich ganz genau wissen wollen, warum sie nicht im Zug nach Ostpreußen saßen. Emma nahm gleich zwei Stufen auf einmal und stellte den Koffer noch schnell im Keller ab. Im Hinterhof sprang Theodor schon auf den Gepäckträger. In atemberaubendem Tempo radelten sie zum Weißenseer Amtsgericht.

Dort angekommen, ließ Emma ihren Blick über die Menschenmenge gleiten. Zwar hatten sich an die einhundert Gegner des Friedensvertrags mit Transparenten versammelt, aber Kurt war weit und breit nicht zu sehen.

Als Nächstes radelte sie zum Zeitungskiosk auf der Pistoriusstraße, griff sich einen *Vorwärts* und schlug das Impressum auf. Sie wusste, dass Kurt zwar überwiegend von seiner Wohnung aus arbeitete, aber zur Abgabe seiner Texte und zu Sitzungen regelmäßig in die Redaktion fuhr.

»Da haben wir es!«, sagte sie zu Theo. »Das Redaktionsbüro des *Vorwärts* befindet sich in der Lindenstraße Hausnummer drei, das ist im Stadtbezirk Kreuzberg.« Es würde eine Weile dauern, dorthin zu gelangen. Wenn es nur irgendwie ging, wollte Emma zum Ende der Sonderprüfung zurück an der Kinderklinik sein. »Wir müssen uns beeilen!«

Sie trat in die Pedale, aber der Verkehr in der Stadt bewegte sich nur zähflüssig, und ausgerechnet heute schienen ungleich mehr Radfahrer unterwegs zu sein. »Halte dich richtig fest an mir«, rief sie hinter sich.

»Ja, Mami. Du kannst ruhig noch schneller fahren.« Theodor flog die Tellermütze vom Kopf, als Emma das Tempo erneut anzog, an Automobilen, Droschken vorbei-

und neben Straßenbahnen herfuhr. Sie passierten den Alexanderplatz und die Spreeinsel, und beinahe stießen sie mit einem Lastkarren zusammen.

Das Haus in der Lindenstraße mit der Nummer drei befand sich mitten in Berlins Presseviertel und war ein repräsentativer mehrgeschossiger Bau. Im Vorderhaus war die Parteizentrale der Sozialdemokraten angesiedelt. Der Verlag, die Redaktion und die Druckerei des *Vorwärts* waren im Hinterhaus untergebracht. Mit Theodor an der Hand folgte Emma dem Geruch von Druckerschwärze.

Im Eingangsbereich des Hinterhauses wurden sie von einem Pförtner wirsch gestoppt. »Fremden Personen ist das Betreten der Redaktionsräume nicht gestattet«, sagte er und stand steif wie ein altgedienter Offizier da. »Seit dem sechsten Januar haben wir strenge Regeln!«

Bei diesen Worten erinnerte sich Emma an Kurts länger zurückliegenden Artikel über die Erstürmung des *Vorwärts*-Gebäudes durch die Spartakisten. Spuren des Gewaltaktes waren auch heute noch gut sichtbar: unverputzte schwarze Wände wie nach einem Brand und der provisorische Verschluss einer Fensterscheibe.

»Ich möchte gerne zu Herrn Vogel«, trug sie vor und fixierte die Tür zu den Redaktionsräumen, die gegenüber vom Pförtnerraum lagen.

»Gäste nur mit Voranmeldung!«, entgegnete der Pförtner und trat keinen Zentimeter zur Seite. Er war das ganze Gegenteil des netten Herrn Pinke.

»Könnten Sie vielleicht eine Ausnahme machen? Es geht um etwas sehr Wichtiges«, bat Emma.

Der Pförtner drängte sie zum Ausgang. »Bitte gehen Sie jetzt wieder!« Er schob sie mit den Händen rückwärts.

Emma verlor so kurz vor dem Ziel alle Zurückhaltung. Wie im Wahn erzählte sie dem fremden Mann von den Prüfungen, von der Bitte der Elevinnen, dass sie als Krankenschwester weiter an der Kinderklinik bleiben möge und von ihrer Fahrt durch Berlin. »Es geht trotzdem nicht«, beharrte der Pförtner.

Als sie sich nach ihrem Sohn umschaute, war der verschwunden. »Theo, wo bist du?« Emma drohte, erschöpft zusammenzusacken.

Im nächsten Moment kam Theodor mit Kurt an der Hand aus dem Redaktionsbüro. Er musste durch die Tür geschlüpft sein, als sie dem Pförtner ihren chaotischen Tag geschildert und ein Mitarbeiter das Büro verlassen hatte.

»Ich habe Kurti gefunden!«, sagte Theodor stolz.

»Emma«, sagte Kurt nur und schob seine Schiebermütze verlegen zurück.

Emma richtete sich wieder auf. »Wir sind hier gerade vorbeigekommen, und da dachte ich ...«, sie verstummte, weil sie der Anblick von Theodors kleinen Händen in Kurts großer Hand rührte. Ihr Sohn hielt Kurt mit allen zehn Fingern fest.

»Da dachtest du was?«, fragte Kurt leise.

»Ich wollte dich bitten, mir weiter regelmäßig den *Vorwärts* vor die Tür zu legen.«

»Du bleibst doch?«, fragte Kurt. »Und was wird aus Ostpreußen?«

»Würden Sie Ihr Gespräch bitte draußen fortsetzen?«, mischte sich der Pförtner ein. »Dies hier ist der Eingangsbereich einer politischen Redaktion und keine Parkbank!«

»Ja doch ... na ja ...«, druckste Emma herum. »Tomasz sitzt allein im Zug nach Liebstadt.«

»Mami, nun sag Kurti schon, dass wir ihn lieb hab...«

Emma presste Theodor schnell die Hand vor den Mund.

Kurt trat ganz nah an Emma heran. »*Ihr* habt mich lieb?«

»Ganz doll sogar!«, schwor Theodor mit erhobener Hand, was Kurt schmunzeln ließ.

Es war so schön, Theodor wieder lächeln zu sehen, dachte Emma als Erstes. Ihr zweiter Gedanke galt Kurt. Nur zu gerne erinnerte sie sich daran, dass er immer für ihren Sohn da gewesen war, selbst als der Junge sterbenskrank im Isolierhaus gelegen hatte. Tomasz hatte zwar immer wieder beteuert, wie sehr er sich um Theodor sorge, aber seinen Worten waren keine Taten gefolgt. Mit der Begründung, er könne kein Blut sehen, hatte er sich in den schwersten Momenten von seinem Sohn ferngehalten. Aber Kurt tat nicht nur Theodor gut, darauf hatte erst Grete sie aufmerksam machen müssen. Etwas Glück stand auch ihr zu, und ja, Emma sehnte sich nach Kurt. Ohne Wenn und Aber.

Sie beschaute Kurts Gesicht mit den sanften grauen Augen, das von kastanienbraunem Haar gerahmt wurde. Ihr Blick blieb an der Narbe über seiner Oberlippe hängen, und sie spürte, wie sich ihr Herzschlag beschleunigte. »Und Dörte?«, fragte sie vorsichtig.

»Ich habe ihr gesagt, dass wir nicht zusammenpassen«, sagte Kurt. »Bestimmt gibt es andere nette Männer, die sich mehr für ihre Briefmarken interessieren.«

»Und wofür interessierst du dich?«, kam es Emma über die Lippen.

Er tastete vorsichtig nach ihrer Hand. Sie umfasste die seine und hob ihren Kopf zum Kuss.

»Entschuldigung, aber wo bleibt denn hier der Anstand?«, beschwerte sich der Pförtner. »Dies ist ein öffentlicher Raum!«

Unbeeindruckt von der Stimme aus dem Hintergrund berührte Emma die Narbe über Kurts Oberlippe mit ihren Lippen. Dann schloss sie die Augen und küsste ihn mit aller Leidenschaft, die sie jahrelang zurückgehalten hatte.

»Wenn Sie nicht augenblicklich mit dieser Ferkelei aufhören, rufe ich die Sitte!«, erboste sich der Pförtner. Aber Emma und Kurt hörten ihn nicht mehr.

***

40

28. Juni 1919, 15.30 Uhr

Marlene schaute den Prüfern ungläubig hinterher. Gleich würde sie vor Wut und Enttäuschung ohnmächtig werden. Doch plötzlich wurde die Tür des Medikamentenraumes aufgerissen. »Bleiben Sie hier, die Herren der Prüfungskommission und der Ärztliche Direktor!«, rief eine Stimme aus dem Kämmerchen. Gleichzeitig kamen Geräusche aus dem Waschraum.

Marlene war sich nicht sicher, ob sie sich in einem Delirium befand oder gerade wirklich drei Herren aus dem schmalen Medikamentenraum in den Operationssaal traten. Jedenfalls starrte sie sie wie die Heiligen Drei Könige an. Es waren der hochgewachsene Julius Ritter, Professor Czerny von der Charité und … Marlene musste mehrmals hinschauen. Der Dritte im Bunde war tatsächlich Doktor Levy! Früher hatte Benjamin Levy als Assistenzart für Kinderchirurgie hier in Weißensee gearbeitet, aber dann war er einberufen worden, und man hatte nichts mehr von ihm gehört. Damals war er Maximilian ein lebenslustiger, unkomplizierter Freund gewesen, der gerne auch mal seine steife ärztliche Haltung vergaß.

Marlenes Blick sprang zur Prüfungskommission, die nun entgegen der Aufforderung zu bleiben die Tür des Operationssaales öffnete. Marlene glaubte ihren Augen nicht zu trauen, als Maximilian den Herren vom Waschraum aus den Fluchtweg verstellte. Es wirkte, als könnten die Herren es nicht erwarten, von hier fortzukommen.

»Wohin so eilig?«, fragte Maximilian mit vor der Brust verschränkten Armen und nickte Doktor Ritter und Benjamin Levy vertraut zu. Nun war Marlene vollends verwirrt. Was hatte das alles zu bedeuten?

Die Herren der Prüfungskommission hielten in der Bewegung inne. Doktor Wetterling gab sein festgefrorenes Lächeln in diesem Moment auf.

»Waldemar«, sagte Doktor Ritter, »es gibt noch Klärungsbedarf.« Die Sorgenfalte zwischen seinen Augenbrauen grub sich tief in seine Stirn. Mit angehaltenem Atem verfolgte Marlene das Geschehen.

Die Prüfer starrten nun vor allem Professor Czerny an, den jeder Arzt in und um Berlin wenn nicht verehrte, dann doch wenigstens kannte. Maximilian bewegte sich nicht von der Tür fort.

»So? Klärungsbedarf?«, entgegnete Waldemar Buttermilch und führte nach einigem Zögern die Prüfungsgruppe zurück unter die Lampe mit dem grellen Operationslicht, wo die kleine Irma eben noch punktiert worden war.

»Wir drei«, sagte Julius Ritter, »waren vom Medikamentenraum aus Zeugen dieser sogenannten Sonderprüfung. Die Tür war nur angelehnt, weswegen jedes Wort gut zu verstehen war. Wir hatten abwechselnd sogar freien Blick auf die Operateurin.«

Bei dem Gedanken daran, dass es in dem winzigen Medikamentenraum zu dritt doch sehr eng gewesen sein musste, schmunzelte Marlene beinahe.

Professor Czerny ging einige Schritte sinnierend vor den Prüfern auf und ab. »Eigentlich müsste man Ihnen die Bestallung dafür entziehen, dass Sie der Meinung sind, eine Medizinalpraktikantin sei ungeeignet für den Beruf der Ärztin, obwohl sie eine eitrige Rippenfellentzündung korrekt diagnostiziert, einfühlsam mit der verängstigten Patientin geredet und sogar die korrekte Therapieform aufgezeigt hat.«

Marlene schöpfte Hoffnung. Ihre Behandlung von Irma Effenberger war also doch nicht mangelhaft gewesen. Sie schob sich die Brille die Nase hinauf. Kurz glitt ihr Blick zu Maximilian, der mit Argusaugen an der Tür Wache hielt und nichts als verachtende Blicke für die Prüfer übrig hatte.

»Wir waren so frei, sämtliche Fragen und Antworten dieser Prüfung zu notieren«, erklärte Benjamin Levy und schwang nun seinerseits ein Klemmbrett hinter dem Rücken hervor.

Marlene reckte sich vorsichtig danach und sah gleich mehrere beschriebene Papierseiten.

»Wir drei«, Doktor Levy zeigte auf Professor Czerny und Doktor Ritter, die nun vereint zu Marlene traten, »sind unabhängig voneinander zu der Einschätzung gekommen, dass Fräulein Lindow ihre Sache heute sehr gut gemacht hat. Und wenn wir unsere Mitschrift hier«, er wies erneut auf das Klemmbrett, »einer weiteren unabhängigen Prüfungskommission vorlegen, bestätigt diese unser Urteil sicherlich. Wollen Sie es darauf ankommen lassen?« Nach dieser Frage lächelte Benjamin Levy breit, ja ein bisschen provozierend.

»Aber sie hat nur die Thoraxdrainage als Therapie vorgeschlagen«, meldete sich Doktor Kleinert zu Wort und fingerte nervös nach seinem Zwicker, »das kann einen Menschen das Leben kosten!«

Julius Ritter wandte sich an Marlene. »Fräulein Lindow, wären Sie so freundlich, den Herren Ihr Wissen über die Therapiemöglichkeiten von Rippenfellentzündungen etwas ausführlicher darzulegen?«

Marlene schaute unvermittelt zu Doktor Buttermilch. Ihre Blicke trafen sich hart, aber sie wich dem seinen nicht aus. Eine Schweißperle tropfte von der Spitze seiner mittleren Stirnlocke. Maximilian trat vor Buttermilch und nickte ihr ermutigend zu, beinahe lächelte er so liebevoll wie früher.

»Sollte die bakteriologische Untersuchung ergeben, dass der Pleuraeiter sehr viele und vor allem dicke Fibringerinnsel enthält«, begann sie zögerlich, weil sie immer noch nicht ganz sicher war, ob das hier tatsächlich gerade passierte. Vor allem Maximilians Lächeln brachte sie aus dem Konzept. Aber allmählich klang ihre Stimme wieder selbstsicherer, und sie legte sämtliche Therapien, Heilungsverläufe und Komplikationen dar und erwähnte auch immer wieder Irmas Namen. Kranke Kinder waren nämlich nicht nur Patienten auf Station soundso, sondern Individuen mit Namen, Ängsten und Vorlieben.

Nacheinander senkten die Prüfer die Köpfe, was Professor Czerny dazu veranlasste zu sagen: »Sind Sie immer noch der Meinung, eine Fachkraft wie Fräulein Lindow sollte kranken Kindern vorenthalten werden?«

»Ich trete hiermit offiziell aus der Sonderprüfungskommission zurück!«, verkündete Doktor Kleinert und legte sein Klemmbrett auf den Instrumententisch nieder wie einen Vertrag. Die anderen nickten und zogen sich mit hängenden Schultern aus dem Operationssaal zurück. Sie wirkten auf Marlene wie geprügelte Hunde. Maximilian führte sie hinaus, nur der Ärztliche Direktor blieb noch.

»Waldemar, ich bin sehr enttäuscht von dir«, gestand Julius Ritter in vertrauterem Ton. »Als Ärztlicher Direktor bist du für das Wohl und die Weiterentwicklung des Personals verantwortlich, egal, wie du privat zu jemandem stehen magst.«

Solch einen Ärztlichen Direktor wie Doktor Ritter, dachte Marlene, bräuchte die Kinderklinik wieder. Etwas sehnsüchtig schaute sie ihn an, der nun auf den Bürgermeister zu sprechen kam: »Ich habe Carl Woelck über diese sogenannte Sonderprüfung, die nicht einmal ordnungsgemäß beim Preußischen Prüfungsamt angemeldet wurde, informiert. Nur das Kreismedizinalamt wusste Bescheid, und dort auch nur eine einzige Person. Nicht mal einen Aktenvorgang gibt es zu dem Vorfall. Das und den Rest dieser Intrige wirst du dem Bürgermeister aber selber erklären müssen. Ich war nur so frei, ihm bereits deinen Nachfolger vorzuschlagen.«

Waldemar Buttermilch tupfte sich mit seinem Seidentaschentuch Schweiß von der Stirn. »Meinen Nachfolger?«

Marlene hielt die Luft an, als Julius Ritter Doktor Levy vertrauensvoll anlächelte. »Es steht dir natürlich offen, Waldemar«, sprach Julius Ritter weiter, »als Stationsarzt an der Kinderklinik zu bleiben.«

Waldemar Buttermilch feuerte ihm seine Schutzhandschuhe vor die Füße. »Als einfacher Arzt?«

»Die Stelle des Oberarztes ist ja bereits besetzt«, entgegnete Doktor Ritter und zuckte die Schultern. »Und ich war zweitens so frei, dem Bürgermeister ebenfalls ans Herz zu legen – und ich hoffe, Kollege Czerny verzeiht mir dieses Vorpreschen –, Fräulein Lindow als bestallte Ärztin an der Kinderklinik zu halten. Aber letztendlich ist das natürlich ihre Entscheidung.«

Marlene wusste nicht, was sie denken sollte. Das war alles zu viel für einen einzigen Tag. Und wo war nur Maximilian hingegangen?

»Ich kündige«, verkündete Waldemar Buttermilch, dann stürmte er entrüstet aus dem Operationssaal. Dieses Mal war keine Elevin oder Schwester zur Stelle, um ihm die Tür aufzuhalten.

Langsam vermochte Marlene wieder klarer zu denken. »Ich danke Ihnen von ganzem Herzen für Ihren Beistand!« Sie schüttelte allen drei Herren nacheinander die Hände.

»Dorothea von Weilert war nicht ganz unschuldig an unserem Erscheinen«, gestand Julius Ritter.

Marlene traute ihren Ohren nicht. »Maximilians Mutter?«

Doktor Ritter nickte. »Sie hat ihren Sohn über die Hintergründe dieser Sonderprüfung informiert und gemeint, ein neutraler unvoreingenommener Arzt könnte dem Fräulein Lindow doch nützlich sein. Da hat Maximilian mich sofort informiert. Er selbst wäre wahrscheinlich nicht ganz unparteiisch gewesen.«

Marlene dachte an Maximilians zärtliches Lächeln von eben.

»Und da auch von unserer Seite mehrere Einschätzungen für eine zweifelsfreie Bewertung wichtig waren«, übernahm Professor Czerny und deutete erst auf Benjamin Levy und dann auf sich, »hat Julius uns noch hinzugebeten.«

Marlene hätte Maximilian jetzt am liebsten für seine Voraussicht und seinen Einsatz umarmt. Stattdessen bedankte sie sich noch einmal ausführlich bei Doktor Ritter. Er war ihr mehr als nur ein Mentor geworden, er war ihr richtig ans Herz gewachsen.

»Herzlichen Glückwunsch zum abgeschlossenen Medizinalpraktikum, Fräulein Lindow, und überlegen Sie sich in Ruhe, wo Sie als Ärztin anfangen wollen.« Professor Czerny zwinkerte Doktor Ritter zu, der daraufhin auflachte.

Marlene wusste noch nicht, wie ihre Zukunft als Ärztin aussehen sollte. Bis zum Schluss hatte es immer wieder Eltern gegeben, die Probleme mit einer Frau in diesem Beruf hatten, auch wenn dies immer seltener der Fall war. Trotzdem verletzte sie jeder dieser Angriffe. Vielleicht wäre die Forschung etwas für sie?

»Jetzt ruhen Sie sich erst einmal aus«, sagte Doktor Ritter und band ihr den Operationskittel am Rücken auf.

»Doktor Levy, wie konnten Sie vorhin eigentlich so schnell alles mitschreiben?«, wollte Marlene noch wissen, anstatt ihre Gedanken etwas zur Ruhe kommen zu lassen. Auch ihn hatte der Krieg verändert. Er sah älter aus, aber seine lockere Art und sein Lächeln schienen ihm nicht abhandengekommen zu sein.

»Zum Glück wollte niemand meine Mitschriften lesen«, erklärte Benjamin Levy, während in seinen Augen jugendlicher Schalk aufblitzte. Amüsiert deutete er auf sein Klemmbrett. »Das sind alte Operationsberichte, die ich in der Klinik in Paris verfasst habe.«

Marlene musste losprusten, auch die anderen Ärzte lachten mit.

*

Erst als im Waschraum kaltes, klares Wasser über ihre Hände lief, bemerkte Marlene, wie sehr sie die zurückliegenden Stunden erschöpft hatten.

Behäbig wie nach zwei Bereitschaftsdiensten in Folge

stieg sie die paar Treppenstufen zur Krankensaaletage hinab. Sie sehnte sich nach Ruhe und einem weichen Bett und konnte die Gedanken doch nicht von der Medizin lassen. Wo ihrer Bestallung nun nichts mehr im Weg stand, wurde es bald Zeit, über ein Thema für ihre Doktorarbeit intensiver nachzudenken.

Während sie auf den Korridor der Krankensaaletage einbog, nahm sie sich vor, ihren weißen Gürtel wieder zu tragen, damit der Arztkittel nicht mehr an ihrem Oberkörper schlotterte. Einst hatte sie den Gürtel abgelegt, um ihre Weiblichkeit in der Männerdomäne zu verstecken, damit man sie als gleichwertig mit ihren Kollegen wahrnahm. Das hielt sie nun nicht länger für nötig, sie war Marlene Lindow, eine Frau, eine Ärztin.

Während sie die Hautstation passierte, vernahm sie Geflüster, achtete aber nicht weiter darauf, so sehr war sie in Gedanken versunken. Auf einmal kam ein zaghafter Applaus zu den leisen Stimmen hinzu, was eigentlich nur bedeuten konnte, dass Professor Czerny ihr folgte.

Sie hob den Blick und bemerkte, dass der Korridor vor ihr voll mit Menschen war, die sie anschauten. Professor Czerny war weit und breit nicht zu sehen.

Emma trat aus der Menge hervor. »Herzlichen Glückwunsch, Lene, zur Bestallung!«

»Du bist noch hier?«, fragte Marlene ungläubig.

»Das bin ich, und du bist jetzt Ärztin!«, sagte Emma und drückte ihre Schwester. »Theodor, Kurt und ich sind sehr stolz auf dich!«

Marlene hielt Emma ganz fest. »Du bleibst doch?« Und hatte sie gerade tatsächlich Kurt in ihrer Aufzählung erwähnt?

Emma nickte, dann trat sie auch schon wieder beiseite und forderte Marlene auf, den Korridor entlangzugehen. Der Applaus schwoll an. »Sie sind die beste Ärztin der Welt«, rief der achtjährige Georg, der auf der Augenstation behandelt wurde. »Ja«, bestätigten gleich mehrere kindliche Stimmen, bei denen auch Doktor Proskauer stand, der ihr anerkennend zunickte.

Marlene schritt vorbei an der Augenstation. Alle schauten sie wohlwollend und anerkennend an. Die Schwesternschaft applaudierte eifrig, sogar Walburga Buttermilch klatschte anerkennend mit.

Marlene konnte nicht anders, als Oberin Polsfuß in den Arm zu nehmen. Die war ganz irritiert davon. Vera und Hertha kamen dazu. »Wir wussten, dass du es schaffst!« Hertha überreichte ihr einen Blumenstrauß, und Vera drückte Marlene.

»Es tut mir leid, dass du wegen Doktor Buttermilch deine Stelle als Stationsschwester verloren hast«, sagte Marlene noch. Das lag ihr schon länger auf der Seele, aber es war nie der richtige Zeitpunkt gewesen, um in Ruhe mit Vera darüber zu reden.

»Ich hatte versucht, Doktor Buttermilch deswegen umzustimmen, aber er ließ sich nicht darauf ein, und nun bin ich zufrieden, so wie es ist«, sagte Vera.

Marlene schmunzelte und hoffte zugleich, Schwestern wie Vera und Hertha noch viele Jahre an ihrer Seite zu haben.

»Später kommt noch ein Redakteur vom *Tageblatt* vorbei, der einen Beitrag über Weißensees erste Ärztin schreiben will«, schwärmte Hertha, »er will den Bericht gleich hinter der Titelgeschichte mit der Prominenz bringen.«

Marlene war überwältigt von Veras und Herthas Begeisterung. »Danke euch beiden.« Ihr Blick glitt weiter. Sogar der

Laborant applaudierte heftiger, als Marlene an ihm vorbeischritt. Grete stand dicht neben ihm und strahlte Marlene bewundernd an.

Marlene stockte, als sie vor der Chirurgie Hektor und Frieda im Krankenfahrstuhl sah.

»Herzlichen Glückwunsch«, sagte Weißensees berühmter Regisseur und lüpfte seinen Hut, aber ohne näher an sie heranzutreten. »Wenigstens Freunde?«, fragte er.

Marlene nickte angetan. »Freunde, auf jeden Fall.«

»Doktor Lindow, schauen Sie mal!«, rief Frieda, die ihr hellblaues Kleid mit den dunklen Holzknöpfen trug.

Es wurde ganz still im Korridor, als Frieda sich mithilfe ihres Vaters aus dem Krankenfahrstuhl erhob. Noch wackelig, aber ganz allein setzte sie einen Fuß vor den anderen.

Marlene wollte schon nach dem Mädchen greifen, aber dann trat sie doch zwei Schritte zurück und breitete ihre Arme aus.

Drei Schritte kam Frieda weit, beim vierten fiel sie Marlene in die Arme. Marlene drückte sie fest an sich. Sie weinte Tränen der Rührung, die Frieda ihr fortwischte und sich sogleich versicherte, dass Marlene eines Tages dabei sein würde, wenn sie wieder auf dem Schwebebalken stünde.

»Natürlich, kleine Turnerin. Das werde ich!«, versprach sie. Dann half Hektor seiner Tochter in den Krankenfahrstuhl zurück.

Am Ende des Korridors vor der HNO stand Maximilian. Marlene ging die letzten Meter bis zu ihm, ohne nach links und rechts zu schauen. Sie hatte nur noch Augen für ihn.

»Du hast es geschafft, Kollege Buttermilch so richtig die Laune zu verderben«, sagte Maximilian. Der Applaus hinter ihnen wollte nicht enden. »Dazu gratuliere ich dir.« Er lächelte liebevoll wie vorhin schon. »Und natürlich zur Bestallung. Willy Pinke lässt dir herzliche Glückwünsche ausrichten, aber er ist unten gerade unabkömmlich, wo noch viel mehr Gratulanten auf dich warten.«

»Vielen Dank, Max«, sagte Marlene im vertrauten Ton von einst. Ihr Herzschlag nahm wieder an Fahrt auf, als Maximilian ihr einladend seine Hand entgegenstreckte. In ihrem Magen begann es zu kribbeln.

»Darf ich dich auf einen kleinen privaten Umtrunk einladen, bevor du weitere Glückwünsche entgegennimmst?«, fragte er mit leuchtenden Augen.

Als Antwort streckte Marlene ihm ihre Hand entgegen, was den Applaus im Hintergrund noch einmal anschwellen ließ. Seine Hand fühlte sich warm und vor Aufregung etwas feucht an.

Maximilian zog sie die Wendeltreppe hinab und bis vor sein Büro. Mit zitternder Hand öffnete er die Tür und bedeutete ihr einzutreten.

Marlene spürte seinen Blick auf ihrem Profil, als sie sich staunend im Büro umschaute. Von der Decke hingen Papierschlangen, vom Bücherregal zum vornehmen Ledersofa war eine Girlande gespannt, und an der Wand prangte ein übergroßes Plakat, auf dem »Herzlichen Glückwunsch zur Bestallung« geschrieben stand. Auf dem Schreibtisch standen eine Flasche Champagner und zwei perlend gefüllte Gläser bereit. Am Hals der Flasche hing noch etwas Schaum, als wäre sie eben erst geöffnet worden.

»Woher wusstest du, dass ich die Prüfung bestehen würde?«, fragte Marlene. »Das war ja gar nicht klar.«

Ohne lange nachzudenken, entgegnete Maximilian: »Ich habe nie an dir gezweifelt. Nur an mir.«

Seine grasgrünen Augen drückten Stolz und Sehnsucht zugleich aus. Sein Brustkorb hob und senkte sich auffallend schnell.

»Danke, dass du mich nie aufgegeben hast«, sagte er, »obwohl ich dich immer wieder abgewiesen habe.«

Marlene verstand jetzt auch, warum. Erst durch das Gespräch mit Kurt hatte sie begriffen, dass sie nicht der geeignete Gesprächspartner für jemanden war, der Erlebnisse aus dem Krieg verarbeiten wollte.

»Die Gespräche mit Herrn Pinke haben mir wieder Hoffnung gegeben. Sie sind so heilsam, wie du es für mich auch bist«, sagte er in zärtlichem Ton und: »Ich habe meiner Mutter von deinem Einsatz für mich und von den Gesprächen im Pförtnerraum erzählt.«

Marlene spürte ein Stechen in ihrer Brust. »Deiner Mutter? Du hast wieder Kontakt zu ihr?«

»Ein wenig«, erklärte er. »Nachdem sie sich auf einem gemeinsamen Spaziergang neulich für so manches Verhalten bei mir entschuldigt hat, habe ich ihr erzählt, wie es mir wirklich geht.«

Marlene nickte erleichtert. Vermutlich hatte die Gräfin nach dem Tod ihres Mannes begriffen, dass ihr jetzt nur noch ihr Sohn geblieben war.

»Aber wir sind nicht hier, um über meine Mutter zu sprechen.« Er holte tief Luft, bevor er sagte: »Entschuldige, Lene, dass ich nach der Rückkehr aus dem Krieg so abweisend gewesen bin.«

»Für die Bilder in deinem Kopf musst du dich nicht entschuldigen. Du kannst nichts dafür«, entgegnete sie.

»Ich möchte trotzdem, dass du weißt, dass ich dich nie verletzen wollte«, er schaute verlegen zur Seite und zunächst unstet wieder zu ihr zurück. »Du sollst auch wissen, dass ich dich noch immer liebe.«

Marlenes Herz schlug Purzelbäume. Das Kribbeln in ihrem Bauch wurde noch stärker. Sie trat so nah an Maximilian heran, dass sie hätten Tango tanzen können. »Ich dich auch«, hauchte sie, den Blick bereits auf seine Lippen gerichtet.

»Und Herr Kunze?«, wollte Maximilian noch wissen. »Das Bild mit dir und ihm in der Zeitung ist mir wochenlang nicht aus dem Kopf gegangen. Ich hatte aber einfach nicht die Kraft, dich darauf anzusprechen. Ich fühlte mich dir nicht mehr gewachsen. Er hingegen … der moderne Weißenseer …«

Marlene legte ihm zärtlich die Finger auf den Mund, damit er endlich schwieg, was er auch tat, damit er ihre Fingerspitzen küssen konnte.

Erst fuhr sie mit der Hand über seine Wange, dann küsste sie ihn auf den Mund. Er erwiderte ihren Kuss leidenschaftlich und nahm sie dabei fest in den Arm.

Für Marlene fühlte es sich an, als wäre er erst heute nach Hause gekommen.

***

41

20. Juli 1919, 14.45 Uhr

Seine Mutter erwartete ihn Punkt fünfzehn Uhr zum Kaffee. Aber nur zögerlich nahm Waldemar den Blick von der Wohnung im Obergeschoss, in deren Fenster nun wieder das Schild »ZU VERKAUFEN« gestellt wurde. Sein Angebot hatte er gerade zurückgezogen, dabei hatte die Wohnung Blick auf den Weißen See gehabt!

Er zog den Autoschlüssel aus seinem Jackett, und gerade als er in seinen Opel steigen wollte, zog die aufgeregte Stimme eines Mannes auf der gegenüberliegenden Straßenseite seine Aufmerksamkeit an.

»Charlotte«, erboste sich der feine Herr, »ich habe Angst um mein Leben, versteh das doch!« Der Herr stand an der Fahrertür eines blank polierten Benz, auf dessen Fahrersitz eine junge Dame mit den Händen am Lenkrad saß. War das nicht die frühere Elevin Charlotte Manzke? Und was machte sie verflixt noch mal am Steuer eines Automobils?

»Bestanden ist bestanden, Papa! Oder bist du etwa nicht stolz darauf, eine examinierte Krankenschwester als Tochter zu haben?«, erwiderte die junge Dame und forderte in einem für Waldemar nicht nachvollziehbaren frechen Ton: »Jetzt halte dein Versprechen, das du mir vor der Prüfung gegeben hast, und steig ein, damit ich uns endlich eine Runde durchs Viertel fahren kann! Ich versichere dir, du wirst es überleben.«

Waldemar war sich dessen nicht so sicher. Er schüttelte den Kopf über die unverschämten Frauen von heute, stieg in seinen Opel und gab mehrmals Gas im Stand. Dann raste er durch die vornehme Große Seestraße davon.

Als er auf die Berliner Allee einbog, schlug ihm ein Sperling gegen die Windschutzscheibe, aber er beachtete ihn nicht weiter. Schon etwas langsamer fuhr er in die Einfahrt jenes Hauses, in dem er seit seiner Geburt wohnte. Steifen Schrittes begab er sich in die *Beletage*.

Wie jedes Mal saß seine Mutter schon für die Kaffeerunde bereit, die Haare zum Ballon frisiert und die Hände voll mit Erbschmuck. Der Salon war hell erleuchtet.

»Gut, dass du heute pünktlich bist!«, begrüßte sie ihn und gebot ihm mit einer wackeligen Geste ihrer halb tauben Hand, Platz zu nehmen. Das Dienstmädchen goss ihnen Kaffee ein und verließ den Salon dann auch gleich wieder, um vor der Tür auf neue Anweisungen zu warten.

Adele Buttermilch konnte ihre Augenlider kaum noch offen halten. »Du bist noch immer Stadtgespräch«, bemerkte sie, »sogar das Gesinde hat beim Einkaufen von deiner peinlichen Geschichte gehört.«

Waldemar hätte am liebsten noch einmal im Stand Gas gegeben, das war so schön laut. »Verzeih, wenn ich dir widerspreche«, sagte er in Ermangelung eines Automobils im Salon, »aber ganz Weißensee ist mir dankbar dafür, dass ich die dritte Welle der Spanischen Grippe erfolgreich bekämpft habe. Außerdem finde ich, dass meine Beförderung zum ersten medizinischen Berater der Reichsregierung in Seuchenfragen keineswegs eine peinliche Geschichte ist!«

»Das meine ich auch nicht«, entgegnete Adele Buttermilch und rief nach dem Dienstmädchen, damit es ihm Pflaumenkuchen auftat. Sie selbst aß in Gesellschaft nicht mehr, weil es ihr inzwischen schwerfiel, beim Kauen den Mund richtig zu schließen. Auch lachen konnte sie nicht mehr, aber das hatte Adele ohnehin nie gemacht.

Erst als das Dienstmädchen den Salon wieder verlassen hatte, erklärte seine Mutter: »Ich spreche von der Angelegenheit mit der Gräfin von Weilert. Wie konntest du ihr nur nachlaufen, obwohl ihr Ehemann noch nicht einmal für tot erklärt war?«

Waldemar blieb bei diesen Worten eine Pflaume im Hals stecken. Er hustete heftig und wünschte, die Krankheit würde seiner Mutter endlich auch die Stimme nehmen. Eigentlich hatte er gehofft, Adele würde von seiner missglückten »Sache« mit Dorothea niemals erfahren. Auch heute war er nicht bereit, mit ihr darüber zu reden. Er verstand es selbst nicht einmal, warum Dorothea ihm seit Monaten auswich. Aber in ihrer Trauer wollte er sich ihr nicht erneut aufdrängen. Vergangene Woche hatte die Beerdigung des Grafen stattgefunden.

»Wenn du so klug wie dein Vater wärst, hättest du längst begriffen, wie man selbst bei unglücklich verlaufenen Angelegenheiten nicht zum Gespött der Leute wird«, sagte Adele Buttermilch, als er gerade die problematische Pflaume hochwürgte und in seine Stoffserviette spie. Er vermied es, seine Mutter nach all den *unglücklich verlaufenen Angelegenheiten* zu fragen, aus denen sein Vater so fleißig gelernt hatte. Er sagte nur: »Nun dann! Gehen wir zum nächsten Thema über!«, und schaute sie eher gleichgültig an.

»Ich habe mich für eine neue Pflegekraft entschieden,

eine Rotkreuzschwester«, sagte seine Mutter, nachdem sie kurz verzagt hatte. »Sie hat sich in vielen Lazaretten im Krieg hohe Ehren erworben.«

Waldemar horchte auf und musste an Charlotte Manzke im Automobil ihres Herrn Vater denken. Bei ihrem Anblick hatte er es kaum noch für möglich gehalten, dass es noch tugendhafte Krankenschwestern gab. Seine eigene Schwester gehörte auch nicht mehr dazu. Ihm erschien Walburgas zorniges Gesicht vor dem inneren Auge und wie sie ihn in seinem Büro für ihren ungeschickten Sturz im Korridor der Klinik verantwortlich machte. Die neue Wirtschaftlichkeit und eine gute, aufopferungsvolle Pflege seien ihrer Meinung nach nicht miteinander vereinbar. Papperlapapp!

»Der Vaterländische Frauenverein war damit einverstanden, dass sie mich hier zu Hause betreut, bis ich sterbe, was, wie du ja weißt, nicht mehr lange hin ist«, fuhr Adele fort.

Waldemar gab seiner Mutter vielleicht noch ein halbes Jahr, sofern der liebe Gott es gut mit ihr meinte. Bald würde ihre Kau- und Rachenmuskulatur komplett gelähmt sein, und wenn dann erst die Schluckunfähigkeit eintrat ... »Aber du warst doch mit der Letzten zufrieden«, erinnerte Waldemar.

»Für die normale Pflege stimmt das, aber als Begleiterin beim Sterben bestehe ich auf einer verdienten Lazarettschwester. Das Fräulein stammt aus einer Weißenseer Industriellenfamilie.« Adele Buttermilch wandte sich zur Salontür und verlangte: »Die Pflegerin soll nun eintreten!«

Eine echte Dame trat ein, wie Waldemar es von einer Rotkreuzschwester niemals erwartet hätte. Unter dem Knarzen der altehrwürdigen Dielen kam die Frau bis an die Kaffeetafel heran. Sie trug die typische grau-weiße Rotkreuzuniform. Unter der weißen Haube hatte sie ihre Haare zu einem eleganten Knoten gesteckt, aus dem eine lange Locke heraushing und ihr über die Schulter fiel. Ihr Schwesternkleid mit der Schürze war keinen Zentimeter zu weit. Gleich mehrere Orden hingen am Latz ihrer Schürze, die Waldemars ganze Aufmerksamkeit auf sich zogen. Sie trug das Eiserne Kreuz, das nur in Ausnahmefällen an Nichtkombattanten und noch seltener an Frauen vergeben wurde.

»Fräulein Fischer, herzlich willkommen«, hörte er seine Mutter sagen.

»Nennen Sie mich Schwester Marie-Luise«, sagte die junge Frau und nickte erst Waldemar, dem Mann im Raum, höflich, aber bestimmt zu und dann seiner Mutter.

Sie gefiel ihm auf Anhieb. Waldemar wusste nicht mehr genau, woher, aber den Namen Marie-Luise Fischer hatte er schon einmal gehört. »Schwester Marie-Luise«, sagte er. »Ich bin mir sicher, dass Sie sich bei uns wohlfühlen werden.« Vielleicht, dachte er, war das heute der erste gute Tag in seinem neuen Leben fern der Kinderklinik Weißensee.

***

42

16. August 1919

Die Weißenseer schienen wie im Rausch an diesem Wochenende, wie auf Kokain, das nirgends beliebter war als in der Hauptstadt der noch jungen Republik. Sie feierten das Inkrafttreten der ersten Weimarer Verfassung, die jedem Bürger freiheitliche Grundrechte und politische Teilhabe garantierte und damit eine vielversprechende Basis für die parlamentarische Demokratie darstellte.

Jubel und fröhliche Lieder drangen bis in den Flur des vornehmen Wohnhauses in der Belfortstraße, in dem Marlene gerade die Treppen hinauflief und hastig die Tür von Maximilians Wohnung aufschloss. Sie fand ihn in seinem Arbeitszimmer vor, versunken in die Lektüre des neuesten *Ärzteblatts*, in dem ihr gemeinsamer Artikel über Rückenmarkskontusionen erschienen war. Darin hatten sie ihre Erfahrung mit der kleinen Frieda Kunze verarbeitet und hervorgehoben, wie wichtig psychologische Heilungsfaktoren bei der Genesung waren. Die kleine Turnerin hatte nie den Mut verloren, und sie als Ärzte hatten dies unterstützt. Die positive Einstellung förderte den Erfolg einer Behandlung maßgeblich.

Maximilian sah blendend aus in dem dunkelblauen Seidenanzug, dachte Marlene begeistert. Sogar das Barthaar trug er wieder ordentlich gestutzt.

Verwundert sah er vom *Ärzteblatt* auf und betrachtete sie eingehend. Ihre neue Brille, die sie sich von ihrem ersten Gehalt als Assistenzärztin des neuen Ärztlichen Direktors Benjamin Levy gekauft hatte, kannte er ja schon – ihr Kleid hingegen noch nicht. Es war aus weißem Chiffon mit Herzausschnitt gemacht und umfloss ihren hochgewachsenen, schlanken Körper wie Wasser. Zu ihrer Freude kam es ganz ohne Korsage oder Reifrock aus. Dass es Maximilian gefiel, war eindeutig. Er schien vor Faszination zu erstarren.

Sie ging zu ihm und streichelte ihm die Schulter, damit er zumindest das Atmen nicht vergaß.

Aber er nahm den Blick immer noch nicht von ihr. »Ich dachte, du hättest diesen Samstag Dienst?« Er schob das *Ärzteblatt* beiseite und umfasste ihre Hüften.

»Ich habe es einfach nicht länger ohne dich ausgehalten«, flüsterte sie ihm ins Ohr. In den zurückliegenden Wochen hatten sie beinahe jede freie Minute miteinander verbracht und den Empfang ihrer Bestallungsurkunde mit einer *Milonga* gefeiert. Die *Ochos* bekam sie inzwischen wieder ziemlich geschmeidig hin. Vorwärts und rückwärts.

»Komm!« Sie zog ihn vom Stuhl hoch, setzte ihm noch seinen steifen Zylinder auf und führte ihn aus der Wohnung.

»Was hast du vor?«, fragte er, aber seine Worte verloren sich im Jubel auf der Straße vor dem Haus.

»Hier entlang.« Entschlossen zog Marlene ihn die Straße hinab. Heute gab sie den Weg vor. Hand in Hand liefen sie durch Weißensee, das wie eine Festmeile wirkte. Sozialdemokraten, die die Mehrheit in der Nationalversammlung stellten, wurden bejubelt wie Filmstars. Extrablätter flatterten durch die Luft wie Vögel. Maximilian aber hatte nur Augen für Marlene, auch andere Feiernde bestaunten ihr Kleid.

»So früh schon ins *Gesellschaftshaus?*«, fragte er. »Oder wo sonst bringst du mich hin?«

Zärtlich zog Marlene ihn zu sich heran und küsste ihn auf die Wange. »An einen ganz besonderen Ort«, versprach sie, dann führte sie ihn in die Wilhelmstraße.

Vor Sankt Josef blieb sie stehen und richtete ihr Kleid noch einmal. »Du sollst dir meiner Liebe immer sicher sein, egal, was passiert«, sagte sie, öffnete die Kirchentür und führte ihn in den leeren Raum. Sie nickte dem Organisten zu, der daraufhin Mendelssohn Bartholdy zu spielen begann. So war es besprochen. Tage voller Heimlichkeiten waren dem heutigen vorausgegangen.

Marlene tat so, als schlendere sie mit Maximilian zum Altar vor. »Pfarrer Ramlow könnte uns heute trauen«, sagte sie in gespielt belanglosem Ton und vermochte doch nicht, ein Lächeln zu verbergen.

»Hier und jetzt?« Maximilian schaute sich in der leeren Kirche um. »Und unsere Trauzeugen?«, fragte er irritiert. Die Orgelmusik verstummte, als sie am Altar angekommen waren.

»Ach ja, unsere Trauzeugen!«, rief Marlene so laut, dass ihre Worte durch den Kirchenraum hallten.

Das Portal wurde geöffnet, und zwei Männer in festlichen Anzügen betraten das Gotteshaus: Benjamin Levy und Gerald Triemer. Gerald Triemer war Maximilian ein enger Vertrauter im D5 geworden. Seit einigen Wochen schon hatte Maximilian immer wieder von ihm gesprochen, verbunden mit dem Wunsch nach einem Wiedersehen. Gerald band

Maximilian eine weiße Fliege um, die aus dem Stoff von Marlenes Kleid genäht war.

Den Trauzeugen folgten die Brautjungfern. Emma und Vera hatten sich Kleider aus gebrauchtem Chiffon genäht. Emma überreichte ihrer Schwester den Brautstrauß und setzte ihr feierlich einen schulterlangen Brautschleier auf. Die Fotografie mit ihrer Mutter aus Lübars hatte sie rahmen lassen und stellte diese nun feierlich neben die Altarkerze. Ein bisschen war es für Marlene dadurch, als könne Elisabeth an diesem Tag bei ihr sein.

Maximilian schaute sich mehrmals um, weil nach den Trauzeugen weitere bekannte Gesichter die Kirche betraten: Theodor mit Kurt und Oberin Polsfuß. Professor Czerny und Doktor Ritter hatten ihre Ehefrauen mitgebracht. Weitere Freunde und lieb gewordene Arbeitskollegen folgten, sodass die Feiergemeinde rasch auf mehr als sechzig Personen anwuchs.

Während Pfarrer Ramlow das Eröffnungsgebet sprach, versank Marlene in Gedanken. Sie wünschte sich nichts sehnlicher, als jeden Morgen neben Maximilian aufzuwachen, sie wollte immer für ihn da sein. Ein paar Einblicke in seine Erlebnisse im Krieg hatte er ihr mittlerweile gegeben, sie drängte ihn aber nicht dazu. Regelmäßig verbrachte er weiterhin Zeit mit Willy Pinke, den sie noch nicht unter den Gästen entdeckt hatte.

Die Kirchenglocken hatten gerade elf Uhr geschlagen, als der Pfarrer sagte: »In dieser entscheidenden Stunde Ihres Lebens sollen Sie wissen, dass Gott bei Ihnen ist. Er heiligt Ihre Liebe und verbindet Sie zu einem untrennbaren Lebensbund.« Nach diesen Worten segnete er die Eheringe, die Benjamin Levy ihm hinhielt. Es waren jene goldenen Ringe, die sie heute nicht zum ersten Mal vor diesem Altar zeigten. Sie prangten im geöffneten Schmuckkästchen von Juwelier Altenberger.

Der Pfarrer schaute Marlene an, während er vorlas: »Ich frage Sie, Marlene Lindow, sind Sie hierhergekommen, um nach reiflicher Überlegung und aus freiem Entschluss mit Ihrem Bräutigam Herrn Doktor Maximilian von Weilert den Bund der Ehe zu schließen?«

»Ja«, entgegnete Marlene voller Überzeugung, ihr Wort hallte im Kirchenhaus wider. Sie liebte ihn mehr denn je. Und es machte großen Spaß, mit ihm in der Kinderklinik zusammenzuarbeiten.

»Wollen Sie Ihren Mann lieben und achten und ihm die Treue halten, alle Tage Ihres Lebens?«, fuhr der Pfarrer fort.

»Jeden Tag und jede Minute«, antwortete Marlene in zärtlichem Ton an ihren Bräutigam gewandt. Sanft drückte sie seine Hand.

Maximilian tippte nervös mit der Spitze seines Lackschuhs auf den Boden, als der Pfarrer sich nun ihm zuwandte. »Ich frage Sie, Herr Doktor Maximilian von Weilert. Sind Sie hergekommen, um nach reiflicher Überlegung und aus freiem Entschluss mit Marlene Lindow den Bund der Ehe zu schließen?«

Maximilian zögerte. Er wandte sich den Gästen zu, die ihn gebannt anschauten. Als sein Blick zurück auf Gerald Triemer kam, verdunkelte sich sein Gesicht.

»Herr Doktor von Weilert?«, fragte der Pfarrer nach.

Maximilian ließ Marlenes Hand los und schaute irritiert zur Tür.

Marlene sackte das Herz in die Hose. »Max, was ist los?«

Maximilian lief zum Portal.

Emma und Vera traten zu Marlene, um sie tröstend in die Arme zu nehmen. In den zurückliegenden Wochen hatten sie die geheime Hochzeit aufwendig geplant. Die größte Herausforderung war es gewesen, Gäste wie Gerald Triemer, die von weiter her anreisten, so kurzfristig herzubekommen.

Marlene wollte sich in gewohnter Geste schon die Brille die Nase hinaufschieben, aber das neue Modell verrutschte gar nicht mehr, und so fasste sie sich auf den blanken Nasenrücken. Mit versteinerter Miene beobachtete sie, wie Maximilian die eiserne Klinke des Portals in die Hand nahm. Unter den Blicken aller Anwesenden öffnete er die Tür und gab den Blick auf den Pförtner der Kinderklinik frei.

»Ick bin nich mehr so schnelle«, erklärte der, auf seinen Stock gestützt. »Een alter Mann ist doch keen Schnellzug.«

»Ich habe dein Ruckeln an der Tür gehört, komm doch herein«, sagte Maximilian, was Willy Pinke auch prompt tat.

Seit Kurzem duzten sie sich.

»Die Tür hat jeklemmt. Ick hab se von außen nich uffjekriegt. Hab schon Angst jehabt, allet hier zu verpassen.«

Begleitet vom Lachen der Gäste, setzte sich der Pförtner neben Oberin Polsfuß, und Maximilian lief zu Marlene zurück.

Vor dem Altar angekommen, atmete er tief durch, dann sagte er laut vernehmbar an den Pfarrer gewandt: »Ja, ich möchte mit Marlene Lindow den Bund der Ehe schließen.«

Die Gäste im Kirchenschiff applaudierten begeistert. Erst da nahm Marlenes Gesicht wieder einen entspannten Ausdruck an. Auch der Pfarrer nickte offensichtlich erleichtert. »Wollen Sie Ihre Frau lieben und achten und ihr die Treue halten, alle Tage Ihres Lebens?«

»Alle Tage meines Lebens. Und die Nächte mit dazu«, antwortete Maximilian und zwinkerte Marlene zu, woraufhin sich der Pfarrer irritiert räusperte. Sie steckten sich gegenseitig die Eheringe an. Emma hatte längst schon Tränen in den Augen.

Der Pfarrer legte seine Stola über Marlenes und Maximilians Hand und die seine obenauf. »Was Gott verbunden hat, das darf der Mensch nicht trennen«, verkündete er. Als er seine Stola wieder von ihren Händen nahm, wandte sich Maximilian Marlene zu: »Mein Herz ist bei dir zu Hause, Lene! Ich liebe dich.«

Eigentlich sah die Trauzeremonie zunächst noch *die* entscheidenden Worte vor, die auf das Segensgebet folgten, das beinahe unterging. Aber nach einer Generalprobe ohne Bräutigam lief wohl einiges anders.

Marlene wollte ihren Bräutigam schon küssen, als der Pfarrer dazwischenging: »Erst erkläre ich Sie hiermit kraft meines Amtes zu Mann und Frau. Herr Doktor von Weilert«, der Geistliche schaute zwischen ihnen beiden hin und her, »Frau von Weilert, *jetzt* dürfen Sie sich küssen!«

Küss mich gleich, wenn wir uns wiedersehen, dachte Marlene, aber bevor sie zugreifen konnte, hatte Maximilian ihr Gesicht schon zwischen seine weichen Hände genommen.

»Jage mir bitte nie wieder einen solchen Schrecken ein«, flüsterte sie, als er sich ihrem Gesicht näherte.

»Ich verspreche es dir«, sagte er im gleichen Atemzug, wie er sie ganz eng an sich zog und dann leidenschaftlich küsste. Seine Lippen fühlten sich wunderbar weich an, und sein Bart kitzelte aufregend. Sie spürte, dass ihnen als Paar eine glückliche, spannende Zukunft bevorstand.

Nach den Fürbitten, dem Vaterunser und dem Segen war die Trauung beendet. Begleitet von den gewaltigen Klängen der Kirchenorgel, schritten Maximilian und Marlene Hand in Hand an den Gästen vorbei zum Portal. Draußen hatten noch mehr Freunde und Bekannte ein Spalier gebildet und warfen Rosenblätter über ihnen aus.

Emma, Kurt und Theodor traten am Ende des Spaliers als Erstes vor sie und gratulierten herzlich. Kurt trug ein weißes Hemd und eine sozialdemokratisch-rote Schleife, was ihm ausgezeichnet stand. Theodor hatte darauf beharrt, sich eine ebenso rote Schleife umbinden zu dürfen, Elwira Scharinski hatte sie in letzter Minute fertig gehäkelt. Letztendlich schien die Nachbarin doch versöhnt mit Emmas Entscheidung, das Strahlen in Theodors Gesicht hatte sie wohl überzeugt. Die Nachbarin winkte dem Brautpaar aus der Menge zu. An deren Seite stand Dörte mit einem Blumenstrauß und war angeregt in ein Gespräch mit Maximilians Cousin vertieft.

Marlene stupste Emma an und hielt ihr den Brautstrauß hin. »Und, wann ist es bei euch so weit, Schwesterherz?«

Emma nahm die Blumen mit einem zärtlichen Blick zu Kurt an und lächelte, was sie wieder viel öfter tat und umso mehr, seit sie die praktischen Unterrichtsstunden für den neuen Jahrgang der Elevinnen wieder abhalten durfte. Oberin Polsfuß hatte der Oberschwester zum Ausgleich dafür mehr Verantwortung bei der Leitung der Stationen übertragen.

Marlene nahm Kurt fest in den Arm. »Danke noch mal für alles.«

Theodor zog an ihrem Brautkleid. »Tante Lene, jetzt, wo du eine Ehefrau bist, fährst du da trotzdem noch mit mir freihändig Fahrrad?«

»In Lübars vielleicht?«, schlug Kurt vor. Er hatte die kleine Kate dort dem Bauern Munck abgekauft, der sie gerne für ihn und Emma hergegeben hatte. An den Wochenenden, während Theodor über die Wiesen und Felder sprang und Schmetterlinge fing, brachten Emma und Kurt die Hütte auf Vordermann.

Marlene ging vor ihrem Neffen in die Hocke. »Wir kommen euch bestimmt bald in Lübars besuchen, aber erst einmal fahren wir an die Ostsee nach Ahlbeck.« Da wollten Maximilian und sie zur Sommerfrische sowieso mal hin, nun würde es ihre Hochzeitsreise werden.

»Bist du dann aber zu meiner Einschulung zurück, Tante Lene?«, fragte Theodor aufgeregt.

»Natürlich, mein Schatz«, versprach sie.

Willy Pinke trat auf seinen Stock gestützt zu ihnen. »Dat ick det noch erleben darf, Fräulein Marlene, det ist wie Weihnachten und Jeburtstag zusammen.« Ihm liefen Tränen der Rührung über die faltigen Wangen in den Backenbart. »Herzlichen Glückwünsch von Jacki und von meene Wenichkeit. Ick dachte, dass ick jetze, wo mit dem neuen Ärztlichen Direktor wieda Ruhe in der Klinik herrscht, doch noch een paar Jahre bleibe. Dat is eenfach zu anjenehm unter so ville nette Leute.«

»Wie schön!«, freuten sich gleich mehrere der Umstehenden.

»Ohne Sie wäre es …«, begann Maximilian, Marlene übernahm: »… freudlos und langweilig!«

Der Pförtner lächelte verlegen und drückte die Hände des Brautpaares. »Sie beede hätte ick am meisten vermisst.«

»Vielen Dank noch einmal«, sagte Maximilian aufrichtig.

»Und Ihre Pläne für die Ostsee?«, fragte Marlene, wo doch sein Miniatur-Jollenkreuzer fertiggebaut auf dem Tresen im Pförtnerraum thronte.

»Was hältst du davon, Willy«, fragte Maximilian, »wenn wir dich bis an die Ostsee mitnehmen? Ich kann dir eine kleine Pension auf Usedom empfehlen.«

Willy Pinke winkte ab. »Aber ick will doch den Brautleuten nich ins Jehege kommen.«

»Das wäre doch nur für die An- und Abreise«, sagte Maximilian, »in der Zwischenzeit wäre jeder für sich.«

»Ick weeß nich, und ick habe mich ja ooch noch nich um 'ne Lösung für Jacki jekümmert«, antwortete Willy Pinke.

Marlene winkte Vera herbei, die dem Pförtner einen Reisekäfig brachte.

»Wat is det denn für een dolles Ding?!«, fragte der Pförtner wie von den Socken und fuhr mit der Hand über das fein geschliffene Holz und die eingearbeitete Verzierung. Der Käfig war kleiner als der im Pförtnerraum und mit einem praktischen Tragegriff versehen.

»Es ist ein Geschenk, als Dankeschön dafür, dass Sie immer ein offenes Ohr für alle haben«, erklärte Marlene.

»Mit det Ding könnte ick den Jacki mitnehmen, meinen Se? Und ihm det Meer zeijen? Vielleicht komme ick doch uff dat Anjebot von Maximilian zurück!«, bestätigte er, dann machte er der Gräfin von Weilert Platz.

Marlene hatte sie in der Kirche unter den Anwesenden gar nicht bemerkt, vermutlich hatte sie die Zeremonie weit hinten im Kirchenschiff mitverfolgt. »Herzlichen Glückwunsch, mein Sohn«, sagte Dorothea von Weilert.

Maximilian nahm Marlene fester bei der Hand.

»Du siehst noch einmal besser aus«, befand die Gräfin. Ihr Blick wanderte zu Marlene. »Sie scheinen ihm wirklich gutzutun«, sagte sie, und kurz zuckten ihre Mundwinkel wie beim Versuch eines Lächelns.

Marlene nickte baff und schmiegte sich an Maximilian. »Danke auch für Ihren Einsatz im Hintergrund der Sonderprüfung.«

Nach einem Nicken trat die Gräfin zurück in die Menge.

Nach den Gratulationen lud Marlene alle Gäste zur Feier in das *Gesellschaftshaus* in der Parkstraße ein, wohin sie mit einem festlich geschmückten Automobil fahren sollten, dessen Dekoration Schwester Hertha organisiert hatte. Als Vorlage hatte ihr der Blumenschmuck an der Hochzeitskutsche von Prinzessin Victoria Luise von Preußen gedient.

Maximilian öffnete Marlene gerade die Tür, damit sie in das Brautautomobil einsteigen konnte, als ein Mann zu ihnen trat, der nicht zur Festgesellschaft gehörte. Obwohl Marlene ihn noch nie gesehen hatte, kam er ihr merkwürdig bekannt vor.

»Marlene, ich möchte dir auch gratulieren«, sagte er.

»Danke«, brachte sie hervor und durchwühlte ihre Vergangenheit nach einer Information, wo sie ihm schon einmal begegnet war und warum er sie so vertraut duzte.

Maximilian, der neben ihr stand, schaute genauso erschrocken, als der Mann sagte: »Wenn ich schon kein Geschenk für dich habe, möchte ich dir als dein Vater wenigstens gratulieren.«

***

Nachwort

Ich liebe es, für die Recherche zu meinen Romanen stundenlang in Bibliotheken zu stöbern und an historischen Schauplätzen meinen Heldinnen und ihrer Zeit nachzuspüren. Dabei fühle ich mich wie eine Detektivin auf Spurensuche. Mancher Fakt lässt mich staunen oder schmunzeln, mancher erschüttert mich zutiefst. Dies war vor allem in diesem zweiten Band der Kinderärztin-Saga der Fall, der im ausgehenden Ersten Weltkrieg spielt. Gedanklich in ein nicht enden wollendes Gemetzel einzutauchen, in dem feine Generäle fern der Frontlinien Männer als »Kanonenfutter« in den Tod schickten, das hat mich an die Grenze des Aushaltbaren gebracht. Während ich Maximilians Szenen schrieb, hatte ich eine Gänsehaut auf den Armen. Eine Vielzahl seiner Erlebnisse und die Patientenschicksale im D5 beruhen auf wahren Begebenheiten. Der Krieg hinterließ bei den Betroffenen jahrzehntelang Spuren, zerstörte Beziehungen und Familien. In einem Krieg gibt es keine Gewinner.

Der Erste Weltkrieg war der erste technologisierte Massenkrieg, dessen Ergebnis nie da gewesene hohe Verlustzahlen auf allen Seiten waren. Insgesamt starben fast zwanzig Millionen Menschen. Allein in Deutschland wurde eine Million Kinder zu Kriegswaisen. Knapp drei Millionen Männer kehrten psychisch oder physisch versehrt nach Deutschland zurück. Auch an der Heimatfront herrschte große Not. Hunger und Geldentwertung bestimmten den Alltag. Mütter hatten Stillprobleme wegen Unterernährung. Auch noch Monate nach Kriegsende fehlte es am Nötigsten wie Windeln oder Kohlen zum Heizen.

Durch die Mobilmachung waren viele Frauen allein für die Familie verantwortlich. Sie mussten das Geld zum Leben verdienen und die deutsche Kriegswirtschaft aufrechterhalten. Damals hieß es: »Jede Frau, die Männerarbeit in einer Fabrik verrichtet, macht einen Mann für das Feld frei.« Als die Männer dann aus dem Krieg heimkehrten und ihre Arbeitsplätze zurückverlangten, wurden die meisten Frauen wieder entlassen. Oft gingen sie selbstbewusster und gestärkt aus den Kriegsjahren hervor. Die Einführung des Frauenwahlrechts 1918 war eine nicht mehr aufschiebbare Konsequenz, obwohl nicht wenige Männer den Frauen noch lange danach die Fähigkeit zum politischen Denken absprachen.

Im gleichen Jahr wie das Frauenwahlrecht wurde auch die Weimarer Republik geboren, die ihren Namen der Stadt Weimar zu verdanken hat, in der die erste Nationalversammlung 1919 eine demokratische Verfassung ausarbeitete. Mit diesem politischen Neubeginn keimte wieder Hoffnung bei den Menschen auf. Hoffnung auf mehr politische Teilhabe, weniger soziale Not und Gleichberechtigung. Hoffnung darauf, die alten verkrusteten Strukturen (und den Krieg, den diese herbeigeführt hatten) hinter sich zu lassen. Die alten Eliten und einige enttäuschte Veteranen jedoch fühlten sich hintergangen. Der von den Gründungsvätern der Republik in Versailles unterschriebene Friedensvertrag stellte für sie einen Schlag ins Gesicht dar. Das Papier schrieb Deutschland die Alleinschuld am Krieg zu und bürdete dem Land hohe Reparationszahlungen auf. Viele Veteranen hatten das Gefühl, umsonst in den Schützengräben gelitten zu haben. Straßenkämpfe waren an der Tagesordnung, monatelang versetzten sie Berlin in Angst und Schrecken. Meine Romanfigur Kurt Vogel erlebt sie von mittendrin. Der *Vorwärts*, für den er schreibt, war *das* sozialdemokratische Sprachrohr dieser Jahre.

Wer zur damaligen Zeit wie Emma unverheiratet ein Kind zur Welt brachte, wurde gesellschaftlich geächtet, auch wenn ledige Mütter nicht selten waren. Und wenn die Frau sich dann nicht bald nach der Geburt einen Ernährer suchte, blieb das soziale Stigma. Mit viel Biss und Leidenschaft für ihren Beruf hat Emma sich ein unabhängiges Leben erkämpft. Schlussendlich ist sie doch noch ihrem Herzen gefolgt und mit Kurt in Weißensee geblieben. Aber ihr Herz gehört nicht nur ihrer Familie, sondern auch der Krankenpflege und den kleinen Patienten, die durch die Knappheit von Lebensmitteln und Medizinprodukten keine so unkomplizierte Heilungszeit mehr in der Kinderklinik verbringen konnten, wie es den Pfleglingen in Band 1 noch möglich war.

Der weltweite Ausbruch der »Spanischen Grippe«, die in vielen anderen Ländern unterschiedliche Namen hatte, verschlimmerte die Situation erheblich. Die dritte Welle der Seuche befiel vor allem Säuglinge. Begrifflichkeiten rund um die Seuche, die Maßnahmen zur Eindämmung und die Berichte über öffentliche Verunglimpfung von Menschen, die sich den Maßnahmen widersetzten, entstammen Berichten von damals und klingen auch dem Wortlaut nach bestechend aktuell. Es gab weder Impfstoffe noch andere antivirale Medikamente. Die Erreger der Spanischen Grippe wurden erst in den Dreißigerjahren entdeckt. Man schätzt, dass weltweit ca. fünfzig Millionen Menschen an ihr starben. Diese Zahl wirkt umso erschreckender, wenn man sich vor Augen führt, dass in beiden Weltkriegen achtzig Millionen Menschen ihr Leben ließen. Heute herrscht übrigens Übereinstimmung darüber, dass das Virus seinen Ursprung in den USA hatte, also eigentlich »Amerikanische Grippe« heißen müsste.

Ein weiteres Thema, dessen Recherche mich gefesselt hat, bringt mich zu der kleinen Turnerin Frieda Kunze. Im Roman zieht das Weißenseer Mädchen sich eine Rückenmarksverletzung zu, was damals oft einem Todesurteil gleichkam. Erst 1918 stellte man überhaupt fest, dass eine Querschnittslähmung drei Phasen durchläuft, wovon die erste der spinale Schock (damals als »Rückenmarksschock« bezeichnet) ist. Nur langsam wurden die Untersuchungsmethoden verbessert und Personal speziell in der Pflege von Rückenmarksverletzten geschult. Trotz alldem überlebten die meisten Patienten die Verletzung nur wenige Monate oder gar Tage. Und das lag insbesondere an der noch nicht entwickelten Intensivmedizin. Verfahren und Apparaturen zur künstlichen Aufrechterhaltung lebenswichtiger Körperfunktionen kamen erst in der zweiten Hälfte des zwanzigsten Jahrhunderts auf und revolutionierten die Überlebenschancen von Querschnittgelähmten, die früher vor allem an Organversagen (z. B. an Nierenversagen, Blasenlähmungen oder Lungenversagen) gestorben wären. Die kleine Frieda ist mir beim Schreiben mit ihrer forschen, positiven Art sehr ans Herz gewachsen, und ich wollte sie am liebsten gar nicht mehr aus der Kinderklinik »entlassen«.

Deutlich beschwingter als das Thema »Erster Weltkrieg« war meine Recherche zu »Klein Hollywood«, wie Weißensee in den 10er- und 20er-Jahren des zwanzigsten Jahrhunderts wegen seiner Filmstudios auch genannt wurde. Zwar ist die Figur des Hektor Kunze fiktiv, aber die im Roman genannten Schauspieler gab es wirklich, und die meisten Filme wurden tatsächlich gedreht. Auch Marlene Dietrich drehte in Weißensee – allerdings nach der Spielzeit meines Romans – einen ihrer ersten Stummfilme (die damals übrigens nicht als »Stummfilme« bezeichnet wurden). Die Studioanlagen, in denen meine Marlene mit der Oberin und den Elevinnen die Premiere von *Die Nichte des Herzogs* erlebte, existieren heute nicht mehr. Mit dem Aufkommen des Tonfilms verloren die Weißenseer Studios an Bedeutung, wurden schließlich geschlossen und später durch Wohngebäude ersetzt.

Ein Ort, von dem ich beim Schreiben von »Zeit der Wunder« (Band 1 der Kinderärztin-Saga) schon wusste, dass er im zweiten Band ebenfalls eine Rolle spielen wird, war Lübars. Dieses bezaubernde Fleckchen Erde mit seinem erhaltenen historischen Ortskern und den landwirtschaftlichen Familienbetrieben, durch den ich Emma und Marlene bei der Rückkehr zur Kate ihrer Mutter gehen lasse, gilt als das älteste und letzte Berliner Dorf. So nah am weltmännischen Treiben Berlins verströmt es mit seinen hübschen Fassaden, dem typischen Dorfanger und der Dorfschule noch viel ursprünglichen Charme. Wie Weißensee wurde Lübars 1920 nach Berlin eingemeindet.

Was ist Fiktion in diesem Roman? Natürlich meine Heldinnen und sämtliche Schicksale und politische Neigungen, die ich den Persönlichkeiten der Klinik wie Julius Ritter, Direktor Buttermilch und Hanny Polsfuß zugeschrieben habe. Ebenso fiktiv sind Kurt und Tomasz, Walburga Buttermilch, sämtliche Pflegekräfte der Kinderklinik und die Grafenfamilie von Weilert.

Ob Marlene und Maximilian nach ihrer Hochzeit nun endlich unbeschwert miteinander leben können? In ihren ersten Ehejahren merken sie, dass ihnen zu ihrem großen Glück eigene Kinder fehlen, aber wie es aussieht, müsste Marlene dafür ihre Karriere opfern. Emma verbindet Kind und Karriere zwar müheloser, aber Theodors rechtsradikal gesinnte Freunde machen ihr immer mehr Sorgen, sodass sie bald gegen diese politischen Kräfte aufbegehrt. Und dann ist da ja auch noch der Fremde, der behauptet, Marlenes und Emmas Vater zu sein. Welche Rolle er in ihrem Leben noch spielen wird, werden Sie in Band 3 erfahren.

Literaturhinweise

Wichtigste Quelle für die historische Kinderklinik war auch für diesen Band: *J. Ritter: Das kommunale Säuglingskrankenhaus und die öffentlichen Säuglingsfürsorgemaßnahmen der Gemeinde Berlin-Weißensee, Verlag Thieme, Leipzig 1913.*

Für die Beschreibung von Kinderkrankheiten war vor allem hilfreich: *E. Feer: Diagnostik der Kinderkrankheiten, in: Enzyklopaedie der Klinischen Medizin (Hrsg.: L. Langstein, C. von Noorden, C. Pirquet, A. Schittenhelm), Verlag von Julius Springer, Berlin 1922.*

Für die Rolle von Marlene als angehende Ärztin in der Weimarer Republik inspirierte mich: *B. Lohschelder: Die Knäbin mit dem Doktortitel – Akademikerinnen in der Weimarer Republik, Forum Frauengeschichte, Band 14, Centaurus-Verlagsgesellschaft, Pfaffenweiler 1994.*

Bei der Beschreibung der damals gängigen Diagnose und Behandlung von Typhus bei Kindern las ich vor allem: *G. Mirkin-Nekritsch: Über Typhus abdominalis bei Kindern. Inaugural-Dissertation zur Erlangung der Doktorwürde vorgelegt der hohen Medizinischen Fakultät der Universität Zürich, Buchdruckerei Gebr. Leemann & Co, Verlag der »Academia«, 1906.*

Beim Eintauchen in die Vergangenheit von Lübars half mir: *Das letzte Berliner Dorf, 750 Jahre Lübars, Hrsg.: Bezirksamt Reinickendorf von Berlin, Kunstamt / Heimatmuseum, Jaron Verlag, 1997.*

Meine Hauptquelle für die Spanische Grippe war: *M. Vasold: Die Spanische Grippe – Die Seuche und der Erste Weltkrieg, Primus Verlag Darmstadt 2009.*

Einen bildreichen Eindruck vom Arbeiten und Heilen in Lazaretten des Ersten Weltkrieges und dem Einsatz von Rotkreuzschwestern lieferte mir: *W. U. Eckart: Die Wunden heilen sehr schön – Feldpostkarten aus dem Lazarett, 1914–1918, Franz Steiner Verlag, Stuttgart 2013.*

Der Verlauf des Ersten Weltkrieges an der Ost- und West- und der Heimatfront wird systematisch geschildert in: *H. Münkler: Der Große Krieg – Die Welt 1914 bis 1918, 3. Auflage, Rowohlt Verlag, Berlin 2013.*

Für die Einflechtung der politischen Geschehnisse speziell in Berlin in Zusammenhang mit der Revolution 1918/1919 erhielt ich viele bildhafte Eindrücke und Hintergründe aus: *M. v. Dülmen, B. Weigel (Hrsg.): Es lebe das Neue! Berlin in der Revolution 1918/19, eine Publikation der Kulturprojekte Berlin GmbH, 2019.*

Aufbruch in eine neue Zeit

Berlin 1911: Die Waisenschwestern Marlene und Emma Lindow können ihr Glück kaum fassen: Sie arbeiten als Lernschwestern in der Kinderklinik Weißensee. Doch schon bald fühlt sich Emma von ihrer Schwester zurückgesetzt, denn Marlene hat sich gleich doppelt verliebt: in den vornehmen Assistenzarzt Doktor Maximilian von Weilert und in das noch junge Fachgebiet Kinderheilkunde. Sie ist fest entschlossen, selbst Kinderärztin zu werden. Aber der Weg nach oben ist steinig, der in Maximilians Familie erst recht. Emma wird die eigene Schwester immer fremder. Erst als das Leben eines kleinen Jungen am seidenen Faden hängt, erkennen Emma und Marlene, dass ihnen ihre wichtigste Aufgabe nur gemeinsam gelingen kann: kranke Kinder zu retten.

Antonia Blum
Kinderklinik Weißensee - Zeit der Wunder

Klappenbroschur
Auch als E-Book erhältlich
www.ullstein.de

ullstein

Verlorene Träume – eine junge Frau beweist Mut in dunklen Zeiten

Ostpreußen 1939: Während die Welt aus den Fugen gerät, wächst die junge Dora Twardy behütet auf dem Pferdegestüt ihrer Familie auf. Der Tochter des Gutsherren mangelt es an nichts, auch nicht an Verehrern. Doch als die deutsche Wehrmacht Polen angreift, muss Dora schlagartig erwachsen werden. Ihr Vater wird eingezogen und übergibt ihr die Verantwortung für den Hof. Mit aller Kraft kämpft Dora um den Erhalt des Familienbesitzes. In den Wirren des Krieges stehen ihr zwei Männer bei: der sanftmütige Freund ihres Bruders, Wilhelm von Lengendorff, und der abenteuerlustige Kriegsfotograf Curt von Thorau. Zu spät erkennt Dora, wen sie wirklich liebt …

Theresia Graw

So weit die Störche ziehen

Klappenbroschur

Auch als E-Book erhältlich

www.ullstein.de

ullstein

Einer der bedeutendsten deutschen Verlage und seine heimlichen Heldinnen

Berlin in den goldenen 20ern: Auf einem Bankett lernt die schillernde Rosalie Gräfenberg den Generaldirektor des Ullsteinverlags Franz Ullstein kennen. Die junge Frau ist geschieden, erfolgreiche Journalistin und die beste Freundin von Verlagsredakteurin und Autorin Vicki Baum. Um Franz Ullstein ist es sofort geschehen. Er verliebt sich in Rosalie und macht ihr kurz darauf einen Antrag. Doch seinen vier Brüdern ist sie ein Dorn im Auge, zu unangepasst ist ihnen die junge Frau. Durch eine Intrige versuchen sie, Rosalie von Franz zu trennen. Aber Vicki Baum und ihr aufgewecktes Tippfräulein Lilli lassen nicht zu, dass nur die Männer die Regeln diktieren und Rosalies Ruf ruinieren. Ab jetzt entscheiden die Frauen selbst, was Erfolg ist und wie jede von ihnen ihr Glück finden wird.

Beate Rygiert
Die Ullsteinfrauen und das Haus der Bücher
Roman

Klappenbroschur
Auch als E-Book erhältlich
www.ullstein.de

Ein Geschäft voller außergewöhnlicher Dinge. Das Schicksal einer Familie. Und eine Frau, die ihre Träume niemals aufgibt.

Hamburg, 1899: Für Leonore gibt es keinen schöneren Ort als den Kolonialwarenladen ihres Vaters mit seinen deckenhohen Regalen, der klingelnden Kasse und den vielen exotischen Gerüchen. Sie würde am liebsten den ganzen Tag Kunden bedienen, doch davon will ihr Vater nichts wissen. Denn er sieht Leonores Platz im Haushalt und an der Seite des Bäckers Mathias. Als Leonore den Künstler Julius aus Lübeck kennenlernt, spürt sie zum ersten Mal die Kraft der Liebe und ist bereit, dafür zu kämpfen. Aber kann sie ihr Glück mit ihm finden, wenn sie dafür ihrem geliebten Laden den Rücken kehren muss?

Katharina Lansing
Die Frauen vom Nikolaifleet – Der Traum von Übersee

Taschenbuch
Auch als E-Book erhältlich
www.ullstein.de

ullstein